鲁迅著译编年全集

王世家
止庵 编

人民出版社

鲁迅著译编年全集

拾伍

目　录

一九三三

一月

六月

九月

一九三三

一月

一日

日记　晴,午昙。下午蕴如及三弟来。夜作短文一篇。

听　说　梦

做梦,是自由的,说梦,就不自由。做梦,是做真梦的,说梦,就难免说谎。

大年初一,就得到一本《东方杂志》新年特大号,临末有"新年的梦想",问的是"梦想中的未来中国"和"个人生活",答的有一百四十多人。记者的苦心,我是明白的,想必以为言论不自由,不如来说梦,而且与其说所谓真话之假,不如来谈谈梦话之真,我高兴的翻了一下,知道记者先生却大大的失败了。

当我还未得到这本特大号之前,就遇到过一位投稿者,他比我先看见印本,自说他的答案已被资本家删改了,他所说的梦其实并不如此。这可见资本家虽然还没法禁止人们做梦,而说了出来,倘为权力所及,却要干涉的,决不给你自由。这一点,已是记者的大失败。

但我们且不去管这改梦案子,只来看写着的梦境罢,诚如记者所说,来答复的几乎全部是智识分子。首先,是谁也觉得生活不安定,其次,是许多人梦想着将来的好社会,"各尽所能"呀,"大同世界"呀,很有些"越轨"气息了(末三句是我添的,记者并没有说)。

但他后来就有点"痴"起来,他不知从那里拾来了一种学说,将一百多个梦分为两大类，说那些梦想好社会的都是"载道"之梦，是"异端"，正宗的梦应该是"言志"的，硬把"志"弄成一个空洞无物的东西。然而，孔子曰，"盍各言尔志"，而终于赞成曾点者，就因为其"志"合于孔子之"道"的缘故也。

其实是记者的所以为"载道"的梦，那里面少得很。文章是醒着的时候写的，问题又近于"心理测验"，遂致对答者不能不做出各各适宜于目下自己的职业，地位，身分的梦来（已被删改者自然不在此例），即使看去好像怎样"载道"，但为将来的好社会"宣传"的意思，是没有的。所以，虽然梦"大家有饭吃"者有人，梦"无阶级社会"者有人，梦"大同世界"者有人，而很少有人梦见建设这样社会以前的阶级斗争，白色恐怖，轰炸，虐杀，鼻子里灌辣椒水，电刑……倘不梦见这些，好社会是不会来的，无论怎么写得光明，终究是一个梦，空头的梦，说了出来，也无非教人都进这空头的梦境里面去。

然而要实现这"梦"境的人们是有的，他们不是说，而是做，梦着将来，而致力于达到这一种将来的现在。因为有这事实，这才使许多智识分子不能不说好像"载道"的梦，但其实并非"载道"，乃是给"道"载了一下，倘要简洁，应该说是"道载"的。

为什么会给"道载"呢？曰：为目前和将来的吃饭问题而已。

我们还受着旧思想的束缚，一说到吃，就觉得近乎鄙俗。但我是毫没有轻视对答者诸公的意思的。《东方杂志》记者在《读后感》里，也曾引佛洛伊特的意见，以为"正宗"的梦，是"表现各人的心底的秘密而不带着社会作用的"。但佛洛伊特以被压抑为梦的根柢——人为什么被压抑的呢？这就和社会制度，习惯之类连结了起来，单是做梦不打紧，一说，一问，一分析，可就不妥当了。记者没有想到这一层，于是就一头撞在资本家的朱笔上。但引"压抑说"来释梦，我想，大家必已经不以为忤了罢。

不过，佛洛伊特恐怕是有几文钱，吃得饱饱的罢，所以没有感到吃饭之难，只注意于性欲。有许多人正和他在同一境遇上，就也轰然的拍起手来。诚然,他也告诉过我们,女儿多爱父亲,儿子多爱母亲,即因为异性的缘故。然而婴孩出生不多久,无论男女,就尖起嘴唇,将头转来转去。莫非它想和异性接吻么? 不,谁都知道:是要吃东西!

食欲的根柢,实在比性欲还要深,在目下开口爱人,闭口情书,并不以为肉麻的时候,我们也大可以不必讳言要吃饭。因为是醒着做的梦,所以不免有些不真,因为题目究竟是"梦想",而且如记者先生所说,我们是"物质的需要远过于精神的追求"了,所以乘着Consors(也引用佛洛伊特语)的监护好像解除了之际,便公开了一部分。其实也是在"梦中贴标语,喊口号",不过不是积极的罢了,而且有些也许倒和表面的"标语"正相反。

时代是这么变化,饭碗是这样艰难,想想现在和将来,有些人也只能如此说梦,同是小资产阶级(虽然也有人定我为"封建余孽"或"土著资产阶级",但我自己姑且定为属于这阶级),很能够彼此心照,然而也无须秘而不宣的。

至于另有些梦为隐士,梦为渔樵,和本相全不相同的名人,其实也只是豫感饭碗之脆,而却想将吃饭范围扩大起来,从朝廷而至园林,由洋场及于山泽,比上面说过的那些志向要大得远,不过这里不来多说了。

一月一日。

原载 1933 年 4 月 15 日《文学杂志》第 1 卷第 1 号。

初收 1934 年 3 月上海同文书店版《南腔北调集》。

二日

日记 晴。午后寄母亲信。下午寄维宁信。

致 李小峰

小峰兄：

去年承见访，甚感，后来才知道并见付版税百五十元，未写收条，店友来时希带纸来，当签名。并希携下《三闲集》五本为荷。

书信集出版事，已与天马书店说过，已经活动，但我尚未与十分定实，因我鉴于《二心集》的覆辙，这地步是要留的。

现在不妨明白的说几句。我以为我与北新，并非"势利之交"，现在虽然版税关系颇大，但在当初，我非因北新门面大而送稿去，北新也不是因我的书销场好而来要稿的。所以至去年止，除未名社是旧学生，情不可却外，我决不将创作给与别人，《二心集》也是硬扣下来的，并且因为广告关系，和光华交涉过一回，因为他未得我的同意。不料那结果，却大出于我的意外，我只得将稿子售给第三家。

不过这事情已经过去了，北新又正在困难中，我倘可以帮忙，自然仍不规避，但有几条，须先决见示——

一、书中虽与政治无关系，但开罪于个人（名字自然是改成谜语了）之处却不少，北新虑及有害否？

二、因为编者的经济关系，版税须先付，但少取印花，卖一点，再来取一点，却无妨。

三、广告须先给我看一遍，加以改正。

四、因我支了版税而又将书扣住了，所以以后必须将另一作品给与天马书店。

以上四条，如北新都可承认，那么，可以付北新出版了，但现在还未抄完，我也得看一遍，所以交稿就必须在阴历过年之后了。

迅　上　一月二日

令夫人均此致候不另

三日

日记 晴。下午三弟及蕴如携婴儿来。寄小峰信。夜雨。

四日

日记 雨。上午同广平携海婴往篠崎医院诊,付诊费二元,药泉一元二角。夜三弟来并为代买《长恨歌画意》一本,三元二角;又杂书三种,共三元八角。得蔡子民先生信。

五日

日记 昙。午后往内山书店,见赠百合五枚。得母亲信,去年十二月卅日发。得王志之信。得静农信。得真吾信。得诗荃信。为锡君买字典两本,九元九角八分。夜雨。

六日

日记 昙。下午往商务印书馆,邀三弟同至中央研究院人权保障同盟干事会,晚毕遂赴知味观夜饭。得小峰信并《三闲集》二本,杂书二本。夜校《新俄小说集》下册。

七日

日记 晴。午后往内山书店,得『支那明器泥象图鑑』(五)一帖,『支那古器图考·兵器篇』一函,内图五十二页,说一本,共泉十六元。得诗荃信。得达夫信。夜校《[新]俄小说集》下册讫。

八日

日记 星期。晴。上午寄天马书店信。下午蕴如及三弟来。

致 赵家璧

家璧先生：

《一天的工作》已校毕，今送上，但因错字尚多，故须再校一次。改正之后，希并此次送上之校稿，一并交下为荷。

此书仍无目录，似应照《竖琴》格式，即行补入也。此上即颂

著安。

鲁迅　一月八日

九日

　　日记　晴。午后复诗荃信。寄王志之信并稿。下午寄良友图书公司信并校稿。夜季市来并赠海婴玩具二事，赠以日译『鲁迅全集』一本，并留之夜饭。雨。

致 王志之

志之兄：

去年十二月廿七日信早到，今寄上文稿一篇，并不是为《文学杂志》而做的，系从别处收回，移用。我在这里也没得闲，既不看书，那能作文，所以我希望在平的刊物，应以在平的作者为骨干，这才能够发展而且有特色，门类不完全一点倒不要紧。如果要等候别处的投稿，那就容易耽误出版。

译张君小说，已托人转告，我看他一定可以的，由我看来，他的近作《仇恨》一篇颇好（在《现代》中），但看他自己怎么说罢。冰莹女

士近来似乎不但作风不好而已,她与左联亦早无关系,所以我不能代为催促。

文学家容易变化,信里的话是不大可靠的,杨邨人先前怎么激烈,现在他在汉口,看他发表的文章,竟是别一个人了。

《社会新闻》及其他数种,便中当寄上,现在想不急了也。

此复,即颂

近好。

豫　启　一月九日

十日

日记　昙。下午收『明日』一本,由东京寄赠。寄靖华再版《铁流》两本,《三闲集》,《二心集》各一本。寄增田君《文学月报》等三本。寄达夫自写诗二幅并信,丐其写字。夜雨而大风。

致 郁达夫

字已写就,拙劣不堪,今呈上。并附奉笺纸两幅,希　为写自作诗一篇,其一幅则乞于便中代请　亚子先生为写一篇诗,置　先生处,他日当走领也。此上,即请

著安。

迅　启上　一月十日

十一日

日记　大风,小雨。上午寄叶圣陶信。午后得母亲信,八日发。得雪辰信并周柳生所照照相二枚。下午往商务印书[馆]访三弟,即同至中央研究院开民权保障同盟[会],胡愈之,林玉堂皆不至,五人

9

而已。六时散出，复同三弟至四如春吃饭，并买杂书少许。夜雪。

十二日

日记 微雪。下午出街为海婴买饼干一合，三元二角。至内山书店买日译『鲁迅全集』一本，『少年画集』一帖八枚，共泉三元二角。

《少年画集》购藏题记

《少年画集》，谷中安规木刻八帧，鲁迅得之，留给后来者。

一九三三年一月十二日，三闲书屋购藏。是夜，迅记。

未另发表。据手迹编入。

题目系编者所拟。

十三日

日记 雨雪。上午往篠崎医院为海婴取药，付泉二元四角也。矛尘自越往北平过沪，夜同小峰来访，以《啼笑因缘》一函托其持呈母亲。复阅《两地书》讫。

十四日

日记 微雪。午后得母亲信，九日发。得方璧信。晚费君来，并交到小峰信及版税泉百五十，即付以《两地书》稿一半，赠以『鲁迅全集』一本。适夷来，并见赠《苏联童话集》一本。

十五日

日记 星期。晴。上午为海婴往篠崎医院取药，付泉二元四角。午后得叶圣陶信。内山夫人赠海婴甘鲷一碟。午后三弟来，即同至大马路一带书局索书目，并买珂罗板印书二本，共泉二元八角；次至开明书店取去年豫约之《中国文学史》二本，为一及三。晚得维宁信。寄小峰信。夜邀三弟，蕴如及广平往上海大戏院观电影，曰《人猿泰山》。

致 李小峰

小峰兄：

昨交上《两地书》稿上半，是横排的，我想此书不必与《呐喊》等一律。但版式恐怕不宜太小，因为一小，则本子就太厚，不成样子了。总之，以怎样大为好看，请兄酌定就是。

后半还在抄，大约须二月初（阳历）才完。

印的时候，我想用较好的纸，另印壹百本，自备经费。纸用黄的，如北新有纸样，希便中带下一看，印后也不必装订，只要托装订局叠好，由我自己去订去。

迅　上　一月十五日

十六日

日记　雨。午再校《新俄小说二十人集》下册讫。下午往蟫隐庐买《花庵词选》，《今世说》各一部，共一元六角。往中央研究院。夜风。

致 赵家璧

家璧先生：

稿已校毕，今送上。其中还有些错字，应改正。但这回只要请

尊处校对先生一看就可以,不必再寄给我了。此布,即请

著安。

鲁迅 上 一月十六日

十七日

　　日记 昙。上午寄良友公司信并校稿,即得复。午后微雪。收良友公司所赠《竖琴》十册。下午往人权保障大同盟开会,被举为执行委员。蔡子民先生为书一笺,为七律[绝]二首。

十八日

　　日记 大雪。上午往良友公司付以印证二千,并购《竖琴》二十本,付泉十四元四角。往中央研究院午餐,同席八人。下午得诗荃信。得积功信。

十九日

　　日记 昙。上午同广平携海婴往篠崎医院诊,付泉二元四角。下午达夫来,并交诗笺二,其一为柳亚子所写。以《竖琴》十本寄靖华,又赠雪峰四本,保宗,克士各一本。

致 许寿裳

季市兄:

　　近日见蔡先生数次,诗笺已见付,谓兄曾允转寄,但既相见,可无须此周折也。乔峰已得续聘之约,其期为十四个月,前所推测,殊不中鹄耳。知念并闻。此上,即颂

曼福。

弟树 顿首 一月十九夜

广平附笔请安。

二十日

日记 昙,午后雨。访小峰。下午寄母亲信。寄季市信。寄诗荃信。得山本夫人信。收大江书店版税泉五十一元六角。夜寄孙夫人,蔡先生信。校《自选集》。风。

二十一日

日记 昙。上午往篠崎医院为海婴取药,付泉二元四角。下午得张一之信。晚内山君招饮于杏花楼,同席九人。

致 宋庆龄、蔡元培

庆龄
子民 先生:

黄平被捕后,民权保障同盟曾致电中央抗议,见于报章,顷闻此人仍在天津公安局,拟请即电该局,主持公理,一面并在报端宣布电文,以免冥漠而死也。

肃布,敬请
文安。

鲁迅 启上 一月二十一日

二十二日

日记 星期。晴。下午三弟来。晚往坪井先生寓,致自写所作诗一轴并饼饵,茗,果共三色。夜风。

二十三日

日记 晴,风。晚得小峰信并版税泉百五十,即付以印证一万枚。夜治肴六种,邀辛岛,内山两君至寓夜饭,饭后内山夫人来,并赠照相一枚。得适夷信并儿童书局赠海婴之书二十五本。

二十四日

日记 昙。下午以翻刻本雷峰塔砖中佛经一纸赠辛岛君。以《竖琴》一本赠适夷。蕴如来。夜得维宁信并稿,即复。

逃的辩护

古时候,做女人大晦气,一举一动,都是错的,这个也骂,那个也骂。现在这晦气落在学生头上了,进也挨骂,退也挨骂。

我们还记得,自前年冬天以来,学生是怎么闹的,有的要南来,有的要北上,南来北上,都不给开车。待到到得首都,顿首请愿,却不料"为反动派所利用",许多头都恰巧"碰"在刺刀和枪柄上,有的竟"自行失足落水"而死了。

验尸之后,报告书上说道,"身上五色"。我实在不懂。

谁发一句质问,谁提一句抗议呢?有些人还笑骂他们。

还要开除,还要告诉家长,还要劝进研究室。一年以来,好了,总算安静了。但不料榆关失了守,上海还远,北平却不行了,因为连研究室也有了危险。住在上海的人们想必记得的,去年二月的暨南大学,劳动大学,同济大学……,研究室里还坐得住么?

北平的大学生是知道的,并且有记性,这回不再用头来"碰"刺刀和枪柄了,也不再想"自行失足落水",弄得"身上五色"了,却发明了一种新方法,是:大家走散,各自回家。

这正是这几年来的教育显了成效。

然而又有人来骂了。童子军还在烈士们的挽联上,说他们"遗臭万年"。

但我们想一想罢:不是连语言历史研究所里的没有性命的古董都在搬家了么?不是学生都不能每人有一架自备的飞机么?能用本国的刺刀和枪柄"碰"得瘟头瘟脑,躲进研究室里去的,倒能并不瘟头瘟脑,不被外国的飞机大炮,炸出研究室外去么?

阿弥陀佛!

一月二十四。

原载 1933 年 1 月 30 日《申报·自由谈》,题作《"逃"的合理化》。署名家干。

初收 1933 年 10 月上海青光书局(北新)版《伪自由书》。

观　斗

我们中国人总喜欢说自己爱和平,但其实,是爱斗争的,爱看别的东西斗争,也爱看自己们斗争。

最普通的是斗鸡,斗蟋蟀,南方有斗黄头鸟,斗画眉鸟,北方有斗鹌鹑,一群闲人们围着呆看,还因此赌输赢。古时候有斗鱼,现在变把戏的会使跳蚤打架。看今年的《东方杂志》,才知道金华又有斗牛,不过和西班牙却两样的,西班牙是人和牛斗,我们是使牛和牛斗。

任他们斗争着,自己不与斗,只是看。

军阀们只管自己斗争着，人民不与闻，只是看。

然而军阀们也不是自己亲身在斗争，是使兵士们相斗争，所以频年恶战，而头儿个个终于是好好的，忽而误会消释了，忽而杯酒言欢了，忽而共同御侮了，忽而立誓报国了，忽而……。不消说，忽而自然不免又打起来了。

然而人民一任他们玩把戏，只是看。

但我们的斗士，只有对于外敌却是两样的：近的，是"不抵抗"，远的，是"负弩前驱"云。

"不抵抗"在字面上已经说得明明白白。"负弩前驱"呢，弩机的制度早已失传了，必须待考古学家研究出来，制造起来，然后能够负，然后能够前驱。

还是留着国产的兵士和现买的军火，自己斗争下去罢。中国的人口多得很，暂时总有一些子遗在看着的。但自然，倘要这样，则对于外敌，就一定非"爱和平"不可。

一月二十四日。

原载 1933 年 1 月 31 日《申报·自由谈》。署名何家干。

初收 1933 年 10 月上海青光书局（北新）版《伪自由书》。

二十五日

日记 晴。上午内山书店送来『東洋美術史の研究』一本，价泉八元四角。同广平携海婴往篠崎医院诊，付药泉四元八角。午后得三弟信。寄达夫信并小文二。下午往中央研究所[院]。晚冯家姑母赠莱菔糕一皿，分其半以馈内山及镰田两家。得季市信并诗笺一枚。旧历除夕也，治少许肴，邀雪峰夜饭，又买花爆十余，与海婴同登屋顶燃放之，盖如此度岁，不能得者已二年矣。

16

二十六日

日记 旧历申年元旦。昙,下午微雪。夜为季市书一笺,录午年春旧作。为画师望月玉成君书一笺,云:"风生白下千林暗,雾塞苍天百卉殚。愿乞画家新意匠,只研朱墨作春山。"又戏为邬其山生书一笺,云:"云封胜境护将军,霆落寒村戮下民。依旧不如租界好,打牌声里又新春。"已而毁之,别录以寄静农,改胜境为高岫,落为击,戮为灭也。

赠 画 师

风生白下千林暗,雾塞苍天百卉殚。
愿乞画家新意匠,只研朱墨作春山。

一月二十六日

未另发表。据手稿编入。
初未收集。

二十二年元旦

云封高岫护将军,霆击寒村灭下民。
到底不如租界好,打牌声里又新春。

一月二十六日

未另发表。
初收 1935 年 5 月上海群众图书公司版《集外集》。

致 台静农

云封高岫护将军，霆击寒村灭下民。依旧不如租界好，打牌声里又新春。

申年元旦开笔大吉并祝

静农兄无咎

迅　顿首

二十七日

日记　昙。下午得诗荃信。得增田君信片。得平寓信。

二十八日

日记　晴。午后同前田寅治及内山君至奥斯台黎饮咖啡。夜蕴如及〔三〕弟来，并见赠饼饵一合，烟卷四十枝。

论"赴难"和"逃难"
寄《涛声》编辑的一封信

编辑先生：

我常常看《涛声》，也常常叫"快哉！"但这回见了周木斋先生那篇《骂人与自骂》，其中说北平的大学生"即使不能赴难，最低最低的限度也应不逃难"，而致慨于五四运动时代式锋芒之销尽，却使我如骨鲠在喉，不能不说几句话。因为我是和周先生的主张正相反，以为"倘不能赴难，就应该逃难"，属于"逃难党"的。

周先生在文章的末尾，"疑心是北京改为北平的应验"，我想，一半是对的。那时的北京，还挂着"共和"的假面，学生嚷嚷还不妨事；那时的执政，是昨天上海市十八团体为他开了"上海各界欢迎段公芝老大会"的段祺瑞先生，他虽然是武人，却还没有看过《莫索理尼传》。然而，你瞧，来了呀。有一回，对着请愿的学生毕毕剥剥的开枪了，兵们最爱瞄准的是女学生，这用精神分析学来解释，是说得过去的，尤其是剪发的女学生，这用整顿风俗的学说来解说，也是说得过去的。总之是死了一些"莘莘学子"。然而还可以开追悼会；还可以游行过执政府之门，大叫"打倒段祺瑞"。为什么呢？因为这时又还挂着"共和"的假面。然而，你瞧，又来了呀。现为党国大教授的陈源先生，在《现代评论》上哀悼死掉的学生，说可惜他们为几个卢布送了性命；《语丝》反对了几句，现为党国要人的唐有壬先生在《晶报》上发表一封信，说这些言动是受墨斯科的命令的。这实在已经有了北平气味了。

后来，北伐成功了，北京属于党国，学生们就都到了进研究室的时代，五四式是不对了。为什么呢？因为这是很容易为"反动派"所利用的。为了矫正这种坏脾气，我们的政府，军人，学者，文豪，警察，侦探，实在费了不少的苦心。用诰谕，用刀枪，用书报，用煅炼，用逮捕，用拷问，直到去年请愿之徒，死的都是"自行失足落水"，连追悼会也不开的时候为止，这才显出了新教育的效果。

倘使日本人不再攻榆关，我想，天下是太平了的，"必先安内而后可以攘外"。但可恨的是外患来得太快一点，太繁一点，日本人太不为中国诸公设想之故也，而且也因此引起了周先生的责难。

看周先生的主张，似乎最好是"赴难"。不过，这是难的。倘使早先有了组织，经过训练，前线的军人力战之后，人员缺少了，副司令下令召集，那自然应该去的。无奈据去年的事实，则连火车也不能白坐，而况平日所学的又是债权论，土耳其文学史，最小公倍数之类。去打日本，一定打不过的。大学生们曾经和中国的兵警打过架，但是"自行失足落水"了，现在中国的兵警尚且不抵抗，大学生能抵抗么？我们虽然也看见过许多慷慨激昂的诗，什么用死尸堵住敌人的炮口呀，用热血胶住倭奴的刀枪呀，但是，先生，这是"诗"呵！事实并不这样的，死得比蚂蚁还不如，炮口也堵不住，刀枪也胶不住。孔子曰："以不教民战，是谓弃之。"我并不全拜服孔老夫子，不过觉得这话是对的，我也正是反对大学生"赴难"的一个。

那么，"不逃难"怎样呢？我也是完全反对。自然，现在是"敌人未到"的，但假使一到，大学生们将赤手空拳，骂贼而死呢，还是躲在屋里，以图幸免呢？我想，还是前一着堂皇些，将来也可以有一本烈士传。不过于大局依然无补，无论是一个或十万个，至多，也只能又向"国联"报告一声罢了。去年十九路军的某某英雄怎样杀敌，大家说得眉飞色舞，因此忘却了全线退出一百里的大事情，可是中国其实还是输了的。而况大学生们连武器也没有。现在中国的新闻上大登"满洲国"的虐政，说是不准私藏军器，但我们大中华民国人民来藏一件护身的东西试试看，也会家破人亡，——先生，这是很容易"为反动派所利用"的呵。

施以狮虎式的教育，他们就能用爪牙，施以牛羊式的教育，他们到万分危急时还会用一对可怜的角。然而我们所施的是什么式的教育呢，连小小的角也不能有，则大难临头，惟有兔子似的逃跑而已。自然，就是逃也不见得安稳，谁都说不出那里是安稳之处来，因为到处繁殖了猎狗，诗曰："趯趯毚兔，遇犬获之"，此之谓也。然则三十六计，固仍以"走"为上计耳。

总之，我的意见是：我们不可看得大学生太高，也不可责备他们太重，中国是不能专靠大学生的；大学生逃了之后，却应该想想此后怎样才可以不至于单是逃，脱出诗境，踏上实地去。

但不知先生以为何如？能给在《涛声》上发表，以备一说否？谨听裁择，并请文安。

罗怃顿首。一月二十八夜。

原载 1933 年 2 月 11 日《涛声》周刊第 2 卷第 5 期,题作《三十六计走为上计》。署名罗怃。

初收 1934 年 3 月上海同文书店版《南腔北调集》。

二十九日

日记 星期。晴。下午得钦文信,十日成都发。得 *Der letzte Udehe* 一本,似靖华所寄。

《论"赴难"和"逃难"》补记

再:顷闻十来天之前,北平有学生五十多人因开会被捕,可见不逃的还有,然而罪名是"藉口抗日,意图反动",又可见虽"敌人未到",也大以"逃难"为是也。

二十九日补记。

原载 1933 年 2 月 11 日《涛声》周刊第 2 卷第 5 期。署名罗怃。

初收 1934 年 3 月上海同文书店版《南腔北调集》。

三十日

日记 晴。午后复钦文信。寄《涛声》编辑信。下午往中央研究院。

三十一日

日记 晴。午后蕴如持来稿费八十二元,分赠蕴如,广平各二十;自买『周漢遺宝』一本,十一元六角;为海婴买玩具三种,八角。下午寄绍兴朱宅泉五十。得静农及霁野信,二十六日发,夜复。

学生和玉佛

一月二十八日《申报》号外载二十七日北平专电曰:"故宫古物即起运,北宁平汉两路已奉令备车,团城白玉佛亦将南运。"

二十九日号外又载二十八日中央社电传教育部电平各大学,略曰:"据各报载榆关告紧之际,北平各大学中颇有逃考及提前放假等情,均经调查确实。查大学生为国民中坚份子,讵容妄自惊扰,败坏校规,学校当局迄无呈报,迹近宽纵,亦属非是。仰该校等迅将学生逃考及提前放假情形,详报核办,并将下学期上课日期,并报为要。"

三十日,"堕落文人"周动轩先生见之,有诗叹曰:

寂寞空城在,仓皇古董迁,

头儿夸大口,面子靠中坚。

惊扰讵云妄?奔逃只自怜:

所嗟非玉佛,不值一文钱。

原载 1933 年 2 月 16 日《论语》半月刊第 11 期。署名动轩。

初收 1934 年 3 月上海同文书店版《南腔北调集》。

崇　实

事实常没有字面这么好看。

例如这《自由谈》，其实是不自由的，现在叫作《自由谈》，总算我们是这么自由地在这里谈着。

又例如这回北平的迁移古物和不准大学生逃难，发令的有道理，批评的也有道理，不过这都是些字面，并不是精髓。

倘说，因为古物古得很，有一无二，所以是宝贝，应该赶快搬走的罢。这诚然也说得通的。但我们也没有两个北平，而且那地方也比一切现存的古物还要古。禹是一条虫，那时的话我们且不谈罢，至于商周时代，这地方却确是已经有了的。为什么倒撇下不管，单搬古物呢？说一句老实话，那就是并非因为古物的"古"，倒是为了它在失掉北平之后，还可以随身带着，随时卖出铜钱来。

大学生虽然是"中坚分子"，然而没有市价，假使欧美的市场上值到五百美金一名口，也一定会装了箱子，用专车和古物一同运出北平，在租界上外国银行的保险柜子里藏起来的。

但大学生却多而新，惜哉！

费话不如少说，只剥崔颢《黄鹤楼》诗以吊之，曰——

阔人已骑文化去，此地空余文化城。

文化一去不复返，古城千载冷清清。

专车队队前门站，晦气重重大学生。

日薄榆关何处抗，烟花场上没人惊。

　　　　　　　　　　　　　　　　一月三十一日。

原载 1933 年 2 月 6 日《申报·自由谈》。署名何家干。

初收 1933 年 10 月上海青光书局（北新）版《伪自由书》。

电的利弊

日本幕府时代，曾大杀基督教徒，刑罚很凶，但不准发表，世无知者。到近几年，乃出版当时的文献不少。曾见《切利支丹殉教记》，其中记有拷问教徒的情形，或牵到温泉旁边，用热汤浇身；或周围生火，慢慢的烤炙，这本是"火刑"，但主管者却将火移远，改死刑为虐杀了。

中国还有更残酷的。唐人说部中曾有记载，一县官拷问犯人，四周用火遥焙，口渴，就给他喝酱醋，这是比日本更进一步的办法。现在官厅拷问嫌疑犯，有用辣椒煎汁灌入鼻孔去的，似乎就是唐朝遗下的方法，或则是古今英雄，所见略同。曾见一个因在反省院里的青年的信，说先前身受此刑，苦痛不堪，辣汁流入肺脏及心，已成不治之症，即释放亦不免于死云云。此人是陆军学生，不明内脏构造，其实倒挂灌鼻，可以由气管流入肺中，引起致死之病，却不能入心中，大约当时因在苦楚中，知觉瞀乱，遂疑为已到心脏了。

但现在之所谓文明人所造的刑具，残酷又超出于此种方法万万。上海有电刑，一上，即遍身痛楚欲裂，遂昏去，少顷又醒，则又受刑。闻曾有连受七八次者，即幸而免死，亦从此牙齿皆摇动，神经亦变钝，不能复原。前年纪念爱迪生，许多人赞颂电报电话之有利于人，却没有想到同是一电，而有人得到这样的大害，福人用电气疗病，美容，而被压迫者却以此受苦，丧命也。

外国用火药制造子弹御敌，中国却用它做爆竹敬神；外国用罗盘针航海，中国却用它看风水；外国用雅片医病，中国却拿来当饭吃。同是一种东西，而中外用法之不同有如此，盖不但电气而已。

一月三十一日。

原载 1933 年 2 月 16 日《申报·自由谈》。署名何家干。

初收 1933 年 10 月上海青光书局（北新）版《伪自由书》。

二月

一日

日记 昙。下午为靖华寄尚芸佩[佩芸]信并泉五十,又寄尚振声信并泉百,皆邮汇。得张天翼小传稿。

致 张天翼

一之兄:

自传今天收到。信是早收到了,改为这样称呼,已无可再让步。其实"先生"之称,现已失其本谊,不过是哄语"密斯偷"之神韵译而已。

你的作品有时失之油滑,是发表《小彼得》那时说的,现在并没有说;据我看,是切实起来了。但又有一个缺点,是有时伤于冗长。将来汇印时,再细细的看一看,将无之亦毫无损害于全局的节,句,字删去一些,一定可以更有精采。

迅　上　二月一夜

二日

日记 晴。上午蒋径三来,赠以书三种,并留之午餐。午后得王志之信。往来青阁买《李太白集》一部四本,《烟屿楼读书志》一部八本,共泉五元。下午明之携其长女景渊来,赠以书三种,明之并见赠糟鸡一瓮,云自越中持来。

致 王志之

志之兄：

　　来信收到。文章若大半须待此地，恐为难，因各人皆有琐事，不能各处执笔也。但北平现人心一时恐亦未必静，则待书店热心时再出，似亦无妨。

　　谢小姐和我们久不相往来，雪声兄想已知之，而尚托其转信，何也？她一定不来干这种事情的。

　　前函要张天翼君作小传并自选一篇小说，顷已得来信，所选为《面包线》，小传亦寄来，今附上，希转寄译者并告以篇名为荷。

　　此复，并问
近好。

迅　启　二月二夜

致 许寿裳

季市兄：

　　来函及诗笺早收到。属写之笺，亦早写就，仍是旧作，因无新制也。邮寄不便，故暂置之。近印小说《二十家集》，上册已出，留置两本在此，当于相见时一并面呈。至于下册，据书店言，盖须至三月底云。此上，顺颂
曼福。

弟飞　顿首　二月二夜

三日

日记　晴。午后寄王志之信并张天翼自传。寄季市信。寄达夫短评二。下午收 *Intern. Lit.*（4—5）一本。收《现代》（二卷之四）一本。得天马书店信并校稿。致起应信并《竖琴》两本。茅盾及其夫人携孩子来，并见赠《子夜》一本，橙子一筐，报以积木一合，儿童绘本二本，饼及糖各一包。夜蕴如及三弟来，并持交振铎所赠《中国文学史》（一至三）三本，赠以橙子一囊。

航空救国三愿

现在各色的人们大喊着各种的救国，好像大家突然爱国了似的。其实不然，本来就是这样，在这样地救国的，不过现在喊了出来罢了。

所以银行家说贮蓄救国，卖稿子的说文学救国，画画儿的说艺术救国，爱跳舞的说寓救国于娱乐之中，还有，据烟草公司说，则就是吸吸马占山将军牌香烟，也未始非救国之一道云。

这各种救国，是像先前原已实行过来一样，此后也要实行下去的，决不至于五分钟。

只有航空救国较为别致，是应该刮目相看的，那将来也很难预测，原因是在主张的人们自己大概不是飞行家。

那么，我们不妨预先说出一点愿望来。

看过去年此时的上海报的人们恐怕还记得，苏州不是有一队飞机来打仗的么？后来别的都在中途"迷失"了，只剩下领队的洋烈士的那一架，双拳不敌四手，终于给日本飞机打落，累得他母亲从美洲路远迢迢的跑来，痛哭一场，带几个花圈而去。听说广州也有一队出发的，闺秀们还将诗词绣在小衫上，赠战士以壮行色。然而，可惜

27

得很,好像至今还没有到。

所以我们应该在防空队成立之前,陈明两种愿望——

一,路要认清;

二,飞得快些。

还有更要紧的一层,是我们正由"不抵抗"以至"长期抵抗"而入于"心理抵抗"的时候,实际上恐怕一时未必和外国打仗,那时战士技痒了,而又苦于英雄无用武之地,不知道会不会炸弹倒落到手无寸铁的人民头上来的?

所以还得战战兢兢的陈明一种愿望,是——

三,莫杀人民!

二月三日。

原载 1933 年 2 月 5 日《申报·自由谈》。署名何家干。

初收 1933 年 10 月上海青光书局(北新)版《伪自由书》。

不通两种

人们每当批评文章的时候,凡是国文教员式的人,大概是着眼于"通"或"不通",《中学生》杂志上还为此设立了病院。然而做中国文其实是很不容易"通"的,高手如太史公马迁,倘将他的文章推敲起来,无论从文字,文法,修辞的任何一种立场去看,都可以发见"不通"的处所。

不过现在不说这些;要说的只是在笼统的一句"不通"之中,还可由原因而分为几种。大概的说,就是:有作者本来还没有通的,也有本可以通,而因了种种关系,不敢通,或不愿通的。

例如去年十月三十一日《大晚报》的记载"江都清赋风潮",在

《乡民二度兴波作浪》这一个巧妙的题目之下,述陈友亮之死云:

> "陈友亮见官方军警中,有携手枪之刘金发,竟欲夺刘之手枪,当被子弹出膛,饮弹而毙,警察队亦开空枪一排,乡民始后退。……"

"军警"上面不必加上"官方"二字之类的费话,这里也且不说。最古怪的是子弹竟被写得好像活物,会自己飞出膛来似的。但因此而累得下文的"亦"字不通了。必须将上文改作"当被击毙",才妥。倘要保存上文,则将末两句改为"警察队空枪亦一齐发声,乡民始后退",这才铢两悉称,和军警都毫无关系。——虽然文理总未免有点希奇。

现在,这样的希奇文章,常常在刊物上出现。不过其实也并非作者的不通,大抵倒是恐怕"不准通",因而先就"不敢通"了的缘故。头等聪明人不谈这些,就成了"为艺术的艺术"家;次等聪明人竭力用种种法,来粉饰这不通,就成了"民族主义文学"者,但两者是都属于自己"不愿通",即"不肯通"这一类里的。

二月三日。

原载 1933 年 2 月 11 日《申报·自由谈》。署名何家干。

初收 1933 年 10 月上海青光书局(北新)版《伪自由书》。

四日

日记 昙。下午得母亲信,一月卅日发。得维宁信。得山本夫人信。

五日

日记 星期。雨。下午得母亲信,二日发。

致 郑振铎

西谛先生：

昨乔峰交到惠赠之《中国文学史》三本，谢谢！

去年冬季回北平，在留黎厂得了一点笺纸，觉得画家与刻印之法，已比《文美斋笺谱》时代更佳，譬如陈师曾齐白石所作诸笺，其刻印法已在日本木刻专家之上，但此事恐不久也将销沉了。

因思倘有人自备佳纸，向各纸铺择尤对于各派各印数十至一百幅，纸为书叶形，采色亦须更加浓厚，上加序目，订成一书，或先约同人，或成后售之好事，实不独为文房清玩，亦中国木刻史上之一大纪念耳。

不知先生有意于此否？因在地域上，实为最便。且孙伯恒先生当能相助也。

此布，并颂
曼福。

迅　启上　二月五日

六日

日记　昙。上午寄母亲信。寄郑振铎信。午后蕴如来并赠年糕及粽子合一筐，以少许分与内山君，于夜持去，听唱片三出而归。

致 赵家璧

家璧先生：

今天翻翻良友公司所出的书，想起了一件事——

书的每行的头上，倘是圈，点，虚线，括弧的下半(﹂，﹀)的时候，是很不好看的。我先前做校对人的那时，想了一种方法，就是在上一行里，分嵌四个"四开"，那么，就有一个字挤到下一行去，好看得多了。不知可以告知贵处校对先生，以供采择否？此请
著祺。

鲁迅　上　二月六夜

七日

日记　昙，下午雨。柔石于前年是夜遇害，作文以为记念。

八日

日记　昙。上午往篠崎医院为海婴取药，付泉二元四角。寄良友公司信。寄达夫短评二则。午后访达夫，未遇。收申报馆稿费十二元。得母亲所寄小包一个，内均食物。夜雨。

为了忘却的记念

一

我早已想写一点文字，来记念几个青年的作家。这并非为了别的，只因为两年以来，悲愤总时时来袭击我的心，至今没有停止，我很想借此算是竦身一摇，将悲哀摆脱，给自己轻松一下，照直说，就是我倒要将他们忘却了。

两年前的此时，即一九三一年的二月七日夜或八日晨，是我们

的五个青年作家同时遇害的时候。当时上海的报章都不敢载这件事，或者也许是不愿，或不屑载这件事，只在《文艺新闻》上有一点隐约其辞的文章。那第十一期（五月二十五日）里，有一篇林莽先生作的《白莽印象记》，中间说：

> "他做了好些诗，又译过匈牙利诗人彼得斐的几首诗，当时的《奔流》的编辑者鲁迅接到了他的投稿，便来信要和他会面，但他却是不愿见名人的人，结果是鲁迅自己跑来找他，竭力鼓励他作文学的工作，但他终于不能坐在亭子间里写，又去跑他的路了。不久，他又一次的被了捕。……"

这里所说的我们的事情其实是不确的。白莽并没有这么高慢，他曾经到过我的寓所来，但也不是因为我要求和他会面；我也没有这么高慢，对于一位素不相识的投稿者，会轻率的写信去叫他。我们相见的原因很平常，那时他所投的是从德文译出的《彼得斐传》，我就发信去讨原文，原文是载在诗集前面的，邮寄不便，他就亲自送来了。看去是一个二十多岁的青年，面貌很端正，颜色是黑黑的，当时的谈话我已经忘却，只记得他自说姓徐，象山人；我问他为什么代你收信的女士是这么一个怪名字（怎么怪法，现在也忘却了），他说她就喜欢起得这么怪，罗曼谛克，自己也有些和她不大对劲了。就只剩了这一点。

夜里，我将译文和原文粗粗的对了一遍，知道除几处误译之外，还有一个故意的曲译。他像是不喜欢"国民诗人"这个字的，都改成"民众诗人"了。第二天又接到他一封来信，说很悔和我相见，他的话多，我的话少，又冷，好像受了一种威压似的。我便写一封回信去解释，说初次相会，说话不多，也是人之常情，并且告诉他不应该由自己的爱憎，将原文改变。因为他的原书留在我这里了，就将我所藏的两本集子送给他，问他可能再译几首诗，以供读者的参看。他果然译了几首，自己拿来了，我们就谈得比第一回多一些。这传和诗，后来就都登在《奔流》第二卷第五本，即最末的一本里。

我们第三次相见，我记得是在一个热天。有人打门了，我去开门时，来的就是白莽，却穿着一件厚棉袍，汗流满面，彼此都不禁失笑。这时他才告诉我他是一个革命者，刚由被捕而释出，衣服和书籍全被没收了，连我送他的那两本；身上的袍子是从朋友那里借来的，没有夹衫，而必须穿长衣，所以只好这么出汗。我想，这大约就是林莽先生说的"又一次的被了捕"的那一次了。

　　我很欣幸他的得释，就赶紧付给稿费，使他可以买一件夹衫，但一面又很为我的那两本书痛惜：落在捕房的手里，真是明珠投暗了。那两本书，原是极平常的，一本散文，一本诗集，据德文译者说，这是他搜集起来的，虽在匈牙利本国，也还没有这么完全的本子，然而印在《莱克朗氏万有文库》(*Reclam's Universal-Bibliothek*)中，倘在德国，就随处可得，也值不到一元钱。不过在我是一种宝贝，因为这是三十年前，正当我热爱彼得斐的时候，特地托丸善书店从德国去买来的，那时还恐怕因为书极便宜，店员不肯经手，开口时非常惴惴。后来大抵带在身边，只是情随事迁，已没有翻译的意思了，这回便决计送给这也如我的那时一样，热爱彼得斐的诗的青年，算是给它寻得了一个好着落。所以还郑重其事，托柔石亲自送去的。谁料竟会落在"三道头"之类的手里的呢，这岂不冤枉！

二

　　我的决不邀投稿者相见，其实也并不完全因为谦虚，其中含着省事的分子也不少。由于历来的经验，我知道青年们，尤其是文学青年们，十之九是感觉很敏，自尊心也很旺盛的，一不小心，极容易得到误解，所以倒是故意回避的时候多。见面尚且怕，更不必说敢有托付了。但那时我在上海，也有一个惟一的不但敢于随便谈笑，而且还敢于托他办点私事的人，那就是送书去给白莽的柔石。

　　我和柔石最初的相见，不知道是何时，在那里。他仿佛说过，曾在北京听过我的讲义,那么,当在八九年之前了。我也忘记了在上海怎么来往起来,总之,他那时住在景云里,离我的寓所不过四五家门面,不知怎么一来,就来往起来了。大约最初的一回他就告诉我是姓赵,名平复。但他又曾谈起他家乡的豪绅的气焰之盛,说是有一个绅士,以为他的名字好,要给儿子用,叫他不要用这名字了。所以我疑心他的原名是"平福",平稳而有福,才正中乡绅的意,对于"复"字却未必有这么热心。他的家乡,是台州的宁海,这只要一看他那台州式的硬气就知道,而且颇有点迂,有时会令我忽而想到方孝孺,觉得好像也有些这模样的。

他躲在寓里弄文学,也创作,也翻译,我们往来了许多日,说得投合起来了,于是另外约定了几个同意的青年,设立"朝华社"。目的是在绍介东欧和北欧的文学,输入外国的版画,因为我们都以为应该来扶植一点刚健质朴的文艺。接着就印《朝花旬刊》,印《近代世界短篇小说集》,印《艺苑朝华》,算都在循着这条线,只有其中的一本《蕗谷虹儿画选》,是为了扫荡上海滩上的"艺术家",即戳穿叶灵凤这纸老虎而印的。

然而柔石自己没有钱,他借了二百多块钱来做印本。除买纸之外,大部分的稿子和杂务都是归他做,如跑印刷局,制图,校字之类。可是往往不如意,说起来皱着眉头。看他旧作品,都很有悲观的气息,但实际上并不然,他相信人们是好的。我有时谈到人会怎样的骗人,怎样的卖友,怎样的吮血,他就前额亮晶晶的,惊疑地圆睁了近视的眼睛,抗议道,"会这样的么? ——不至于此罢? ……"

不过"朝花社"不久就倒闭了,我也不想说清其中的原因,总之是柔石的理想的头,先碰了一个大钉子,力气固然白化,此外还得去借一百块钱来付纸账。后来他对于我那"人心惟危"说的怀疑减少了,有时也叹息道,"真会这样的么? ……"但是,他仍然相信人们是好的。

他于是一面将自己所应得的朝花社的残书送到明日书店和光

华书局去，希望还能够收回几文钱，一面就拼命的译书，准备还借款，这就是卖给商务印书馆的《丹麦短篇小说集》和戈理基作的长篇小说《阿尔泰莫诺夫之事业》。但我想，这些译稿，也许去年已被兵火烧掉了。

他的迂渐渐的改变起来，终于也敢和女性的同乡或朋友一同去走路了，但那距离，却至少总有三四尺的。这方法很不好，有时我在路上遇见他，只要在相距三四尺前后或左右有一个年青漂亮的女人，我便会疑心就是他的朋友。但他和我一同走路的时候，可就走得近了，简直是扶住我，因为怕我被汽车或电车撞死；我这面也为他近视而又要照顾别人担心，大家都苍皇失措的愁一路，所以倘不是万不得已，我是不大和他一同出去的，我实在看得他吃力，因而自己也吃力。

无论从旧道德，从新道德，只要是损己利人的，他就挑选上，自己背起来。

他终于决定地改变了，有一回，曾经明白的告诉我，此后应该转换作品的内容和形式。我说：这怕难罢，譬如使惯了刀的，这回要他耍棍，怎么能行呢？他简洁的答道：只要学起来！

他说的并不是空话，真也在从新学起来了，其时他曾经带了一个朋友来访我，那就是冯铿女士。谈了一些天，我对于她终于很隔膜，我疑心她有点罗曼谛克，急于事功；我又疑心柔石的近来要做大部的小说，是发源于她的主张的。但我又疑心我自己，也许是柔石的先前的斩钉截铁的回答，正中了我那其实是偷懒的主张的伤疤，所以不自觉地迁怒到她身上去了。——我其实也并不比我所怕见的神经过敏而自尊的文学青年高明。

她的体质是弱的，也并不美丽。

三

直到左翼作家联盟成立之后，我才知道我所认识的白莽，就是在《拓荒者》上做诗的殷夫。有一次大会时,我便带了一本德译的,一个美国的新闻记者所做的中国游记去送他,这不过以为他可以由此练习德文,另外并无深意。然而他没有来。我只得又托了柔石。

但不久,他们竟一同被捕,我的那一本书,又被没收,落在"三道头"之类的手里了。

四

明日书店要出一种期刊,请柔石去做编辑,他答应了;书店还想印我的译著,托他来问版税的办法,我便将我和北新书局所订的合同,抄了一份交给他,他向衣袋里一塞,匆匆的走了。其时是一九三一年一月十六日的夜间,而不料这一去,竟就是我和他相见的末一回,竟就是我们的永诀。

第二天,他就在一个会场上被捕了,衣袋里还藏着我那印书的合同,听说官厅因此正在找寻我。印书的合同,是明明白白的,但我不愿意到那些不明不白的地方去辩解。记得《说岳全传》里讲过一个高僧,当追捕的差役刚到寺门之前,他就"坐化"了,还留下什么"何立从东来,我向西方走"的偈子。这是奴隶所幻想的脱离苦海的惟一的好方法,"剑侠"盼不到,最自在的惟此而已。我不是高僧,没有涅槃的自由,却还有生之留恋,我于是就逃走。

这一夜,我烧掉了朋友们的旧信札,就和女人抱着孩子走在一个客栈里。不几天,即听得外面纷纷传我被捕,或是被杀了,柔石的消息却很少。有的说,他曾经被巡捕带到明日书店里,问是否是编辑;有的说,他曾经被巡捕带往北新书局去,问是否是柔石,手上上了铐,可见案情是重的。但怎样的案情,却谁也不明白。

他在囚系中,我见过两次他写给同乡的信,第一回是这样的——

"我与三十五位同犯(七个女的)于昨日到龙华。并于昨夜上了镣，开政治犯从未上镣之纪录。此案累及太大，我一时恐难出狱，书店事望兄为我代办之。现亦好，且跟殷夫兄学德文，此事可告周先生；望周先生勿念，我等未受刑。捕房和公安局，几次问周先生地址，但我那里知道。诸望勿念。祝好！

赵少雄　一月二十四日。"

以上正面。

"洋铁饭碗，要二三只

如不能见面，可将东西

望转交赵少雄"

以上背面。

他的心情并未改变，想学德文，更加努力；也仍在记念我，像在马路上行走时候一般。但他信里有些话是错误的，政治犯而上镣，并非从他们开始，但他向来看得官场还太高，以为文明至今，到他们才开始了严酷。其实是不然的。果然，第二封信就很不同，措词非常惨苦，且说冯女士的面目都浮肿了，可惜我没有抄下这封信。其时传说也更加纷繁，说他可以赎出的也有，说他已经解往南京的也有，毫无确信；而用函电来探问我的消息的也多起来，连母亲在北京也急得生病了，我只得一一发信去更正，这样的大约有二十天。

天气愈冷了，我不知道柔石在那里有被褥不？我们是有的。洋铁碗可曾收到了没有？……但忽然得到一个可靠的消息，说柔石和其他二十三人，已于二月七日夜或八日晨，在龙华警备司令部被枪毙了，他的身上中了十弹。

原来如此！……

在一个深夜里，我站在客栈的院子中，周围是堆着的破烂的什物；人们都睡觉了，连我的女人和孩子。我沉重的感到我失掉了很好的朋友，中国失掉了很好的青年，我在悲愤中沉静下去了，然而积习却从沉静中抬起头来，凑成了这样的几句：

"惯于长夜过春时，挈妇将雏鬓有丝。

梦里依稀慈母泪，城头变幻大王旗。

忍看朋辈成新鬼，怒向刀丛觅小诗。

吟罢低眉无写处，月光如水照缁衣。"

但末二句，后来不确了，我终于将这写给了一个日本的歌人。

可是在中国，那时是确无写处的，禁锢得比罐头还严密。我记得柔石在年底曾回故乡，住了好些时，到上海后很受朋友的责备。他悲愤的对我说，他的母亲双眼已经失明了，要他多住几天，他怎么能够就走呢？我知道这失明的母亲的眷眷的心，柔石的拳拳的心。当《北斗》创刊时，我就想写一点关于柔石的文章，然而不能够，只得选了一幅珂勒惠支（Käthe Kollwitz）夫人的木刻，名曰《牺牲》，是一个母亲悲哀地献出她的儿子去的，算是只有我一个人心里知道的柔石的记念。

同时被难的四个青年文学家之中，李伟森我没有会见过，胡也频在上海也只见过一次面，谈了几句天。较熟的要算白莽，即殷夫了，他曾经和我通过信，投过稿，但现在寻起来，一无所得，想必是十七那夜统统烧掉了，那时我还没有知道被捕的也有白莽。然而那本《彼得斐诗集》却在的，翻了一遍，也没有什么，只在一首 *Wahlspruch*（格言）的旁边，有钢笔写的四行译文道：

"生命诚宝贵，

　　爱情价更高；

　　若为自由故，

　　二者皆可抛！"

又在第二叶上，写着"徐培根"三个字，我疑心这是他的真姓名。

五

前年的今日，我避在客栈里，他们却是走向刑场了；去年的今日，我在炮声中逃在英租界，他们则早已埋在不知那里的地下了；今年的今日，我才坐在旧寓里，人们都睡觉了，连我的女人和孩子。我又沉重的感到我失掉了很好的朋友，中国失掉了很好的青年，我在悲愤中沉静下去了，不料积习又从沉静中抬起头来，写下了以上那些字。

要写下去，在中国的现在，还是没有写处的。年青时读向子期《思旧赋》，很怪他为什么只有寥寥的几行，刚开头却又煞了尾。然而，现在我懂得了。

不是年青的为年老的写记念，而在这三十年中，却使我目睹许多青年的血，层层淤积起来，将我埋得不能呼吸，我只能用这样的笔墨，写几句文章，算是从泥土中挖一个小孔，自己延口残喘，这是怎样的世界呢。夜正长，路也正长，我不如忘却，不说的好罢。但我知道，即使不是我，将来总会有记起他们，再说他们的时候的。……

二月七——八日。

原载 1933 年 4 月 1 日《现代》月刊第 2 卷第 6 期。
初收 1934 年 3 月上海同文书店版《南腔北调集》。

九日

日记　雨雪，午霁。得靖华信，一月九日发。晚得诗荃信。达夫来访。得费慎祥信并见赠《现代史料》（第一集）一本。

战略关系

首都《救国日报》上有句名言：

"浸使为战略关系，须暂时放弃北平，以便引敌深入……应严厉责成张学良，以武力制止反对运动，虽流血亦所不辞。"（见

《上海日报》二月九日转载。)

虽流血亦所不辞！勇敢哉战略大家也！

血的确流过不少，正在流的更不少，将要流的还不知道有多多少少。这都是反对运动者的血。为着什么？为着战略关系。

战略家在去年上海打仗的时候，曾经说："为战略关系，退守第二道防线"，这样就退兵；过了两天又说，为战略关系，"如日军不向我军射击，则我军不得开枪，着士兵一体遵照"，这样就停战。此后，"第二道防线"消失，上海和议开始，谈判，签字，完结。那时候，大概为着战略关系也曾经见过血；这是军机大事，小民不得而知，——至于亲自流过血的虽然知道，他们又已经没有了舌头。究竟那时候的敌人为什么没有"被诱深入"？

现在我们知道了：那次敌人所以没有"被诱深入"者，决不是当时战略家的手段太不高明，也不是完全由于反对运动者的血流得"太少"，而另外还有个原因：原来英国从中调停——暗地里和日本有了谅解，说是日本呀，你们的军队暂时退出上海，我们英国更进一步来帮你的忙，使满洲国不至于被国联否认，——这就是现在国联的什么什么草案，什么什么委员的态度。这其实是说，你不要在这里深入，——这里是有赃大家分，——你先到北方去深入再说。深入还是要深入，不过地点暂时不同。

因此，"诱敌深入北平"的战略目前就需要了。流血自然又要多流几次。

其实，现在一切准备停当，行都陪都色色俱全，文化古物，和大学生，也已经各自乔迁。无论是黄面孔，白面孔，新大陆，旧大陆的敌人，无论这些敌人要深入到什么地方，都请深入罢。至于怕有什么反对运动，那我们的战略家："虽流血亦所不辞"！放心，放心。

二月九日。

原载 1933 年 2 月 13 日《申报·自由谈》。署名何家干。

初收 1933 年 10 月上海青光书局（北新）版《伪自由书》。

赌　咒

“天诛地灭，男盗女娼”——是中国人赌咒的经典，几乎像诗云子曰一样。现在的宣誓，“誓杀敌，誓死抵抗，誓……”似乎不用这种成语了。

但是，赌咒的实质还是一样，总之是信不得。他明知道天不见得来诛他，地也不见得来灭他，现在连人参都“科学化地”含起电气来了，难道“天地”还不科学化么！至于男盗和女娼，那是非但无害，而且有益：男盗——可以多刮几层地皮，女娼——可以多弄几个“裙带官儿”的位置。

我的老朋友说：你这个“盗”和“娼”的解释都不是古义。我回答说——你知道现在是什么时代！现在是盗也摩登，娼也摩登，所以赌咒也摩登，变成宣誓了。

二月九日。

原载 1933 年 2 月 14 日《申报·自由谈》。署名干。
初收 1933 年 10 月上海青光书局（北新）版《伪自由书》。

致　曹靖华

靖华兄：

一月九日来函，今日收到。我于何日曾发信，自己也记不清楚了，今年似尚未寄过一信。至于书报，则在去年底曾寄《文学月报》等两包；又再版《铁流》等四本共一包。今年又寄上《竖琴》十本分两包，除赠兄一册外，乞分赠作家者也，但兄如不够用，可见示，当再寄上。

国内文坛除我们仍受压迫及反对者趁势活动外，亦无甚新局。但我们这面，亦颇有新作家出现；茅盾作一小说曰《子夜》(此书将来当寄上)，计三十余万字，是他们所不能及的。《文学月报》出五六合册后，已被禁止。

《铁流》系光华书局出版，他将我的版型及存书取去，书已售完，而欠我百余元至今不付。再版之版税，又只付五十元，以后即不付一文，现此书已被禁止，恐一切更有所藉口，不能与之说话矣。其实书是还是暗暗的出售的，不过他更可以推托，上海书坊，利用左翼作者之被压迫而赚钱者，常常有之。

兄之版税，存我处者共三百二十元(《铁流》初版二百元，再版五十元，《星花》七十元)，上月得霁，静两兄来信，令寄尚佩芸五十元，又尚振声一百元，已于本月一日，由邮局汇出。所存尚有一百七十元，当于日内寄往河南尚宅也。

静兄因误解被捕，历十多天始保出，书籍衣服，恐颇有损失。近闻他的长子病死了，未知是否因封门，无居处，受冷成病之故，真是晦气。

我们是好的，经济亦不窘。我总只做些杂务，并无可以特别提出之译作。《二十人集》下本，大约三月底可出，一出即寄。杂志如有较可看的，亦当寄上，但只能积三四本寄一回，因须挂号，如此始较合算也。

《铁流》作者今年七十岁，我们曾发一电贺他，不知见于报章否？

前回曾发一信(忘记月日)，托兄再买别德纳衣诗(骂托罗茨基的)之有图者一本，又《文学家像》第一本(第二本我已有)一本，未知已收到否，能得否？

它兄曾咯血数口，现已止，人是好的。他已将《被解放之 Don

Quixote》译完，但尚未觅得出版处；现正编译关于文艺理论之论文。他有一信，今附上。

这里要温暖起来了。

此复，即颂

安好。

弟豫　上。二月九日之夜。

十日

日记　昙。上午复靖华信附文，它笺。往篠崎医院为海婴取药，付泉二元四角。午后雨雪。下午得良友公司信，即复。寄申报馆信。

致 赵家璧

家璧先生：

来信收到。关于校对，是看了《暧昧》的时候想起的。至于我的两种译本，则已在复校时改正，所以很少这样的处所。

在北平的讲演，必不止一万字，但至今依然一字未录，他日写出，当再奉闻。此复并颂

时绥。

鲁迅　二月十日

十一日

日记　昙，午晴。濯足。下午伊洛生来。得静农信并照片四枚，六日发。

十二日

日记　星期。晴。上午为海婴往篠崎医院取药，付泉四元八角。下午得绍兴朱宅所寄糟鸡，笋干共一篓。得小峰信并版税二百元。得程琪英信，去年十一月十四日柏林发。往内山书店，得『版芸術』（二月分）一本，价六角。三弟及蕴如携婴儿来，留之夜饭。

致 台静农

静农兄：

六日来信收到，并照片四枚，谢谢。民权保障会大概是不会长寿的，且听下回分解罢。以酉为申，乃是误记，此种推算，久不关心，偶一涉笔，遂即以猢狲为公鸡也。今日寄《竖琴》六本，除赠兄一本外，余乞分送霁野，建功，维钧，马珏，及兼士先生之儿子（不知其名，能见告否?）为托。《文学月报》四期，已托人往书局去取，到后续寄，现所出者为五六合本，此后闻已被秘密禁止云。在辅大之讲演，记曾有学生记出，乞兄嘱其抄一份给我，因此地有人逼我出版在北平之讲演，须草成一小册与之也。寄罗山款百五十，已于本月一日由邮局汇出，但昨得靖华来函，令寄尚佩吾，故当于明日将余款全数寄去，了此一事耳。

此复，即颂
时绥。

　　　　　　　　　　　　迅　上　二月十二夜。

十三日

日记　晴。午后复程琪英信。寄静农信并《竖琴》六本。得内

44

山嘉吉君信片。从内山书店买书三本,三元九角。夜三弟来。

致 程琪英

琪英先生:

　　一九三二年十一月十四日发出的信,我是直到一九三三年二月十二日才收到的。先生出国已久,大约这里的事情统不知道了,这七八年来,真是变化万端,单就北新而论,就已被封过两回门,现在改为"青光书局"了,办事也很散漫,我想,来信是被他们压下了的。不知另有文稿寄来否? 我没有收到。

　　我于《呐喊》出版后,又出过《彷徨》一本,及二三种小册子,几本杂感集,三四日内,当寄上几本;另外还有一点翻译,是不足道的。现在很少著作,且被剥夺了发表自由,前年,还曾通缉过我,但我没有被捕。

　　书收到后,望给我一个回信,通信处是:

　　上海,北四川路底

　　内山书店转

　　周豫才收。

迅　启上　二月十三日

十四日

　　日记　晴。午后寄尚佩吾信并靖华版税百七十。得玄珠信。得山本初枝寄赠之『アララギ』二十五周年纪念絵葉书三十三枚。得辛岛骁君从朝鲜寄赠之玩具二合六枚,鱼子一合三包,分给镰田及内山君各一包。得霁野信及靖华译《花园》稿一份。

致 李小峰

小峰兄：

　　校稿寄上，但须再看一回。上面还有两页，不知何以抽去，须即补排。

　　前次面谈拟自备纸张印一百部，现在不想印了，并闻。

迅　上　二月十四日

十五日

　　日记　雨。午后送申报馆信。下午得达夫信。得尚振声发银回帖。

颂　萧

　　萧伯纳未到中国之前，《大晚报》希望日本在华北的军事行动会因此而暂行停止，呼之曰"和平老翁"。

　　萧伯纳既到香港之后，各报由"路透电"译出他对青年们的谈话，题之曰"宣传共产"。

　　萧伯纳"语路透访员曰，君甚不像华人，萧并以中国报界中人全无一人访之为异，问曰，彼等其幼稚至于未识余乎？"（十一日路透电）

　　我们其实是老练的，我们很知道香港总督的德政，上海工部局的章程，要人的谁和谁是亲友，谁和谁是仇雠，谁的太太的生日是那一天,爱吃的是什么。但对于萧,——惜哉,就是作品的译本也只有三四种。

所以我们不能识他在欧洲大战以前和以后的思想,也不能深识他游历苏联以后的思想。但只就十四日香港"路透电"所传,在香港大学对学生说的"如汝在二十岁时不为赤色革命家,则在五十岁时将成不可能之僵石,汝欲在二十岁时成一赤色革命家,则汝可得在四十岁时不致落伍之机会"的话。就知道他的伟大。

但我所谓伟大的,并不在他要令人成为赤色革命家,因为我们有"特别国情",不必赤色,只要汝今天成为革命家,明天汝就失掉了性命,无从到四十岁。我所谓伟大的,是他竟替我们二十岁的青年,想到了四五十岁的时候,而且并不离开了现在。

阔人们会搬财产进外国银行,坐飞机离开中国地面,或者是想到明天的罢;"政如飘风,民如野鹿",穷人们可简直连明天也不能想了,况且也不准想,不敢想。

又何况二十年,三十年之后呢?这问题极平常,然而是伟大的。

此之所以为萧伯纳!

二月十五日。

原载 1933 年 2 月 17 日《申报·自由谈》,题作《萧伯纳颂》。署名何家干。

初收 1933 年 10 月上海青光书局(北新)版《伪自由书》。

十六日

日记 雨。上午为海婴往篠崎医院取药,付泉四元八角。午后寄尚佩芸信,付尚声振[振声]回帖。往内山书店买『プロレタリア文学概論』一本,一元七角。得林语堂信。寄程琪英《彷徨》等六本共一包。

十七日

日记　昙。晨得内山君笺。午后汽车赍蔡先生信来,即乘车赴宋庆龄夫人宅午餐,同席为萧伯纳,斯沫特列女士,杨杏佛,林语堂,蔡先生,孙夫人,共七人,饭毕照相二枚。同萧,蔡,林,杨往笔社,约二十分后复回孙宅。绍介木村毅君于萧。傍晚归。夜木村毅君见赠『明治文学展望』一本。

前文的案语

这种"不凡"的议论的要点是:(一)尖刻的冷箭,"令受者难堪,听者痛快",不过是取得"伟大"的秘诀;(二)这秘诀还在于"借主义,成大名,挂羊头,卖狗肉的戏法";(三)照《大晚报》的意见,似乎应当为着自己的"主义"——高唱"神武的大文","张开血盆似的大口"去吃人,虽在二十岁就落伍,就变为僵石,亦所不惜;(四)如果萧伯纳不赞成这种"主义",就不应当坐安乐椅,不应当有家财,赞成了那种主义,当然又当别论。

可惜,这世界的崩溃,偏偏已经到了这步田地:——小资产的智识阶层分化出一些爱光明不肯落伍的人,他们向着革命的道路上开步走。他们利用自己的种种可能,诚恳的赞助革命的前进。他们在以前,也许客观上是资本主义社会关系的拥护者。但是,他们偏要变成资产阶级的"叛徒"。而叛徒常常比敌人更可恶。

卑劣的资产阶级心理,以为给了你"百万家财",给了你世界的大名,你还要背叛,你还有什么不满意,"实属可恶之至"。这自然是"借主义,成大名"了。对于这种卑劣的市侩,每一件事情一定有一种物质上的荣华富贵的目的。这是道地的"唯物主义"——名利主义。萧伯纳不在这种卑劣心理的意料之中,所以可恶之至。

而《大晚报》还推论到一般的时代风尚,推论到中国也有"坐在安乐椅里发着尖刺的冷箭来宣传什么什么主义的,不须先生指教"。这当然中外相同的道理,不必重新解释了。可惜的是:独有那吃人的"主义",虽然借用了好久,然而还是不能够"成大名",呜呼!

至于可恶可怪的萧,——他的伟大,却没有因为这些人"受着难堪",就缩小了些。所以像中国历代的离经叛道的文人似的,活该被皇帝判决"抄没家财"。

《萧伯纳在上海》。

原载 1933 年 2 月 17 日《申报·自由谈》。署名乐雯。

初收 1933 年 10 月上海青光书局(北新)版《伪自由书》。

编按:"前文"指《大晚报》2 月 17 日社论《萧伯纳究竟不凡》。

十八日

日记 晴。午后蕴如来。下午得母亲信,十四日发。得霁野信片。夜内山君招饮于知味观,同席为木村毅君等共七人。

十九日

日记 星期。昙。午后蕴如及三弟来。下午雨。往内山书店买『英和字典』两种,共泉三元六角。寄天马书店版权印证三千枚。晚得语堂信。夜同广平往上海大戏院观苏联电影,名曰《生路》。

谁的矛盾

萧(George Bernard Shaw)并不在周游世界,是在历览世界上新闻记者们的嘴脸,应世界上新闻记者们的口试,——然而落了第。

他不愿意受欢迎,见新闻记者,却偏要欢迎他,访问他,访问之后,却又都多少讲些俏皮话。

他躲来躲去,却偏要寻来寻去,寻到之后,大做一通文章,却偏要说他自己善于登广告。

他不高兴说话,偏要同他去说话,他不多谈,偏要拉他来多谈,谈得多了,报上又不敢照样登载了,却又怪他多说话。

他说的是真话,偏要说他是在说笑话,对他哈哈的笑,还要怪他自己倒不笑。

他说的是直话,偏要说他是讽刺,对他哈哈的笑,还要怪他自以为聪明。

他本不是讽刺家,偏要说他是讽刺家,而又看不起讽刺家,而又用了无聊的讽刺想来讽刺他一下。

他本不是百科全书,偏要当他百科全书,问长问短,问天问地,听了回答,又鸣不平,好像自己原来比他还明白。

他本是来玩玩的,偏要逼他讲道理,讲了几句,听的又不高兴了,说他是来"宣传赤化"了。

有的看不起他,因为他不是一个马克思主义文学者,然而倘是马克思主义文学者,看不起他的人可就不要看他了。

有的看不起他,因为他不去做工人,然而倘若做工人,就不会到上海,看不起他的人可就看不见他了。

有的又看不起他,因为他不是实行的革命者,然而倘是实行者,就会和牛兰一同关在牢监里,看不起他的人可就不愿提他了。

他有钱,他偏讲社会主义,他偏不去做工,他偏来游历,他偏到上海,他偏讲革命,他偏谈苏联,他偏不给人们舒服……

于是乎可恶。

身子长也可恶,年纪大也可恶,须发白也可恶,不爱欢迎也可恶,逃避访问也可恶,连和夫人的感情好也可恶。

然而他走了,这一位被人们公认为"矛盾"的萧。

然而我想,还是熬一下子,姑且将这样的萧,当作现在的世界的文豪罢,唠唠叨叨,鬼鬼祟祟,是打不倒文豪的。而且为给大家可以唠叨起见,也还是有他在着的好。

因为矛盾的萧没落时,或萧的矛盾解决时,也便是社会的矛盾解决的时候,那可不是玩意儿也。

二月十九夜。

原载 1933 年 3 月 1 日《论语》半月刊第 12 期。
初收 1934 年 3 月上海同文书店版《南腔北调集》。

二十日

日记　昙。上午同广平携海婴往篠崎医院诊,付药泉四元八角。

二十一日

日记　晴。上午寄林语堂信并稿一篇。晚晤施乐君。夜得小峰信并版税泉二百,付以印证一万枚。

二十二日

日记　晴。上午得费君信。得林克多信。下午寄蔡先生信。

二十三日

日记　昙。上午得蔡先生信。晚雨。夜蕴如及三弟来。风。

SHAWとSHAWを見に来た
人々を見る記

私はSが好きだ。それは其の作品、或は伝記を読んで好きになつたのではないので、只だ何処でか少許の警句を読んで、誰れかゝら彼はよく紳士社会の仮面を剝取ると云ふ事を聴いたから好きになつたのだ。もう一つは支那にも随分西洋の紳士の真似をする連中が居る、彼等は大抵Sをこのまないから。私は往往自分の嫌ふ人に嫌はれる人を善い人だと思ふときがある。

　今に其のSがぢき支那に来る、併しわざと探出して見る気もしなかつた。

　十六日の午後内山君が改造社の電報を見せた、Sと遇つて見たら如何だと云ふ。そんなに遇はせたいなら遇つて見ようと決めました。

　十七日の晨、Sがもう上海に上陸して居る筈だが誰もその隠れ場所を知らなかつた。そう云ふ風に半日過ぎる。どうも遇へないようだ。午後になつたら蔡（蔡元培）先生からの手紙が到着しました。Sが只今孫夫人（宋慶齢女士）の宅に午食して居るから来てくれと云ふ。

　早速孫夫人の宅に参りました。客間の隣の小さい部屋にSは圓いテーブルの上側（席）に腰掛けて他の五人の人と支那料理を食べて居る。昔から写真を何処かで見、世界の名人だと聴いた事があつたから、ぢき電光の如く、文豪と遇つたと感じましたが、実は何の特別な処もありません。併し真白な鬚と髪、桃色の皮膚、優しい顔をしてゐるから肖像画にしたら実に立派なものだと思ひました。

　食事はもうなかば頃になつて居るらしい。菜食で簡単だ。白露人の新聞には侍者が無数だらうと推測して居たが、実地にはコック一人で料理を運んで居た。

　Sは大食しない、或は始めの時に随分食つたかも知れません。中途箸を使ひ出した、大変下手、中々挟まれません。併し感心な事には段々巧みになつて遂に何か一つをしつかりと挟みました。

欣欣然と人々の顔を一まはり見ましたが、誰も注意しないからその偉い成功は私以外の誰からも看過されてしまつた。

　食事に於けるSは少しも皮肉屋である事を私に感じさせなかつた。談話も普通で、例へば朋友は一番よい、長く交際する事が出来る、親や兄弟は自分で自由に選択したものでないから離れなければならんと云ふ様なもの。

　食事が済むと写真を三枚取りました。ならんで立つ時に私は自分のせいの低い事を感じた、三十年も若かつたら体を伸す体操でもやらうと思ひましたが。

　二時頃、筆倶楽部(ペン・クラブ)に歓迎会がある。一緒に自動車で行つたら会場は世界学会と云ふ処で、立派な洋館であつた。二階に登ると、文芸の為の文芸家、民族主義文学家、社交界の花、演劇界のキング、凡そ五十人程居りました。一団に集つて、彼に色々な事を質問する、恰も『エンサイクロペヂア・ブリッタニカ』でも引く様に。

　Sは少許り挨拶した。「諸君も皆な文学の士だから、こんな芸当はよく御存知の筈だ。演出者に至ると実行するものだから自分の様な書くだけのものよりも尚更多く知つて居る筈だ。其の他に何の云ふ可き事があるだらう。兎角今日は私は只動物園の中の動物と同じわけだが、諸君は今もう私を見たのだからそれでよいだらう」と。

　皆ながどつと笑ひ出した、又皮肉だと思つたらしい。

　梅蘭芳博士や別の名人の質問も少しあつたが此処では皆な略す。

　それからはSに土産を上げる儀式です。それは美男子の誉ある邵洵美君の手から差上げるので土で拵へた役者の隈取の小さい模型を一箱に収めたもの、もう一つは演劇用の着物ださうだが、紙で包んであるから見えませんでした。Sはそれを喜んで受取りました。後で張若谷君の発表した文章を読めば、Sは色々な事を聞いて張君も少しく皮肉を応酬してやつたのに惜い事にはSにはそれが分らなかつたのださうだが、併し私にも皮肉とは聞えませんでした。

　菜食主義の理由を問うた人があつた。Sは只だ肉を食べたくないからで、菜食にも、別の理由なしと説明した。其時写真取りに来る人が随分あつたから、自分の捲莨の煙がいけないと思つて私は外室へ出ました。

　新聞記者との会見の約束があるので三時半頃に又孫夫人の邸宅に帰へる。玄関の前にもう四五十人位待つて居たが半分しか入れなかつた。真先に木村君及び四五人の文士、新聞記者は只だ支那六人、米国一人、白露一人、其外写真師四五人だけだ。

　庭の芝生の上で、Sを中心に立たせ記者先生達が半圓陣を作つて世界遊の代りに記者の顔の展覧会を開く。Sは又色色な事を聞かれる、恰も『エンサイクロペヂア・ブリッタニカ』でも引く様に。

　Sは饒舌りたくない様だ。併し記者の方が云はせなければ置かないから、段々しやべり出します。熱くなつて長くしやべると今度は記者の方の書取の威勢が段々衰へて行きます。

　Sは本当の皮肉屋でないと私は思ふ、こんなに長くしやべるから。試験は五時頃に済みました。Sも草臥れた様だから、私は木村君と一緒に内山書店へ帰へりました。

　翌日の新聞記事の方がSの本当の言葉よりも面白い。同じ時に、同じ場所に、同じ言葉を聞いて書いた記事がそれぞれ違ひました。英語の解釈も聞く人の耳によつて余程変るらしい。例へば支那の政府について、英字新聞のSは支那人民が自分の感服するのを選抜して統治者となすべしと云ひ、日本字新聞のSは支那の政府はいくつもあると云ひ、漢字新聞のSは善い政府は何時も一般人民の歓心を得るものでないと云ふ。

こんな所から見ればSは皮肉屋でなくて鏡屋だ。

併し新聞上に於けるSの評判は一般に悪かつた。人々が各々自分の好きな有益な皮肉を聴くつもりで行つたのに、自分の厭な、有害な皮肉をも聞かされた。こゝに於いて各々皮肉を以て、Sは皮肉屋に過ぎないと、皮肉した。

皮肉競争の点に於いても私はSの方が偉いと思ふ。

私自分は直接にはSに何も聞かなかつた、Sも特別に私を指しては何もきかない。ところが木村君からSの印象記を書けと云はれた。私は人の書いた名人の印象記をば時々読みますが、一見して其の心の奥底を見ゆるが如く説いてあつて、実にその観察の鋭敏に感服します。しかし自分は人相学とか読心術とかの様なものさへも見た事がないから名人と遇つても実に印象などをしやる事に窮します。

併しわざく東京から上海までも出かけて来て書けと云ふのだから、申訳としてこんなものを送る事に致しました。

原載 1933 年 4 月号日本《改造》月刊。

初未收集。

致 黎烈文

烈文先生：

《自由谈》未出萧伯纳专号之前，尚有达夫先生所作关于萧者一篇，近拟转录，而遍觅不得。不知　先生尚藏有此日之旧报或原稿否？倘能见借一抄，感甚。

此上即请

文安。

鲁迅　启上　二月廿三夜

倘蒙赐复,请寄

北四川路底、内山书店转、周豫才收。

二十四日

日记　晴。上午寄黎烈文信。得霁野信。得增田君信。访蔡先生。午杨杏佛邀往新雅午餐,及林语堂,李济之。下午寄改造社稿一篇。夜买英文学书二本,共泉三元二角。

二十五日

日记　晴。下午得黎烈文信,夜复,附文稿一。小雨。

对于战争的祈祷

读书心得

热河的战争开始了。

三月一日——上海战争的结束的"纪念日",也快到了。"民族英雄"的肖像一次又一次的印刷着,出卖着;而小兵们的血,伤痕,热烈的心,还要被人糟蹋多少时候?回忆里的炮声和几千里外的炮声,都使得我们带着无可如何的苦笑,去翻开一本无聊的,但是,倒也很有几句"警句"的闲书。这警句是:

"喂,排长,我们到底上那里去哟?"——其中的一个问。

"走吧。我也不晓得。"

“丢那妈,死光就算了,走什么!”

“不要吵,服从命令!”

“丢那妈的命令!”

然而丢那妈归丢那妈,命令还是命令,走也当然还是走。四点钟的时候,中山路复归于沉寂,风和叶儿沙沙的响,月亮躲在青灰色的云海里,睡着,依旧不管人类的事。

这样,十九路军就向西退去。

(黄震遐:《大上海的毁灭》。)

什么时候“丢那妈”和“命令”不是这样各归各,那就得救了。

不然呢?还有“警句”可以回答这个问题:

十九路军打,是告诉我们说,除掉空说以外,还有些事好做!

十九路军胜利,只能增加我们苟且,偷安与骄傲的迷梦!

十九路军死,是警告我们活得可怜,无趣!

十九路军失败,才告诉我们非努力,还是做奴隶的好!

(见同书。)

这是警告我们,非革命,则一切战争,命里注定的必然要失败。现在,主战是人人都会的了——这是一二八的十九路军的经验:打是一定要打的,然而切不可打胜,而打死也不好,不多不少刚刚适宜的办法是失败。“民族英雄”对于战争的祈祷是这样的。而战争又的确是他们在指挥着,这指挥权是不肯让给别人的。战争,禁得起主持的人预定着打败仗的计画么?好像戏台上的花脸和白脸打仗,谁输谁赢是早就在后台约定了的。呜呼,我们的“民族英雄”!

二月二十五日。

原载 1933 年 2 月 28 日《申报·自由谈》。署名何家干。

初收 1933 年 10 月上海青光书局(北新)版《伪自由书》。

二十六日

日记　星期。雨。下午蕴如及三弟来。

致 李小峰

小峰兄：

我需要《呐喊》,《彷徨》,《热风》,《华盖集》及《续编》,《而已集》各一部共六本,希于店友送校稿时一并携下,其代价则于版税中扣除为荷。

记得《坟》之纸版,似已由北新从未名社取来,但记不真切。未知是否,希便中示及。

迅　上　二月廿六日

二十七日

日记　雨。上午得霁野信并未名社对开明书店收条一纸。得尚佩吾信。下午往语堂寓。夜蕴如及三弟来,赠以香烟一合。寄小峰信。

二十八日

日记　昙。上午为海婴往篠崎医院取药,付泉四元八角。下午在内山书店买『ツルグネフ散文詩』一本,二元。雨。得林微音信,即复。

《萧伯纳在上海》序

现在的所谓"人",身体外面总得包上一点东西,绸缎,毡布,纱葛都可以。就是穷到做乞丐,至少也得有一条破裤子;就是被称为野蛮人的,小肚前后也多有了一排草叶子。要是在大庭广众之前自己脱去了,或是被人撕去了,这就叫作不成人样子。

虽然不像样,可是还有人要看,站着看的也有,跟着看的也有,绅士淑女们一齐掩住了眼睛,然而从手指缝里偷瞥几眼的也有,总之是要看看别人的赤条条,却小心着自己的整齐的衣裤。

人们的讲话,也大抵包着绸缎以至草叶子的,假如将这撕去了,人们就也爱听,也怕听。因为爱,所以围拢来,因为怕,就特地给它起了一个对于自己们可以减少力量的名目,称说这类的话的人曰"讽刺家"。

伯纳·萧一到上海,热闹得比泰戈尔还利害,不必说毕力涅克(Boris Pilniak)和穆杭(Paul Morand)了,我以为原因就在此。

还有一层,是"专制使人们变成冷嘲",但这是英国的事情,古来只能"道路以目"的人们是不敢的。不过时候也到底不同了,就要听洋讽刺家来"幽默"一回,大家哈哈一下子。

还有一层,我在这里不想提。

但先要提防自己的衣裤。于是各人的希望就不同起来了。蹩脚愿意他主张拿拐杖,癞子希望他赞成戴帽子,涂了脂粉的想他讽刺黄脸婆,民族主义文学者要靠他来压服了日本的军队。但结果如何呢?结果只要看唠叨的多,就知道不见得十分圆满了。

萧的伟大可又在这地方。英系报,日系报,白俄系报,虽然造了一些谣言,而终于全都攻击起来,就知道他决不为帝国主义所利用。至于有些中国报,那是无须多说的,因为原是洋大人的跟丁。这跟也跟得长久了,只在"不抵抗"或"战略关系"上,这才走在他们军队的前面。

萧在上海不到一整天,而故事竟有这么多,倘是别的文人,恐怕不见得会这样的。这不是一件小事情,所以这一本书,也确是重要的文献。在前三个部门之中,就将文人,政客,军阀,流氓,叭儿的各式各样的相貌,都在一个平面镜里映出来了。说萧是凹凸镜,我也不以为确凿。

余波流到北平,还给大英国的记者一个教训:他不高兴中国人欢迎他。二十日路透电说北平报章多登关于萧的文章,是"足证华人传统的不感觉苦痛性"。胡适博士尤其超脱,说是不加招待,倒是最高尚的欢迎。

"打是不打,不打是打!"

这真是一面大镜子,真是令人们觉得好像一面大镜子的大镜子,从去照或不愿去照里,都装模作样的显出了藏着的原形。在上海的一部分,虽然用笔和舌的还没有北平的外国记者和中国学者的巧妙,但已经有不少的花样。旧传的脸谱本来也有限,虽有未曾收录的,或后来发表的东西,大致恐怕总在这谱里的了。

一九三三年二月二十八日灯下,鲁迅。

最初印入 1933 年 3 月上海野草书屋版《萧伯纳在上海》。

初收 1934 年 3 月上海同文书店版《南腔北调集》。

本月

同志小林の死を聞いて

日本と支那との大衆はもとより兄弟ごある。資産階級は大衆をだまして其の血で界をゑがいた、又ゑがきつつある。

併し無産階級と其の先駆達は血ごそれを洗つて居る。

同志小林の死は其の実証の一だ。

我々は知つて居る、我々は忘れない。

我々は堅く同志小林の血路に沿つて前進し握手するのだ。

魯　迅

原载 1933 年 5 月 1 日日本《无产阶级文学》第 2 卷第 4
号。衍期出版。

初未收集。

三月

一日

日记　晴。午后寄木村毅信。得内山嘉吉信,言于二月二十二日举一子。得杨杏佛信并照片二枚。得静农信并《初期白话诗稿》五本,半农所赠。得季市信。得黎烈文信。同内山夫人往东照里看屋。下午理发。买景宋椠《三世相》一本。达夫来,未遇。夜寄母亲信。复静农信。发贺内山嘉吉夫妇生子信。

致 台静农

静农兄:

二月廿四信,讲稿并白话诗五本,今日同时收到。萧在上海时,我同吃了半餐饭,彼此讲了一句话,并照了一张相,蔡先生也在内,此片现已去添印,成后当寄上也。

他与梅兰芳问答时,我是看见的,问尖而答愚,似乎不足艳称,不过中国多梅毒,其称之也亦无足怪。

我们集了上海各种议,以为一书,名之曰《萧伯纳在上海》,已付印,成后亦当寄上。萧在初到时,与孙夫人(宋),林语堂,杨杏佛(?)谈天不少,别人皆不知道,登在第十二期《论语》上,今天也许出版了罢,北京必有,故不拟寄。我到时,他们已吃了一半饭,故未闻,但我的一句话也登在那上面。

看在上海的情形,萧是确不喜欢人欢迎他的,但胡博士的主张,却别有原因,简言之,就是和英国绅士(英国人是颇嫌萧的)一鼻孔

62

出气。他平日所交际恭维者何种人，而忽深恶富家翁耶？

　　闻胡博士有攻击民权同盟之文章，在北平报上发表，兄能觅以见寄否？

　　《社会新闻》已看过，大可笑。但此物不可不看，因为由此可窥见狐鼠鬼蜮伎俩也。

　　我忙于打杂，小说一字未写。罗山已有信来，说款都收到了。霁野有信来，言有平报一份，由兄直接寄我，但我尚未收到。此复，即颂

近祺。

迅　启上　三月一日

致 山本初枝

　　拝啓　久しく御無沙汰致しました、実に済みません。何うしたのか近頃は忙しくて落着きまん。子供の胃腸病は癒って来ましたけれども横着で仕事の邪魔をします。何処か一室をかりて毎日三四時間あそこに行って勉強しようとも思って居ますけれど。正月に盗難に遇ふたと存じました。実に気の毒な事です。私なんかの手紙などは何等の価値もないから、どうでもよい、ぬすんで行って出して見たら屹度大に怒ったでしょう。これも実に気の毒な事です。増田君から手紙が来ました、もう東京に出て来ました、併し『世界ユーモア全集』の翻訳は失敗したよーです。先日、改造社から特派して来た木村毅氏と遇って其の本のうれる数を聞いたら二千部で訳者の収入は約二百円だと云ふ。つまり原稿紙一枚は一円にもならないのです。先月の末にはShawが上海に来たのだから一騒しました。私も遇って互に一言づつ云ひました。

写真も取って居たので一週間の後に送り上げます、今にはもう東京に居りますから矢張歓迎会などをやって居るでせう。汝は行って見ましたか? 私は実に風采のよい老人だと思ふ。上海は不相変寂寞たるもの、謡言も多い。私は去年の末には今年の二月まで中篇小篇一つ書き上げなけれげならんと思って居ましたが三月になったらまだ一字もかきません。毎日ぶらぶら、そうして五月蠅い雑務も多いから遂に何の成績もありません。併し変名して社会に対する批評をば随分書きました。もう私であると云ふ事が人に発見されたのだから今には攻撃されてる最中、併しそれはどうでもよい事です。桜の咲く時節も来る様だ、が、東京には緊張してるでしょう、世の中は中々おだやかにならないらしい。併し御養生する様望みます。

草々

魯迅　三月一日、夜

山本初枝夫人几下

致 増田渉

　二月十七日の御手紙はとくに到着したのだが世の中は何んだかおだやかでないから僕までも忙しくなり、あぶなかしくなり其の上子供は騒ぐから返事を遂に今まで引延ばした、実に済まない事です。

　佐藤先生に非常に感謝します、面会したら此の微意を伝はて下さい、僕も何かの創作を書きたいけれども支那の今のよーな有様ではどうも駄目らしい。此頃は社会の要求を応じて短評を書いて居ますが其の為めに益々不自由になります。併し勢、こーならなければならないと成ったのだから、仕様がないです。去年は北京に行って暫くやすもうと思ひましたが今の有様を見ればそれも駄目だろー。

高明君は実に言へば文字通りではないのです。一時は頗る書きましたが、此頃は殆んどわすられて居ます。若し佐藤先生の作が此の人に訳されたら或はその不幸は私の井上紅梅氏に遇ふ事よりも以上だろーと思ひます。

文化月報若し出版したら、すぐ送りますが併し第二号はやられるかも知りません。

Shawが上海へ来て一騒した、改造社からは木村毅氏を特派して上海まで来たのだから沢山文章を書いたのだろー。改造社は特刊を出すつもりそーです。しかし、僕と木村氏が行かなった前にSは宋慶齢女史（孫逸仙夫人）との談話はもう随分有ったそーで其の筆記は三月分の『論語』（上海の「ユーモア」雑誌だが、中々ユーモアでないもの）にでます。出版したらだゞちに送りますから改造社に聞いて汝から訳して其の特刊にのったらどうですか。

偖上海は段々あたゝかくなり、私どもはまづ不相変無事です、ほかの所へ行く計画もありません。若しあなたがいらしゃるなら遇へます。

地質清水様とはもー活動写真屋で一度遇ひました。
草々

魯迅　三月一日の夜

増田渉兄へ

二日

日记　晴。上午寄山本初枝女士信。寄增田君信。得靖华信，一月末发。晚得小峰信并《呐喊》等六本。山县氏索小说并题诗，于夜写二册赠之。《呐喊》云："弄文罹文网，抗世违世情。积毁可销骨，空留纸上声。"《彷徨》云："寂寞新文苑，平安旧战场。两间余一卒，荷戟尚彷徨。"

从讽刺到幽默

讽刺家，是危险的。

假使他所讽刺的是不识字者，被杀戮者，被囚禁者，被压迫者罢，那很好，正可给读他文章的所谓有教育的智识者嘻嘻一笑，更觉得自己的勇敢和高明。然而现今的讽刺家之所以为讽刺家，却正在讽刺这一流所谓有教育的智识者社会。

因为所讽刺的是这一流社会，其中的各分子便各各觉得好像刺着了自己，就一个个的暗暗的迎出来，又用了他们的讽刺，想来刺死这讽刺者。

最先是说他冷嘲，渐渐的又七嘴八舌的说他谩骂，俏皮话，刻毒，可恶，学匪，绍兴师爷，等等，等等。然而讽刺社会的讽刺，却往往仍然会"悠久得惊人"的，即使捧出了做过和尚的洋人或专办了小报来打击，也还是没有效，这怎不气死人也么哥呢！

枢纽是在这里：他所讽刺的是社会，社会不变，这讽刺就跟着存在，而你所刺的是他个人，他的讽刺倘存在，你的讽刺就落空了。

所以，要打倒这样的可恶的讽刺家，只好来改变社会。

然而社会讽刺家究竟是危险的，尤其是在有些"文学家"明明暗暗的成了"王之爪牙"的时代。人们谁高兴做"文字狱"中的主角呢，但倘不死绝，肚子里总还有半口闷气，要借着笑的幌子，哈哈的吐他出来。笑笑既不至于得罪别人，现在的法律上也尚无国民必须哭丧着脸的规定，并非"非法"，盖可断言的。

我想：这便是去年以来，文字上流行了"幽默"的原因，但其中单是"为笑笑而笑笑"的自然也不少。

然而这情形恐怕是过不长久的，"幽默"既非国产，中国人也不是长于"幽默"的人民，而现在又实在是难以幽默的时候。于是虽幽默也就免不了改变样子了，非倾于对社会的讽刺，即堕入传统的"说笑话"和"讨便宜"。

三月二日。

原载 1933 年 3 月 7 日《申报·自由谈》。署名何家干。

初收 1933 年 10 月上海青光书局（北新）版《伪自由书》。

从幽默到正经

"幽默"一倾于讽刺，失了它的本领且不说，最可怕的是有些人又要来"讽刺"，来陷害了，倘若堕于"说笑话"，则寿命是可以较为长远，流年也大致顺利的，但愈堕愈近于国货，终将成为洋式徐文长。当提倡国货声中，广告上已有中国的"自造舶来品"，便是一个证据。

而况我实在恐怕法律上不久也就要有规定国民必须哭丧着脸的明文了。笑笑，原也不能算"非法"的。但不幸东省沦陷，举国骚然，爱国之士竭力搜索失地的原因，结果发见了其一是在青年的爱玩乐，学跳舞。当北海上正在嘻嘻哈哈的溜冰的时候，一个大炸弹抛下来，虽然没有伤人，冰却已经炸了一个大窟窿，不能溜之大吉了。

又不幸而榆关失守，热河吃紧了，有名的文人学士，也就更加吃紧起来，做挽歌的也有，做战歌的也有，讲文德的也有，骂人固然可恶，俏皮也不文明，要大家做正经文章，装正经脸孔，以补"不抵抗主义"之不足。

但人类究竟不能这么沉静，当大敌压境之际，手无寸铁，杀不得敌人，而心里却总是愤怒的，于是他就不免寻求敌人的替代。这时候，笑嘻嘻的可就遭殃了，因为他这时便被叫作："陈叔宝全无心肝"。所以知机的人，必须也和大家一样哭丧着脸，以免于难。"聪明人不吃眼前亏"，亦古贤之遗教也，然而这时也就"幽默"归天，"正经"统一了剩下的全中国。

明白这一节，我们就知道先前为什么无论贞女与淫女，见人时都得不笑不言；现在为什么送葬的女人，无论悲哀与否，在路上定要放声大叫。

这就是"正经"。说出来么，那就是"刻毒"。

三月二日。

原载 1933 年 3 月 8 日《申报·自由谈》。署名何家干。

初收 1933 年 10 月上海青光书局（北新）版《伪自由书》。

题《呐 喊》

弄文罹文网，抗世违世情。
积毁可销骨，空留纸上声。

三月

未另发表。据手稿编入。

初未收集。

题《彷 徨》

寂寞新文苑,平安旧战场。
两间馀一卒,荷戟独彷徨。

三月

本篇曾见录于 1934 年 7 月 20 日《人间世》半月刊第 8
期高疆《今人诗话》一文。

初收 1935 年 5 月上海群众图书公司版《集外集》。

致 许寿裳

季市兄:

二月廿七日手书敬悉。关于儿童心理学书,内山书店中甚少,
只见两种,似亦非大佳,已嘱其径寄,并代付书价矣。大约此种书出
版本不多,又系冷色,必留意广告而特令寄取,始可耳。

旧邮票集得六枚,并附呈。

此复,顺颂

安康。

弟飞 顿首 三月二日

三日

日记 晴。上午内山夫人来并赠堇花一盆。得适夷信。午后
往东照里看屋。下午寄季市信并代买书二本。往中央研究院。寄
紫佩信。夜寄黎烈文信并稿三。校《萧伯纳在上海》起。雨。

文摊秘诀十条

一，须竭力巴结书坊老板，受得住气。

二，须多谈胡适之之流，但上面应加"我的朋友"四字，但仍须讥笑他几句。

三，须设法办一份小报或期刊，竭力将自己的作品登在第一篇，目录用二号字。

四，须设法将自己的照片登载杂志上，但片上须看见玻璃书箱一排，里面都是洋装书，而自己则作伏案看书，或默想之状。

五，须设法证明墨翟是一只黑野鸡，或杨朱是澳洲人，并且出一本"专号"。

六，须编《世界文学家辞典》一部，将自己和老婆儿子，悉数详细编入。

七，须取《史记》或《汉书》中文章一二篇，略改字句，用自己的名字出版，同时又编《世界史学家辞典》一部，办法同上。

八，须常常透露目空一切的口气。

九，须常常透露游欧或游美的消息。

十，倘有人作文攻击，可说明此人曾来投稿，不予登载，所以挟嫌报复。

原载 1933 年 3 月 20 日《申报·自由谈》。署名孺牛。

初未收集。

四日

日记 昦，午后雨。下午以照片两枚寄山本夫人。夜风。

由中国女人的脚，推定
中国人之非中庸，又由此
推定孔夫子有胃病

"学匪"派考古学之一

　　古之儒者不作兴谈女人，但有时总喜欢谈到女人。例如"缠足"罢，从明朝到清朝的带些考据气息的著作中，往往有一篇关于这事起源的迟早的文章。为什么要考究这样下等事呢，现在不说他也罢，总而言之，是可以分为两大派的，一派说起源早，一派说起源迟。说早的一派，看他的语气，是赞成缠足的，事情愈古愈好，所以他一定要考出连孟子的母亲，也是小脚妇人的证据来。说迟的一派却相反，他不大恭维缠足，据说，至早，亦不过起于宋朝的末年。

　　其实，宋末，也可以算得古的了。不过不缠之足，样子却还要古，学者应该"贵古而贱今"，斥缠足者，爱古也。但也有先怀了反对缠足的成见，假造证据的，例如前明才子杨升庵先生，他甚至于替汉朝人做《杂事秘辛》，来证明那时的脚是"底平趾敛"。

　　于是又有人将这用作缠足起源之古的材料，说既然"趾敛"，可见是缠的了。但这是自甘于低能之谈，这里不加评论。

　　照我的意见来说，则以上两大派的话，是都错，也都对的。现在是古董出现的多了，我们不但能看见汉唐的图画，也可以看到晋唐古坟里发掘出来的泥人儿。那些东西上所表现的女人的脚上，有圆头履，有方头履，可见是不缠足的。古人比今人聪明，她决不至于缠小脚而穿大鞋子，里面塞些棉花，使自己走得一步一拐。

　　但是，汉朝就确已有一种"利屣"，头是尖尖的，平常大约未必穿罢，舞的时候，却非此不可。不但走着爽利，"潭腿"似的踢开去之际,也不至于为裙子所碍,甚至于踢下裙子来。那时太太们固然也未始不舞,但舞的究以倡女为多,所以倡伎就大抵穿着"利屣",穿得久了,也免不了要"趾敛"的。然而伎女的装束,是闺秀们的大成至圣先师,这在现在还是如此,常穿利屣,即等于现在之穿高跟皮鞋,可以俨然居炎汉"摩登女郎"之列,于是乎虽是名门淑女,脚尖也就不免尖了起来。先是倡伎尖,后是摩登女郎尖,再后是大家闺秀尖,最后才是"小家碧玉"一齐尖。待到这些"碧玉"们成了祖母时,就入于利屣制度统一脚坛的时代了。

当民国初年,"不佞"观光北京的时候,听人说,北京女人看男人是否漂亮(自按:盖即今之所谓"摩登"也)的时候,是从脚起,上看到头的。所以男人的鞋袜,也得留心,脚样更不消说,当然要弄得齐齐整整,这就是天下之所以有"包脚布"的原因。仓颉造字,我们是知道的,谁造这布的呢,却还没有研究出。但至少是"古已有之",唐朝张鷟作的《朝野佥载》罢,他说武后朝有一位某男士,将脚裹得窄窄的,人们见了都发笑。可见盛唐之世,就已有了这一种玩意儿,不过还不是很极端,或者还没有很普及。然而好像终于普及了,由宋至清,绵绵不绝,民元革命以后,革了与否,我不知道,因为我是专攻考"古"学的。

然而奇怪得很,不知道怎的(自按:此处似略失学者态度),女士们之对于脚,尖还不够,并且勒令它"小"起来了,最高模范,还竟至于以三寸为度。这么一来,可以不必兼买利屣和方头履两种,从经济的观点来看,是不算坏的,可是从卫生的观点来看,却未免有些"过火",换一句话,就是"走了极端"了。

我中华民族虽然常常的自命为爱"中庸",行"中庸"的人民,其实是颇不免于过激的。譬如对于敌人罢,有时是压服不够,还要"除恶务尽",杀掉不够,还要"食肉寝皮"。但有时候,却又谦虚到"侵略者要进来,让他们进来。也许他们会杀了十万中国人。不要紧,中国人有的是,我们再有人上去"。这真教人会猜不出是真痴还是假呆。而女人的脚尤其是一个铁证,不小则已,小则必求其三寸,宁可走不成路,摆摆摇摇。慨自辫子肃清以后,缠足本已一同解放的了,老新党的母亲们,鉴于自己在皮鞋里塞棉花之麻烦,一时也确给她的女儿留了天足,然而我们中华民族是究竟有些"极端"的,不多久,老病复发,有些女士们已在别想花样,用一枝细黑柱子将脚跟支起,叫它离开地球,她到底非要她的脚变把戏不可。由过去以测将来,则四朝(假如仍旧有朝代的话)之后,全国女人的脚趾都和小腿成一直线,是可以有八九成把握的。

然则圣人为什么大呼"中庸"呢? 曰:这正因为大家并不中庸的缘故。人必有所缺,这才想起他所需。穷教员养不活老婆了,于是觉到女子自食其力说之合理,并且附带地向男女平权论点头;富翁胖到要发哮喘病了,才去打高而富球,从此主张运动的紧要。我们平时,是决不记得自己有一个头,或一个肚子,应该加以优待的,然而一旦头痛肚泻,这才记起了他们,并且大有休息要紧·饮食小心的议论。倘有谁听了这些议论之后,便贸贸然决定这议论者为卫生家,可就失之十丈,差以亿里了。

倒相反,他是不卫生家,议论卫生,正是他向来的不卫生的结果的表现。孔子曰,"不得中行而与之,必也狂狷乎,狂者进取,狷者有所不为也!"以孔子交游之广,事实上没法子只好寻狂狷相与,这便是他在理想上之所以哼着"中庸,中庸"的原因。

以上的推定假使没有错,那么,我们就可以进而推定孔子晚年,是生了胃病的了。"割不正不食",这是他老先生的古板规矩,但"食不厌精,脍不厌细"的条令却有些稀奇。他并非百万富翁或能收许多版税的文学家,想不至于这么奢侈的,除了只为卫生,意在容易消化之外,别无解法。况且"不撤姜食",又简直是省不掉暖胃药了。何必如此独厚于胃,念念不忘呢? 曰,以其有胃病之故也。

倘说:坐在家里,不大走动的人们很容易生胃病,孔子周游列国,运动王公,该可以不生病证的了。那就是犯了知今而不知古的错误。盖当时花旗白面,尚未输入,土磨麦粉,多含灰沙,所以分量较今面为重;国道尚未修成,泥路甚多凹凸,孔子如果肯走,那是不大要紧的,而不幸他偏有一车两马。胃里袋着沉重的面食,坐在车子里走着七高八低的道路,一颠一顿,一掀一坠,胃就被坠得大起来,消化力随之减少,时时作痛;每餐非吃"生姜"不可。所以那病的名目,该是"胃扩张";那时候,则是"晚年",约在周敬王十年以后。

以上的推定,虽然简略,却都是"读书得间"的成功。但若急于近功,妄加猜测,即很容易陷于"多疑"的谬误。例如罢,二月十四日《申报》载南京专电云:"中执委会令各级党部及人民团体制'忠孝仁爱信义和平'匾额,悬挂礼堂中央,以资启迪。"看了之后,切不可便推定为各要人讥大家为"忘八";三月一日《大晚报》载新闻云:"孙总理夫人宋庆龄女士自归国寓沪后,关于政治方面,不闻不问,惟对社会团体之组织非常热心。据本报记者所得报告,前日有人由邮政局致宋女士之索诈信□(自按:原缺)件,业经本市当局派驻邮局检查处检查员查获,当将索诈信截留,转辗呈报市府。"看了之后,也切不可便推定虽为总理夫人宋女士的信件,也常在邮局被当局派员所检查。

盖虽"学匪派考古学",亦当不离于"学",而以"考古"为限的。

三月四日夜。

原载 1933 年 3 月 16 日《论语》半月刊第 13 期。署名何干。

初收 1934 年 3 月上海同文书店版《南腔北调集》。

五日

日记 星期。昙。上午寄天马书店信。午后寄语堂信并文稿一。得姚克信二封,下午复。蕴如及三弟来。晚端仁及雁宾来,同至聚丰楼夜饭,共五人。赠端仁,雁宾以《初期白话诗稿》各一本。大风而雪,草地及屋瓦皆白。

我怎么做起小说来

我怎么做起小说来？——这来由，已经在《呐喊》的序文上，约略说过了。这里还应该补叙一点的，是当我留心文学的时候，情形和现在很不同：在中国，小说不算文学，做小说的也决不能称为文学家，所以并没有人想在这一条道路上出世。我也并没有要将小说抬进"文苑"里的意思，不过想利用他的力量，来改良社会。

但也不是自己想创作，注重的倒是在绍介，在翻译，而尤其注重于短篇，特别是被压迫的民族中的作者的作品。因为那时正盛行着排满论，有些青年，都引那叫喊和反抗的作者为同调的。所以"小说作法"之类，我一部都没有看过，看短篇小说却不少，小半是自己也爱看，大半则因了搜寻绍介的材料。也看文学史和批评，这是因为想知道作者的为人和思想，以便决定应否绍介给中国。和学问之类，是绝不相干的。

因为所求的作品是叫喊和反抗，势必至于倾向了东欧，因此所看的俄国，波兰以及巴尔干诸小国作家的东西就特别多。也曾热心的搜求印度，埃及的作品，但是得不到。记得当时最爱看的作者，是俄国的果戈理（N. Gogol）和波兰的显克微支（H. Sienkiewitz）。日本的，是夏目漱石和森鸥外。

回国以后，就办学校，再没有看小说的工夫了，这样的有五六年。为什么又开手了呢？——这也已经写在《呐喊》的序里，不必说了。但我的来做小说，也并非自以为有做小说的才能，只因为那时是住在北京的会馆里的，要做论文罢，没有参考书，要翻译罢，没有底本，就只好做一点小说模样的东西塞责，这就是《狂人日记》。大约所仰仗的全在先前看过的百来篇外国作品和一点医学上的知识，此外的准备，一点也没有。

但是《新青年》的编辑者，却一回一回的来催，催几回，我就做一篇，这里我必得记念陈独秀先生，他是催促我做小说最着力的一个。

自然，做起小说来，总不免自己有些主见的。例如，说到"为什么"做小说罢，我仍抱着十多年前的"启蒙主义"，以为必须是"为人生"，而且要改良这人生。我深恶先前的称小说为"闲书"，而且将"为艺术的艺术"，看作不过是"消闲"的新式的别号。所以我的取材，多采自病态社会的不幸的人们中，意思是在揭出病苦，引起疗救的注意，所以我力避行文的唠叨，只要觉得够将意思传给别人了，就宁可什么陪衬拖带也没有。中国旧戏上，没有背景，新年卖给孩子看的花纸上，只有主要的几个人（但现在的花纸却多有背景了），我深信对于我的目的，这方法是适宜的，所以我不去描写风月，对话也决不说到一大篇。

我做完之后，总要看两遍，自己觉得拗口的，就增删几个字，一定要它读得顺口；没有相宜的白话，宁可引古语，希望总有人会懂，只有自己懂得或连自己也不懂的生造出来的字句，是不大用的。这一节，许多批评家之中，只有一个人看出来了，但他称我为 Stylist。

所写的事迹，大抵有一点见过或听到过的缘由，但决不全用这事实，只是采取一端，加以改造，或生发开去，到足以几乎完全发表我的意思为止。人物的模特儿也一样，没有专用过一个人，往往嘴在浙江，脸在北京，衣服在山西，是一个拼凑起来的脚色。有人说，我的那一篇是骂谁，某一篇又是骂谁，那是完全胡说的。

不过这样的写法，有一种困难，就是令人难以放下笔。一气写下去，这人物就逐渐活动起来，尽了他的任务。但倘有什么分心的事情来一打岔，放下许久之后再来写，性格也许就变了样，情景也会和先前所像想的不同起来。例如我做的《不周山》，原意是在描写性的发动和创造，以至衰亡的，而中途去看报章，见了一位道学的批评家攻击情诗的文章，心里很不以为然，于是小说里就有一个小人物跑到女娲的两腿之间来，不但不必有，且将结构的宏大毁坏了。但这些处所，除了自己，大概没有人会觉到的，我们的批评大家成仿吾先生，还说这一篇做得最出色。

我想，如果专用一个人做骨干，就可以没有这弊病的，但自己没有试验过。

忘记是谁说的了，总之是，要极省俭的画出一个人的特点，最好是画他的眼睛。我以为这话是极对的，倘若画了全副的头发，即使细得逼真，也毫无意思。我常在学学这一种方法，可惜学不好。

可省的处所，我决不硬添，做不出的时候，我也决不硬做，但这是因为我那时别有收入，不靠卖文为活的缘故，不能作为通例的。

还有一层，是我每当写作，一律抹杀各种的批评。因为那时中国的创作界固然幼稚，批评界更幼稚，不是举之上天，就是按之入地，倘将这些放在眼里，就要自命不凡，或觉得非自杀不足以谢天下的。批评必须坏处说坏，好处说好，才于作者有益。

但我常看外国的批评文章，因为他于我没有恩怨嫉恨，虽然所评的是别人的作品，却很有可以借镜之处。但自然，我也同时一定留心这批评家的派别。

以上，是十年前的事了，此后并无所作，也没有长进，编辑先生要我做一点这类的文章，怎么能呢。拉杂写来，不过如此而已。

三月五日灯下。

最初印入 1933 年 6 月上海天马书店版《创作的经验》。

初收 1934 年 3 月上海同文书店版《南腔北调集》。

致 姚 克

姚克先生：

三月三日的信，今天收到了，同时也得了去年十二月四日的信。

北新书局中人的办事，散漫得很，简直连电报都会搁起来。所以此后赐示，可寄"北四川路底、内山书店转、周豫才收"，较妥。

先生有要面问的事，亦请于本月七日午后二时，驾临内山书店北四川路底，施高塔路口，我当在那里相候，书中疑问，亦得当面答复也。

此复，顺颂

文安。

鲁迅　上　三月五日

六日

日记　昙。午后得程鼎兴信并火腿二只。下午访维宁，以堇花壹盆赠其夫人。得尚佩芸信，晚复。托三弟买 *The Adventure of the Black Girl in her Search for God* 一本，价二元五角。

七日

日记　昙。午后寄靖华信附尚佩吾及惟宁笺。寄申报馆稿一篇。下午姚克来访。得适夷信并所赠《二十世纪之欧洲文学》一本。

八日

日记　晴。下午至施高塔路一带看屋。收申报馆稿费四十八元。

九日

日记　昙，下午雨。季市来，赠以《竖琴》两本，《初期白话诗稿》一本。晚往致美楼夜饭，为天马书店所邀，同席约二十人。

十日

日记　小雨。下午得母亲信，六日发。得赵家璧信，夜复。寄李霁野信。

致 赵家璧

家璧先生：

　　来信收到。我还没有写北平的五篇讲演，《艺术新闻》上所说，并非事实，我想不过是闹着玩玩的。小说封面包纸上的画像，只要用《竖琴》上用过的一幅就好，以省新制的麻烦。中国所出版的童话，实在应该加一番整顿，但我对于此道，素未留心，所以材料一点也没有，所识的朋友中，也不记得有搜集童话，俟打听一下再看罢。此颂近祺。

　　　　　　　　　　　　　　　迅　启上　三月十日

《白纸黑字》我见过英译本，其中所举的几个中国字，是错误的，倘译给中国，似乎应该给他改正。

致 李霁野

霁野兄：

　　挂号信早到，广告已登三天，但来信所说之登有广告之北平报，却待至今日，还未见寄到。我近日用度颇窘，拟得一点款子，可以补充一下，所以只好写这一封信，意思是希望那一种报能够早点寄给我，使我可以去试一试，虽然开明书店能否爽直的照付，也还是一个问题。

　　　　　　　　　　　　　　　迅　上　三月十日

十一日

　　日记　昙。午后得静农信并北平《晨报》一张，七日发。从内山书店买『世界史教程』（分册二）一本，一元二角。晚寄开明书店信。寄申报馆稿一篇。夜三弟及蕴如来并赠油鱼一裹。得季志仁信并CARLÉGLE一本，价四百七十五法郎，二月八日巴黎发。

致 开明书店

　　径启者：前得北平未名社广告稿一纸，嘱登沪报，即于二月廿八至三月二日共登《申报》紧要分类广告栏三天。顷复得该社员寄来北平《晨报》壹张，内有同样广告；又收据一纸，计洋五百九十六元七角七分，嘱向

贵局取款。此款不知于何时何地见付，希速赐示，以便遵办为荷。此请

开明书店台鉴

鲁迅　三月十一日

　　通信处：

北四川路底，内山书店转

周豫才　收。

致 台静农

静农兄：

　　七日函及另封之《晨报》一张，均于今日收到。

　　幼儿患肺炎，殊非轻易之病，近未知已愈否？

国中诸事，均莫名其妙，但想来北平终当无虑耳。今年本尚拟携孩子一省母，大局一变，此行亦当取消矣。

附奉照相一枚。《萧伯纳在上海》及《新俄小说二十人集》下本，月末亦均可出，出即寄奉也。此祝
平安。

迅　启上　三月十一夜。

十二日

日记　星期。晴。夜雪峰来并赠火腿一只。

文学上的折扣

有一种无聊小报，以登载诬蔑一部分人的小说自鸣得意，连姓名也都给以影射的，忽然对于投稿，说是"如含攻讦个人或团体性质者恕不揭载"了，便不禁想到了一些事——

凡我所遇见的研究中国文学的外国人中，往往不满于中国文章之夸大。这真是虽然研究中国文学，恐怕到死也还不会懂得中国文学的外国人。倘是我们中国人，则只要看过几百篇文章，见过十来个所谓"文学家"的行径，又不是刚刚"从民间来"的老实青年，就决不会上当。因为我们惯熟了，恰如钱店伙计的看见钞票一般，知道什么是通行的，什么是该打折扣的，什么是废票，简直要不得。

譬如说罢，称赞贵相是"两耳垂肩"，这时我们便至少将他打一个对折，觉得比通常也许大一点，可是决不相信他的耳朵像猪猡一样。说愁是"白发三千丈"，这时我们便至少将他打一个二万扣，以为也许有七八尺，但决不相信它会盘在顶上像一个大草囤。这种尺

寸,虽然有些模胡,不过总不至于相差太远。反之,我们也能将少的增多,无的化有,例如戏台上走出四个拿刀的瘦伶仃的小戏子,我们就知道这是十万精兵;刊物上登载一篇俨乎其然的像煞有介事的文章,我们就知道字里行间还有看不见的鬼把戏。

又反之,我们并且能将有的化无,例如什么"枕戈待旦"呀,"卧薪尝胆"呀,"尽忠报国"呀,我们也就即刻会看成白纸,恰如还未定影的照片,遇到了日光一般。

但这些文章,我们有时也还看。苏东坡贬黄州时,无聊之至,有客来,便要他谈鬼。客说没有。东坡道:"你姑且胡说一通罢。"我们的看,也不过这意思。但又可知道社会上有这样的东西,是费去了多少无聊的眼力。人们往往以为打牌,跳舞有害,实则这种文章的害还要大,因为一不小心,就会给它教成后天的低能儿的。

《颂》诗早已拍马,《春秋》已经隐瞒,战国时谈士蜂起,不是以危言耸听,就是以美词动听,于是夸大,装腔,撒谎,层出不穷。现在的文人虽然改著了洋服,而骨髓里却还埋着老祖宗,所以必须取消或折扣,这才显出几分真实。

"文学家"倘不用事实来证明他已经改变了他的夸大,装腔,撒谎……的老脾气,则即使对天立誓,说是从此要十分正经,否则天诛地灭,也还是徒劳的。因为我们也早已看惯了许多家都钉着"假冒王麻子灭门三代"的金漆牌子的了,又何况他连小尾巴也还在摇摇摇呢。

三月十二日。

原载 1933 年 3 月 15 日《申报·自由谈》。署名何家干。
初收 1933 年 10 月上海青光书局(北新)版《伪自由书》。

十三日

日记 晴。午后韦姑娘来。得母亲信。得紫佩信,九日发。得罗玄鹰信并《微光》两分。得林微音信，即复。下午寄静农信并照片一枚。得『版芸術』三月号一本，六角。夜同广平访三弟。得幼渔告其女玨结婚柬。校《萧伯纳在上海》讫。

《文艺连丛》出版预告

投机的风气使出版界消失了有几分真为文艺尽力的人。三闲书屋曾经想来抵抗这颓运，而出了三本书，也就倒灶了。我们只是几个能力未足的青年，可是要再来试一试，看看中国的出版界是否永是这么没出息。

我们首先要印一种关于文学和美术的小丛书，就是《文艺连丛》。为什么"小"，这是能力的关系，现在没有法子想。但约定的编辑，是真的肯负责任的编辑，他决不只挂一个空名，连稿子也不看。因此所收的稿子，也就是切实的翻译者的稿子，稿费自然也是要的，但决不是专为了稿费的翻译。总之：对于读者，也是一种决不欺骗的小丛书。

现在已经付印的是：

1. 不走正路的安得伦。苏联聂维洛夫作，曹靖华译。作者是一个最伟大的农民作家，可惜在十年前就死掉了。这一篇中篇小说，所叙的是革命开初，头脑单纯的革命者在乡村里怎样受农民的反对而失败，写得十分生动。译者深通俄国文字，又在列宁格拉的大学里教授中国文学有年，所以难解的土话，都可以随时询问，其译文的可靠，是早为读书界所深悉的。内有蔼支（Ez）的插画五幅。现已付印，不日出版。

2. 山民牧唱。西班牙巴罗哈作，鲁迅译。西班牙的作家，中国大抵只知道因欧洲大战时候，作书攻击德国的伊本纳兹，但文学的本领，巴罗哈实远在其上。日本译有选集一册，所记的都是山地住民跋可珂族的风俗习惯,译者曾选译数篇登《奔流》上,颇为读者所赞许。这是选集的全译。上有作者画像一幅。现已付印,不日出书。

3. Noa Noa。法国戈庚作,罗怃译。作者是法国画界的猛将,他厌恶了所谓文明社会,逃到野蛮岛泰息谛去,生活了好几年。这书名还未一定,或者就可以改为《泰息谛纪行》罢。里面所写的就是所谓"文明人"的没落,和纯真的野蛮人被这没落的"文明人"所毒害的情形,并及岛上的人情风俗,神话等。译[者]是一个无名的人,但译笔却并不在有名的人物之下。有木刻插画十二幅。现已付印。

上海　野草书屋　谨启

原载 1933 年 3 月上海野草书屋版《萧伯纳在上海》书后。

初未收集。

十四日

日记　晴。午后得开明书店信。得紫佩所寄《坟》一本。下午往开明书店取未名社欠款,得五百九十六元七角七分支票一枚。买《二心集》一本。得小峰信并本月分板税泉二百。夜风。

十五日

日记　昙,风。上午往大马路买什物。晚得姚君信,遂往汉弥尔登大厦 Dr. Orlandini 寓夜饭。夜得小峰信。

"光明所到……"

中国监狱里的拷打,是公然的秘密。上月里,民权保障同盟曾经提起了这问题。

但外国人办的《字林西报》就揭载了二月十五日的《北京通信》，详述胡适博士曾经亲自看过几个监狱，"很亲爱的"告诉这位记者，说"据他的慎重调查，实在不能得最轻微的证据，……他们很容易和犯人谈话，有一次胡适博士还能够用英国话和他们会谈。监狱的情形，他（胡适博士——干注）说，是不能满意的，但是，虽然他们很自由的（哦，很自由的——干注）诉说待遇的恶劣侮辱，然而关于严刑拷打，他们却连一点儿暗示也没有。……"

我虽然没有随从这回的"慎重调查"的光荣，但在十年以前，是参观过北京的模范监狱的。虽是模范监狱，而访问犯人，谈话却很不"自由"，中隔一窗，彼此相距约三尺，旁边站一狱卒，时间既有限制，谈话也不准用暗号，更何况外国话。

而这回胡适博士却"能够用英国话和他们会谈"，真是特别之极了。莫非中国的监狱竟已经改良到这地步，"自由"到这地步；还是狱卒给"英国话"吓倒了，以为胡适博士是李顿爵士的同乡，很有来历的缘故呢？

幸而我这回看见了《招商局三大案》上的胡适博士的题辞：

"公开检举，是打倒黑暗政治的唯一武器，光明所到，黑暗自消。"（原无新式标点，这是我僭加的——干注。）

我于是大彻大悟。监狱里是不准用外国话和犯人会谈的，但胡适博士一到，就开了特例，因为他能够"公开检举"，他能够和外国人"很亲爱的"谈话，他就是"光明"，所以"光明"所到，"黑暗"就"自消"了。他于是向外国人"公开检举"了民权保障同盟，"黑暗"倒在这一面。

但不知这位"光明"回府以后，监狱里可从此也永远允许别人用"英国话"和犯人会谈否？

如果不准，那就是"光明一去，黑暗又来"了也。

而这位"光明"又因为大学和庚款委员会的事务忙，不能常跑到

"黑暗"里面去,在第二次"慎重调查"监狱之前,犯人们恐怕未必有"很自由的"再说"英国话"的幸福了罢。呜呼,光明只跟着"光明"走,监狱里的光明世界真是暂时得很!

但是,这是怨不了谁的,他们千不该万不该是自己犯了"法"。"好人"就决不至于犯"法"。倘有不信,看这"光明"!

三月十五日。

原载 1933 年 3 月 22 日《申报·自由谈》。署名何家干。

初收 1933 年 10 月上海青光书局(北新)版《伪自由书》。

致 李小峰

小峰兄:

费君来时,我适值出去了,今将印花送上,共八千个。

关于"北平五讲"之谣言甚多,愿印之处亦甚多,而其实则我并未整理。印成后,北新恐亦不宜经售,因后半尚有"上海三嘘",开罪于文人学士之处颇不少也。天马亦不宜印,将来当仍觅不知所在之书店耳。

迅 上 三月十五夜

《两地书》请觅店刻三个扁体字(如《华盖集》书面那样),大小及长,均如附上之样张,即用于第一页及书面者。又及

十六日

　　日记　晴,风。上午复小峰信并付版权印证八千枚。得山本夫

86

人信,八日发。

十七日

日记　晴。午后得山县初男君信,并赠久经自用之卓镫一具。得山本夫[人]赠海婴之梅干有平糖一瓶,又正路君所赠之玩具二事,分其一以赠保宗之长儿。得林微音信。得黎烈文信,夜复。

十八日

日记　晴。午后往良友图书公司买《国亮抒情画集》一本,二元。得俞藻信,十二日发。得山本夫人信,十三日发。得增田君信,十一日发。下午往青年会,捐泉十。夜寄烈文信并稿。

十九日

日记　星期。晴。上午同广平携海婴往篠崎医院诊,付泉四元八角。下午得崔万秋信片。得母亲信并泉五十,十六日发。得小峰信。

二十日

日记　晴。夜三弟来,付以母亲所赠之泉二十。得《自选集》二十本,天马书店送来。大风。

止哭文学

前三年,"民族主义文学"家敲着大锣大鼓的时候,曾经有一篇《黄人之血》说明了最高的愿望是在追随成吉思皇帝的孙子拔都元帅之后,去剿灭"斡罗斯"。斡罗斯者,今之苏俄也。那时就有人指出,说是现在的拔都的大军,就是日本的军马,而在"西征"之前,尚须先将中国征服,给变成从军的奴才。

当自己们被征服时,除了极少数人以外,是很苦痛的。这实例,就如东三省的沦亡,上海的爆击,凡是活着的人们,毫无悲愤的怕是很少很少罢。但这悲愤,于将来的"西征"是大有妨碍的。于是来了一部《大上海的毁灭》,用数目字告诉读者以中国的武力,决定不如日本,给大家平平心;而且以为活着不如死亡("十九路军死,是警告我们活得可怜。无趣!"),但胜利又不如败退("十九路军胜利,只能增加我们苟且,偷安与骄傲的迷梦!")。总之,战死是好的,但战败尤其好,上海之役,正是中国的完全的成功。

现在第二步开始了。据中央社消息,则日本已有与满洲国签订一种"中华联邦帝国密约"之阴谋。那方案的第一条是:"现在世界只有两种国家,一种系资本主义,英,美,日,意,法,一种系共产主义,苏俄。现在要抵制苏俄,非中日联合起来……不能成功"云(详见三月十九日《申报》)。

要"联合起来"了。这回是中日两国的完全的成功,是从"大上海的毁灭"走到"黄人之血"路上去的第二步。

固然,有些地方正在爆击,上海却自从遭到爆击之后,已经有了一年多,但有些人民不悟"西征"的必然的步法,竟似乎还没有完全忘掉前年的悲愤。这悲愤,和目前的"联合"就大有妨碍的。在这景况中,应运而生的是给人们一点爽利和慰安,好像"辣椒和橄榄"的文学。这也许正是一服苦闷的对症药罢。为什么呢?就因为是"辣椒虽辣,辣不死人,橄榄虽苦,苦中有味"的。明乎此,也就知道苦力为什么吸鸦片。

而且不独无声的苦闷而已,还据说辣椒是连"讨厌的哭声"也可以停止的。王慈先生在《提倡辣椒救国》这一篇名文里告诉我们说:

"……还有北方人自小在母亲怀里,大哭的时候,倘使母亲拿一只辣茄子给小儿咬,很灵验的可以立止大哭……

"现在的中国,仿佛是一个在大哭时的北方婴孩,倘使要制止他讨厌的哭声,只要多多的给辣茄子他咬。"(《大晚报》副刊第十二号)

辣椒可以止小儿的大哭,真是空前绝后的奇闻,倘是真的,中国人可实在是一种与众不同的特别"民族"了。然而也很分明的看见了这种"文学"的企图,是在给人一辣而不死,"制止他讨厌的哭声",静候着拔都元帅。

不过,这是无效的,远不如哭则"格杀勿论"的灵验。此后要防的是"道路以目"了,我们等待着遮眼文学罢。

三月二十日。

原载 1933 年 3 月 24 日《申报·自由谈》。署名何家干。

初收 1933 年 10 月上海青光书局(北新)版《伪自由书》。

致 李小峰

小峰兄:

今晨已将校稿寄出,当已到。

寻不着的书店,其实就是我自己。这一回倘不自印,即非付天马不可,因为这是收回了《两地书》时候的约束。其实北新因为还未见原稿,故疑为佳,而实殊不然,大有为难之处,不下于《二心集》也。

有一本书我倒希望北新印,就是:我们有几个人在选我的随笔,从《坟》起到《二心》止,有长序,字数还未一定。因为此书如由别的书店出版,倒是于北新有碍的。

迅 上 三月二十晚

二十一日

日记　昙。午后寄小峰信。下午得内山嘉吉君信,并成城学园五年生橘林信太木刻一幅。得钦文信,二日发。得崔万秋信。买『西域南蛮美术东渐史』一本,价五元。决定居于大陆新村,付房钱四十五两,付煤气押柜泉廿,付水道押柜泉四十。夜雨且雾。

“人　话”

记得荷兰的作家望蔼覃(F. Van Eeden)——可惜他去年死掉了——所做的童话《小约翰》里,记着小约翰听两种菌类相争论,从旁批评了一句“你们俩都是有毒的”,菌们便惊喊道:“你是人么? 这是人话呵!”

从菌类的立场看起来,的确应该惊喊的。人类因为要吃它们,才首先注意于有毒或无毒,但在菌们自己,这却完全没有关系,完全不成问题。

虽是意在给人科学知识的书籍或文章,为要讲得有趣,也往往太说些“人话”。这毛病,是连法布耳(J. H. Fabre)做的大名鼎鼎的《昆虫记》(*Souvenirs Entomologiques*),也是在所不免的。随手抄撮的东西不必说了。近来在杂志上偶然看见一篇教青年以生物学上的知识的文章,内有这样的叙述——

“鸟粪蜘蛛……形体既似鸟粪,又能伏着不动,自己假做鸟粪的样子。”

“动物界中,要残食自己亲丈夫的很多,但最有名的,要算前面所说的蜘蛛和现今要说的螳螂了。……”

这也未免太说了“人话”。鸟粪蜘蛛只是形体原像鸟粪,性又不大走动罢了,并非它故意装作鸟粪模样,意在欺骗小虫豸。螳螂界中也尚无五伦之说,它在交尾中吃掉雄的,只是肚子饿了,在吃东西,何尝知道这东西就是自己的家主公。但经用"人话"一写,一个就成了阴谋害命的凶犯,一个是谋死亲夫的毒妇了。实则都是冤枉的。

"人话"之中,又有各种的"人话":有英人话,有华人话。华人话中又有各种:有"高等华人话",有"下等华人话"。浙西有一个讥笑乡下女人之无知的笑话——

"是大热天的正午,一个农妇做事做得正苦,忽而叹道:'皇后娘娘真不知道多么快活。这时还不是在床上睡午觉,醒过来的时候,就叫道:太监,拿个柿饼来!'"

然而这并不是"下等华人话",倒是高等华人意中的"下等华人话",所以其实是"高等华人话"。在下等华人自己,那时也许未必这么说,即使这么说,也并不以为笑话的。

再说下去,就要引起阶级文学的麻烦来了,"带住"。

现在很有些人做书,格式是写给青年或少年的信。自然,说的一定是"人话"了。但不知道是那一种"人话"? 为什么不写给年龄更大的人们? 年龄大了就不屑教诲么? 还是青年和少年比较的纯厚,容易诓骗呢?

三月二十一日。

原载 1933 年 3 月 28 日《申报·自由谈》。署名何家干。

初收 1933 年 10 月上海青光书局(北新)版《伪自由书》。

二十二日

日记 雨。上午寄母亲信。复崔万秋信。寄《自由谈》稿一。下午往内山书店遇达夫,交黎烈文柬。买『プロレタリア文学講座』(三)一本,一元二角。得小峰信并版税泉二百。得姚克信,即复。

英译本《短篇小说选集》自序

中国的诗歌中，有时也说些下层社会的苦痛。但绘画和小说却相反，大抵将他们写得十分幸福，说是"不识不知，顺帝之则"，平和得像花鸟一样。是的，中国的劳苦大众，从知识阶级看来，是和花鸟为一类的。

我生长于都市的大家庭里，从小就受着古书和师傅的教训，所以也看得劳苦大众和花鸟一样。有时感到所谓上流社会的虚伪和腐败时，我还羡慕他们的安乐。但我母亲的母家是农村，使我能够间或和许多农民相亲近，逐渐知道他们是毕生受着压迫，很多苦痛，和花鸟并不一样了。不过我还没法使大家知道。

后来我看到一些外国的小说，尤其是俄国，波兰和巴尔干诸小国的，才明白了世界上也有这许多和我们的劳苦大众同一运命的人，而有些作家正在为此而呼号，而战斗。而历来所见的农村之类的景况，也更加分明地再现于我的眼前。偶然得到一个可写文章的机会，我便将所谓上流社会的堕落和下层社会的不幸，陆续用短篇小说的形式发表出来了。原意其实只不过想将这示给读者，提出一些问题而已，并不是为了当时的文学家之所谓艺术。

但这些东西，竟得了一部分读者的注意，虽然很被有些批评家所排斥，而至今终于没有消灭，还会译成英文，和新大陆的读者相见，这是我先前所梦想不到的。

但我也久没有做短篇小说了。现在的人民更加困苦，我的意思也和以前有些不同，又看见了新的文学的潮流，在这景况中，写新的不能，写旧的又不愿。中国的古书里有一个比喻，说：邯郸的步法是天下闻名的，有人去学，竟没有学好，但又已经忘却了自己原先的步法，于是只好爬回去了。

我正爬着。但我想再学下去，站起来。

一九三三年三月二十二日，鲁迅记于上海。

未另发表。

初收拟编书稿《集外集拾遗》。

致 姚 克

姚克先生：

来信收到。廿四日我于晚六时起有事情，但想来两个钟头也够谈的了。我于上海路很不熟，所以极希望　先生于是日三点半到内山书店来，一同前去。此复，即颂
文安。

鲁迅　上　三月廿二日

二十三日

日记　雨。上午同广平携海婴往篠崎医院诊，付泉四元八角。下午得吴成均信，夜复。内山书店送来『改造』四月特辑一本。

二十四日

日记　雨。上午寄《自由谈》稿二。午后往内山书店买『ヴェルレエヌ研究』一本，三元二角。得增田君信片并所赠『支那ユーモァ集』一本。得山本夫人信。下午姚克邀往蒲石路访客兰恩夫人。晚往聚丰园应黎烈文之邀，同席尚有达夫，愈之，方保宗，杨幸之。得小峰信。《萧伯纳在上海》出版，由野草书店赠二十部，又自买卅部，其价九元，以六折计也。

二十五日

日记 晴。下午寄静农信并《萧伯纳在上海》六本。寄小峰信并校稿。晚三弟来。夜理书籍。

看萧和"看萧的人们"记

我是喜欢萧的。这并不是因为看了他的作品或传记,佩服得喜欢起来,仅仅是在什么地方见过一点警句,从什么人听说他往往撕掉绅士们的假面,这就喜欢了他了。还有一层,是因为中国也常有模仿西洋绅士的人物的,而他们却大抵不喜欢萧。被我自己所讨厌的人们所讨厌的人,我有时会觉得他就是好人物。

现在,这萧就要到中国来,但特地搜寻着去看一看的意思倒也并没有。

十六日的午后,内山完造君将改造社的电报给我看,说是去见一见萧怎么样。我就决定说,有这样地要我去见一见,那就见一见罢。

十七日的早晨,萧该已在上海登陆了,但谁也不知道他躲着的处所。这样地过了好半天,好像到底不会看见似的。到了午后,得到蔡先生的信,说萧现就在孙夫人的家里吃午饭,教我赶紧去。

我就跑到孙夫人的家里去。一走进客厅隔壁的一间小小的屋子里,萧就坐在圆桌的上首,和别的五个人在吃饭。因为早就在什么地方见过照相,听说是世界的名人的,所以便电光一般觉得是文豪,而其实是什么标记也没有。但是,雪白的须发,健康的血色,和气的面貌,我想,倘若作为肖像画的模范,倒是很出色的。

午餐像是吃了一半了。是素菜,又简单。白俄的新闻上,曾经猜有无数的侍者,但只有一个厨子在搬菜。

萧吃得并不多,但也许开始的时候,已经很吃了一通了也难说。

到中途,他用起筷子来了,很不顺手,总是夹不住。然而令人佩服的是他竟逐渐巧妙,终于紧紧的夹住了一块什么东西,于是得意的遍看着大家的脸,可是谁也没有看见这成功。

在吃饭时候的萧,我毫不觉得他是讽刺家。谈话也平平常常。例如说:朋友最好,可以久远的往还,父母和兄弟都不是自己自由选择的,所以非离开不可之类。

午餐一完,照了三张相。并排一站,我就觉得自己的矮小了。虽然心里想,假如再年青三十年,我得来做伸长身体的体操……。

两点光景,笔会(Pen Club)有欢迎。也趁了摩托车一同去看时,原来是在叫作"世界学院"的大洋房里。走到楼上,早有为文艺的文艺家,民族主义文学家,交际明星,伶界大王等等,大约五十个人在那里了。合起围来,向他质问各色各样的事,好像翻检《大英百科全书》似的。

萧也演说了几句:诸君也是文士,所以这玩艺儿是全都知道的。至于扮演者,则因为是实行的,所以比起自己似的只是写写的人来,还要更明白。此外还有什么可说的呢。总之,今天就如看看动物园里的动物一样,现在已经看见了,这就可以了罢。云云。

大家都哄笑了,大约又以为这是讽刺。

也还有一点梅兰芳博士和别的名人的问答,但在这里,略之。

此后是将赠品送给萧的仪式。这是由有着美男子之誉的邵洵美君拿上去的,是泥土做的戏子的脸谱的小模型,收在一个盒子里。还有一种,听说是演戏用的衣裳,但因为是用纸包好了的,所以没有见。萧很高兴的接受了。据张若谷君后来发表出来的文章,则萧还问了几句话,张君也刺了他一下,可惜萧不听见云。但是,我实在也没有听见。

有人问他菜食主义的理由。这时很有了几个来照照相的人,我想,我这烟卷的烟是不行的,便走到外面的屋子去了。

还有面会新闻记者的约束,三点光景便又回到孙夫人的家里来。早有四五十个人在等候了,但放进的却只有一半。首先是木村毅君和四五个文士,新闻记者是中国的六人,英国的一人,白俄一人,此外还有照相师三四个。

在后园的草地上,以萧为中心,记者们排成半圆阵,替代着世界的周游,开了记者的嘴脸展览会。萧又遇到了各色各样的质问,好像翻检《大英百科全书》似的。

萧似乎并不想多话。但不说,记者们是决不干休的,于是终于说起来了,说得一多,这回是记者那面的笔记的分量,就渐渐的减少了下去。

我想,萧并不是真的讽刺家,因为他就会说得那么多。

试验是大约四点半钟完结的。萧好像已经很疲倦,我就和木村君都回到内山书店里去了。

第二天的新闻,却比萧的话还要出色得远远。在同一的时候,同一的地方,听着同一的话,写了出来的记事,却是各不相同的。似乎英文的解释,也会由于听者的耳朵,而变换花样。例如,关于中国的政府罢,英字新闻的萧,说的是中国人应该挑选自己们所佩服的人,作为统治者;日本字新闻的萧,说的是中国政府有好几个;汉字新闻的萧,说的是凡是好政府,总不会得人民的欢心的。

从这一点看起来,萧就并不是讽刺家,而是一面镜。

但是,在新闻上的对于萧的评论,大体是坏的。人们是各各去听自己所喜欢的,有益的讽刺去的,而同时也给听了自己所讨厌的,有损的讽刺。于是就各各用了讽刺来讽刺道,萧不过是一个讽刺家而已。

在讽刺竞赛这一点上,我以为还是萧这一面伟大。

我对于萧,什么都没有问;萧对于我,也什么都没有问。不料木村君却要我写一篇萧的印象记。别人做的印象记,我是常看的,写得仿佛一见便窥见了那人的真心一般,我实在佩服其观察之锐敏。至于自己,却连相书也没有翻阅过,所以即使遇见了名人罢,倘要我滔滔的来说印象,可就穷矣了。

但是，因为是特地从东京到上海来要我写的，我就只得寄一点这样的东西，算是一个对付。

一九三三年二月二十三夜。

（三月二十五日，许霞译自《改造》四月特辑，更由作者校定。）

原载 1933 年日本《改造》4 月特辑。许霞中译稿刊 1933
年 5 月 1 日《现代》月刊第 3 卷第 1 期。

初收 1934 年 3 月上海同文书店版《南腔北调集》。

致 台静农

静农兄：

今日寄上《萧伯纳在上海》六本，请分送霁、常、魏、沈，还有一本，那时是拟送马珏的，此刻才想到她已结婚，别人常去送书，似乎不大好，由兄自由处置送给别人罢。

《一天的工作》不久可以出版，当仍寄六本，办法同上，但一本则仍送马小姐，因为那上本是已经送给了她的。倘住址不明，我想，可以托　幼渔先生转交。

此上，即颂

安好。

迅　启　三月廿五夜。

致 李小峰

小峰兄：

《两地书》的校稿，并序目等，已于下午挂号寄上。

书面我想也不必特别设计,只要仍用所刻的三个字,照下列的样子一排——

背

	鲁迅与景宋的通信 **两地书** 上海北新书局印行
景宋：两地书：鲁迅	
	1933

这就下得去了。但我现在还不知道书的大小(像《奔流》一样?)和字的样子,待第一面的校稿排来,我就可以作一张正式的样子寄上。

随笔集稿俟序作好,当寄上。

迅 启 三月廿五日

《两地书》不用我的印花,不知可有空白之板权印纸否? 如有,希代购三千,便中交下。 又及

二十六日

日记 星期。雨。下午蕴如及三弟携蕖官来。

二十七日

日记 晴。上午得『改造』信并稿费四十圆。从内山书店买『ミ

レー大画集』一本,四元。又得『白と黒』(十二至十九号)八本,四元六角。午后白薇来。下午移书籍至狄思威路。

二十八日

日记 晴。午后得许锡玉信。得诗荃寄还之《嵇中散集》校本。得赵家璧信并良友图书公司所赠《一天的工作》十本,又自买二十五本,共泉十五元七角五分。买『澄江堂遗珠』一本,二元六角。下午往中央研究院。夜蕴如及三弟来。得林语堂信。

文人无文

在一种姓"大"的报的副刊上,有一位"姓张的"在"要求中国有为的青年,切勿借了'文人无行'的幌子,犯着可诟病的恶癖。"这实在是对透了的。但那"无行"的界说,可又严紧透顶了。据说:"所谓无行,并不一定是指不规则或不道德的行为,凡一切不近人情的恶劣行为,也都包括在内。"

接着就举了一些日本文人的"恶癖"的例子,来作中国的有为的青年的殷鉴,一条是"宫地嘉六爱用指爪搔头发",还有一条是"金子洋文喜舐嘴唇"。

自然,嘴唇干和头皮痒,古今的圣贤都不称它为美德,但好像也没有斥为恶德的。不料一到中国上海的现在,爱搔喜舐,即使是自己的嘴唇和头发罢,也成了"不近人情的恶劣行为"了。如果不舒服,也只好熬着。要做有为的青年或文人,真是一天一天的艰难起来了。

但中国文人的"恶癖",其实并不在这些,只要他写得出文章来,或搔或舐,都不关紧要,"不近人情"的并不是"文人无行",而是"文人无文"。

我们在两三年前,就看见刊物上说某诗人到西湖吟诗去了,某文豪在做五十万字的小说了,但直到现在,除了并未预告的一部《子夜》而外,别的大作都没有出现。

拾些琐事,做本随笔的是有的;改首古文,算是自作的是有的。讲一通昏话,称为评论;编几张期刊,暗捧自己的是有的。收罗猥谈,写成下作;聚集旧文,印作评传的是有的。甚至于翻些外国文坛消息,就成为世界文学史家;凑一本文学家辞典,连自己也塞在里面,就成为世界的文人的也有。然而,现在到底也都是中国的金字招牌的"文人"。

文人不免无文,武人也一样不武。说是"枕戈待旦"的,到夜还没有动身,说是"誓死抵抗"的,看见一百多个敌兵就逃走了。只是通电宣言之类,却大做其骈体,"文"得异乎寻常。"偃武修文",古有明训,文星全照到营子里去了。于是我们的"文人",就只好不舐嘴唇,不搔头发,揣摩人情,单落得一个"有行"完事。

三月二十八日。

原载 1933 年 4 月 4 日《申报·自由谈》。署名何家干。

初收 1933 年 10 月上海青光书局(北新)版《伪自由书》。

二十九日

日记 昙。午后理书。下午得小峰信。得施蛰存信并稿费卅。

三十日

日记 晴。上午以《一天的工作》十本寄靖华,又以六本寄静农等。午前往中央研究院。下午理书籍。得佘余信。

三十一日

　　日记　晴。午上遂来,赠以书三种六本。下午寄黎烈文信并稿三。寄小峰信并校稿。往中央研究院。夜三弟来。复佘余信。

致 李小峰

小峰兄:

　　校稿已另封挂号寄上。书面的样子今寄上,希完全照此样子,用炒米色纸绿字印,或淡绿纸黑字印。那三个字也刻得真坏(而且刻倒了),但是,由它去罢。

　　此书似乎不必有"精装"。孩子已养得这么大了,旧信精装它什么。但如北新另有"生意经"上之关系,我也并不反对。

　　《自由谈》我想未必会做得很长久,待有一段落,就由北新去印罢。

迅　上　三月卅一日

[附　录]

王道诗话

　　"人权论"是从鹦鹉开头的。据说古时候有一只高飞远走的鹦哥儿,偶然又经过自己的山林,看见那里大火,它就用翅膀蘸着些水洒在这山上;人家说它那一点儿水怎么救得熄这样的大火,它说:"我总算在这里住过的,现在不得不尽点儿心。"(事出《栎园书影》,见胡适《人权论集》序所引。)鹦鹉会救火,人权可以粉饰一下反动的

101

统治。这是不会没有报酬的。胡博士到长沙去演讲一次,何将军就送了五千元程仪。价钱不算小,这"叫做"实验主义。

但是,这火怎么救,在"人权论"时期(一九二九——三〇年),还不十分明白,五千元一次的零卖价格做出来之后,就不同了。最近(今年二月二十一日)《字林西报》登载胡博士的谈话说:

> "任何一个政府都应当有保护自己而镇压那些危害自己的运动的权利,固然,政治犯也和其他罪犯一样,应当得着法律的保障和合法的审判……"

这就清楚得多了! 这不是在说"政府权"了么? 自然,博士的头脑并不简单,他不至于只说:"一只手拿着宝剑,一只手拿着经典!"如什么主义之类。他是说还应当拿着法律。

中国的帮忙文人,总有这一套秘诀,说什么王道,仁政。你看孟夫子多么幽默,他教你离得杀猪的地方远远的,嘴里吃得着肉,心里还保持着不忍人之心,又有了仁义道德的名目。不但骗人,还骗了自己,真所谓心安理得,实惠无穷。

诗曰:

> 文化班头博士衔,人权抛却说王权,
> 朝廷自古多屠戮,此理今凭实验传。
>
> 人权王道两翻新,为感君恩奏圣明,
> 虐政何妨援律例,杀人如草不闻声。
>
> 先生熟读圣贤书,君子由来道不孤,
> 千古同心有孟子,也教肉食远庖厨。
>
> 能言鹦鹉毒于蛇,滴水微功漫自夸,
> 好向侯门卖廉耻,五千一掷未为奢。

三月五日。

原载 1933 年 3 月 6 日《申报·自由谈》。署名干。
初收 1933 年 10 月青光书局（北新）版《伪自由书》。
本篇系瞿秋白所作。

伸　冤

　　李顿报告书采用了中国人自己发明的"国际合作以开发中国的计划"，这是值得感谢的，——最近南京市各界的电报已经"谨代表京市七十万民众敬致慰念之忱"，称他"不仅为中国好友，且为世界和平及人道正义之保障者"（三月一日南京中央社电）了。

　　然而李顿也应当感谢中国才好：第一，假使中国没有"国际合作学说"，李顿爵士就很难找着适当的措辞来表示他的意思。岂非共管没有了学理上的根据？第二，李顿爵士自己说的："南京本可欢迎日本之扶助以拒共产潮流"，他就更应当对于中国当局的这种苦心孤诣表示诚恳的敬意。

　　但是，李顿爵士最近在巴黎的演说（路透社二月二十日巴黎电），却提出了两个问题，一个是："中国前途，似系于如何，何时及何人对于如此伟大人力予以国家意识的统一力量，日内瓦乎，莫斯科乎？"还有一个是："中国现在倾向日内瓦，但若日本坚持其现行政策，而日内瓦失败，则中国纵非所愿，亦将变更其倾向矣。"这两个问题都有点儿侮辱中国的国家人格。国家者政府也。李顿说中国还没有"国家意识的统一力量"，甚至于还会变更其对于日内瓦之倾向！这岂不是不相信中国国家对于国联的忠心，对于日本的苦心？

　　为着中国国家的尊严和民族的光荣起见，我们要想答复李顿爵士已经好多天了，只是没有相当的文件。这使人苦闷得很。今天突然在报纸上发见了一件宝贝，可以拿来答复李大人：这就是"汉口警部三月一日的布告"。这里可以找着"铁一样的事实"，来反驳李大人的怀疑。

例如这布告(原文见《申报》三月一日汉口专电)说："在外资下劳力之劳工，如劳资间有未解决之正当问题，应禀请我主管机关代为交涉或救济，绝对不得直接交涉，违者拿办，或受人利用，故意以此种手段，构成严重事态者，处死刑。"这是说外国资本家遇见"劳资间有未解决之正当问题"，可以直接任意办理，而劳工方面如此这般者……就要处死刑。这样一来，我们中国就只剩得"用国家意识统一了的"劳工了。因为凡是违背这"意识"的，都要请他离开中国的"国家"——到阴间去。李大人难道还能够说中国当局不是"国家意识的统一力量"么？

再则统一这个"统一力量"的，当然是日内瓦，而不是莫斯科。"中国现在倾向日内瓦"，——这是李顿大人自己说的。我们这种倾向十二万分的坚定，例如那布告上也说："如有奸民流痞受人诱头勾串，或直受驱使，或假托名义，以图破坏秩序安宁，与构成其他不利于我国家社会之重大犯行者，杀无赦。"这是保障"日内瓦倾向"的坚决手段，所谓"虽流血亦所不辞"。而且"日内瓦"是讲世界和平的，因此，中国两年以来都没有抵抗，因为抵抗就要破坏和平；直到一二八，中国也不过装出挡挡炸弹枪炮的姿势；最近的热河事变，中国方面也同样的尽在"缩短阵线"。不但如此，中国方面埋头剿匪，已经宣誓在一两个月内肃清匪共，"暂时"不管热河。这一切都是要证明"日本……见中国南方共产潮流渐起，为之焦虑"是不必的，日本很可以无须亲自出马。中国方面这样辛苦的忍耐的工作着，无非是为着要感动日本，使它悔悟，达到远东永久和平的目的，国际资本可以在这里分工合作。而李顿爵士要还怀疑中国会"变更其倾向"，这就未免太冤枉了。

总之，"处死刑，杀无赦"，是回答李顿爵士的怀疑的历史文件。请放心罢，请扶助罢。

三月七日。

原载 1933 年 3 月 9 日《申报・自由谈》。署名干。

初收 1933 年 10 月上海青光书局(北新)版《伪自由书》。

本篇系瞿秋白所作。

曲的解放

"词的解放"已经有过专号,词里可以骂娘,还可以"打打麻将"。

曲为什么不能解放,也来混账混账?不过,"曲"一解放,自然要"直",——后台戏搬到前台——未免有失诗人温柔敦厚之旨,至于平仄不调,声律乖谬,还在其次。

《平津会》杂剧

(生上):连台好戏不寻常:攘外期间安内忙。只恨热汤滚得快,未敲锣鼓已收场。(唱):

〔短柱天净纱〕　　　热汤混账——逃亡!

　　　　　　　　　装腔抵抗——何妨?

(旦上唱):　　　　模仿中央榜样:

　　　　　　　　　——整装西望,

　　　　　　　　　商量奔向咸阳。

(生):你你你……低声! 你看咱们那汤儿呀,他那里无心串演,我这里有口难分,一出好戏,就此糟糕,好不麻烦人也!

(旦):那有什么:再来一出"查办"好了。咱们一夫一妇,一正一副,也还够唱的。

(生):好罢! (唱):

〔颠倒阳春曲〕　　　人前指定可憎张,

　　　　　　　　　骂一声,不抵抗!

(旦背人唱):　　　百忙里算甚糊涂账?

　　　　　　　　　只不过假装腔,

便骂骂又何妨？

（丑携包裹急上）：阿呀呀，唅唅不得了了！

（旦抱丑介）：我儿呀，你这么心慌！你应当在前面多挡这么几
挡，让我们好收拾收拾。（唱）：

〔颠倒阳春曲〕　　背人搂定可怜汤，

　　　　　　　　骂一声，枉抵抗。

　　　　　　　　戏台上露甚慌张相？

　　　　　　　　只不过理行装，

　　　　　　　　便等等又何妨？

（丑哭介）：你们倒要理行装！我的行装先就不全了，你瞧。（指
包裹介。）

（旦）：我儿快快走扶桑，

（生）：雷厉风行查办忙。

（丑）：如此牺牲还值得，堂堂大汉有风光。（同下。）

　　　　　　　　　　　　　　　　　　　　　　三月九日。

原载 1933 年 3 月 12 日《申报·自由谈》。署名何家干。
初收 1933 年 10 月上海青光书局（北新）版《伪自由书》。
本篇系瞿秋白所作。

迎 头 经

中国现代圣经——迎头经曰："我们……要迎头赶上去，不要向
后跟着。"

传曰：追赶总只有向后跟着，普通是无所谓迎头追赶的。然而
圣经决不会错，更不会不通，何况这个年头一切都是反常的呢。所
以赶上偏偏说迎头，向后跟着，那就说不行！

现在通行的说法是："日军所至，抵抗随之"，至于收复失地与否，那么，当然"既非军事专家，详细计画，不得而知"。不错呀，"日军所至，抵抗随之"，这不是迎头赶上是什么！日军一到，迎头而"赶"：日军到沈阳，迎头赶上北平；日军到闸北，迎头赶上真茹；日军到山海关，迎头赶上塘沽；日军到承德，迎头赶上古北口……以前有过行都洛阳，现在有了陪都西安，将来还有"汉族发源地"昆仑山——西方极乐世界。至于收复失地云云，则虽非军事专家亦得而知焉，于经有之，曰"不要向后跟着"也。证之已往的上海战事，每到日军退守租界的时候，就要"严饬所部切勿越界一步"。这样，所谓迎头赶上和勿向后跟，都是不但见于经典而且证诸实验的真理了。右传之一章。

传又曰：迎头赶和勿后跟，还有第二种的微言大义——

报载热河实况曰："义军皆极勇敢，认扰乱及杀戮日军为兴奋之事……唯张作相接收义军之消息发表后，张作相既不亲往抚慰，热汤又停止供给义军汽油，运输中断，义军大都失望，甚至有认替张作相立功为无谓者。""日军既至凌源，其时张作相已不在，吾人闻讯出走，热汤扣车运物已成目击之事实，证以日军从未派飞机至承德轰炸……可知承德实为妥协之放弃。"（张慧冲君在上海东北难民救济会席上所谈。）虽然据张慧冲所说，"享名最盛之义军领袖，其忠勇之精神，未能悉如吾人之意想"，然而义军的兵士的确是极勇敢的小百姓。正因为这些小百姓不懂得圣经，所以也不知道迎头式的策略。于是小百姓自己，就自然要碰见迎头的抵抗了：热汤放弃承德之后，北平军委分会下令"固守古北口，如义军有欲入口者，即开枪迎击之"。这是说，我的"抵抗"只是随日军之所至，你要换个样子去抵抗，我就抵抗你；何况我的退后是预先约好了的，你既不肯妥协，那就只有"不要你向后跟着"而要把你"迎头赶上"梁山了。右传之二章。

诗云："惶惶"大军，迎头而奔，"嗤嗤"小民，勿向后跟！赋也。

三月十四日。

原载 1933 年 3 月 19 日《申报·自由谈》。署名何家干。

初收 1933 年 10 月上海青光书局（北新）版《伪自由书》。

本篇系瞿秋白所作。

出卖灵魂的秘诀

几年前，胡适博士曾经玩过一套"五鬼闹中华"的把戏，那是说：这世界上并无所谓帝国主义之类在侵略中国，倒是中国自己该着"贫穷"，"愚昧"……等五个鬼，闹得大家不安宁。现在，胡适博士又发见了第六个鬼，叫做仇恨。这个鬼不但闹中华，而且祸延友邦，闹到东京去了。因此，胡适博士对症发药，预备向"日本朋友"上条陈。

据博士说："日本军阀在中国暴行所造成之仇恨，到今日已颇难消除"，"而日本决不能用暴力征服中国"（见报载胡适之的最近谈话，下同）。这是值得忧虑的：难道真的没有方法征服中国么？不，法子是有的。"九世之仇，百年之友，均在觉悟不觉悟之关头上，"——"日本只有一个方法可以征服中国，即悬崖勒马，彻底停止侵略中国，反过来征服中国民族的心。"

这据说是"征服中国的唯一方法"。不错，古代的儒教军师，总说"以德服人者王，其心诚服也"。胡适博士不愧为日本帝国主义的军师。但是，从中国小百姓方面说来，这却是出卖灵魂的唯一秘诀。中国小百姓实在"愚昧"，原不懂得自己的"民族性"，所以他们一向会仇恨，如果日本陛下大发慈悲，居然采用胡博士的条陈，那么，所谓"忠孝仁爱信义和平"的中国固有文化，就可以恢复：——因为日本不用暴力而用软功的王道，中国民族就不至于再生仇恨，因为没有仇恨，自然更不抵抗，因为更不抵抗，自然就更和平，更忠孝……中国的肉体固然买到了，中国的灵魂也被征服了。

可惜的是这"唯一方法"的实行，完全要靠日本陛下的觉悟。如果不觉悟,那又怎么办?胡博士回答道:"到无可奈何之时,真的接受一种耻辱的城下之盟"好了。那真是无可奈何的呵——因为那时候"仇恨鬼"是不肯走的,这始终是中国民族性的污点,即为日本计,也非万全之道。

因此,胡博士准备出席太平洋会议,再去"忠告"一次他的日本朋友:征服中国并不是没有法子的,请接受我们出卖的灵魂罢,何况这并不难,所谓"彻底停止侵略",原只要执行"公平的"李顿报告——仇恨自然就消除了!

三月二十二日。

原载 1933 年 3 月 26 日《申报·自由谈》。署名何家干。
初收 1933 年 10 月上海青光书局(北新)版《伪自由书》。
本篇系瞿秋白所作。

最艺术的国家

我们中国的最伟大最永久,而且最普遍的"艺术"是男人扮女人。这艺术的可贵,是在于两面光,或谓之"中庸"——男人看见"扮女人",女人看见"男人扮"。表面上是中性,骨子里当然还是男的。然而如果不扮,还成艺术么?譬如说,中国的固有文化是科举制度,外加捐班之类。当初说这太不像民权,不合时代潮流,于是扮成了中华民国。然而这民国年久失修,连招牌都已经剥落殆尽,仿佛花旦脸上的脂粉。同时,老实的民众真个要起政权来了,竟想革掉科甲出身和捐班出身的参政权。这对于民族是不忠,对于祖宗是不孝,实属反动之至。现在早已回到恢复固有文化的"时代潮流",那能放任这种不忠不孝。因此,更不能不重新扮过一次,草案如下:第一,谁有代表国民的资格,须由考试决定。第二,考出了举人之后,再来挑选一次,此之谓选(动词)举人;而被挑选的举人,自然是被选举人了。照文法而论,这样的国民大会的选举人,应称为"选举人者",而被选举人,应称为"被选之举人"。但是,如果不扮,还成艺术么?因此,他们得扮成宪政国家的选举的人和被选举人,虽则实质上还是秀才和举人。这草案的深意就在这里:叫民众看见是民权,而民族祖宗看见是忠孝——忠于固有科举的民族,孝于制定科举的祖宗。此外,像上海已经实现的民权,是纳税的方有权选举和被选,使偌大上海只剩四千四百六十五个大市民。这虽是捐班——有钱的为主,然而他们一定会考中举人,甚至不补考也会赐同进士出身的,因为洋大人膝下的榜样,理应遵照,何况这也并不是一面违背固有文化,一面又扮得很像宪政民权呢?此其一。

其二,一面交涉,一面抵抗:从这一方面看过去是抵抗,从那一面看过来其实是交涉。其三,一面做实业家,银行家,一面自称"小贫而已"。其四,一面日货销路复旺,一面对人说是"国货年"……诸如此类,不胜枚举,而大都是扮演得十分巧妙,两面光滑的。

呵,中国真是个最艺术的国家,最中庸的民族。

然而小百姓还要不满意,呜呼,君子之中庸,小人之反中庸也!

三月三十日。

原载 1933 年 4 月 2 日《申报·自由谈》。署名何家干。

初收 1933 年 10 月上海青光书局(北新)版《伪自由书》。

本篇系瞿秋白所作。

四月

一日

日记 晴。午后复施蛰存信。下午寄蒋径三以《一天的工作》一本。往内山书店,得『版芸術』(四月号)一本,五角五分。得姚克信。得胡兰成由南宁寄赠之《西江上》一本。得母亲信,三月二十七日发。

现 代 史

从我有记忆的时候起,直到现在,凡我所曾经到过的地方,在空地上,常常看见有"变把戏"的,也叫作"变戏法"的。

这变戏法的,大概只有两种——

一种,是教一个猴子戴起假面,穿上衣服,耍一通刀枪;骑了羊跑儿圈。还有一匹用稀粥养活,已经瘦得皮包骨头的狗熊玩一些把戏。末后是向大家要钱。

一种,是将一块石头放在空盒子里,用手巾左盖右盖,变出一只白鸽来;还有将纸塞在嘴巴里,点上火,从嘴角鼻孔里冒出烟焰。其次是向大家要钱。要了钱之后,一个人嫌少,装腔作势的不肯变了,一个人来劝他,对大家说再五个。果然有人抛钱了,于是再四个,三个……

抛足之后,戏法就又开了场。这回是将一个孩子装进小口的坛子里面去,只见一条小辫子,要他再出来,又要钱。收足之后,不知怎么一来,大人用尖刀将孩子刺死了,盖上被单,直挺挺躺着,要他活过来，又要钱。

"在家靠父母，出家靠朋友……Huazaa！Huazaa！"变戏法的装出撒钱的手势，严肃而悲哀的说。

别的孩子，如果走近去想仔细的看，他是要骂的；再不听，他就会打。

果然有许多人 Huazaa 了。待到数目和预料的差不多，他们就检起钱来，收拾家伙，死孩子也自己爬起来，一同走掉了。

看客们也就呆头呆脑的走散。

这空地上，暂时是沉寂了。过了些时，就又来这一套。俗语说，"戏法人人会变，各有巧妙不同。"其实是许多年间，总是这一套，也总有人看，总有人 Huazaa，不过其间必须经过沉寂的几日。

我的话说完了，意思也浅得很，不过说大家 Huazaa Huazaa 一通之后，又要静几天了，然后再来这一套。

到这里我才记得写错了题目，这真是成了"不死不活"的东西。

四月一日。

原载 1933 年 4 月 8 日《申报·自由谈》。署名何家干。
初收 1933 年 10 月上海青光书局（北新）版《伪自由书》。

致山本初枝

拝啓　御手紙を戴きました、玩具二つも遠くに。正路君に感謝します。あの可愛らしいハモニカ(?)をば子供にやり今でも時々吹いて居りますが、ヨーヨーは没収して仕舞ひました。其れは海嬰自分は未だこれを遊ぶ能力がなくて僕にやらして見るおそれがあるからです。写真については御仰る通りです。シヨウとの

一枚は実に自分のセイの低い事に癪がさわりますが仕方がもう
ありません。改造も読みましたが荒木様の文章の上半はよいと
思ひます。野口様の文章の中にシヨーは可哀想な人間だと云ふ
のも尤です、その世界漫遊の有様を見ると漫遊するどころかまっ
たく苦しみを仕込んで居る様です。併し彼に対する批評は日本
の方が善かった、支那には悪口屋が多いから頗るぶつぶつ云って居
ます。僕も一所に写真を取った御蔭で悪く云はれて居ます。併し
それはどうでもよい事、慣れたのですから。僕も時々日本を見た
いと思ひますが招待される事はきらひです。角袖につかれる事
もきらひ、只二三の知人と歩きたいと思ひます。田舎で成長した
のだから何だか矢張り西洋式の招待会とか歓迎会とかきらひま
す。それは丁度画師が野外写生に行って見物人にかこまれて仕舞
様だと思ひます。今まで住んで居たアパートが北向のせいかし
ら家の人がどうも病気が多い。今度は別に南向の家を借込んだ
から一週間の内に移ります。それは千愛里の側のうしろに、大陸
新村と云ふ所があるでしょう。あそこです。内山書店とも遠くあ
りません。先月、改造社の木村様に遇ひ『支那ユーモア全集』の原
稿料を聞いたらまあ二百円位だらうと云ふ。そんなら増田君も
随分無駄骨折をしたと思ふ。シヨーに関する材料を送ったら井上
紅梅がもう翻訳して改造社に持って行ったさうです、僕はもう少し
鋭敏にやらねばならんと思ひます。　草々

　　　　　　　　　　　　　　　魯迅　上　四月一日

山本夫人几下

二日

　日记　星期。昙。上午同广平携海婴往篠崎医院诊。下午三
弟来。雨。

推 背 图

我这里所用的"推背"的意思，是说：从反面来推测未来的情形。

上月的《自由谈》里，就有一篇《正面文章反看法》，这是令人毛骨悚然的文字。因为得到这一个结论的时候，先前一定经过许多苦楚的经验，见过许多可怜的牺牲。本草家提起笔来，写道：砒霜，大毒。字不过四个，但他却确切知道了这东西曾经毒死过若干性命的了。

里巷间有一个笑话：某甲将银子三十两埋在地里面，怕人知道，就在上面竖一块木板，写道"此地无银三十两"。隔壁的阿二因此却将这掘去了，也怕人发觉，就在木板的那一面添上一句道，"隔壁阿二勿曾偷。"这就是在教人"正面文章反看法"。

但我们日日所见的文章，却不能这么简单。有明说要做，其实不做的；有明说不做，其实要做的；有明说做这样，其实做那样的；有其实自己要这么做，倒说别人要这么做的；有一声不响，而其实倒做了的。然而也有说这样，竟这样的。难就在这地方。

例如近几天报章上记载着的要闻罢：

一，××军在××血战，杀敌××××人。

二，××谈话：决不与日本直接交涉，仍然不改初衷，抵抗到底。

三，芳泽来华，据云系私人事件。

四，共党联日，该伪中央已派干部××赴日接洽。

五，××××……

倘使都当反面文章看，可就太骇人了。但报上也有"莫干山路草棚船百余只大火"，"××××廉价只有四天了"等大概无须"推背"的记载，于是乎我们就又胡涂起来。

听说，《推背图》本是灵验的，某朝某帝怕他淆惑人心，就添了些假造的在里面，因此弄得不能预知了，必待事实证明之后，人们这才恍然大悟。

我们也只好等着看事实，幸而大概是不很久的，总出不了今年。

四月二日。

原载 1933 年 4 月 6 日《申报·自由谈》。署名何家干。

初收 1933 年 10 月上海青光书局（北新）版《伪自由书》。

致 增田涉

拝啓　三月十三日の手紙は遠くにつきました。井上先生の機敏さには実に驚きましたが併し残念な事が、この先生はもう阿片とか麻将とかの紹介をやめましてほかのものをやりだすらしい。困った事です。

上海の新聞社に仕事をさがすにはどうも駄目らしい、東京の出版所と特約撰稿の約束がなければ生活を維持する事が難しいだろーと思ひます。

北向の家に居た為めか、どうも子供は病気が多くて困ります。今度は南向の家に引越します、内山書店とも遠くない。北京へ帰ろーとも思ひましたが併し当分の内は駄目でしょう。

汝に二つの事を頼み申します：

一、三銭の郵便切手を十枚、下さい。

二、独逸訳 P. Gauguin Noa Noa 一冊買って下さい、古本でもよいです（むしろ古本の方で沢山です）。

私は不相変ぶらぶら、これから勉強しよーとも時々云ひますが

当にもなるまいと思ひます。　草々

鲁迅　上　四月二日

增田兄足下

三日

　　日记　昙。上午寄母亲信。寄山本夫人信。寄增田君信。午后得小峰信并校稿。达夫来并赠《自选集》一本。得王志之信。夜三弟及幼雄来,赠以《自选集》及《萧在上海》各一本。寄《自由谈》稿二篇。

四日

　　日记　昙,午后晴。坪井学士来为海婴诊。

五日

　　日记　晴。夜寄小峰信并校稿五叶。

致 李小峰

小峰兄:

　　《两地书》校稿,今先将序目寄上。第一页上,写"上海北新书局印行",与末页不同,应否改成一律(青光……),请　兄酌改。如改了,则封面亦应照改也。

　　其余校稿,三四日内再寄还。

　　我的《杂感选集》,选者还只送了一个目录来,须我自己拆出,抑他拆好送来，尚未知，且待数天罢。但付印时，我想先送他一注钱，即由我将来此书之版税中扣除，实亦等于买稿。能如此办否，希示及。

迅　上　四月五日。

六日

日记　晴。上午往篠崎医院为海婴取药，付泉四元四角。下午得母亲信，一日发。得靖华信，三月十五日发。得崔万秋留片并《申报月刊》一本。得黎烈文信，即复。晚校《两地书》讫。三弟偕西谛来，即被邀至会宾楼晚饭，同席十五人。坪井先生来为海婴诊。夜雨。

七日

日记　昙。上午寄小峰校稿。午后得黎烈文信并稿费六十六元。得刘之惠信，即复。得母亲所寄小包一个，内香菌，摩菇，瑶柱，蜜枣，榛子，夜复。寄金丁信。三弟来，饭后并同广平往明珠大戏院观《亚洲风云》影片。雨，夜半大风，有雷。

八日

日记　雨。上午同广平携海婴往篠崎医院诊，付泉四元四角。午后收李辉英所赠《万宝山》一本。晚三弟来。收论语社稿费十八元。

九日

日记　星期。昙。夜浴。

十日

日记　昙。下午寄黎烈文信并稿二篇。

《杀错了人》异议

看了曹聚仁先生的一篇《杀错了人》,觉得很痛快,但往回一想,又觉得有些还不免是愤激之谈了,所以想提出几句异议——

袁世凯在辛亥革命之后,大杀党人,从袁世凯那方面看来,是一点没有杀错的,因为他正是一个假革命的反革命者。

错的是革命者受了骗,以为他真是一个筋斗,从北洋大臣变了革命家了,于是引为同调,流了大家的血,将他浮上总统的宝位去。到二次革命时,表面上好像他又是一个筋斗,从"国民公仆"变了吸血魔王似的。其实不然,他不过又显了本相。

于是杀,杀,杀。北京城里,连饭店客栈中,都满布了侦探;还有"军政执法处",只见受了嫌疑而被捕的青年送进去,却从不见他们活着走出来;还有,《政府公报》上,是天天看见党人脱党的广告,说是先前为友人所拉,误入该党,现在自知迷谬,从此脱离,要洗心革面的做好人了。

不久就证明了袁世凯杀人的没有杀错,他要做皇帝了。

这事情,一转眼竟已经是二十年,现在二十来岁的青年,那时还在吸奶,时光是多么飞快呵。

但是,袁世凯自己要做皇帝,为什么留下他真正对头的旧皇帝呢?这无须多议论,只要看现在的军阀混战就知道。他们打得你死我活,好像不共戴天似的,但到后来,只要一个"下野"了,也就会客客气气的,然而对于革命者呢,即使没有打过仗,也决不肯放过一个。他们知道得很清楚。

所以我想,中国革命的闹成这模样,并不是因为他们"杀错了人",倒是因为我们看错了人。

临末,对于"多杀中年以上的人"的主张,我也有一点异议,但因为自己早在"中年以上"了,为避免嫌疑起见,只将眼睛看着地面罢。

四月十日。

　　原载 1933 年 4 月 12 日《申报·自由谈》。署名何家干。

　　初收 1933 年 10 月上海青光书局(北新)版《伪自由书》。

中国人的生命圈

　　"蝼蚁尚知贪生",中国百姓向来自称"蚁民",我为暂时保全自己的生命计,时常留心着比较安全的处所,除英雄豪杰之外,想必不至于讥笑我的罢。

　　不过,我对于正面的记载,是不大相信的,往往用一种另外的看法。例如罢,报上说,北平正在设备防空,我见了并不觉得可靠;但一看见载着古物的南运,却立刻感到古城的危机,并且由这古物的行踪,推测中国乐土的所在。

　　现在,一批一批的古物,都集中到上海来了,可见最安全的地方,到底也还是上海的租界上。

　　然而,房租是一定要贵起来的了。

　　这在"蚁民",也是一个大打击,所以还得想想另外的地方。

　　想来想去,想到了一个"生命圈"。这就是说,既非"腹地",也非"边疆",是介乎两者之间,正如一个环子,一个圈子的所在,在这里倒或者也可以"苟延性命于×世"的。

　　"边疆"上是飞机抛炸弹。据日本报,说是在剿灭"兵匪";据中国报,说是屠戮了人民,村落市廛,一片瓦砾。"腹地"里也是飞机抛炸弹。据上海报,说是在剿灭"共匪",他们被炸得一塌胡涂;"共匪"的报上怎么说呢,我们可不知道。但总而言之,边疆上是炸,炸,炸;腹地里也是炸,炸,炸。虽然一面是别人炸,一面是自己炸,炸手不同,而被炸则一。只有在这两者之间的,只要炸弹不要误行落下来,倒还有可免"血肉横飞"的希望,所以我名之曰"中国人的生命圈"。

再从外面炸进来,这"生命圈"便收缩而为"生命线";再炸进来,大家便都逃进那炸好了的"腹地"里面去,这"生命圈"便完结而为"生命〇"。

其实,这预感是大家都有的,只要看这一年来,文章上不大见有"我中国地大物博,人口众多"的套话了,便是一个证据。而有一位先生,还在演说上自己说中国人是"弱小民族"哩。

但这一番话,阔人们是不以为然的,因为他们不但有飞机,还有他们的"外国"!

四月十日。

原载 1933 年 4 月 14 日《申报·自由谈》。署名何家干。

初收 1933 年 10 月上海青光书局(北新)版《伪自由书》。

十一日

日记　晴。午后得母亲信,七日发。是日迁居大陆新村新寓。

十二日

日记　昙。午后得陈烟桥信并木刻二枚。得小峰信并版税泉百。

《〈杀错了人〉异议》附记

记得原稿在"客客气气的"之下，尚有"说不定在出洋的时候，还要大开欢送会"这类意思的句子，后被删去了。

四月十二日记。

未另发表。

初收 1933 年 10 月上海青光书局（北新）版《伪自由书》。

十三日

日记 晴。午后得姚克信。得适夷信，即复。下午寄母亲信。复陈烟桥信。复小峰信。晚姚克来邀至其寓夜饭。雨。

致 李小峰

小峰兄：

版税收到，收条当于星期六面交店友。

《杂感选集》已寄来，约有十四五万字，序文一万三四千字，以每页十二行，每行卅六字版印之，已是很厚的一本，此书一出，单行本必当受若干影响也。

编者似颇用心，故我拟送他三百元。其办法可仿《两地书》，每发行一千，由兄给我百元，由我转寄。此一千本，北新专在收账确实处发售，于经济当不生影响，如此办法，以三次为度。但此三千本，我只收版税百分之二十。

序文因尚须在刊物上发表一次，正在托人另抄，本文我也须略看一回，并标明格式，星六不及交出了，妥后即函告。

此书印行，似以速为佳。

迅　上　四月十三日

十四日

日记　雨。上午同广平携海婴往篠崎医院诊，付泉二元四角。下午晴。保宗来访。夜三弟来，留之夜饭。

十五日

日记　小雨。午后得季市信。下午寄《自由谈》稿二篇。

十六日

日记　星期。雨。下午寄季市信。三弟来，未见。

致 许寿裳

季市兄：

来信奉到。迁寓已四日，光线较旧寓为佳，此次过沪，望见访，并乞以新址转函明之为荷。又，明公住址，希于便中示及，因有数部书拟赠其女公子也。

傅公文已读过，颇哀其愚劣，其实倘欲攻击，可说之话正多，而乃竟无聊至此，以此等人为作家，可见在上者之无聊矣。

此上，即颂

曼福

弟飞　顿首　四月十六日

十七日

日记　晴。下午从内山书店买『新潮文库』二本,『英文学散策』一本,共泉三元。

"以夷制夷"

我还记得,当去年中国有许多人,一味哭诉国联的时候,日本的报纸上往往加以讥笑,说这是中国祖传的"以夷制夷"的老手段。粗粗一看,也仿佛有些像的,但是,其实不然。那时的中国的许多人,的确将国联看作"青天大老爷",心里何尝还有一点儿"夷"字的影子。

倒相反,"青天大老爷"们却常常用着"以华制华"的方法的。

例如罢,他们所深恶的反帝国主义的"犯人",他们自己倒是不做恶人的,只是松松爽爽的送给华人,叫你自己去杀去。他们所痛恨的腹地的"共匪",他们自己是并不明白表示意见的,只将飞机炸弹卖给华人,叫你自己去炸去。对付下等华人的有黄帝子孙的巡捕和西崽,对付智识阶级的有"高等华人"的学者和博士。

我们自夸了许多日子的"大刀队",好像是无法制伏的了,然而四月十五日的《××报》上,有一个用头号字印的《我斩敌二百》的题目。粗粗一看,是要令人觉得胜利的,但我们再来看一看本文罢——

"(本报今日北平电)昨日喜峰口右翼,仍在滦阳城以东各地,演争夺战。敌出现大刀队千名,系新开到者,与我大刀队对抗。其刀特长,敌使用不灵活。我军挥刀砍抹,敌招架不及,连刀带臂,被我砍落者纵横满地,我军伤亡亦达二百余。……"

那么,这其实是"敌斩我军二百"了,中国的文字,真是像"国步"

一样,正在一天一天的艰难起来。但我要指出来的却并不在此。

我要指出来的是"大刀队"乃中国人自夸已久的特长,日本人虽有击剑,大刀却非索习。现在可是"出现"了,这不必迟疑,就可决定是满洲的军队。满洲从明末以来,每年即大有直隶山东人迁居,数代之后,成为土著,则虽是满洲军队,而大多数实为华人,也决无疑义。现在已经各用了特长的大刀,在滦东相杀起来,一面是"连刀带臂,纵横满地",一面是"伤亡亦达二百余",开演了极显著的"以华制华"的一幕了。

至于中国的所谓手段,由我看来,有是也应该说有的,但决非"以夷制夷",倒是想"以夷制华"。然而"夷"又那有这么愚笨呢,却先来一套"以华制华"给你看。

这例子常见于中国的历史上,后来的史官为新朝作颂,称此辈的行为曰:"为王前驱"!

> 近来的战报是极可诧异的,如同日同报记冷口失守云:"十日以后,冷口方面之战,非常激烈,华军……顽强抵抗,故继续未曾有之大激战",但由宫崎部队以十余兵士,作成人梯,前仆后继,"卒越过长城,因此宫崎部队牺牲二十三名之多云"。越过一个险要,而日军只死了二十三人,但已云"之多",又称为"未曾有之大激战",也未免有些费解。所以大刀队之战,也许并不如我所猜测。但既经写出,就姑且留下以备一说罢。

四月十七日。

原载 1933 年 4 月 21 日《申报·自由谈》。署名何家干。

初收 1933 年 10 月上海青光书局(北新)版《伪自由书》。

言论自由的界限

看《红楼梦》，觉得贾府上是言论颇不自由的地方。焦大以奴才的身分，仗着酒醉，从主子骂起，直到别的一切奴才，说只有两个石狮子干净。结果怎样呢？结果是主子深恶，奴才痛嫉，给他塞了一嘴马粪。

其实是，焦大的骂，并非要打倒贾府，倒是要贾府好，不过说主奴如此，贾府就要弄不下去罢了。然而得到的报酬是马粪。所以这焦大，实在是贾府的屈原，假使他能做文章，我想，恐怕也会有一篇《离骚》之类。

三年前的新月社诸君子，不幸和焦大有了相类的境遇。他们引经据典，对于党国有了一点微词，虽然引的大抵是英国经典，但何尝有丝毫不利于党国的恶意，不过说："老爷，人家的衣服多么干净，您老人家的可有些儿脏，应该洗它一洗"罢了。不料"荃不察余之中情兮"，来了一嘴的马粪：国报同声致讨，连《新月》杂志也遭殃。但新月社究竟是文人学士的团体，这时就也来了一大堆引据三民主义，辨明心迹的"离骚经"。现在好了，吐出马粪，换塞甜头，有的顾问，有的教授，有的秘书，有的大学院长，言论自由，《新月》也满是所谓"为文艺的文艺"了。

这就是文人学士究竟比不识字的奴才聪明，党国究竟比贾府高明，现在究竟比乾隆时候光明：三明主义。

然而竟还有人在嚷着要求言论自由。世界上没有这许多甜头，我想，该是明白的罢，这误解，大约是在没有悟到现在的言论自由，只以能够表示主人的宽宏大度的说些"老爷，你的衣服……"为限，而还想说开去。

这是断乎不行的。前一种，是和《新月》受难时代不同，现在好像已有的了，这《自由谈》也就是一个证据，虽然有时还有几位拿着马粪,前来探头探脑的英雄。至于想说开去,那就足以破坏言论自由的保障。要知道现在虽比先前光明,但也比先前利害,一说开去,是连性命都要送掉的。即使有了言论自由的明令,也千万大意不得。这我是亲眼见过好几回的,非"卖老"也,不自觉其做奴才之君子,幸想一想而垂鉴焉。

四月十七日。

原载 1933 年 4 月 22 日《申报·自由谈》。署名何家干。

初收 1933 年 10 月上海青光书局(北新)版《伪自由书》。

十八日

日记 小雨。下午得小峰信并《两地书》版税百五十,即付印证千。寄内山嘉吉君信并信笺十余枚,托其[交]成城学园之生徒寄我木刻者。夜寄《自由谈》稿二篇。

十九日

日记 雨。午后得母亲信。往大马路石路知味观定座。下午发请柬。得小峰信并《两地书》版税泉百,并赠书二十本,又添购二十本,价十四元也。

请　柬

敬请

莘农先生于星六(二十二)午后六时驾临福建路大马路口知味观杭菜馆七座一叙,勿却是幸。即颂日祉。

126

令弟亦希惠临为幸　鲁迅并记

未另发表。据手迹编入。

初未收集。

致内山嘉吉

拝啓　随分久しく御無沙汰致しました。先日御手紙と成城学園生徒の木刻とをいたゞいて有難ふ存じます。今日別封にて支那の信箋十数枚送りました、よいものでは有りませんが到着したら其の木刻の作者に上げて下さい。

　支那には木版を少し実用上にもちいて居りますが創作木版と言ふものを未だ知って居ません。一昨年の生徒達は半分は何処かに行き半分は牢の中にはいて居るから発展は有りませんでした。

　私共は今迄の家は北向で子供によくないから一週間前に引越しました。スコット路で不相変内山書店の近所です。年中子供の為めに忙しくて、考ふるにあなたがたも屹度今年は随分御忙しくなっていらしゃるでしょう。　草々頓首

　　　　　　　　　　　　　　　　　鲁迅　四月十九日

内山嘉吉兄几下

　奥様によろしく並に嬰児の幸福を祝します。

二十日

　　日记　晴。上午同广平携海婴往篠崎医院诊,付泉二元四角。

下午寄电力公司信。寄自来火公司信。寄姚克信。以《两地书》寄语堂及季市。买『一立斋广重』一本,六元。夜三弟来。寄小峰信。

致 姚 克

莘农先生:

　　昨奉一柬,约于星期六(二十二日)下午六时驾临大马路石路知味观杭菜馆第七座一谈,未知已到否? 届时务希与令弟一同惠临为幸。专此布达,顺请

文安。

迅　启上　四月二十日下午

致 李小峰

小峰兄:

　　《杂感选集》的格式,本已用红笔批了大半,后来一想,此书有十七万余字(连序一万五千在内),若用每版十二行,行卅六字印,当有四百余页,未免太厚,不便于翻阅。所以我想不如改为横行,格式全照《两地书》,则不到三百页可了事,也好看。不知兄以为何如,俟示办理。此上,即颂

时绥。

迅　启上　四月二十晚。

二十一日

　　日记　晴。午后得母亲信并泉三元,十七日发。得靖华信并稿

一篇,又插画本《十月》及译本《一月九日》各一本,三月二十五日发。下午得小峰信并本月版税泉二百。付何凝《杂感集》编辑费百。寄柏林程琪英六本复被寄回,不知其故。收内山嘉吉君为其子晓弥月内祝之品一合。

二十二日

日记 晴。午后得姚克信。得祝秀侠信。买『人生十字路』一本,一元六角也。晚在知味观招诸友人夜饭,坐中为达夫等共十二人。风。

二十三日

日记 星期。晴。上午达夫来,未见,留字而去。午后寄母亲信。寄《自由谈》稿一篇。晚在知味观设宴,邀客夜饭,为秋田,须藤,滨之上,菅,坪井学士及其夫人并二孩子,伊藤,小岛,镰田及其夫人并二孩子及诚一,内山及其夫人,广平及海婴,共二十人。黄振球女士携达夫绍介信来,未见,留字及《现代妇女》一册而去。

二十四日

日记 昙,下午雨。得紫佩信,廿日发,夜复。

二十五日

日记 雨。午后得『世界の女性を語る』及『小説研究十二講』各一本,著者木村君赠;又买『支那中世医学史』一本,价九元。买椅子一,书厨二,价三十二元。下午得《木铃木刻》一本。得增田君信,二十日发。得朱一熊信。

二十六日

日记 晴。下午往中央研究院。得李又燃信,夜复。

致 李小峰

小峰兄：

　　《杂感选集》已批好，希店友于便中来寓一取。又，序文亦已寄来，内中有稍激烈处，但当无妨于出版，兄阅后仍交还，当于本文印好后与目录一同付印刷局也。

迅　上　四月廿六夜。

二十七日

　　日记　晴。上午得姚克信。晚得崔万秋信，并『セルパン』（五月分）一本。

二十八日

　　日记　晴。午后得王志之，谷万川信并《文学杂志》二本。得施蛰存信。夜三弟及蕴如来，并见赠食品六种。

二十九日

　　日记　雨。上午同广平携海婴往篠崎医院诊，付泉三元九角；又买玩具名"尚武者"一具，一元九角。午晴。午后得靖华信，三月卅一日发。得西村真琴信并自绘鸠图一枚。得增田君所寄原文 *Noa Noa* 一本。晚姚克招饮于会宾楼，同席八人。得张梓生所赠《申报年鉴》一本。

文章与题目

　　一个题目，做来做去，文章是要做完的，如果再要出新花样，那就使人会觉得不是人话。然而只要一步一步的做下去，每天又有帮闲的敲边鼓，给人们听惯了，就不但做得出，而且也行得通。

譬如近来最主要的题目，是"安内与攘外"罢，做的也着实不少了。有说安内必先攘外的，有说安内同时攘外的，有说不攘外无以安内的，有说攘外即所以安内的，有说安内即所以攘外的，有说安内急于攘外的。

做到这里，文章似乎已经无可翻腾了，看起来，大约总可以算是做到了绝顶。

所以再要出新花样，就使人会觉得不是人话，用现在最流行的谥法来说，就是大有"汉奸"的嫌疑。为什么呢？就因为新花样的文章，只剩了"安内而不必攘外"，"不如迎外以安内"，"外就是内，本无可攘"这三种了。

这三种意思，做起文章来，虽然实在希奇，但事实却有的，而且不必远征晋宋，只要看看明朝就够。满洲人早在窥伺了，国内却是草菅民命，杀戮清流，做了第一种。李自成进北京了，阔人们不甘给奴子做皇帝，索性请"大清兵"来打掉他，做了第二种。至于第三种，我没有看过《清史》，不得而知，但据老例，则应说是爱新觉罗氏之先，原是轩辕黄帝第几子之苗裔，遁于朔方，厚泽深仁，遂有天下，总而言之，咱们原是一家子云。

后来的史论家，自然是力斥其非的，就是现在的名人，也正痛恨流寇。但这是后来和现在的话，当时可不然，鹰犬塞途，干儿当道，魏忠贤不是活着就配享了孔庙么？他们那种办法，那时都有人来说得头头是道的。

前清末年，满人出死力以镇压革命，有"宁赠友邦，不给家奴"的口号，汉人一知道，更恨得切齿。其实汉人何尝不如此？吴三桂之请清兵入关，便是一想到自身的利害，即"人同此心"的实例了。……

四月二十九日。

131

原载 1933 年 5 月 5 日《申报·自由谈》，题作《安内与攘外》。署名何家干。

初收 1933 年 10 月上海青光书局（北新）版《伪自由书》。

新　药

说起来就记得，诚然，自从九一八以后，再没有听到吴稚老的妙语了，相传是生了病。现在刚从南昌专电中，飞出一点声音来，却连改头换面的，也是自从九一八以后，就再没有一丝声息的民族主义文学者们，也来加以冷冷的讪笑。

为什么呢？为了九一八。

想起来就记得，吴稚老的笔和舌，是尽过很大的任务的，清末的时候，五四的时候，北伐的时候，清党的时候，清党以后的还是闹不清白的时候。然而他现在一开口，却连躲躲闪闪的人物儿也来冷笑了。九一八以来的飞机，真也炸着了这党国的元老吴先生，或者是，炸大了一些躲躲闪闪的人物儿的小胆子。

九一八以后，情形就有这么不同了。

旧书里有过这么一个寓言，某朝某帝的时候，宫女们多数生了病，总是医不好。最后来了一个名医，开出神方道：壮汉若干名。皇帝没有法，只得照他办。若干天之后，自去察看时，宫女们果然个个神采焕发了，却另有许多瘦得不像人样的男人，拜伏在地上。皇帝吃了一惊，问这是什么呢？宫女们就嗫嚅的答道：是药渣。

照前几天报上的情形看起来，吴先生仿佛就如药渣一样，也许连狗子都要加以践踏了。然而他是聪明的，又很恬淡，决不至于不顾自己，给人家熬尽了汁水。不过因为九一八以后，情形已经不同，要有一种新药出卖是真的，对于他的冷笑，其实也就是新药的作用。

这种新药的性味,是要很激烈,而和平。譬之文章,则须先讲烈士的殉国,再叙美人的殉情;一面赞希特勒的组阁,一面颂苏联的成功;军歌唱后,来了恋歌;道德谈完,就讲妓院;因国耻日而悲杨柳,逢五一节而忆蔷薇;攻击主人的敌手,也似乎不满于它自己的主人……总而言之,先前所用的是单方,此后出卖的却是复药了。

复药虽然好像万应,但也常无一效的,医不好病,即毒不死人。不过对于误服这药的病人,却能够使他不再寻求良药,拖重了病症而至于胡里胡涂的死亡。

四月二十九日。

原载 1933 年 5 月 7 日《申报·自由谈》。署名丁萌。

初收 1933 年 10 月上海青光书局(北新)版《伪自由书》。

三十日

日记 星期。晴。上午坪井学士来为海婴注射。午后得语堂信。买『素描新技法講座』一部五本,八元四角;『版芸術』(五月分)一本,六角。晚交还旧寓讫。三弟及蕴如携蕖官来。

本月

回　信(复祝秀侠)

秀侠先生:

接到你的来信,知道你所谓新八股是礼拜五六派等流。其实礼拜五六派的病根并不全在他们的八股性。

八股无论新旧,都在扫荡之列,我是已经说过了;礼拜五六派有新八股性，其余的人也会有新八股性。例如只会"辱骂""恐吓"甚至于"判决"，而不肯具体地切实地运用科学所求得的公式，去解释每天的新的事实，新的现象，而只抄一通公式，往一切事实上乱凑，这也是一种八股。即使明明是你理直，也会弄得读者疑心你空虚，疑心你已经不能答辩，只剩得"国骂"了。

至于"歪曲革命学说"的人，用些"蒲力汗诺夫曰"等来掩盖自己的臭脚，那他们的错误难道就在他写了"蒲……曰"等等么？我们要具体的证明这些人是怎样错误，为什么错误。假使简单地把"蒲力汗诺夫曰"等等和"诗云子曰"等量齐观起来，那就一定必然的要引起误会。先生来信似乎也承认这一点。这就是我那《透底》里所以要指出的原因。

最后，我那篇文章是反对一种虚无主义的一般倾向的，你的《论新八股》之中的那一句，不过是许多例子之中的一个，这是必须解除的一个"误会"。而那文章却并不是专为这一个例子写的。

家　干。

未另发表。

初收 1933 年 10 月上海青光书局（北新）版《伪自由书》，附于《透底》一文之后。

[附　录]

关于女人

国难期间，似乎女人也特别受难些。一些正人君子责备女人爱奢侈，不肯光顾国货。就是跳舞，肉感等等，凡是和女性有关的，都成了罪状。仿佛男人都做了苦行和尚，女人都进了修道院，国难就会得救似的。

其实那不是女人的罪状，正是她的可怜。这社会制度把她挤成了各种各式的奴隶，还要把种种罪名加在她头上。西汉末年，女人的"堕马髻"，"愁眉啼妆"，也说是亡国之兆。其实亡汉的何尝是女人！不过，只要看有人出来唉声叹气的不满意女人的妆束，我们就知道当时统治阶级的情形，大概有些不妙了。

奢侈和淫靡只是一种社会崩溃腐化的现象，决不是原因。私有制度的社会，本来把女人也当做私产，当做商品。一切国家，一切宗教都有许多稀奇古怪的规条，把女人看做一种不吉利的动物，威吓她，使她奴隶般的服从；同时又要她做高等阶级的玩具。正像现在的正人君子，他们骂女人奢侈，板起面孔维持风化，而同时正在偷偷地欣赏着肉感的大腿文化。

阿剌伯的一个古诗人说："地上的天堂是在圣贤的经书上，马背上，女人的胸脯上。"这句话倒是老实的供状。

自然，各种各式的卖淫总有女人的份。然而买卖是双方的。没有买淫的嫖男，那里会有卖淫的娼女。所以问题还在买淫的社会根源。这根源存在一天，也就是主动的买者存在一天，那所谓女人的淫靡和奢侈就一天不会消灭。男人是私有主的时候，女人自身也不过是男人的所有品。也许是因此罢，她的爱惜家财的心或者比较的差些，她往往成了"败家精"。何况现在买淫的机会那么多，家庭里的女人直觉地感觉到自己地位的危险。民国初年我就听说，上海的时髦是从长三幺二传到姨太太之流，从姨太太之流再传到太太奶奶小姐。这些"人家人"，多数是不自觉地在和娼妓竞争，——自然，她们就要竭力修饰自己的身体，修饰到拉得住男子的心的一切。这修饰的代价是很贵的，而且一天一天的贵起来，不但是物质上的，而且还有精神上的。

美国一个百万富翁说："我们不怕共匪（原文无匪字，谨遵功令改译),我们的妻女就要使我们破产,等不及工人来没收。"中国也许是惟恐工人"来得及",所以高等华人的男女这样赶紧的浪费着,享用着,畅快着,那里还管得到国货不国货,风化不风化。然而口头上是必须维持风化,提倡节俭的。

四月十一日。

原载 1933 年 6 月 15 日《申报月刊》第 2 卷第 6 号。署名洛文。

初收 1934 年 3 月上海同文书店版《南腔北调集》。

本篇系瞿秋白所作。

真假堂吉诃德

西洋武士道的没落产生了堂·吉诃德那样的戆大。他其实是个十分老实的书呆子。看他在黑夜里仗着宝剑和风车开仗,的确傻相可掬,觉得可笑可怜。

然而这是真正的吉诃德。中国的江湖派和流氓种子,却会愚弄吉诃德式的老实人,而自己又假装着堂·吉诃德的姿态。《儒林外史》上的几位公子,慕游侠剑仙之为人,结果是被这种假吉诃德骗去了几百两银子,换来了一颗血淋淋的猪头,——那猪算是侠客的"君父之仇"了。

真吉诃德的做傻相是由于自己愚蠢,而假吉诃德是故意做些傻相给别人看,想要剥削别人的愚蠢。

可是中国的老百姓未必都还这么蠢笨,连这点儿手法也看不出来。

中国现在的假吉诃德们,何尝不知道大刀不能救国,他们却偏要舞弄着,每天"杀敌几百几千"的乱嚷,还有人"特制钢刀九十九,去赠送前敌将士"。可是,为着要杀猪起见,又舍不得飞机捐,于是乎"武器不精良"的宣传,一面作为节节退却或者"诱敌深入"的解释,一面又借此搜括一些杀猪经费。可惜前有慈禧太后,后有袁世凯,——清末的兴复海军捐建设了颐和园,民四的"反日"爱国储金,增加了讨伐当时革命军的军需,——不然的话,还可以说现在发现了一个新发明。

他们何尝不知道"国货运动"振兴不了什么民族工业,国际的财神爷扼住了中国的喉咙,连气也透不出,甚么"国货"都跳不出这些财神的手掌心。然而"国货年"是宣布了,"国货商场"是成立了,像煞有介事的,仿佛抗日救国全靠一些戴着假面具的买办多赚几个钱。这钱还是从猪狗牛马身上剥削来的。不听见"增加生产力","劳资合作共赴国难"的呼声么?原本不把小百姓当人看待,然而小百姓做了猪狗牛马还是要负"救国责任"!结果,猪肉供给假吉诃德吃,而猪头还是要斫下来,挂出去,以为"捣乱后方"者戒。

他们何尝不知道什么"中国固有文化"咒不死帝国主义,无论念几千万遍"不仁不义"或者金光明咒,也不会触发日本地震,使它陆沉大海。然而他们故意高喊恢复"民族精神",仿佛得了什么祖传秘诀。意思其实很明白,是要小百姓埋头治心,多读修身教科书。这固有文化本来毫无疑义:是岳飞式的奉旨不抵抗的忠,是听命国联爷爷的孝,是斫猪头,吃猪肉,而又远庖厨的仁爱,是遵守卖身契约的信义,是"诱敌深入"的和平。而且,"固有文化"之外,又提倡什么"学术救国",引证西哲菲希德之言等类的居心,又何尝不是如此。

假吉诃德的这些傻相,真教人哭笑不得;你要是把假痴假呆当做真痴真呆,当真认为可笑可怜,那就未免傻到不可救药了。

四月十一日。

原载 1933 年 6 月 15 日《申报月刊》第 2 卷第 6 期。署名洛文。

初收 1934 年 3 月上海同文书店版《南腔北调集》。
本篇系瞿秋白所作。

内　外

古人说内外有别，道理各各不同。丈夫叫"外子"，妻叫"贱内"。伤兵在医院之内，而慰劳品在医院之外，非经查明，不准接收。对外要安，对内就要攘，或者嚷。

何香凝先生叹气："当年唯恐其不起者，今日唯恐其不死。"然而死的道理也是内外不同的。

庄子曰，"哀莫大于心死，而身死次之。"次之者，两害取其轻也。所以，外面的身体要它死，而内心要它活；或者正因为要那心活，所以把身体治死。此之谓治心。

治心的道理很玄妙：心固然要活，但不可过于活。
心死了，就明明白白地不抵抗，结果，反而弄得大家不镇静。心过于活了，就胡思乱想，当真要闹抵抗：这种人，"绝对不能言抗日"。

为要镇静大家，心死的应该出洋，留学是到外国去治心的方法。
而心过于活的，是有罪，应该严厉处置，这才是在国内治心的方法。

何香凝先生以为"谁为罪犯是很成问题的"，——这就因为她不懂得内外有别的道理。

原载 1933 年 4 月 17 日《申报·自由谈》。署名何家干。
初收 1933 年 10 月上海青光书局（北新）版《伪自由书》。
本篇系瞿秋白所作。

透　底

凡事彻底是好的，而"透底"就不见得高明。因为连续的向左转，结果碰见了向右转的朋友，那时候彼此点头会意，脸上会要辣辣的。要自由的人，忽然要保障复辟的自由，或者屠杀大众的自由，——透底是透底的了，却连自由的本身也漏掉了，原来只剩得一个无底洞。

譬如反对八股是极应该的。八股原是蠢笨的产物。一来是考官嫌麻烦——他们的头脑大半是阴沉木做的，——甚么代圣贤立言，甚么起承转合，文章气韵，都没有一定的标准，难以捉摸，因此，一股一股地定出来，算是合于功令的格式，用这格式来"衡文"，一眼就看得出多少轻重。二来，连应试的人也觉得又省力，又不费事了。这样的八股，无论新旧，都应当扫荡。但是，这是为着要聪明，不是要更蠢笨些。

不过要保存蠢笨的人，却有一种策略。他们说："我不行，而他和我一样。"——大家活不成，拉倒大吉！而等"他"拉倒之后，旧的蠢笨的"我"却总是偷偷地又站起来，实惠是属于蠢笨的。好比要打倒偶像，偶像急了，就指着一切活人说，"他们都像我"，于是你跑去把貌似偶像的活人，统统打倒；回来，偶像会赞赏一番，说打倒偶像而打倒"打倒"者，确是透底之至。其实，这时候更大的蠢笨，笼罩了全世界。

开口诗云子曰,这是老八股;而有人把"达尔文说,蒲力汗诺夫曰"也算做新八股。于是要知道地球是圆的,人人都要自己去环游地球一周;要制造汽机的,也要先坐在开水壶前格物……。这自然透底之极。其实,从前反对卫道文学,原是说那样吃人的"道"不应该卫,而有人要透底,就说什么道也不卫;这"什么道也不卫"难道不也是一种"道"么?所以,真正最透底的,还是下列的一个故事:

古时候一个国度里革命了,旧的政府倒下去,新的站上来。旁人说,"你这革命党,原先是反对有政府主义的,怎么自己又来做政府?"那革命党立刻拔出剑来,割下了自己的头;但是,他的身体并不倒,而变成了僵尸,直立着,喉管里吞吞吐吐地似乎是说:这主义的实现原本要等三千年之后呢。

四月十一日。

原载 1933 年 4 月 19 日《申报·自由谈》。署名何家干。

初收 1933 年 10 月上海青光书局(北新)版《伪自由书》。

本篇系瞿秋白所作。

大观园的人才

早些年,大观园里的压轴戏是刘老老骂山门。那是要老旦出场的,老气横秋地大"放"一通,直到裤子后穿而后止。当时指着手无寸铁或者已被缴械的人大喊"杀,杀,杀!"那呼声是多么雄壮。所以它——男角扮的老婆子,也可以算得一个人才。

而今时世大不同了,手里拿刀,而嘴里却需要"自由,自由,自由","开放××"云云。压轴戏要换了。

于是人才辈出,各有巧妙不同,出场的不是老旦,却是花旦了,而且这不是平常的花旦,而是海派戏广告上所说的"玩笑旦"。这是一种特殊的人物,他(她)要会媚笑,又要会撒泼,要会打情骂俏,又要会油腔滑调。总之,这是花旦而兼小丑的角色。不知道是时世造英雄(说"美人"要妥当些),还是美人儿多年阅历的结果?

美人儿而说"多年",自然是阅人多矣的徐娘了,她早已从窑姐儿升任了老鸨婆;然而她丰韵犹存,虽在卖人,还兼自卖。自卖容易,而卖人就难些。现在不但有手无寸铁的人,而且有了……况且又遇见了太露骨的强奸。要会应付这种非常之变,就非有非常之才不可。你想想:现在的压轴戏是要似战似和,又战又和,不降不守,亦降亦守!这是多么难做的戏。没有半推半就假作娇痴的手段是做不好的。孟夫子说,"以天下与人易。"其实,能够简单地双手捧着"天下"去"与人",倒也不为难了。问题就在于不能如此。所以要一把眼泪一把鼻涕,哭哭啼啼,而又刁声浪气的诉苦说:我不入火坑,谁入火坑。

然而娼妓说她自己落在火坑里,还是想人家去救她出来;而老鸨婆哭火坑,却未必有人相信她,何况她已经申明:她是敞开了怀抱,准备把一切人都拖进火坑的。虽然,这新鲜压轴戏的玩笑却开得不差,不是非常之才,就是挖空了心思也想不出的。

老旦进场,玩笑旦出场,大观园的人才着实不少!

四月二十四日。

原载 1933 年 4 月 26 日《申报·自由谈》。署名干。

初收 1933 年 10 月上海青光书局(北新)版《伪自由书》。

本篇系瞿秋白所作。

五月

一日

日记　晴，风。上午坪井学士来为海婴注射，并赠含钙饼干一合，漆果子皿一个。得母亲信附和森笺，四月二十八日发。得山本夫人信。午后复施蛰存信。寄三弟信。下午往春阳馆照相。理发。往高桥齿科医院修义齿。买『漫画サロン集』一本，七角。夜濯足。风。

致 施蛰存

蛰存先生：

来信早到。近因搬屋及大家生病，久不执笔，《现代》第三卷第二期上，恐怕不及寄稿了。以后倘有工夫坐下作文，我想，在第三期上，或者可以投稿。此复，即请
著安。

鲁迅　启上　五月一日

二日

日记　昙。下午寄王志之信并泉廿。付坂本房租六十，为五月及六月分。往高桥齿科医院，广平携海婴同行。夜大风。

三日

日记　晴。下午得小峰信并《两地书》版税泉百二十五，即复。

晚得季市信，即复。得母亲信，四月廿九日发。得文学社信。得神州国光社信并《十月》二十本。给三弟信。夜风。

致 王志之

志之先生：

　　家兄嘱代汇洋贰拾元，今由邮局寄奉，希察收。汇款人姓名住址，俱与此信信封上所写者相同，并以奉闻，以免取款时口述有所岐异也。此上，即请

文安。

周乔峰　启上　五月三日

致 李小峰

小峰兄：

　　今天奉上《两地书》印花五百中，似缺少一个，今补上。

　　前几天因为孩子生病及忙于为人译一篇论文，所以无暇做短评。现在又做起来了，告一段落，恐尚需若干时候也。

迅　上　五三之夜

致 许寿裳

季市兄：

　　来函奉到。HM诚如所测；白果乃黄坚，兄盖未见其人，或在北

京曾见,而忘之也,小人物耳,亦不足记忆。

《自选集》一本仍在书架上,因书册太小,不能同裹,故留下以俟后日。

逸尘寓非十号,乃第一衢第九号也。

近又在印《杂感选集》,大小如《两地书》,六月可成云。

此复,即颂

曼福。

飞　顿首　五月三夜

四日

日记　晴。上午往高桥齿科医院改造义齿讫,付泉十五元。午后寄《自由谈》稿二。下午得黎烈文信,夜复。小雨。

致 黎烈文

烈文先生:

顷奉到三日惠函。《自由谈》已于昨今两日,各寄一篇,谅已先此而到。有人中伤,本亦意中事,但近来作文,避忌已甚,有时如骨骾在喉,不得不吐,遂亦不免为人所憎。后当更加婉约其辞,惟文章势必至流于荏弱,而干犯豪贵,虑亦仍所不免。希　先生择可登者登之,如有被人扣留,则易以他稿,而将原稿见还,仆倘有言谈,仍当写寄,决不以偶一不登而放笔也。此复,即请

著安。

迅　启上　五月四日晚

致 黎烈文

烈文先生：

　　晚间曾寄寸函，夜里又做一篇，原想嬉皮笑脸，而仍剑拔弩张，倘不洗心，殊难革面，真是呜呼噫嘻，如何是好。换一笔名，图掩人目，恐亦无补。今姑且寄奉，可用与否，一听
酌定，希万勿客气也。

　　此上，即请
著安。

干　顿首　五月四夜

五日

　　日记　晴。上午往篠崎医院为海婴取药，付泉二元四角。往良友公司买《竖琴》及《一天的工作》各五本，《雨》及《一年》各一本，共泉七元六角。午后寄《自由谈》稿一篇。下午往高桥齿医院修正义齿。往内山书店买『日和見主義ニ对スル闘爭』一本，八角。得魏卓治信。

"多难之月"

　　前月底的报章上，多说五月是"多难之月"。这名目，以前是没有见过的。现在这"多难之月"已经临头了。从经过了的日子来想一想，不错，五一是"劳动节"，可以说很有些"多难"；五三是济南惨案纪念日，也当然属于"多难"之一。但五四是新文化运动的发扬，五五是革命政府成立的佳日，为什么都包括在"难"字堆里的呢？这可真有点儿希奇古怪！

　　不过只要将这"难"字，不作国民"受难"的"难"字解，而作令人

145

"为难"的"难"字解,则一切困难,可就涣然冰释了。

时势也真改变得飞快,古之佳节,后来自不免化为难关。先前的开会,是听大众在空地上开的,现在却要防人"乘机捣乱"了,所以只得函请代表,齐集洋楼,还要由军警维持秩序。先前的要人,虽然出来要"清道"(俗名"净街"),但还是走在地上的,现在却更要防人"谋为不轨"了,必得坐着飞机,须到出洋的时候,才能放心送给朋友。名人逛一趟古董店,先前也不算奇事情的,现在却"微服""微服"的嚷得人耳聋,只好或登名山,或入古庙,比较的免掉大惊小怪。总而言之,可靠的国之柱石,已经多在半空中,最低限度也上了高楼峻岭了,地上就只留着些可疑的百姓,实做了"下民",且又民匪难分,一有庆吊,总不免"假名滋扰"。向来虽靠"华洋两方当局,先事严防",没有闹过什么大乱子,然而总比平时费力的,这就令人为难,而五月也成了"多难之月",纪念的是好是坏,日子的为威为喜,都不在话下。

但愿世界上大事件不要增加起来;但愿中国里惨案不要再有;但愿也不再有什么政府成立;但愿也不再有伟人的生日和忌日增添。否则,日积月累,不久就会成个"多难之年",不但华洋当局,老是为难,连我们走在地面上的小百姓,也只好永远身带"嫌疑",奉陪戒严,呜呼哀哉,不能喘气了。

五月五日。

原载 1933 年 5 月 8 日《申报·自由谈》。署名丁萌。
初收 1933 年 10 月上海青光书局(北新)版《伪自由书》。

《文章与题目》附记

附记:

原题是《安内与攘外》。

五月五日。

未另发表。

初收 1933 年 10 月上海青光书局（北新）版《伪自由书》。

六日

日记 晴。午保宗来并赠《茅盾自选集》一本，饭后同至其寓，食野火饭而归。晚得申报馆信。得为守常募捐公函。得森堡信并诗。

不负责任的坦克车

新近报上说，江西人第一次看了坦克车。自然，江西人的眼福很好。然而也有人惴惴然，唯恐又要掏腰包，报效坦克捐。我倒记起了另外一件事：

有一个自称姓"张"的说过，"我是拥护言论不自由者……唯其言论不自由，才有好文章做出来，所谓冷嘲，讽刺，幽默和其他形形色色，不敢负言论责任的文体，在压迫钳制之下，都应运产生出来了。"这所谓不负责任的文体，不知道比坦克车怎样？

讽刺等类为什么是不负责任，我可不知道。然而听人议论"风凉话"怎么不行，"冷箭"怎么射死了天才，倒也多年了。既然多年，似乎就很有道理。大致是骂人不敢充好汉，胆小。其实，躲在厚厚的铁板——坦克车里面，砰砰碰碰的轰炸，是着实痛快得多，虽然也似乎并不胆大。

高等人向来就善于躲在厚厚的东西后面来杀人的。古时候有厚厚的城墙，为的要防备盗匪和流寇。现在就有钢马甲，铁甲车，坦克车。就是保障"民国"和私产的法律，也总是厚厚的一大本。甚至于自天子以至卿大夫的棺材，也比庶民的要厚些。至于脸皮的厚，也是合于古礼的。

独有下等人要这么自卫一下，就要受到"不负责任"等类的嘲笑：

"你敢出来！出来！躲在背后说风凉话不算好汉！"

但是，如果你上了他的当，真的赤膊奔上前阵，像许褚似的充好汉，那他那边立刻就会给你一枪，老实不客气，然后，再学着金圣叹批《三国演义》的笔法，骂一声"谁叫你赤膊的"——活该。总之，死活都有罪。足见做人实在很难，而做坦克车要容易得多。

五月六日。

原载 1933 年 5 月 9 日《申报·自由谈》。署名何家干。

初收 1933 年 10 月上海青光书局（北新）版《伪自由书》。

从盛宣怀说到有理的压迫

盛氏的祖宗积德很厚，他们的子孙就举行了两次"收复失地"的盛典：一次还是在袁世凯的民国政府治下，一次就在当今国民政府治下了。

民元的时候，说盛宣怀是第一名的卖国贼，将他的家产没收了。不久，似乎是二次革命之后，就发还了。那是没有什么奇怪的，因为袁世凯是"物伤其类"，他自己也是卖国贼。不是年年都在纪念五七和五九么？袁世凯签订过二十一条，卖国是有真凭实据的。

最近又在报上发见这么一段消息，大致是说："盛氏家产早已奉命归还，如苏州之留园，江阴无锡之典当等，正在办理发还手续。"这却叫我吃了一惊。打听起来，说是民国十六年国民革命军初到沪宁的时候，又没收了一次盛氏家产：那次的罪名大概是"土豪劣绅"，绅而至于"劣"，再加上卖国的旧罪，自然又该没收了。可是为什么又发还了呢？

第一，不应当疑心现在有卖国贼，因为并无真凭实据——现在的人早就誓不签订辱国条约，他们不比盛宣怀和袁世凯。第二，现在正在募航空捐，足见政府财政并不宽裕。那末，为什么呢？

学理上研究的结果是——压迫本来有两种：一种是有理的，而且永久有理的，一种是无理的。有理的，就像逼小百姓还高利贷，交田租之类；这种压迫的"理"写在布告上："借债还钱本中外所同之定理，租田纳税乃千古不易之成规。"无理的，就是没收盛宣怀的家产等等了；这种"压迫"巨绅的手法，在当时也许有理，现在早已变成无理的了。

初初看见报上登载的《五一告工友书》上说："反抗本国资本家无理的压迫"，我也是吃了一惊的。这不是提倡阶级斗争么？后来想想也就明白了。这是说，无理的压迫要反对，有理的不在此例。至于怎样有理，看下去就懂得了，下文是说："必须克苦耐劳，加紧生产……尤应共体时艰，力谋劳资间之真诚合作，消弭劳资间之一切纠纷。"还有说"中国工人没有外国工人那么苦"等等的。

我心上想，幸而没有大惊小怪地叫起来，天下的事情总是有道理的，一切压迫也是如此。何况对付盛宣怀等的理由虽然很少，而对付工人总不会没有的。

五月六日。

原载 1933 年 5 月 10 日《申报·自由谈》。署名丁萌。

初收 1933 年 10 月上海青光书局（北新）版《伪自由书》。

七日

日记 星期。晴，风。上午寄《自由谈》稿二篇。午后复魏卓治信。寄母亲信。下午得野草书店信。得曹聚仁信，即复。校《杂感选集》起手。夜得黄振球信。三弟及蕴如来。

王　化

中国的王化现在真是"光被四表格于上下"的了。

溥仪的弟媳妇跟着一位厨司务，卷了三万多元逃走了。于是中国的法庭把她缉获归案，判定"交还夫家管束"。满洲国虽然"伪"，夫权是不"伪"的。

新疆的回民闹乱子，于是派出宣慰使。

蒙古的王公流离失所了，于是特别组织"蒙古王公救济委员会"。

对于西藏的怀柔，是请班禅喇嘛诵经念咒。

而最宽仁的王化政策，要算广西对付猺民的办法。据《大晚报》载，这种"宽仁政策"是在三万猺民之中杀死三千人，派了三架飞机到猺洞里去"下蛋"，使他们"惊诧为天神天将而不战自降"。事后，还要挑选猺民代表到外埠来观光，叫他们看看上国的文化，例如马路上，红头阿三的威武之类。

而红头阿三说的是：勿要哗啦哗啦！

这些久已归化的"夷狄"，近来总是"哗啦哗啦"，原因是都有些怨了。王化盛行的时候，"东面而征西夷怨，南面而征北狄怨。"这原是当然的道理。

不过我们还是东奔西走，南征北剿，决不偷懒。虽然劳苦些，但"精神上的胜利"是属于我们的。

等到"伪"满的夫权保障了，蒙古的王公救济了，喇嘛的经咒念完了，回民真的安慰了，猺民"不战自降"了，还有什么事可以做呢？自然只有修文德以服"远人"的日本了。这时候，我们印度阿三式的责任算是尽到了。

　　呜呼,草野小民,生逢盛世,唯有逖听欢呼,闻风鼓舞而已!

五月七日。

　　　原载 1933 年 6 月 1 日《论语》半月刊第 18 期。署名
何干。

　　　初收 1933 年 10 月上海青光书局(北新)版《伪自由书》。

致 曹聚仁

聚仁先生:

　　惠函收到。守常先生我是认识的,遗著上应该写一点什么,不
过于学说之类,我不了然,所以只能说几句关于个人的空话。

　　我想至迟于月底寄上,或者不至于太迟罢。

　　此复,即颂

著祺。

鲁迅　启上　五月七日

八日

　　日记　晴。午后得山本夫人信。下午买《Van Gogh 大画集》
(一)一本,五元五角也。

致 章廷谦

矛尘兄:

　　久不见,想安善。日内当托书店寄奉书籍四本,一以赠兄,余三

本在卷首亦各有题记，希代分送为荷。我们都好，可释远念也。此
上即请

文安。

树　顿首　五月八夜

斐君夫人前均此请安不另。

九日

　　日记　晴。上午同广平携海婴往篠崎医院诊，付泉二元四角。
午后寄矛尘信并《两地书》二。以书分寄季市，静农，志之等。下午
魏卓治见访。得姚克信。得孔若君信。买「ブレイク研究」一本，价
三元七角。寄邹韬奋信。

致 邹韬奋

韬奋先生：

　　今天在《生活》周刊广告上，知道先生已做成《高尔基》，这实在
是给中国青年的很好的赠品。

　　我以为如果能有插图，就更加有趣味，我有一本《高尔基画像集》，
从他壮年至老年的像都有，也有漫画。倘要用，我可以奉借制版。制
定后，用的是那几张，我可以将作者的姓名译出来。此上，即请

著安。

鲁迅　上　五月九日

十日

　　日记　晴。午后寄季市信。得志之信，即复。得邹韬奋信。得

语堂信。史沫特列女士将往欧洲，晚间广平治馔为之饯行，并邀永言及保宗。

致 许寿裳

季市兄：

日前寄上书籍一包，即上月所留下者，因恐于不及注意中遗失，故邮寄，包装颇厚，想必不至于损坏也。别有小说一本，纸张甚劣，但以其中所记系当时实情，可作新闻记事观，故顺便寄上一阅，讫即可以毁弃，不足插架也。

新寓空气较佳，于孩子似殊有益。我们亦均安，可释念。

明之通信处，便中仍希示知。此上，并颂

曼福。

弟飞 上 五月十日

致 王志之

郑朱皆合作，甚好。我以为我们的态度还是缓和些的好。其实有一些人，即使并无大帮助，却并不怀着恶意，目前决不是敌人，倘若疾声厉色，拒人于千里之外，倒是我们的损失，也姑且不要太求全，因为求全责备，则有些人便远避了，坏一点的就来迎合，作违心之论，这样，就不但不会有好文章，而且也是假朋友了。

静农久无信来，寄了书去，也无回信，殊不知其消极的原因，但恐怕还是为去年的事罢。我的意见，以为还是放置一时，不要去督促。疲劳的人，不可再加重，否则，他就更加疲乏。过一些时，他会恢复的。

第二期既非我写些东西不可，日内当寄上一点。雁君见面时当一问。第一期诚然有些"太板"，但加入的人们一多，就会活泼的。

据王志之《鲁迅印想记》所引编入。

十一日

日记 晴。上午得《粮食》及插画本《戈理基小说集》各一本，靖华所寄。午后寄紫佩信并赙李守常泉五十元，托其转交，又《两地书》等二包，托其转送。下午往中央研究院。夜寄姚克信。寄王志之信。校《不走正路的安得伦》起。夜风。

致 姚 克

莘农先生：

十五日以后可有闲空。只要请先生指定一个日期及时间（下午），我当案时在内山书店相候。此复，即颂

时绥。

迅 启上 五月十一日

十二日

日记 晴，风。上午寄《自由谈》稿一篇。午后得静农信，六日发。得霁野信，八日发。买《卜辞通纂》一部四本，十三元二角。晚三弟来。

十三日

日记　晴，风。上午往中央研究院，又至德国领事馆。午后得增田君信。得保宗信。得魏猛克等信，下午复。寄三弟信。得小峰信。夜作《安得伦》译本序一篇。

《不走正路的安得伦》小引

现在我被托付为该在这本小说前面，写一点小引的脚色。这题目是不算烦难的，我只要分为四节，大略来说一说就够了。

1. 关于作者的经历，我曾经记在《一天的工作》的后记里，至今所知道的也没有加增，就照抄在下面：

> "聂维洛夫（Aleksandr Neverov）的真姓是斯珂培莱夫（Skobelev），以一八八六年生为萨玛拉（Samara）州的一个农夫的儿子。一九〇五年师范学校第二级卒业后，做了村学的教师。内战时候，则为萨玛拉的革命底军事委员会的机关报《赤卫军》的编辑者。一九二〇至二一年大饥荒之际，他和饥民一同从伏尔迦逃往塔什干；二二年到墨斯科，加入文学团体'锻冶厂'；二三年冬，就以心脏麻痹死去了，年三十七。他的最初的小说，在一九〇五年发表，此后所作，为数甚多，最著名的是《丰饶的城塔什干》，中国有穆木天译本。"

2. 关于作者的批评，在我所看见的范围内，最简要的也还是要推珂刚教授在《伟大的十年的文学》里所说的话。这回是依据了日本黑田辰男的译本，重译一节在下面：

> "出于'锻冶厂'一派的最有天分的小说家，不消说，是善于描写崩坏时代的农村生活者之一的亚历山大·聂维洛夫了。他吐着革命的呼吸，而同时也爱人生。他用了爱，以观察活人

的个性，以欣赏那散在俄国无边的大平野上的一切缤纷的色彩。他之于时事问题，是远的，也是近的。说是远者，因为他出发于挚爱人生的思想，说是近者，因为他看见那站在进向人生和幸福和完全的路上的力量，觉得那解放人生的力量。聂维洛夫——是从日常生活而上达于人类底的东西之处的作家之一，是观察周到的现实主义者，也是生活描写者的他，在我们面前，提出生活底的，现代底的相貌来，一直上升到人性的所谓'永久底'的性质的描写，用别的话来说，就是更深刻地捉住了展在我们之前的现象和精神状态，深刻地加以照耀，使这些都显出超越了一时底，一处底界限的兴味来了。"

3. 这篇小说，就是他的短篇小说集《人生的面目》里的一篇，故事是旧的，但仍然有价值。去年在他本国还新印了插画的节本，在《初学丛书》中。前有短序，说明着对于苏联的现在的意义：

"Ａ．聂维洛夫是一九二三年死的。他是最伟大的革命的农民作家之一。聂维洛夫在《不走正路的安得伦》这部小说里，号召着毁灭全部的旧式的农民生活，不管要受多么大的痛苦和牺牲。

"这篇小说所讲的时代，正是苏维埃共和国结果了白党而开始和平的建设的时候。那几年恰好是黑暗的旧式农村第一次开始改造。安得伦是个不妥协的激烈的战士，为着新生活而奋斗，他的工作环境是很艰难的。这样和富农斗争，和农民的黑暗愚笨斗争，——需要细密的心计，谨慎和透彻。稍微一点不正确的步骤就可以闯乱子的。对于革命很忠实的安得伦没有估计这种复杂的环境。他艰难困苦建设起来的东西，就这么坍台了。但是，野兽似的富农虽然杀死了他的朋友，烧掉了他的房屋，然而始终不能够动摇他的坚决的意志和革命的热忱。受伤了的安得伦决心向前走去，走上艰难的道路，去实行社会主义的改造农村。

"现在，我们的国家胜利的建设着社会主义，而要在整个区域的集体农场化的基础之上，去消灭富农阶级。因此《不走正路的安得伦》里面说得那么真实，那么清楚的农村里的革命的初步，——现在回忆一下也是很有益处的。"

4. 关于译者，我可以不必再说。他的深通俄文和忠于翻译，是现在的读者大抵知道的。插图五幅，即从《初学丛书》的本子上取来，但画家蔼支(Ez)的事情，我一点不知道。

一九三三年五月十三夜。鲁迅。

最初印入 1933 年 5 月野草书屋版"文艺连丛"之一中译本《不走正路的安得伦》。后载 7 月 15 日《狂流》文艺月刊第 1 卷第 1 期，题作《介绍〈不走正路的安得伦〉》。
　　初收拟编书稿《集外集拾遗》。

十四日

日记　星期。晴，大风而热。下午三弟及蕴如携蘖官来。

致 李小峰

小峰兄：

校稿还不如仍由我自己校，即使怎样草草，错字也不会比别人所校的多也。

《杂感集》之前，想插画象一张，照原大；又原稿一张，则应缩小一半。象用铜版，字用什么版，我无意见，锌版亦可。制后并试印之一张一同交下，当添上应加之字，再寄奉。

达夫兄到沪后，曾来访，但我适值出去了，没有看见。

　　　　　　　　　　　迅　上　五月十四夜。

十五日

日记 晴，热。午后寄天马书店信。下午得母亲信。得黎烈文信。得保宗信。得小峰信并本月分版税二百，《坟》二十本，又《两地书》五百本版税百二十五元，即复，并交广平印证五百枚。大雷雨一阵即霁。林语堂为史沫特列女士饯行，亦见邀，晚同广平携海婴至其寓，并以玩具五种赠其诸女儿，夜饭同席十一人，十时归，语堂夫人赠海婴惠山泥孩儿一。小雨。

《王化》后记

这篇被新闻检查处抽掉了，没有登出。幸而既非猺民，又居租界，得免于国货的飞机来"下蛋"，然而"勿要哗啦哗啦"却是一律的，所以连"欢呼"也不许，——然则惟有一声不响，装死救国而已！

十五夜记。

未另发表。
初收 1933 年 10 月上海青光书局（北新）版《伪自由书》。

十六日

日记 晴。下午得东亚日报社信。内山君赠椒芽菹一盆。夜雷雨。

天上地下

中国现在有两种炸，一种是炸进去，一种是炸进来。

炸进去之一例曰："日内除飞机往匪区轰炸外，无战事，三四两队，七日晨迄申，更番成队飞宜黄以西崇仁以南掷百二十磅弹两三百枚，凡匪足资屏蔽处炸毁几平，使匪无从休养。……"（五月十日《申报》南昌专电）

炸进来之一例曰："今晨六时，敌机炸蓟县，死民十余，又密云今遭敌轰四次，每次二架，投弹盈百，损害正详查中。……"（同日《大晚报》北平电）

应了这运会而生的，是上海小学生的买飞机，和北平小学生的挖地洞。

这也是对于"非安内无以攘外"或"安内急于攘外"的题目，做出来的两股好文章。

住在租界里的人们是有福的。但试闭目一想，想得广大一些，就会觉得内是官兵在天上，"共匪"和"匪化"了的百姓在地下，外是敌军在天上，没有"匪化"了的百姓在地下。"损害正详查中"，而太平之区，却造起了宝塔。释迦出世，一手指天，一手指地曰："天上地下，惟我独尊！"此之谓也。

但又试闭目一想，想得久远一些，可就遇着难题目了。假如炸进去慢，炸进来快，两种飞机遇着了，又怎么办呢？停止了"安内"，回转头来"迎头痛击"呢，还是仍然只管自己炸进去，一任他跟着炸进来，一前一后，同炸"匪区"，待到炸清了，然后再"攘"他们出去呢？……

不过这只是讲笑话，事实是决不会弄到这地步的。即使弄到这地步，也没有什么难解决：外洋养病，名山拜佛，这就完结了。

五月十六日。

原载 1933 年 5 月 19 日《申报·自由谈》。署名干。

初收 1933 年 10 月上海青光书局（北新）版《伪自由书》。

十七日

日记　晴。上午复东亚日报社信。玄珠来并赠《春蚕》一本。午后得季市信。得邹韬奋信并还书。达夫来，未见。

保　留

这几天的报章告诉我们：新任政务整理委员会委员长黄郛的专车一到天津，即有十七岁的青年刘庚生掷一炸弹，犯人当场捕获，据供系受日人指使，遂于次日绑赴新站外枭首示众云。

清朝的变成民国，虽然已经二十二年，但宪法草案的民族民权两篇，日前这才草成，尚未颁布。上月杭州曾将西湖抢犯当众斩决，据说奔往赏鉴者有"万人空巷"之概。可见这虽与"民权篇"第一项的"提高民族地位"稍有出入，却很合于"民族篇"第二项的"发扬民族精神"。南北统一，业已八年，天津也来挂一颗小小的头颅，以示全国一致，原也不必大惊小怪的。

其次，是中国虽说"惟女子与小人为难养也"，但一有事故，除三老通电，二老宣言，九四老人题字之外，总有许多"童子爱国"，"佳人从军"的美谈，使壮年男儿索然无色。我们的民族，好像往往是"小时了了，大未必佳"，到得老年，才又脱尽暮气，据讣文，死的就更其了不得。则十七岁的少年而来投掷炸弹，也不是出于情理之外的。

但我要保留的，是"据供系受日人指使"这一节，因为这就是所谓卖国。二十年来，国难不息，而被大众公认为卖国者，一向全是三十以上的人，虽然他们后来依然逍遥自在。至于少年和儿童，则拼命的使尽他们稚弱的心力和体力，携着竹筒或扑满，奔走于风沙泥泞中，想于中国有些微的裨益者，真不知有若干次数了。虽然因为他们无先见之明，这些用汗血求来的金钱，大抵反以供虎狼的一舐，然而爱国之心是真诚的,卖国的事是向来没有的。

不料这一次却破例了,但我希望我们将加给他的罪名暂时保留,再来看一看事实,这事实不必待至三年,也不必待至五十年,在那挂着的头颅还未烂掉之前,就要明白了:谁是卖国者。

从我们的儿童和少年的头颅上,洗去喷来的狗血罢!

五月十七日。

未能发表。

初收 1933 年 10 月上海青光书局(北新)版《伪自由书》。

再谈保留

因为讲过刘庚生的罪名,就想到开口和动笔,在现在的中国,实在也很难的,要稳当,还是不响的好。要不然,就常不免反弄到自己的头上来。

举几个例在这里——

十二年前,鲁迅作的一篇《阿Q正传》,大约是想暴露国民的弱点的,虽然没有说明自己是否也包含在里面。然而到得今年,有几个人就用"阿Q"来称他自己了,这就是现世的恶报。

八九年前,正人君子们办了一种报,说反对者是拿了卢布的,所以在学界捣乱。然而过了四五年,正人又是教授,君子化为主任,靠俄款享福,听到停付,就要力争了。这虽然是现世的善报,但也总是弄到自己的头上来。

不过用笔的人,即使小心,也总不免略欠周到的。最近的例,则如各报章上,"敌"呀,"逆"呀,"伪"呀,"傀儡国"呀,用得沸反盈天。不这样写,实在也不足以表示其爱国,且将为读者所不满。谁料得到"某机关通知：御侮要重实际，逆敌一类过度刺激字面，无裨实际，后宜屏用"，而且黄委员长抵平，发表政见，竟说是"中国和战皆处被动，办法难言，国难不止一端，亟谋最后挽救"（并见十八日《大晚报》北平电）的呢？……

幸而还好，报上果然只看见"日机威胁北平"之类的题目，没有"过度刺激字面"了，只是"汉奸"的字样却还有。日既非敌，汉何云奸，这似乎不能不说是一个大漏洞。好在汉人是不怕"过度刺激字面"的，就是砍下头来，挂在街头，给中外士女欣赏，也从来不会有人来说一句话。

这些处所，我们是知道说话之难的。

从清朝的文字狱以后，文人不敢做野史了，如果有谁能忘了三百年前的恐怖，只要撮取报章，存其精英，就是一部不朽的大作。但自然，也不必神经过敏，预先改称为"上国"或"天机"的。

五月十七日。

未能发表。

初收 1933 年 10 月上海青光书局（北新）版《伪自由书》。

十八日

日记 晴。上午寄《自由谈》稿一篇。午后寄邵明之信。得母亲信。得东亚日报社信。得冯润璋信。晚大雨一陈。得达夫信。

"有名无实"的反驳

新近的《战区见闻记》有这么一段记载：

"记者适遇一排长,甫由前线调防于此,彼云,我军前在石门寨,海阳镇,秦皇岛,牛头关,柳江等处所做阵地及掩蔽部……化洋三四十万元,木材重价尚不在内……艰难缔造,原期死守,不幸冷口失陷,一令传出,即行后退,血汗金钱所合并成立之阵地,多未重用,弃若敝屣,至堪痛心;不抵抗将军下台,上峰易人,我士兵莫不额手相庆……结果心与愿背。不幸生为中国人! 尤不幸生为有名无实之抗日军人!"(五月十七日《申报》特约通信。)

这排长的天真,正好证明未经"教训"的愚劣人民,不足与言政治。第一,他以为不抵抗将军下台,"不抵抗"就一定跟着下台了。这是不懂逻辑:将军是一个人,而不抵抗是一种主义,人可以下台,主义却可以仍旧留在台上的。第二,他以为化了三四十万大洋建筑了防御工程,就一定要死守的了(总算还好,他没有想到进攻)。这是不懂策略:防御工程原是建筑给老百姓看看的,并不是教你死守的阵地,真正的策略却是"诱敌深入"。第三,他虽然奉令后退,却敢于"痛心"。这是不懂哲学:他的心非得治一治不可! 第四,他"额手称庆",实在高兴得太快了。这是不懂命理:中国人生成是苦命的。如此痴呆的排长,难怪他连叫两个"不幸",居然自己承认是"有名无实的抗日军人"。其实究竟是谁"有名无实",他是始终没有懂得的。

至于比排长更下等的小兵,那不用说,他们只会"打开天窗说亮话,咱们弟兄,处于今日局势,若非对外,鲜有不哗变者"(同上通信)。这还成话么? 古人说,"无敌国外患者,国恒亡"。以前我总不大懂得这是什么意思:既然连敌国都没有了,我们的国还会亡给谁呢? 现在照这兵士的话就明白了,国是可以亡给"哗变者"的。

结论:要不亡国,必须多找些"敌国外患"来,更必须多多"教训"那些痛心的愚劣人民,使他们变成"有名有实"。

五月十八日。

未能发表。

初收 1933 年 10 月上海青光书局（北新）版《伪自由书》。

不求甚解

文章一定要有注解，尤其是世界要人的文章。有些文学家自己做的文章还要自己来注释，觉得很麻烦。至于世界要人就不然，他们有的是秘书，或是私淑弟子，替他们来做注释的工作。然而另外有一种文章，却是注释不得的。

譬如说，世界第一要人美国总统发表了"和平"宣言，据说是要禁止各国军队越出国境。但是，注释家立刻就说："至于美国之驻兵于中国，则为条约所许，故不在罗斯福总统所提议之禁止内"（十六日路透社华盛顿电）。再看罗氏的原文："世界各国应参加一庄严而确切之不侵犯公约，及重行庄严声明其限制及减少军备之义务，并在签约各国能忠实履行其义务时，各自承允不派遣任何性质之武装军队越出国境。"要是认真注解起来，这其实是说：凡是不"确切"，不"庄严"，并不"自己承允"的国家，尽可以派遣任何性质的军队越出国境。至少，中国人且慢高兴，照这样解释，日本军队的越出国境，理由还是十足的；何况连美国自己驻在中国的军队，也早已声明是"不在此例"了。可是，这种认真的注释是叫人扫兴的。

再则，像"誓不签订辱国条约"一句经文，也早已有了不少传注。传曰："对日妥协，现在无人敢言，亦无人敢行。"这里，主要的是一个"敢"字。但是：签订条约有敢与不敢的分别，这是拿笔杆的人的事，而拿枪杆的人却用不着研究敢与不敢的为难问题——缩短防线，诱敌深入之类的策略是用不着签订的。就是拿笔杆的人也不至于只会签字，假使这样，未免太低能。所以又有一说，谓之"一面交涉"。

164

于是乎注疏就来了："以不承认为责任者之第三者，用不合理之方法，以口头交涉……清算无益之抗日。"这是日本电通社的消息。这种泄漏天机的注解也是十分讨厌的，因此，这不会不是日本人的"造谣"。

总之，这类文章浑沌一体，最妙是不用注解，尤其是那种使人扫兴或讨厌的注解。

小时候读书讲到陶渊明的"好读书不求甚解"，先生就给我讲了，他说："不求甚解"者，就是不去看注解，而只读本文的意思。注解虽有，确有人不愿意我们去看的。

五月十八日。

未能发表。

初收 1933 年 10 月上海青光书局（北新）版《伪自由书》。

十九日

日记 昙。午后得黎烈文信。得紫佩信，十五日发。买『最新思潮展望』一本，一元六角。下午寄东亚日报社信。寄语堂信。夜雨。

《天上地下》补记

记得末尾的三句，原稿是："外洋养病，背脊生疮，名山上拜佛，小便里有糖，这就完结了。"

十九夜补记。

未另发表。

初收 1933 年 10 月上海青光书局（北新）版《伪自由
书》。

致 申彦俊

彦俊先生：

来信奉到。仆于星期一（二十二日）午后二时，当在内山书店相
候，乞惠临。至于文章，则因素未悉朝鲜文坛情形，一面又多所顾
忌，恐未能著笔，但此事可于后日面谈耳。专此布复　敬颂
时绥

鲁迅　启上

二十日

日记　雨。上午复烈文信并稿二。午后得王志之信。得姚克
信并大光明［戏］院试演剧券二，下午与广平同往，先为《北平之印
象》，次《晴雯逝世歌》独唱，次西乐中剧《琴心波光》，A. Sharamov 作
曲，后二种皆不见佳。晚寄增田君信并《太平天国野史》一本。假野
草书店泉五十。

致 增田涉

『太平天國野史』を今日内山老板に頼んで送って貰ひました。転
居してから南向ですから小供に少しくよい様です、成人も不相変

元気、併しこまかい事が多くて忙しいから困ります。

僕は当分の内、上海に居るでしょう。併し小説史略出版に難色がありますならやめたらどうです。此の本ももう古いし日本にも今ではそんな本が不必要だろー。　　草々頓首

　　　　　　　　　　　　　迅　上　五月二十日

増田兄足下

二十一日

日记　星期。晴。上午寄《自由谈》稿二。午后校《不走正路的安得伦》毕。下午蕴如及三弟来。得东方杂志社信。得申报月刊社信。

二十二日

日记　晴。无事。

二十三日

日记　晴。午后得矛尘信，十七日发。

二十四日

日记　晴。午后得君敏信。得许席珍信，夜复。得铭之信。三弟及蕴如来，并为代买新茶三十斤，共泉四十元。

二十五日

日记　小雨。上午得姚克信。得紫佩信，廿日发。得母亲信，二十一日发。午后往中央研究院。以茶叶分赠内山，镰田及三弟。晚复母亲信。复冯润璋信。以《自选集》等三本寄铭之。

致 周茨石

茨石先生：

来信收到了。灾区的真实情形，南边的坐在家里的人，知道得很少。报上的记载，也无非是"惨不忍睹"一类的含浑文字，所以倘有切实的纪录或描写出版，是极好的。

不过商量办报和看文章，我恐怕无此时间及能力，因为我年纪大起来，家累亦重，没有这工夫了。但我的意见，以为（1）如办刊物，最好不要弄成文学杂志，而只给读者以一种诚实的材料；（2）用这些材料做小说自然也可以的，但不要夸张及腹测，而只将所见所闻的老老实实的写出来就好。

此复，并颂

时绥。

鲁迅 上 五月二十五日

二十六日

日记 晴。午后得黎烈文信。同姚克往大马路照相。

二十七日

日记 昙。上午季市来，留之午餐，并赠以旧邮票十枚。午后得小峰信并本月版税二百，又《两地书》版税百二十五，即付以印证五百枚。下午雨。得六月分『版芸術』一本，价六角。晚治馔邀蕴如及三弟夜饭，阿玉，阿菩同来。

译本高尔基《一月九日》小引

当屠格纳夫，柴霍夫这些作家大为中国读书界所称颂的时候，高尔基是不很有人很注意的。即使偶然有一两篇翻译，也不过因为他所描的人物来得特别，但总不觉得有什么大意思。

这原因，现在很明白了：因为他是"底层"的代表者，是无产阶级的作家。对于他的作品，中国的旧的知识阶级不能共鸣，正是当然的事。

然而革命的导师，却在二十多年以前，已经知道他是新俄的伟大的艺术家，用了别一种兵器，向着同一的敌人，为了同一的目的而战斗的伙伴，他的武器——艺术的言语——是有极大的意义的。

而这先见，现在已经由事实来确证了。

中国的工农，被压榨到救死尚且不暇，怎能谈到教育；文字又这么不容易，要想从中出现高尔基似的伟大的作者，一时恐怕是很困难的。不过人的向着光明，是没有两样的，无祖国的文学也并无彼此之分，我们当然可以先来借看一些输入的先进的范本。

这小本子虽然只是一个短篇，但以作者的伟大，译者的诚实，就正是这一种范本。而且从此脱出了文人的书斋，开始与大众相见，此后所启发的是和先前不同的读者，它将要生出不同的结果来。

这结果，将来也会有事实来确证的。

一九三三年五月二十七日，鲁迅记。

未另发表。

初收拟编书稿《集外集拾遗》。

致 黎烈文

烈文先生：

来函收到。日前见启事，便知大碰钉子无疑。放言已久，不易改弦，非不为也，不能也。近来所负笔债甚多，拟稍稍清理，然后闭门思过，革面洗心，再一尝试，其时恐当在六月中旬矣。

以前所登稿，因早为书局约去，不能反汗，所以希给我"自由"出版，并以未登者见还，作一结束。将来所作者，则当不以诺人，任出单行本也。

此复，并颂

时绥。

迅　启上　五月廿七夜。

二十八日

日记　星期。旧历端午。晴。上午复黎烈文信。以照相二枚寄姚克。下午得晓风社信。以戈理基短篇小说序稿寄伊罗生。

二十九日

日记　晴。午后得许席珍信。下午得小峰信。得张释然信，夜复。

《守常全集》题记

我最初看见守常先生的时候，是在独秀先生邀去商量怎样进行《新青年》的集会上，这样就算认识了。不知道他其时是否已是共产主义者。总之，给我的印象是很好的：诚实，谦和，不多说话。《新青年》的同人中，虽然也很有喜欢明争暗斗，扶植自己势力的人，但他一直到后来，绝对的不是。

他的模样是颇难形容的，有些儒雅，有些朴质，也有些凡俗。所以既像文士，也像官吏，又有些像商人。这样的商人，我在南边没有看见过,北京却有的,是旧书店或笺纸店的掌柜。一九二六年三月十八日,段祺瑞们枪击徒手请愿的学生的那一次,他也在群众中,给一个兵抓住了,问他是何等样人。答说是"做买卖的"。兵道:"那么,到这里来干什么?滚你的罢!"一推,他总算逃得了性命。

倘说教员,那时是可以死掉的。

然而到第二年,他终于被张作霖们害死了。

段将军的屠戮,死了四十二人,其中有几个是我的学生,我实在很觉得一点痛楚;张将军的屠戮,死的好像是十多人,手头没有记录,说不清楚了,但我所认识的只有一个守常先生。在厦门知道了这消息之后,椭圆的脸,细细的眼睛和胡子,蓝布袍,黑马褂,就时时出现在我的眼前,其间还隐约看见绞首台。痛楚是也有些的,但比先前淡漠了。这是我历来的偏见:见同辈之死,总没有像见青年之死的悲伤。

这回听说在北平公然举行了葬式,计算起来,去被害的时候已经七年了。这是极应该的。我不知道他那时被将军们所编排的罪状,——大概总不外乎"危害民国"罢。然而仅在这短短的七年中,事实就铁铸一般的证明了断送民国的四省的并非李大钊,却是杀戮了他的将军!

那么,公然下葬的宽典,该是可以取得的了。然而我在报章上,又看见北平当局的禁止路祭和捕拿送葬者的新闻。我也不知道为什么,但这回恐怕是"妨害治安"了罢。倘其果然,则铁铸一般的反证,实在来得更加神速:看罢,妨害了北平的治安的是日军呢还是人民!

但革命的先驱者的血,现在已经并不希奇了。单就我自己说罢,七年前为了几个人,就发过不少激昂的空论,后来听惯了电刑,枪毙,斩决,暗杀的故事,神经渐渐麻木,毫不吃惊,也无言说了。我想,就是报上所记的"人山人海"去看枭首示众的头颅的人们,恐怕也未必觉得更兴奋于看赛花灯的罢。血是流得太多了。

不过热血之外，守常先生还有遗文在。不幸对于遗文，我却很难讲什么话。因为所执的业，彼此不同，在《新青年》时代，我虽以他为站在同一战线上的伙伴，却并未留心他的文章，譬如骑兵不必注意于造桥，炮兵无须分神于驭马，那时自以为尚非错误。所以现在所能说的，也不过：一，是他的理论，在现在看起来，当然未必精当的；二，是虽然如此，他的遗文却将永住，因为这是先驱者的遗产，革命史上的丰碑。一切死的和活的骗子的一选选的集子，不是已在倒塌下来，连商人也"不顾血本"的只收二三折了么？

以过去和现在的铁铸一般的事实来测将来，洞若观火！

一九三三年五月二十九夜，鲁迅谨记。

原载 1933 年 8 月 19 日《涛声》周刊第 2 卷第 31、32 期合刊，题作《守常先生全集题记》。

初收 1934 年 3 月上海同文书店版《南腔北调集》。

三十日

日记　晴。下午寄曹聚仁信并稿。得王黎信，即复。复许席珍信。复晓风社信。寄黎烈文信并沈子良稿。夜同广平携海婴访坪井先生，赠以芒果七枚，茶叶一斤。

致 曹聚仁

聚仁先生：

生丁斯世，言语道断，为守常先生的遗文写了几句，塞责而已。

可用与否，伏候

裁定。此布，并请

著安。

鲁迅　启上　五月三十日

三十一日

日记　晴。上午收到北平古佚小说刊行会景印之《金瓶梅词话》一部二十本，又绘图一本，豫约价三十元，去年付讫。长谷川君次男弥月，赠以衣服等三种。内山书店杂志部送来『白と黑』十三本，共泉七元八角。下午收大江书铺送来版税泉六十九元五角。寄曹聚仁信。寄紫佩信。得黎烈文信，夜复。内山夫人来，并赠手巾二笥、踯躅一盆。

谈金圣叹

讲起清朝的文字狱来，也有人拉上金圣叹，其实是很不合适的。他的"哭庙"，用近事来比例，和前年《新月》上的引据三民主义以自辩，并无不同，但不特捞不到教授而且至于杀头，则是因为他早被官绅们认为坏货了的缘故。就事论事，倒是冤枉的。

清中叶以后的他的名声，也有些冤枉。他抬起小说传奇来，和《左传》《杜诗》并列，实不过拾了袁宏道辈的唾余；而且经他一批，原作的诚实之处，往往化为笑谈，布局行文，也都被硬拖到八股的作法上。这余荫，就使有一批人，堕入了对于《红楼梦》之类，总在寻求伏线，挑剔破绽的泥塘。

自称得到古本，乱改《西厢》字句的案子且不说罢，单是截去《水

173

浒》的后小半，梦想有一个"嵇叔夜"来杀尽宋江们，也就昏庸得可以。虽说因为痛恨流寇的缘故，但他是究竟近于官绅的，他到底想不到小百姓的对于流寇，只痛恨着一半：不在于"寇"，而在于"流"。

百姓固然怕流寇，也很怕"流官"。记得民元革命以后，我在故乡，不知怎地县知事常常掉换了。每一掉换，农民们便愁苦着相告道："怎么好呢？又换了一只空肚鸭来了！"他们虽然至今不知道"欲壑难填"的古训，却很明白"成则为王，败则为贼"的成语，贼者，流着之王，王者，不流之贼也，要说得简单一点，那就是"坐寇"。中国百姓一向自称"蚁民"，现在为便于譬喻起见，姑升为牛罢，铁骑一过，茹毛饮血，蹄骨狼藉，倘可避免，他们自然是总想避免的，但如果肯放任他们自啮野草，苟延残喘，挤出乳来将这些"坐寇"喂得饱饱的，后来能够比较的不复狼吞虎咽，则他们就以为如天之福。所区别的只在"流"与"坐"，却并不在"寇"与"王"。试翻明末的野史，就知道北京民心的不安，在李自成入京的时候，是不及他出京之际的利害的。

宋江据有山寨，虽打家劫舍，而劫富济贫，金圣叹却道应该在童贯高俅辈的爪牙之前，一个个俯首受缚，他们想不懂。所以《水浒传》纵然成了断尾巴蜻蜓，乡下人却还要看《武松独手擒方腊》这些戏。

不过这还是先前的事，现在似乎又有了新的经验了。听说四川有一只民谣，大略是"贼来如梳，兵来如篦，官来如剃"的意思。汽车飞艇，价值既远过于大轿马车，租界和外国银行，也是海通以来新添的物事，不但剃尽毛发，就是刮尽筋肉，也永远填不满的。正无怪小百姓将"坐寇"之可怕，放在"流寇"之上了。

事实既然教给了这些，仅存的路，就当然使他们想到了自己的力量。

五月三十一日。

原载 1933 年 7 月 1 日《文学》月刊第 1 卷第 1 号。
初收 1934 年 3 月上海同文书店版《南腔北调集》。

本月

《文艺连丛》
的开头和现在

　　投机的风气使出版界消失了有几分真为文艺尽力的人。即使偶然有,不久也就变相,或者失败了。我们只是几个能力未足的青年,可是要再来试一试。首先是印一种关于文学和美术的小丛书,就是《文艺连丛》。为什么"小",这是能力的关系,现在没有法子想。但约定的编辑,是肯负责任的编辑;所收的稿子,也是可靠的稿子。总而言之:现在的意思是不坏的,就是想成为一种决不欺骗的小丛书。什么"突破五万部"的雄图,我们岂敢,只要有几千个读者肯给以支持,就顶好顶好了。现在已经出版的,是——

　　1.《不走正路的安得伦》　苏联聂维洛夫作,曹靖华译,鲁迅序。作者是一个最伟大的农民作家,描写动荡中的农民生活的好手,可惜在十年前就死掉了。这一个中篇小说,所叙的是革命开初,头脑单纯的革命者在乡村里怎样受农民的反对而失败,写得又生动,又诙谐。译者深通俄国文字,又在列宁格拉的大学里教授中国文学有年,所以难解的土话,都可以随时询问,其译文的可靠,是早为读书界所深悉的,内附蔼支的插画五幅,也是别开生面的作品。现已出版,每本实价大洋二角半。

　　2.《解放了的董·吉诃德》　苏联卢那卡尔斯基作,易嘉译。这是一大篇十幕的戏剧,写着这胡涂固执的董·吉诃德,怎样因游侠而大碰钉子,虽由革命得到解放,也还是无路可走。并且衬以奸雄和美人,写得又滑稽,又深刻。前年曾经鲁迅从德文重译一幕,登《北斗》杂志上,旋因知道德译颇有删节,便即停笔。续登的是易嘉直接译出的完全本,但杂志不久停办,仍未登完,同人今居然得到全稿,实为可喜,所以特地赶紧校刊,以公同好。每幕并有毕斯凯莱夫木刻装饰一帧,大小共十三帧,尤可赏心悦目,为德译本所不及。每本实价五角。

正在校印中的,还有——

3.《山民牧唱》 西班牙巴罗哈作,鲁迅译。西班牙的作家,中国大抵只知道伊本纳兹,但文学的本领,巴罗哈实远在其上。日本译有《选集》一册,所记的都是山地住民,跋司珂族的风俗习惯,译者曾选译数篇登《奔流》上,颇为读者所赞许。这是《选集》的全译。不日出书。

4. *Noa Noa* 法国戈庚作,罗怃译。作者是法国画界的猛将,他厌恶了所谓文明社会,逃到野蛮岛泰息谛去,生活了好几年。这书就是那时的记录,里面写着所谓"文明人"的没落,和纯真的野蛮人被这没落的"文明人"所毒害的情形,并及岛上的人情风俗,神话等。译者是一个无名的人,但译笔却并不在有名的人物之下。有木刻插画十二幅。现已付印。

最初印入 1933 年 5 月野草书屋版《不走正路的安得伦》卷末。

初未收集。

六月

一日

日记 昙。下午长谷川君赠蛋糕一合。得冯润璋信。得施蛰存信并《现代》杂志稿费八元,晚复。

二日

日记 晴。午后代何女士延须藤先生诊。夜校阅王志之《落花集》讫。

三日

日记 晴,风。夜三弟及蕴如来并赠烟卷四合。得曹聚仁信。费君持来《不走正路的安得伦》四十本。雨。

致 曹聚仁

聚仁先生:

　　二日的惠函,今天收到了。但以后如寄信,还是内山书店转的好。乔峰是我的第三个兄弟的号,那时因为要挂号,只得借用一下,其实是我和他一月里,见面不过两三回。

　　《李集》我以为不如不审定,也许连出版所也不如胡诌一个,卖一通就算。论起理来,李死在清党之前,还是国民党的朋友,给他留一个纪念,原是极应该的,然而中央的检查员,其低能也未必下于邮政检查员,他们已无人情,也不知历史,给碰一个大钉子,正是意中

177

事。到那时候，倒令人更为难。所以我以为不如"自由"印卖，好在这书是不会风行的，赤者嫌其颇白，白者怕其已赤，读者盖必寥寥，大约惟留心于文献者，始有意于此耳，一版能卖完，已属如天之福也。

我现在真做不出文章来，对于现在该说的话，好像先前都已说过了。近来只是应酬，有些是为了卖钱，想能登，又得为编者设想，所以往往吞吞吐吐。但终于多被抽掉，呜呼哀哉。倘有可投《涛声》的，当寄上；先前也曾以罗怃之名，寄过一封信，后来看见广告，在寻这人，但因为我已有《涛声》，所以未复。

看起来，就是中学卒业生，或大学生，也未必看得懂《涛声》罢，近来的学生，好像"木"的颇多了。但我并不希望《涛声》改浅，失其特色，不过随便说说而已。

专复，并颂

著祺。

鲁迅　上　六月三夜

四日

日记　星期。雨。下午复曹聚仁信。得魏猛克信。得紫佩信并《初期白话诗稿》一本，五月三十日发。作文一篇投《文学》。

又论"第三种人"

戴望舒先生远远的从法国给我们一封通信，叙述着法国A. E. A. R.（革命文艺家协会）得了纪德的参加，在三月二十一日召集大会，猛烈的反抗德国法西斯谛的情形，并且介绍了纪德的演说，发表在六月号的《现代》上。法国的文艺家,这样的仗义执言的举动是常有的:较远,则如左拉为德来孚斯打不平,法朗士当左拉改葬时候的讲演;较近,则有罗曼罗兰的反对战争。但这回更使我感到真切的欢欣,因为问题是当前的问题,而我也正是憎恶法西斯谛的一个。不过戴先生在报告这事实的同时,一并指明了中国左翼作家的"愚蒙"和像军阀一般的横暴,我却还想来说几句话。但希望不要误会,以为意在辩解,希图中国也从所谓"第三种人"得到对于德国的被压迫者一般的声援,——并不是的。中国的焚禁书报,封闭书店,囚杀作者,实在还远在德国的白色恐怖以前,而且也得到过世界的革命的文艺家的抗议了。我现在要说的,不过那通信里的必须指出的几点。

那通信叙述过纪德的加入反抗运动之后,说道——

"在法国文坛中,我们可以说纪德是'第三种人',……自从他在一八九一年……起,一直到现在为止,他始终是一个忠实于他的艺术的人。然而,忠实于自己的艺术的作者,不一定就是资产阶级的'帮闲者',法国的革命作家没有这种愚蒙的见解(或者不如说是精明的策略),因此,在热烈的欢迎之中,纪德便在群众之间发言了。"

这就是说:"忠实于自己的艺术的作者",就是"第三种人",而中国的革命作家,却"愚蒙"到指这种人为全是"资产阶级的帮闲者",现在已经由纪德证实,是"不一定"的了。

这里有两个问题应该解答。

第一,是中国的左翼理论家是否真指"忠实于自己的艺术的作者"为全是"资产阶级的帮闲者"? 据我所知道,却并不然。左翼理论家无论如何"愚蒙",还不至于不明白"为艺术的艺术"在发生时,是对于一种社会的成规的革命,但待到新兴的战斗的艺术出现之际,还拿着这老招牌来明明暗暗阻碍他的发展,那就成为反动,且不只是"资产阶级的帮闲者"了。至于"忠实于自己的艺术的作者",却并未视同一律。因为不问那一阶级的作家，都有一个"自己"，这"自己"，就都是他本阶级的一分子，忠实于他自己的艺术的人，也就是忠实于他本阶级的作者，在资产阶级如此，在无产阶级也如此。这是极显明粗浅的事实，左翼理论家也不会不明白的。但这位——戴先生用"忠实于自己的艺术"来和"为艺术的艺术"掉了一个包，可真显得左翼理论家的"愚蒙"透顶了。

第二，是纪德是否真是中国所谓的"第三种人"？我没有读过纪德的书，对于作品，没有加以批评的资格。但我相信：创作和演说，形式虽然不同，所含的思想是决不会两样的。我可以引出戴先生所介绍的演说里的两段来——

"有人会对我说：'在苏联也是这样的。'那是可能的事；但是目的却是完全两样的，而且，为了要建设一个新社会起见，为了把发言权给与那些一向做着受压迫者，一向没有发言权的人们起见，不得已的矫枉过正也是免不掉的事。

"我为什么并怎样会在这里赞同我在那边所反对的事呢？那就是因为我在德国的恐怖政策中，见到了最可叹最可憎的过去底再演，在苏联的社会创设中，我却见到一个未来的无限的允约。"

这说得清清楚楚，虽是同一手段，而他却因目的之不同而分为赞成或反抗。苏联十月革命后，侧重艺术的"绥拉比翁的兄弟们"这团体，也被称为"同路人"，但他们却并没有这么积极。中国关于"第三种人"的文字，今年已经汇印了一本专书，我们可以查一查，凡自称为"第三种人"的言论，可有丝毫近似这样的意见的么？倘其没有，则我敢决定地说，"不可以说纪德是'第三种人'"。

然而正如我说纪德不像中国的"第三种人"一样，戴望舒先生也觉得中国的左翼作家和法国的大有贤愚之别了。他在参加大会，为德国的左翼艺术家同伸义愤之后，就又想起了中国左翼作家的愚蠢横暴的行为。于是他临末禁不住感慨——

"我不知道我国对于德国法西斯谛的暴行有没有什么表示。正如我们的军阀一样,我们的文艺者也是勇于内战的。在法国的革命作家们和纪德携手的时候,我们的左翼作家想必还在把所谓'第三种人'当作唯一的敌手吧!"

　　这里无须解答,因为事实具在:我们这里也曾经有一点表示,但因为和在法国两样,所以情形也不同;刊物上也久不见什么"把所谓'第三种人'当作唯一的敌手"的文章,不再内战,没有军阀气味了。戴先生的豫料,是落了空的。

　　然而中国的左翼作家,这就和戴先生意中的法国左翼作家一样贤明了么? 我以为并不这样,而且也不应该这样的。如果声音还没有全被削除的时候,对于"第三种人"的讨论,还极有从新提起和展开的必要。戴先生看出了法国革命作家们的隐衷,觉得在这危急时,和"第三种人"携手,也许是"精明的策略"。但我以为单靠"策略",是没有用的,有真切的见解,才有精明的行为,只要看纪德的讲演,就知道他并不超然于政治之外,决不能贸贸然称之为"第三种人",加以欢迎,是不必别具隐衷的。不过在中国的所谓"第三种人",却还复杂得很。

　　所谓"第三种人",原意只是说:站在甲乙对立或相斗之外的人。但在实际上,是不能有的。人体有胖和瘦,在理论上,是该能有不胖不瘦的第三种人的,然而事实上却并没有,一加比较,非近于胖,就近于瘦。文艺上的"第三种人"也一样,即使好像不偏不倚罢,其实是总有些偏向的,平时有意的或无意的遮掩起来,而一遇切要的事故,它便会分明的显现。如纪德,他就显出左向来了;别的人,也能从几句话里,分明的显出。所以在这混杂的一群中,有的能和革命前进,共鸣;有的也能乘机将革命中伤,软化,曲解。左翼理论家是有着加以分析的任务的。

　　如果这就等于"军阀"的内战,那么,左翼理论家就必须更加继续这内战,而将营垒分清,拔去了从背后射来的毒箭!

六月四日。

原载 1933 年 7 月 1 日《文学》月刊第 1 卷第 1 号。

初收 1934 年 3 月上海同文书店版《南腔北调集》。

五日

日记　昙。午后得白兮信并《无名文艺》月刊一本。得景渊信，夜复。

通　信（复魏猛克）

猛克先生：

三日的来信收到了，适值还完了一批笔债，所以想来写几句。

大约因为我们的年龄，环境……不同之故罢，我们还很隔膜。譬如回信，其实我也常有失写的，或者以为不必复，或者失掉了住址，或者偶然搁下终于忘记了，或者对于质问，本想查考一番再答，而被别事岔开，从此搁笔的也有。那些发信者，恐怕在以为我是以"大文学家"自居的，和你的意见一定并不一样。

你疑心萧有些虚伪，我没有异议。但我也没有在中外古今的名人中，发见能够确保决无虚伪的人，所以对于人，我以为只能随时取其一段一节。这回我的为萧辩护，事情并不久远，还很明明白白的：起于他在香港大学的讲演。这学校是十足奴隶式教育的学校，然而向来没有人能去投一个爆弹，去投了的，只有他。但上海的报纸，有些却因此憎恶他了，所以我必须给以支持，因为在这时候，来攻击萧，就是帮助奴隶教育。假如我们设立一个"肚子饿了怎么办"的题目,拖出古人来质问罢,倘说"肚子饿了应该争食吃",则即使这人是秦桧,我赞成他,倘说"应该打嘴巴",那就是岳飞,也必须反对。如果诸葛亮出来说明,道是"吃食不过要发生温热,现在打起嘴巴来,因为摩擦,也有温热发生,所以也等于吃饭",则我们必须撕掉他假科学的面子,先前的品行如何,是不必计算的。

所以对于萧的言论,侮辱他个人与否是不成问题的,要注意的是我们为社会的战斗上的利害。

其次,是关于高尔基。许多青年,也像你一样,从世界上各种名人的身上寻出各种美点来,想我来照样学。但这是难的,一个人那里能做得到这么好。况且你很明白,我和他是不一样的,就是你所举的他那些美点,虽然根据于记载,我也有些怀疑。照一个人的精力,时间和事务比例起来,是做不了这许多的,所以我疑心他有书记,以及几个助手。我只有自己一个人,写此信时,是夜一点半了。

至于那一张插图,一目了然,那两个字是另一位文学家的手笔,其实是和那图也相称的,我觉得倒也无损于原意。我的身子,我以为画得太胖,而又太高,我那里及得高尔基的一半。文艺家的比较是极容易的,作品就是铁证,没法游移。

你说,以我"的地位,不便参加一个幼稚的团体的战斗",那是观察得不确的。我和青年们合作过许多回,虽然都没有好结果,但事实上却曾参加过。不过那都是文学团体,我比较的知道一点。若在美术的刊物上,我没有投过文章,只是有时迫于朋友的希望,也曾写过几篇小序之类,无知妄作,现在想起来还很不舒服。

自然,我不是木石,倘有人给我一拳,我有时也会还他一脚的,但我的不"再来开口",却并非因为你的文章,我想撕掉别人给我贴起来的名不符实的"百科全书"的假招帖。

但仔细分析起来,恐怕关于你的大作的,也有一点。这请你不要误解,以为是为了"地位"的关系,即使是猫狗之类,你倘给以打击之后,它也会避开一点的,我也常对于青年,避到僻静区处去。

艺术的重要,我并没有忘记,不过做事是要分工的,所以我祝你们的刊物从速出来,我极愿意先看看战斗的青年的战斗。

此复,并颂

时绥。

鲁迅　启上。六月五日夜。

原载 1933 年 6 月 16 日《论语》半月刊第 19 期,题作《两封通信》。

初未收集。

六日

日记　昙。下午复魏猛克信。寄语堂信并信稿。得邹韬奋信,即复。得黎烈文信。买『ミレー大画集』(2)一本,价四元。

七日

日记　晴。下午坪井先生来为海婴注射。得俞芳信,二日发。得白苇信。夜蕴如及三弟来。

致 黎烈文

烈文先生:

来函收到,甚感甚感。

夜间做了这样的两篇,虽较为滑头,而无聊也因而殊甚。不知通得过否?如以为可用,请一试。

此后也想保持此种油腔滑调,但能否如愿,却未详也。此上

顺颂

著祺。

迅　启　六月七夜

八日

日记　晴。上午内山书店送来『白と黑』（卅五）一本，价六角。午后收《自由谈》稿费三十六元。寄黎烈文信并稿二。坪井先生来为海婴注射。下午往科学社。得林语堂信。

夜　颂

爱夜的人，也不但是孤独者，有闲者，不能战斗者，怕光明者。

人的言行，在白天和在深夜，在日下和在灯前，常常显得两样。夜是造化所织的幽玄的天衣，普覆一切人，使他们温暖，安心，不知不觉的自己渐渐脱去人造的面具和衣裳，赤条条地裹在这无边际的黑絮似的大块里。

虽然是夜，但也有明暗。有微明，有昏暗，有伸手不见掌，有漆黑一团糟。爱夜的人要有听夜的耳朵和看夜的眼睛，自在暗中，看一切暗。君子们从电灯下走入暗室中，伸开了他的懒腰；爱侣们从月光下走进树阴里，突变了他的眼色。夜的降临，抹杀了一切文人学士们当光天化日之下，写在耀眼的白纸上的超然，混然，恍然，勃然，粲然的文章，只剩下乞怜，讨好，撒谎，骗人，吹牛，捣鬼的夜气，形成一个灿烂的金色的光圈，像见于佛画上面似的，笼罩在学识不凡的头脑上。

爱夜的人于是领受了夜所给与的光明。

185

高跟鞋的摩登女郎在马路边的电光灯下,阁阁的走得很起劲,但鼻尖也闪烁着一点油汗,在证明她是初学的时髦,假如长在明晃晃的照耀中,将使她碰着"没落"的命运。一大排关着的店铺的昏暗助她一臂之力,使她放缓开足的马力,吐一口气,这时才觉得沁人心脾的夜里的拂拂的凉风。

爱夜的人和摩登女郎,于是同时领受了夜所给与的恩惠。

一夜已尽,人们又小心翼翼的起来,出来了;便是夫妇们,面目和五六点钟之前也何其两样。从此就是热闹,喧嚣。而高墙后面,大厦中间,深闺里,黑狱里,客室里,秘密机关里,却依然弥漫着惊人的真的大黑暗。

现在的光天化日,熙来攘往,就是这黑暗的装饰,是人肉酱缸上的金盖,是鬼脸上的雪花膏。只有夜还算是诚实的。我爱夜,在夜间作《夜颂》。

六月八日。

原载 1933 年 6 月 10 日《申报·自由谈》。署名游光。

初收 1934 年 12 月上海兴中书局(联华)版《准风月谈》。

推

两三月前,报上好像登过一条新闻,说有一个卖报的孩子,踏上电车的踏脚去取报钱,误踹住了一个下来的客人的衣角,那人大怒,用力一推,孩子跌入车下,电车又刚刚走动,一时停不住,把孩子碾死了。

推倒孩子的人,却早已不知所往。但衣角会被踹住,可见穿的是长衫,即使不是"高等华人",总该是属于上等的。

我们在上海路上走,时常会遇见两种横冲直撞,对于对面或前面的行人,决不稍让的人物。一种是不用两手,却只将直直的长脚,如入无人之境似的踏过来,倘不让开,他就会踏在你的肚子或肩膀上。这是洋大人,都是"高等"的,没有华人那样上下的区别。一种就是弯上他两条臂膊,手掌向外,像蝎子的两个钳一样,一路推过去,不管被推的人是跌在泥塘或火坑里。这就是我们的同胞,然而"上等"的,他坐电车,要坐二等所改的三等车,他看报,要看专登黑幕的小报,他坐着看得咽唾沫,但一走动,又是推。

上车,进门,买票,寄信,他推;出门,下车,避祸,逃难,他又推。推得女人孩子都跟跟跄跄,跌倒了,他就从活人上踏过,跌死了,他就从死尸上踏过,走出外面,用舌头舐舐自己的厚嘴唇,什么也不觉得。旧历端午,在一家戏场里,因为一句失火的谣言,就又是推,把十多个力量未足的少年踏死了。死尸摆在空地上,据说去看的又有万余人,人山人海,又是推。

推了的结果,是嘻开嘴巴,说道:"阿唷,好白相来希呀!"

住在上海,想不遇到推与踏,是不能的,而且这推与踏也还要廓大开去。要推倒一切下等华人中的幼弱者,要踏倒一切下等华人。这时就只剩了高等华人颂祝着——

"阿唷,真好白相来希呀。为保全文化起见,是虽然牺牲任何物质,也不应该顾惜的——这些物质有什么重要性呢!"

六月八日。

原载 1933 年 6 月 11 日《申报·自由谈》。署名丰之余。
初收 1934 年 12 月上海兴中书局(联华)版《准风月谈》。

九日

日记 昙,风,午后雨。得西村真琴信。收论语社稿费三元。

得母亲信。从内山书店得ヴァレリイ『現代の考察』一本，价二元二角。

十日

日记　雨。午后寄白兮信。下午得谷万川信。得诗荃信并照相，五日长沙发。得钦文信，五月廿七日成都发。复王志之信。

十一日

日记　星期。昙，午后晴。得适夷信。收《文艺月报》一本。起应见赠《新俄文学中的男女》一本。下午蕴如及三弟来。收《自由谈》稿费三十六元。

"蜜蜂"与"蜜"

陈思先生：

看了《涛声》上批评《蜜蜂》的文章后，发生了两个意见，要写出来，听听专家的判定。但我不再来辩论，因为《涛声》并不是打这类官司的地方。

村人火烧蜂群，另有缘故，并非阶级斗争的表现，我想，这是可能的。但蜜蜂是否会于虫媒花有害，或去害风媒花呢，我想，这也是可能的。

昆虫有助于虫媒花的受精，非徒无害，而且有益，就是极简略的生物学上也都这样说，确是不错的。但这是在常态时候的事。假使蜂多花少，情形可就不同了，蜜蜂为了采粉或者救饥，在一花上，可以有数匹甚至十余匹一涌而入，因为争，将花瓣弄伤，因为饿，将花心咬掉，听说日本的果园，就有遭了这种伤害的。它的到风媒花上去，也还是因为饥饿的缘故。这时酿蜜已成次要，它们是吃花粉去了。

所以，我以为倘花的多少，足供蜜蜂的需求，就天下太平，否则，便会"反动"。譬如蚁是养护蚜虫的，但倘将它们关在一处，又不另给食物，蚁就会将蚜虫吃掉；人是吃米或麦的，然而遇着饥馑，便吃草根树皮了。

中国向来也养蜂，何以并无此弊呢？那是极容易回答的：因为少。近来以养蜂为生财之大道，干这事的愈多。然而中国的蜜价，远逊欧美，与其卖蜜，不如卖蜂。又因报章鼓吹，思养蜂以获利者辈出，故买蜂者也多于买蜜。因这缘故，就使养蜂者的目的，不在于使酿蜜而在于使繁殖了。但种植之业，却并不与之俱进，遂成蜂多花少的现象，闹出上述的乱子来了。

总之，中国倘不设法扩张蜂蜜的用途，及同时开辟果园农场之类，而一味出卖蜂种以图目前之利，养蜂事业是不久就要到了绝路的。此信甚希发表，以冀有心者留意也。专此，顺请

著安。

罗怃。六月十一日。

原载 1933 年 6 月 17 日《涛声》周刊第 2 卷第 23 期。署名罗怃。

初收 1934 年 3 月上海同文书店版《南腔北调集》。

十二日

日记 昙。上午复谷万川信。寄涛声社信。下午得内山嘉吉君所寄其子晓生后九十五日照相一枚。得增田君信片。得杨杏佛信并我之照相一枚，夜复。复适夷信。

经　验

古人所传授下来的经验，有些实在是极可宝贵的，因为它曾经费去许多牺牲，而留给后人很大的益处。

偶然翻翻《本草纲目》，不禁想起了这一点。这一部书，是很普通的书，但里面却含有丰富的宝藏。自然，捕风捉影的记载，也是在所不免的，然而大部分的药品的功用，却由历久的经验，这才能够知道到这程度，而尤其惊人的是关于毒药的叙述。我们一向喜欢恭维古圣人，以为药物是由一个神农皇帝独自尝出来的，他曾经一天遇到过七十二毒，但都有解法，没有毒死。这种传说，现在不能主宰人心了。人们大抵已经知道一切文物，都是历来的无名氏所逐渐的造成。建筑，烹饪，渔猎，耕种，无不如此；医药也如此。这么一想，这事情可就大起来了：大约古人一有病，最初只好这样尝一点，那样尝一点，吃了毒的就死，吃了不相干的就无效，有的竟吃到了对证的就好起来，于是知道这是对于某一种病痛的药。这样地累积下去，乃有草创的纪录，后来渐成为庞大的书，如《本草纲目》就是。而且这书中的所记，又不独是中国的，还有阿剌伯人的经验，有印度人的经验，则先前所用的牺牲之大，更可想而知了。

然而也有经过许多人经验之后，倒给了后人坏影响的，如俗语说“各人自扫门前雪，莫管他家瓦上霜”的便是其一。救急扶伤，一不小心，向来就很容易被人所诬陷，而还有一种坏经验的结果的歌诀，是“衙门八字开，有理无钱莫进来”，于是人们就只要事不干己，还是远远的站开干净。我想，人们在社会里，当初是并不这样彼此漠不相关的，但因豺狼当道，事实上因此出过许多牺牲，后来就自然的都走到这条道路上去了。所以，在中国，尤其是在都市里，倘使路上有暴病倒地，或翻车摔伤的人，路人围观或甚至于高兴的人尽有，肯伸手来扶助一下的人却是极少的。这便是牺牲所换来的坏处。

总之，经验的所得的结果无论好坏，都要很大的牺牲，虽是小事情，也免不掉要付惊人的代价。例如近来有些看报的人，对于什么宣言，通电，讲演，谈话之类，无论它怎样骈四俪六，崇论宏议，也不去注意了，甚而还至于不但不注意，看了倒不过做做嘻笑的资料。这那里有"始制文字，乃服衣裳"一样重要呢，然而这一点点结果，却是牺牲了一大片地面，和许多人的生命财产换来的。生命，那当然是别人的生命，倘是自己，就得不着这经验了。所以一切经验，是只有活人才能有的，我的决不上别人讥刺我怕死，就去自杀或拼命的当，而必须写出这一点来，就为此。而且这也是小小的经验的结果。

六月十二日。

原载 1933 年 7 月 15 日《申报月刊》第 2 卷第 7 号。署名洛文。

初收 1934 年 3 月上海同文书店版《南腔北调集》。

十三日

日记 昙。上午寄母亲信附钦文笺。午后小雷雨，下午晴。寄志之等《不走正路的安得伦》四本。得小峰信并版税二百。

谚　语

粗略的一想，谚语固然好像一时代一国民的意思的结晶，但其实，却不过是一部分的人们的意思。现在就以"各人自扫门前雪，莫管他家瓦上霜"来做例子罢，这乃是被压迫者们的格言，教人要奉公，纳税，输捐，安分，不可怠慢，不可不平，尤其是不要管闲事；而压迫者是不算在内的。

专制者的反面就是奴才，有权时无所不为，失势时即奴性十足。孙皓是特等的暴君，但降晋之后，简直像一个帮闲；宋徽宗在位时，不可一世，而被掳后偏会含垢忍辱。做主子时以一切别人为奴才，则有了主子，一定以奴才自命：这是天经地义，无可动摇的。

所以被压制时，信奉着"各人自扫门前雪，莫管他家瓦上霜"的格言的人物，一旦得势，足以凌人的时候，他的行为就截然不同，变为"各人不扫门前雪，却管他家瓦上霜"了。

二十年来，我们常常看见：武将原是练兵打仗的，且不问他这兵是用以安内或攘外，总之他的"门前雪"是治军，然而他偏来干涉教育，主持道德；教育家原是办学的，无论他成绩如何，总之他的"门前雪"是学务，然而他偏去膜拜"活佛"，绍介国医。小百姓随军充伏，童子军沿门募款。头儿胡行于上，蚁民乱碰于下，结果是各人的门前都不成样，各家的瓦上也一团糟。

女人露出了臂膊和小腿，好像竟打动了贤人们的心，我记得曾有许多人絮絮叨叨，主张禁止过，后来也确有明文禁止了。不料到得今年，却又"衣服蔽体已足，何必前拖后曳，消耗布匹，……顾念时艰，后患何堪设想"起来，四川的营山县长于是就令公安局派队——剪掉行人的长衣的下截。长衣原是累赘的东西，但以为不穿长衣，或剪去下截，即于"时艰"有补，却是一种特别的经济学。《汉书》上有一句云，"口含天宪"，此之谓也。

某一种人，一定只有这某一种人的思想和眼光，不能越出他本阶级之外。说起来，好像又在提倡什么犯讳的阶级了，然而事实是如此的。谣谚并非全国民的意思，就为了这缘故。古之秀才，自以为无所不晓，于是有"秀才不出门，而知天下事"这自负的漫天大谎，小百姓信以为真，也就渐渐的成了谚语，流行开来。其实是"秀才虽出门，不知天下事"的。秀才只有秀才头脑和秀才眼睛，对于天下事，那里看得分明，想得清楚。清末，因为想"维新"，常派些"人才"

出洋去考察，我们现在看看他们的笔记罢，他们最以为奇的是什么馆里的蜡人能够和活人对面下棋。南海圣人康有为，佼佼者也，他周游十一国，一直到得巴尔干，这才悟出外国之所以常有"弑君"之故来了，曰：因为宫墙太矮的缘故。

六月十三日。

　　原载 1933 年 7 月 15 日《申报月刊》第 2 卷第 7 号。署名洛文。

　　初收 1934 年 3 月上海同文书店版《南腔北调集》。

十四日

日记　晴，风。上午复诗荃信。午后得曹聚仁信。

十五日

日记　晴。夜寄《自由谈》稿二篇。

二丑艺术

　　浙东的有一处的戏班中，有一种脚色叫作"二花脸"，译得雅一点，那么，"二丑"就是。他和小丑的不同，是不扮横行无忌的花花公子，也不扮一味仗势的宰相家丁，他所扮演的是保护公子的拳师，或是趋奉公子的清客。总之：身分比小丑高，而性格却比小丑坏。

　　义仆是老生扮的，先以谏诤，终以殉主；恶仆是小丑扮的，只会作恶，到底灭亡。而二丑的本领却不同，他有点上等人模样，也懂些琴棋书画，也来得行令猜谜，但倚靠的是权门，凌蔑的是百姓，有谁

193

被压迫了,他就来冷笑几声,畅快一下,有谁被陷害了,他又去吓唬一下,吆喝几声。不过他的态度又并不常常如此的,大抵一面又回过脸来,向台下的看客指出他公子的缺点,摇着头装起鬼脸道:你看这家伙,这回可要倒楣哩!

这最末的一手,是二丑的特色。因为他没有义仆的愚笨,也没有恶仆的简单,他是智识阶级。他明知道自己所靠的是冰山,一定不能长久,他将来还要到别家帮闲,所以当受着豢养,分着余炎的时候,也得装着和这贵公子并非一伙。

二丑们编出来的戏本上,当然没有这一种脚色的,他那里肯;小丑,即花花公子们编出来的戏本,也不会有,因为他们只看见一面,想不到的。这二花脸,乃是小百姓看透了这一种人,提出精华来,制定了的脚色。

世间只要有权门,一定有恶势力,有恶势力,就一定有二花脸,而且有二花脸艺术。我们只要取一种刊物,看他一个星期,就会发见他忽而怨恨春天,忽而颂扬战争,忽而译萧伯纳演说,忽而讲婚姻问题;但其间一定有时要慷慨激昂的表示对于国事的不满:这就是用出末一手来了。

这最末的一手,一面也在遮掩他并不是帮闲,然而小百姓是明白的,早已使他的类型在戏台上出现了。

六月十五日。

原载 1933 年 6 月 18 日《申报·自由谈》。署名丰之余。
初收 1934 年 12 月上海兴中书局(联华)版《准风月谈》。

偶　成

善于治国平天下的人物,真能随处看出治国平天下的方法来,四川正有人以为长衣消耗布匹，派队剪除；上海又有名公要来整顿茶馆了，据说整顿之处，大略有三：一是注意卫生，二是制定时间，三是施行教育。

第一条当然是很好的；第二条，虽然上馆下馆，一一摇铃，好像学校里的上课，未免有些麻烦，但为了要喝茶，没有法，也不算坏。

最不容易是第三条。"愚民"的到茶馆来，是打听新闻，闲谈心曲之外，也来听听《包公案》一类东西的，时代已远，真伪难明，那边妄言，这边妄听，所以他坐得下去。现在倘若改为"某公案"，就恐怕不相信，不要听；专讲敌人的秘史，黑幕罢，这边之所谓敌人，未必就是他们的敌人，所以也难免听得不大起劲。结果是茶馆主人遭殃，生意清淡了。

前清光绪初年，我乡有一班戏班，叫作"群玉班"，然而名实不符，戏做得非常坏，竟弄得没有人要看了。乡民的本领并不亚于大文豪，曾给他编过一支歌：

"台上群玉班，

台下都走散。

连忙关庙门，

两边墙壁都爬塌（平声），

连忙扯得牢，

只剩下一担馄饨担。"

看客的取舍，是没法强制的，他若不要看，连拖也无益。即如有几种刊物，有钱有势，本可以风行天下的了，然而不但看客有限，连投稿也寥寥，总要隔两月才出一本。讽刺已是前世纪的老人的梦呓，非讽刺的好文艺，好像也将是后世纪的青年的出产了。

六月十五日。

原载 1933 年 6 月 22 日《申报·自由谈》。署名苇索。

初收 1934 年 12 月上海兴中书局（联华）版《准风月谈》。

十六日

日记 晴。午后得黎烈文信附许席珍函。夜校《杂感选集》讫。雨。

"抄 靶 子"

中国究竟是文明最古的地方,也是素重人道的国度,对于人,是一向非常重视的。至于偶有凌辱诛戮,那是因为这些东西并不是人的缘故。皇帝所诛者,"逆"也,官军所剿者,"匪"也,刽子手所杀者,"犯"也。满洲人"入主中夏",不久也就染了这样的淳风,雍正皇帝要除掉他的弟兄,就先行御赐改称为"阿其那"与"塞思黑",我不懂满洲话,译不明白,大约是"猪"和"狗"罢。黄巢造反,以人为粮,但若说他吃人,是不对的,他所吃的物事,叫作"两脚羊"。

时候是二十世纪,地方是上海,虽然骨子里永是"素重人道",但表面上当然会有些不同的。对于中国的有一部分并不是"人"的生物,洋大人如何赐谥,我不得而知,我仅知道洋大人的下属们所给与的名目。

假如你常在租界的路上走,有时总会遇见几个穿制服的同胞和一位异胞(也往往没有这一位),用手枪指住你,搜查全身和所拿的物件。倘是白种,是不会指住的;黄种呢,如果被指的说是日本人,就放下手枪,请他走过去;独有文明最古的黄帝子孙,可就"则不得免焉"了。这在香港,叫作"搜身",倒也还不算很失了体统,然而上海则竟谓之"抄靶子"。

抄者,搜也,靶子是该用枪打的东西,我从前年九月以来,才知道这名目的的确。四万万靶子,都排在文明最古的地方,私心在侥幸的只是还没有被打着。洋大人的下属,实在给他的同胞们定了绝好的名称了。

然而我们这些"靶子"们,自己互相推举起来的时候却还要客气些。我不是"老上海",不知道上海滩上先前的相骂,彼此是怎样赐谥的了。但看看记载,还不过是"曲辫子","阿木林"。"寿头码子"虽然已经是"猪"的隐语,然而究竟还是隐语,含有宁"雅"而不"达"的高谊。若夫现在,则只要被他认为对于他不大恭顺,他便圆睁了绽着红筋的两眼,挤尖喉咙,和口角的白沫同时喷出两个字来道:猪猡!

六月十六日。

原载 1933 年 6 月 20 日《申报·自由谈》。署名旅隼。

初收 1934 年 12 月上海兴中书局(联华)版《准风月谈》。

谈蝙蝠

人们对于夜里出来的动物,总不免有些讨厌他,大约因为他偏不睡觉,和自己的习惯不同,而且在昏夜的沉睡或"微行"中,怕他会窥见什么秘密罢。

蝙蝠虽然也是夜飞的动物,但在中国的名誉却还算好的。这也并非因为他吞食蚊虻,于人们有益,大半倒在他的名目,和"福"字同音。以这么一副尊容而能写入画图,实在就靠着名字起得好。还有,是中国人本来愿意自己能飞的,也设想过别的东西都能飞。道士要羽化,皇帝想飞升,有情的愿作比翼鸟儿,受苦的恨不得插翅飞去。想到老虎添翼,便毛骨耸然,然而青蚨飞来,则眉眼莞尔。至于墨子的飞鸢终于失传,飞机非募款到外国去购买不可,则是因为太重了精神文明的缘故,势所必至,理有固然,毫不足怪的。但虽然不能够做，却能够想，所以见了老鼠似的东西生着翅子，倒也并不诧异，有名的文人还要收为诗料，诌出什么"黄昏到寺蝙蝠飞"那样的佳句来。

西洋人可就没有这么高情雅量，他们不喜欢蝙蝠。推源祸始，我想，恐怕是应该归罪于伊索的。他的寓言里，说过鸟兽各开大会，蝙蝠到兽类里去，因为他有翅子，兽类不收，到鸟类里去，又因为他是四足，鸟类不纳，弄得他毫无立场，于是大家就讨厌这作为骑墙的象征的蝙蝠了。

中国近来拾一点洋古典，有时也奚落起蝙蝠来。但这种寓言，出于伊索，是可喜的，因为他的时代，动物学还幼稚得很。现在可不同了，鲸鱼属于什么类，蝙蝠属于什么类，就是小学生也都知道得清清楚楚。倘若还拾一些希腊古典，来作正经话讲，那就只足表示他的知识，还和伊索时候，各开大会的两类绅士淑女们相同。

大学教授梁实秋先生以为橡皮鞋是草鞋和皮鞋之间的东西，那知识也相仿，假使他生在希腊，位置是说不定会在伊索之下的，现在真可惜得很，生得太晚一点了。

六月十六日。

原载 1933 年 6 月 25 日《申报·自由谈》。署名游光。

初收 1934 年 12 月上海兴中书局（联华）版《准风月谈》。

十七日

日记 晴。下午复黎烈文信并稿二篇。得文学社稿费十四元。得学昭寄赠之《海上》一本。夜蕴如及三弟来。

十八日

日记 星期。昙。午后得《创作的经验》五本，天马书店赠。得

《木版画》第一期第一辑一帖十枚,野穗社赠。得姚克信,夜复。

致 姚 克

莘农先生:

来信敬悉。近来天气大不佳,难于行路,恐须蛰居若干时,故不能相见,译文只能由 先生自行酌定矣。照片如能见寄一枚,甚感。

其实以西文绍介中国现状,亦大有益,至于发表中文,以近状言,易招危险,非详审不可。此事非数语能了,未知何日南归,尔时如我尚在沪,而又能较现在稍自由,当图畅叙也。专此奉复,顺颂时绥。

迅　启上　六月十八夜

致 曹聚仁

聚仁先生:

惠书敬悉。近来的事,其实也未尝比明末更坏,不过交通既广,智识大增,所以手段也比较的绵密而且恶辣。然而明末有些士大夫,曾捧魏忠贤入孔庙,被以衮冕,现在却还不至此,我但于胡公适之之侃侃而谈,有些不觉为之颜厚有忸怩耳。但是,如此公者,何代蔑有哉。

渔仲亭林诸公,我以为今人已无从企及,此时代不同,环境所致,亦无可奈何。中国学问,待从新整理者甚多,即如历史,就该另编一部。古人告诉我们唐如何盛,明如何佳,其实唐室大有胡气,明则无赖儿郎,此种物件,都须褫其华衮,示人本相,庶青年不再乌烟瘴气,莫名其妙。其他如社会史,艺术史,赌博史,娼妓史,文祸史……都未有人著手。然而又怎能著手?居今之世,纵使在决堤灌水,飞机掷弹范围之外,也难得数年粮食,一屋图书。我数年前,曾拟编中国字体变迁史及文学史稿各一部,先从作长编入手,但即此长编,已成难事,剪取欤,无此许多书,赴图书馆抄录欤,上海就没有图书馆,即有之,一人无此精力与时光,请书记又有欠薪之惧,所以直到现在,还是空谈。现在做人,似乎只能随时随手做点有益于人之事,倘其不能,就做些利己而不损人之事,又不能,则做些损人利己之事。只有损人而不利己的事,我是反对的,如强盗之放火是也。

知识分子以外,现在是不能有作家的,戈理基虽称非知识阶级出身,其实他看的书很不少,中国文字如此之难,工农何从看起,所以新的文学,只能希望于好的青年。十余年来,我所遇见的文学青年真也不少了,而希奇古怪的居多。最大的通病,是以为因为自己是青年,所以最可贵,最不错的,待到被人驳得无话可说的时候,他就说是因为青年,当然不免有错误,该当原谅的了。而变化也真来得快,三四年中,三翻四覆的,你看有多少。

古之师道,实在也太尊,我对此颇有反感。我以为师如荒谬,不妨叛之,但师如非罪而遭冤,却不可乘机下石,以图快敌人之意而自救。太炎先生曾教我小学,后来因为我主张白话,不敢再去见他了,后来他主张投壶,心窃非之,但当国民党要没收他的几间破屋,我实不能向当局作媚笑。以后如相见,仍当执礼甚恭(而太炎先生对于弟子,向来也绝无傲态,和蔼若朋友然),自以为师弟之道,如此已可矣。

今之青年,似乎比我们青年时代的青年精明,而有些也更重目前之益,为了一点小利,而反噬构陷,真有大出于意料之外者,历来所身受之事,真是一言难尽,但我是总如野兽一样,受了伤,就回头钻入草莽,舐掉血迹,至多也不过呻吟几声的。只是现在却因为年纪渐大,精力就衰,世故也愈深,所以渐在回避了。

自首之辈,当分别论之,别国的硬汉比中国多,也因为别国的淫刑不及中国的缘故。我曾查欧洲先前虐杀耶稣教徒的记录,其残虐实不及中国,有至死不屈者,史上在姓名之前就冠一"圣"字了。中国青年之至死不屈者,亦常有之,但皆秘不发表。不能受刑至死,就非卖友不可,于是坚卓者无不灭亡,游移者愈益堕落,长此以往,将使中国无一好人,倘中国而终亡,操此策者为之也。

此复,并颂

著祺。

鲁迅　启上　六月十八夜。

十九日

日记　雨。上午复曹聚仁信。午季市来,赠以《创作的经验》乙本,《不走正路的安得伦》二本。午后保宗来并见赠精装本《子夜》壹本。下午得赵家璧信并所赠《白纸黑字》一本。得山本夫人所寄『明日』(四号)一本。得崔万秋信。

致 赵家璧

家璧先生:

蒙惠书并赐《白纸黑字》一册,甚感。

兹奉上印证四千枚,以应有一收条见付。此上,即颂

著祺。

鲁迅　六月十九日

二十日

日记　雨。上午寄谷万川信并稿。寄赵家璧信并印证四千枚。

内山夫人来并见赠食品二种。得山本夫人所寄赠照相一枚。午季市来,午后同往万国殡仪馆送杨杏佛殓。得太原榴花社信。得语堂信。

悼 杨 铨

岂有豪情似旧时,花开花落两由之。

何期泪洒江南雨,又为斯民哭健儿。

六月二十日

未另发表。据手稿编入。

初未收集。

致 林语堂

语堂先生:

顷奉到来札并稿。前函令打油,至今未有,盖打油亦须能有打油之心情,而今何如者。重重迫压,令人已不能喘气,除呻吟叫号而外,能有他乎?

不准人开一开口,则《论语》虽专谈虫二,恐亦难,盖虫二亦有谈得讨厌与否之别也。天王已无一枝笔,仅有手枪,则凡执笔人,自属全是眼中之钉,难乎免于今之世矣。专复,并请

道安。

迅　顿首　六月廿夜

尊夫人前并此请安。

致 榴花社

榴花艺社诸君：

　　十一日信及《榴花》第一期，今天都已收到。征求木刻，恐怕很难，因为木版邮寄，麻烦得很。而且此地盛行白色恐怖，仅仅主张保障民权之杨杏佛先生，且于前日遭了暗杀，闻在计画杀害者尚有十余人。我也不能公然走路，所以和别人极难会面，商量一切。但如作有小品文，则当寄上。

　　新文艺之在太原，还在开垦时代，作品似以浅显为宜，也不要激烈，这是必须察看环境和时候的。别处不明情形，或者要评为灰色也难说，但可以置之不理，万勿贪一种虚名，而反致不能出版。战斗当首先守住营垒，若专一冲锋，而反遭覆灭，乃无谋之勇，非真勇也。

　　此复，并颂

时绥。

鲁迅　六月二十日

二十一日

　　日记　昙。上午复语堂信。复榴花社信。下午为坪井先生之友樋口良平君书一绝，云："岂有豪情似旧时，花开花落两由之。何期泪洒江南雨，又为斯民哭健儿。"为西村真琴博士书一横卷，云："奔霆飞焰歼人子，败井颓垣剩饿鸠。偶值大心离火宅，终遗高塔念瀛洲。精禽梦觉仍衔石，斗士诚坚共抗流。度尽劫波兄弟在，相逢一笑泯恩仇。西村博士于上海战后得丧家之鸠，持归养之；初亦相安,而终化去。建塔以藏,且征题咏,率成一律,聊答遐情云尔。一九三三年六月二十一日鲁迅并记。"下午小峰及林兰来。铭之来,并赠鱼干一合。夜三弟及蕴如来。

题三义塔 并跋

奔霆飞熛歼人子,败井颓垣剩饿鸠。

偶值大心离火宅,终遗高塔念瀛洲。

精禽梦觉仍衔石,斗士诚坚共抗流。

度尽劫波兄弟在,相逢一笑泯恩仇。

西村博士于上海战后得丧家之鸠,持归养之;初亦相安,而终化去。建塔以藏,且征题咏,率成一律,聊答遐请云尔。一九三三年六月二十一日鲁迅并记。

未另发表。

初收 1935 年 5 月上海群众图书公司版《集外集》。入集时跋语略去,另拟题记。

二十二日

日记 雨。下午往内山书店买『ショウを語る』及『輪のある世界』各一本,共泉三元二角。得论语社稿费七元。晚赠内山君笋干一合。井上红梅见赠海苔一合。夜濯足。

二十三日

日记 晴。无事。

二十四日

日记 晴。下午从内山书店买书三本,十五元八角。晚得小峰信并《两地书》版税一百二十五元,即付印证五百枚。

二十五日

日记 星期。晴,大风。午后得母亲信,廿日发。得王志之信。下午蒋径三来,赠以《两地书》一本。夜蕴如及三弟来,以饼干一合赠其孩子们。

致 李小峰

小峰兄:

近来收账既困难,此后之《两地书》印花先交半税,是可以的。但有附件二:一,另立景宋之账,必须于节边算清余款;二,我如有需用现款,以稿件在别处设法的时候,北新不提出要印的要求。

这几天因为须作随笔,又常有客来,所以杂感尚未编过,恐怕至早要在下月初了。这回的编法,系将驳我的杂感的文章,附在当篇之后,而又加以案语,所以要比以前的编法费事一些。但既已说由北新付印,另外决无枝节,不过迟早一点而已。

前回面索之锌板,一系 Pio Baroja 画像,系一小方块,下有签名;一乃 Gorky 画像,是线画,额边有红块一方。所以二人画像,版则有三块也。倘能检出,希便中带下为荷。

迅 上 六月廿五夜。

致山本初枝

拝啓 御写真をいただいて有難う存じます。『明日』第四号も到着しました、作者達は不相変元気ですね。上海はもう暑くなり蚊が沢山出て時々僕を食ひ、今にも食はれて居ります。そうしてそばには内山夫人からもらったつつぢが咲いて居ります。苦中に楽ありとはこんな事でしょう。併し近頃支那式ファッショがはやり始めました。知人の中の一人は失踪、一人は暗殺されました。まだ暗殺される可き人が随分あるでしょうけれど兎角僕は今まで生きて居ります。そうして生きて居る内には筆でそのピストルを答へるでしょう。只だ自由に内山書店へ行って漫談する事が出来なくなったから少し弱ります。行く事は行きますが隔日一度になりました。将来は夜でなければいけないかも知れません。併しこんな白色テロは駄目です。何時か又よすのでしょう。転居してから小供には随分いいようです、活溌になって顔色も黒くなりました。井上紅梅様が上海へ来ました。もう頗る酒を飲んでる様です。　草々頓首

魯迅　拝呈　六月廿五夜

山本夫人几下

致 増田渉

　葉書を遠く到着しました。

　この頃上海に支那式の白色テロが流行し始めました。丁玲女士は失踪し（或はもう惨殺されたと云ふ）、楊銓氏（民権同盟幹事）は暗殺されました。「ホアイト・リスト」の中には、私儀も入選の光栄を獲得して居るそうだが兎角尚手紙を書いて居ります。

　併し生きて居ると頗る面倒くさいと思ふ。

井上紅梅君は上海に来て居ます。こんなテロを調べて何か書くのでしょう。併しそれは中々たやすくわかるものではない。
草々頓首

洛文　六月廿五夜

増田兄几下

二十六日

日记　晴。上午寄母亲信。寄紫佩信。寄山本夫人信。寄增田君信。寄小峰信。午后得宋大展信。得谷万川信。下午得小峰信并版税泉二百。

"吃白相饭"

要将上海的所谓"白相",改作普通话,只好是"玩耍";至于"吃白相饭",那恐怕还是用文言译作"不务正业,游荡为生",对于外乡人可以比较的明白些。

游荡可以为生,是很奇怪的。然而在上海问一个男人,或向一个女人问她的丈夫的职业的时候,有时会遇到极直截的回答道:"吃白相饭的。"

听的也并不觉得奇怪,如同听到了说"教书","做工"一样。倘说是"没有什么职业",他倒会有些不放心了。

"吃白相饭"在上海是这么一种光明正大的职业。

我们在上海的报章上所看见的,几乎常是这些人物的功绩;没有他们,本埠新闻是决不会热闹的。但功绩虽多,归纳起来也不过是三段,只因为未必全用在一件事情上,所以看起来好像五花八门了。

第一段是欺骗。见贪人就用利诱,见孤愤的就装同情,见倒霉的则装慷慨,但见慷慨的却又会装悲苦,结果是席卷了对手的东西。

第二段是威压。如果欺骗无效,或者被人看穿了,就脸孔一翻,化为威吓,或者说人无礼,或者诬人不端,或者赖人欠钱,或者并不说什么缘故,而这也谓之"讲道理",结果还是席卷了对手的东西。

第三段是溜走。用了上面的一段或兼用了两段而成功了,就一溜烟走掉,再也寻不出踪迹来。失败了,也是一溜烟走掉,再也寻不出踪迹来。事情闹得大一点,则离开本埠,避过了风头再出现。

有这样的职业,明明白白,然而人们是不以为奇的。

"白相"可以吃饭,劳动的自然就要饿肚,明明白白,然而人们也不以为奇。

但"吃白相饭"朋友倒自有其可敬的地方,因为他还直直落落的告诉人们说,"吃白相饭的"!

六月二十六日。

原载 1933 年 6 月 29 日《申报·自由谈》。署名旅隼。

初收 1934 年 12 月上海兴中书局(联华)版《准风月谈》。

华德保粹优劣论

希特拉先生不许德国境内有别的党,连屈服了的国权党也难以幸存,这似乎颇感动了我们的有些英雄们,已在称赞其"大刀阔斧"。但其实这不过是他老先生及其之流的一面。别一面,他们是也很细针密缕的。有歌为证:

跳蚤做了大官了,

带着一伙各处走。

皇后宫嫔都害怕，

谁也不敢来动手。

即使咬得发了痒罢，

要挤烂它也怎么能够。

嗳哈哈，嗳哈哈，哈哈，嗳哈哈！

这是大家知道的世界名曲《跳蚤歌》的一节，可是在德国已被禁止了。当然，这决不是为了尊敬跳蚤，乃是因为它讽刺大官；但也不是为了讽刺是"前世纪的老人的呓语"，却是为着这歌曲是"非德意志的"。华德大小英雄们，总不免偶有隔膜之处。

中华也是诞生细针密缕人物的所在，有时真能够想得入微，例如今年北平社会局呈请市政府查禁女人养雄犬文云：

"……查雌女雄犬相处，非仅有碍健康，更易发生无耻秽闻，揆之我国礼义之邦，亦为习俗所不许，谨特通令严禁，除门犬猎犬外，凡妇女带养之雄犬，斩之无赦，以为取缔。"

两国的立脚点，是都在"国粹"的，但中华的气魄却较为宏大，因为德国不过大家不能唱那一出歌而已，而中华则不但"雌女"难以蓄犬，连"雄犬"也将砍头。这影响于叭儿狗，是很大的。由保存自己的本能，和应时势之需要，它必将变成"门犬猎犬"模样。

六月二十六日。

原载 1933 年 7 月 2 日《申报·自由谈》。署名孺牛。

初收 1934 年 12 月上海兴中书局（联华）版《准风月谈》。

致 王志之

志之兄：

来信收到。

书坊店是靠不住的,他们像估衣铺一样,什么衣服行时就挂什么,上海也大抵如此,只要能够敷衍下去,就算了。茅稿已寄谷兄,我怕不能作。

《十月》的作者是同路人,他当然看不见全局,但这确也是一面的实情,记叙出来,还可以作为现在和将来的教训,所以这书的生命是很长的。书中所写,几乎不过是投机的和盲动的脚色,有几个只是赶热闹而已,但其中也有极坚实者在内(虽然作者未能描写),故也能成功。这大约无论怎样的革命,都是如此,倘以为必得大半都是坚实正确的人们,那就是难以实现的空想,事实是只能此后渐渐正确起来的。所以这书在他本国,新版还很多,可见看的人正不少。

丁事的抗议,是不中用的,当局那里会分心于抗议。现在她的生死还不详。其实,在上海,失踪的人是常有的,只因为无名,所以无人提起。杨杏佛也是热心救丁的人之一,但竟遭了暗杀,我想,这事也必以模胡了之的,什么明令缉凶之类,都是骗人的勾当。听说要用同样办法处置的人还有十四个。

《落花集》出版,是托朋友间接交去的,因为我和这书店不熟,所以出版日期,也无从问起。序文我想我还是不做好,这里的叭儿狗没有眼睛,不管内容,只要看见我的名字就狂叫一通,做了怕反于本书有损。

我交际极少,所以职业实难设法。现在是不能出门,终日坐在家里。《两地书》一本,已托书店寄出。

此复,并颂

时绥。

豫　上　六月廿六夜

《年谱》错处不少,有本来错的(如我的祖父只是翰林而已,而作者却说是"翰林院大学士",就差得远了),也有译错的(凡二三处)。又及。

二十七日

日记 昙。上午寄王志之信并《两地书》一本。寄《自由谈》稿二篇。午后得白莽信。得赵家璧信并再版《竖琴》及《一天的工作》各一本,《母亲》(作者署名本)一本。下午达夫及夏莱蒂来。

二十八日

日记 晴,热。下午为萍荪书一幅,云:"禹域多飞将,蜗庐剩逸民。夜邀潭底影,玄酒颂皇仁。"又为陶轩书一幅,云:"如磐遥夜拥重楼,剪柳春风导九秋。湘瑟凝尘清怨绝,可怜无女耀高丘。"二幅皆达夫持来。得静农信,即复。

华德焚书异同论

德国的希特拉先生们一烧书,中国和日本的论者们都比之于秦始皇。然而秦始皇实在冤枉得很,他的吃亏是在二世而亡,一班帮闲们都替新主子去讲他的坏话了。

不错,秦始皇烧过书,烧书是为了统一思想。但他没有烧掉农书和医书;他收罗许多别国的"客卿",并不专重"秦的思想",倒是博采各种的思想的。秦人重小儿;始皇之母,赵女也,赵重妇人,所以我们从"剧秦"的遗文中,也看不见轻贱女人的痕迹。

希特拉先生们却不同了,他所烧的首先是"非德国思想"的书,没有容纳客卿的魄力;其次是关于性的书,这就是毁灭以科学来研究性道德的解放,结果必将使妇人和小儿沉沦在往古的地位,见不到光明。而可比于秦始皇的车同轨,书同文……之类的大事业,他们一点也做不到。

阿剌伯人攻陷亚历山德府的时候,就烧掉了那里的图书馆,那理论是：如果那些书籍所讲的道理，和《可兰经》相同，则已有《可兰经》，无须留了；倘使不同，则是异端，不该留了。这才是希特拉先生们的嫡派祖师——虽然阿剌伯人也是"非德国的"——和秦的烧书，是不能比较的。

但是结果往往和英雄们的豫算不同。始皇想皇帝传至万世，而偏偏二世而亡，赦免了农书和医书，而秦以前的这一类书，现在却偏偏一部也不剩。希特拉先生一上台，烧书，打犹太人，不可一世，连这里的黄脸干儿们，也听得兴高彩烈，向被压迫者大加嘲笑，对讽刺文字放出讽刺的冷箭来——到底还明白的冷冷的讯问道：你们究竟要自由不要？不自由，无宁死。现在你们为什么不去拼死呢？

这回是不必二世，只有半年，希特拉先生的门徒们在奥国一被禁止，连党徽也改成三色玫瑰了。最有趣的是因为不准叫口号，大家就以手遮嘴，用了"掩口式"。

这真是一个大讽刺。刺的是谁，不问也罢，但可见讽刺也还不是"梦呓"，质之黄脸干儿们，不知以为何如？

六月二十八日。

原载 1933 年 7 月 11 日《申报·自由谈》。署名孺牛。

初收 1934 年 12 月上海兴中书局（联华）版《准风月谈》。

无　题

禹域多飞将，蜗庐剩逸民。

夜邀潭底影，玄酒颂皇仁。

原载 1936 年 10 月 31 日《越风》半月刊第 21 期。

初未收集。

悼 丁 君

如磐夜气压重楼，剪柳春风导九秋。

瑶瑟凝尘清怨绝，可怜无女耀高丘。

六月

原载 1933 年 9 月 30 日《涛声》周刊第 2 卷第 38 期。

初收 1935 年 5 月上海群众图书公司版《集外集》。

致 台静农

静农兄：

顷得六月二十二日函，五月初之信及照相，早已收到，倥偬之际，遂未奉闻也。

上海气候殊不佳，蒙念甚感。时症亦大流行，但仆生长危邦，年逾大衍，天灾人祸，所见多矣，无怨于生，亦无怖于死，即将投我琼瑶，依然弄此笔墨，夙心旧习，不能改也，惟较之春初，固亦颇自摄养耳。

开明第一次款，久已照收，并无纠葛，霁兄曾来函询，因失其通信地址，遂无由复，乞转知；至第二次，则尚无消息。

立人先生大作，曾以一册见惠，读之既哀其梦梦，又觉其凄凄。昔之诗人，本为梦者，今谈世事，遂如狂醒；诗人原宜热中，然神驰宦海，则溺矣，立人已无可救，意者素园若在，或不至于此，然亦难言也。

此复，并颂

时绥。

豫　启上　六月廿八晚

二十九日

　　日记　雨,午后晴。夜蕴如及三弟来。

三十日

　　日记　昙,午后小雨。理发。寄稿一篇于《文学》第二期。下午得谷万川信。得诗荃信。往内山书店付书帐,并买『クオタリイ日本文学』(第一辑)一本,『现代世界文学』一本,共泉三元六角。夜浴。大雨。

我的种痘

　　上海恐怕也真是中国的"最文明"的地方,在电线柱子和墙壁上,夏天常有劝人勿吃天然冰的警告,春天就是告诫父母,快给儿女去种牛痘的说帖,上面还画着一个穿红衫的小孩子。我每看见这一幅图,就诧异我自己,先前怎么会没有染到天然痘,呜呼哀哉,于是好像这性命是从路上拾来似的,没有什么希罕,即使姓名载在该杀的"黑册子"上,也不十分惊心动魄了。但自然,几分是在所不免的。

　　现在,在上海的孩子,听说是生后六个月便种痘就最安全,倘走过施种牛痘局的门前,所见的中产或无产的母亲们抱着在等候的,大抵是一岁上下的孩子,这事情,现在虽是不属于知识阶级的人们也都知道,是明明白白了的。我的种痘却很迟了,因为后来记的清清楚楚,可见至少已有两三岁。虽说住的是偏僻之处,和别地方交通很少,比现在可以减少输入传染病的机会,然而天花却年年流行的,因此而死的常听到。我居然逃过了这一关,真是洪福齐天,就是每年开一次庆祝会也不算过分。否则,死了倒也罢了,万一不死而脸上留一点麻,则现在除年老之外,又添上一条大罪案,更要受青年而光脸的文艺批评家的奚落了。幸而并不，真是叨光得很。

那时候，给孩子们种痘的方法有三样。一样，是淡然忘之，请痘神随时随意种上去，听它到处发出来，随后也请个医生，拜拜菩萨，死掉的虽然多，但活的也有，活的虽然大抵留着瘢痕，但没有的也未必一定找不出。一样是中国古法的种痘，将痘痂研成细末，给孩子由鼻孔里吸进去，发出来的地方虽然也没有一定的处所，但粒数很少，没有危险了。人说，这方法是明末发明的，我不知道可的确。

第三样就是所谓"牛痘"了，因为这方法来自西洋，所以先前叫"洋痘"。最初的时候，当然，华人是不相信的，很费过一番宣传解释的气力。这一类宝贵的文献，至今还剩在《验方新编》中，那苦口婆心虽然大足以感人，而说理却实在非常古怪的。例如，说种痘免疫之理道：

"'痘为小儿一大病，当天行时，尚思远避，今无故取婴孩而与之以病，可乎？'曰：'非也。譬之捕盗，乘其羽翼未成，就而擒之，甚易矣；譬之去莠，及其滋蔓未延，芟而除之，甚易矣。……'"

但尤其非常古怪的是说明"洋痘"之所以传入中国的原因：

"予考医书中所载，婴儿生数日，刺出臂上污血，终身可免出痘一条，后六道刀法皆失传，今日点痘，或其遗法也。夫以万全之法，失传已久，而今复行者，大约前此劫数未满，而今日洋烟入中国，害人不可胜计，把那劫数抵过了，故此法亦从洋来，得以保全婴儿之年寿耳。若不坚信而遵行之，是违天而自外于生生之理矣！……"

而我所种的就正是这抵消洋烟之害的牛痘。去今已五十年，我的父亲也不是新学家，但竟毅然决然的给我种起"洋痘"来，恐怕还是受了这种学说的影响，因为我后来检查藏书，属于"子部医家类"者，说出来真是惭愧得很，——实在只有《达生篇》和这宝贝的《验方新编》而已。

那时种牛痘的人固然少，但要种牛痘却也难，必须待到有一个时候，城里临时设立起施种牛痘局来，才有种痘的机会。我的牛痘，是请医生到家里来种的，大约是特别隆重的意思；时候可完全不知道了，推测起来，总该是春天罢。这一天，就举行了种痘的仪式，堂屋中央摆了一张方桌子，系上红桌帷，还点了香和蜡烛，我的父亲抱了我，坐在桌旁边。上首呢，还是侧面，现在一点也不记得了。这种仪式的出典，也至今查不出。

这时我就看见了医官。穿的是什么服饰，一些记忆的影子也没有，记得的只是他的脸：胖而圆，红红的，还带着一副墨晶的大眼镜。尤其特别的是他的话我一点都不懂。凡讲这种难懂的话的，我们这里除了官老爷之外，只有开当铺和卖茶叶的安徽人，做竹匠的东阳人，和变戏法的江北佬。官所讲者曰"官话"，此外皆谓之"拗声"。他的模样，是近于官的，大家都叫他"医官"，可见那是"官话"了。官话之震动了我的耳膜，这是第一次。

照种痘程序来说，他一到，该是动刀，点浆了，但我实在糊涂，也一点都没有记忆，直到二十年后，自看臂膊上的疮痕，才知道种了六粒，四粒是出的。但我确记得那时并没有痛，也没有哭，那医官还笑着摩摩我的头顶，说道：

"乖呀，乖呀！"

什么叫"乖呀乖呀"，我也不懂得，后来父亲翻译给我说，这是他在称赞我的意思。然而好像并不怎么高兴似的，我所高兴的是父亲送了我两样可爱的玩具。现在我想，我大约两三岁的时候，就是一个实利主义者了，这坏性质到老不改，至今还是只要卖掉稿子或收到版税，总比听批评家的"官话"要高兴得多。

一样玩具是朱熹所谓"持其柄而摇之，则两耳还自击"的鼗鼓，在我虽然也算难得的事物，但仿佛曾经玩过，不觉得希罕了。最可爱的是另外的一样，叫作"万花筒"，是一个小小的长圆筒，外糊花纸，两端嵌着玻璃，从孔子较小的一端向明一望，那可真是猗欤休哉，里面竟有许多五颜六色，希奇古怪的花朵，而这些花朵的模样，都是非常整齐巧妙，为实际的花朵丛中所看不见的。况且奇迹还没有完，如果看得厌了，只要将手一摇，那里面就又变了另外的花样，随摇随变，不会雷同，语所谓"层出不穷"者，大概就是"此之谓也"罢。

然而我也如别的一切小孩——但天才不在此例——一样，要探检这奇境了。我于是背着大人，在僻远之地，剥去外面的花纸，使它露出难看的纸版来；又挖掉两端的玻璃，就有一些五色的通草丝和小片落下；最后是撕破圆筒，发见了用三片镜玻璃条合成的空心的三角。花也没有，什么也没有，想做它复原，也没有成功，这就完结了。我真不知道惋惜了多少年，直到做过了五十岁的生日，还想找一个来玩玩，然而好像究竟没有孩子时候的勇猛了，终于没有特地出去买。否则，从竖着各种旗帜的"文学家"看来，又成为一条罪状，是无疑的。

现在的办法，譬如半岁或一岁种过痘，要稳当，是四五岁时候必须再种一次的。但我是前世纪的人，没有办得这么周密，到第二，第三次的种痘，已是二十多岁，在日本的东京了，第二次红了一红，第三次毫无影响。

最末的种痘，是十年前，在北京混混的时候。那时也在世界语专门学校里教几点钟书，总该是天花流行了罢，正值我在讲书的时间内，校医前来种痘了。我是一向煽动人们种痘的，而这学校的学生们，也真是令人吃惊。都已二十岁左右了，问起来，既未出过天花，也没有种过牛痘的多得很。况且去年还有一个实例，是颇为漂亮的某女士缺课两月之后，再到学校里来，竟变换了一副面目，肿而且麻，几乎不能认识了；还变得非常多疑而善怒，和她说话之际，简直连微笑也犯忌，因为她会疑心你在暗笑她，所以我总是十分小心，庄严，谨慎。自然，这情形使某种人批评起来，也许又会说是我在用冷静的方法，进攻女学生的。但不然，老实说罢，即使原是我的爱人，这时也实在使我有些"进退维谷"，因为柏拉图式的恋爱论，我是能看，能言，而不能行的。

不过一个好好的人，明明有妥当的方法，却偏要使细菌到自己的身体里来繁殖一通，我实在以为未免太近于固执；倒也不是想大家生得漂亮，给我可以冷静的进攻。总之，我在讲堂上就又竭力煽动了，然而困难得很，因为大家说种痘是痛的。再四磋商的结果，终于公举我首先种痘，作为青年的模范，于是我就成了群众所推戴的领袖，率领了青年军，浩浩荡荡，奔向校医室里来。

虽是春天，北京却还未暖和的，脱去衣服，点上四粒痘浆，又赶紧穿上衣服，也很费一点时光。但等我一面扣衣，一面转脸去看时，我的青年军已经溜得一个也没有了。

自然，牛痘在我身上，也还是一粒也没有出。

但也不能就决定我对于牛痘已经决无感应，因为这校医和他的痘浆，实在令我有些怀疑。他虽是无政府主义者，博爱主义者，然而托他医病，却是不能十分稳当的。也是这一年，我在校里教书的时候，自己觉得发热了，请他诊察之后，他亲爱的说道：

"你是肋膜炎，快回去躺下，我给你送药来。"

我知道这病是一时难好的，于生计大有碍，便十分忧愁，连忙回去躺下了，等着药，到夜没有来，第二天又焦灼的等了一整天，仍无消息。夜里十时，他到我寓里来了，恭敬的行礼：

"对不起，对不起，我昨天把药忘记了，现在特地来赔罪的。"

"那不要紧。此刻吃罢。"

"阿呀呀！药，我可没有带了来……"

他走后，我独自躺着想，这样的医治法，肋膜炎是决不会好的。第二天的上午，我就坚决的跑到一个外国医院去，请医生详细诊察了一回，他终于断定我并非什么肋膜炎，不过是感冒。我这才放了心，回寓后不再躺下，因此也疑心到他的痘浆，可真是有效的痘浆，然而我和牛痘，可是那一回要算最后的关系了。

直到一九三二年一月中,我才又遇到了种痘的机会。那时我们从闸北火线上逃到英租界的一所旧洋房里,虽然楼梯和走廊上都挤满了人,因四近还是胡琴声和打牌声,真如由地狱上了天堂一样。过了几天,两位大人来查考了,他问明了我们的人数,写在一本簿子上,就昂然而去。我想,他是在造难民数目表,去报告上司的,现在大概早已告成,归在一个什么机关的档案里了罢。后来还来了一位公务人员,却是洋大人,他用了很流畅的普通语,劝我们从乡下逃来的人们,应该赶快种牛痘。

这样不化钱的种痘,原不妨伸出手去,占点便宜的,但我还睡在地板上,天气又冷,懒得起来,就加上几句说明,给了他拒绝。他略略一想,也就作罢了,还低了头看着地板,称赞我道:

"我相信你的话,我看你是有知识的。"

我也很高兴,因为我看我的名誉,在古今中外的医官的嘴上是都很好的。

但靠着做"难民"的机会,我也有了巡阅马路的工夫,在不意中,竟又看见万花筒了,听说还是某大公司的制造品。我的孩子是生后六个月就种痘的,像一个蚕蛹,用不着玩具的贿赂;现在大了一点,已有收受贡品的资格了,我就立刻买了去送他。然而很奇怪,我总觉得这一个远不及我的那一个,因为不但望进去总是昏昏沉沉,连花朵也毫不鲜明,而且总不见一个好模样。

我有时也会忽然想到儿童时代所吃的东西,好像非常有味,处境不同,后来永远吃不到了。但因为或一机会,居然能够吃到了的也有。然而奇怪的是味道并不如我所记忆的好,重逢之后,倒好像惊破了美丽的好梦,还不如永远的相思一般。我这时候就常常想,东西的味道是未必退步的,可是我老了,组织无不衰退,味蕾当然也不能例外,味觉的变钝,倒是我的失望的原因。

对于这万花筒的失望,我也就用了同样的解释。

幸而我的孩子也如我的脾气一样——但我希望他大起来会改

变——他要探检这奇境了。首先撕去外面的花纸，露出来的倒还是十九世纪一样的难看的纸版，待到挖去一端的玻璃，落下来的却已经不是通草条，而是五色玻璃的碎片。围成三角形的三块玻璃也改了样，后面并非摆锡，只不过涂着黑漆了。

这时我才明白我的自责是错误的。黑玻璃虽然也能返光，却远不及镜玻璃之强；通草是轻的，易于支架起来，构成巨大的花朵，现在改用玻璃片，就无论怎样加以动摇，也只能堆在角落里，像一撮沙砾了。这样的万花筒，又怎能悦目呢？

整整的五十年，从地球年龄来计算，真是微乎其微，然而从人类历史上说，却已经是半世纪，柔石丁玲他们，就活不到这么久。我幸而居然经历过了，我从这经历，知道了种痘的普及，似乎比十九世纪有些进步，然而万花筒的做法，却分明的大大的退步了。

六月三十日。

原载 1933 年 8 月 1 日《文学》月刊第 1 卷第 2 号。

初未收集。

七月

一日

日记　晴。午后协和及其长子来,因托内山君绍介其次子入福民医院。夜请须藤先生来为海婴诊,云是胃加答儿。

二日

日记　星期。昙。上午季市来。午后往福民医院视协和次子病。得『版芸術』(七月号)一本,六角。下午蕴如及三弟来。须藤先生来为海婴诊视。夜寄野草书屋信。

三日

日记　晴。上午得云章信。得天马书店信。下午得小峰信。

我谈"堕民"

六月二十九日的《自由谈》里,唐弢先生曾经讲到浙东的堕民,并且据《堕民猥谈》之说,以为是宋将焦光瓒的部属,因为降金,为时人所不齿,至明太祖,乃榜其门曰"丐户",此后他们遂在悲苦和被人轻蔑的环境下过着日子。

我生于绍兴,堕民是幼小时候所常见的人,也从父老的口头,听到过同样的他们所以成为堕民的缘起。但后来我怀疑了。因为我想,明太祖对于元朝,尚且不肯放肆,他是决不会来管隔一朝代的降金的宋将的;况且看他们的职业,分明还有"教坊"或"乐户"的余痕,所以他们的祖先,倒是明初的反抗洪武和永乐皇帝的忠臣义士也说不定。还有一层,是好人的子孙会吃苦,卖国者的子孙却未必变成堕民的,举出最近便的例子来,则岳飞的后裔还在杭州看守岳王坟,可是过着很穷苦悲惨的生活,然而秦桧,严嵩……的后人呢?……

不过我现在并不想翻这样的陈年账。我只要说,在绍兴的堕民,是一种已经解放了的奴才,这解放就在雍正年间罢,也说不定。所以他们是已经都有别的职业的了,自然是贱业。男人们是收旧货,卖鸡毛,捉青蛙,做戏;女的则每逢过年过节,到她所认为主人的家里去道喜,有庆吊事情就帮忙,在这里还留着奴才的皮毛,但事毕便走,而且有颇多的犒赏,就可见是曾经解放过的了。

每一家堕民所走的主人家是有一定的,不能随便走;婆婆死了,就使儿媳妇去,传给后代,恰如遗产的一般;必须非常贫穷,将走动的权利卖给了别人,这才和旧主人断绝了关系。假使你无端叫她不要来了,那就是等于给与她重大的侮辱。我还记得民国革命之后,我的母亲曾对一个堕民的女人说,"以后我们都一样了,你们可以不要来了。"不料她却勃然变色,愤愤的回答道:"你说的是什么话?……我们是千年万代,要走下去的!"

就是为了一点点犒赏,不但安于做奴才,而且还要做更广泛的奴才,还得出钱去买做奴才的权利,这是堕民以外的自由人所万想不到的罢。

七月三日。

原载 1933 年 7 月 6 日《申报·自由谈》。署名越客。
初收 1934 年 12 月上海兴中书局(联华)版《准风月谈》。

四日

日记 晴,风。上午同广平携海婴往须藤医院诊。午后复天马

书店信。寄《自由谈》稿二篇。下午买ヴァレリイ作『文学』一本，一元一角。得山本夫人信。

五日

日记　晴。上午寄《自由谈》稿二篇。午后得母亲信，一日发。得紫佩信，同日发。得王志之信。得罗清桢信并自作《木刻集》第一辑一本。下午北新书局送来《两地书》版税泉百二十五，即付印证千。晚伊君来邀至其寓夜饭，同席六人。得疑仌及文尹信并文稿一本。

序的解放

一个人做一部书，"藏之名山，传之其人"，是封建时代的事，早已过去了。现在是二十世纪过了三十三年，地方是上海的租界上，做买办立刻享荣华，当文学家怎不马上要名利，于是乎有术存焉。

那术，是自己先决定自己是文学家，并且有点儿遗产或津贴。接着就自开书店，自办杂志，自登文章，自做广告，自报消息，自想花样……然而不成，诗的解放，先已有人，词的解放，只好骗鸟，于是乎"序的解放"起矣。

夫序，原是古已有之，有别人做的，也有自己做的。但这未免太迂，不合于"新时代"的"文学家"的胃口。因为自序难于吹牛，而别人来做，也不见得定规拍马，那自然只好解放解放，即自己替别人来给自己的东西作序，术语曰"摘录来信"，真说得好像锦上添花。"好评一束"还须附在后头，代序却一开卷就看见一大番颂扬，仿佛名角一登场，满场就大喝一声采，何等有趣。倘是戏子，就得先买许多留声机，自己将"好"叫进去，待到上台时候，一面一齐开起来。

可是这样的玩意儿给人戳穿了又怎么办呢？也有术的。立刻装出"可怜"相，说自己既无党派，也不借主义，又没有帮口，"向来不敢狂妄"，毫没有"座谈"时候的摇头摆尾的得意忘形的气味儿了，倒好像别人乃是反动派，杀人放火主义，青帮红帮，来欺侮了这位文弱而有天才的公子哥儿似的。

更有效的是说，他的被攻击，实乃因为"能力薄弱，无法满足朋友们之要求"。我们倘不知道这位"文学家"的性别，就会疑心到有许多有党派或帮口的人们，向他屡次的借钱，或向她使劲的求婚或什么，"无法满足"，遂受了冤枉的报复的。

但我希望我的话仍然无损于"新时代"的"文学家"，也"摘"出一条"好评"来，作为"代跋"罢：

"'藏之名山，传之其人'，早已过去了。二十世纪，有术存焉，词的解放，解放解放，锦上添花，何等有趣？可是别人乃是反动派，来欺侮这位文弱而有天才的公子，实乃因为'能力薄弱，无法满足朋友们的要求'，遂受了冤枉的报复的，无损于'新时代'的'文学家'也。"

七月五日。

原载 1933 年 7 月 7 日《申报·自由谈》。署名桃椎。

初收 1934 年 12 月上海兴中书局（联华）版《准风月谈》。

六日

日记 晴。午后收《自由谈》稿费四十二元。

致 罗清桢

清桢先生：

蒙赐函并惠木刻画集，感谢之至。

224

倘许有所妄评,则愚意以为《挤兑》与《起卸工人》为最好。但亦有缺点:前者不能确然显出银行,后者的墙根之草与天上之云,皆与全幅不称。最失败的可要算《淞江公园》池中的波纹了。

中国提倡木刻无几时,又没有参考品可看,真是令学习者为难,近与文学社商量,希其每期印现代木刻六幅,但尚未得答复也。

专此布复,并颂

时绥。

鲁迅　启上　七月六夜

七日

日记　小雨。上午复罗清桢信。午后晴,风。为《文学》作社谈二篇。下午得诗荃信。得烈文信。得天马书店信并版税支票二百。邹韬奋寄赠《革命文豪高尔基》一本。夜蕴如及三弟来。

辩"文人无行"

看今年的文字,已将文人的喜欢舐自己的嘴唇以至造谣卖友的行为,都包括在"文人无行"这一句成语里了。但向来的习惯,函义是没有这么广泛的,搔发舐唇(但自然须是自己的唇),还不至于算在"文人无行"之中,造谣卖友,却已出于"文人无行"之外,因为这已经是卑劣阴险,近于古人之所谓"人头畜鸣"了。但这句成语,现在是不合用的,科学早经证明,人类以外的动物,倒并不这样子。

轻薄,浮躁,酗酒,嫖妓而至于闹事,偷香而至于害人,这是古来之所谓"文人无行"。然而那无行的文人,是自己要负责任的,所食的果子,是"一生潦倒"。他不会说自己的嫖妓,是因为爱国心切,借此消遣些被人所压的雄心；引诱女人之后，闹出乱子来了，也不说这是女人先来诱他的，因为她本来是婊子。他们的最了不得的辩解，不过要求对于文人，应该特别宽恕罢了。

现在的所谓文人，却没有这么没出息。时代前进，人们也聪明起来了。倘使他做过编辑，则一受别人指摘，他就会说这指摘者先前曾来投稿，不给登载，现在在报私仇；其甚者还至于明明暗暗，指示出这人是什么党派，什么帮口，要他的性命。

这种卑劣阴险的来源，其实却并不在"文人无行"，而还在于"文人无文"。近十年来，文学家的头衔，已成为名利双收的支票了，好名渔利之徒，就也有些要从这里下手。而且确也很有几个成功：开店铺者有之，造洋房者有之。不过手淫小说易于痨伤，"管他娘"词也难以发达，那就只好运用策略，施行诡计，陷害了敌人或者连并无干系的人，来提高他自己的"文学上的价值"。连年的水灾又给与了他们教训，他们以为只要决堤淹灭了五谷，草根树皮的价值就会飞涨起来了。

现在的市场上，实在也已经出现着这样的东西。

将这样的"作家"，归入"文人无行"一类里，是受了骗的。他们不过是在"文人"这一面旗子的掩护之下，建立着害人肥己的事业的一群"商人与贼"的混血儿而已。

原载 1933 年 8 月 1 日《文学》月刊第 1 卷第 2 号。

初未收集。

大家降一级试试看

《文学》第一期的《〈图书评论〉所评文学书部分的清算》，是很有趣味，很有意义的一篇账。这《图书评论》不但是"我们唯一的批评杂志",也是我们的教授和学者们所组成的唯一的联军。然而文学部分中,关于译注本的批评却占了大半,这除掉那《清算》里所指出的各种之外,实在也还有一个切要的原因,就是在我们学术界文艺界作工的人员,大抵都比他的实力凭空跳高一级。

校对员一面要通晓排版的格式,一面要多认识字,然而看现在的出版物,"己"与"已","戮"与"戳","刺"与"刺",在很多的眼睛里是没有区别的。版式原是排字工人的事情,因为他不管,就压在校对员的肩膀上,如果他再不管,那就成为和大家不相干。作文的人首先也要认识字,但在文章上,往往以"战慄"为"战慓",以"已竟"为"已经";"非常顽艳"是因妒杀人的情形;"年已鼎盛"的意思,是说这人已有六十多岁了。至于译注的书,那自然,不是"硬译",就是误译,为了训斥与指正,竟占去了九本《图书评论》中文学部分的书数的一半,就是一个不可动摇的证明。

这些错误的书的出现,当然大抵是因为看准了社会上的需要,匆匆的来投机,但一面也实在为了胜任的人,不肯自贬声价,来做这用力多而获利少的工作的缘故。否则,这些译注者是只配埋首大学,去谨听教授们的指示的。只因为能够不至于误译的人们洁身远去,出版界上空荡荡了,遂使小兵也来挂着帅印,辱没了翻译的天下。

但是,胜任的译注家那里去了呢?那不消说,他也跳了一级,做了教授,成为学者了。"世无英雄,遂使竖子成名",于是只配做学生的胚子,就乘着空虚,托庇变了译注者。而事同一律,只配做个译注者的胚子,却踞着高座,昂然说法了。杜威教授有他的实验主义,白璧德教授有他的人文主义,从他们那里零零碎碎贩运一点回来的就变了中国的呵斥八极的学者,不也是一个不可动摇的证明么?

要澄清中国的翻译界,最好是大家都降下一级去,虽然那时候是否真是都能胜任愉快,也还是一个没有把握的问题。

七月七日。

原载 1933 年 8 月 15 日《申报月刊》第 2 卷第 8 号。署名洛文。

初收 1934 年 3 月上海同文书店版《南腔北调集》。

八日

日记 晴。上午复紫佩信。复天马书店信。午后同广平携海婴往福民医院访协和次男，假以零用泉五十。下午至内山书店，得『ヴァン・ゴホ大画集』(2)一本，五元五角。假野草书屋泉六十。得小峰信并《杂感选集》二十本，版税百，即付以印证千。得陈此生信，至夜复之。复黎烈文信附稿一篇。钦文自蜀中来。

别一个窃火者

火的来源，希腊人以为是普洛美修斯从天上偷来的，因此触了大神宙斯之怒，将他锁在高山上，命一只大鹰天天来啄他的肉。

非洲的土人瓦仰安提族也已经用火，但并不是由希腊人传授给他们的。他们另有一个窃火者。

这窃火者，人们不能知道他的姓名，或者早被忘却了。他从天上偷了火来，传给瓦仰安提族的祖先，因此触了大神大拉斯之怒，这一段，是和希腊古传相像的。但大拉斯的办法却两样了，并不是锁他在山巅，却秘密的将他锁在暗黑的地窖子里，不给一个人知道。派来的也不是大鹰，而是蚊子，跳蚤，臭虫，一面吸他的血，一面使他皮肤肿起来。这时还有蝇子们，是最善于寻觅创伤的脚色，嗡嗡的叫，拼命的吸吮，一面又拉许多蝇粪在他的皮肤上，来证明他是怎样地一个不干净的东西。

然而瓦仰安提族的人们，并不知道这一个故事。他们单知道火乃酋长的祖先所发明,给酋长作烧死异端和烧掉房屋之用的。

幸而现在交通发达了,非洲的蝇子也有些飞到中国来,我从它们的嗡嗡营营声中,听出了这一点点。

七月八日。

原载 1933 年 7 月 9 日《申报·自由谈》。署名丁萌。

初收 1934 年 12 月上海兴中书局(联华)版《准风月谈》。

致 黎烈文

烈文先生:

惠函收到。向来不看《时事新报》,今晨才去搜得一看,又见有汤增敭启事,亦在攻击曾某,此辈之中,似有一小风波,连崔万秋在内,但非局外人所知耳。

我与中国新文人相周旋者十余年,颇觉得以古怪者为多,而漂聚于上海者,实尤为古怪,造谣生事,害人卖友,几乎视若当然,而最可怕的是动辄要你生命。但倘遇此辈,第一切戒愤怒,不必与之针锋相对,只须付之一笑,徐徐扑之。吾乡之下劣无赖,与人打架,好用粪帚,足令勇士却步,张公资平之战法,实亦此类也,看《自由谈》所发表的几篇批评,皆太忠厚。

附奉文一篇,可用否希酌夺。不久尚当作一篇,因张公启事中之"我是坐不改名,行不改姓的人,纵令有时用其他笔名,但所发表文字,均自负责"数语,亦尚有文章可做也。

此复,即颂

著祺。

家干　顿首　七月八日

九日

日记　星期。晴，风而热。下午协和来。夜浴。

十日

日记　晴，热。午后大雷雨一陈。下午收良友图书公司版税二百四十元，分付文尹，靖华各卅。以《选集》编辑费二百付疑冰。

十一日

日记　晴，热。上午得母亲信，四日发。得增田君信，六日发。得罗清桢信。得曹聚仁信。得合众书店信，夜复。复曹聚仁信。与广平携海婴往内山书店，并买『アジアの生产方式に就いて』一本，二元二角。

致 曹聚仁

聚仁先生：

继杨杏佛而该死之榜，的确有之，但弄笔之徒，列名其上者实不过六七人，而竟至于天下骚然，鸡飞狗走者内智识阶级之怕死者半，盖怕死亦一种智识耳，孔子所谓知命者不立于岩墙之下也。而若干文虻（古本作氓），趁势造谣，各处恫吓者亦半。一声失火，大家乱窜，塞住大门，踏死数十，古已有之，今一人也不踏死，则知识阶级之故也。是大可夸，丑云乎哉？

《涛声》至今尚存，实在令人觉得古怪，我以为当是文简而旨隐，未能为大家所解，因而侦探们亦不甚解之故，八月大寿，当本此旨作一点祝辞。

近来只写点杂感，亦不过所谓陈言，但均早被书店约去，此外之欠债尚多，以致无可想法，只能俟之异日耳。

　　此复，并颂

时绥。

鲁迅　启上　七月十一日

致母亲

　　母亲大人膝下敬禀者，七月四日的信，已经收到，前一信也收到了。
家中既可没有问题，甚好，其实以现在生活之艰难，家中历来之
生活法，也还要算是中上，倘还不能相谅，大惊小怪，那真是使
人为难了。现既特雇一人，专门伏待［侍］，就这样试试再看罢。
男一切如常，但因平日多讲话，毫不客气，所以怀恨者颇多，现在
不大走出外面去，只在寓里看看书，但也仍做文章，因为这是吃
饭所必需，无法停止也，然而因此又会遇到危险，真是无法可
想。害马虽忙，但平安如常，可释远念。海婴是更加长大了，下
巴已出在桌面之上，因为搬了房子，常在明堂里游戏，或到田野
间去，所以身体也比先前好些。能讲之话很多，虽然有时要撒
野，但也能听大人的话。许多人都说他太聪明，还欠木一点，男
想这大约因为常与大人在一起，没有小朋友之故，耳濡目染，知
道的事就多起来，所以一到秋凉，想送他到幼稚园去了。上海
近数日大热，屋内亦有九十度，不过数日之后，恐怕还要凉的。
　　专此布达，恭请

金安。

男树　叩上　七月十一日
广平及海婴同叩

致 山本初枝

　拝啓　御手紙いただきました。上海では暑くなり室内でも寒暖計九十度以上にのぼりましたけれども私共は元気です、子供も元気でさわいで居ます。正路君も暑休で大にいたづらをして居りましょう。日本は景色が美しくて何時も時々思ひ出しますけれども中々行けない様です。若し私が参りましたら上陸させないかも知りません。其上、私は今には支那を去る事が出来ません。暗殺で人を驚かせる事が出来るとますます暗殺者を増長します。彼等も私は青島へ逃げて仕舞ったとの謠言を拵らへて居ます。けれども私は上海に居なければなりません、そうして悪口を書きます。そうして印刷します。仕舞には遂にどちが滅亡するかを試験して見ましょう。併し用心はして居ます、内山書店にも滅多に行かない様になりました。暗殺者は家の中には這いって来ないでしょう、安心して下さい。此頃増田君から手紙をもらひました、自分で書いた庭と書斎と子供の絵と一所に。漫談はしないが漫読をして居ると云ふので頗る呑気に暮して居る様です。其絵を見ると増田君の故郷の景色も非常に美しいと思ひます。今は望む本は未有りません、有ったら頼み申します。今度の住居は大変よいです。前に空地があるでしょう、雨が降ると蛙が盛に鳴きます、丁度いなかに居る様です、そうして犬も吠えて居ます、今はもう夜中二時です。　　草々頓首

　　　　　　　　　　　　　　　魯迅 上　七月十一日
山本夫人几下

致 増田渉

　七月四日の手紙いただきました。上海の寒暖計は室内七十度、

室外七十七八度です。大作の絵は先に下さった南画(?)より余程
上手だと思ひます、御宅は実に善い風景な処に在るので何してそ
んなに上海へ行きたがってるのでしょう。

　木の実君の画像を見れば一昨年にいたゞいた写真より、ずっと美
しくなりましたと思ひます。

　併し其の「支那の兄さん」たる海嬰奴はいたづらで泣きはしな
いがさわぎます、幸に家にそー居ないから有難い事、写真をば内
山老板にたのんで出しました、昨年九月にうつしたもので丸三歳
の時のもの、併し一番新らしい写真です、其後は未取りません、其
の写真と一所に本二冊送りました、つまらないもので金を拵らへ
る為めに出版したのです。又『支那論壇』一冊、其中に丁玲の事が
書いて有ります。

　丁修人、丁休人も間違ひ、実は應修人と云ふのです。此の人、十
年前杭州の湖畔詩社と云ふ文学集団の一員、詩人で曾て「丁九」と
云ふ筆名を使た事有り、「丁九」と称するのは書き易い為めです。

　私達は皆な元気です、が、内山書店にはあまり行きません。漫
談の出来ないのは、残念だけれども、「ピストル」のたまがあたまの
中に這入るともう一層残念だから。私は大抵家に居て悪口を書
いて居ります。　草々頓首

迅　上　七月十一日

増田兄テーブル下
　御両親様、令夫人様、令嬢様にもよろしく

　十二日

　　日记　　晴，热。上午寄母亲信。寄山本夫人信。寄增田君信并
海婴照相一张,《两地书》及《杂感选集》各一本。夜蕴如及三弟携蕖
官来。费慎祥来并赠惠山泥制玩具九枚。

智识过剩

世界因为生产过剩，所以闹经济恐慌。虽然同时有三千万以上的工人挨饿，但是粮食过剩仍旧是"客观现实"，否则美国不会赊借麦粉给我们，我们也不会"丰收成灾"。

然而智识也会过剩的，智识过剩，恐慌就更大了。据说中国现行教育在乡间提倡愈甚，则农村之破产愈速。这大概是智识的丰收成灾了。美国因为棉花贱，所以在铲棉田了。中国却应当铲智识。这是西洋传来的妙法。

西洋人是能干的。五六年前，德国就嚷着大学生太多了，一些政治家和教育家，大声疾呼的劝告青年不要进大学。现在德国是不但劝告，而且实行铲除智识了：例如放火烧毁一些书籍，叫作家把自己的文稿吞进肚子去，还有，就是把一群群的大学生关在营房里做苦工，这叫做"解决失业问题"。中国不是也嚷着文法科的大学生过剩吗？其实何止文法科。就是中学生也太多了。要用"严厉的"会考制度，像铁扫帚似的——刷，刷，刷，把大多数的智识青年刷回"民间"去。

智识过剩何以会闹恐慌？中国不是百分之八九十的人还不识字吗？然而智识过剩始终是"客观现实"，而由此而来的恐慌，也是"客观现实"。智识太多了，不是心活，就是心软。心活就会胡思乱想，心软就不肯下辣手。结果，不是自己不镇静，就是妨害别人的镇静。于是灾祸就来了。所以智识非铲除不可。

然而单是铲除还是不够的。必须予以适合实用之教育，第一，是命理学——要乐天知命，命虽然苦，但还是应当乐。第二，是识相学——要"识相点"，知道点近代武器的利害。至少，这两种适合实

234

用的学问是要赶快提倡的。提倡的方法很简单：——古代一个哲学家反驳唯心论，他说，你要是怀疑这碗麦饭的物质是否存在，那最好请你吃下去，看饱不饱。现在譬如说罢，要叫人懂得电学，最好是使他触电，看痛不痛；要叫人知道飞机等类的效用，最好是在他头上驾起飞机，掷下炸弹，看死不死……

有了这样的实用教育，智识就不过剩了。亚门！

七月十二日。

原载 1933 年 7 月 16 日《申报·自由谈》。署名虞明。

初收 1934 年 12 月上海兴中书局（联华）版《准风月谈》。

沙

近来的读书人，常常叹中国人好像一盘散沙，无法可想，将倒楣的责任，归之于大家。其实这是冤枉了大部分中国人的。小民虽然不学，见事也许不明，但知道关于本身利害时，何尝不会团结。先前有跪香，民变，造反；现在也还有请愿之类。他们的像沙，是被统治者"治"成功的，用文言来说，就是"治绩"。

那么，中国就没有沙么？有是有的，但并非小民，而是大小统治者。

人们又常常说："升官发财"。其实这两件事是不并列的，其所以要升官，只因为要发财，升官不过一种发财的门径。所以官僚虽然依靠朝廷，却并不忠于朝廷，吏役虽然依靠衙署，却并不爱护衙署，头领下一个清廉的命令，小喽罗是决不听的，对付的方法有"蒙蔽"。他们都是自私自利的沙，可以肥己时就肥己，而且每一粒都是皇帝，可以称尊处就称尊。有些人译俄皇为"沙皇"，移赠此辈，倒是

235

极确切的尊号。财何从来？是从小民身上刮下来的。小民倘能团结，发财就烦难，那么，当然应该想尽方法，使他们变成散沙才好。以沙皇治小民，于是全中国就成为"一盘散沙"了。

然而沙漠以外，还有团结的人们在，他们"如入无人之境"的走进来了。

这就是沙漠上的大事变。当这时候，古人曾有两句极切贴的比喻，叫作"君子为猿鹤，小人为虫沙"。那些君子们，不是像白鹤的腾空，就如猢狲的上树，"树倒猢狲散"，另外还有树，他们决不会吃苦。剩在地下的，便是小民的蝼蚁和泥沙，要践踏杀戮都可以，他们对沙皇尚且不敌，怎能敌得过沙皇的胜者呢？

然而当这时候，偏又有人摇笔鼓舌，向着小民提出严重的质问道："国民将何以自处"呢，"问国民将何以善其后"呢？忽然记得了"国民"，别的什么都不说，只又要他们来填亏空，不是等于向着缚了手脚的人，要求他去捕盗么？

但这正是沙皇治绩的后盾，是猿鸣鹤唳的尾声，称尊肥己之余，必然到来的末一着。

七月十二日。

原载 1933 年 8 月 15 日《申报月刊》第 2 卷第 8 号。署名洛文。

初收 1934 年 3 月上海同文书店版《南腔北调集》。

十三日

日记　晴，热。镰田诚一君于明日回国，下午来别。程鼎兴君赠鲜波罗二枚，又罐装二个。晚蕴如及三弟来。得申报月刊社信，即付稿二。得钦文信。得洪荒月刊社信。得黎烈文信二，夜复。

十四日

日记 晴，热。上午得诗荃信并《尼采自传》译稿一本。下午寄黎烈文信并稿。

致 黎烈文

烈文先生：

昨得大札后，匆复一笺，谅已达。《大晚报》与我有夙仇，且勿论，最不该的是我的稿件不能在《自由谈》上发表时，他们欣欣然大加以嘲笑。后来，一面登载柳丝（即杨邨人）之《新儒林外史》，一面崔万秋君又给我信，谓如有辨驳，亦可登载。虽意在振兴《火炬》，情亦可原，但亦未免太视人为低能儿，此次亦同一手段，故仍不欲与其发生关系也。

曾大少真太脆弱，而启事尤可笑，谓文坛污秽，所以退出，简直与《伊索寓言》所记，狐吃不到葡萄，乃诋之为酸同一方法。但恐怕他仍要回来的，中国人健忘，半年六月之后，就依然一个纯正的文学家了。至于张公，则伎俩高出万倍，即使加以猛烈之攻击，也决不会倒，他方法甚多，变化如意，近四年中，忽而普罗，忽而民主，忽而民族，尚在人记忆中，然此反复，于彼何损。文章的战斗，大家用笔，始有胜负可分，倘一面另用阴谋，即不成为战斗，而况专持粪帚乎？然此公实已道尽途穷，此后非带些吧儿与无赖气息，殊不足以再有刊物上（刊物上耳，非文学上也）的生命。

做编辑一定是受气的，但为"赌气"计，且为于读者有所贡献计，只得忍受。略为平和，本亦一法，然而仍不免攻击，因为攻击之来，与内容其实是无甚关系的。新文人大抵有"天才"气，故脾气甚大，北京上海皆然，但上海者又加以贪滑，认真编辑，必苦于应付，我在北京见一编辑，亦新文人，积稿盈几，未尝一看，骂信蝟集，亦不为奇，久而久之，投稿者无法可想，遂皆大败，怨恨之极，但有时寄一信，内画生殖器，上题此公之名而已。此种战法，虽皆神奇，但我辈恐不能学也。

　　附上稿一篇，可用与否，仍希

裁夺。专此，顺请

暑安。

干　顿首　七月十四日

十五日

　　日记　晴，热。午后大雷雨一陈即霁。往内山书店买『星座神話』，『仏蘭西新作家集』各一本，『史的唯物論』一部三本，共泉七元四角。下午得小峰信并版税二百，又赠海婴童话二本。夜浴。

十六日

　　日记　星期。晴，热。午后协和来。下午蕴如及三弟来。

十七日

　　日记　晴，风而热。上午得烈文信并退回稿一篇。下午收《申报月刊》稿费十一元。

十八日

　　日记　晴，热。上午得罗〔清〕桢信并木刻五幅。得赵竹天信并《新诗歌作法》及期刊等一包。下午内山书店送来『古明器泥像図鑑』（六辑）一帖，书三本，期刊三本，共泉十七元九角。得靖华信并译稿一篇，六月十五日发。得易之信。晚得施蛰存信附程靖宇函。

致 罗清桢

清桢先生：

先后两信均收到，后函内并有木刻五幅，谢谢。

高徒的作品，是很有希望的，《晚归》为上，《归途》次之，虽然各有缺点（如负柴人无力而柴束太小，及后一幅按远近比例，屋亦过小，树又太板等），而都很活泼。《挑担者》亦尚佳，惜扁担不弯，下角太黑。《军官的伴侣》中，三人均只见一足，不知何意？《五一纪念》却是失败之作，大约此种繁复图像，尚非初学之力所能及，而颜面软弱，拳头过太〔大〕，尤为非宜，此种画法，只能用为象征，偶一驱使，而倘一不慎，即容易令人发生畸形之感，非有大本领，不可轻作也。

我以为少年学木刻，题材应听其十分自由选择，风景静物，虫鱼，即一花一叶均可，观察多，手法熟，然后渐作大幅。不可开手即好大喜功，必欲作品中含有深意，于观者发生效力。倘如此，即有勉强制作，画不达意，徒存轮廓，而无力量之弊，结果必会与希望相反的。

专此布复，并颂

时绥。

鲁迅　启　七月十八夜。

致 施蛰存

蛰存先生：

十日惠函，今日始收到。

近日大热，所住又多蚊，几乎不能安坐一刻，笔债又积欠不少，因此本月内恐不能投稿，下月稍凉，当呈教也。

此复并请

著安。

迅　启上　七月十八夜。

十九日

　　日记　晴。上午复罗清桢信。复施蛰存信。复程靖宇信。夜浴。

《伪自由书》前记

　　这一本小书里的,是从本年一月底起至五月中旬为止的寄给《申报》上的《自由谈》的杂感。

　　我到上海以后,日报是看的,却从来没有投过稿,也没有想到过,并且也没有注意过日报的文艺栏,所以也不知道《申报》在什么时候开始有了《自由谈》,《自由谈》里是怎样的文字。大约是去年的年底罢,偶然遇见郁达夫先生,他告诉我说,《自由谈》的编辑新换了黎烈文先生了,但他才从法国回来,人地生疏,怕一时集不起稿子,要我去投几回稿。我就漫应之曰:那是可以的。

　　对于达夫先生的嘱咐,我是常常"漫应之曰:那是可以的"的。直白的说罢,我一向很回避创造社里的人物。这也不只因为历来特别的攻击我,甚而至于施行人身攻击的缘故,大半倒在他们的一副"创造"脸。虽然他们之中,后来有的化为隐士,有的化为富翁,有的化为实践的革命者,有的也化为奸细,而在"创造"这一面大纛之下的时候,却总是神气十足,好像连出汗打嚏,也全是"创造"似的。我和达夫先生见面得最早,脸上也看不出那么一种创造气,所以相遇之际,就随便谈谈;对于文学的意见,我们恐怕是不能一致的罢,然而所谈的大抵是空话。但这样的就熟识了，我有时要求他写一篇文章，他一定如约寄来，则他希望我做一点东西，我当然应该漫应曰可以。但应而至于"漫"，我已经懒散得多了。

但从此我就看看《自由谈》，不过仍然没有投稿。不久，听到了一个传闻，说《自由谈》的编辑者为了忙于事务，连他夫人的临蓐也不暇照管，送在医院里，她独自死掉了。几天之后，我偶然在《自由谈》里看见一篇文章，其中说的是每日使婴儿看看遗照，给他知道曾有这样一个孕育了他的母亲。我立刻省悟了这就是黎烈文先生的作品，拿起笔，想做一篇反对的文章，因为我向来的意见，是以为倘有慈母，或是幸福，然若生而失母，却也并非完全的不幸，他也许倒成为更加勇猛，更无挂碍的男儿的。但是也没有竟做，改为给《自由谈》的投稿了，这就是这本书里的第一篇《崇实》；又因为我旧日的笔名有时不能通用，便改题了"何家干"，有时也用"干"或"丁萌"。

这些短评，有的由于个人的感触，有的则出于时事的刺戟，但意思都极平常，说话也往往很晦涩，我知道《自由谈》并非同人杂志，"自由"更当然不过是一句反话，我决不想在这上面去驰骋的。我之所以投稿，一是为了朋友的交情，一则在给寂寞者以呐喊，也还是由于自己的老脾气。然而我的坏处，是在论时事不留面子，砭锢弊常取类型，而后者尤与时宜不合。盖写类型者，于坏处，恰如病理学上的图，假如是疮疽，则这图便是一切某疮某疽的标本，或和某甲的疮有些相像，或和某乙的疽有点相同。而见者不察，以为所画的只是他某甲的疮，无端侮辱，于是就必欲制你画者的死命了。例如我先前的论叭儿狗，原也泛无实指，都是自觉其有叭儿性的人们自来承认的。这要制死命的方法，是不论文章的是非，而先问作者是那一个；也就是别的不管，只要向作者施行人身攻击了。自然，其中也并不全是含愤的病人，有的倒是代打不平的侠客。总之，这种战术，是陈源教授的"鲁迅即教育部金事周树人"开其端，事隔十年，大家早经忘却了，这回是王平陵先生告发于前，周木斋先生揭露于后，都是做着关于作者本身的文章,或则牵连而至于左翼文学者。此外为我所看见的还有好几篇,也都附在我的本文之后,以见上海有些所谓文学家的笔战,是怎样的东西,和我的短评本身,有什么关系。但另有几篇,是因为我的感想由此而起,特地并存以便读者的参考的。

我的投稿,平均每月八九篇,但到五月初,竟接连的不能发表了,我想,这是因为其时讳言时事而我的文字却常不免涉及时事的缘故。这禁止的是官方检查员,还是报馆总编辑呢,我不知道,也无须知道。现在便将那些都归在这一本里,其实是我所指摘,现在都已由事实来证明的了,我那时不过说得略早几天而已。是为序。

一九三三年七月十九夜,于上海寓庐,鲁迅记。

未另发表。
初收 1933 年 10 月上海青光书局(北新)版《伪自由书》。

官话而已

这位王平陵先生我不知道是真名还是笔名?但看他投稿的地方,立论的腔调,就明白是属于"官方"的。一提起笔,就向上司下属,控告了两个人,真是十足的官家派势。

说话弯曲不得,也是十足的官话。植物被压在石头底下,只好弯曲的生长,这时俨然自傲的是石头。什么"听说",什么"如果",说得好不自在。听了谁说?如果不"如果"呢?"对苏联当局摇尾求媚的献词"是那些篇,"倦舞意懒,乘着雪亮的汽车,奔赴预定的香巢"的"所谓革命作家"是那些人呀?是的,曾经有人当开学之际,命大学生全体起立,向着鲍罗廷一鞠躬,拜得他莫名其妙;也曾经有人做过《孙中山与列宁》,说得他们俩真好像没有什么两样;至于聚敛享乐的人们之多,更是社会上大家周知的事实,但可惜那都并不是我们。平陵先生的"听说"和"如果",都成了无的放矢,含血喷人了。

于是乎还要说到"文化的本身"上。试想就是几个弄弄笔墨的青年,就要遇到监禁,枪毙,失踪的灾殃,我做了六篇"不到五百字"的短评,便立刻招来了"听说"和"如果"的官话,叫作"先生们",大有一网打尽之概。则做"基本的工夫"者,现在舍官许的"第三种人"和"民族主义文艺者"之外还能靠谁呢?"唉!"

然而他们是做不出来的。现在只有我的"装腔作势,吞吞吐吐"的文章,倒正是这社会的产物。而平陵先生又责为"不革命",好像他乃是真正老牌革命党,这可真是奇怪了。——但真正老牌的官话也正是这样的。

七月十九日。

未另发表。

初收 1933 年 10 月上海青光书局(北新)版《伪自由书》。

署名家干。

编按:本篇系为《不通两种》备考文所作按语。

这叫作愈出愈奇

斯德丁实在不可以代表整个的日耳曼的,北方也实在不可以代表全中国。然而北方的孩子不能用辣椒止哭,却是事实,也实在没有法子想。

吸鸦片的父母生育出来的婴孩,也有烟瘾,是的确的。然而嗜辣椒的父母生育出来的婴孩,却没有辣椒瘾,和嗜醋者的孩子,没有醋瘾相同。这也是事实,无论谁都没有法子想。

凡事实,靠发少爷脾气是还是改不过来的。格里莱阿说地球在回旋,教徒要烧死他,他怕死,将主张取消了。但地球仍然在回旋。

为什么呢？就因为地球是实在在回旋的缘故。

所以，即使我不反对，倘将辣椒塞在哭着的北方（！）孩子的嘴里，他不但不止，还要哭得更加厉害的。

七月十九日。

未另发表。

初收1933年10月上海青光书局（北新）版《伪自由书》。

署名家干。

编按：本篇系为《止哭文学》备考文所作按语。

两误一不同

这位木斋先生对我有两种误解，和我的意见有一点不同。

第一是关于"文"的界说。我的这篇杂感，是由《大晚报》副刊上的《恶癖》而来的，而那篇中所举的文人，都是小说作者。这事木斋先生明明知道，现在混而言之者，大约因为作文要紧，顾不及这些了罢，《第四种人》这题目，也实在时新得很。

第二是要我下"罪己诏"。我现在作一个无聊的声明：何家干诚然就是鲁迅，但并没有做皇帝。不过好在这样误解的人们也并不多。

意见不同之点，是：凡有所指责时，木斋先生以自己包括在内为"风凉话"；我以自己不包括在内为"风凉话"，如身居上海，而责北平的学生应该赴难，至少是不逃难之类。

但由这一篇文章，我可实在得了很大的益处。就是：凡有指摘社会全体的症结的文字，论者往往谓之"骂人"。先前我是很以为奇的。至今才知道一部分人们的意见，是认为这类文章，决不含自己在内，因为如果兼包自己，是应该自下罪己诏的，现在没有诏书而有攻击,足见所指责的全是别人了,于是乎谓之"骂"。且从而群起而骂之,使其人背着一切所指摘的症结,沉入深渊,而天下于是乎太平。

七月十九日。

未另发表。

初收 1933 年 10 月上海青光书局(北新)版《伪自由书》。

署名家干。

编按:本篇系为《文人无文》备考文所作按语。

案　语

以上两篇,是一星期之内,登在《大晚报》附刊《火炬》上的文章,为了我的那篇《"以夷制夷"》而发的,揭开了"以华制华"的黑幕,他们竟有如此的深恶痛嫉,莫非真是太伤了此辈的心么?

但是,不尽然的。大半倒因为我引以为例的《××报》其实是《大晚报》,所以使他们有这样的跳踉和摇摆。然而无论怎样的跳踉和摇摆,所引的记事具在,旧的《大晚报》也具在,终究挣不脱这一个本已扣得紧紧的笼头。

此外也无须多话了,只要转载了这两篇,就已经由他们自己十足的说明了《火炬》的光明,露出了他们真实的嘴脸。

七月十九日。

未另发表。

初收 1933 年 10 月上海青光书局(北新)版《伪自由书》。

署名家干。

编按:本篇系为《"以夷治夷"》备考文所作按语。

《保留》后记

这一篇和以后的三篇,都没有能够登出。

七月十九日。

未另发表。

初收 1933 年 10 月上海青光书局(北新)版《伪自由书》。

编按:"以后的三篇"指《再谈保留》、《"有名无实"的反驳》、《不求甚解》。

二十日

日记 晴。上午得诗荃信。夜编《伪自由书》讫。

诗和预言

预言总是诗,而诗人大半是预言家。然而预言不过诗而已,诗却往往比预言还灵。

例如辛亥革命的时候,忽然发现了:

"手执钢刀九十九,杀尽胡儿方罢手。"

这几句《推背图》里的预言,就不过是"诗"罢了。那时候,何尝只有九十九把钢刀?还是洋枪大炮来得厉害:该着洋枪大炮的后来毕竟占了上风,而只有钢刀的却吃了大亏。况且当时的"胡儿",不但并未"杀尽",而且还受了优待,以至于现在还有"伪"溥仪出风头的日子。所以当做预言看,这几句歌诀其实并没有应验。——死板的照着这类预言去干,往往要碰壁,好比前些时候,有人特别打了九十九把钢刀,去送给前线的战士,结果,只不过在古北口等处流流血,给人证明国难的不可抗性。——倒不如把这种预言歌诀当做"诗"看,还可以"以意逆志,自谓得之"。

至于诗里面,却的确有着极深刻的预言。我们要找预言,与其读《推背图》,不如读诗人的诗集。也许这个年头又是应当发现什么的时候了罢,居然找着了这么几句:

"此辈封狼从瘐狗,生平猎人如猎兽,

万人一怒不可回,会看太白悬其首。"

汪精卫著《双照楼诗词稿》:译嚣俄之《共和二年之战士》

这怎么叫人不"拍案叫绝"呢?这里"封狼从瘐狗",自己明明是畜生,却偏偏把人当做畜生看待:畜生打猎,而人反而被猎!"万人"的愤怒的确是不可挽回的了。嚣俄这诗,是说的一七九三年(法国第一共和二年)的帝制党,他没有料到一百四十年之后还会有这样的应验。

汪先生译这几首诗的时候,不见得会想到二三十年之后中国已经是白话的世界。现在,懂得这种文言诗的人越发少了,这很可惜。然而预言的妙处,正在似懂非懂之间,叫人在事情完全应验之后,方才"恍然大悟"。这所谓"天机不可泄漏也"。

七月二十日。

原载 1933 年 7 月 23 日《申报·自由谈》。署名虞明。

初收 1934 年 12 月上海兴中书局(联华)版《准风月谈》。

二十一日

日记　昙。午后为森本清八君写诗一幅,云:"秦女端容弄玉筝,梁尘踊跃夜风轻。须臾响急冰弦绝,独见奔星劲有声。"又一幅云："明眸越女罢晨装，荇水荷风是旧乡。唱尽新词欢不见，旱云如火扑晴江。"又一幅录顾恺之诗。下午雨。

赠　人

明眸越女罢晨装，荇水荷风是旧乡。
唱尽新词欢不见，旱云如火扑晴江。

其　二

秦女端容理玉筝，梁尘踊跃夜风轻。
须臾响急冰弦绝，但见奔星劲有声。

七月

未另发表。
初收 1935 年 5 月上海群众图书公司版《集外集》。

二十二日

日记　昙，风。晚蕴如及三弟来。永言来。得黎烈文信，夜复，附稿一篇。

致 黎烈文

烈文先生：

晨寄一稿，想已达；下午得廿一日信，谨悉种种。

248

关于《自由谈》近日所论之二事，我并无意见可陈。但以为此二问题，范围太狭，恐非一般读者所欲快睹，尤其是剪窃问题，往复二次，是非已经了然，再为此辈浪费纸墨，殊无谓也。此后文章，似宜择不太专门者，而且论题常有变化为妙。

我意刊物不宜办。一是稿件，大约开初是不困难的，但后必渐少，投稿又常常不能用，其时编辑者就如推重车上峻坂，前进难，放手亦难，昔者屡受此苦，今已悟澈而决不作此事矣，故写出以备参考。二是维持，《自由谈》仅《申报》之一部分，得罪文虻，尚被诋毁如此，倘是独立刊物，则造谣中伤，禁止出版，或诬以重罪，彼辈易如反掌耳。

天热蚊多，不能安坐，而旧欠笔债，大被催逼，正在窘急中，俟略偿数款，当投稿也。

此复，即请

暑安。

干　顿首　七月二十二日

二十三日

日记　　星期。晴，风。下午三弟来。

二十四日

日记　　晴，风。上午内山夫人及其姨甥[来]，并携来内山嘉吉君所赠蝇罩一枚，羊羹二包。得文艺春秋社信。夜三弟来，赠以羊羹一包。

"推"的余谈

看过了《第三种人的"推"》，使我有所感：的确，现在"推"的工作已经加紧,范围也扩大了。三十年前,我也常坐长江轮船的统舱,却还没有这样的"推"得起劲。

那时候,船票自然是要买的,但无所谓"买铺位",买的时候也有,然而是另外一回事。假如你怕占不到铺位,一早带着行李下船去罢,统舱里全是空铺,只有三五个人们。但要将行李搁下空铺去,可就窒碍难行了,这里一条扁担,那里一束绳子,这边一卷破席,那边一件背心,人们中就跑出一个人来说,这位置是他所占有的。但其时可以开会议,崇和平,买他下来,最高的价值大抵是八角。假如你是一位战斗的英雄,可就容易对付了,只要一声不响,坐在左近,待到铜锣一响,轮船将开,这些地盘主义者便抓了扁担破席之类,一溜烟都逃到岸上去,抛下了卖剩的空铺,一任你悠悠然搁上行李,打开睡觉了。倘或人浮于铺,没法容纳,我们就睡在铺旁,船尾,"第三种人"是不来"推"你的。只有歇在房舱门外的人们,当账房查票时却须到统舱里去避一避。

至于没有买票的人物,那是要被"推"无疑的。手续是没收物品之后,吊在桅杆或什么柱子上,作要打之状,但据我的目击,真打的时候是极少的,这样的到了最近的码头,便把他"推"上去。据茶房说,也可以"推"入货舱,运回他下船的原处,但他们不想这么做,因为"推"上最近的码头,他究竟走了一个码头,一个一个的"推"过去,虽然吃些苦,后来也就到了目的地了。

古之"第三种人",好像比现在的仁善一些似的。

生活的压迫,令人烦冤,胡涂中看不清冤家,便以为家人路人,在阻碍了他的路,于是乎"推"。这不但是保存自己,而且是憎恶别人了,这类人物一阔气,出来的时候是要"清道"的。

我并非眷恋过去,不过说,现在"推"的工作已经加紧,范围也扩大了罢了。但愿未来的阔人,不至于把我"推"上"反动"的码头去——则幸甚矣。

七月二十四日。

原载 1933 年 7 月 27 日《申报·自由谈》。署名丰之余。

初收 1934 年 12 月上海兴中书局（联华）版《准风月谈》。

二十五日

日记　晴，热，下午昙。复诗荃信。寄烈文信并稿二篇。往内山书店买『希臘文学総説』等三种，共泉八元二角。

查 旧 帐

这几天，听涛社出了一本《肉食者言》，是现在的在朝者，先前还是在野时候的言论，给大家"听其言而观其行"，知道先后有怎样的不同。那同社出版的周刊《涛声》里，也常有同一意思的文字。

这是查旧账，翻开账簿，打起算盘，给一个结算，问一问前后不符，是怎么的，确也是一种切实分明，最令人腾挪不得的办法。然而这办法之在现在，可未免太"古道"了。

古人是怕查这种旧账的，蜀的韦庄穷困时，做过一篇慷慨激昂，文字较为通俗的《秦妇吟》，真弄得大家传诵，待到他显达之后，却不但不肯编入集中，连人家的钞本也想设法消灭了。当时不知道成绩如何，但看清朝末年，又从敦煌的山洞中掘出了这诗的钞本，就可见是白用心机了的，然而那苦心却也还可以想见。

不过这是古之名人。常人就不同了，他要抹杀旧账，必须砍下脑袋，再行投胎。斩犯绑赴法场的时候，大叫道，"过了二十年，又是一条好汉！"为了另起炉灶，从新做人，非经过二十年不可，真是麻烦得很。

不过这是古今之常人。今之名人就又不同了，他要抹杀旧账，从新做人，比起常人的方法来，迟速真有邮信和电报之别。不怕迁缓一点的,就出一回洋,造一个寺,生一场病,游几天山;要快,则开一次会,念一卷经,演说一通,宣言一下,或者睡一夜觉,做一首诗也可以;要更快,那就自打两个嘴巴,淌几滴眼泪,也照样能够另变一人,和"以前之我"绝无关系。净坛将军摇身一变,化为鲫鱼,在女妖们的大腿间钻来钻去,作者或自以为写得出神入化,但从现在看起来,是连新奇气息也没有的。

如果这样变法,还觉得麻烦,那就白一白眼,反问道:"这是我的账?"如果还嫌麻烦,那就眼也不白,问也不问,而现在所流行的却大抵是后一法。

"古道"怎么能再行于今之世呢?竟还有人主张读经,真不知是什么意思?然而过了一夜,说不定会主张大家去当兵的,所以我现在经也没有买,恐怕明天兵也未必当。

七月二十五日。

原载 1933 年 7 月 29 日《申报·自由谈》。署名旅隼。
初收 1934 年 12 月上海兴中书局(联华)版《准风月谈》。

二十六日

日记 雨,午晴,热。下午内山书店送来『生物學講座增補』三本,值二元。

二十七日

日记 晴。大风。上午得程鼎兴信。延须藤先生来为海婴诊,云是食伤。

二十八日

日记 晴,大风。下午须藤先生来为海婴诊。得黎烈文信。得许席珍信。得诗荃信。得小峰信并版税二百，付以《伪自由书》稿。为协和付其次子在福民医院手术及住院费百五十二元。

晨凉漫记

关于张献忠的传说，中国各处都有，可见是大家都很以他为奇特的，我先前也便是很以他为奇特的人们中的一个。

儿时见过一本书，叫作《无双谱》，是清初人之作，取历史上极特别无二的人物，各画一像，一面题些诗，但坏人好像是没有的。因此我后来想到可以择历来极其特别，而其实是代表着中国人性质之一种的人物，作一部中国的"人史"，如英国嘉勒尔的《英雄及英雄崇拜》，美国亚懋生的《伟人论》那样。惟须好坏俱有，有啮雪苦节的苏武，舍身求法的玄奘，有"鞠躬尽瘁，死而后已"的孔明，但也有呆信古法，"死而后已"的王莽，有半当真半取笑的变法的王安石；张献忠当然也在内。但现在是毫没有动笔的意思了。

《蜀碧》一类的书，记张献忠杀人的事颇详细，但也颇散漫，令人看去仿佛他是像"为艺术而艺术"的一样，专在"为杀人而杀人"了。他其实是别有目的的。他开初并不很杀人，他何尝不想做皇帝。后来知道李自成进了北京，接着是清兵入关，自己只剩了没落这一条路，于是就开手杀，杀……他分明的感到，天下已没有自己的东西，现在是在毁坏别人的东西了，这和有些末代的风雅皇帝，在死前烧掉了祖宗或自己所搜集的书籍古董宝贝之类的心情，完全一样。他还有兵，而没有古董之类，所以就杀，杀，杀人，杀……

但他还要维持兵，这实在不过是维持杀。他杀得没有平民了，就派许多较为心腹的人到兵们中间去，设法窃听，偶有怨言，即跃出执之，戮其全家（他的兵像是有家眷的，也许就是掳来的妇女）。以杀治兵,用兵来杀,自己是完了,但要这样的达到一同灭亡的末路。我们对于别人的或公共的东西,不是也不很爱惜的么?

所以张献忠的举动,一看虽然似乎古怪,其实是极平常的。古怪的倒是那些被杀的人们,怎么会总是束手伸颈的等他杀,一定要清朝的肃王来射死他,这才作为奴才而得救,而还说这是前定,就是所谓"吹箫不用竹,一箭贯当胸"。但我想,这豫言诗是后人造出来的,我们不知道那时的人们真是怎么想。

七月二十八日。

原载 1933 年 8 月 1 日《申报·自由谈》。署名孺牛。

初收 1934 年 12 月上海兴中书局(联华)版《准风月谈》。

二十九日

日记 晴。上午寄文学社信。晚寄黎烈文信。往内山书店,得『版芸術』(八月号)一本,价六角。

给文学社信

编辑先生:

《文学》第二号,伍实先生写的《休士在中国》中,开首有这样的一段——

"……萧翁是名流,自配我们的名流招待,且唯其是名流招待名流,这才使鲁迅先生和梅兰芳博士有千载一时的机会得聚首于一堂。休士呢,不但不是我们的名流心目中的那种名流,且还加上一层肤色上的顾忌!"

是的，见萧的不只我一个，但我见了一回萧，就被大小文豪一直笑骂到现在，最近的就是这回因此就并我和梅兰芳为一谈的名文。然而那时是招待者邀我去的。这回的招待休士，我并未接到通知，时间地址，全不知道，怎么能到？即使邀而不到，也许有别种的原因，当口诛笔伐之前，似乎也须略加考察。现在并未相告，就责我不到，因这不到，就断定我看不起黑种。作者是相信的罢，读者不明事实，大概也可以相信的，但我自己还不相信我竟是这样一个势利卑劣的人！

给我以诬蔑和侮辱，是平常的事；我也并不为奇：惯了。但那是小报，是敌人。略具识见的，一看就明白。而《文学》是挂着冠冕堂皇的招牌的，我又是同人之一，为什么无端虚构事迹，大加奚落，至于到这地步呢？莫非缺一个势利卑劣的老人，也在文学戏台上跳舞一下，以给观众开心，且催呕吐么？我自信还不至于是这样的脚色，我还能够从此跳下这可怕的戏台。那时就无论怎样诬辱嘲骂，彼此都没有矛盾了。

我看伍实先生其实是化名，他一定也是名流，就是招待休士，非名流也未必能够入座。不过他如果和上海的所谓文坛上的那些狐鼠有别，则当施行人身攻击之际，似乎应该略负一点责任，宣布出和他的本身相关联的姓名，给我看看真实的嘴脸。这无关政局，决无危险，况且我们原曾相识，见面时倒是装作十分客气的也说不定的。

临末，我要求这封信就在《文学》三号上发表。

鲁迅。七月二十九日。

原载 1933 年 9 月 1 日《文学》月刊第 1 卷第 3 号，题作《致编辑》。

初收 1934 年 3 月上海同文书店版《南腔北调集》。

致 黎烈文

烈文先生：

偶成杂感一则，附奉，如觉题目太触目，就改为《晨凉漫记》罢。

惠函奉到。明末，真有被谣言弄得遭杀身之祸的，但现在此辈小虻，为害当未能如此之烈，不过令人生气而已，能修炼到不生气，则为编辑不觉其苦矣。不可不炼也。

此上，即请

道安。

干　上　七月廿九日

向未作过长篇，难以试作，玄先生恐也没有，其实翻译亦佳，《红萝卜须》实胜于澹果孙先生作品也。同日又及。

三十日

日记　星期。晴。下午三弟及蕴如携蕖官来，并代买得景宋袁州本《郡斋读书志》一函八本，二十一元六角；又墨西哥《J. C. Orozco画集》一本，二十三元。蕖官昨周岁，赠以衣裤二事，饼干一合，又赠阿玉，阿菩学费五十。协和及其长子来。晚季市来。收文学社《文学》二期稿费二十二元。夜作《伪自由书》后记讫。

《伪自由书》后记

我向《自由谈》投稿的由来，《前记》里已经说过了。到这里，本文已完，而电灯尚明，蚊子暂静，便用剪刀和笔，再来保存些因为《自由谈》和我而起的琐闻，算是一点余兴。

只要一看就知道,在我的发表短评时中,攻击得最烈的是《大晚报》。这也并非和我前生有仇,是因为我引用了它的文字。但我也并非和它前生有仇,是因为我所看的只有《申报》和《大晚报》两种,而后者的文字往往颇觉新奇,值得引用,以消愁释闷。即如我的眼前,现在就有一张包了香烟来的三月三十日的旧《大晚报》在,其中有着这样的一段——

　　　"浦东人杨江生,年已四十有一,貌既丑陋,人复贫穷,向为泥水匠,曾佣于苏州人盛宝山之泥水作场。盛有女名金弟,今方十五龄,而矮小异常,人亦猥琐。昨晚八时,杨在虹口天潼路与盛相遇,杨奸其女。经捕头向杨询问,杨毫不抵赖,承认自去年一二八以后,连续行奸十余次,当派探员将盛金弟送往医院,由医生验明确非处女,今晨解送第一特区地方法院,经刘毓桂推事提审,捕房律师王耀堂以被告诱未满十六岁之女子,虽其后数次皆系该女自往被告家相就,但按法亦应强奸罪论,应请讯究。旋传女父盛宝山讯问,据称初不知有此事,前晚因事责女后,女忽失踪,直至昨晨才归,严诘之下,女始谓留住被告家,并将被告诱奸经过说明,我方得悉,故将被告扭入捕房云。继由盛金弟陈述,与被告行奸,自去年二月至今,已有十余次,每次均系被告将我唤去,并着我不可对父母说知云。质之杨江生供,盛女向呼我为叔,纵欲奸犹不忍下手,故绝对无此事,所谓十余次者,系将盛女带出游玩之次数等语。刘推事以本案尚须调查,谕被告收押,改期再讯。"

　　在记事里分明可见,盛对于杨,并未说有"伦常"关系,杨供女称之为"叔",是中国的习惯,年长十年左右,往往称为叔伯的。然而《大晚报》用了怎样的题目呢?是四号和头号字的——

拦途扭往捕房控诉

　　干叔奸侄女

　　　女自称被奸过十余次

257

男指系游玩并非风流

它在"叔"上添一"干"字,于是"女"就化为"侄女",杨江生也因此成了"逆伦"或准"逆伦"的重犯了。中国之君子,叹人心之不古,憎匪人之逆伦,而惟恐人间没有逆伦的故事,偏要用笔铺张扬厉起来,以耸动低级趣味读者的眼目。杨江生是泥水匠,无从看见,见了也无从抗辩,只得一任他们的编排,然而社会批评者是有指斥的任务的。但还不到指斥,单单引用了几句奇文,他们便什么"员外"什么"警犬"的狂嗥起来,好像他们的一群倒是吸风饮露,带了自己的家私来给社会服务的志士。是的,社长我们是知道的,然而终于不知道谁是东家,就是究竟谁是"员外",倘说既非商办,又非官办,则在报界里是很难得的。但这秘密,在这里不再研究它也好。

和《大晚报》不相上下,注意于《自由谈》的还有《社会新闻》。但手段巧妙得远了,它不用不能通或不愿通的文章,而只驱使着真伪杂糅的记事。即如《自由谈》的改革的原因,虽然断不定所说是真是假,我倒还是从它那第二卷第十三期(二月七日出版)上看来的——

从《春秋》与《自由谈》说起

中国文坛,本无新旧之分,但到了五四运动那年,陈独秀在《新青年》上一声号炮,别树一帜,提倡文学革命,胡适之钱玄同刘半农等,在后摇旗呐喊。这时中国青年外感外侮的压迫,内受政治的刺激,失望与烦闷,为了要求光明的出路,各种新思潮,遂受青年热烈的拥护,使文学革命建了伟大的成功。从此之后,中国文坛新旧的界限,判若鸿沟;但旧文坛势力在社会上有悠久的历史,根深蒂固,一时不易动摇。那时旧文坛的机关杂志,是著名的《礼拜六》,几乎集了天下摇头摆尾的文人,于《礼拜六》一炉!至《礼拜六》所刊的文字,十九是卿卿我我,哀哀唧唧的小说,把民族性陶醉萎靡到极点了!此即所谓鸳鸯蝴蝶派的文字。其中如徐枕亚吴双热周瘦鹃等,尤以善谈鸳鸯蝴蝶著名,周瘦鹃且为礼拜六派之健将。这时新文坛对于旧势力的大本营《礼拜六》,攻击颇力,卒以新兴势力,实力单薄,旧派有封建社会为背景,有恃无恐,两不相让,各行其是。此后新派如文学研究会,创造社等,陆续成立,人材渐众,势力渐厚,《礼拜六》应时势之推移,终至"寿终正寝"!惟礼拜六派之残余分子,迄今犹四出活动,无肃清之望,上海各大报中之文艺编辑,至今大都仍是所谓鸳鸯蝴蝶派所把持。可是只要放眼在最近的出版界中,新兴文艺出版数量的可惊,已有使旧势力不能抬头之势!礼拜六派文人之在今日,已不敢复以《礼拜六》的头衔以相召号,盖已至强弩之末的时期了!最近守旧的《申报》,忽将《自由谈》编辑礼拜六派的巨子周瘦鹃撤职,换了一个新派作家黎烈文,这对于旧势力当然是件非常的变动,遂形成了今日新旧文坛剧烈的冲突。周瘦鹃一方面策动各小报,对黎烈文作总攻击,我们只要看郑逸梅主编的《金刚钻》,主张周瘦鹃仍返《自由谈》原位,让黎烈文主编《春秋》,也足见旧派文人终不能忘情于已失的地盘。而另一方面周瘦鹃在自己编的《春秋》内说:各种副刊有各种副刊的特性,作河水不犯井水之论,也足见周瘦鹃犹惴惴于他现有地位的危殆。周同时还硬拉非苏州人的严独鹤加入周所主持的纯苏州人的文艺团体"星社",以为拉拢而固地位之计。不图旧派势力的失败,竟以周启其端。据我所闻:周的不能安于其位,也有原因:他平日对于选稿方面,太刻薄而私心,只要是认识的人投去的稿,不看内容,见篇即登;同时无名小卒或为周所陌生的投稿者,则也不看内容,整堆的作为字纸篓的虏俘。因周所编的刊物,总是几个夹袋里的人物,私心自用,以致内容糟不可言!外界对他的攻击日甚,如许啸天主编之《红叶》,也对周有数次剧烈的抨击,史量才为了外界对他的不满,所以才把他撤去。那知这次史量才的一动,周

竟作了导火线,造成了今日新旧两派短兵相接战斗愈烈的境界!以后想好戏还多,读者请拭目俟之。〔微知〕

但到二卷廿一期(三月三日)上,就已大惊小怪起来,为"守旧文化的堡垒"的动摇惋惜——

左翼文化运动的抬头　　　　水 手

关于左翼文化运动,虽然受过各方面严厉的压迫,及其内部的分裂,但近来又似乎渐渐抬起头了。在上海,左翼文化在共产党"联络同路人"的路线之下,的确是较前稍有起色。在杂志方面,甚至连那些第一块老牌杂志,也左倾起来。胡愈之主编的《东方杂志》,原是中国历史最久的杂志,也是最稳健不过的杂志,可是据王云五老板的意见,胡愈之近来太左倾了,所以在愈之看过的样子,他必须再重看一遍。但虽然是经过王老板大刀阔斧的删段以后,《东方杂志》依然还嫌太左倾,于是胡愈之的饭碗不能不打破,而由李某来接他的手了。又如《申报》的《自由谈》在礼拜六派的周某主编之时,陈腐到太不像样,但现在也在"左联"手中了。鲁迅与沈雁冰,现在已成了《自由谈》的两大台柱了。《东力杂志》是属于商务印书馆的,《自由谈》是属于《申报》的,商务印书馆与申报馆,是两个守旧文化的堡垒,可是这两个堡垒,现在似乎是开始动摇了,其余自然是可想而知。此外,还有几个中级的新的书局,也完全在左翼作家手中,如郭沫若高语罕丁晓先与沈雁冰等,都各自抓着了一个书局,而做其台柱,这些都是著名的红色人物,而书局老板现在竟靠他们吃饭了。

　　…………

过了三星期,便确指鲁迅与沈雁冰为《自由谈》的"台柱"(三月廿四日第二卷第廿八期)——

黎烈文未入文总

《申报·自由谈》编辑黎烈文,系留法学生,为一名不见于经传之新进作家。自彼接办《自由谈》后,《自由谈》之论调,为之一变,而执笔为文者,亦由星社《礼拜六》之旧式文人,易为左翼普罗作家。现《自由谈》资为台柱者,为鲁迅与沈雁冰两氏,鲁迅在《自由谈》上发表文稿尤多,署名为"何家干"。除鲁迅与沈雁冰外,其他作品,亦什九系左翼作家之作,如施蛰存曹聚仁李辉英辈是。一般人以《自由谈》作文者均系中国左翼文化总同盟(简称文总),故疑黎氏本人,亦系文总中人,但黎氏对此,加以否认,谓彼并未加入文总,与以上诸人仅友谊关系云。

〔逸〕

又过了一个多月,则发见这两人的"雄图"(五月六日第三卷第十二期)了——

鲁迅沈雁冰的雄图

自从鲁迅沈雁冰等以《申报·自由谈》为地盘,发抒阴阳怪气的论调后,居然又能吸引群众,取得满意的收获了。在鲁(?)沈的初衷,当然这是一种有作用的尝试,想复兴他们的文化运动。现在,听说已到组织团体的火候了。

参加这个运动的台柱,除他们二人外有郁达夫,郑振铎等,交换意见的结果,认为中国最早的文化运动,是以语丝社创造社及文学研究会为中心,而消散之后,语丝创造的人分化太大了,惟有文学研究会的人大部分都还一致,——如王统照叶绍钧徐雉之类。而沈雁冰及郑振铎,一向是文学研究派的主角,于是决定循此路线进行。最近,连田汉都愿意率众归附,大概组会一事,已在必成,而且可以在这红五月中实现了。〔农〕

这些记载,于编辑者黎烈文是并无损害的,但另有一种小报式的期刊所谓《微言》，却在《文坛进行曲》里刊了这样的记事——

"曹聚仁经黎烈文等绍介，已加入左联。"（七月十五日，九期。）

这两种刊物立说的差异，由于私怨之有无，是可不言而喻的。但《微言》却更为巧妙：只要用寥寥十五字，便并陷两者，使都成为必被压迫或受难的人们。

到五月初，对于《自由谈》的压迫，逐日严紧起来了，我的投稿，后来就接连的不能发表。但我以为这并非因了《社会新闻》之类的告状，倒是因为这时正值禁谈时事，而我的短评却时有对于时局的愤言；也并非仅在压迫《自由谈》，这时的压迫，凡非官办的刊物，所受之度大概是一样的。但这时候，最适宜的文章是鸳鸯蝴蝶的游泳和飞舞，而《自由谈》可就难了，到五月廿五日，终于刊出了这样的启事——

编 辑 室

这年头，说话难，摇笔杆尤难。这并不是说："祸福无门，惟人自召"，实在是"天下有道"，"庶人"相应"不议"。编者谨掬一瓣心香，吁请海内文豪，从兹多谈风月，少发牢骚，庶作者编者，两蒙其休。若必论长议短，妄谈大事，则塞之字簏既有所不忍，布之报端又有所不能，陷编者于两难之境，未免有失恕道。语云：识时务者为俊杰，编者敢以此为海内文豪告。区区苦衷，伏乞矜鉴！

编 者

这现象，好像很得了《社会新闻》群的满足了，在第三卷廿一期（六月三日）里的"文化秘闻"栏内，就有了如下的记载——

《自由谈》态度转变

《申报·自由谈》自黎烈文主编后，即吸收左翼作家鲁迅沈雁冰及乌鸦主义者曹聚仁等为基本人员,一时论调不三不四,大为读者所不满。且因嘲骂"礼拜五派",而得罪张若谷等;抨击"取消式"之社会主义理论,而与严灵峰等结怨;腰斩《时代与爱的歧途》,又招张资平派之反感,计黎主编《自由谈》数月之结果,已形成一种壁垒,而此种壁垒,乃营业主义之《申报》所最忌者。又史老板在外间亦耳闻有种种不满之论调,乃特下警告,否则为此则惟有解约。最后结果伙计当然屈伏于老板,于是"老话","小旦收场"之类之文字,已不复见于近日矣。

〔闻〕

而以前的五月十四日午后一时,还有了丁玲和潘梓年的失踪的事,大家多猜测为遭了暗算,而这猜测也日益证实了。谣言也因此非常多,传说某某也将同遭暗算的也有,接到警告或恐吓信的也有。我没有接到什么信,只有一连五六日,有人打电话到内山书店的支店去询问我的住址。我以为这些信件和电话,都不是实行暗算者们所做的,只不过几个所谓文人的鬼把戏,就是"文坛"上,自然也会有这样的人的。但倘有人怕麻烦,这小玩意是也能发生些效力,六月九日《自由谈》上《蓬庐絮语》之后有一条下列的文章,我看便是那些鬼把戏的见效的证据了——

编者附告:昨得子展先生来信,现以全力从事某项著作,无暇旁骛,《蓬庐絮语》,就此完结。

终于,《大晚报》静观了月余,在六月十一的傍晚,从它那文艺附刊的《火炬》上发出毫光来了,它愤慨得很——

到底要不要自由   法 鲁

久不曾提起的"自由"这问题,近来又有人在那里大论特谈,因为国事总是热辣辣的不好惹,索性莫谈,死心再来谈"风月",可是"风月"又谈得不称心,不免喉底里喃喃地漏出几声要"自由",又觉得问题严重,喃喃几句倒是可以,明言直语似有不便，于是正面问题不敢直接提起来论，大刀阔斧不好当面幌起来，却弯弯曲曲，兜着圈子，叫人摸不着棱角，摸着正面，却要把它当做反面看，这原是看"幽默"文字的方法也。

　　心要自由，口又不明言，口不能代表心，可见这只口本身已经是不自由的了。因为不自由，所以才讽讽刺刺，一回儿"要自由"，一回儿又"不要自由"，过一回儿再"要不自由的自由"和"自由的不自由"，翻来复去，总叫头脑简单的人弄得"神经衰弱"，把捉不住中心。到底要不要自由呢？说清了，大家也好顺风转舵，免得闷在葫芦里，失掉听懂的自由。照我这个不是"雅人"的意思，还是粗粗直直地说："咱们要自由，不自由就来拚个你死我活！"

　　本来"自由"并不是个非常问题，给大家一谈，倒严重起来了。——问题到底是自己弄严重的，如再不使用大刀阔斧，将何以冲破这黑漆一团？细针短刺毕竟是雕虫小技，无助于大题，讥刺嘲讽更已属另一年代的老人所发的呓语。我们聪明的智识份子又何尝不知道讽刺在这时代已失去效力，但是要想弄起刀斧，却又觉左右掣肘，在这一年代，科学发明，刀斧自然不及枪炮；生贱于蚁，本不足惜，无奈我们无能的智识份子偏吝惜他的生命何！

这就是说，自由原不是什么稀罕的东西，给你一谈，倒谈得难能可贵起来了。你对于时局，本不该弯弯曲曲的讽刺。现在他对于讽刺者，是"粗粗直直地"要求你去死亡。作者是一位心直口快的人，现在被别人累得"要不要自由"也摸不着头脑了。

　　然而六月十八日晨八时十五分，是中国民权保障同盟的副会长杨杏佛（铨）遭了暗杀。

　　这总算拚了个"你死我活"，法鲁先生不再在《火炬》上说亮话了。只有《社会新闻》，却在第四卷第一期（七月三日出）里，还描出左翼作家的懦怯来——

264

左翼作家纷纷离沪

在五月，上海的左翼作家曾喧闹一时，好像什么都要染上红色，文艺界全归左翼。但在六月下旬，情势显然不同了，非左翼作家的反攻阵线布置完成，左翼的内部也起了分化，最近上海暗杀之风甚盛，文人的脑筋最敏锐，胆子最小而脚步最快，他们都以避暑为名离开了上海。据确讯，鲁迅赴青岛，沈雁冰在浦东乡间，郁达夫杭州，陈望道回家乡，连蓬子，白薇之类的踪迹都看不见了。　　　　　　　　　　　　　　　　　　〔道〕

西湖是诗人避暑之地，牯岭乃阔老消夏之区，神往尚且不敢，而况身游。杨杏佛一死，别人也不会突然怕热起来的。听说青岛也是好地方，但这是梁实秋教授传道的圣境，我连遥望一下的眼福也没有过。"道"先生有道，代我设想的恐怖，其实是不确的。否则，一群流氓，几枝手枪，真可以治国平天下了。

但是，嗅觉好像特别灵敏的《微言》，却在第九期（七月十五日出）上载着另一种消息——

自由的风月　　　　　　顽　石

黎烈文主编之《自由谈》，自宣布"只谈风月，少发牢骚"以后，而新进作家所投真正谈风月之稿，仍拒登载，最近所载者非老作家化名之讽刺文章，即其刺探们无聊之考古。闻此次辩论旧剧中的锣鼓问题，署名"罗复"者，即陈子展，"何如"者，即曾经被捕之黄素。此一笔糊涂官司，颇骗得稿费不少。

这虽然也是一种"牢骚"，但"真正谈风月"和"曾经被捕"等字样，我觉得是用得很有趣的。惜"化名"为"顽石"，灵气之不钟于鼻子若我辈者，竟莫辨其为"新进作家"抑"老作家"也。

《后记》本来也可以完结了，但还有应该提一下的，是所谓"腰斩张资平"案。

《自由谈》上原登着这位作者的小说,没有做完,就被停止了,有些小报上,便轰传为"腰斩张资平"。当时也许有和编辑者往复驳难的文章的,但我没有留心,因此就没有收集。现在手头的只有《社会新闻》,第三卷十三期(五月九日出)里有一篇文章,据说是罪魁祸首又是我,如下——

张资平挤出《自由谈》　　粹　公

今日的《自由谈》,是一块有为而为的地盘,是"乌鸦""阿 Q"的播音台,当然用不着"三角四角恋爱"的张资平混迹其间,以至不得清一。

然而有人要问:为什么那个色欲狂的"迷羊"——郁达夫却能例外?他不是同张资平一样发源于创造吗?一样唱着"妹妹我爱你"吗?我可以告诉你,这的确是例外。因为郁达夫虽则是个色欲狂,但他能流入"左联",认识"民权保障"的大人物,与今日《自由谈》的后台老板鲁(?)老夫子是同志,成为"乌鸦""阿 Q"的伙伴了。

据《自由谈》主编人黎烈文开革张资平的理由,是读者对于《时代与爱的歧路》一文,发生了不满之感,因此中途腰斩,这当然是一种遁词。在肥胖得走油的申报馆老板,固然可以不惜几千块钱,买了十洋一千字的稿子去塞纸篓,但在靠卖文为活的张资平,却比宣布了死刑都可惨,他还得见见人呢!

而且《自由谈》的写稿,是在去年十一月,黎烈文请客席上,请他担任的,即使鲁(?)先生要扫清地盘,似乎也应当客气一些,而不能用此辣手。问题是这样的,鲁先生为了要复兴文艺(?)运动,当然第一步先须将一切的不同道者打倒,于是乃有批评曾今可张若谷章衣萍等为"礼拜五派"之举;张资平如若识相,自不难感觉到自己正酣卧在他们榻旁,而立刻滚蛋!无如十洋一千使他眷恋着，致触了这个大霉头。当然，打倒人是愈毒愈好，管他是死刑还是徒刑呢！

在张资平被挤出《自由谈》之后，以常情论，谁都咽不下这口冷水，不过张资平的阃懦是著名的，他为了老婆小孩子之故，是不能同他们斗争，而且也不敢同他们摆好了阵营的集团去斗争，于是，仅仅在《中华日报》的《小贡献》上，发了一条软弱无力的冷箭，以作遮羞。

现在什么事都没有了，《红萝卜须》已代了他的位置，而沈雁冰新组成的文艺观摹团，将大批的移殖到《自由谈》来。

还有，是《自由谈》上曾经攻击过曾今可的"解放词"，据《社会新闻》第三卷廿二期（六月六日出）说，原来却又是我在闹的了，如下——

曾今可准备反攻

曾今可之为鲁迅等攻击也，实至体无完肤，固无时不想反攻，特以力薄能鲜，难于如愿耳！且知鲁迅等有"左联"作背景，人多手众，此呼彼应，非孤军抗战所能抵御，因亦着手拉拢，凡曾受鲁等侮辱者更所欢迎。近已拉得张资平，胡怀琛，张凤，龙榆生等十余人，组织一文艺漫谈会，假新时代书店为地盘，计划一专门对付左翼作家之半月刊，本月中旬即能出版。

〔如〕

那时我想，关于曾今可，我虽然没有写过专文，但在《曲的解放》（本书第十五篇）里确曾涉及，也许可以称为"侮辱"罢；胡怀琛虽然和我不相干，《自由谈》上是嘲笑过他的"墨翟为印度人说"的。但张，龙两位是怎么的呢？彼此的关涉，在我的记忆上竟一点也没有。这事直到我看见二卷二十六期的《涛声》（七月八日出），疑团这才冰释了——

"文艺座谈"遥领记　　聚　仁

《文艺座谈》者,曾词人之反攻机关报也,遥者远也,领者领情也,记者记不曾与座谈而遥领盛情之经过也。

解题既毕,乃述本事。

有一天,我到暨南去上课,休息室的台子上赫然一个请帖;展而恭读之,则《新时代月刊》之请帖也,小子何幸,乃得此请帖! 折而藏之,以为传家之宝。

《新时代》请客而《文艺座谈》生焉,而反攻之阵线成焉。报章煌煌记载,有名将在焉。我前天碰到张凤老师,带便问一个口讯;他说:"谁知道什么座谈不座谈呢? 他早又没说,签了名,第二天,报上都说是发起人啦。"昨天遇到龙榆生先生,龙先生说:"上海地方真不容易做人,他们再三叫我去谈谈,只吃了一些茶点,就算数了;我又出不起广告费。"我说:"吃了他家的茶,自然是他家人啦!"

我幸而没有去吃茶,免于被强奸,遥领盛情,志此谢谢!

但这"文艺漫谈会"的机关杂志《文艺座谈》第一期,却已经罗列了十多位作家的名字,于七月一日出版了。其中的一篇是专为我而作的——

内山书店小坐记　　白羽遐

某天的下午,我同一个朋友在上海北四川路散步。走着走着,就走到北四川路底了。我提议到虹口公园去看看,我的朋友却说先到内山书店去看看有没有什么新书。我们就进了内山书店。

内山书店是日本浪人内山完造开的,他表面是开书店,实在差不多是替日本政府做侦探。他每次和中国人谈了点什么话,马上就报告日本领事馆。这也已经成了"公开的秘密"了,只要是略微和内山书店接近的人都知道。

我和我的朋友随便翻看着书报。内山看见我们就连忙跑过来和我们招呼，请我们坐下来，照例地闲谈。因为到内山书店来的中国人大多数是文人，内山也就知道点中国的文化。他常和中国人谈中国文化及中国社会的情形，却不大谈到中国的政治，自然是怕中国人对他怀疑。

"中国的事都要打折扣，文字也是一样。'白发三千丈'这就是一个天大的诳！这就得大打其折扣。中国的别的问题，也可以以此类推……哈哈！哈！"

内山的话我们听了并不觉得一点难为情，诗是不能用科学方法去批评的。内山不过是一个九州角落里的小商人，一个暗探，我们除了用微笑去回答之外，自然不会拿什么话语去向他声辩了。不久以前，在《自由谈》上看到何家干先生的一篇文字，就是内山所说的那些话。原来所谓"思想界的权威"，所谓"文坛老将"，连一点这样的文章都非"出自心裁"！

内山还和我们谈了好些，"航空救国"等问题都谈到，也有些是已由何家干先生抄去在《自由谈》发表过的。我们除了勉强敷衍他之外，不大讲什么话，不想理他。因为我们知道内山是个什么东西，而我们又没有请他救过命，保过险，以后也决不预备请他救命或保险。

我同我的朋友出了内山书店，又散步散到虹口公园去了。

不到一礼拜（七月六日），《社会新闻》（第四卷二期）就加以应援，并且廓大到"左联"去了。其中的"茅盾"，是本该写作"鲁迅"的故意的错误，为的是令人不疑为出于同一人的手笔——

内山书店与"左联"

《文艺座谈》第一期上说，日本浪人内山完造在上海开书店，是侦探作用，这是确属的，而尤其与"左联"有缘。记得郭沫若由汉逃沪,即匿内山书店楼上,后又代为买船票渡日。茅盾在风声紧急时,亦以内山书店为惟一避难所。然则该书店之作用究何在者?盖中国之有共匪,日本之利也,所以日本杂志所载调查中国匪情文字,比中国自身所知者为多,而此类材料之获得,半由受过救命之恩之共党文艺份子所供给;半由共党自行送去,为张扬势力之用,而无聊文人为其收买甘愿为其刺探者亦大有人在。闻此种侦探机关,除内山以外,尚有日日新闻社,满铁调查所等,而著名侦探除内山完造外,亦有田中,小岛,中村等。

〔新 皖〕

这两篇文章中,有两种新花样:一,先前的诬蔑者,都说左翼作家是受苏联的卢布的,现在则变了日本的间接侦探;二,先前的揭发者,说人抄袭是一定根据书本的,现在却可以从别人的嘴里听来,专凭他的耳朵了。至于内山书店,三年以来,我确是常去坐,检书谈话,比和上海的有些所谓文人相对还安心,因为我确信他做生意,是要赚钱的,却不做侦探;他卖书,是要赚钱的,却不卖人血:这一点,倒是凡有自以为人,而其实是狗也不如的文人们应该竭力学学的!

但也有人来抱不平了,七月五日的《自由谈》上,竟揭载了这样的一篇文字——

谈“文人无行”　　　　谷春帆

虽说自己也忝列于所谓“文人”之“林”,但近来对于“文人无行”这句话,却颇表示几分同意,而对于“人心不古”,“世风日下”的感喟,也不完全视为“道学先生”的偏激之言。实在,今日“人心”险毒得太令人可怕了,尤其是所谓“文人”,想得出,做得到,种种卑劣行为如阴谋中伤,造谣诬蔑,公开告密,卖友求荣,卖身投靠的勾当,举不胜举。而在另一方面自吹自擂,巍然以“天才”与“作家”自命,偷窃他人唾余,还沾沾自喜的种种怪象,也是“无丑不备有恶皆臻”,对着这些痛心的事实,我们还能够否认"文人无行"这句话的相当真实吗？（自然，我也并不是说凡文人皆无行。）我们能不兴起"世道人心"的感喟吗？

自然，我这样的感触并不是毫没来由的。举实事来说，过去有曾某其人者，硬以"管他娘"与"打打麻将"等屁话来实行其所谓"词的解放"，被人斥为"轻薄少年"与"色情狂的急色儿"，曾某却唠唠叨叨辩个不休，现在呢，新的事实又证明了曾某不仅是一个轻薄少年，而且是阴毒可憎的蛇蝎，他可以借崔万秋的名字为自己吹牛（见二月崔在本报所登广告），甚至硬把日本一个打字女和一个中学教员派做"女诗人"和"大学教授"，把自己吹捧得无微不至；他可以用最卑劣的手段投稿于小报，指他的朋友为×××，并公布其住址，把朋友公开出卖（见第五号《中外书报新闻》）。这样的大胆，这样的阴毒，这样的无聊，实在使我不能相信这是一个有廉耻有人格的"人"——尤其是"文人"，所能做出。然而曾某却真想得到，真做得出，我想任何人当不能不佩服曾某的大无畏的精神。

听说曾某年纪还不大，也并不是没有读书的机会，我想假如曾某能把那种吹牛拍马的精力和那种阴毒机巧的心思用到求实学一点上，所得不是要更多些吗？然而曾某却偏要日以吹拍为事，日以造谣中伤为事，这，一方面固愈足以显曾某之可怕，另一方面亦正见青年自误之可惜。

不过，话说回头，就是受过高等教育的也未必一定能束身自好，比如以专写三角恋爱小说出名，并发了财的张××，彼固动辄以日本某校出身自炫者，然而他最近也会在一些小报上泼辣叫嚣，完全一副满怀毒恨的"弃妇"的脸孔，他会阴谋中伤，造谣挑拨，他会硬派人像布哈林或列宁，简直想要置你于死地，其人格之卑污，手段之恶辣，可说空前绝后，这样看来，高等教育又有何用？还有新出版之某无聊刊物上有署名"白羽遐"者作《内山书店小坐记》一文，公然说某人常到内山书店，曾请内山书店救过命保过险。我想，这种公开告密的勾当，大概也就是一流人化名玩出的花样。

然而无论他们怎样造谣中伤，怎样阴谋陷害，明眼人一见便知，害人不着，不过徒然暴露他们自己的卑污与无人格而已。

但，我想，"有行"的"文人"，对于这班丑类，实在不应当像现在一样，始终置之不理，而应当振臂奋起，把它们驱逐于文坛以外，应当在污秽不堪的中国文坛，做一番扫除的工作！

于是祸水就又引到《自由谈》上去，在次日的《时事新报》上，便看见一则启事，是方寸大字的标名——

张资平启事

五日《申报·自由谈》之《谈"文人无行"》，后段大概是指我而说的。我是坐不改名，行不改姓的人，纵令有时用其他笔名，但所发表文字，均自负责，此须申明者一；白羽遐另有其人，至《内山小坐记》亦不见是怎样坏的作品，但非出我笔，我未便承认，此须申明者二；我所写文章均出自信，而发见关于政治上主张及国际情势之研究有错觉及乱视者，均不惜加以纠正。至于"造谣伪造信件及对于意见不同之人，任意加以诬毁"皆为我生平所反对，此须申明者三；我不单无资本家的出版者为我后援，又无姊妹嫁作大商人为妾，以谋得一编辑以自豪，更进而行其"诬毁造谣假造信件"等卑劣的行动。我连想发表些关于对政治对国际情势之见解，都无从发表，故凡容纳我的这类文章之刊物，我均愿意投稿。但对于该刊物之其他文字则不能负责，此须申明者四。今后凡有利用以资本家为背景之刊物对我诬毁者，我只视作狗吠，不再答复，特此申明。

这很明白，除我而外，大部分是对于《自由谈》编辑者黎烈文的。所以又次日的《时事新报》上，也登出相对的启事来——

272

黎烈文启事

烈文去岁游欧归来,客居沪上,因《申报》总理史量才先生系世交长辈,故常往访候,史先生以烈文未曾入过任何党派,且留欧时专治文学,故令加入申报馆编辑《自由谈》。不料近两月来,有三角恋爱小说商张资平,因烈文停登其长篇小说,怀恨入骨,常在各大小刊物,造谣诬蔑,挑拨陷害,无所不至,烈文因其手段与目的过于卑劣,明眼人一见自知,不值一辩,故至今绝未置答,但张氏昨日又在《青光》栏上登一启事,含沙射影,肆意诬毁,其中有"又无姊妹嫁作大商人为妾"一语,不知何指。张氏启事既系对《自由谈》而发,而烈文现为《自由谈》编辑人,自不得不有所表白,以释群疑。烈文只胞妹两人,长应元未嫁早死,次友元现在长沙某校读书,亦未嫁人,均未出过湖南一步。且据烈文所知,湘潭黎氏同族姊妹中不论亲疏远近,既无一人嫁人为妾,亦无一人得与"大商人"结婚,张某之言,或系一种由衷的遗憾(没有姊妹嫁作大商人为妾的遗憾),或另有所指,或系一种病的发作,有如疯犬之狂吠,则非烈文所知耳。

此后还有几个启事,避烦不再剪贴了。总之:较关紧要的问题,是"姊妹嫁作大商人为妾"者是谁?但这事须问"行不改名,坐不改姓"的好汉张资平本人才知道。

可是中国真也还有好事之徒,竟有人不怕中暑的跑到真茹的"望岁小农居"这洋楼底下去请教他了。《访问记》登在《中外书报新闻》的第七号(七月十五日出)上,下面是关于"为妾"问题等的一段——

(四)启事中的疑问

以上这些话还只是讲刊登及停载的经过,接着,我便请他解答启事中的几个疑问。

"对于你的启事中，有许多话，外人看了不明白，能不能让我问一问？"

"是那几句？"

"'姊妹嫁作商人妾'，这不知道有没有什么影射？"

"这是黎烈文他自己多心，我不过顺便在启事中，另外指一个人。"

"那个人是谁呢？"

"那不能公开。"自然他既然说了不能公开的话，也就不便追问了。

"还有一点，你所谓'想发表些关于对政治对国际情势之见解都无从发表'，这又何所指？"

"那是讲我在文艺以外的政治见解的东西，随笔一类的东西。"

"是不是像《新时代》上的《望岁小农居日记》一样的东西呢？"（参看《新时代》七月号）我插问。

"那是对于鲁迅的批评，我所说的是对政治的见解，《文艺座谈》上面有。"（参看《文艺座谈》一卷一期《从早上到下午》。）

"对于鲁迅的什么批评？"

"这是题外的事情了，我看关于这个，请你还是不发表好了。"

这真是"胸中不正，则眸子眊焉"，寥寥几笔，就画出了这位文学家的嘴脸。《社会新闻》说他"阘懦"，固然意在博得社会上"济弱扶倾"的同情，不足置信，但启事上的自白，却也须照中国文学上的例子，大打折扣的（倘白羽遐先生在"某天"又到"内山书店小坐"，一定又会从老板口头听到），因为他自己在"行不改姓"之后，也就说"纵令有时用其他笔名"，虽然"但所发表文字，均自负责"，而无奈"还是不发表好了"何？但既然"还是不发表好了"，则关于我的一笔，我也就不再深论了。

一枝笔不能兼写两件事，以前我实在闲却了《文艺座谈》的座主，"解放词人"曾今可先生了。但写起来却又很简单，他除了"准备反攻"之外，只在玩"告密"的玩艺。

崔万秋先生和这位词人，原先是相识的，只为了一点小纠葛，他便匿名向小报投稿，诬陷老朋友去了。不幸原稿偏落在崔万秋先生的手里，制成铜版，在《中外书报新闻》（五号）上精印了出来——

崔万秋加入国家主义派

《大晚报》屁股编辑崔万秋自日回国，即住在愚园坊六十八号左舜生家，旋即由左与王造时介绍于《大晚报》工作。近为国家主义及广东方面宣传极力，夜则留连于舞场或八仙桥庄上云。

有罪案，有住址，逮捕起来是很容易的。而同时又诊出了一点小毛病，是这位词人曾经用了崔万秋的名字，自己大做了一通自己的诗的序，而在自己所做的序里又大称赞了一通自己的诗。轻恙重症，同时夹攻，渐使这柔嫩的诗人兼词人站不住，他要下野了，而在《时事新报》（七月九日）上却又是一个启事，好像这时的文坛是入了"启事时代"似的——

曾今可启事

鄙人不日离沪旅行，且将脱离文字生活。以后对于别人对我造谣诬蔑，一概置之不理。这年头，只许强者打，不许弱者叫，我自然没有什么话可说。我承认我是一个弱者，我无力反抗，我将在英雄们胜利的笑声中悄悄地离开这文坛。如果有人笑我是"懦夫"，我只当他是尊我为"英雄"。此启。

这就完了。但我以为文字是有趣的，结末两句，尤为出色。

我剪贴在上面的《谈"文人无行"》，其实就是这曾张两案的合论。但由我看来，这事件却还要坏一点，便也做了一点短评，投给

《自由谈》。久而久之,不见登出,索回原稿,油墨手印满纸,这便是曾经排过,又被谁抽掉了的证据,可见纵"无姊妹嫁作大商人为妾","资本家的出版者"也还是为这一类名公"后援"的。但也许因为恐怕得罪名公,就会立刻给你戴上一顶红帽子,为性命计,不如不登的也难说。现在就抄在这里罢——

驳"文人无行"

"文人"这一块大招牌,是极容易骗人的。虽在现在,社会上的轻贱文人,实在还不如所谓"文人"的自轻自贱之甚。看见只要是"人",就决不肯做的事情,论者还不过说他"无行",解为"疯人",恕其"可怜"。其实他们却原是贩子,也一向聪明绝顶,以前的种种,无非"生意经",现在的种种,也并不是"无行",倒是他要"改行"了。

生意的衰微使他要"改行"。虽是极低劣的三角恋爱小说,也可以卖掉一批的。我们在夜里走过马路边,常常会遇见小瘪三从暗中来,鬼鬼祟祟的问道:"阿要春宫?阿要春宫?中国的,东洋的,西洋的,都有。阿要勿?"生意也并不清淡。上当的是初到上海的青年和乡下人。然而这至多也不过四五回,他们看过几套,就觉得讨厌,甚且要作呕了,无论你"中国的,东洋的,西洋的,都有"也无效。而且因时势的迁移,读书界也起了变化,一部份是不再要看这样的东西了;一部份是简直去跳舞,去嫖妓,因为所化的钱,比买手淫小说全集还便宜。这就使三角家之类觉得没落。我们不要以为造成了洋房,人就会满足的,每一个儿子,至少还得给他赚下十万块钱呢。

于是乎暴躁起来。然而三角上面,是没有出路了的。于是勾结一批同类,开茶会,办小报,造谣言,其甚者还竟至于卖朋友,好像他们的鸿篇巨制的不再有人赏识,只是因为有几个人用一手掩尽了天下人的眼目似的。但不要误解,以为他真在这

276

样想。他是聪明绝顶，其实并不在这样想的，现在这副嘴脸，也还是一种"生意经"，用三角钻出来的活路。总而言之，就是现在只好经营这一种卖买，才又可以赚些钱。

譬如说罢，有些"第三种人"也曾做过"革命文学家"，借此开张书店，吞过郭沫若的许多版税，现在所住的洋房，有一部份怕还是郭沫若的血汗所装饰的。此刻那里还能做这样的生意呢？此刻要合伙攻击左翼，并且造谣陷害了知道他们的行为的人，自己才是一个干净刚直的作者，而况告密式的投稿，还可以大赚一注钱呢。

先前的手淫小说，还是下部的勾当，但此路已经不通，必须上进才是，而人们——尤其是他的旧相识——的头颅就危险了。这那里是单单的"无行"文人所能做得出来的？

上文所说，有几处自然好像带着了曾今可张资平这一流，但以前的"腰斩张资平"，却的确不是我的意见。这位作家的大作，我自己是不要看的，理由很简单：我脑子里不要三角四角的这许多角。倘有青年来问我可看与否，我是劝他不必看的，理由也很简单：他脑子里也不必有三角四角的那许多角。若夫他自在投稿取费，出版卖钱，即使他无须养活老婆儿子，我也满不管，理由也很简单：我是从不想到他那些三角四角的角不完的许多角的。

然而多角之辈，竟谓我策动"腰斩张资平"。既谓矣，我乃简直以 X 光照其五脏六腑了。

《后记》这回本来也真可以完结了，但且住，还有一点余兴的余兴。因为剪下的材料中，还留着一篇妙文，倘使任其散失，是极为可惜的，所以特地将它保存在这里。

这篇文章载在六月十七日《大晚报》的《火炬》里——

新儒林外史　　　　柳　丝

第一回　揭旗扎空营　兴帅布迷阵

却说卡尔和伊理基两人这日正在天堂以上讨论中国革命问题，忽见下界中国文坛的大戈壁上面，杀气腾腾，尘沙弥漫，左翼防区里面，一位老将紧追一位小将，战鼓震天，喊声四起，忽然那位老将牙缝开处，吐出一道白雾，卡尔闻到气味立刻晕倒，伊理基拍案大怒道，"毒瓦斯，毒瓦斯！"扶着卡尔赶快走开去了。原来下界中国文坛的大戈壁上面，左翼防区里头，近来新扎一座空营，揭起小资产阶级革命文学之旗，无产阶级文艺营垒受了奸人挑拨，大兴问罪之师。这日大军压境，新扎空营的主将兼官佐又兼士兵杨邨人提起笔枪，跃马相迎，只见得战鼓震天，喊声四起，为首先锋扬刀跃马而来，乃老将鲁迅是也。那杨邨人打拱，叫声"老将军别来无恙？"老将鲁迅并不答话，跃马直冲扬刀便刺，那杨邨人笔枪挡住又道："老将有话好讲，何必动起干戈？小将别树一帜，自扎空营，只因事起仓卒，未及呈请指挥，并非倒戈相向，实则独当一面，此心此志，天人共鉴。老将军试思左翼诸将，空言克服，骄盈自满，战术既不研究，武器又不制造。临阵则军容不整，出马则拖枪而逃，如果长此以往，何以维持威信？老将军整顿纪纲之不暇，劳师远征，窃以为大大对不起革命群众的呵！"老将鲁迅又不答话，圆睁环眼，倒竖虎须，只见得从他的牙缝里头嘘出一道白雾，那小将杨邨人知道老将放出毒瓦斯，说的迟那时快，已经将防毒面具戴好了，正是：情感作用无理讲，是非不明只天知！欲知老将究竟能不能将毒瓦斯闷死那小将，且待下回分解。

第二天就收到一封编辑者的信，大意说：兹署名有柳丝者（"先生读其文之内容或不难想像其为何人"），投一滑稽文稿，题为《新儒林外史》，但并无伤及个人名誉之事，业已决定为之发表，倘有反驳文章,亦可登载云云。使刊物暂时化为战场,热闹一通,是办报人的一种极普通办法,近来我更加"世故",天气又这么热,当然不会去流汗同翻筋斗的。况且"反驳"滑稽文章,也是一种少有的奇事,即使"伤及个人名誉事",我也没有办法,除非我也作一部《旧儒林外史》,来辩明"卡尔和伊理基"的话的真假。但我并不是巫师,又怎么看得见"天堂"?"柳丝"是杨邨人先生还在做"无产阶级革命文学者"时候已经用起的笔名,这无须看内容就知道,而曾几何时,就在"小资产阶级革命文学"的旗子下做着这样的幻梦,将自己写成了这么一副形容了。时代的巨轮,真是能够这么冷酷地将人们辗碎的。但也幸而有这一辗,因为韩侍桁先生倒因此从这位"小将"的腔子里看见了"良心"了。

这作品只是第一回,当然没有完,我虽然毫不想"反驳",却也愿意看看这有"良心"的文学,不料从此就不见了,迄今已有月余,听不到"卡尔和伊理基"在"天堂"上和"老将""小将"在地狱里的消息。但据《社会新闻》(七月九日,四卷三期)说,则又是"左联"阻止的——

杨邨人转入 AB 团

叛"左联"而写揭小资产战斗之旗的杨邨人,近已由汉来沪,闻寄居于 AB 团小卒徐翔之家,并已加入该团活动矣。前在《大晚报》署名柳丝所发表的《新封神榜》一文,即杨手笔,内对鲁迅大加讽刺,但未完即止,闻因受"左联"警告云。〔预〕

"左联"会这么看重一篇"讽刺"的东西,而且仍会给"叛‘左联’而写揭小资产战斗之旗的杨邨人"以"警告",这才真是一件奇事。据有些人说,"第三种人"的"忠实于自己的艺术",是已经因了左翼理论家的凶恶的批评而写不出来了,现在这"小资产战斗"的英雄,又因了"左联"的警告而不再"战斗",我想,再过几时,则一切割地吞款,兵祸水灾,古物失踪,阔人生病,也要都成为"左联"之罪,尤其是鲁迅之罪了。

现在使我记起了蒋光慈先生。

事情是早已过去，恐怕有四五年了，当蒋光慈先生组织太阳社，和创造社联盟，率领"小将"来围剿我的时候，他曾经做过一篇文章，其中有几句，大意是说，鲁迅向来未曾受人攻击，自以为不可一世，现在要给他知道知道了。其实这是错误的，我自作评论以来，即无时不受攻击，即如这三四月中，仅仅关于《自由谈》的，就已有这许多篇，而且我所收录的，还不过一部份。先前何尝不如此呢，但它们都与如驶的流光一同消逝，无踪无影，不再为别人所觉察罢了。这回趁几种刊物还在手头，便转载一部份到《后记》里，这其实也并非专为我自己，战斗正未有穷期，老谱将不断的袭用，对于别人的攻击，想来也还要用这一类的方法，但自然要改变了所攻击的人名。将来的战斗的青年，倘在类似的境遇中，能偶然看见这记录，我想是必能开颜一笑，更明白所谓敌人者是怎样的东西的。

所引的文字中，我以为很有些篇，倒是出于先前的"革命文学者"。但他们现在是另一个笔名，另一副嘴脸了。这也是必然的。革命文学者若不想以他的文学，助革命更加深化，展开，却借革命来推销他自己的"文学"，则革命高扬的时候，他正是狮子身中的害虫，而革命一受难，就一定要发现以前的"良心"，或以"孝子"之名，或以"人道"之名，或以"比正在受难的革命更加革命"之名，走出阵线之外，好则沉默，坏就成为叭儿的。这不是我的"毒瓦斯"，这是彼此看见的事实！

一九三三年七月二十日午，记。

未另发表。

初收 1933 年 10 月上海青光书局（北新）版《伪自由书》。

三十一日

　　日记　晴。上午得崔万秋信,下午复。夜季市赴宁,赠以《杂感选集》二本,蝇罩一枚。

八月

一日

日记　晴，热。下午得志之信。得西村博士信。得语堂信。得烈文信。得吕蓬尊信，夜复。得陈企霞等信，夜复。得胡今虚信。得崔万秋信。得陈光宗小画象一纸。

致 吕蓬尊

蓬尊先生：

蒙赐函指示种种，不胜感谢。

《十月》我没有加以删节，印本的缺少，是我漏译呢，还是漏排，却很难说了。至于《老屋》，是梭罗古勃之作，后记作安特来夫，是我写错的。

《一天的工作》再版已印出，所指之处，只好俟三版时改正。

靖华所译的那一篇，名《花园》，我只记得见过印本，故写为在《烟袋》中，现既没有，那大概是在《未名》（未名社期刊，现已停止）里罢，手头无书，说不清了。

此复，并颂

时绥。

鲁迅　启上　八月一日

致 何家骏、陈企霞

家骏
企霞 先生：

来信收到。连环图画是极紧要的，但我无材料可以介绍，我只能说一点我的私见：

一，材料，要取中国历史上的，人物是大众知道的人物，但事迹却不妨有所更改。旧小说也好，例如《白蛇传》（一名《义妖传》）就很好，但有些地方须加增（如百折不回之勇气），有些地方须削弱（如报私恩及为自己而水满金山等）。

二，画法，用中国旧法。花纸，旧小说之绣像，吴友如之画报，皆可参考，取其优点而改去其劣点。不可用现在流行之印象画法之类，专重明暗之木版画亦不可用，以素描（线画）为宜。总之：是要毫无观赏艺术的训练的人，也看得懂，而且一目了然。

还有必须注意的，是不可堕入知识阶级以为非艺术而大众仍不能懂（因而不要看）的绝路里。

专此布复，并颂

时绥。

鲁迅　上　八月一日

致 胡今虚

今虚先生：

你给我的七月三日的信，我是八月一日收到的，我现在就是通信也不大便当。

你说我最近二三年来，沉声而且隐藏，这是不确的，事实也许正相反。不过环境和先前不同，我连改名发表文章，也还受吧儿的告密，倘不是"不痛不痒，痛煞痒煞"的文章，我恐怕你也看不见的。《三闲集》之后，还有一本《二心集》，不知道见过没有，这也许比较好一点。

《三闲集》里所说的骂，是事实，别处我不知道，上海确是的，这当然是一部分，然而连住在我寓里的学生，也因而憎恶我，说因为住在我寓里，他的朋友都看他不起了。我要回避，是决非太过的，我至今还相信并非太过。即使今年竟与曾今可同流，我也毫没有忏悔我的所说的意思。

好的青年，自然有的，我亲见他们遇害，亲见他们受苦，如果没有这些人，我真可以"息息肩"了。现在所做的虽只是些无聊事，但人也只有人的本领，一部分人以为非必要者，一部分人却以为必要的。而且两手也只能做这些事，学术文章要参考书，小说也须能往各处走动，考察，但现在我所处的境遇，都不能。

我很感谢你对于我的希望，只要能力所及，我自然想做的。不过处境不同，彼此不能知道底细，所以你信中所说，我也很有些地方不能承认。这须身临其境，才可明白，用笔是一时说不清楚的。但也没有说清的必要，就此收场罢。

此复，并颂

进步

迅　上　八月一夜

致 科学新闻社

编辑先生：

今天看见《科学新闻》第三号。茅盾被捕的消息，是不确的；他虽然已被编入该杀的名单中,但现在还没有事。

这消息,最初载在《微言》中,这是一种匿名的叭儿所办,专造谣言的刊物,未有事时造谣,倘有人真的被捕被杀的时候,它们倒一声不响了;而这种造谣,也带着淆乱事实的作用。不明真相的人,是很容易被骗的。

关心茅盾的人,在北平大约也不少,我想可以更正一下。至于丁玲,毫无消息,据我看来,是已经被害的了,而有些刊物还造许多关于她的谣言,真是畜生之不如也。

鲁迅　上　八月一夜

二日

日记　昙。上午复胡今虚信。复语堂信。同广平携海婴访何昭容。往高桥齿科医院为海婴补齿。下午须藤先生来为海婴诊。托文学社制图版十三块,共泉二十二元八角。晚得小峰信并《两地书》版税百廿五,《杂感选集》版税百,即付印证各壹千枚。夜风雨。

关于翻译

今年是"国货年",除"美麦"外,有些洋气的都要被打倒了。四川虽然正在奉令剪掉路人的长衫,上海的一位慷慨家却因为讨厌洋服而记得了袍子和马褂。翻译也倒了运,得到一个笼统的头衔是"硬译"和"乱译"。但据我所见,这些"批评家"中,一面要求着"好的翻译"者,却一个也没有的。

创作对于自己人,的确要比翻译切身,易解,然而一不小心,也容易发生"硬作","乱作"的毛病,而这毛病,却比翻译要坏得多。我

285

们的文化落后，无可讳言，创作力当然也不及洋鬼子，作品的比较的薄弱，是势所必至的，而且又不能不时时取法于外国。所以翻译和创作，应该一同提倡，决不可压抑了一面，使创作成为一时的骄子，反因容纵而脆弱起来。我还记得先前有一个排货的年头，国货家贩了外国的牙粉，摇松了两瓶，装作三瓶，贴上商标，算是国货，而购买者却多损失了三分之一；还有一种痱子药水，模样和洋货完全相同，价钱却便宜一半，然而它有一个大缺点，是搽了之后，毫无功效，于是购买者便完全损失了。

注重翻译，以作借镜，其实也就是催进和鼓励着创作。但几年以前，就有了攻击"硬译"的"批评家"，搔下他旧疮疤上的末屑，少得像膏药上的麝香一样，因为少，就自以为是奇珍。而这风气竟传布开来了，许多新起的论者，今年都在开始轻薄着贩来的洋货。比起武人的大买飞机，市民的拼命捐款来，所谓"文人"也者，真是多么昏庸的人物呵。

我要求中国有许多好的翻译家，倘不能，就支持着"硬译"。理由还在中国有许多读者层，有着并不全是骗人的东西，也许总有人会多少吸收一点，比一张空盘较为有益。而且我自己是向来感谢着翻译的，例如关于萧的毁誉和现在正在提起的题材的积极性的问题，在洋货里，是早有了明确的解答的。关于前者，德国的尉特甫格（Karl Wittvogel）在《萧伯纳是丑角》里说过——

> "至于说到萧氏是否有意于无产阶级的革命，这并不是一个重要的问题。十八世纪的法国大哲学家们，也并不希望法国的大革命。虽然如此，然而他们都是引导着必至的社会变更的那种精神崩溃的重要势力。"（刘大杰译，《萧伯纳在上海》所载。）

关于后者，则恩格勒在给明那·考茨基（Minna Kautsky，就是现存的考茨基的母亲）的信里，已有极明确的指示，对于现在的中国，也是很有意义的——

"还有,在今日似的条件之下,小说是大抵对于布尔乔亚层的读者的,所以,由我看来,只要正直地叙述出现实的相互关系,毁坏了罩在那上面的作伪的幻影,使布尔乔亚世界的乐观主义动摇,使对于现存秩序的永远的支配起疑,则社会主义的倾向的文学,也就十足地尽了它的使命了——即使作者在这时并未提出什么特定的解决,或者有时连作者站在那一边也不很明白。"(日本上田进原译,《思想》百三十四号所载。)

八月二日。

原载 1933 年 9 月 1 日《现代》月刊第 3 卷第 5 期。

初收 1934 年 3 月上海同文书店版《南腔北调集》。

三日

日记　　昰。下午复烈文信。内山书店送来『ジイド以後』一本,一元一角。夜蕴如及三弟来,托其寄复施蛰存信附稿一篇。

致 黎烈文

烈文先生:

　　得七月卅一日信,也很想了一下,终于觉得不行。这不但这么一来,真好像在抢张资平的稿费,而最大原因则在我一时不能作。我的生活,一面是不能动弹,好像软禁在狱室里,一面又琐事却多得很,每月总想打叠一下,空出一段时间来,而每月总还是没有整段的余暇。做杂感不要紧,有便写,没有便罢,但连续的小说可就难了,至少非常常连载不可,倘不能寄稿时,是非常焦急的。

小说我也还想写,但目下恐怕不行,而且最好是有全稿后才开始登载,不过在近几日内总是写不成的。

此复,顺请

著祺

幹　顿首　八月三日

四日

日记　晴,热。上午得赵家璧信。内山书店有客将归,以食品三种托其携交山本初枝及内山松藻二家。下午寄《自由谈》稿二篇。寄小峰信。夜永言来。风。

中国的奇想

外国人不知道中国,常说中国人是专重实际的。其实并不,我们中国人是最有奇想的人民。

无论古今,谁都知道,一个男人有许多女人,一味纵欲,后来是不但天天喝三鞭酒也无效,简直非"寿(?)终正寝"不可的。可是我们古人有一个大奇想,是靠了"御女",反可以成仙,例子是彭祖有多少女人而活到几百岁。这方法和炼金术一同流行过,古代书目上还剩着各种的书名。不过实际上大约还是到底不行罢,现在似乎再没有什么人们相信了,这对于喜欢渔色的英雄,真是不幸得很。

然而还有一种小奇想。那就是哼的一声,鼻孔里放出一道白光,无论路的远近,将仇人或敌人杀掉。白光可又回来了,摸不着是谁杀的,既然杀了人,又没有麻烦,多么舒适自在。这种本领,前年还有人想上武当山去寻求,直到去年,这才用大刀队来替代了这奇想的位置。现在是连大刀队的名声也寂寞了。对于爱国的英雄，也是十分不幸的。

然而我们新近又有了一个大奇想。那是一面救国，一面又可以发财，虽然各种彩票，近似赌博，而发财也不过是"希望"。不过这两种已经关联起来了却是真的。固然，世界上也有靠聚赌抽头来维持的摩那科王国，但就常理说，则赌博大概是小则败家，大则亡国；救国呢，却总不免有一点牺牲，至少，和发财之路总是相差很远的。然而发见了一致之点的是我们现在的中国，虽然还在试验的途中。

然而又还有一种小奇想。这回不用一道白光了，要用几回启事，几封匿名的信件，几篇化名的文章，使仇头落地，而血点一些也不会溅着自己的洋房和洋服。并且映带之下，使自己成名获利。这也还在试验的途中，不知道结果怎么样，但翻翻现成的文艺史，看不见半个这样的人物，那恐怕也还是枉用心机的。

狂赌救国，纵欲成仙，袖手杀敌，造谣买田，倘有人要编续《龙文鞭影》的，我以为不妨添上这四句。

八月四日。

原载 1933 年 8 月 6 日《申报·自由谈》。署名游光。
初收 1934 年 12 月上海兴中书局（联华）版《准风月谈》。

豪语的折扣

豪语的折扣其实也就是文学上的折扣，凡作者的自述，往往须打一个扣头，连自白其可怜和无用也还是并非"不二价"的，更何况豪语。

仙才李太白的善作豪语，可以不必说了；连留长了指甲，骨瘦如柴的鬼才李长吉,也说"见买若耶溪水剑,明朝归去事猿公"起来,简直是毫不自量,想学刺客了。这应该折成零,证据是他到底并没有去。南宋时候,国步艰难,陆放翁自然也是慷慨党中的一个,他有一回说:"老子犹堪绝大漠,诸君何至泣新亭。"他其实是去不得的,也应该折成零。——但我手头无书,引诗或有错误,也先打一个折扣在这里。

其实,这故作豪语的脾气,正不独文人为然,常人或市侩,也非常发达。市上甲乙打架,输的大抵说:"我认得你的!"这是说,他将如伍子胥一般,誓必复仇的意思。不过总是不来的居多,倘是智识分子呢,也许另用一些阴谋,但在粗人,往往这就是斗争的结局,说的是有口无心,听的也不以为意,久成为打架收场的一种仪式了。

旧小说家也早已看穿了这局面,他写暗娼和别人相争,照例攻击过别人的偷汉之后,就自序道:"老娘是指头上站得人,臂膊上跑得马……"底下怎样呢?他任别人去打折扣。他知道别人是决不那么胡涂,会十足相信的,但仍得这么说,恰如卖假药的,包纸上一定印着"存心欺世,雷殛火焚"一样,成为一种仪式了。

但因时势的不同,也有立刻自打折扣的。例如在广告上,我们有时会看见自说"我是坐不改名,行不改姓的人",真要蓦地发生一种好像见了《七侠五义》中人物一般的敬意,但接着就是"纵令有时用其他笔名,但所发表文章,均自负责",却身子一扭,土行孙似的不见了。予岂好"用其他笔名"哉?予不得已也。上海原是中国的一部分,当然受着孔子的教化的。便是商家,柜内的"不二价"的金字招牌也时时和屋外"大廉价"的大旗互相辉映,不过他总有一个缘故:不是提倡国货,就是纪念开张。

所以,自打折扣,也还是没有打足的,凡"老上海",必须再打它一下。

八月四日。

原载 1933 年 8 月 8 日《申报·自由谈》。署名苇索。

初收 1934 年 12 月上海兴中书局(联华)版《准风月谈》。

致 赵家璧

家璧先生：

一日惠函，我于四日才收到。

译文来不及，天热，我又眼花，没有好字典，只得奉还，抱歉之至。序文用不着查什么，还可以作，但六号是来不及的，我做起来看，赶得上就用，赶不上可以作罢的。

书两本，先奉还，那一本我自己有。

此复，即请

著安。

迅　上　八月四日

五日

日记　晴，热。上午复赵家璧信。午后往鸿运楼饮。得生活周刊社信。得陈烟桥信并木刻一帧，夜复。蕴如及三弟来。

六日

日记　星期。晴，大热。上午寄须藤先生信。

祝《涛 声》

《涛声》的寿命有这么长，想起来实在有点奇怪的。

大前年和前年，所谓作家也者，还有什么什么会，标榜着什么什么文学，到去年就渺渺茫茫了，今年是大抵化名办小报，卖消息；消息那里有这么多呢，于是造谣言。先前的所谓作家还会联成黑幕小说，现在是联也不会联了，零零碎碎的塞进读者的脑里去，使消息和秘闻之类成为他们的全部大学问。这功绩的褒奖是稿费之外，还有消息奖，"挂羊头卖狗肉"也成了过去的事，现在是在"卖人肉"了。

于是不"卖人肉"的刊物及其作者们，便成为被卖的货色。这也是无足奇的，中国是农业国，而麦子却要向美国定购，独有出卖小孩，只要几百钱一斤，则古文明国中的文艺家，当然只好卖血，尼采说过："我爱血写的书"呀。

然而《涛声》尚存，这就是我所谓"想起来实在有点奇怪"。

这是一种幸运，也是一个缺点。看现在的景况，凡有救准或默许其存在的，倒往往会被一部分人们摇头。有人批评过我，说，只要看鲁迅至今还活着，就足见不是一个什么好人。这是真的，自民元革命以至现在，好人真不知道被害死了多少了，不过谁也没有记一篇准账。这事实又教坏了我，因为我知道即使死掉，也不过给他们大卖消息，大造谣言，说我的被杀，其实是为了金钱或女人关系。所以，名列于该杀之林则可，悬梁服毒，是不来的。

《涛声》上常有赤膊打仗，拼死拼活的文章，这脾气和我很相反，并不是幸存的原因。我想，那幸运而且也是缺点之处，是在总喜欢引古证今，带些学究气。中国人虽然自夸"四千余年古国古"，可是十分健忘的，连民族主义文学家，也会认成吉斯汗为老祖宗，则不宜与之谈古也可见。上海的市侩们更不需要这些，他们感到兴趣的只是今天开奖，邻右争风；眼光远大的也不过要知道名公如何游山，阔人和谁要好之类；高尚的就看什么学界琐闻，文坛消息。总之，是已将生命割得零零碎碎了。

这可以使《涛声》的销路不见得好，然而一面也使《涛声》长寿。文人学士是清高的，他们现在也更加聪明，不再恭维自己的主子，来着痕迹了。他们只是排好暗箭，拿定粪帚，监督着应该俯伏着的奴隶们，看有谁抬起头来的，就射过去，洒过去，结果也许会终于使这人被绑架或被暗杀，由此使民国的国民一律"平等"。《涛声》在销路上的不大出头，也正给它逃了暂时的性命，不过，也还是很难说，因为"不测之威"，也是古来就有的。

我是爱看《涛声》的，并且以为这样也就好。然而看近来，不谈政治呀，仍谈政治呀，似乎更加不大安分起来，则我的那些忠告，对于"乌鸦为记"的刊物，恐怕也不见得有效。

那么，"祝"也还是"白祝"，我也只好看一张，算一张了。昔人诗曰，"丧乱死多门"，信夫！

八月六日。

原载 1933 年 8 月 19 日《涛声》周刊第 2 卷第 31、32 期合刊。

初收 1934 年 3 月上海同文书店版《南腔北调集》。

《一个人的受难》序

"连环图画"这名目，现在已经有些用熟了，无须更改；但其实是应该称为"连续图画"的，因为它并非"如环无端"，而是有起有讫的画本。中国古来的所谓"长卷"，如《长江无尽图卷》，如《归去来辞图卷》，也就是这一类，不过联成一幅罢了。

这种画法的起源真是早得很。埃及石壁所雕名王的功绩，"死书"所画冥中的情形，已就是连环图画。别的民族，古今都有，无须细述了。这于观者很有益，因为一看即可以大概明白当时的若干的情形，不比文辞，非熟习的不能领会。到十九世纪末，西欧的画家，有许多很喜欢作这一类画，立一个题，制成画帖，但并不一定连贯的。用图画来叙事，又比较的后起，所作最多的就是麦绥莱勒。我想，这和电影有极大的因缘，因为一面是用图画来替文字的故事，同时也是用连续来代活动的电影。

麦绥莱勒（Frans Masereel）是反对欧战的一人；据他自己说，以一八八九年七月三十一日生于弗兰兑伦的勃兰勘培克（Blankenberghe in Flandern），幼小时候是很幸福的，因为玩的多，学的少。求学时代是在干德（Gent），在那里的艺术学院里学了小半年；后来就漫游德，英，瑞士，法国去了，而最爱的是巴黎，称之为"人生的学校"。在瑞士时，常投画稿于日报上，摘发社会的隐病，罗曼罗兰比之于陀密埃（Daumier）和戈耶（Goya）。但所作最多的是木刻的书籍上的插图，和全用图画来表现的故事。他是酷爱巴黎的，所以作品往往浪漫，奇诡，出于人情，因以收得惊异和滑稽的效果。独有这《一个人的受难》（*Die Passion eines Menschen*）乃是写实之作，和别的图画故事都不同。

这故事二十五幅中，也并无一字的说明。但我们一看就知道：在桌椅之外，一无所有的屋子里，一个女子怀了孕了（一），生产之后，即被别人所斥逐，不过我不知道斥逐她的是雇主，还是她的父亲（二）。于是她只好在路上彷徨（三），终于跟了别人；先前的孩子，便进了野孩子之群，在街头捣乱（四）。稍大，去学木匠，但那么重大的工作，幼童是不胜任的（五），到底免不了被人踢出，像打跑一条野狗一样（六）。他为饥饿所逼，就去偷面包（七），而立刻被维持秩序的巡警所捕获（八），关进监牢里去了（九）。罚满释出（十），这回却轮到他在热闹的路上彷徨（十一），但幸而也竟找得了修路的工作（十二）。不过，终日挥着鹤嘴锄，是会觉得疲劳的（十三），这时乘机而入的却是恶友（十四），他受了诱惑，去会妓女（十五），去玩跳舞了（十六）。但归途中又悔恨起来（十七），决计进厂做工，而且一早就看书自习（十八）；在这环境里，这才遇到了真的相爱的同人（十九）。但劳资两方冲突了，他登高呼号，联合了工人，和资本家战斗（二十),于是奸细窥探于前(二十一),兵警弹压于后(二十二),奸细又从中离间,他被捕了(二十三)。在受难的"神之子"耶稣像前,这"人之子"就受着裁判(二十四);自然是死刑,他站着,等候着兵们的开枪(二十五)!

耶稣说过,富翁想进天国,比骆驼走过针孔还要难。但说这话的人,自己当时却受难(Passion)了。现在是欧美的一切富翁,几乎都是耶稣的信奉者,而受难的就轮到了穷人。

这就是《一个人的受难》中所叙述的。

一九三三年八月六日,鲁迅记。

最初印入 1933 年 9 月上海良友图书公司版《一个人的受难》。

初收 1934 年 3 月上海同文书店版《南腔北调集》。

七日

日记　晴,大热。上午寄曹聚仁信并稿一篇。午后内山书店送来『ミレー大画集』(3)一本,四元。寄靖华信并书报等二包。得烈文信并《自由谈》稿费五十元。下午大雨一陈。寄烈文信并稿一篇。寄赵家璧信并木版书序一篇。得增田君信,七月三十日发。

致 赵家璧

家璧先生:

为《一个人的受难》写了一点序,姑且寄上,如不合用,或已太迟,请抛掉就是,因为自己看看,也觉得太草率了。

此上，即请

著安。

迅　启　八月七日

　　八日

　　日记　晴，大热。上午寄陈烟桥信。寄王志之信并书籍等。夜三弟及蕴如来。得杜衡信。浴。

　　九日

　　日记　昙，午晴，大热。夜往内山书店，得赵家璧信并木刻书序稿费二十元。得霁野信附与靖华笺及其版税二百五十五元，即复。得董永舒信并小说稿一篇。

致 李霁野

霁野兄：

　　来信及款，今日收到。

　　靖回否似未定，近少来信。款能否寄去而本人收到，亦可疑，姑存我处，俟探明汇法后办理。

　　开明二次付款期，似系六月，三次为八月，但约稿不在手头，无从确言，总之，二次之期，则必已到矣。

　　丛近到上海一次，未见，但闻人传其言谈，颇怪云。

　　上海大热，房内亦九十度以上。我如常，勿念。

　　此复，并颂

时绥

树　启　八月九夜

十日

日记 昙,热。上午寄三弟信。下午风,稍凉。

踢

两月以前,曾经说过"推",这回却又来了"踢"。

本月九日《申报》载六日晚间,有漆匠刘明山,杨阿坤,顾洪生三人在法租界黄浦滩太古码头纳凉,适另有数人在左近聚赌,由巡逻警察上前驱逐,而刘,顾两人,竟被俄捕弄到水里去,刘明山竟淹死了。由俄捕说,自然是"自行失足落水"的。但据顾洪生供,却道:"我与刘,杨三人,同至太古码头乘凉,刘坐铁凳下地板上,……我立在旁边,……俄捕来先踢刘一脚,刘已立起要避开,又被踢一脚,以致跌入浦中,我要拉救,已经不及,乃转身拉住俄捕,亦被用手一推,我亦跌下浦中,经人救起的。"推事问:"为什么要踢他?"答曰:"不知。"

"推"还要抬一抬手,对付下等人是犯不着如此费事的,于是乎有"踢"。而上海也真有"踢"的专家,有印度巡捕,有安南巡捕,现在还添了白俄巡捕,他们将沙皇时代对犹太人的手段,到我们这里来施展了。我们也真是善于"忍辱负重"的人民,只要不"落浦",就大抵用一句滑稽化的话道:"吃了一只外国火腿",一笑了之。

苗民大败之后,都往山里跑,这是我们的先帝轩辕氏赶他的。南宋败残之余,就往海边跑,这据说也是我们的先帝成吉思汗赶他的,赶到临了,就是陆秀夫背着小皇帝,跳进海里去。我们中国人,原是古来就要"自行失足落水"的。

有些慷慨家说,世界上只有水和空气给与穷人。此说其实是不确的,穷人在实际上,那里能够得到和大家一样的水和空气。即使在码头上乘乘凉,也会无端被"踢",送掉性命的:落浦。要救朋友,或拉住凶手罢,"也被用手一推":也落浦。如果大家来相帮,那就有"反帝"的嫌疑了,"反帝"原未为中国所禁止的,然而要预防"反动分子乘机捣乱",所以结果还是免不了"踢"和"推",也就是终于是落浦。

时代在进步,轮船飞机,随处皆是,假使南宋末代皇帝而生在今日,是决不至于落海的了,他可以跑到外国去,而小百姓以"落浦"代之。

这理由虽然简单,却也复杂,故漆匠顾洪生曰:"不知。"

八月十日。

原载 1933 年 8 月 13 日《申报·自由谈》。署名丰之余。

初收 1934 年 12 月上海兴中书局(联华)版《准风月谈》。

"中国文坛的悲观"

文雅书生中也真有特别善于下泪的人物,说是因为近来中国文坛的混乱,好像军阀割据,便不禁"呜呼"起来了,但尤其痛心诬陷。

其实是作文"藏之名山"的时代一去,而有一个"坛",便不免有斗争,甚而至于谩骂,诬陷的。明末太远,不必提了;清朝的章实斋和袁子才,李莼客和赵㧑叔,就如水火之不可调和;再近些,则有《民报》和《新民丛报》之争,《新青年》派和某某派之争,也都非常猛烈。当初又何尝不使局外人摇头叹气呢,然而胜负一明,时代渐远,战血为雨露洗得干干净净,后人便以为先前的文坛是太平了。在外国也一样,我们现在大抵只知道嚣俄和霍普德曼是卓卓的文人,但当时他们的剧本开演的时候,就在戏场里捉人,打架,较详的文学史上,还载着打架之类的图。

所以,无论中外古今,文坛上是总归有些混乱,使文雅书生看得要"悲观"的。但也总归有许多所谓文人和文章也者一定灭亡,只有配存在者终于存在,以证明文坛也总归还是干净的处所。增加混乱的倒是有些悲观论者,不施考察,不加批判,但用"彼亦一是非,此亦一是非"的论调,将一切作者,诋为"一丘之貉"。这样子,扰乱是永远不会收场的。然而世间却并不都这样,一定会有明明白白的是非之别,我们试想一想,林琴南攻击文学革命的小说,为时并不久,现在那里去了?

只有近来的诬陷,倒像是颇为出色的花样,但其实也并不比古时候更厉害,证据是清初大兴文字之狱的遗闻。况且闹这样玩意的,其实并不完全是文人,十中之九,乃是挂了招牌,而无货色,只好化为黑店,出卖人肉馒头的小盗;即使其中偶然有曾经弄过笔墨的人,然而这时却正是露出原形,在告白他自己的没落,文坛决不因此混乱,倒是反而越加清楚,越加分明起来了。

历史决不倒退,文坛是无须悲观的。悲观的由来,是在置身事外不辨是非,而偏要关心于文坛,或者竟是自己坐在没落的营盘里。

八月十日。

原载 1933 年 8 月 14 日《申报·自由谈》,题作《悲观无用论》。署名旅隼。

初收 1934 年 12 月上海兴中书局(联华)版《准风月谈》。

致 杜 衡

杜衡先生:

惠示谨悉。《高尔基文选》已托人送上,谅已达览。译者曾希望卷头有作者像一张,不知书局有可移用者否? 倘没有,当奉借照印。

不看外国小说已年余,现在无甚可译。对于《现代》六期,当寄随笔或译论一篇也。

此复,并颂

著安。

鲁迅　启上　八月十夜。

十一日

日记　晴,风而热。上午复杜衡信。寄黎烈文信并稿二篇。得曹聚仁信。下午得诗荃信。晚大雷雨。夜三弟来并代购得《高尔基传》一本。

十二日

日记　晴,风,大热,下午雷雨。无事。

上海的儿童

上海越界筑路的北四川路一带,因为打仗,去年冷落了大半年,今年依然热闹了,店铺从法租界搬回,电影院早经开始,公园左近也常见携手同行的爱侣,这是去年夏天所没有的。

倘若走进住家的弄堂里去,就看见便溺器,吃食担,苍蝇成群的在飞,孩子成队的在闹,有剧烈的捣乱,有发达的骂詈,真是一个乱烘烘的小世界。但一到大路上,映进眼帘来的却只是轩昂活泼地玩着走着的外国孩子,中国的儿童几乎看不见了。但也并非没有,只因为衣裤郎当,精神萎靡,被别人压得像影子一样,不能醒目了。

中国中流的家庭,教孩子大抵只有两种法。其一,是任其跋扈,一点也不管,骂人固可,打人亦无不可,在门内或门前是暴主,是霸王,但到外面,便如失了网的蜘蛛一般,立刻毫无能力。其二,是终日给以冷遇或呵斥,甚而至于打扑,使他畏葸退缩,仿佛一个奴才,一个傀儡,然而父母却美其名曰"听话",自以为是教育的成功,待到放他到外面来,则如暂出樊笼的小禽,他决不会飞鸣,也不会跳跃。

现在总算中国也有印给儿童看的画本了,其中的主角自然是儿童,然而画中人物,大抵倘不是带着横暴冥顽的气味,甚而至于流氓模样的,过度的恶作剧的顽童,就是钩头耸背,低眉顺眼,一副死板板的脸相的所谓"好孩子"。这虽然由于画家本领的欠缺,但也是取儿童为范本的,而从此又以作供给儿童仿效的范本。我们试一看别国的儿童画罢,英国沉着,德国粗豪,俄国雄厚,法国漂亮,日本聪明,都没有一点中国似的衰惫的气象。观民风是不但可以由诗文,也可以由图画,而且可以由不为人们所重的儿童画的。

顽劣,钝滞,都是以使人没落,灭亡。童年的情形,便是将来的命运。我们的新人物,讲恋爱,讲小家庭,讲自立,讲享乐了,但很少有人为儿女提出家庭教育的问题,学校教育的问题,社会改革的问题。先前的人,只知道"为儿孙作马牛",固然是错误的,但只顾现在,不想将来,"任儿孙作马牛",却不能不说是一个更大的错误。

八月十二日。

原载 1933 年 9 月 15 日《申报月刊》第 2 卷第 9 号。署名洛文。

初收 1934 年 3 月上海同文书店版《南腔北调集》。

上海的少女

在上海生活,穿时髦衣服的比土气的便宜。如果一身旧衣服,公共电车的车掌会不照你的话停车,公园看守会格外认真的检查入门券,大宅子或大客寓的门丁会不许你走正门。所以,有些人宁可居斗室,喂臭虫,一条洋服裤子却每晚必须压在枕头下,使两面裤腿上的折痕天天有棱角。

然而更便宜的是时髦的女人。这在商店里最看得出:挑选不完,决断不下,店员也还是很能忍耐的。不过时间太长,就须有一种必要的条件,是带着一点风骚,能受几句调笑。否则,也会终于引出普通的白眼来。

惯在上海生活了的女性,早已分明地自觉着这种自己所具的光荣,同时也明白着这种光荣中所含的危险。所以凡有时髦女子所表现的神气,是在招摇,也在固守,在罗致,也在抵御,像一切异性的亲人,也像一切异性的敌人,她在喜欢,也正在恼怒。这神气也传染了未成年的少女,我们有时会看见她们在店铺里购买东西,侧着头,佯嗔薄怒,如临大敌。自然,店员们是能像对于成年的女性一样,加以调笑的,而她也早明白着这调笑的意义。总之:她们大抵早熟了。

然而我们在日报上,确也常常看见诱拐女孩,甚而至于凌辱少女的新闻。

不但是《西游记》里的魔王,吃人的时候必须童男和童女而已,在人类中的富户豪家,也一向以童女为侍奉,纵欲,鸣高,寻仙,采补的材料,恰如食品的餍足了普通的肥甘,就想乳猪芽茶一样。现在这现象并且已经见于商人和工人里面了,但这乃是人们的生活不能顺遂的结果,应该以饥民的掘食草根树皮为比例,和富户豪家的纵恣的变态是不可同日而语的。

但是,要而言之,中国是连少女也进了险境了。

这险境,更使她们早熟起来,精神已是成人,肢体却还是孩子。俄国的作家梭罗古勃曾经写过这一种类型的少女,说是还是小孩子,而眼睛却已经长大了。然而我们中国的作家是另有一种称赞的写法的:所谓"娇小玲珑"者就是。

八月十二日。

原载 1933 年 9 月 15 日《申报月刊》第 2 卷第 9 号。署名洛文。

初收 1934 年 3 月上海同文书店版《南腔北调集》。

十三日

日记　星期。晴,热。午后寄母亲信。下午复董永舒信并寄书籍七本。协和来。三弟及蕴如携二孩来。得杜衡信。寄《申报月刊》稿二篇。

致 董永舒

永舒先生:

你给我的信,在前天收到。我是活着的,虽然不知道可以活到什么时候。

《雪朝》我看了一遍,这还不能算短篇小说,因为局面小,描写也还简略,但作为一篇随笔看,是要算好的。此后如要创作,第一须观察,第二是要看别人的作品,但不可专看一个人的作品,以防被他束缚住,必须博采众家,取其所长,这才后来能够独立。我所取法的,大抵是外国的作家。

但看别人的作品,也很有难处,就是经验不同,即不能心心相印。所以常有极要紧,极精采处,而读者不能感到,后来自己经验了类似的事,这才了然起来。例如描写饥饿罢,富人是无论如何都不会懂的,如果饿他几天,他就明白那好处。

《伟大的印象》曾在杂志《北斗》上登载过,这杂志早被禁止,现在已无从搜求。昨天托内山书店寄上七(?)本书,想能和此信先后而至,其中的《铁流》是原版,你所买到的,大约是光华书局的再版罢,但内容是一样的,不过纸张有些不同罢了。

高尔基的传记,我以为写得还好,并且不枯燥,所以寄上一本。至于他的作品,中国译出的已不少,但我觉得没有一本可靠的,不必购读。今年年底,当有他的《小说选集》和《论文选集》各一本可以出版,是从原文直接翻译出来的好译本,那时我当寄上。

此复,即颂

时绥。

鲁迅　启上　八月十三日

以后如有信,寄"上海北四川路底内山书店"收转,则比较的可以收到得快。　又及。

十四日

日记　昙,热。下午雨一阵,仍热。寄烈文信并稿四篇。复杜衡信。

秋夜纪游

秋已经来了,炎热也不比夏天小,当电灯替代了太阳的时候,我还是在马路上漫游。

危险?危险令人紧张,紧张令人觉到自己生命的力。在危险中漫游,是很好的。

租界也还有悠闲的处所,是住宅区。但中等华人的窟穴却是炎热的,吃食担,胡琴,麻将,留声机,垃圾桶,光着的身子和腿。相宜的是高等华人或无等洋人住处的门外，宽大的马路，碧绿的树，淡色的窗幔，凉风，月光，然而也有狗子叫。

我生长农村中，爱听狗子叫，深夜远吠，闻之神怡，古人之所谓"犬声如豹"者就是。倘或偶经生疏的村外，一声狂嗥，巨獒跃出，也给人一种紧张，如临战斗，非常有趣的。

但可惜在这里听到的是吧儿狗。它躲躲闪闪，叫得很脆：汪汪！

我不爱听这一种叫。

我一面漫步，一面发出冷笑，因为我明白了使它闭口的方法，是只要去和它主子的管门人说几句话，或者抛给它一根肉骨头。这两件我还能的，但是我不做。

它常常要汪汪。

我不爱听这一种叫。

我一面漫步，一面发出恶笑了，因为我手里拿着一粒石子，恶笑刚敛，就举手一掷，正中了它的鼻梁。

呜的一声，它不见了。我漫步着，漫步着，在少有的寂寞里。

秋已经来了，我还是漫步着。叫呢，也还是有的，然而更加躲躲闪闪了，声音也和先前不同，距离也隔得远了，连鼻子都看不见。

我不再冷笑，不再恶笑了，我漫步着，一面舒服的听着它那很脆的声音。

八月十四日。

原载 1933 年 8 月 16 日《申报·自由谈》。署名游光。

初收 1934 年 12 月上海兴中书局（联华）版《准风月谈》。

"揩 油"

"揩油"，是说明着奴才的品行全部的。

这不是"取回扣"或"取佣钱",因为这是一种秘密;但也不是偷窃,因为在原则上,所取的实在是微乎其微。因此也不能说是"分肥";至多,或者可以谓之"舞弊"罢。然而这又是光明正大的"舞弊",因为所取的是豪家,富翁,阔人,洋商的东西,而且所取又不过一点点,恰如从油水汪洋的处所,揩了一下,于人无损,于揩者却有益的,并且也不失为损富济贫的正道。设法向妇女调笑几句,或乘机摸一下,也谓之"揩油",这虽然不及对于金钱的名正言顺,但无大损于被揩者则一也。

　　表现得最分明的是电车上的卖票人。纯熟之后,他一面留心着可揩的客人,一面留心着突来的查票,眼光都练得像老鼠和老鹰的混合物一样。付钱而不给票,客人本该索取的,然而很难索取,也很少见有人索取,因为他所揩的是洋商的油,同是中国人,当然有帮忙的义务,一索取,就变成帮助洋商了。这时候,不但卖票人要报你憎恶的眼光,连同车的客人也往往不免显出以为你不识时务的脸色。

　　然而彼一时,此一时,如果三等客中有时偶缺一个铜元,你却只好在目的地以前下车,这时他就不肯通融,变成洋商的忠仆了。

　　在上海,如果同巡捕,门丁,西崽之类闲谈起来,他们大抵是憎恶洋鬼子的,他们多是爱国主义者。然而他们也像洋鬼子一样,看不起中国人,棍棒和拳头和轻蔑的眼光,专注在中国人的身上。

　　"揩油"的生活有福了。这手段将更加展开,这品格将变成高尚,这行为将认为正当,这将算是国民的本领,和对于帝国主义的复仇。打开天窗说亮话,其实,所谓"高等华人"也者,也何尝逃得出这模子。

　　但是,也如"吃白相饭"朋友那样,卖票人是还有他的道德的。倘被查票人查出他收钱而不给票来了,他就默然认罚,决不说没有收过钱,将罪案推到客人身上去。

八月十四日。

　　　　　原载 1933 年 8 月 17 日《申报·自由谈》。署名苇索。

初收 1934 年 12 月上海兴中书局（联华）版《准风月谈》。

我们怎样教育儿童的？

看见了讲到"孔乙己"，就想起中国一向怎样教育儿童来。

现在自然是各式各样的教科书，但在村塾里也还有《三字经》和《百家姓》。清朝末年，有些人读的是"天子重英豪，文章教尔曹，万般皆下品，惟有读书高"的《神童诗》，夸着"读书人"的光荣；有些人读的是"混沌初开，乾坤始奠，轻清者上浮而为天，重浊者下凝而为地"的《幼学琼林》，教着做古文的滥调。再上去我可不知道了，但听说，唐末宋初用过《太公家教》，久已失传，后来才从敦煌石窟中发现，而在汉朝，是读《急就篇》之类的。

就是所谓"教科书"，在近三十年中，真不知变化了多少。忽而这么说，忽而那么说，今天是这样的宗旨，明天又是那样的主张，不加"教育"则已，一加"教育"，就从学校里造成了许多矛盾冲突的人，而且因为旧的社会关系，一面也还是"混沌初开，乾坤始奠"的老古董。

中国要作家，要"文豪"，但也要真正的学究。倘有人作一部历史，将中国历来教育儿童的方法，用书，作一个明确的记录，给人明白我们的古人以至我们，是怎样的被熏陶下来的，则其功德，当不在禹（虽然他也许不过是一条虫）下。

《自由谈》的投稿者，常有博古通今的人，我以为对于此工作，是很有胜任者在的。不知亦有有意于此者乎？现在提出这问题，盖亦知易行难，遂只得空口说白话，而望垦辟于健者也。

八月十四日。

原载 1933 年 8 月 18 日《申报·自由谈》。署名旅隼。

初收 1934 年 12 月上海兴中书局（联华）版《准风月谈》。

为翻译辩护

今年是围剿翻译的年头。

或曰"硬译"，或曰"乱译"，或曰"听说现在有许多翻译家……翻开第一行就译，对于原作的理解，更无从谈起"，所以令人看得"不知所云"。

这种现象，在翻译界确是不少的，那病根就在"抢先"。中国人原是喜欢"抢先"的人民，上落电车，买火车票，寄挂号信，都愿意是一到便是第一个。翻译者当然也逃不出这例子的。而书店和读者，实在也没有容纳同一原本的两种译本的雅量和物力，只要已有一种译稿，别一译本就没有书店肯接收出版了，据说是已经有了，怕再没有人要买。

举一个例在这里：现在已经成了古典的达尔文的《物种由来》，日本有两种翻译本，先出的一种颇多错误，后出的一本是好的。中国只有一种马君武博士的翻译，而他所根据的却是日本的坏译本，实有另译的必要。然而那里还会有书店肯出版呢？除非译者同时是富翁，他来自己印。不过如果是富翁，他就去打算盘，再也不来弄什么翻译了。

还有一层，是中国的流行，实在也过去得太快，一种学问或文艺介绍进中国来，多则一年，少则半年，大抵就烟消火灭。靠翻译为生的翻译家，如果精心作意，推敲起来，则到他脱稿时，社会上早已无人过问。中国大嚷过托尔斯泰，屠格纳夫，后来又大嚷过辛克莱，但他们的选集却一部也没有。去年虽然还有以郭沫若先生的盛名，幸而出版的《战争与和平》,但恐怕仍不足以挽回读书和出版界的惰气,势必至于读者也厌倦,译者也厌倦,出版者也厌倦,归根结蒂是不会完结的。

翻译的不行,大半的责任固然该在翻译家,但读书界和出版界,尤其是批评家,也应该分负若干的责任。要救治这颓运,必须有正确的批评,指出坏的,奖励好的,倘没有,则较好的也可以。然而这怎么能呢;指摘坏翻译,对于无拳无勇的译者是不要紧的,倘若触犯了别有来历的人,他就会给你带上一顶红帽子,简直要你的性命。这现象,就使批评家也不得不含胡了。

此外,现在最普通的对于翻译的不满,是说看了几十行也还是不能懂。但这是应该加以区别的。倘是康德的《纯粹理性批判》那样的书,则即使德国人来看原文,他如果并非一个专家,也还是一时不能看懂。自然,"翻开第一行就译"的译者,是太不负责任了,然而漫无区别,要无论什么译本都翻开第一行就懂的读者,却也未免太不负责任了。

八月十四日。

原载 1933 年 8 月 20 日《申报·自由谈》。署名洛文。

初收 1934 年 12 月上海兴中书局(联华)版《准风月谈》。

致 杜 衡

杜衡先生:

十二日信昨收到。《高论》译者不知所在,无法接洽,但九月中距现在不过月余,即有急用,亦可设法周转,版税一层是可以不成问题的。高尔基像我原有一本,而被人借去,一时不能取回,现在如要插图，我以为可用五幅，因为论文是近作，故所取者皆晚年的————

1. 最近画像（我有）。

2. 木刻像（在《文学月报》或《北斗》中，记不清）。

3. 他在演讲（在邹韬奋编的《高尔基》内）。

4. 蔼理斯的漫画（在同书内）。

5. 库克尔涅克斯的漫画（我有）。

如现代愿用而自去找其三幅，则我当于便中将那两幅交上，但如怕烦，则只在卷头用一幅也不要紧，不过多加插画，却很可以增加读者兴趣的。

还有一部《高尔基小说选集》，约十二万字，其实是《论文集》的姊妹篇，不知先前曾经拿到现代去过没有？总之是说定卖给生活书店的了，而昨天得他们来信，想将两篇译序抽去，也因为一时找不到译者，无法答复。但我想，去掉译序，是很不好的，读者失去好指针，吃亏不少。不知现代能不能以和《论文集》一样形式，尤其是不加删改，为之出版？请与蛰存先生一商见告。倘能，我想于能和译者接洽时，劝其收回，交给现代，亦以抽版税法出版。

倘赐复，请寄×××××××××××××，较为便捷，因为周建人忙，倒不常和我看见的。此复，即颂
著安。

鲁迅　上　八月十四日

十五日

日记　晴，热。下午大雨，稍凉。无事。

十六日

日记　昙，热。上午得钦文信。得天马书店信并版税即期支票二百，下午复之，并寄印证千。得小峰信并版税二百。晚得黎烈文

信。得语堂信。三弟及蕴如携蕖官来。

爬 和 撞

从前梁实秋教授曾经说过:穷人总是要爬,往上爬,爬到富翁的地位。不但穷人,奴隶也是要爬的,有了爬得上的机会,连奴隶也会觉得自己是神仙,天下自然太平了。

虽然爬得上的很少,然而个个以为这正是他自己。这样自然都安分的去耕田,种地,拣大粪或是坐冷板凳,克勤克俭,背着苦恼的命运,和自然奋斗着,拼命的爬,爬,爬。可是爬的人那么多,而路只有一条,十分拥挤。老实的照着章程规规矩矩的爬,大都是爬不上去的。聪明人就会推,把别人推开,推倒,踏在脚底下,踹着他们的肩膀和头顶,爬上去了。大多数人却还只是爬,认定自己的冤家并不在上面,而只在旁边——是那些一同在爬的人。他们大都忍耐着一切,两脚两手都着地,一步步的挨上去又挤下来,挤下来又挨上去,没有休止的。

然而爬的人太多,爬得上的太少,失望也会渐渐的侵蚀善良的人心,至少,也会发生跪着的革命。于是爬之外,又发明了撞。

这是明知道你太辛苦了,想从地上站起来,所以在你的背后猛然的叫一声:撞罢。一个个发麻的腿还在抖着,就撞过去。这比爬要轻松得多,手也不必用力,膝盖也不必移动,只要横着身子,晃一晃,就撞过去。撞得好就是五十万元大洋,妻,财,子,禄都有了。撞不好,至多不过跌一交,倒在地下。那又算得什么呢,——他原本是伏在地上的,他仍旧可以爬。何况有些人不过撞着玩罢了,根本就不怕跌交的。

爬是自古有之。例如从童生到状元,从小瘪三到康白度。撞却

311

似乎是近代的发明。要考据起来,恐怕只有古时候"小姐抛彩球"有点像给人撞的办法。小姐的彩球将要抛下来的时候,——一个个想吃天鹅肉的男子汉仰着头,张着嘴,馋涎拖得几尺长……可惜,古人究竟呆笨,没有要这些男子汉拿出几个本钱来,否则,也一定可以收着几万万的。

爬得上的机会越少,愿意撞的人就越多,那些早已爬在上面的人们,就天天替你们制造撞的机会,叫你们化些小本钱,而预约着你们名利双收的神仙生活。所以撞得好的机会,虽然比爬得上的还要少得多,而大家都愿意来试试的。这样,爬了来撞,撞不着再爬……鞠躬尽瘁,死而后已。

八月十六日。

原载 1933 年 8 月 23 日《申报·自由谈》。署名旬继。

初收 1934 年 12 月上海兴中书局(联华)版《准风月谈》。

十七日

日记　晴。下午校《伪自由书》起。

十八日

日记　晴。上午寄《自由谈》稿二篇。得韦丛芜信并还靖华泉二百元。得天马书店信并再版《自选集》五本。夜浴。

娘儿们也不行

林语堂先生只佩服《论语》,不崇拜孟子,所以他要让娘儿们来干一下。其实,孟夫子说过的:"养生者不足以当大事,唯送死可以当大事"。娘儿们只会"养生",不会"送死",如何可以叫她们来治天下!

"养生"得太多了,就有人满之患,于是你抢我夺,天下大乱。非得有人来实行送死政策,叫大家一批批去送死,只剩下他们自己不可。这只有男子汉干得出来。所以文官武将都由男子包办,是并非无功受禄的。自然不是男子全体,例如林语堂先生举出的罗曼·罗兰等等就不在内。

懂得这层道理,才明白军缩会议,世界经济会议,废止内战同盟等等,都只是一些男子汉骗骗娘儿们的玩意儿;他们自己心里是雪亮的:只有"送死"可以治国而平天下,——送死者,送别人去为着自己死之谓也。

就说大多数"别人"不愿意去死,因而请慈母性的娘儿们来治理罢,那也是不行的。林黛玉说:"不是东风压倒西风,就是西风压倒东风",这就是女界的"内战"也是永远不息的意思。虽说娘儿们打起仗来不用机关枪,然而动不动就抓破脸皮也就不得了。何况"东风"和"西风"之间,还有另一种女人,她们专门在挑拨,教唆,搬弄是非。总之,争吵和打架也是女治主义国家的国粹,而且还要剧烈些。所以假定娘儿们来统治了,天下固然仍旧不得太平,而且我们的耳根更是一刻儿不得安静了。

人们以为天下的乱是由于男子爱打仗,其实不然的。这原因还在于打仗打得不彻底,和打仗没有认清真正的冤家。如果认清了冤家,又不像娘儿们似的空嚷嚷,而能够扎实的打硬仗,那也许真把爱打仗的男女们的种都给灭了。而娘儿们都大半是第三种:东风吹来往西倒,西风吹来往东倒,弄得循环报复,没有个结账的日子。同时,每一次打仗一因为她们倒得快,就总不会彻底,又因为她们大都特别认不清冤家,就永久只有纠缠,没有清账。统治着的男子汉,其实要感谢她们的。

所以现在世界的糟,不在于统治者是男子,而在这男子在女人的地统治。以妾妇之道治天下,天下那得不糟!

举半个例罢:明朝的魏忠贤是太监——半个女人,他治天下的时候,弄得民不聊生,到处"养生"了许多干儿孙,把人的血肉廉耻当馒头似的吞噬,而他的狐群狗党还拥戴他配享孔庙,继承道统。半个女人的统治尚且如此可怕,何况还是整个的女人呢!

> 原载 1933 年 8 月 21 日《申报·自由谈》。署名虞明。
> 初未收集。

十九日

日记　昙。午后往内山书店买文艺书三种五本,共泉四元五角;又从杂志部得『白と黒』(三十八)一本,『仏蘭西文芸』(一至五)五本,共泉一元七角。晚雨。得季市信。得杜衡信。

二十日

日记　星期。晴。下午复季市信。复杜衡信。以霁野信转寄靖华。晚得靖华所寄 V. Favorsky 木刻六枚,又 A. Tikov 木刻十一枚,并书二本。以杨桃十六枚赠内山君。三弟及蕴如携蕖官来。收申报月刊社稿费十元。

致 许寿裳

季市兄:

　　惠函诵悉。钦文一事已了,而另一事又发生,似有仇家,必欲苦之而后快者，新闻上记事简略，殊难知其内情，真是无法。蔡公生病，不能相渎，但未知公侠有法可想否？

敝寓均安，可释念。附奉旧邮票二纸，皆庸品也。

此上，并颂

曼福。

弟飞　顿首　八月二十日

致 杜 衡

杜衡先生：

昨奉到十八日函。高氏像二种，当于便中持上。《小说集》系同一译者从原文译出，文笔流畅可观。已于昨日函生活书店索还原稿，想不会有什么问题。

《文艺理论丛书》第一本，我不能作序，一者因为我对于此事，不想与闻；二者则对于蒲氏学术，实在知道得太少，乱发议论，贻笑大方。此事只好等看见雪峰时，代为催促，但遇见他真是难得很。

第二本无人作序，只好将靖华的那篇移用，我是赞成的。第一本一时不能成功，其实将第二本先出版也可以。

《现代》用的稿子，尚未作，当于月底或下月初寄上不误。专此布复，即颂

著祺。

鲁迅　启上　八月二十日

二十一日

日记　晴。午后日食。下午达夫来。夜大风而雨。

二十二日

日记　晴。上午得靖华稿并信，七月十七日发。得山本夫人信。得母亲信，十五日发，即复。得紫佩信，即复。

二十三日

日记　晴。下午森本清八君赠眼镜一具。

"论语一年"

借此又谈萧伯纳

　　说是《论语》办到一年了，语堂先生命令我做文章。这实在好像出了"学而一章"的题目，叫我做一篇白话八股一样。没有法，我只好做开去。

　　老实说罢，他所提倡的东西，我是常常反对的。先前，是对于"费厄泼赖"，现在呢，就是"幽默"。我不爱"幽默"，并且以为这是只有爱开圆桌会议的国民才闹得出来的玩意儿，在中国，却连意译也办不到。我们有唐伯虎，有徐文长；还有最有名的金圣叹，"杀头，至痛也，而圣叹以无意得之，大奇！"虽然不知道这是真话，是笑话；是事实，还是谣言。但总之：一来，是声明了圣叹并非反抗的叛徒；二来，是将屠户的凶残，使大家化为一笑，收场大吉。我们只有这样的东西，和"幽默"是并无什么瓜葛的。

　　况且作者姓氏一大篇，动手者寥寥无几，乃是中国的古礼。在这种礼制之下，要每月说出两本"幽默"来，倒未免有些"幽默"的气息。这气息令人悲观，加以不爱，就使我不大热心于《论语》了。

　　然而，《萧的专号》是好的。

　　它发表了别处不肯发表的文章，揭穿了别处故意颠倒的谈话，至今还使名士不平，小官怀恨，连吃饭睡觉的时候都会记得起来。憎恶之久，憎恶者之多，就是效力之大的证据。

莎士比亚虽然是"剧圣"，我们不大有人提起他。五四时代绍介了一个易卜生，名声倒还好，今年绍介了一个萧，可就糟了，至今还有人肚子在发胀。

为了他笑嘻嘻，辨不出是冷笑，是恶笑，是嘻笑么？并不是的。为了他笑中有刺，刺着了别人的病痛么？也不全是的。列维它夫说得很分明：就因为易卜生是伟大的疑问号（?），而萧是伟大的感叹号（!）的缘故。

他们的看客，不消说，是绅士淑女们居多。绅士淑女们是顶爱面子的人种。易卜生虽然使他们登场，虽然也揭发一点隐蔽，但并不加上结论，却从容的说道"想一想罢，这到底是些什么呢?"绅士淑女们的尊严，确也有一些动摇了，但究竟还留着摇摇摆摆的退走，回家去想的余裕，也就保存了面子。至于回家之后，想了也未，想得怎样，那就不成什么问题，所以他被绍介进中国来，四平八稳，反对的比赞成的少。萧可不这样了，他使他们登场，撕掉了假面具，阔衣装，终于拉住耳朵，指给大家道，"看哪，这是蛆虫!"连磋商的工夫，掩饰的法子也不给人有一点。这时候，能笑的就只有并无他所指摘的病痛的下等人了。在这一点上，萧是和下等人相近的，而也就和上等人相远。

这怎么办呢？仍然有一定的古法在。就是：大家沸沸扬扬的嚷起来，说他有钱，说他装假，说他"名流"，说他"狡猾"，至少是和自己们差不多，或者还要坏。自己是生活在小茅厕里的，他却从大茅厕里爬出，也是一只蛆虫，绍介者胡涂，称赞的可恶。然而，我想，假使萧也是一只蛆虫，却还是一只伟大的蛆虫，正如可以同有许多感叹号，而惟独他是"伟大的感叹号"一样。譬如有一堆蛆虫在这里罢，一律即即足足，自以为是绅士淑女，文人学士，名宦高人，互相点头，雍容揖让，天下太平，那就是全体没有什么高下，都是平常的蛆虫。

但是，如果有一只蓦地跳了出来，大喝一声道："这些其实都是蛆虫！"那么，——自然，它也是从茅厕里爬出来的，然而我们非认它为特别的伟大的蛆虫则不可。

蛆虫也有大小，有好坏的。

生物在进化，被达尔文揭发了，使我们知道了我们的远祖和猴子是亲戚。然而那时的绅士们的方法，和现在是一模一样的：他们大家倒叫达尔文为猴子的子孙。罗广廷博士在广东中山大学的"生物自然发生"的实验尚未成功，我们姑且承认人类是猴子的亲戚罢，虽然并不十分体面。但这同是猴子的亲戚中，达尔文又不能不说是伟大的了。那理由很简单而且平常，就因为他以猴子亲戚的家世，却并不忌讳，指出了人们是猴子的亲戚来。

猴子的亲戚也有大小，有好坏的。

但达尔文善于研究，却不善于骂人，所以被绅士们嘲笑了小半世。给他来斗争的是自称为"达尔文的咬狗"的赫胥黎，他以渊博的学识，警辟的文章，东冲西突，攻陷了自以为亚当和夏娃的子孙们的最后的堡垒。现在是指人为狗，变成摩登了，也算是一句恶骂。但是，便是狗罢，也不能一例而论的，有的食肉，有的拉橇，有的为军队探敌，有的帮警署捉人，有的在张园赛跑，有的跟化子要饭。将给阔人开心的吧儿和在雪地里救人的猛犬一比较，何如？如赫胥黎，就是一匹有功人世的好狗。

狗也有大小，有好坏的。

但要明白，首先就要辨别。"幽默处俏皮与正经之间"（语堂语）。不知俏皮与正经之辨，怎么会知道这"之间"？我们虽挂孔子的门徒招牌，却是庄生的私淑弟子。"彼亦一是非，此亦一是非"，是与非不想辨；"不知周之梦为蝴蝶欤，蝴蝶之梦为周欤？"梦与觉也分不清。生活要混沌。如果凿起七窍来呢？庄子曰："七日而混沌死。"

这如何容得感叹号？

而且也容不得笑。私塾的先生，一向就不许孩子愤怒，悲哀，也不许高兴。皇帝不肯笑,奴隶是不准笑的。他们会笑,就怕他们也会哭,会怒,会闹起来。更何况坐着有版税可抽,而一年之中,竟"只闻其骚音怨音以及刻薄刁毒之音"呢?

这可见"幽默"在中国是不会有的。

这也可见我对于《论语》的悲观,正非神经过敏。有版税的尚且如此,还能希望那些炸弹满空,河水漫野之处的人们来说"幽默"么?恐怕连"骚音怨音"也不会有,"盛世元音"自然更其谈不到。将来圆桌会议上也许有人列席,然而是客人,主宾之间,用不着"幽默"。甘地一回一回的不肯吃饭,而主人所办的报章上,已有说应该给他鞭子的了。

这可见在印度也没有"幽默"。

最猛烈的鞭挞了那主人们的是萧伯纳,而我们中国的有些绅士淑女们可又憎恶他了,这真是伯纳"以无意得之,大奇!"然而也正是办起《孝经》来的好文字:"此士大夫之孝也。"

《中庸》《大学》都已新出,《孝经》是一定就要出来的;不过另外还要有《左传》。在这样的年头,《论语》那里会办得好;二十五本,已经要算是"不亦乐乎"的了。

八月二十三日。

原载 1933 年 9 月 16 日《论语》半月刊第 25 期。

初收 1934 年 3 月上海同文书店版《南腔北调集》。

二十四日

日记 晴。上午得霁野信。得烈文信,下午复,并稿二篇。寄语堂信并稿一篇。

各种捐班

　　清朝的中叶，要做官可以捐，叫做"捐班"的便是这一伙。财主少爷吃得油头光脸，忽而忙了几天，头上就有一粒水晶顶，有时还加上一枝蓝翎，满口官话，说是"今天天气好"了。

　　到得民国，官总算说是没有了捐班，然而捐班之途，实际上倒是开展了起来，连"学士文人"也可以由此弄得到顶戴。开宗明义第一章，自然是要有钱。只要有钱，就什么都容易办了。譬如，要捐学者罢，那就收买一批古董，结识几个清客，并且雇几个工人，拓出古董上面的花纹和文字，用玻璃板印成一部书，名之曰"什么集古录"或"什么考古录"。李富孙做过一部《金石学录》，是专载研究金石的人们的，然而这倒成了"作俑"，使清客们可以一续再续，并且推而广之，连收藏古董，贩卖古董的少爷和商人，也都一榻括子的收进去了，这就叫作"金石家"。

　　捐做"文学家"也用不着什么新花样。只要开一只书店，拉几个作家，雇一些帮闲，出一种小报，"今天天气好"是也须会说的，就写了出来，印了上去，交给报贩，不消一年半载，包管成功。但是，古董的花纹和文字的拓片是不能用的了，应该代以电影明星和摩登女子的照片，因为这才是新时代的美术。"爱美"的人物在中国还多得很，而"文学家"或"艺术家"也就这样的起来了。

　　捐官可以希望刮地皮，但捐学者文人也不会折本。印刷品固然可以卖现钱，古董将来也会有洋鬼子肯出大价的。

　　这又叫作"名利双收"。不过先要能"投资"，所以平常人做不到，要不然，文人学士也就不大值钱了。

　　而现在还值钱，所以也还会有人忙着做人名辞典，造文艺史，出作家论，编自传。我想，倘作历史的著作，是应该像将文人分为罗曼派，古典派一样，另外分出一种"捐班"派来的，历史要"真"，招些忌恨也只好硬挺,是不是?

八月二十四日。

原载 1933 年 8 月 26 日《申报·自由谈》。署名洛文。

初收 1934 年 12 月上海兴中书局(联华)版《准风月谈》。

四库全书珍本

现在除兵争,政争等类之外,还有一种倘非闲人,就不大注意的影印《四库全书》中的"珍本"之争。官商要照原式,及早印成,学界却以为库本有删改,有错误,如果有别本可得,就应该用别的"善本"来替代。

但是,学界的主张,是不会通过的,结果总非依照《钦定四库全书》不可。这理由很分明,就因为要赶快。四省不见,九岛出脱,不说也罢,单是黄河的出轨举动,也就令人觉得岌岌乎不可终日,要做生意就得赶快。况且"钦定"二字,至今也还有一点威光,"御医""贡缎",就是与众不同的意思。便是早已共和了的法国,拿破仑的藏书在拍卖场上还是比平民的藏书值钱;欧洲的有些著名的"支那学者",讲中国就会引用《钦定图书集成》,这是中国的考据家所不肯玩的玩艺。但是,也可见印了"钦定"过的"珍本",在外国,生意总可以比"善本"好一些。

即使在中国,恐怕生意也还是"珍本"好。因为这可以做摆饰,而"善本"却不过能合于实用。能买这样的书的,决非穷措大也可想,则买去之后,必将供在客厅上也亦可知。这类的买主,会买一个商周的古鼎,摆起来;不得已时,也许买一个假古鼎,摆起来;但他决不肯买一个沙锅或铁镬,摆在紫檀桌子上。因为他的目的是在"珍"

而并不在"善",更不在是否能合于实用的。

明末人好名,刻古书也是一种风气,然而往往自己看不懂,以为错字,随手乱改。不改尚可,一改,可就反而改错了,所以使后来的考据家为之摇头叹气,说是"明人好刻古书而古书亡"。这回的《四库全书》中的"珍本"是影印的,决无改错的弊病,然而那原本就有无意的错字,有故意的删改,并且因为新本的流布,更能使善本湮没下去,将来的认真的读者如果偶尔得到这样的本子,恐怕总免不了要有摇头叹气第二回。

然而结果总非依照《钦定四库全书》不可。因为"将来"的事,和现在的官商是不相干了。

八月二十四日。

原载 1933 年 8 月 31 日《申报·自由谈》。署名丰之余。

初收 1934 年 12 月上海兴中书局(联华)版《准风月谈》。

二十五日

日记 晴,热。午后得大江书店信,即复,并检印五百枚。下午理发。得『版芸術』(九月分)一本,六角。得叶之琳信,夜复。

二十六日

日记 晴,热。无事。

二十七日

日记 星期。晴,热。午后往内山书店买『憂愁の哲理』一本,九角。又『虫の社会生活』一本,二元。得季市信。下午协和来。晚三弟及蕴如携蕖官来。得语堂信。小雨旋止,稍凉。夜雷雨一阵。

小品文的危机

仿佛记得一两月之前,曾在一种日报上见到记载着一个人的死去的文章,说他是收集"小摆设"的名人,临末还有依稀的感喟,以为此人一死,"小摆设"的收集者在中国怕要绝迹了。

但可惜我那时不很留心,竟忘记了那日报和那收集家的名字。

现在的新的青年恐怕也大抵不知道什么是"小摆设"了。但如果他出身旧家,先前曾有玩弄翰墨的人,则只要不很破落,未将觉得没用的东西卖给旧货担,就也许还能在尘封的废物之中,寻出一个小小的镜屏,玲珑剔透的石块,竹根刻成的人像,古玉雕出的动物,锈得发绿的铜铸的三脚癞虾蟆:这就是所谓"小摆设"。先前,它们陈列在书房里的时候,是各有其雅号的,譬如那三脚癞虾蟆,应该称为"蟾蜍砚滴"之类,最末的收集家一定都知道,现在呢,可要和它的光荣一同消失了。

那些物品,自然决不是穷人的东西,但也不是达官富翁家的陈设,他们所要的,是珠玉扎成的盆景,五彩绘画的磁瓶。那只是所谓士大夫的"清玩"。在外,至少必须有几十亩膏腴的田地,在家,必须有几间幽雅的书斋;就是流寓上海,也一定得生活较为安闲,在客栈里有一间长包的房子,书桌一顶,烟榻一张,瘾足心闲,摩挲赏鉴。然而这境地,现在却已经被世界的险恶的潮流冲得七颠八倒,像狂涛中的小船似的了。

然而就是在所谓"太平盛世"罢,这"小摆设"原也不是什么重要的物品。在方寸的象牙版上刻一篇《兰亭序》,至今还有"艺术品"之称,但倘将这挂在万里长城的墙头,或供在云冈的丈八佛像的足下,它就渺小得看不见了,即使热心者竭力指点,也不过令观者生一种滑稽之感。何况在风沙扑面,狼虎成群的时候,谁还有这许多闲工夫,来赏玩琥珀扇坠,翡翠戒指呢。他们即使要悦目,所要的也是耸立于风沙中的大建筑，要坚固而伟大，不必怎样精；即使要满意，所要的也是匕首和投枪，要锋利而切实，用不着什么雅。

美术上的"小摆设"的要求，这幻梦是已经破掉了，那日报上的文章的作者，就直觉的地知道。然而对于文学上的"小摆设"——"小品文"的要求，却正在越加旺盛起来，要求者以为可以靠着低诉或微吟，将粗犷的人心，磨得渐渐的平滑。这就是想别人一心看着《六朝文絜》，而忘记了自己是抱在黄河决口之后，淹得仅仅露出水面的树梢头。

但这时却只用得着挣扎和战斗。

而小品文的生存，也只仗着挣扎和战斗的。晋朝的清言，早和它的朝代一同消歇了。唐末诗风衰落，而小品放了光辉。但罗隐的《谗书》，几乎全部是抗争和愤激之谈；皮日休和陆龟蒙自以为隐士，别人也称之为隐士，而看他们在《皮子文薮》和《笠泽丛书》中的小品文，并没有忘记天下，正是一榻胡涂的泥塘里的光彩和锋铓。明末的小品虽然比较的颓放，却并非全是吟风弄月，其中有不平，有讽刺，有攻击，有破坏。这种作风，也触着了满洲君臣的心病，费去许多助虐的武将的刀锋，帮闲的文臣的笔锋，直到乾隆年间，这才压制下去了。以后呢，就来了"小摆设"。

"小摆设"当然不会有大发展。到五四运动的时候，才又来了一个展开，散文小品的成功，几乎在小说戏曲和诗歌之上。这之中，自然含着挣扎和战斗，但因为常常取法于英国的随笔（Essay），所以也带一点幽默和雍容；写法也有漂亮和缜密的，这是为了对于旧文学的示威，在表示旧文学之自以为特长者，白话文学也并非做不到。以后的路，本来明明是更分明的挣扎和战斗，因为这原是萌芽于"文学革命"以至"思想革命"的。但现在的趋势，却在特别提倡那和旧文章相合之点，雍容，漂亮，缜密，就是要它成为"小摆设"，供雅人的摩挲，并且想青年摩挲了这"小摆设"，由粗暴而变为风雅了。

然而现在已经更没有书桌；雅片虽然已经公卖，烟具是禁止的，吸起来还是十分不容易。想在战地或灾区里的人们来鉴赏罢——谁都知道是更奇怪的幻梦。这种小品,上海虽正在盛行,茶话酒谈,遍满小报的摊子上,但其实是正如烟花女子,已经不能在弄堂里拉扯她的生意,只好涂脂抹粉,在夜里蹩到马路上来了。

小品文就这样的走到了危机。但我所谓危机,也如医学上的所谓"极期"(Krisis)一般,是生死的分歧,能一直得到死亡,也能由此至于恢复。麻醉性的作品,是将与麻醉者和被麻醉者同归于尽的。生存的小品文,必须是匕首,是投枪,能和读者一同杀出一条生存的血路的东西;但自然,它也能给人愉快和休息,然而这并不是"小摆设",更不是抚慰和麻痹,它给人的愉快和休息是休养,是劳作和战斗之前的准备。

八月二十七日。

原载 1933 年 10 月 1 日《现代》月刊第 3 卷第 6 期。

初收 1934 年 3 月上海同文书店版《南腔北调集》。

致 杜 衡

杜衡先生:

昨天才看见雪峰,即达来函之意,他说日内就送去。

生活书店经去索稿,他们忽然会照了译者的条件,不肯付还。那么,这稿子是拿不回来的了。

附上书两本,制版后可就近送交周建人。我的意见,以为最好是每像印一张,分插在全书之内,最不好看是都放在卷首,但如书店定要如此,随它也好。惟木刻一张,必须用黑色印,记得杂志上用的不是黑色,真可笑,这回万勿受其所愚。

又附上萧君译文一篇，于《现代》可用否？如不能用，或一时不能用，则请掷还，也交周建人就好。

我的短文，一并寄上。能用与否，尚乞裁定为幸。此请著安。

鲁迅　上　八月二十七日

二十八日

日记　雨。上午寄杜衡信并稿一篇，书两本，又萧参译稿一篇。

登龙术拾遗

章克标先生做过一部《文坛登龙术》，因为是预约的，而自己总是悠悠忽忽，竟失去了拜诵的幸运，只在《论语》上见过广告，解题和后记。但是，这真不知是那里来的"烟士披里纯"，解题的开头第一段，就有了绝妙的名文——

"登龙是可以当作乘龙解的，于是登龙术便成了乘龙的技术，那是和骑马驾车相类似的东西了。但平常乘龙就是女婿的意思，文坛似非女性，也不致于会要招女婿，那么这样解释似乎也有引起别人误会的危险。……"

确实，查看广告上的目录，并没有"做女婿"这一门，然而这却不能不说是"智者千虑"的一失，似乎该有一点增补才好，因为文坛虽然"不致于会要招女婿"，但女婿却是会要上文坛的。

术曰：要登文坛，须阔太太，遗产必需，官司莫怕。穷小子想爬上文坛去，有时虽然会侥幸，终究是很费力气的；做些随笔或茶话之类，或者也能够捞几文钱，但究竟随人俯仰。最好是有富岳家，有阔太太，用赔嫁钱，作文学资本，笑骂随他笑骂，恶作我自印之。"作品"一出，头衔自来，赘婿虽能被妇家所轻，但一登文坛，即声价十倍，太太也就高兴，不至于自打麻将，连眼梢也一动不动了，这就是"交相为用"。但其为文人也，又必须是唯美派，试看王尔德遗照，盘花钮扣，镶牙手杖，何等漂亮，人见犹怜，而况令阃。可惜他的太太不行，以至滥交顽童，穷死异国，假如有钱，何至于此。所以倘欲登龙，也要乘龙，"书中自有黄金屋"，早成古话，现在是"金中自有文学家"当令了。

但也可以从文坛上去做女婿。其术是时时留心，寻一个家里有些钱，而自己能写几句"阿呀呀，我悲哀呀"的女士，做文章登报，尊之为"女诗人"。待到看得她有了"知己之感"，就照电影上那样的屈一膝跪下，说道"我的生命呵，阿呀呀，我悲哀呀！"——则由登龙而乘龙，又由乘龙而更登龙，十分美满。然而富女诗人未必一定爱穷男文士，所以要有把握也很难，这一法，在这里只算是《登龙术拾遗》的附录，请勿轻用为幸。

八月二十八日。

原载 1933 年 9 月 1 日《申报·自由谈》。署名苇索。

初收 1934 年 12 月上海兴中书局（联华）版《准风月谈》。

新秋杂识

门外的有限的一方泥地上，有两队蚂蚁在打仗。

童话作家爱罗先珂的名字，现在是已经从读者的记忆上渐渐淡下去了，此时我却记起了他的一种奇异的忧愁。他在北京时，曾经认真的告诉我说：我害怕，不知道将来会不会有人发明一种方法，只要怎么一来，就能使人们都成为打仗的机器的。

其实是这方法早经发明了，不过较为烦难，不能"怎么一来"就完事。我们只要看外国为儿童而作的书籍，玩具，常常以指教武器为大宗，就知道这正是制造打仗机器的设备，制造是必须从天真烂漫的孩子们入手的。

不但人们，连昆虫也知道。蚂蚁中有一种武士蚁，自己不造窠，不求食，一生的事业，是专在攻击别种蚂蚁，掠取幼虫，使成奴隶，给它服役的。但奇怪的是它决不掠取成虫，因为已经难施教化。它所掠取的一定只限于幼虫和蛹，使在盗窟里长大，毫不记得先前，永远是愚忠的奴隶，不但服役，每当武士蚁出去劫掠的时候，它还跟在一起，帮着搬运那些被侵略的同族的幼虫和蛹去了。

但在人类，却不能这么简单的造成一律。这就是人之所以为"万物之灵"。

然而制造者也决不放手。孩子长大，不但失掉天真，还变得呆头呆脑，是我们时时看见的。经济的雕敝，使出版界不肯印行大部的学术文艺书籍，不是教科书，便是儿童书，黄河决口似的向孩子们滚过去。但那里面讲的是什么呢？要将我们的孩子们造成什么东西呢？却还没有看见战斗的批评家论及，似乎已经不大有人注意将来了。

反战会议的消息不很在日报上看到，可见打仗也还是中国人的嗜好，给它一个冷淡，正是违反了我们的嗜好的证明。自然，仗是要打的，跟着武士蚁去搬运败者的幼虫，也还不失为一种为奴的胜利。但是，人究竟是"万物之灵"，这样那里能就够。仗自然是要打的，要打掉制造打仗机器的蚁冢，打掉毒害小儿的药饵，打掉陷没将来的阴谋：这才是人的战士的任务。

八月二十八日。

原载 1933 年 9 月 2 日《申报·自由谈》。署名旅隼。

初收 1934 年 12 月上海兴中书局（联华）版《准风月谈》。

帮闲法发隐

吉开迦尔是丹麦的忧郁的人，他的作品，总是带着悲愤。不过其中也有很有趣味的，我看见了这样的几句——

"戏场里失了火。丑角站在戏台前，来通知了看客。大家以为这是丑角的笑话，喝采了。丑角又通知说是火灾。但大家越加哄笑，喝采了。我想，人世是要完结在当作笑话的开心的人们的大家欢迎之中的罢。"

不过我的所以觉得有趣的，并不专在本文，是在由此想到了帮闲们的伎俩。帮闲，在忙的时候就是帮忙，倘若主子忙于行凶作恶，那自然也就是帮凶。但他的帮法，是在血案中而没有血迹，也没有血腥气的。

譬如罢，有一件事，是要紧的，大家原也觉得要紧，他就以丑角身份而出现了，将这件事变为滑稽，或者特别张扬了不关紧要之点，将人们的注意拉开去，这就是所谓"打诨"。如果是杀人，他就来讲当场的情形，侦探的努力；死的是女人呢，那就更好了，名之曰"艳尸"，或介绍她的日记。如果是暗杀，他就来讲死者的生前的故事，恋爱呀，遗闻呀……人们的热情原不是永不弛缓的，但加上些冷水，或者美其名曰清茶，自然就冷得更加迅速了，而这位打诨的脚色，却变成了文学者。

假如有一个人，认真的在告警，于凶手当然是有害的，只要大家还没有僵死。但这时他就又以丑角身份而出现了，仍用打诨，从旁装着鬼脸，使告警者在大家的眼里也化为丑角，使他的警告在大家的耳边都化为笑话。耸肩装穷，以表现对方之阔，卑躬叹气，以暗示对方之傲；使大家心里想：这告警者原来都是虚伪的。幸而帮闲们还多是男人，否则它简直会说告警者曾经怎样调戏它，当众罗列淫辞，然后作自杀以明耻之状也说不定。周围捣着鬼，无论如何严肃的说法也要减少力量的,而不利于凶手的事情却就在这疑心和笑声中完结了。它呢?这回它倒是道德家。

当没有这样的事件时,那就七日一报,十日一谈,收罗废料,装进读者的脑子里去,看过一年半载,就满脑都是某阔人如何摸牌,某明星如何打嚏的典故。开心是自然也开心的。但是,人世却也要完结在这些欢迎开心的开心的人们之中的罢。

八月二十八日。

原载 1933 年 9 月 5 日《申报·自由谈》。署名桃椎。

初收 1934 年 12 月上海兴中书局(联华)版《准风月谈》。

二十九日

日记 晴。上午寄《自由谈》稿三篇。晚得母亲信。得静农函,内为未名社致开明书店信并收条二纸。夜浴。

由聋而哑

医生告诉我们:有许多哑子,是并非喉舌不能说话的,只因为从小就耳朵聋,听不见大人的言语,无可师法,就以为谁也不过张着口呜呜哑哑,他自然也只好呜呜哑哑了。所以勃兰兑斯叹丹麦文学的衰微时,曾经说:文学的创作,几乎完全死灭了。人间的或社会的无论怎样的问题,都不能提起感兴,或则除在新闻和杂志之外,绝不能惹起一点论争。我们看不见强烈的独创的创作。加以对于获得外国的精神生活的事,现在几乎绝对的不加顾及。于是精神上的"聋",那结果,就也招致了"哑"来。(《十九世纪文学的主潮》第一卷自序)

这几句话，也可以移来批评中国的文艺界，这现象，并不能全归罪于压迫者的压迫，五四运动时代的启蒙运动者和以后的反对者，都应该分负责任的。前者急于事功，竟没有译出什么有价值的书籍来，后者则故意迁怒，至骂翻译者为媒婆，有些青年更推波助澜，有一时期，还至于连人地名下注一原文，以便读者参考时，也就诋之曰"衒学"。

今竟何如？三开间店面的书铺，四马路上还不算少，但那里面满架是薄薄的小本子，倘要寻一部巨册，真如披沙拣金之难。自然，生得又高又胖并不就是伟人，做得多而且繁也决不就是名著，而况还有"剪贴"。但是，小小的一本"什么 ABC"里，却也决不能包罗一切学术文艺的。一道浊流，固然不如一杯清水的干净而澄明，但蒸溜了浊流的一部分，却就有许多杯净水在。

因为多年买空卖空的结果，文界就荒凉了，文章的形式虽然比较的整齐起来，但战斗的精神却较前有退无进。文人虽因捐班或互捧，很快的成名，但为了出力的吹，壳子大了，里面反显得更加空洞。于是误认这空虚为寂寞，像煞有介事的说给读者们；其甚者还至于摆出他心的腐烂来，算是一种内面的宝贝。散文，在文苑中算是成功的，但试看今年的选本，便是前三名，也即令人有"貂不足，狗尾续"之感。用秕谷来养青年，是决不会壮大的，将来的成就，且要更渺小，那模样，可看尼采所描写的"末人"。

但绍介国外思潮，翻译世界名作，凡是运输精神的粮食的航路，现在几乎都被聋哑的制造者们堵塞了，连洋人走狗，富户赘郎，也会来哼哼的冷笑一下。他们要掩住青年的耳朵，使之由聋而哑，枯涸渺小，成为"末人"，非弄到大家只能看富家儿和小瘪三所卖的春宫，不肯罢手。甘为泥土的作者和译者的奋斗，是已经到了万不可缓的时候了，这就是竭力运输些切实的精神的粮食，放在青年们的周围，一面将那些聋哑的制造者送回黑洞和朱门里面去。

八月二十九日。

原载 1933 年 9 月 8 日《申报·自由谈》。署名洛文。

初收 1934 年 12 月上海兴中书局(联华)版《准风月谈》。

三十日

日记 晴,风。上午寄开明书店信附未名社函。下午得烈文信。得姚克信。得靖华信并《铁流》作者自序译稿,七月三十日发。晚得小峰信并版税泉二百。北新寄志之书复归。夜三弟来。

致 开明书店

径启者:顷得未名社来函并收条。函今寄奉;其收条上未

填数目及日期,希即由

贵局示知,以便填写并如期走领为荷。此请

开明书店台鉴

　　　　　　　　　　鲁迅　启　八月卅日

回信请寄"北四川路底内山书店转周豫才收"。

三十一日

日记 晴,热。午后姚克来访,并赠五月六日所照照相二种各一枚,赠以自著《野草》等十本,《两地书》一本,选集二种二本。晚福冈君来。

新秋杂识(二)

八月三十日的夜里,远远近近,都突然劈劈拍拍起来,一时来不

及细想,以为"抵抗"又开头了,不久就明白了那是放爆竹,这才定了心。接着又想:大约又是什么节气了罢?……待到第二天看报纸,才知道原来昨夜是月蚀,那些劈劈拍拍,就是我们的同胞,异胞(我们虽然大家自称为黄帝子孙,但蚩尤的子孙想必也未尝死绝,所以谓之"异胞")在示威,要将月亮从天狗嘴里救出。

再前几天,夜里也很热闹。街头巷尾,处处摆着桌子,上面有面食,西瓜;西瓜上面叮着苍蝇、青虫、蚊子之类,还有一桌和尚,口中念念有词:"回猪猡普米呀吽!唵呀吽!吽!!"这是在放焰口,施饿鬼。到了盂兰盆节了,饿鬼和非饿鬼,都从阴间跑出,来看上海这大世面,善男信女们就在这时尽地主之谊,托和尚"唵呀吽"的弹出几粒白米去,请它们都饱饱的吃一通。

我是一个俗人,向来不大注意什么天上和阴间的,但每当这些时候,却也不能不感到我们的还在人间的同胞们和异胞们的思虑之高超和妥帖。别的不必说,就在这不到两整年中,大则四省,小则九岛,都已变了旗色了,不久还有八岛。不但救不胜救,即使想要救罢,一开口,说不定自己就危险(这两句,印后成了"于势也有所未能")。所以最妥当是救月亮,那怕爆竹放得震天价响,天狗决不至于来咬,月亮里的酋长(假如有酋长的话)也不会出来禁止,目为反动的。救人也一样,兵灾,旱灾,蝗灾,水灾……灾民们不计其数,幸而暂免于灾殃的小民,又怎么能有一个救法?那自然远不如救魂灵,事省功多,和大人先生的打醮造塔同其功德。这就是所谓"人无远虑,必有近忧";而"君子务其大者远者",亦此之谓也。

而况"庖人虽不治庖,尸祝不越尊俎而代之",也是古圣贤的明训,国事有治国者在,小民是用不着吵闹的。不过历来的圣帝明王,可又并不卑视小民,倒给与了更高超的自由和权利,就是听你专门去救宇宙和魂灵。这是太平的根基,从古至今,相沿不废,将来想必也不至先便废。记得那是去年的事了,沪战初停,日兵渐渐的走上兵船和退进营房里面去,有一夜也是这么劈劈拍拍起来,时候还在

"长期抵抗"中，日本人又不明白我们的国粹，以为又是第几路军前来收复失地了，立刻放哨，出兵……乱烘烘的闹了一通，才知道我们是在救月亮，他们是在见鬼。"哦哦！成程（Naruhodo＝原来如此）!"惊叹和佩服之余，于是恢复了平和的原状。今年呢，连哨也没有放，大约是已被中国的精神文明感化了。

现在的侵略者和压制者，还有像古代的暴君一样，竟连奴才们的发昏和做梦也不准的么？……

八月三十一日。

原载 1933 年 9 月 13 日《申报·自由谈》。署名旅隼。

初收 1934 年 12 月上海兴中书局（联华）版《准风月谈》。

九月

一日

日记 晴,热。上午海婴往求知小学校幼稚园。下午小雨即霁。得开明书店信。得良友公司信。得曹聚仁信,即复。又雨,时作时止。

致 曹聚仁

聚仁先生:

顷诵悉来信。《人之初》看目录恐只宜于小学生,推而广之,可至店员。我觉得中国一般人,求知的欲望很小,观科学书出版之少可知。但我极希望先生做出来,因为读者有许多层,此类书籍,也必须的。

野草书屋系二三青年所办,我不知其详,大约意在代人买书,以博微利,而亦印数种书,我因与其一人相识,遂为之看稿。近似亦无发展,愿否由群众发行,见时当一问。其实他们之称野草书屋,亦颇近于影射,令人疑为我所开设也。

对于群众,我或可以代拉几种稿子,此外恐难有所贡献。近年以来,眼已花,连书亦不能多看,此于专用眼睛如我辈者,实为大害,真令人有退步而至于无用之惧,昔日之日夜校译的事,思之如梦矣。《自由谈》所载稿,倘申报馆无问题,大约可由群众出版,但须与北新(由我)开一交涉,且至十二月底为结束,才出版。

言不尽意,将来当图面罄。此复,即颂

著祺。

迅　启上　九月一夜。

二日

　　日记　　昙,风,午后大风雨。下午得山本夫人信。晚内山君招饮于新半斋,同席为福冈,松本及森本夫妇等,共十人。

三日

　　日记　　星期。大风而雨,午晴。午后得母亲信,八月二十八日发。得杜衡信。得『白と黒』(三十九)一本,价六角。得『仏蘭西文芸』(九)一本。得叶之琳信。下午蕴如及三弟携蕖官来。得宁华信,即复。

男人的进化

　　说禽兽交合是恋爱未免有点亵渎。但是,禽兽也有性生活,那是不能否认的。它们在春情发动期,雌的和雄的碰在一起,难免"卿卿我我"的来一阵。固然,雌的有时候也会装腔做势,逃几步又回头看,还要叫几声,直到实行"同居之爱"为止。禽兽的种类虽然多,它们的"恋爱"方式虽然复杂,可是有一件事是没有疑问的:就是雄的不见得有什么特权。

　　人为万物之灵,首先就是男人的本领大。最初原是马马虎虎的,可是因为"知有母不知有父"的缘故,娘儿们曾经"统治"过一个时期,那时的祖老太太大概比后来的族长还要威风。后来不知怎的,女人就倒了霉:项颈上,手上,脚上,全都锁上了链条,扣上了圈儿,环儿,——虽则过了几千年这些圈儿环儿大都已经变成了金的银的,镶上了珍珠宝钻,然而这些项圈,镯子,戒指等等,到现在还是女奴的象征。既然女人成了奴隶,那就男人不必征求她的同意再去"爱"她了。古代部落之间的战争,结果俘虏会变成奴隶,女俘虏就

336

会被强奸。那时候,大概春情发动期早就"取消"了,随时随地男主人都可以强奸女俘虏,女奴隶。现代强盗恶棍之流的不把女人当人,其实是大有酋长式武士道的遗风的。

但是,强奸的本领虽然已经是人比禽兽"进化"的一步,究竟还只是半开化。你想,女的哭哭啼啼,扭手扭脚,能有多大兴趣? 自从金钱这宝贝出现之后,男人的进化就真的了不得了。天下的一切都可以买卖,性欲自然并非例外。男人化几个臭钱,就可以得到他在女人身上所要得到的东西。而且他可以给她说:我并非强奸你,这是你自愿的,你愿意拿几个钱,你就得如此这般,百依百顺,咱们是公平交易! 蹂躏了她,还要她说一声"谢谢你,大少"。这是禽兽干得来的么? 所以嫖妓是男人进化的颇高的阶段了。

同时,父母之命媒妁之言的旧式婚姻,却要比嫖妓更高明。这制度之下,男人得到永久的终身的活财产。当新妇被人放到新郎的床上的时候,她只有义务,她连讲价钱的自由也没有,何况恋爱。不管你爱不爱,在周公孔圣人的名义之下,你得从一而终,你得守贞操。男人可以随时使用她,而她却要遵守圣贤的礼教,即使"只在心里动了恶念,也要算犯奸淫"的。如果雄狗对雌狗用起这样巧妙而严厉的手段来,雌的一定要急得"跳墙"。然而人却只会跳井,当节妇,贞女,烈女去。礼教婚姻的进化意义,也就可想而知了。

至于男人会用"最科学的"学说,使得女人虽无礼教,也能心甘情愿地从一而终,而且深信性欲是"兽欲",不应当作为恋爱的基本条件;因此发明"科学的贞操",——那当然是文明进化的顶点了。

呜呼,人——男人——之所以异于禽兽者!

自注:这篇文章是卫道的文章。

九月三日。

原载 1933 年 9 月 16 日《申报·自由谈》。署名虞明。

初收 1934 年 12 月上海兴中书局(联华)版《准风月谈》。

同意和解释

上司的行动不必征求下属的同意,这是天经地义。但是,有时候上司会对下属解释。

新进的世界闻人说:"原人时代就有威权,例如人对动物,一定强迫它们服从人的意志,而使它们抛弃自由生活,不必征求动物的同意。"这话说得透彻。不然,我们那里有牛肉吃,有马骑呢?人对人也是这样。

日本耶教会主教最近宣言日本是圣经上说的天使:"上帝要用日本征服向来屠杀犹太人的白人……以武力解放犹太人,实现《旧约》上的豫言。"这也显然不征求白人的同意的,正和屠杀犹太人的白人并未征求过犹太人的同意一样。日本的大人老爷在中国制造"国难",也没有征求中国人民的同意。——至于有些地方的绅董,却去征求日本大人的同意,请他们来维持地方治安,那却又当别论。总之,要自由自在的吃牛肉,骑马等等,就必须宣布自己是上司,别人是下属;或是把人比做动物,或是把自己作为天使。

但是,这里最要紧的还是"武力",并非理论。不论是社会学或是基督教的理论,都不能够产生什么威权。原人对于动物的威权,是产生于弓箭等类的发明的。至于理论,那不过是随后想出来的解释。这种解释的作用,在于制造自己威权的宗教上,哲学上,科学上,世界潮流上的根据,使得奴隶和牛马恍然大悟这世界的公律,而抛弃一切翻案的梦想。

当上司对于下属解释的时候,你做下属的切不可误解这是在征求你的同意,因为即使你绝对的不同意,他还是干他的。他自有他的梦想,只要金银财宝和飞机大炮的力量还在他手里,他的梦想就会实现;而你的梦想却终于只是梦想,——万一实现了,他还说你抄袭他的动物主义的老文章呢。

据说现在的世界潮流,正是庞大权力的政府的出现,这是十九世纪人士所梦想不到的。意大利和德意志不用说了;就是英国的国民政府,"它的实权也完全属于保守党一党"。"美国新总统所取得的措置经济复兴的权力,比战争和戒严时期还要大得多"。大家做动物,使上司不必征求什么同意,这正是世界的潮流。懿欤盛哉,这样的好榜样,那能不学?

不过,我这种解释还有点美中不足:中国自己的秦始皇帝焚书坑儒,中国自己的韩退之等说:"民不出米粟麻丝以事其上则诛"。这原是国货,何苦违背着民族主义,引用外国的学说和事实——长他人威风,灭自己志气呢?

　　　　　　　　　　　　　　　　　　　九月三日。

原载 1933 年 9 月 20 日《申报·自由谈》。署名虞明。

初收 1934 年 12 月上海兴中书局(联华)版《准风月谈》。

四日

日记　晴。上午得原文《戈理基全集》三本,杂书五本,图二幅,《恐惧》译稿一本,靖华所寄。下午得小峰信并泉百二十五元,即付《两地书》印证千。

五日

日记　晴。下午得黎烈文信。晚见 Paul Vaillant-Couturier,以德译本 *Hans-ohne-Brot* 乞其署名。夜三弟来。得开明书店代未名社付第二期版税八百五十一元。

文床秋梦

春梦是颠颠倒倒的。"夏夜梦"呢？看沙士比亚的剧本，也还是颠颠倒倒。中国的秋梦，照例却应该"肃杀"，民国以前的死囚，就都是"秋后处决"的，这是顺天时。天教人这么着，人就不能不这么着。所谓"文人"当然也不至于例外，吃得饱饱的睡在床上，食物不能消化完，就做梦；而现在又是秋天，天就教他的梦威严起来了。

二卷三十一期（八月十二日出版）的《涛声》上，有一封自名为"林丁"先生的给编者的信，其中有一段说——

"……之争，孰是孰非，殊非外人所能详道。然而彼此摧残，则在傍观人看来，却不能不承是整个文坛的不幸。……我以为各人均应先打屁股百下，以儆效尤，余事可一概不提。……"

前两天，还有某小报上的不署名的社谈，它对于早些日子余赵的剪窃问题之争，也非常气愤——

"……假使我一朝大权在握，我一定把这般东西捉了来，判他们罚作苦工，读书十年；中国文坛，或尚有干净之一日。"

张献忠自己要没落了，他的行动就不问"孰是孰非"，只是杀。清朝的官员，对于原被两造，不问青红皂白，各打屁股一百或五十的事，确也偶尔会有的，这是因为满洲还想要奴才，供搜刮，就是"林丁"先生的旧梦。某小报上的无名子先生可还要比较的文明，至少，它是已经知道了上海工部局"判罚"下等华人的方法的了。

但第一个问题是在怎样才能够"一朝大权在握"？文弱书生死样活气，怎么做得到权臣？先前，还可以希望招驸马，一下子就飞黄腾达，现在皇帝没有了，即使满脸涂着雪花膏，也永远遇不到公主的青睐；至多，只可以希图做一个富家的姑爷而已。而捐官的办法，又早经取消，对于"大权"，还是只能像狐狸的遇着高处的葡萄一样，仰着白鼻子看看。文坛的完整和干净，恐怕实在也到底很渺茫。

五四时候，曾经在出版界上发现了"文丐"，接着又发现了"文氓"，但这种威风凛凛的人物，却是我今年秋天在上海新发见的，无以名之，姑且称为"文官"罢。看文学史，文坛是常会有完整而干净的时候的，但谁曾见过这文坛的澄清，会和这类的"文官"们有丝毫关系的呢。

不过，梦是总可以做的，好在没有什么关系，而写出来也有趣。请安息罢，候补的少大人们！

九月五日。

原载 1933 年 9 月 11 日《申报·自由谈》。署名游光。

初收 1934 年 12 月上海兴中书局（联华）版《准风月谈》。

六日

日记 晴。上午复烈文信并稿二篇。晚云章来。

七日

日记 晴。下午为协和次子付福民医院费二百元八角。寄烈文信并稿三篇。得靖华信，即作复函，并付所存稿费及霁野，丛芜还款共泉五百二十七元，托西谛带去，夜又发一信。

电影的教训

当我在家乡的村子里看中国旧戏的时候，是还未被教育成"读书人"的时候，小朋友大抵是农民。爱看的是翻筋斗，跳老虎，一把烟焰，现出一个妖精来；对于剧情，似乎都不大和我们有关系。大面和老生的争城夺地，小生和正旦的离合悲欢，全是他们的事，捏锄头柄人家的孩子，自己知道是决不会登坛拜将，或上京赴考的。但还记得有一出给了感动的戏，好像是叫作《斩木诚》。一个大官蒙了不白之冤，非被杀不可了，他家里有一个老家丁，面貌非常相像，便代他去"伏法"。那悲壮的动作和歌声，真打动了看客的心，使他们发见了自己的好模范。因为我的家乡的农人，农忙一过，有些是给大户去帮忙的。为要做得像，临刑时候，主母照例的必须去"抱头大哭"，然而被他踢开了，虽在此时，名分也得严守，这是忠仆，义士，好人。

　　但到我在上海看电影的时候，却早是成为"下等华人"的了，看楼上坐着白人和阔人，楼下排着中等和下等的"华胄"，银幕上现出白色兵们打仗，白色老爷发财，白色小姐结婚，白色英雄探险，令看客佩服，羡慕，恐怖，自己觉得做不到。但当白色英雄探险非洲时，却常有黑色的忠仆来给他开路，服役，拚命，替死，使主子安然的回家；待到他豫备第二次探险时，忠仆不可再得，便又记起了死者，脸色一沉，银幕上就现出一个他记忆上的黑色的面貌。黄脸的看客也大抵在微光中把脸色一沉：他们被感动了。

　　幸而国产电影也在挣扎起来，耸身一跳，上了高墙，举手一扬，掷出飞剑，不过这也和十九路军一同退出上海，现在是正在准备开映屠格纳夫的《春潮》和茅盾的《春蚕》了。当然，这是进步的。但这时候，却先来了一部竭力宣传的《瑶山艳史》。

　　这部片子，主题是"开化猺民"，机键是"招驸马"，令人记起《四郎探母》以及《双阳公主追狄》这些戏本来。中国的精神文明主宰全世界的伟论，近来不大听到了，要想去开化，自然只好退到苗猺之类的里面去，而要成这种大事业，却首先须"结亲"，黄帝子孙，也和黑人一样，不能和欧亚大国的公主结亲，所以精神文明就无法传播。这是大家可以由此明白的。

九月七日。

原载 1933 年 9 月 11 日《申报·自由谈》。署名孺牛。

初收 1934 年 12 月上海兴中书局(联华)版《准风月谈》。

致 曹靖华

静农兄：

　　此信乞并款转靖兄。

靖兄：

　　本月三日信收到，《恐惧》稿亦早收到。今奉上洋五百二十七元，内计：

《星花》版税(初版)补	三〇.〇〇
《文学》第一期稿费	二八.〇〇
霁野寄来	二五五.〇〇
丛芜还来	二〇〇.〇〇
《文学》第三期稿费(佩译文)	一四.〇〇

　　凡存在我这里的，全都交出了。此地并无什么事，容后再谈。此上，即颂

近好。

弟豫　顿首　九月七日

致 曹靖华

靖华兄：

　　三日信收到。霁兄款及丛芜还二百，连另碎稿费共五百二十七

343

元，已托郑君面交静农兄，他于星期日（十日）由此动身，大约此信到后，不久亦可到北平了。剧本译稿亦已收到，一时尚无处出版，因为剧本比小说看的人要少，所以书店亦不大欢迎。木刻亦收到了。

大约两星期前，我曾寄书报两包与兄，不知兄在那边，有托人代收否？如有，可即发一信，就近分送别人，因为倘又寄回，也无聊得很。这些书报，那边难得，而这里是不算什么的。

兄如有兴致，休息之后，到此来看看也好。我的住址，可问代我收信之书店，他会带领的，但那时在动身之前，望豫先通知，我可以先告诉他，以免他不明白，而至于拒绝。

此上，即祝

安健。

弟豫　顿首　九月七夜

致 曹聚仁

聚仁先生：

前上一缄，想已达。今日看见野草书屋中人之一的张君，问以书籍由群众总发行事，他说可以的。他又说，因寄售事，原也常去接洽。但不知与他接洽者为何人。我想，可由先生通知店中人，遇他去时，与之商议就好了。此上，即请

著安。

迅　顿首　九月七夜

八日

日记　晴。上午寄母亲信。寄曹聚仁信。寄开明书店信。下午收《自由谈》八月分稿费七十六元。得姚莘农信。得曹聚仁信。

寄黎烈文信并稿两篇。晚映霞及达夫来。

致 开明书店

径启者：未名社之第三期款项，本月中旬似已到期，该社
亦已将收条寄来，但仍未填准确日期及数目。仍希
贵店一查见示，以便填入，如期领取为荷。此请
开明书店大鉴。

鲁迅　启　九月八日

回函仍寄
北四川路底，内山书店转周豫才收。　又及。

九日
　　日记　晴。无事。

十日
　　日记　星期。下午得靖华信并诗一本。晚三弟来。协和来。
日晴夜雨。

海纳与革命

〔德国〕O. 毗哈

　　懒情的肚子，不应该享用勤快的手的劳作而得的
东西。

海纳：《德意志，冬天童话》。

前世纪前半的德意志精神史，是迫害和流放的历史。在中央，凌驾了一切，站着科学底社会主义的创始者马克斯和恩格斯。而德国文学的最是论争事件之一——亨利·海纳，和他们是好朋友。

他死后，许多时候，一直到现在，卑劣汉和反动者们对于海纳还抱着不共戴天的憎恶。能够像海纳那样，射着了他们那躲着的正身者，以前是一个也没有的。

致命的一击

他们——关于他们，海纳虽然说，"这样的一八一五年的德国人的子遗和末代，不过将过激的德国人的蠢物们的衣裳，改成时式，装些骄傲模样罢了。我一生中，憎恶他们，和他们战斗，但到了剑从垂死之人的手里落掉了的现在，我是由了这种确信，感到慰安的，那就是××××在道路上，首先就要看见他们，给以致命的一击，巨人不必用棍子，只消略略一踏，便将他们像癞虾蟆似的踏烂了。"——但这他们，也有他们自己的极顶的偏狭，将三重的咒诅的烙印，捺住海纳身上。这咒诅，是对于革命者，犹太人，而且——加以又是"永久之敌"——在七月革命的法国，要求客礼的诗人的。

他们因为从他们的奴隶根性而来的彻底底愤怒，早先就迫害着他了。但是——历史开着玩笑——惟有他的诗歌，却至今称为最德国的，最民众的东西。

寇勒兹①架子的原形

德意志的君主底绝对主义因了法国革命，从根柢上动摇起来了。"德意志国民的神圣罗马帝国"的中世纪底怪物，就对于逐渐觉

---

① Wilhelm Kulz(1875—)一九二〇年来，社会民主党的国会议员，曾为内务总长。

醒的市民阶级的势力,施行了防御。顶着愚昧的王国的偏狭的政府,竭力想靠着警察的命令,将时势阻止。

如果找寻起这样的"爱国者们"来,则丰富而独创的时代的德意志文学,恐怕会由检查法和官准的无聊人物——他们的姓名,是在没有记起之前,就已忘却了的——的文学底泛滥而成立的罢。我们想引用那时对于进步底,革命底文学的历史底布告的一节。这布告,在犬儒主义底之点,真好像做着什惠林①和寇勒兹的污烂的法律——这也是给现在德意志的文化法西主义开路的东西——的模范似的。将由联邦会议的决议,在一八三五年十二月十日成了法律的指令的主意,拔萃起来,就如下——

"在德国,近时已渐有文学派形成,该派之所努力,在用可以接近所有读者阶级之美文学的著作,以大胆无匹之方法,攻击基督教,贬黜既成社会之诸关系,破坏一切规律与道德也甚明。故以为此等颓废的,意图根本破坏一切法律秩序之础柱之努力,应由所有联邦政府之协力,即时加以阻止,实为要图。德意志联邦政府,同意于下文之决定。

"德意志各政府,对于亨利・海纳(Heinlich Heine),凯尔・谷支珂(Carl Gutzkow),亨利・劳培(Heinlich Laube),卢陀勒夫・维恩巴克(Ludolph Wienbarg),台渥陀尔・蒙德(Theodor Mundt)所属之有名文学派之著作之作者,出版者,印刷者及流通者,有从严使用各州之刑法与警察令,而且对于彼辈之著作之普及,无论其由贩卖或借览图书馆,或由其他之方法,各政府亦有以任意之法律的手段,加以处置之义务。"

于是不但对于既存的不合政府尊意的著作,连一切新的,未来的著作的成立,也想要它断根的无双的尝试,就布置起来了。

————————

①　Karl Severing(1875—　)一九二〇年来的国会议员,德意志社会民主党干部之一。

海纳与"青年德意志"

其实,除掉了同受着故国的反动底检查法之外,海纳和"青年德意志派"是毫没有什么联络的。他巍然出于他们之上,无论在观念形态的战斗底勇敢上,或在艺术底构成的力量和完整上。这些"青年德意志"的代表们,除谷支珂外,没有一个不和从他们的英雄主义而来的皮相的必然底结果相妥协,而且多多少少,都和秩序的拥护者们结着功利的平和。

但是,此外的同时代的人们,例如毕尔纳(Börne)和薄息那(Büchner),是早被驱逐了。二十三岁的薄息那,即"丹敦"的诗人,还得死在穷困和迫害里。

对于保守的支配阶级,则青年黑格尔派的人们的斗争,分明是更持久,更危险的。黑格尔和他的门徒斯谛那(Stirner),费尔巴哈(Feuerbach),斯忒劳斯(Straus)这些人的研究,在海纳的创作上,实在给与了基础。他的生活虽然很动摇,很懦弱,但这基础,却竟成了对于时代的深的辩证法底理解的桥梁。

海纳和他的性格以及作品里面的一切矛盾一同,也是他的时代,即一八四八年这革命豫备期中的诸矛盾的化身,同时又是那时代的最革命的诗底表现。因为他受了革命的法国的诸思想的诱掖——虽然他也为由德国脾气而来的偏狭的小布尔乔亚底残滓所苦恼——所以许多处所,他是社会主义的急先锋。只有科学底社会主义,是能够一径炼成他的伟大的革命底气力的罢,但这于海纳无缘,虽然给了他不少影响的科学底社会主义建设者马克斯和恩格斯和他是亲密的朋友——

恩格斯的海纳观

恩格斯在给格莱培尔(Friedrich Gräber)的信(一八三九年四月

八日写）里，这样的写着——

"海纳和毕尔纳，在七月革命前，确是孤立了的人物。但在现在，他们有起意义来了。利用一切民族的文学和生活的新时代，是以他们为基础的。"

这几行，特别和海纳相合，他的诗，是属于人类所有诗文中的最大作品的。他在这诗里面，冲破了形而下学底的罗曼主义的烟雾，并且放好了近代诗的础石。他又由讽刺巴伦的路特惠锡（Ludwig Von Bayern）的《织工歌》（*Weberlied*）和《冬天童话》（*Winter-Märchen*），创出了至今几乎还是无比的出色的政治诗。

他的散文著作，才气也和诗不相上下。懂得政治，历史和哲学像他那样的，在同时代的诗人中，一个也没有。他不但在文章中，反映了那时混杂的，充满着不安的世态，他还将影响给了这种世态的归趋。

海纳决不是意识底的社会主义者，是无疑的。他连彻底的无神论者也不是。然而，他是不屈不挠的革命者，是为被压迫阶级的勇敢的先驱底的斗士，是那时的眼光最为远大的诗人。

海纳的黑格尔及马克斯观

海纳是看到了黑格尔哲学的革命底核仁，竭力提倡的最初的人物。他在那《告白》（一八五四年作，关于宗教和哲学问题的告白）里，很正确的夸着口——

"在德国，怎样的诗歌宜于谱笛或口吟，我是很难预言的。因为我看见许多鸟在伏卵，……我看见黑格尔成了母鸡，蹲在棘手的卵上面。"

但在他还未达到这样的见地时，却是这样说——

"这些革命的博士们（马克斯和恩格斯）和冷酷而果决的那门第，在德国，是生命所在的唯一的人们，所以未来是他们的。"

在这样仅少的文字中，就含着关于发展的最深的认识。从这里，就现出凌驾了同时代的一切诗人的眼光的远大来。

未来是××××的！

海纳将死，为××主义写了很动人的告白——虽然是有许多条件和制限的。在《卢台契亚》①的法国版的序文中，半身不遂的垂死的诗人，写着这样的令人难忘的言语——

"这样的陈旧的社会，这是早被裁判，早被判决了的。这样的东西，随便办了就是！这陈旧的世界，应该打得粉碎！在这世界上，纯洁灭，私欲盛，人们在使人们挨饿！虚伪和奸邪做着窠的这白色坟墓，要从头到底都打烂它！……的确，××主义者们是没有宗教的（无论怎样的人，都不是完全的），不，××主义者们简直还是无神论者（这确是大罪过），但是，他们所公表的根本底信条，乃是绝对底世界主义，对于一切民族的普遍底爱情，这地球上的一切人们，即自由市民相互之间的兄弟似的财产的共有。"

海纳虽然是这样的极度的分裂，但那生活的基线，是画着内面底统一的——这是斗士的生涯，这是革命者的生涯。

早就逃出了德国的他，在巴黎，是过活在驱逐和穷困和疾病里。在他自称为"衾褥的坟洞"的活的坟地中，几乎八年间，他以孤独和偏枯之身，创造了那时代的最是天才底的文学，他在一八五六年二月十七日死掉了。

他葬在巴黎的蒙·玛尔妥尔。他的作品是不灭的。那是伟大

① 自一八四〇年至四三年，德国的奥古斯堡《一般日报》(Dic Allgemeine Zeitung)在巴黎将关于楷德主义(Chartism，一八三七至四八年英国改进党的政见)，唯物论，共产主义等的政治，社会，艺术评论等，集成一本的书。

的遗产的一部份,是伟大的社会主义文化的先驱的要素。

他的自己说自己的话——真也确切——是可以作为他的作品的象征,刻在他那质朴的墓碑上面的——

"你们,放一把剑在我的棺上罢!因为我是人类解放战争的勇敢的士兵。"

这一篇文字,还是一九三一年,即海纳死后的七十五周年,登在二月二十一日的一种德文的日报上的,后由高冲阳造日译,收入《海纳研究》中,今即据以重译在这里。由这样的简短的文字,自然不足以深知道诗人的生平,但我以为至少可以明白(一)一向被我们看作恋爱诗人的海纳,还有革命底的一面;(二)德国对于文学的压迫,向来就没有放松过,寇尔兹和希特拉,只是末期的变本加厉的人;(三)但海纳还是永久存在,而且更加灿烂,而那时官准的一群"作者"却连姓名也"在没有记起之前,就已忘却了。"这对于读者,或者还可以说是有些意义的罢。一九三三年九月十日,译讫并记。

原载 1933 年 11 月 1 日《现代》月刊第 4 卷第 1 期。
初未收集。

致 杜 衡

杜衡先生:

顷译成一短文,即以呈览,未识可用于《现代》否?倘不合用,希即付还。

《高氏论文选集》的译者要钱用,而且九月中旬之期亦已届,请先生去一催,将说定之版税赶紧交下,使我可以交代。又插图的底

子,原先也是从我这里拿去的,铜版制成后,亦请就近送交周君为荷。专此布达,即请

著安

鲁迅　启上　九月十日

十一日

日记　晴。上午寄杜衡信并译稿一篇。从ナウカ社寄来苏联美术书三本,共泉十五元四角。得烈文信。得开明书店信。曹聚仁邀晚饭,往其寓,同席六人。寄《自由谈》稿二篇。

关于翻译(上)

因为我的一篇短文,引出了穆木天先生的《从〈为翻译辩护〉谈到楼译〈二十世纪之欧洲文学〉》(九日《自由谈》所载),这在我,是很以为荣幸的,并且觉得凡所指摘,也恐怕都是实在的错误。但从那作者的案语里,我却又想起一个随便讲讲,也许并不是毫无意义的问题来了。那是这样的一段——

"在一百九十九页,有'在这种小说之中,最近由学术院(译者:当系指著者所属的俄国共产主义学院)所选的鲁易倍尔德兰的不朽的诸作,为最优秀'。在我以为此地所谓'Academie'者,当指法国翰林院。苏联虽称学艺发达之邦,但不会为帝国主义作家作选集罢?我不知为什么楼先生那样地滥下注解?"

究竟是那一国的 Academia 呢?我不知道。自然,看作法国的翰林院,是万分近理的,但我们也不能决定苏联的大学院就"不会为帝国主义作家作选集"。倘在十年以前,是决定不会的,这不但为物力

所限,也为了要保护革命的婴儿,不能将滋养的,无益的,有害的食品都漫无区别的乱放在他前面。现在却可以了,婴儿已经长大,而且强壮,聪明起来,即使将鸦片或吗啡给他看,也没有什么大危险,但不消说,一面也必须有先觉者来指示,说吸了就会上瘾,而上瘾之后,就成一个废物,或者还是社会上的害虫。

在事实上,我曾经见过苏联的 Academia 新译新印的阿剌伯的《一千一夜》,意大利的《十日谈》,还有西班牙的《吉诃德先生》,英国的《鲁滨孙漂流记》;在报章上,则记载过在为托尔斯泰印选集,为歌德编全集——更完全的全集。倍尔德兰不但是加特力教的宣传者,而且是王朝主义的代言人,但比起十九世纪初德意志布尔乔亚的文豪歌德来,那作品也不至于更加有害。所以我想,苏联来给他出一本选集,实在是很可能的。不过在这些书籍之前,想来一定有详序,加以仔细的分析和正确的批评。

凡作者,和读者因缘愈远的,那作品就于读者愈无害。古典的,反动的,观念形态已经很不相同的作品,大抵即不能打动新的青年的心(但自然也要有正确的指示),倒反可以从中学学描写的本领,作者的努力。恰如大块的砒霜,欣赏之余,所得的是知道它杀人的力量和结晶的模样:药物学和矿物学上的知识了。可怕的倒在用有限的砒霜,和在食物中间,使青年不知不觉的吞下去,例如似是而非的所谓"革命文学",故作激烈的所谓"唯物史观的批评",就是这一类。这倒是应该防备的。

我是主张青年也可以看看"帝国主义者"的作品的,这就是古语的所谓"知己知彼"。青年为了要看虎狼,赤手空拳的跑到深山里去固然是呆子,但因为虎狼可怕,连用铁栅围起来了的动物园里也不敢去,却也不能不说是一位可笑的愚人。有害的文学的铁栅是什么呢?批评家就是。

九月十一日。

未能发表。

初收 1934 年 12 月上海兴中书局（联华）版《准风月谈》。

关于翻译(下)

但我在那《为翻译辩护》中，所希望于批评家的，实在有三点：一，指出坏的；二，奖励好的；三，倘没有，则较好的也可以。而穆木天先生所实做的是第一句。以后呢，可能有别的批评家来做其次的文章，想起来真是一个大疑问。

所以我要再来补充几句：倘连较好的也没有，则指出坏的译本之后，并且指明其中的那些地方还可以于读者有益处。

此后的译作界，恐怕是还要退步下去的。姑不论民穷财尽，即看地面和人口，四省是给日本拿去了，一大块在水淹，一大块在旱，一大块在打仗，只要略略一想，就知道读者是减少了许许多了。因为销路的少，出版界就要更投机，欺骗，而拿笔的人也因此只好更投机，欺骗。即有不愿意欺骗的人，为生计所压迫，也总不免比较的粗制滥造，增出些先前所没有的缺点来。走过租界的住宅区邻近的马路，三间门面的水果店，晶莹的玻璃窗里是鲜红的苹果，通黄的香蕉，还有不知名的热带的果物。但略站一下就知道：这地方，中国人是很少进去的，买不起。我们大抵只好到同胞摆的水果摊上去，化几文钱买一个烂苹果。

苹果一烂，比别的水果更不好吃，但是也有人买的，不过我们另外还有一种相反的脾气：首饰要"足赤"，人物要"完人"。一有缺点，有时就全部都不要了。爱人身上生几个疮，固然不至于就请律师离婚，但对于作者，作品，译品，却总归比较的严紧，萧伯纳坐了大船，不好；巴比塞不算第一个作家，也不好；译者是"大学教授，下职官员",更不好。好的又不出来,怎么办呢？我想,还是请批评家用吃烂苹果的方法,来救一救急罢。

我们先前的批评法,是说,这苹果有烂疤了,要不得,一下子抛掉。然而买者的金钱有限,岂不是大冤枉,而况此后还要穷下去。所以,此后似乎最好还是添几句,倘不是穿心烂,就说:这苹果有着烂疤了,然而这几处没有烂,还可以吃得。这么一办,译品的好坏是明白了,而读者的损失也可以小一点。

但这一类的批评,在中国还不大有,即以《自由谈》所登的批评为例,对于《二十世纪之欧洲文学》,就是专指烂疤的;记得先前有一篇批评邹韬奋先生所编的《高尔基》的短文,除掉指出几个缺点之外,也没有别的话。前者我没有看过,说不出另外可有什么可取的地方,但后者却曾经翻过一遍,觉得除批评者所指摘的缺点之外,另有许多记载作者的勇敢的奋斗,胥吏的卑劣的阴谋,是很有益于青年作家的,但也因为有了烂疤,就被抛在筐子外面了。

所以,我又希望刻苦的批评家来做剜烂苹果的工作,这正如"拾荒"一样,是很辛苦的,但也必要,而且大家有益的。

九月十一日。

原载 1933 年 9 月 14 日《申报·自由谈》。署名洛文。

初收 1934 年 12 月上海兴中书局(联华)版《准风月谈》。

十二日

日记　雨,午晴。夜三弟来。得杜衡信并书两本,《现代》九月号稿费五元,萧参豫支《高氏小说选集》版税廿二日期支票百元,即复。

十三日

日记　昙。上午同广平,海婴往王冠照相馆照相。大雨一陈。

午后寄紫佩信。下午往内山书店买『大自然卜霊魂卜ノ対話』一本，『ヴァン・ゴッホ大画集』（三）一本，共泉六元四角。夜补译《山民牧唱》开手。

十四日

日记 晴。下午收开明书店代付未名社欠版税第三次款八百五十二元六分。

新秋杂识(三)

"秋来了！"

秋真是来了，晴的白天还好，夜里穿着洋布衫就觉得凉飕飕。报章上满是关于"秋"的大小文章：迎秋，悲秋，哀秋，责秋……等等。为了趋时，也想这么的做一点，然而总是做不出。我想，就是想要"悲秋"之类，恐怕也要福气的，实在令人羡慕得很。

记得幼小时，有父母爱护着我的时候，最有趣的是生点小毛病，大病却生不得，既痛苦，又危险的。生了小病，懒懒的躺在床上，有些悲凉，又有些娇气，小苦而微甜，实在好像秋的诗境。呜呼哀哉，自从流落江湖以来，灵感卷逃，连小病也不生了。偶然看看文学家的名文，说是秋花为之惨容，大海为之沉默云云，只是愈加感到自己的麻木。我就从来没有见过秋花为了我在悲哀，忽然变了颜色；只要有风，大海是总在呼啸的，不管我爱闹还是爱静。

冰莹女士的佳作告诉我们："晨是学科学的，但在这一刹那，完全忘掉了他的志趣，存在他脑海中的只有一个尽量地享受自然美景的目的。……"这也是一种福气。科学我学的很浅，只读过一本生物学教科书，但是，它那些教训，花是植物的生殖机关呀，虫鸣鸟啭，是在求偶呀之类，就完全忘不掉了。昨夜闲逛荒场，听到蟋蟀在野菊花下鸣叫，觉得好像是美景，诗兴勃发，就做了两句新诗——

野菊的生殖器下面，

蟋蟀在吊膀子。

写出来一看，虽然比粗人们所唱的俚歌要高雅一些，而对于新诗人的由"烟士披离纯"而来的诗，还是"相形见绌"。写得太科学，太真实，就不雅了，如果改作旧诗，也许不至于这样。生殖机关，用严又陵先生译法，可以谓之"性官"；"吊膀子"呢，我自己就不懂那语源，但据老于上海者说，这是因西洋人的男女挽臂同行而来的，引伸为诱惑或追求异性的意思。吊者，挂也，亦即相挟持。那么，我的诗就译出来了——

野菊性官下，

鸣蛩在悬肘。

虽然很有些费解，但似乎也雅得多，也就是好得多。人们不懂，所以雅，也就是所以好，现在也还是一个做文豪的秘诀呀。质之"新诗人"邵洵美先生之流，不知以为何如？

九月十四日。

原载 1933 年 9 月 17 日《申报·自由谈》。署名旅隼。

初收 1934 年 12 月上海兴中书局（联华）版《准风月谈》。

十五日

日记 晴。午后往内山书店买『现代文学』及『ヒラカレタ処女地』各一本，共泉三元。得黎烈文信并还稿一篇。下午同广平往美国书业公司买 *Zement* 及 *Niedela* 之插画本各一册，共泉十五元五角。

《关于翻译(上)》补记

补记:这一篇没有能够刊出。

九月十五日。

未另发表。

初收 1934 年 12 月上海兴中书局(联华)版《准风月谈》。

十六日

日记　晴。下午得韦从芜信,附致章雪村,夏丐尊笺。

十七日

日记　昙。星期。下午以照相分寄母亲及戚友。三弟来。夜雨。濯足。得《中国文学史》(四)一本,振铎寄赠。收《申报月刊》九月分稿费十元。

十八日

日记　昙。上午寄振铎信。寄小峰信。寄章雪村信附韦丛芜笺。得山本夫人寄赠海婴之文具,玩具等共一合。午大雨。夜大风。

九 一 八

阴天,晌午大风雨。看晚报,已有纪念这纪念日的文章,用风雨作材料了。明天的日报上,必更有千篇一律的作品。空言不如事实,且看看那些记事罢——

戴季陶讲如何救国 　（中央社）

南京十八日——国府十八日晨举行纪念周,到林森戴季陶陈绍宽朱家骅吕超魏怀暨国府职员等四百余人,林主席领导行礼,继戴讲"如何救国",略谓本日系九一八两周年纪念,吾人于沉痛之余,应想法达到救国目的,救国之道甚多,如道德救国,教育救国,实业救国等,最近又有所谓航空运动及节约运动,前者之动机在于国防与交通上建设,此后吾人应从根本上设法增强国力,不应只知向外国购买飞机,至于节约运动须一面消极的节省消费,一面积极的将金钱用于生产方面。在此国家危急之秋,吾人应该各就自己的职务上尽力量,根据总理的一贯政策,来做整个三民主义的实施。

吴敬恒讲纪念意义 　（中央社）

南京十八日——中央十八日晨八时举行九一八二周年纪念大会,到中委汪兆铭陈果夫邵元冲陈公博朱培德贺耀祖王祺等暨中央工作人员共六百余人,汪主席,由吴敬恒演讲以精诚团结充实国力,为纪念九一八之意义,阐扬甚多,并指正爱国之道,词甚警惕,至九时始散。

汉口静默停止娱乐 　（日联社）

汉口十八日——汉口九一八纪念日华街各户均揭半旗,省市两党部上午十时举行纪念会,各戏院酒馆等一律停业,上午十一时全市人民默祷五分钟。

广州禁止民众游行 　（路透社）

广州十八日——各公署与公共团体今晨均举行九一八国耻纪念,中山纪念堂晨间行纪念礼,演说者均抨击日本对华之侵略,全城汽笛均大鸣,以警告民众,且有飞机于行礼时散发传单,惟民众大游行,为当局所禁,未能实现。

东京纪念祭及犬马　（日联社）

东京十八日——东京本日举行九一八纪念日,下午一时在日比谷公会堂举行阵亡军人遗族慰安会,筑地本愿寺举行军马军犬军鸽等之慰灵祭,在乡军人于下午六时开大会,靖国神社举行阵亡军人追悼会。

但在上海怎样呢? 先看租界——

雨丝风片倍觉消沉

今日之全市,既因雨丝风片之侵袭,愁云惨雾之笼罩,更显黯淡之象。但驾车遍游全市,则殊难得见九一八特殊点缀,似较诸去年今日,稍觉消沉,但此非中国民众之已渐趋于麻木,或者为中国民众已觉悟于过去标语口号之不足恃,只有埋头苦做之一道乎? 所以今日之南市闸北以及租界区域,情形异常平安,道途之间,除警务当局多派警探在冲要之区,严密戒备外,简直无甚可以纪述者。

以上是见于《大美晚报》的,很为中国人祝福。至华界情状,却须看《大晚报》的记载了——

今日九一八
华界戒备
公安局据密报防反动

今日为“九一八”,日本侵占东北国难二周纪念,市公安局长文鸿恩,昨据密报,有反动分子,拟借国难纪念为由秘密召集无知工人,乘机开会,企图煽惑捣乱秩序等语,文局长核报后,即训令各区所队,仍照去年“九一八”实施特别戒备办法,除通告该局各科处于今晨十时许,在局长办公厅前召集全体职员,及警察总队第三中队警士,举行"九一八"国难纪念,同时并行纪念周外,并饬督察长李光曾派全体督察员,男女检查员,分赴中华路,民国路,方浜路,南阳桥,唐家湾,斜桥等处,会同各区所警士,在各要隘街衢,及华租界接壤之处,自上午八时至十一时半,中午十一时半至三时,下午三时至六时半,分三班轮流检查行人。南市大吉路公共体育场,沪西曹家渡三角场,闸北谭子湾等处,均派大批巡逻警士,禁止集会游行。制造局路之西,徐家汇区域内主要街道,尤宜特别注意,如遇发生事故,不能制止者,即向丽园路报告市保安处第二团长处置,凡工厂林立处所,加派双岗驻守,红色车巡队,沿城环行驶巡,形势非常壮严。该局侦缉队长卢英,饬侦缉领班陈光炎,陈才福,唐炳祥,夏品山,各率侦缉员,分头密赴曹家渡,白利南路,胶州路及南市公共体育场等处,严密暗探反动分子行动,以资防范,而遏乱萌。公共租界暨法租界两警务处,亦派中西探员出发搜查,以防反动云。

"红色车"是囚车,中国人可坐,然而从中国人看来,却觉得"形势非常壮严"云。记得前两天(十六日)出版的《生活》所载的《两年的教训》里,有一段说——

"第二,我们明白谁是友谁是仇了。希特勒在德国民族社会党大会中说:'德国的仇敌,不在国外,而在国内。'北平整委会主席黄郛说:'和共抗日之说,实为谬论;剿共和外方为救时救党上策。'我们却要说'民族的仇敌,不仅是帝国主义,而是出卖民族利益的帝国主义走狗们。'民族反帝的真正障碍在那里,还有比这过去两年的事实指示得更明白吗?"

现在再来一个切实的注脚:分明的铁证还有上海华界的"红色车"! 是一天里的大教训!

年年的这样的情状,都被时光所埋没了,今夜作此,算是纪念文,倘中国人而终不至被害尽杀绝,则以贻我们的后来者。

是夜，记。

未能发表。

初收 1934 年 3 月上海同文书店版《南腔北调集》。

十九日

日记　小雨而风，午晴。午后得紫佩信。得季市信。下午协和来。得小峰信并本月版税泉四百。夜复季市信。

致 许寿裳

季市兄：

十五日函，顷奉到。前一函亦早收得。钦文事剪报奉览。看来许之罪其实是"莫须有"的，大约有人欲得而甘心，故有此辣手，且颇有信彼为富家子弟者。世间如此，又有何理可言。

脚湿虽小恙，而颇麻烦，希加意。昨今上海大风雨，敝寓无少损，妇孺亦均安。请释念。

此复，即颂

曼福。　　　　　　　　　　　弟飞　顿首　九月十九日

宁报小评，只曾见其一。文章不痛不痒，真庸才也。

二十日

日记　晴。下午广平为买鱼肝油十二瓶，又海婴之牛乳粉一合，共泉三十八元七角五分。

礼

看报,是有益的。虽然有时也沉闷。例如罢,中国是世界上国耻纪念最多的国家,到这一天,报上照例得有几块记载,几篇文章。但这事真也闹得太重叠,太长久了,就很容易千篇一律,这一回可用,下一回也可用,去年用过了,明年也许还可用,只要没有新事情。即使有了,成文恐怕也仍然可以用,因为反正总只能说这几句话。所以倘不是健忘的人,就会觉得沉闷,看不出新的启示来。

然而我还是看。今天偶然看见北京追悼抗日英雄邓文的记事,首先是报告,其次是演讲,最末,是"礼成,奏乐散会"。

我于是得了新的启示:凡纪念,"礼"而已矣。

中国原是"礼义之邦",关于礼的书,就有三大部,连在外国也译出了,我真特别佩服《仪礼》的翻译者。事君,现在可以不谈了;事亲,当然要尽孝,但殁后的办法,则已归入祭礼中,各有仪:就是现在的拜忌日,做阴寿之类。新的忌日添出来,旧的忌日就淡一点,"新鬼大,故鬼小"也。我们的纪念日也是对于旧的几个比较的不起劲,而新的几个之归于淡漠,则只好以俟将来,和人家的拜忌辰是一样的。有人说,中国的国家以家族为基础,真是有识见。

中国又原是"礼让为国"的,既有礼,就必能让,而愈能让,礼也就愈繁了,总之,这一节不说也罢。

古时候,或以黄老治天下,或以孝治天下。现在呢,恐怕是入于以礼治天下的时期了,明乎此,就知道责备民众的对于纪念日的淡漠是错的,《礼》曰:"礼不下庶人";舍不得物质上的什么东西也是错的,孔子不云乎:"赐也尔爱其羊,我爱其礼!"

"非礼勿视,非礼勿听,非礼勿言,非礼勿动",静静的等着别人的"多行不义,必自毙",礼也。

九月二十日。

原载 1933 年 9 月 22 日《申报·自由谈》。署名苇索。

初收 1934 年 12 月上海兴中书局(联华)版《准风月谈》。

打听印象

五四运动以后,好像中国人就发生了一种新脾气,是:倘有外国的名人或阔人新到,就喜欢打听他对于中国的印象。

罗素到中国讲学,急进的青年们开会欢宴,打听印象。罗素道:"你们待我这么好,就是要说坏话,也不好说了。"急进的青年愤愤然,以为他滑头。

萧伯纳周游过中国,上海的记者群集访问,又打听印象。萧道:"我有什么意见,与你们都不相干,假如我是个武人,杀死个十万条人命,你们才会尊重我的意见。"革命家和非革命家都愤愤然,以为他刻薄。

这回是瑞典的卡尔亲王到上海了,记者先生也发表了他的印象:"……足迹所经,均蒙当地官民殷勤招待,感激之余,异常愉快。今次游览观感所得,对于贵国政府及国民,有极度良好之印象,而永远不能磨灭者也。"这最稳妥,我想,是不至于招出什么是非来的。

其实是,罗萧两位,也还不算滑头和刻薄的,假如有这么一个外国人,遇见有人问他印象时,他先反问道:"你先生对于自己中国的印象怎么样?"那可真是一篇难以下笔的文章。

我们是生长在中国的,倘有所感,自然不能算"印象";但意见也好;而意见又怎么说呢? 说我们像浑水里的鱼,活得胡里胡涂,莫名其妙罢,不像意见。说中国好得很罢,恐怕也难。这就是爱国者所悲痛的所谓"失掉了国民的自信",然而实在也好像失掉了,向各人打听印象,就恰如求签问卜,自己心里先自狐疑着了的缘故。

我们里面,发表意见的固然也有的,但常见的是无拳无勇,未曾"杀死十万条人命",倒是自称"小百姓"的人,所以那意见也无人"尊重",也就是和大家"不相干"。至于有位有势的大人物,则在野时候,也许是很急进的罢,但现在呢,一声不响,中国"待我这么好,就是要说坏话,也不好说了"。看当时欢宴罗素,而愤愤于他那答话的由新潮社而发迹的诸公的现在,实在令人觉得罗素并非滑头,倒是一个先知的讽刺家,将十年后的心思豫先说去了。

这是我的印象,也算一篇拟答案,是从外国人的嘴上抄来的。

九月二十日。

原载 1933 年 9 月 24 日《申报·自由谈》。署名桃椎。

初收 1934 年 12 月上海兴中书局(联华)版《准风月谈》。

偶　成

九月二十日的《申报》上,有一则嘉善地方的新闻,摘录起来,就是——

"本县大窑乡沈和声与子林生,被著匪石塘小弟绑架而去,勒索三万元。沈姓家以中人之产,迁延未决。讵料该帮股匪乃将沈和声父子及苏境方面绑来肉票,在丁棚北,北荡滩地方,大施酷刑。法以布条遍贴背上,另用生漆涂敷,俟其稍干,将布之一端,连皮揭起,则痛彻心肺,哀号呼救,惨不忍闻。时为该处居民目睹,恻然心伤,尽将惨状报告沈姓,速即往赎,否则恐无生还。帮匪手段之酷，洵属骇闻。"

"酷刑"的记载，在各地方的报纸上是时时可以看到的，但我们只在看见时觉得"酷"，不久就忘记了，而实在也真是记不胜记。然而酷刑的方法，却决不是突然就会发明，一定都有它的师承或祖传，例如这石塘小弟所采用的，便是一个古法，见于士大夫未必肯看，而下等人却大抵知道的《说岳全传》一名《精忠传》上，是秦桧要岳飞自认"汉奸"，逼供之际所用的方法，但使用的材料，却是麻条和鱼鳔。我以为生漆之说，是未必的确的，因为这东西很不容易干燥。

"酷刑"的发明和改良者，倒是虎吏和暴君，这是他们唯一的事业，而且也有工夫来考究，这是所以威民，也所以除奸的，然而《老子》说得好，"为之斗斛以量之，则并与斗斛而窃之，……"有被刑的资格的也就来玩一个"剪窃"。张献忠的剥人皮，不是一种骇闻么？但他之前已有一位剥了"逆臣"景清的皮的永乐皇帝在。

奴隶们受惯了"酷刑"的教育，他只知道对人应该用酷刑。

但是，对于酷刑的效果的意见，主人和奴隶们是不一样的。主人及其帮闲们，多是智识者，他能推测，知道酷刑施之于敌对，能够给与怎样的痛苦，所以他会精心结撰，进步起来。奴才们却一定是愚人，他不能"推己及人"，更不能推想一下，就"感同身受"。只要他有权，会采用成法自然也难说，然而他的主意，是没有智识者所测度的那么惨厉的。绥拉菲摩维支在《铁流》里，写农民杀掉了一个贵人的小女儿，那母亲哭得很凄惨，他却诧异道，哭什么呢，我们死掉多少小孩子，一点也没哭过。他不是残酷，他一向不知道人命会这么宝贵，他觉得奇怪了。

奴隶们受惯了猪狗的待遇，他只知道人们无异于猪狗。

用奴隶或半奴隶的幸福者，向来只怕"奴隶造反"，真是无怪的。

要防"奴隶造反"，就更加用"酷刑"，而"酷刑"却因此更到了末路。在现代，枪毙是早已不足为奇了，枭首陈尸，也只能博得民众暂时的鉴赏，而抢劫，绑架，作乱的还是不减少，并且连绑匪也对于别人用起酷刑来了。酷的教育,使人们见酷而不再觉其酷,例如无端杀死几个民众,先前是大家就会嚷起来的,现在却只如见了日常茶饭事。人民真被治得好像厚皮的,没有感觉的癞象一样了,但正因为成了癞皮,所以又会踏着残酷前进,这也是虎吏和暴君所不及料,而即使料及,也还是毫无办法的。

九月二十日。

原载 1933 年 10 月 15 日《申报月刊》第 2 卷第 10 号。署名洛文。

初收 1934 年 3 月上海同文书店版《南腔北调集》。

山民牧唱

[西班牙]巴罗哈

烧 炭 人

喀拉斯醒过来,就走出了小屋子。顺着紧靠崖边的弯弯曲曲的小路,跑下树林中间的空地去。他要在那里作炭窑的准备。

夜色退去了。苍白的明亮,渐渐的出现在东方的空中。太阳的最初的光线,突然从云间射了出来,像泛在微暗的海中的金丝一样。

山谷上面,仿佛盖着翻风的尸布似的,弥漫着很深的浓雾。

喀拉斯就开手来作工。首先,是拣起那散在地上的锯得正可合用的粗树段,圆圆的堆起来,中间留下一个空洞。其次,便将较细的堆在那上面,再上面又放上更细的枝条去。于是一面打着口哨,吹出总是不唱完的曲子的头几句来,一面作工,毫不觉得那充满林中的寂寥和沉默。这之间,太阳已经上升,雾气也消下去了。

在正对面,一个小小的部落,就像沉在哀愁里面似的,悄然的出现在它所属的田地的中央。那前面,是早已发黄了的小麦田,小海一般的起伏着。山顶上面是有刺的金雀枝在山石之间发着芽,恰如登山的家畜。再望过去,就看见群山的折迭,恰如凝固了的海里的波涛,有几个简直好像是波头的泡沫,就这样的变了青石了。但别的许多山,却又像海底的波浪一般,圆圆的,又蓝,又暗。

喀拉斯不停的做着工,唱着曲子。这是他的生活。堆好树段,立刻盖上郎机草和泥,于是点火。这是他的生活。他不知道别样的生活。

做烧炭人已经多年了。自己虽然没有知道得确切,他已经二十岁了。

站在山顶上的铁十字架的影子,一落到他在做工的地方,喀拉斯就放下工作,走到一所小屋去。那处所,是头领的老婆在给烧炭人们吃饭的。

这一天,喀拉斯也像往常一样,顺着小路,走下那小屋所在的洼地里去了。那是有一个门和两个小窗的粗陋的石造的小屋。

"早安,"他一进门,就说。

"阿,喀拉斯么,"里面有人答应了。

他坐在一张桌子旁,等着。一个女人到他面前放下一张盘,将刚刚离火的锅子里的东西,舀在盘里面。烧炭人一声不响的就吃起来了。还将玉蜀黍面包的小片,时时抛给那在他脚边擦着鼻子的狗吃。

小屋的主妇看了他一眼,于是对他说道:

"喀拉斯,你知道大家昨天在村子里谈讲的话么?"

"唔?"

"你的表妹,许给了你的毕扇多,住在市上的那姑娘,听说是就要出嫁了哩。"

喀拉斯漠不关心模样,抬起了眼睛,但就又自吃他的东西了。

"可是我还听到了还要坏的事情哩。"一个烧炭人插嘴说。

"什么呀？"

"听说是安敦的儿子和你，都该去当兵了哩。"

喀拉斯不答话。那扫兴的脸却很黯淡了。他离开桌子，在洋铁的提桶里，满装了一桶烧红的火炭，回到自己做工的地方。将红炭抛进窑顶的洞里去。待到看见了慢慢地出来的烟的螺旋线，便去坐在峭壁紧边的地面上。就是许给自己的女人去嫁了人，他并不觉得悲哀，也不觉得气愤。毫不觉得的。这样的事情，他就是随随便便。使他焦躁，使他的心里充满了阴郁的愤怒的，是那些住在平地上的人们，偏要从山里拉了他出去的这种思想。他并不知道平地的人们，然而憎恶他们了。他自问道：

"为什么硬要拖我出去呢？他们并不保护我，为什么倒要我出去保护他们呢？"

于是就气闷，恼怒起来，将峭壁紧边的大石踢到下面去。他凝视着那石头落在空中，有时跳起，有时滚落，靠根压断了小树，终于落在绝壁的底里，不见了。

火焰一冲破那用泥和草做成的炭窑的硬壳，喀拉斯就用泥塞住了给火冲开的口子。

就是这模样，经过着始终一样的单调的时间。夜近来了。太阳慢慢的落向通红的云间，晚风开始使树梢摇动。

小屋子里，响亮着赶羊回来的牧人们的带着冷嘲的叫嚣，听去也像是拉长的狂笑。树叶和风的谈天开始了。细细的流水在山石间奔波，仿佛是无人的寺里的风琴似的，紧逼了山的沉默。

白天全去了，从山谷里，升起一团影子来。乌黑的浓烟从炭窑里逃走了。还时时夹着火花的团块。

喀拉斯凝视着展开在他的前面的深渊。而且阴郁地，一声不响地，对着于他有着权力的未知的敌，伸出了拳头；为要表示那憎恶，就一块一块的向着平野，踢下峭壁紧边的很大的石块去。

秋的海边

这是马理亚·路易莎在每年秋初，出外的游玩。当她丈夫和朋友的谁一同去玩毕亚列支，或是孚安·兑·路斯的时候，她就坐在历经吉普斯科亚海岸各村的搭客马车里，在一个村庄里下了车。

那旅行，在她，是向着恋爱的圣庙的巡礼。在那地方，是由过去的恳切的记忆，使她的心轻快起来，从虚伪的生活的焦热，暂时得到休息的。

在那地方，在滨海诸村的一个村中的墓地，看去好像被寂寥，花朵和沉默所围绕的山庄似的，种着丝杉和月桂的墓地里，就永远地躺着恳切的男人……

这天傍晚，马理亚·路易莎一到村，就照例的住在她乳母家里了。

给旅行弄疲倦了，赶早就躺下，但被一种乱梦所侵袭，直到黎明之前，这才入了睡。

和一种惊吓一同醒过来了。睁眼一看，卧房里还连漏进来的一条光线也没有。天一定还是没有亮。再躺下去试试看，太多的回忆和想象，都乱七八遭的浮上心头来，她要静定这兴奋，便跳下床，略略整了衣，在暗中摸过去，终于摸着了窗门，推开了。

这真是像个秋天的亮星夜。纱似的，光亮的雾气，笼罩着周围。听不到一个声音，感不着一些活气，来破这微明的幽静的，什么也没有。只从远处，传来了缓缓的，平静的，安稳的大海的低声……

村子，海，群山——所有一切，都给已在早风中发起抖来的灰色的烟霭抹杀了。

马理亚·路易莎一面沉思，一面凝视着遮住眼睛，不给看见远方的不透明的浓雾，就觉到了一种平安。在暗中放大了的瞳孔，逐渐的看出一点东西来，有些是轮廓也不分明的一个影，有些是海边的沙地的白茫茫。烟霭的团块一动弹，那些无形的各种黑影便忽而显出来，忽而隐了去。

风是陆风，潮湿，温暾，满含着尖利的臭气和由植物发散出来的蒸热。因为时时有海气味扑鼻而至，就知道其中还夹着海风。

曙光从烟雾的灰色薄绢里射了出来了。手是模胡的，没有轮廓的东西，也就分明的决定了模样。还有村庄，吉普斯科亚海岸的许多黑色房屋的那村庄，也从它所站着的冈子上面显出形相来了。村中的人家，是都攒在教堂的旧塔的四近的，站着，傍眺了海——总是掀起着大波，喧嚣着，总是气恼的唠叨着，喷着白沫的那北方的暗绿的海。

海岸的风景，逐渐的展了开来。在左手，可见层层迭迭的山石，那上面有一条路。右手，是依稀的显着海岸线。那线呈着缓缓的弯曲，一端就成为发着黑光的巨石，完结了。这巨石，当潮水一退，就屹然露出水面上，恰如在白沫的云中游泳的海怪似的。

村庄已经醒了转来。风运来了教堂的钟，且又运了去。来通知黎明的祷告的幽静而舒徐的那声音，在带着懊恼的微明的空中发抖。

人家的窗和门，都开开来了。农人们在从牛棚里将牛牵到道路上。在村庄的沉默里，听得到的就只有一面昂着头，敞开鼻孔，舒服地呼吸着早晨的新鲜的空气，一面吼叫着的公牛的声音。

面前看着这样肃静的，切实的生活；澎湃的海和钟声，又使她在近旁感到开口说话的宗教，马理亚·路易莎的心里，就浸透了一种淡淡的哀愁。直到太阳的光线射进屋子里面时，她这才觉得气力。自己向镜中去一照，在两眼里，看见了做梦似的，含着悲哀的，柔和的表情。

她准备到外面去了。穿上带黑的紫色衣服，戴了没有装饰的帽子，脸上盖了饰着时式结子的面纱。于是就走到满是积着黄色水的水洼的道路上。

时时遇见些肩着木棍,走在牛的前面的牛奴。牛是开着缓步,拉着轧轧发响的货物。

马理亚·路易莎对于人们的招呼,一一回答着往前走。

终于走近了村庄。横走过不见人影子的大空地,通过一个潮湿到霉黑了的石迭的小小的穹门,踏到砺石纵横的狭窄的坡路上。这里有几只露出了龙骨的半烂的船,免掉了长年的苦工,休息着。那穹门是绕着村庄的古城墙的留遗,在要石上还可见简陋的雕像,像下有开花的野草,滋生在石块和石块的间隙中。

从狭路的尽处,便望见了海边。太阳扒开了云,雾气由海面上升,消失在天空中,风景也跟着出色起来的,是岔涌的欢喜。

空气越加纯净,露出苍穹的细片来了。雾气一收,在山腰上,就看见种着牧草的碧绿的田地中央的一家房屋,或是山毛榉和槲树的小林。群山的顶上,也现出了有棱角的石头,和几株枝叶扶疏的细长的灌木。

海边是热的。马理亚·路易莎放开步,一径走到沙滩的边上,在那里的一块石头上,颓然坐下了。气恼似的,辉煌着的海,顽固地在拒绝太阳的爱抚。海想用朝霭来做成阴天,然而没有效。光充满着四边,太阳的光线,已经在带绿的波浪的怪气而起起伏伏的皮肤上面熠熠地发闪了。

忽然间,觉得太阳好像得了加倍的势力。海只是推广开去,终于和水平缐成了一直线,连结了起来。

从此就看见了海波涌来的模样。有暗的,圆的,看不透那里面的波,也有满是泡沫的波。其中又有仿佛自炫坦白似的,使日光照着混浊的内部的波。那边的海岬上,则怒涛打着岩石,进散而成雨。一到岸边,就如生病初愈的女人一般,忧郁地,平稳地涌过来,在沙滩上镶上一条白色的沿边,到退去时,则在沙上留下些带黑的海草,和在日光中发闪的淡黑色的海蜇。

早晨就像夏天的早晨。但从海的颜色里,风的叹息里,以及孤独的漠然的微语里,马理亚·路易莎都觉着了秋声。海将那伟大中的漠然的情绪,含在波浪里送与她了。

合着海的律动和节奏,她的思想的律动,就和记忆一起,招致了恋爱的回忆来。

两个人就只有两个,也不谈,也不想,也不整理思路,只是久久的茫然的躺在海边的沙上,那时的幻影,恰如波浪似的,一步一步的漂来,将她的精神,和生息在波浪,烟雾,大海里的那精神,熔合起来了。

就在这地方,她和他认识了。那已经是十年以前的事,唉唉,已经是过了十年了!最初是对于他的病体的同情。而在听他说话,和他说话的时候,她却连灵魂的最深处也发了抖。原是冷人的她,觉得恋慕的难以抑制了。不以石女为意的她,觉得羡慕有个孩子了。

常常是只有两个人,眺望着通红的太阳沉在水平线的那边,海被深红的反照所鼓动的那恼人的八月的薄暮。一觉到这反映在自己们的心里,两人的神经就都为了炎炎的欲情而抽搐了。

过去了的十年!唉唉,那十年!她所最悲哀的,大概就是这一事罢。她在未来之中,看着老后生活的灰色的太空——惨淡。

自此以后,十年也过去了!那时候,她是廿八岁!

新的春和夏,总该是年年会得转来的,——她成了绝望的心情,想,——对着从无涯的那边,涌来了波涛,而咆哮着的大海,在那么样通红的薄暮里,在那么样的星夜里,新的心的新恋爱和新幻想,总该会抽起芽来的……而这我,却怕要像一闪既灭的水泡那样,一去不返的罢。

马理亚·路易莎凝眺着寂寞的,悲凉的海边。于是大洋的茫然的情绪,就从叹息于苍白的秋天之下的海里,来到她的心中,将一看见身体衰颓时,便会觉得的忧郁,越加扩充开去了。

一个管坟人的故事

一出村子，就看见路的左手，有一家很旧的平房。在那潮湿到发黑了的墙壁上，威风凛凛的显出几个黑字，写着"勃拉希陀葡萄酒店"的店号。

这写字的艺术家，单是每一个字都用了时行的笔法还不满足，还要画一点什么画。于是在店门的门楣上，就画了一匹大公鸡，脚踏给流矢射通了的心脏，拍着翅子。这是神秘透顶的形象，我们至今还不明白那意思。

店门里面的前厅上，两边也都堆起酒桶来，弄得狭到只在中间剩下一条窄窄的走路。再进去就是店面，也不仅仅是酒场，还卖咖啡，卖烟，卖纸，别的还有好几样。后门口呢，葡萄架下放着几张桌子，一到礼拜天的午后，酒神崇拜们便聚到这里来，喝酒，玩九柱戏。信仰美神的人物也常到的，为的是要用除烦解热的黑莓，消掉他的情火。

酒店的主妇富斯多，倘不是拿一个又懒惰，又浪费的捣乱的破落户做男人，怕是早已发了财了。

那男人，不但和她在发卖的上等次等的各种酒，都有极好的交情，而且还有种马的多产能力的。

"喂，亚拉耶·勃拉希陀，"他的朋友说，"真糟！你这里，又是这个了！你究竟是在怎么弄的呀……"

"怎么弄的，又有什么法子呢，"他回答说。"娘儿们这东西，就像猪罗一样的。譬如她……只要用鼻子嗅一下，那就，什么了……只要我脱下短裤，挂在眠床的铁栏干上，就会大起来。就会田地好，种子好，时候好……"

"酒鬼！猪罗！"女人听到了他的话，便叫起来。"少说废话，出去做点事罢！"

"出去做点事？放屁，第二句话，就是做点事。娘儿们说的话，真古怪！"

正月里的有一天，烂醉着走的勃拉希陀掉在河里了。朋友们拉了他上来，没有给淹死，但回家之后，因为不舒服，就只好躺下。两面的肺都生了肺炎了。他躺着，唱着他所知道的一点五八调。但是，有一天的早晨，打小鼓的来到酒店里的时候，他终于叫了起来：

"觉明，对不起，肯给我拿笛子和小鼓来么？"

"好的，来了。"

觉明拿了笛子和小鼓来。因为他和勃拉希陀是很要好的。

"打什么呢？"打小鼓的问。

"打奥莱斯克调，"勃拉希陀说。然而正在乱打之间，他忽然回过头来，道，"喂，觉明，立刻跳到收场，到收场。我也要收场了。"

勃拉希陀转脸对了墙壁；于是，死掉了。

第二天，管坟人巴提给他那朋友掘了一个三尺深的，很像样的，很容易掘好的坑。怀孕的酒店主妇管理着七个小孩子，在发烦。酒店是靠着死掉的男人的朋友的照管，仍旧做卖买。

这些朋友们里面，最熟的是巴提赛拉，就是大家叫他"地狱的巴提"的汉子。这巴提，假使他没有那么胖，是一定见得是一个长条子的。他从后面看，是方的，从前面看，是圆的，从旁边看，却是简直像一个妖精的三角形。子子细细的刮光了的那脸，是红色和紫色之间的颜色。小小的快活的眼，围着厚皮厚肉的眼眶。鼻子呢，可是不能不说，并非希腊式。但是，假如没有那么胖，那么阔，那么红，那是一定见得很漂亮的罢。他的嘴里是没有牙齿的。但是，他那因为阳气的微笑而半开的嘴唇，刚刚合式的盘一般的大帽子，却连他的敌人，也不能不承认是有着难言之妙的物事。

坏话专门家和永久的酷评家们，都说巴提的青年时代是万分放荡的。猜他在敷设北部铁路的那时候，两手拿着粗笨的石弩，在里阿哈那里做路劫的也有，然而说他一定是越狱犯，以及说他做过海盗船上的水手的却也有。推测而又推测的结果,竟也有以为巴提的自愿去做管坟人,是为了要从孩子的死尸里提炼黄油之故的了。然而,我们为保全"事实"的名誉起见,应该在这里声明,就是:这样的推测,全都没有证据。

巴提到亚美利加去混了多年之后,回来一看,只见他的地产,就是祖遗的山腰上的地面的一部份,已经变了坟地了。村子里,是都说巴提已经死了的。村会看见巴提咬定着自己的所有权,就想买收这地面,但是巴提不答应他们提出的条件,只说,倘若条件是给他做管坟人,并且许他在坟地的泥墙的一角上,造一所拿着无边帽和烟斗去住的小屋,那就不妨让出祖遗的地面来。

这提议被接受了。巴提就造起小屋子,住在那里,去管坟去了。死人们对于巴提的给他们照顾自己们的坟墓,恐怕也不会伤心的罢。因为他是用芳香的草木,美丽的花朵,装饰了坟地的。

善良的巴提虽然这样的尽心,但村人们却总当他是要落地狱的脚色。这只因为两件事:其一,是礼拜日往往忘记了去听弥撒;又其一,是听村里的牧师赞美上帝的时候,他使着眼色,说道,"遏萨古那·拉古那。"①

村人们将这"遏萨古那·拉古那"的话当作恶意,心里想:巴提这东西,诚实的地方固然是有的,但却会用了针对的话来损人。这话,是说牧师在附近的一个村庄中,养下三个孩子了。

人们对于巴提所抱的恐怖,是非常之大的,甚至于母亲们为要恐吓孩子的缘故,就说,"小宝宝,哭下去,地狱的巴提要来带你去了哩。"

村里的老爷们是看不起巴提的。以学者自许的药店主,自以为在将他嘲弄。

巴提和一个年青医生很要好。医生去施行尸体解剖的时候,管

---

① 原注,这是跋司珂语,"喂,好正经"的意思。——原译者

坟人就做帮手。倘有什么好事之徒，走近解剖台去，显出恐怖和嫌恶的表情，巴提便向医生使一个眼色，恰像是在对他说："这家伙没有懂得奥妙，吃了惊了……哼……哼……"

人们对他的评论，巴提几乎全不放在他心上；只要在富斯多的酒店里奉行着天语，他就满足了。恭听这天语的人们，是村中惟一的自由主义者的清道夫；不去给人代理的时候，就做麻鞋的助理判事；拿着夜膳和酒壶一把，走进酒店去的，先前的学校教员堂·拉蒙；照例的打小鼓人；义仓的职员；还有另外的几个。巴提的话，将他们吸住了。

他讲完魂灵，说道"这样的东西，谁也不会出惊的，遏来克（电气）呀"的时候，听着的人就大家互看脸色，仿佛在考查别人可曾懂得这书句的深远的意思似的。

巴提知道着种种的书句。连名人也未必全知道呢，他却迭连的吐出吓退息波克拉第斯①的警句来。他的哲学，是尽于下面的几句的，曰："人，就是像草的东西。生了下来，就不过是生了下来。有开红花的草，也有黄的。所以，人也有好人，有坏人。然而，成为酒鬼的人，那是生成要成酒鬼的。"

他往往用水湿一湿嘴唇。于是仿佛被那水的强烈，吃了一吓似的，立刻一口喝干了白兰地。这是因为这管坟人，使人在小杯里倒水，大杯里倒酒的。是纯然的恶作剧。

随机应变的对付，巴提是一方之雄。有一天，以美男子自居的有钱的矿师，讲着自己的本领：

"我的孩子，在渥拉萨巴尔村一个，斯毕亚乌来村一个，喀斯台尔村一个……"

"如果你的太太生下来的孩子也是你的种子，那你的本领就更大了。"巴提像哲学家似的说。

①　希腊哲学家。——重译者。

当巴提用烟斗的烟烘热着红鼻子,——一面讲着在美洲的他的冒险谈的时候,他的话,是伴着绝叫和哄笑的合唱的。

在美洲的巴提的冒险谈,真也很有味。他做过赌客,商人,牲口贩子,兵,以及别的种种。当兵的时候,势至于活活的烤死了多少个印第安人。但巴提的真的惹人之处,却是讲那对于黑人,山嵫①,谟拉忒②,黄种人的女人的恋爱的冒险。他的恋爱,是无须夸大,可以说涉及半音阶全部的女性的。

酒店主妇是很任性的,所以生了第八个孩子之后的第二天,便离了床,行若无事的劳动着。但到夜,却发起热来,只得又躺在床上。后来看定了那是产褥热,随后就被送到坟地里去了。这主妇,是很会拖欠的。为了这,酒店只好盘给人,八个孩子便站在街头了。

"那孩子,总得想点什么办法,"村长说。他要人们听不出他的跛司珂口音,几乎是用安达细亚语来说的。

"那些孩子们,总得给想一点什么办法才好。"牧师翻起眼睛,看着天,用了柔顺的声音,低语着。

"对呵,对呵,那些孩子们,总得给想一点什么办法的。"药店主人决然的说。

"都是小的……做好事,"村公署的书记加添道。

日子迅速的过去了。已经有了好几个礼拜。最大的女儿到邮差家里去做事,安顿了。吸奶的孩子是钉蹄铁人家的老婆勉勉强强的收养着。

其余的六个,觉明,襄提,马蒂涅角,荷仙,马理,喀斯波尔,却是赤了脚在路上跑,讨着饭。

有一天早上,管坟人赶了一辆马拉的小车,到村里来了,将六个

_____

① 黑人与印第安人的混血儿。——原译者。
② 白人与黑人的混血儿。——原译者。

孩子都放在那上面,自己抱回了吸奶的孩子,统统拉到坟地上的自己家里去了。中途还在药店里给吸奶的孩子买了一个哺乳瓶。

"假好人。"村长说。

"昏蛋!"药店主人低声自语道。

牧师不忍看见这样的悲惨,翻上眼睛,向着天。

"不久就会抛掉的罢,"书记说。

巴提没有抛掉了他们。并且把他们养得很出色。吃口多起来,连自己心爱的白兰地也戒掉了。然而,可叹的是竟弄得神圣的坟地上到处是蔬菜。村子里现在已经造好了市场,巴提就托那住在坟地近旁的朋友,把自己种出来的卷心菜和朝鲜蓟送到市场去。

巴提的朋友在发卖的卷心菜,是出在坟地上的,但在市场里,却以为味道厚,入口软,很得着称赞。自己毫不介意的吃着祖父和祖母的烂了的血肉,买菜的人们是梦里也想不到的。

马 理 乔

新闻是一传十,十传百。叫作忒拉的小屋子的主妇马理乔,产后半个月,就生了希奇古怪的毛病了。忽而发着出奇的大声,哈哈的笑,忽而又非常伤心似的啼哭,声嘶的叫喊起来了。

人们大抵说,这是有恶鬼进了她的身体里面的。但也有人说,却因为曾有一个古怪的男人,路过马理乔的住家旁边,看见了她,就使用了毒眼的缘故。

近地的人们的好奇心都到了极度,一聚集,一遇到,就总是谈论着这故事。有说最好是通知牧师去的,也有以为不如去请那不是乞丐,也不是巫婆的吉迫希姥姥的。这吉迫希姥姥因为善能解除人和动物被谁钉看了的毒眼,所以有名得很。

有一天,近地的两个姑娘去看病人,受了极强的印象,两个都一样的哭哭笑笑起来了。因为这缘由,首先的办法是通知村里的牧师去。牧师就被除了那屋子，其次是做驱邪的法事，教恶鬼退出它所附的女人的肉体。然而，那法术却什么效验也不见有。于是乎这回就叫了那吉迫希女人来了。

这吉迫希女人一得通知，立刻就到，走进家里去。她开手来准备。先用袋布缝好一个枕，装满了麸皮。其次是用枯枝五六枝，拗断了，做了两个火把。

夜半子时，她走进病人躺着的屋子里，漫不管病人的骂和哭，把她捆住在床上了。

立刻把两个火把点了火，口中念念有词，教马理乔的头枕在麸枕上。咒语一停，便把盐块硬教病人吃下去。但是，忽而又低低的念起"东方三贤王"的尊号来……

到第二天，马理乔的病爽然若失了。

过了一礼拜。一向憎恶马理乔的她婆婆，却又对她吹进了可怕的忧愁。那婆婆显着莫名其妙的微笑，说，马理乔的全愈，是因为将那鬼怪移到她儿子，长子身上去了，那孩子的无精打采，就为了这缘故。而且，这是真的。

先前非常可爱的那孩子，近几天忽而成了青白的，很青白的脸，不再有活泼的笑了。有一夜，孩子被母亲抱着躺在她膝上，就开着眼睛，冷了下去。一匹漆黑的飞虻，在孩子身边团团的飞着……

母亲不住的摇他。然而并不醒，她于是裹上外套，跨出门，顺着狭路，走向那乞食姥姥家去了。

天已经在发亮。淡白的一块云，溶在天空的带青的碧色里面了。

温暾的，无力的太阳，开始照射了开淡黄花的有刺的金雀枝，和满是枯掉的微红的郎机草的群峰。

马理乔停在山顶上，歇一回。冷风吹得她栗栗的发抖……

姥姥的家在一处洼地里。这原是旧屋子，曾经遭了火，那吉迫希女人慢慢地修缮好了的。马理乔不叫门，一径走进里面去。由炉子的火光,可见不过五六尺宽的内部。屋子的上侧,在填高的泥地上,有一张床。两侧的墙壁,是用横木代着柜子,上面放着检来的无数的废物。没柄的水壶,破了的铁釜,无底的沙锅,都依照大小,分列在那里。

炉子旁边,乞食姥姥正和一个很老的,弯腰曲背的,白头发的蹒跚汉子在谈天。

"你么?"她一看见马理乔,便沙声的问道,"到这里来干什么的?"

"要你看一看这孩子。"

"已经死了。"吉迫希凝视了孩子之后,说。

"不,睡着的。要怎么办,才会醒过来呢?"

"说是死了,就是死了的了。但是,要是什么,我给煎起七草汤来罢。"

"莫,吉迫希,"那时侯,老人开口了。"你做的那事,是什么用也没有的。唉唉,大嫂,如果要你的儿子醒过来,"他向着马理乔,用那在白眉毛下发光的灰色眼睛看定她,接着说,"方法可只有一个。那就是到近来家里毫无什么不幸的人家去,求他们给你住一宿。去罢,去找这样的人家去罢。"

马理乔抱着孩子,出去了。不多久,便走遍了四近的人家。这一家是父亲刚刚断气;那一家是儿子害着肺病,从兵营里成了废人回来,只有两个月寿命了。这地方,是适值死了母亲,剩下五个没人照管的孩子;那地方,是病人正要送到首都的养老院去了,因为兄弟们虽然生活得很舒适,但说肯收留的是没有的。

马理乔从山村到郊外,从郊外到市镇。信步走去,遍问了各色的市镇。无论到那里,都充满着哀伤,无论到那里,都弥漫着悲叹。无论那一郊,那一市,都成着大病院,满是发着疯狂般的声音呻吟着的病人们。

没法子来施用老人所教的法子。无论到那里,都有不幸在。无论到那里,都有疾病在。无论到那里去一看,都有死亡在。

是的。没有法子想。抱着悲苦的心活下去,是必要的。只好带着哀伤和悲痛,作为生存的伴侣。

马理乔哭了。哭得很长久。于是怀着扰乱的绝望,回到她丈夫身边过活去了。

往诊之夜

那一夜的记忆为什么会在脑子里印得这么深,连自己也不明白。从邻村的医生送来了通知,教我去做一种手术的帮手。这通知,我是在有一天的傍晚,凄清的昏暗的秋天的傍晚接到的。

低垂的云慢慢地散开之后,就成了不停的小雨,在落尽了叶子的树木的枝梢上,掉下水晶一般的眼泪来。

污黑的墙壁的人家,笼在烟雾里,看去好像是扩大了。一阵烈风,吹开那下着的雨的时候,就如拉开了戏台上的帐幕一样,显出了比户的人家。从各家的烟通里徐徐逃出的炊烟,都消失在笼罩一切的灰色的空气里。

前来接我的山里人走在前头,我们两个人都开始上了山路。我所骑坐的很老的马,总是踢踢绊绊的。道路时时分成岔路,变了很小很小的小路,有时并且没有了路,走到那点缀着实芰答里斯的紫色挂钟的枯黄的平野上。当横走过一座山下的大波似的连续的丘陵的时候,小路也起伏起来。那丘陵,在地球比现在还要年青,只是从星云里分了出来的流体时,恐怕是实在的波浪的罢。

天色暗下来了。我们仍旧向前走。我的引路人在灯笼里点起了火来。

时时,有割着饲牛的草的山里人在唱歌,这跋司珂的一个歌,就打破了周围的严重的沉默。路已经到了部落的属地边。村子临近了。远远地望见它在一座冈子上。闪烁在许多人家的昏黄中的二三灯影,是村子的活着的记号。我们进了村,还是向前走。那人家还在前面的小路的拐角上。藏在多年的槲树,肥大的橡树,有着妖怪似的臂膊和银色的皮肤的山毛榉树这些树木里。斜视着道路,仿佛惭愧它自己的破烂,躲了起来似的。

我走进了那人家的厨房。一个老女人将男孩子放在摇篮里,在摇他。

"别的先生在楼上,"她对我说。

我由扶梯走向楼上去了。从门对谷仓的一间屋子中,透出声嘶的,绝望的呻吟,和按时的"ｉay,ené!"的叫喊。这声音虽然有时强,有时弱,但总是连续不断的。

我去一敲,同事的医生就来开了门。屋子的天井上,挂着编了起来的玉蜀黍。用石灰刷白的墙壁上,看见两幅著色石版的图画,一幅是基督像,还有一幅是圣母。一个男人坐在箱子上,不出声的哭着。卧床上面,是已经无力呻吟的,青白色脸的女人,紧靠着她的母亲……风从窗缝里绝无顾忌的吹进来。而在夜的静寂中,还响亮的传来了牛吼。

我的同事告诉我产妇的情形。我们就离开屋角,用了严重的,真挚的态度,说出彼此的无智来,一面也想着但愿能够救得这产妇的性命。

我们准备了。教女人躺在床上……那母亲怕敢看,逃走了……

我用热水温了钳子,去递给同事的医生。他将器械的一面,顺当的插进去了;但还有一面,却好容易才能够插进去。于是收紧了器械。这就发出了"ｉay,ay,ay!……"的声音,苦痛的叫唤,狂乱的骂詈,吱吱作响的咬牙……后来,那医生满头流汗,发着抖,使了一种神经性努力。略停了一下。接着就听到了又尖又响的撕裂东西一般的叫声。

殉难完毕了。那女人成了母亲了。于是忘掉了自己的苦痛,伤心的问我道:

"死掉了罢？"

"没有,没有。"我对她说。

我用两手接来的那一块肉,活着,吸呼着。不久,婴儿便用尖利的声音哭叫了起来。

"¡ay,ené!"那母亲用了先前表示自己的苦痛的一样的句子,包括了自己的一切幸福,轻轻地说……

守候了许多时光之后,我们两个医生就都离开了那人家。雨已经停止了。夜气是潮湿,微温。从黑色的细长的云间,露出月亮来,用青白的光线,照在附近的山上。大黑云一片一片的经过天空中。风扑着树林,呼啸着,好像从远处听着大海似的。

同事的医生和我,谈了一些村里的生活。彼此又谈了一些仿佛光的焦点一般,显在我们心里的马德里的事情,以及我们的悲哀和欢喜。

到了路的转角的时候,我们要分路了。

"再见!"他对我说。

"再见!"我对他说。于是两个人像老朋友似的,诚恳的握一握手,别散了。

善 根

山上满是堆高的黑沉沉的矿渣。到处看见倒掉的矿洞的进口,也有白掘的的矿洞。含铅的水,使植物统统枯槁了。槲树和橡树曾经生得很是茂盛的森林故迹上,只剩了一片硗确的荒场。这是萧条而使人伤心的情景。

矿渣之间,连一株郎机草,或是瘦长的有刺的金雀枝也不见生长。树木全无,只有妖怪一般伸着臂膊,冷淡的屹立着的大索子的木桩,排在地面上。

山顶上有一片手掌似的平坦的大地面,这里就设立着"矿山办事处"。那是一所古旧的坚牢的石造房屋,有着窥探的小洞和铁格子的窗门,这就很有些像监狱。

"矿山办事处"正对面,可以望见泥砖造成的矿工们的小屋。是不干净,不像样的平房,窗洞做得很小,好像建造的时候,连空气也加以节省了的一般。"矿山办事处"里面,住着"拉·普来比勋矿务公司"的经理。他是一个从头到脚,全是事业家模样的人,关于他先前的履历,却是谁也不知道。年纪已经大了,却染了胡子和头发,俨乎其然的,彻骨是流氓式的家伙。他的很大的虚荣心,是在自以为是一个了不得的情郎。因为要博得这样的名声,并且维持下去,便拉了一个从马德里近边弄来的婊子,同住在一起。而且由安达细亚人式的空想,他还当她原是大家闺秀,因为实在爱他不过,终于撇下亲兄弟,跟了他来的。

虚荣极大的这男人,虽然天生的胡涂,却又石头一般的顽固。使那些手下的矿工们,拚命做工的方法,他是知道的。

从还没有因为中了铅毒,萎缩下去的他们的筋肉,榨取那掘出矿石,打碎矿石的气力来的方法,他是知道的。

每当早上六点钟和晚上六点的两回换班的时候,他是一定去监督的,看可有谁不去做工的没有。为号的喇叭一响,铅色脸的瘦削的矿工们就走上矿洞来。那里面,在发抖的也有。个个是驼着背,垂着头。他们几个人一团,走过旧的坡面,跑到山顶的平地上,进了各自的小屋,吃东西,歇息去了。停了一会,就有别一群矿工们,由别的小屋子里出来,于是钻进矿山的底里去。

少年们在做将矿石装在笼里,顶着搬运的劳动。女人们是从早到晚,从远远的山上,运了柴薪来。

肮脏的,衣服破烂的,半裸体的孩子们,在家家的门口吵闹着玩耍。孚利亚——由一个男人的胡涂,竟至于升为太太了的都会的婊子——却和这悲惨的氛围气漠不相关,穿着菲薄的轻飘飘的衣服,带了侍女,不开心似的在"矿山办事处"前面闲逛,一面用轻蔑的态度对付着矿工们的招呼,像女王之于臣下一样。

对于矿工们,她头也不回。也不想认识他们的脸。以前,是给男人们尽量的作践了的,现在却翻过来,轮到她来作践男人们了。

"就是婊子,心也有好的。但是她,却是天下第一个坏货。"连给她自己使用着的侍女也这么说。别人看来也一样,是坏心思的娘儿,是没人气的妖怪。

这年春天,紧邻的村子上发生了天然痘。是一个凿孔工人带来的,忽而传染开去了。在孩子们中间更厉害,几乎个个传染到。人家的门口玩着的,衣服破烂的肮脏的孩子队,早已那里都看不见了。

这事件,也进了孚利亚的耳朵。因为矿工们的代表来访问了她,将一封信,托她寄给其时没有在家的经理。他们想知道,为了充作对付传染病的费用,能否豫支半个月工钱。

她松脆的拒绝了:

"这样的托辞,还瞒得过这我么!不要脸的流氓们!要喝酒,就总在想要钱。看孩子们却像小狗一样。"

一天里,两个孩子死掉了。到第二天,并没有人去邀请,然而邻村的医生跑来了。孚利亚从窗子里看见他的来到。医生骑着黑白夹杂的马。是一个短小的,脸色淡黑,生着络腮胡子,举动非常活泼的人。他将马系在"矿山办事处"的一根铁格子上,便赶紧去看病。孚利亚被好奇心所驱使,就下了楼,打开窗门,偷偷的站在格子后。过了半点钟,她听到了医生的强有力的坚决的声音,和停了好久,这才回答医生的小头目的声音。

"真太不管了,"医生说。"这样下去,孩子们就只有死,像臭虫一样。可怜,把他们待得这样坏。一张床上睡着两三个,是看也看不过去的惨状呵!"

小头目低声的说明了经理的不在,以及把信寄给公司了,却没有回信来……

"那么,在这里,可以商议一下的人竟一个也没有么?"医生回问说。"这办事处里，没有经理的太太呀，或是姨太太之类住在里面么？"

"不，有是有的。"小头目说。"但是，是一个坏女人，一点也商量不来的。"

孚利亚不愿意听下去了。气得满脸通红，像发了疯一样，回到自己的屋子里。想好了赶出小头目的种种的计策。恼得在家具上面出气。于是伤心的哭起来了。想到那不认识的医生对于自己所抱的成见，总是放心不下，就眼泪汪汪的哭了一整天。

第二天早晨，孚利亚就换上不大惹眼的装束，去访问矿工们的住家。看见了她，觉得很是骇然的女人们，便请她走进光线空气，全都不够的狭窄的屋里去。悲惨和催人作呕的含着恶臭的闷气，充满在所有空气中，尤其刺鼻的是从天花病人的身上发散出来的尖利的，焦面包一般的气味。

在污秽的卧榻上，看见生病的孩子们和恢复期的孩子们，还有健康的孩子们，都乱躺在一起。和衣睡在地板上的父亲们，是大开着口，打着野兽一般的眠鼾。

有一家里，有一个红头发的很可爱的女孩子，满脸痘痂，一看见孚利亚，便伸出细瘦的臂膊来了。孚利亚抱起她来，放在膝上摇着，不管会传染，在她那到处脓疱的通红的额上吻了一下。这，是从她心里觉醒过来了的神秘的接吻，就如使罪人化为圣徒的那个接吻似的。

访问完毕之后，她发见了充满着对于万物万人的哀矜之情的自己的心了。她想将孩子们搬到"矿山办事处"里去，并且加以看护。

终于照样实行了。许多礼拜，她看护他们，弄干净他们的身体。为了行善这一种无尽的渴仰，为了对于受苦的人之子的深大的母性爱，她牺牲了自己，连夜里也不睡了。

丈夫回来的时候，两人之间就发生了可怕的争论。那男人达了愤怒的绝顶，教立刻将那些小鬼从这里赶走。孚利亚安静地，然而坚决地反对了。他举起手来，但在她那黑眼睛里看出了一种奇怪的东西，使他不知不觉的收回了自己的手。他什么也不说。对于这事，他不再开口了。于是孩子们就到全愈为止，依然都住在"矿山办事处"。

孚利亚后来还是常去访问矿工们。竭力要除去所见的悲惨。逼着他减低那公卖的又坏又贵的物品，增加矿工的工钱。

"但是，喂，"他说，"这么办，公司怕要说话的哩。"

"但是，这不是好事么?"她回答道。

他屈服了。虽然明知道自己的地位渐渐有了危险，但对于她那热情的话屈服了。

人们知道他年老，他也毫不介意了。不再去染头发和胡子。而白发却在他脸上给了一种沉静与平和。

不多久，矿工们也放肆起来。经理已经失掉了足以压住他们的强横的能力。公司对于他的管理法，很不满意的传闻，也听到了。然而，被同胞爱的奔流所卷，竟至完全失去了做实务底人物的本能的他，却虽然觉得自己的没落已在目前，也还是照常的做下去。

有一晚，是黄昏时分，忽然从公司的总经理来了一个通告，是对于经理的胡闹的宽大的办法的。其中说，他的职务的后任已经派定，教他立刻辞职，将办事处交出去。

他和孚利亚都并不吃惊。两人和黑夜一同走出了"矿山办事处"。他们大概是相信天命，携着手，下了山，站在街头了。

堕落女子和老冒险家，觉醒了同胞爱的这两人，现在是向着昏暗的，寂静的，凄清的平野，在雕着星星的黑的天空下，走着，去寻未知的运命去了。

小 客 栈

坐了火车，旅行北方诸州的时候，诸君曾在黑沉沉的小村的尽头，见过站在冷街角上的灰黑色的粗陋的屋子的罢？

诸君也曾觉得，那屋子前面，停着搭客马车，大门开着，点着灯，门里的宽阔的一间，像是杂货店，或者酒店的样子罢？

诸君以为这屋子是村里的小客栈，正不是没有道理的。而且对于住在这荒僻之处的可怜的人们，从诸君的心底里，恐怕会生出一种同情来的罢？

小客栈的人们走到街上，望着火车，悲哀地目送它跑过，摇着手巾，表示了亲爱了罢？

走着的和留着的来比一比，好像是飞快的走过去的有福气。但是，恐怕倒是留着的算有福气的。

慌急慌忙的，一下子闹到都会的混杂里面去的人，是不知道我们跋司珂诸州的小客栈的。不知道地上的最恳切，最有情的小客栈的。

用自己的脚，走过了世界的诸君；讨饭的，赶集的，叫卖的，变把戏的诸君；除自己的脚所踏的地面之外，没有祖国的诸君；除自己肩膀所背着走路的东西之外，没有财产的下流的诸君；除美丽的自然和大野之外，一无所爱的放浪行子诸君！怎么样？我说的不是真话么？坦白的说来罢，我们这里的小客栈，不是这世界上的最可亲，最质朴的地方，世界中的最好的地方么？在荒凉到不成样子的旷野上，在不祥的恶梦似的风景中，确也有萧条，阴郁的小客栈的。但是，大部份却很快活，和气的在微笑。那窗户，就像十分慈爱地凝视着诸君的一般。

坐着乌黑的火车，连自己经过什么地方也不大看的，跑过野坂的不幸的人们，急于卷进大都会的旋风里面去的不幸的人们，是受不着人生最畅快的，千金难买的印象的。这，便是在马车里摇着，走过长路之后，到了小客栈时候的印象，唉唉，这就是的！

千金难买！只有这，才是和那一瞬间相称的惟一的话。诸君在搭客马车里，坐了好几个钟头了。雨在下着。灰色的情景，罩着冬天的精光的地面。搭客马车在落尽了叶子的列树之间,沿着满是干枯的带刺金雀枝和丛莽的山腰上的,给涨水弄浑了的溪水的岸上往前走,前面却总是隐在烟霭中的许多黄色水洼的道路。

诸君因为冷,有些渴睡,朦胧起来了。想睡一下,做了各种心里想到的姿势,然而终于睡不着。挂在马颈子上的铃的单调的声音,不断的在耳边作响。冷,饿,渴睡,这些意识,竟无法使它消除。

这道路,仿佛是无论怎么走,也总是走不完似的。隔着车窗的昏暗的玻璃所看见的群山,人家,急流,站在十字街口的凄凉的小屋子,都已剩在后面的了,但仿佛又慕着马车,跟了上来似的。

走进了一个村子里。马车的轮子,在街路的凸凹的铺石上,磔磔格格的跳起来。"总算到了罢?"自言自语着,从窗口望出去。但是马夫不下来。将一包信件抛给一个男人,一只箱子交给一个女人之后,又拿鞭子一挥,马车就仍在铺石路的砾石之间震动起来,慢慢的转出那满是水洼的街路上去了。

万分厌倦了之后,渴睡渐渐的牵合了眼睛,大家真觉得这道路是走不完的了的时候,马车却停下来了。还看见马夫从座台跳在道路上。

到了。坐客都困倦不堪,连提皮包的力气也几乎没有了,弯着腰,从马车上走下。

走进小客栈里去。

"请到这边来……请……这边……东西立刻就送到诸位的屋子里面去。"

从客人那里接去了外套和行李。还问客人可要到厨房里去烘火。

诸君就走进厨房里。于是开初,是烟眯了眼睛。

"炉子不大灵,况且,风也真大。"就这么说。

但是,谁管这些呢?

于是,看出了诸君是讲跛司珂话的那姥姥,就极和气地在火旁边给诸君安排起坐位来。诸君的夜膳也在准备了，当诸君正在烘脚的时候，那头上包着布的鹰嘴鼻的姥姥，就将自己年青时，还是五十年以前，在村里的牧师府上做侍女时候的一些无头无绪的故事讲给大家听。想起各样的事情来，就露出孩子一般的没有牙齿的齿龈，微微一笑。

这之际，客栈的主妇正在忙碌的做事。主人是和三个人，在和椅子一样高低的桌上玩纸牌。四个人都显著严重的，认真的脸相，只将沾满手汗的磨破了的纸牌一回一回的玩下去。隔开一定的工夫，就是接着的"哪，押了"，和"好，来罢"，彼此两班的红和白的豆子，便增加了数目。

火旁边，是几乎在这小客栈里吃白食的，懒惰汉，诗人而兼教堂的歌手，也是村里的趣人和打鳟鱼的猎户在谈天。那人自己声明过，是打鳟鱼的猎户，却不是渔人。为什么呢，就因为捉鳟鱼是用火枪的。两个人许多工夫，专心的讲着关于鲑鱼，水獭，野猪，刺猬的习性的冗长而神秘的谈话。

"诸位是在这里用呢，还是请到食堂里去呢?"客栈的主妇将诸君当作阔人，至少，是店铺的推销员那样，问。

"这里就好，这里就好。"

于是铺着白布的小桌子摆起来了。接着就搬出晚膳来，供奔走的是叫作玛吉里那，或是伊涅契的，脸色红润的有点漂亮的姑娘。

大吃一通熟食。面包呢，自然没有福耳蒲尔·散求尔曼公爵那么斯文的，就向果酱里面蘸。还将匙子直接伸进沙锅去。这几样花样，恐怕在高贵的大旅馆里是看不见的罢。

诸君吃得一点不剩了。酒也多喝了一点。当玛吉里那来倒大慈大悲的白兰地酒时，便对她开几句玩笑，说是漂亮得很呀，或是什么。于是她看着诸君的闪闪的眼睛和红鼻子，发出愉快的，响亮的声音，笑了起来。

晚膳完后，就上楼去睡觉。那是一间狭小的卧房，几乎给一张铺着四五副被褥的大木榻独霸了。爬上那塔一般高的木榻,钻进发着草气息的垫被间,听着屋顶滴沥的雨声,呼呼作吼的风声,就不知怎地,自然心气和平起来,总是深觉得有个慈善的天父在上,只为了要将绵软的眠床,放在各处的小客栈里,将富于滋养的晚膳,给与可怜的旅人,常在苦心焦思,就令人竟至于眼睛里要淌出泪水来了。

手风琴颂

有一个礼拜天的傍晚,诸君在亢泰勃利亚海的什么地方的冷静的小港口,没有见过黑色双桅船的舱面,或是旧式海船上,有三四个戴着无边帽的人们,一动不动的倾听着一个练习水手用了旧的手风琴拉出来的曲子么?

黄昏时分,在海里面,对着一望无涯的水平线,总是反反复复的那感伤的旋律,虽然不知道为什么,然而是引起一种严肃的悲哀的。

旧的乐器,有时失了声音,好像哮喘病人的喘息。有时是一个船夫低声的和唱起来。有时候,则是刚要涌上跳板,却又发一声响,退回去了的波浪,将琴声,人声,全都消掉了。然而,那声音仍复起来,用平凡的旋律和人人知道的歌,打破了平稳的寂寞的休息日的沉默。

当村庄上的老爷们漫步了回来的时候;乡下的青年们比赛完打球,广场上的跳舞愈加热闹,小酒店和苹果酒排间里坐满了客人的时候:潮湿得发黑了的人家的檐下,疲倦似的电灯发起光来,裹着毯子的老女人们做着念珠祈祷,或是九日朝山的时候:在黑色双桅船,或者装着水门汀的旧式海船上,手风琴就将悲凉的,平凡到谁都知道的,悠扬的旋律,陆续地抛在黄昏的沉默的空气中。

唉唉,那民众式的,从不很风流的乐器的肺里漏出来的疲乏的声音,仿佛要死似的声音所含有的无穷的悲哀呵!

这声音,是说明着恰如人生一样地单调的东西;既不华丽,也不高贵,也非古风的东西;并不奇特,也不伟大,只如为了生存的每日的劳苦一样,不足道的平凡的东西的。

唉唉,平凡之极的事物的玄妙的诗味呵!

开初,令人无聊,厌倦,觉得鄙俚的那声音,一点点的露出它所含蓄的秘密来了,渐渐的明白,透彻了。由那声音,可以察出那粗鲁的水手,不幸的渔夫们的生活的悲惨;在海和陆上,与风帆战,与机器战的人们的苦痛;以及凡有身穿破旧难看的蓝色工衣的一切人们的困惫来。

唉唉,不知骄盈的手风琴呵!可爱的手风琴呵!你们不像自以为好的六弦琴那样,歌唱诗底的大谎话。你们不像风笛和壶笛那样,做出牧儿的故事来。你们不像喧嚣的喇叭和勇猛的战鼓那样,将烟灌满了人们的头里。你们是你们这时代的东西。谦逊,诚恳,稳妥也像民众,不,恐怕像民众而至于到了滑稽程度了。然而,你们对于人生,却恐怕是说明着那实相——对着无涯际的地平线的,平凡,单调,粗笨的旋律——的罢……

原载 1934 年 3 月 1 日《文学》月刊第 2 卷第 3 期(翻译专号),题作《山中笛韵》。署张禄如译。其中《往诊之夜》,原载 1929 年 4 月 4 日《朝花》周刊第 14 期。

初收所编《山民牧唱》,列入联华书局“文艺连丛”之一,未出版。

致 黎烈文

烈文先生:

译了一篇小说后,作短评遂手生荆棘,可见这样摩摩,那样摸摸的事,是很不好的。今姑寄上,《礼》也许刊不出去,若然,希寄回。因为我不留稿底也。

此上即请

道安。

家干　顿首　九月二十夜

邵公子一打官司,就患"感冒",何其嫩耶?《中央日报》上颇有为该女婿臂助者,但皆蠢才耳。　又及。

二十一日

　　日记　晴。上午寄黎烈文信并稿二篇。午后得叶永蓁信并《小小十年》三本。买『猎人日记』(上)并『二十[十九]世纪文学之主潮』(九)各一本,共泉三元五角。下午得黎烈文信。得紫佩信。夜雨。

致 曹聚仁

聚仁先生:

　　前蒙赐盛馔,甚感。当日有一客(非杨先生,绍介时未听真,便中希示及)言欲买《金瓶梅词话》,因即函询在北平友人,顷得来信,裁出附呈,希　转达,要否请即见告,以便作复。此书预约时为三十六元,今大涨矣。

　　此布,即请
著安。

迅　顿首　九月廿一夜。

旧诗一首,不知可登《涛声》否?

　　　　悼丁君　　　　　　　　　　　　　　　　鲁迅

　　如磐夜气压重楼,剪柳春风导九秋,瑶瑟凝尘清怨绝,可怜无女耀高丘。

二十二日

日记　昙。晨寄曹聚仁信。是日旧历八月三日,为我五十三岁生日,广平治肴数种,约雪方夫妇及其孩子午餐,雪方见赠万年笔一枝。

二十三日

日记　风雨。上午内山夫人来并赠海苔一合。得增田君信。得紫佩所寄《中国文学史纲要》一册。午内山君邀午餐,同席为原田让二,木下猛,和田齐。下午得羡苏信。得天马书店信,即复。

二十四日

日记　星期。小雨。上午复增田君信。寄母亲信。午晴。得姚克信二函并梁以俅君所作画像一幅,即复。得章雪村信,即复。下午须藤先生来为海婴诊,云是感冒也。晚蕴如及三弟来。夜大雨雷电。校《伪自由书》毕。

致 姚 克

K. 先生:

两信并梁君所作画象一幅,均收到。

适兄忽患大病,颇危,不能写信了。

上海常大风,天气多阴。

我安健如常,可释远念。

此复即请

旅安

L. 九月廿四日

致 增田涉

拝啓　九月十六日の御手紙拝受。世の中は未中々穏にならない。時々外出するけれどももう二三年前の様な頻繁ではない。併し賤軀は不相変元気で少しく肥えて来たとの評判あり、家内と子供も元気です、二三日前に海嬰奴の写真を送りましたが今はもう到着したでしょう。

内山書店の商売はそう違ひないと思ひますが，併し漫談の連中は大変少なくなったらしい。つまり僕の方から云へばさびしい方です。

御質問は別紙に答へて送りますが、今に『支那小説史略』を出版する事は時代おくれではないか？

世の中はますますむつかしくなって行くのでしょう、「鬱々として」はどうも、よくないと思ひます。快活になったらどうです？

　　　　　　　　　　　　　　　　　魯迅　上　九月二十四日

増田兄足下

二十五日

日记　雨。午后寄小峰信。下午得罗清桢信并木刻四幅。得叶之琳信。得天马书店信并版税支票三百，付印证千。

二十六日

日记　小雨。下午须藤先生来为海婴诊。得小峰信，即付《伪自由书》印证五千。晚往内山书店买『影絵の研究』一本，二元八角。

二十七日

日记 昙。上午ナウカ社寄来 1001 *Homu*（4）一本，八元。得章雪村信。下午季市来，赠以《自选集》二本，《小小十年》一本，梨二枚。晚寄《自由谈》稿一篇。

吃　教

达一先生在《文统之梦》里，因刘勰自谓梦随孔子，乃始论文，而后来做了和尚，遂讥其"贻羞往圣"。其实是中国自南北朝以来，凡有文人学士，道士和尚，大抵以"无特操"为特色的。晋以来的名流，每一个人总有三种小玩意，一是《论语》和《孝经》，二是《老子》，三是《维摩诘经》，不但采作谈资，并且常常做一点注解。唐有三教辩论，后来变成大家打诨；所谓名儒，做几篇伽蓝碑文也不算什么大事。宋儒道貌岸然，而窃取禅师的语录。清呢，去今不远，我们还可以知道儒者的相信《太上感应篇》和《文昌帝君阴骘文》，并且会请和尚到家里来拜忏。

耶稣教传入中国，教徒自以为信教，而教外的小百姓却都叫他们是"吃教"的。这两个字，真是提出了教徒的"精神"，也可以包括大多数的儒释道教之流的信者，也可以移用于许多"吃革命饭"的老英雄。

清朝人称八股文为"敲门砖"，因为得到功名，就如打开了门，砖即无用。近年则有杂志上的所谓"主张"。《现代评论》之出盘，不是为了迫压，倒因为这派作者的飞腾；《新月》的冷落，是老社员都"爬"了上去，和月亮距离远起来了。

这种东西，我们为要和"敲门砖"区别，称之为"上天梯"罢。

"教"之在中国，何尝不如此。讲革命，彼一时也；讲忠孝，又一时也;跟大拉嘛打圈子,又一时也;造塔藏主义,又一时也。有宜于专吃的时代,则指归应定于一尊,有宜合吃的时代,则诸教亦本非异致,不过一碟是全鸭,一碟是杂拌儿而已。刘勰亦然,盖仅由"不撤姜食"一变而为吃斋,于胃脏里的分量原无差别,何况以和尚而注《论语》《孝经》或《老子》,也还是不失为一种"天经地义"呢?

九月二十七日。

原载 1933 年 9 月 29 日《申报·自由谈》。署名丰之余。

初收 1934 年 12 月上海兴中书局(联华)版《准风月谈》。

漫　　与

地质学上的古生代的秋天,我们不大明白了,至于现在,却总是相差无几。假使前年是肃杀的秋天,今年就成了凄凉的秋天,那么,地球的年龄,怕比天文学家所豫测的最短的数目还要短得多多罢。但人事却转变得真快,在这转变中的人,尤其是诗人,就感到了不同的秋,将这感觉,用悲壮的,或凄惋的句子,传给一切平常人,使彼此可以应付过去,而天地间也常有新诗存在。

前年实在好像是一个悲壮的秋天,市民捐钱,青年拼命,箚鼓的声音也从诗人的笔下涌出,仿佛真要"投笔从戎"似的。然而诗人的感觉是锐敏的,他未始不知道国民的赤手空拳,所以只好赞美大家的殉难,因此在悲壮里面,便埋伏着一点空虚。我所记得的,是邵冠华先生的《醒起来罢同胞》(《民国日报》所载)里的一段——

"同胞,醒起来罢,

踢开了弱者的心,

踢开了弱者的脑,

看，看，看，

看同胞们的血喷出来了，

看同胞们的肉割开来了，

看同胞们的尸体挂起来了。"

鼓鼙之声要在前线，当进军的时候，是"作气"的，但尚且要"再而衰，三而竭"，倘在并无进军的准备的处所，那就完全是"散气"的灵丹了，倒使别人的紧张的心情，由此转成弛缓。所以我曾比之于"嚎丧"，是送死的妙诀，是丧礼的收场，从此使生人又可以在别一境界中，安心乐意的活下去。历来的文章中，化"敌"为"皇"，称"逆"为"我朝"，这样的悲壮的文章就是其间的"蝴蝶铰"，但自然，作手是不必同出于一人的。然而从诗人看来，据说这些话乃是一种"狂吠"。

不过事实真也比评论更其不留情面，仅在这短短的两年中，昔之义军，已名"匪徒"，而有些"抗日英雄"，却早已侨寓姑苏了，而且连捐款也发生了问题。九一八的纪念日，则华界但有囚车随着武装巡捕梭巡，这囚车并非"意图"拘禁敌人或汉奸，而是专为"意图乘机捣乱"的"反动分子"所豫设的宝座。天气也真是阴惨，狂风骤雨，报上说是"飓风"，是天地在为中国饮泣，然而在天地之间——人间，这一日却"平安"的过去了。

于是就成了虽然有些惨淡，却很"平安"的秋天，正是一个丧家届了除服之期的景象。但这景象，却又与诗人非常适合的，我在《醒起来罢同胞》的同一作家的《秋的黄昏》（九月二十五日《时事新报》所载）里，听到了幽咽而舒服的声调——

"我到了秋天便会伤感；到了秋天的黄昏，便会流泪，我已很感觉到我的伤感是受着秋风的波动而兴奋地展开，同时自己又像会发现自己的环境是最适合于秋天，细细地抚摩着秋天在自然里发出的音波，我知道我的命运使我成为秋天的人。……"

钉梢，现在中国所流行的，是无赖子对于摩登女郎，和侦探对于革命青年的钉梢，而对于文人学士们，却还很少见。假使追蹑几月或几年试试罢,就会看见许多怎样的情随事迁,到底头头是道的诗人。

一个活人,当然是总想活下去的,就是真正老牌的奴隶,也还在打熬着要活下去。然而自己明知道是奴隶,打熬着,并且不平着,挣扎着,一面"意图"挣脱以至实行挣脱的,即使暂时失败,还是套上了镣铐罢,他却不过是单单的奴隶。如果从奴隶生活中寻出"美"来,赞叹,抚摩,陶醉,那可简直是万劫不复的奴才了,他使自己和别人永远安住于这生活。就因为奴群中有这一点差别,所以使社会有平安和不安的差别,而在文学上,就分明的显现了麻醉的和战斗的的不同。

九月二十七日。

原载 1933 年 10 月 15 日《申报月刊》第 2 卷第 10 号。
署名洛文。
初收 1934 年 3 月上海同文书店版《南腔北调集》。

二十八日

日记 晴。上午收大江书店版税三十一元。得姚克信。得伯奇信并《戏》一本。得董永舒信。得西谛信。夜寄申报月刊社稿二篇。

二十九日

日记 晴。上午得母亲信。得山本夫人所寄『明日』(五)一本。得达夫信片。得烈文信附胡今虚笺。得『版芸術』(十月号)一本,价六角。下午复罗清桢信。复胡今虚信。复黎烈文信并附稿两篇。

禁用和自造

据报上说,因为铅笔和墨水笔进口之多,有些地方已在禁用,改用毛笔了。

我们且不说飞机大炮，美棉美麦，都非国货之类的迂谈，单来说纸笔。

我们也不说写大字，画国画的名人，单来说真实的办事者。在这类人，毛笔却是很不便当的。砚和墨可以不带，改用墨汁罢，墨汁也何尝有国货。而且据我的经验，墨汁也并非可以常用的东西，写过几千字，毛笔便被胶得不能施展。倘若安砚磨墨，展纸舐笔，则即以学生的抄讲义而论，速度恐怕总要比用墨水笔减少三分之一，他只好不抄，或者要教员讲得慢，也就是大家的时间，被白费了三分之一了。

所谓"便当"，并不是偷懒，是说在同一时间内，可以由此做成较多的事情。这就是节省时间，也就是使一个人的有限的生命，更加有效，而也即等于延长了人的生命。古人说，"非人磨墨墨磨人"，就在悲愤人生之消磨于纸墨中，而墨水笔之制成，是正可以弥这缺憾的。

但它的存在，却必须在宝贵时间，宝贵生命的地方。中国不然，这当然不会是国货。进出口货，中国是有了帐簿的了，人民的数目却还没有一本帐簿。一个人的生养教育，父母化去的是多少物力和气力呢，而青年男女，每每不知所终，谁也不加注意。区区时间，当然更不成什么问题了，能活着弄弄毛笔的，或者倒是幸福也难说。

和我们中国一样，一向用毛笔的，还有一个日本。然而在日本，毛笔几乎绝迹了，代用的是铅笔和墨水笔，连用这些笔的习字帖也很多。为什么呢？就因为这便当，省时间。然而他们不怕"漏卮"么？不，他们自己来制造，而且还要运到中国来。

优良而非国货的时候，中国禁用，日本仿造，这是两国截然不同的地方。

九月三十日。

原载 1933 年 10 月 1 日《申报·自由谈》。署名孺牛。

初收 1934 年 12 月上海兴中书局（联华）版《准风月谈》。

喝　茶

某公司又在廉价了，去买了二两好茶叶，每两洋二角。开首泡了一壶，怕它冷得快，用棉袄包起来，却不料郑重其事的来喝的时候，味道竟和我一向喝着的粗茶差不多，颜色也很重浊。

我知道这是自己错误了，喝好茶，是要用盖碗的，于是用盖碗。果然，泡了之后，色清而味甘，微香而小苦，确是好茶叶。但这是须在静坐无为的时候的，当我正写着《吃教》的中途，拉来一喝，那好味道竟又不知不觉的滑过去，像喝着粗茶一样了。

有好茶喝，会喝好茶，是一种"清福"。不过要享这"清福"，首先就须有工夫，其次是练习出来的特别的感觉。由这一极琐屑的经验，我想，假使是一个使用筋力的工人，在喉干欲裂的时候，那么，即使给他龙井芽茶，珠兰窨片，恐怕他喝起来也未必觉得和热水有什么大区别罢。所谓"秋思"，其实也是这样的，骚人墨客，会觉得什么"悲哉秋之为气也"，风雨阴晴，都给他一种刺戟，一方面也就是一种"清福"，但在老农，却只知道每年的此际，就要割稻而已。

于是有人以为这种细腻锐敏的感觉，当然不属于粗人，这是上等人的牌号。然而我恐怕也正是这牌号就要倒闭的先声。我们有痛觉，一方面是使我们受苦的，而一方面也使我们能够自卫。假如没有，则即使背上被人刺了一尖刀，也将茫无知觉，直到血尽倒地，自己还不明白为什么倒地。但这痛觉如果细腻锐敏起来呢，则不但衣服上有一根小刺就觉得，连衣服上的接缝，线结，布毛都要觉得，倘不穿"无缝天衣"，他便要终日如芒刺在身，活不下去了。但假装锐敏的，自然不在此例。

感觉的细腻和锐敏,较之麻木,那当然算是进步的,然而以有助于生命的进化为限。如果不相干,甚而至于有碍,那就是进化中的病态,不久就要收梢。我们试将享清福,抱秋心的雅人,和破衣粗食的粗人一比较,就明白究竟是谁活得下去。喝过茶,望着秋天,我于是想:不识好茶,没有秋思,倒也罢了。

九月三十日。

原载 1933 年 10 月 2 日《申报·自由谈》。署名丰之余。

初收 1934 年 12 月上海兴中书局(联华)版《准风月谈》。

致 罗清桢

清桢先生:

蒙赐示并木刻四幅,甚感。《起卸工人》经修改后,荒凉之感确已减少,比初印为好了。新作二幅均佳,但各有一缺点:《柳阴之下》路欠分明;《黄浦滩头》的烟囱之烟,惜不与云相连接。

我是常到内山书店去的,不过时候没有一定,先生那时如果先给我一信,说明时间,那就可以相见了。但事情已经过去,已没有法想,将来有机会再图面谈罢。

此复,即颂

时绥。

迅　启上　九月二十九日

致 胡今虚

今虚先生:

来信收到。彼此相距太远,情形不详,我不能有什么意见可说。

至于改编《毁灭》，那是无论如何办法，我都可以的，只要于读者有益就好。何君所编的，我连见也没有见过。

我的意见，都写在《后记》里了，所以序文不想另作。但这部书有两种版本，大江书店本是没有序和后记的。我自印的一本中却有。不知先生所买的，是那一种。

后面附我的译文附言，自然无所不可。

此复即颂

时绥

迅　上　九月廿九日

通信处：

上海、北四川路底、内山书店转，周豫才收

其实"左联"之与先前不同，乃因受极大之迫压之故，非有他也，请勿误解为幸。又及

致 郑振铎

西谛先生：

惠函收到。元谕用白话，我看大概是出于官意的，然则元曲之杂用白话，恐也与此种风气有关，白话之位忽尊，便大踏步闯入文言营里去了，于是就成了这样一种体制。

笺纸样张尚未到，一到，当加紧选定，寄回。印款我决筹四百，于下月五日以前必可寄出，但乞为我留下书四十部（其中自存及送人二十部，内山书店包销二十部），再除先生留下之书，则须募豫约者，至多不过五十部矣。关于该书：（一）单色笺不知拟加入否？倘有佳作，我以为加入若干亦可。（二）宋元书影笺可不加入，因其与《留真谱》无大差别也。大典笺亦可不要。（三）用纸，我以为不如用

宣纸,虽不及夹贡之漂亮,而较耐久,性亦柔软,适于订成较厚之书。(四)每部有四百张,则是八本,我以为豫约十元太廉,定为十二元,尚是很对得起人也。

我当做一点小引,但必短如兔尾巴,字太坏,只好连目录都排印了。然而第一叶及书签,却总得请书家一挥,北平尚多擅长此道者,请先生一找就是。

以后印造,我想最好是不要和我商量,因为信札往来,需时间而于进行之速有碍,我是独裁主义信徒也。现在所有的几点私见,是(一)应该每部做一个布套,(二)末后附一页,记明某年某月限定印造一百部,此为第△△部云云,庶几足增声价,至三十世纪,必与唐版媲美矣。

匆复并请

著安。

迅　顿首　九月廿九夜

如赐函件,不如"上海,北四川路底,内山书店转,周豫才收",尤为便捷。

致 山本初枝

拝啓　実に久しく御無沙汰致しました。先日子供に下さる種々なるものを有難くいただいて今日は又『明日』第五号拝領しました,其の中に増田君が大に議論をはいて居ますが僕については余りにほめすぎたではないかと思ひます。よく知って居たからでしょう。上海は曇り、大雨、大風、一昨日からやっと晴れました。政情は不相変テロで併し目的は無いので全くテロの為めのテロです。内山書店には時々行きますが毎日ではないのです、漫談の人才も寥落として晨星の如く何んとなくさびしく感じます。私は不相変論敵に攻撃されて居ます。昨年までは露西亜からルーブルをもらって居ると書かれましたが今度は秘密を内山老版の手を経て日本に売り、金を沢山取って居ると或人が書いて雑誌に出しました。私は訂正しません。一ケ年たつと又自然に消えて仕舞ひます。併し支那に所謂論敵たるものの中にそんな卑劣なものが居ますから実に言語道断也です。私達は皆な達者です。私はもう一層呑気になったから或は一昨年よりもふとったかも知りません。小供はまだ、まれに感冒などをやりますが先年よりはずっと丈夫になりました。家に居ると余り八釜しいから幼稚園へやりましたが三四日たつと先生が駄目だと云って行きたくなくなりました。此頃は毎日田畠に行かして居ます。その先生は私から見ても駄目、おしろいを沢山塗っても尚ほ見にくくてたまりません。兎角上海はさびしいです、北京へ行きたいが、今年から北京もテロ、此の二三ケ月中の捕縛されたものは三百人ほどそーです。だから当分の内又上海に居るでしょう。　草々頓首

　　　　　　　　　　　　魯迅　九月廿九夜

山本夫人几下

致 母 亲

上海前几日发飓风，水也确
寓所，因地势较高，所以毫无
。此后连阴数日，至前日始
，入夜即非夹袄加绒绳背心
来，确已老练不少，知道的事

的担子,男有时不懂,而他却十

吵闹,幼稚园则云因先生不

往乡下去玩,寻几个乡下小

稍得安静,写几句文章耳:

亦安好如常,请勿念为要,

随叩　九月二十九日

此信系残简。

三十日

日记　晴。上午寄母亲信。寄山本夫人信。复西谛信。午后往内山书店,买『一粒ノ麥モシ死ナズバ』及『詩ト体験』各一本,共泉七元八角,又赠以松子一合,火腿松四包,见赠小盆栽二盆。夜微雨。

十月

一日

日记　星期。昙。午后寄烈文信并稿三篇。下午协和及其夫人同次子来。晚蕴如及三弟来。得西谛所寄北平笺样一包。夜雨。

看变戏法

我爱看"变戏法"。

他们是走江湖的,所以各处的戏法都一样。为了敛钱,一定有两种必要的东西:一只黑熊,一个小孩子。

黑熊饿得真瘦,几乎连动弹的力气也快没有了。自然,这是不能使它强壮的,因为一强壮,就不能驾驭。现在是半死不活,却还要用铁圈穿了鼻子,再用索子牵着做戏。有时给吃一点东西,是一小块水泡的馒头皮,但还将勺子擎得高高的,要它站起来,伸头张嘴,许多工夫才得落肚,而变戏法的则因此集了一些钱。

这熊的来源,中国没有人提到过。据西洋人的调查,说是从小时候,由山里捉来的;大的不能用,因为一大,就总改不了野性。但虽是小的,也还须"训练",这"训练"的方法,是"打"和"饿";而后来,则是因虐待而死亡。我以为这话是的确的,我们看它还在活着做戏的时候,就瘦得连熊气息也没有了,有些地方,竟称之为"狗熊",其被蔑视至于如此。

孩子在场面上也要吃苦,或者大人踏在他肚子上,或者将他的两手扭过来,他就显出很苦楚,很为难,很吃重的相貌,要看客解救。

六个,五个,再四个,三个……而变戏法的就又集了一些钱。

他自然也曾经训练过,这苦痛是装出来的,和大人串通的勾当,不过也无碍于赚钱。

下午敲锣开场,这样的做到夜,收场,看客走散,有化了钱的,有终于不化钱的。

每当收场,我一面走,一面想:两种生财家伙,一种是要被虐待至死的,再寻幼小的来;一种是大了之后,另寻一个小孩子和一只小熊,仍旧来变照样的戏法。

事情真是简单得很,想一下,就好像令人索然无味。然而我还是常常看。此外叫我看什么呢,诸君?

十月一日。

原载 1933 年 10 月 4 日《申报·自由谈》。署名游光。

初收 1934 年 12 月上海兴中书局(联华)版《准风月谈》。

双十怀古
民国二二年看十九年秋

小 引

要做"双十"的循例的文章,首先必须找材料。找法有二,或从脑子里,或从书本中。我用的是后一法。但是,翻完《描写字典》,里面无之;觅遍《文章作法》,其中也没有。幸而"吉人自有天相",竟在破纸堆里寻出一卷东西来,是中华民国十九年十月三日到十日的上海各种大报小报的拔萃。去今已经整整的三个年头了，剪贴着做什么用的呢，自己已经记不清；莫非就给我今天做材料的么，一定未必是。但是，"废物利用"——既经检出，就抄些目录在这里罢。不过为节省篇幅计，不再注明广告，记事，电报之分，也略去了报纸的名目，因为那些文字，大抵是各报都有的。

看了什么用呢？倒也说不出。倘若一定要我说，那就说是譬如看自己三年前的照相罢。

十月三日

江湾赛马。

中国红十字会筹募湖南辽西各省急振。

中央军克陈留。

辽宁方面筹组副司令部。

礼县土匪屠城。

六岁女孩受孕。

辛博森伤势沉重。

汪精卫到太原。

卢兴邦接洽投诚。

加派师旅入赣剿共。

裁厘展至明年一月。

墨西哥拒侨胞，五十六名返国。

墨索里尼提倡艺术。

谭延闿轶事。

战士社代社员征婚。

十月四日

齐天大舞台始创杰构积极改进《西游记》，准中秋节开幕。

前进的，民族主义的，唯一的，文艺刊物《前锋月刊》创刊号
准双十节出版。

空军将再炸邕。

剿匪声中一趣史。

十月五日

蒋主席电国府请大赦政治犯。

程艳秋登台盛况。

卫乐园之保证金。

十月六日

樊迪文讲演小记。

诸君阅至此，请虔颂南无阿弥陀佛……

大家错了，中秋是本月六日。

查封赵戴文财产问题。

鄂省党部祝贺克复许汜。

取缔民间妄用党国旗。

十月七日

响应政府之廉洁运动。

津浦全线将通车。

平津党部行将恢复。

法轮殴毙栈伙交涉。

王士珍举殡记。

冯阎部下全解体。

湖北来凤苗放双穗。

冤魂为厉，未婚夫索命。

鬼击人背。

十月八日

闽省战事仍烈。

八路军封锁柳州交通。

安德思考古队自蒙古返北平。

国货时装展览。

哄动南洋之萧信庵案。

学校当注重国文论。

追记郑州飞机劫。

谭宅挽联择尤录。

汪精卫突然失踪。

十月九日

西北军已解体。

外部发表英退庚款换文。

京戍成部枪决人犯。

辛博森渐有起色。

国货时装展览。

上海空前未有之跳舞游艺大会。

十月十日

举国欢腾庆祝双十。

叛逆削平,全国欢祝国庆,蒋主席昨凯旋参与盛典。

津浦路暂仍分段通车。

首都枪决共犯九名。

林埭被匪洗劫。

老陈圩匪祸惨酷。

海盗骚扰丰利。

程艳秋庆祝国庆。

蒋丽霞不忘双十。

南昌市取缔赤足。

伤兵怒斥孙祖基。

今年之双十节,可欣可贺,尤甚从前。

结　　语

我也说"今年之双十节,可欣可贺,尤甚从前"罢。

十月一日。

未能发表。

初收 1934 年 12 月上海兴中书局(联华)版《准风月谈》。

重三感旧

一九三三年忆光绪朝末

我想赞美几句一些过去的人,这恐怕并不是"骸骨的迷恋"。

所谓过去的人,是指光绪末年的所谓"新党",民国初年,就叫他们"老新党"。甲午战败,他们自以为觉悟了,于是要"维新",便是三四十岁的中年人,也看《学算笔谈》,看《化学鉴原》;还要学英文,学日文,硬着舌头,怪声怪气的朗诵着,对人毫无愧色,那目的是要看"洋书",看洋书的缘故是要给中国图"富强",现在的旧书摊上,还偶有"富强丛书"出现,就如目下的"描写字典""基本英语"一样,正是那时应运而生的东西。连八股出身的张之洞,他托缪荃孙代做的《书目答问》也竭力添进各种译本去,可见这"维新"风潮之烈了。

然而现在是别一种现象了。有些新青年,境遇正和"老新党"相反,八股毒是丝毫没有染过的,出身又是学校,也并非国学的专家,但是,学起篆字来了,填起词来了,劝人看《庄子》《文选》了,信封也有自刻的印板了,新诗也写成方块了,除掉做新诗的嗜好之外,简直就如光绪初年的雅人一样,所不同者,缺少辫子和有时穿穿洋服而已。

近来有一句常谈,是"旧瓶不能装新酒"。这其实是不确的。旧瓶可以装新酒,新瓶也可以装旧酒,倘若不信,将一瓶五加皮和一瓶白兰地互换起来试试看,五加皮装在白兰地瓶子里,也还是五加皮。这一种简单的试验,不但明示着"五更调""攒十字"的格调,也可以放进新的内容去,且又证实了新式青年的躯壳里,大可以埋伏下"桐城谬种"或"选学妖孽"的喽罗。

"老新党"们的见识虽然浅陋,但是有一个目的:图富强。所以他们坚决,切实;学洋话虽然怪声怪气,但是有一个目的:求富强之术。所以他们认真,热心。待到排满学说播布开来,许多人就成为革命党了,还是因为要给中国图富强,而以为此事必自排满始。

排满久已成功,五四早经过去,于是篆字,词,《庄子》,《文选》,古式信封,方块新诗,现在是我们又有了新的企图,要以"古雅"立足于天地之间了。假使真能立足,那倒是给"生存竞争"添一条新例的。

十月一日。

原载 1933 年 10 月 6 日《申报·自由谈》。题作《感旧》。

署名丰之余。

初收 1934 年 12 月上海兴中书局(联华)版《准风月谈》。

二日

日记　晴。上午得姚克信,午后复。

致 姚 克

莘农先生:

九月二十八日惠书收到。北京环境与上海不同,遍地是古董,所以西人除研究这些东西之外,就只好赏鉴中国人物之工贱而价廉了。人民是一向很沉静的,什么传单撒下来都可以,但心里也有一个主意,是给他们回复老样子,或至少维持现状。

我说适兄的事,是他遭了不幸,不在上海了。报上的文章,是他先前所投的。先生可以不必寄信,他的家一定也早不在老地方的。

上海大风雨了几天,三日前才放晴。我们都好的,虽然大抵觉得住得讨厌,但有时也还高兴。不过此地总不是能够用功之地,做不出东西来的。也想走开,但也想不出相宜的所在。

先生在北平住了这许多天了,明白了南北情形之不同了罢,我想,这地方,就是换了旗子,人民是不会愤慨的,他们和满洲人关系太深,太好了。

此复,即颂

时绥。

　　　　　　　　　　　　　　　豫　顿首　十月二日

致 郑振铎

西谛先生：

笺样昨日收到，看了半夜，标准从宽，连"仿虚白斋笺"在内，也只得取了二百六十九种，已将去取注在各包目录之上，并笺样一同寄回，请酌夺。大约在小纸店中，或尚可另碎得二三十种，即请先生就近酌补，得三百种，分订四本或六本，亦即成为一书。倘更有佳者，能足四百之数，自属更好，但恐难矣。记得清秘阁曾印有模"梅花喜神谱"笺百种，收为附录，亦不恶，然或该板已烧掉乎。

齐白石花果笺有清秘，荣宝两种，画悉同，而有一张上却都有上款，写明为"△△制"，殊奇。细审之，似清秘阁版乃剽窃也，故取荣宝版。

李毓如作，样张中只有一家版，因系色笺，刻又劣，故未取。此公在光绪年中，似为纸店服役了一世，题签之类，常见其名，而技艺却实不高明，记得作品却不少。先生可否另觅数幅，存其名以报其一世之吃苦。吃苦而能入书，虽可笑，但此书有历史性，固不妨亦有苦工也。

书名。曰《北平笺谱》或《北平笺图》，如何？

编次。看样本，大略有三大类。仿古，一也；取古人小画，宜于笺纸者用之，如戴醇士，黄瘿瓢，赵扨叔，无名氏罗汉，二也；特请人为笺作画，三也。后者先则有光绪间之李毓如，伯禾，锡玲，李伯霖，宣统末之林琴南，但大盛则在民国四五年后之师曾，茫父……时代。编次似可用此法，而以最近之《壬申》，《癸酉》笺殿之。

前信曾主张用宣纸，现在又有些动摇了，似乎远不及夹贡之好看。不知价值如何？倘一样，或者还不[如]将"永久"牺牲一点，都用夹贡罢。此上，即颂
著安。

迅　顿首　十月二夜。

三日

　　日记　昙。上午得增田君信。得陈霞信并诗,午后复,诗稿寄保宗。寄振铎信并还笺样。得良友公司所赠《离婚》一本。买ノヴァーリス『断片』一本,三元一角。晚三弟来。夜雨。

致 郑振铎

西谛先生:

　　今日下午刚寄出一信并笺样一包,想能先到。今由开明书店汇奉洋肆百元,乞便中持收条向分店一取,为幸。

　　先生所购之信笺,如自己不要,内山书店云愿意买去,大约他自有售去之法,乞寄来,大约用寄书之法,分数包即可,并开明价目。内有缺张,或先生每种自己留下样张一枚,均无碍。我想可以给他打一个八折,与之。

　　用色纸印如"虚白斋笺",及其他,倘能用一木板,先印颜色如原笺,则变化较多,颇有趣。不知能行否? 但倘太费事,则只好作罢耳。

　　此布,即请

道安。

　　　　　　　　　　　　　　迅　顿首　十月三夜

　　附上收条一纸。

四日

　　日记　中秋。雨。上午寄西谛信并泉四百。得许拜言信。夜大风雨。

五日

　　日记　晴。上午得母亲信,二日发。得罗清桢所寄木刻一幅。

寄小峰信。晚雨。

六日

日记 昙。上午寄曹聚仁信。得胡今虚信,下午复,并寄小说三本。往内山书店买文艺书三本,共泉九元五角。夜雨。

七日

日记 雨。午后得『英國ニ於ケル自然主義』两本,一元六角;『白と黒』(四十)一本,五角。得黎烈文信并稿费八十四元。得赵家璧信并《一个人的受难》二十本,又《我的忏悔》等三种各一本。得增田君信,夜复。

致 胡今虚

今虚先生:

二日信收到。《毁灭》已托内山书店寄上,想已到。另两种亦系我们自印,大约温州亦未必有,故一并奉呈。

《轻薄桃花》系改编本,我当然无所不可的(收入丛书)。但作序及看稿等,恐不能作,因我气力及时间不能容许也。

现在○○的各种现象,在重压之下,一定会有的。我在这三十年中,目睹了不知多少。但一面有人离叛,一面也有新的生力军起来,所以前进的还是前进。

弄文学的人,只要(一)坚忍,(二)认真,(三)韧长,就可以了。不必因为有人改变,就悲观的。

此复即颂

时绥。

迅 启上 十月七日

致 增田涉

手紙二つとも拝見、質問は別紙同封送ります。

支那にも孔子の道を以て国を治めたいと云って居ます。これから周朝になるでしょう。そうして私は皇室になります。夢にも考へなかった幸です。

恵曇村と写真屋とがそんなに遠いですか? 実に桃花源の感を起します。上海では五歩にして一つ咖啡店、十歩にして一つ写真屋、実に憎む可き処です。

海嬰は悪戯でいけない。家庭革命のおそれ有り、木実君の方がおとなしいでしょう。　草々頓首

増田兄几下　　　　　　　　　　　　隋洛文　十月七日

八日

　日记　星期。晴。上午复赵家璧信。下午蕴如及三弟携菓官来。

致 赵家璧

家璧先生：

　惠函及木刻书三种又二十本均收到，谢谢。这书的制版和印刷，以及装订，我以为均不坏，只有纸太硬是一个小缺点；还有两面印，因为能够淆乱观者的视线，但为定价之廉所限，也是没有法子

的事。

M. 氏的木刻黑白分明，然而最难学，不过可以参考之处很多，我想，于学木刻的学生，一定很有益处。但普通的读者，恐怕是不见得欢迎的。我希望二千部能于一年之内卖完，不要像《艺术三家言》，这才是木刻万岁也。

此复，并颂

著安。

鲁迅　启上　十月八日

九日

　　日记　晴。上午得疑冰信。晚得曹聚仁信。得姚克信。得陈铁耕信并木刻三幅，夜复。得姚〔胡〕今虚信，夜复。寄幼渔信。

致 胡今虚

今虚先生：

　　十月六日信收到。我并未编辑《文艺》，亦未闻文艺研究社之事，自然更说不到主持。前函似已提及，特再声明，以免误解。此复，即颂

时绥。

迅　上　十月九日

十日

　　日记　晴。下午得许拜言信。蕴如及三弟携阿玉，阿菩来，留

之夜饭。

十一日

日记　昙。上午得西谛信,午后复。得山本夫人信。与广平装潢木刻。

致 郑振铎

西谛先生:

七日信顷收到。名目就是《北平笺谱》罢,因为"北平"两字,可以限定了时代和地方。

印色纸之漂亮与否,与纸质也大有关系,索性都用白地,不要染色罢。

目录的写法,照来信所拟,是好的。作者呢,还是用名罢,因为他的号在笺上可见。但"作"字不如直用"画"字,以与"刻"相对。

因画笺大小不一,而影响于书之大小,不能一律,这真是一个难问题。我想,只能用两法对付:(一)书用五尺纸的三开本(此地五尺宣纸比四尺者贵三分之一),则价贵三分之一,而大小当皆可容得下,体裁较为好看;(二)就只能如来信所说,另印一册,但当题为《北平笺谱别册》,而另有序目,使与小本者若即若离,但我以为纵使用费较昂,倘可能,不如仍用(一)法,因为这是"新古董",不嫌其阔的。

笺上的直格,索性都不用罢。加框,是不好看的。页码其实本可不用,而于书签上刻明册数。但为切实计,则用用亦可,只能如来示所说,印在第二页的边上,不过不能用黑色印,以免不调和,而且倘每页用同一颜色,则每页须多加上一回印工,所以我以为任择笺上之一种颜色,同时印之,每页不尽同,倒也有趣。总之:对于这一点，我无一定主意，请先生酌定就是。

第一页及序目，能用木刻，自然最好。小引做后，即当寄呈。

此复，即颂

著安。

迅　上　十月十一日

十二日

日记　晴。下午寄烈文信并稿二篇。

"感旧"以后（上）

又不小心，感了一下子旧，就引出了一篇施蛰存先生的《〈庄子〉与〈文选〉》来，以为我那些话，是为他而发的，但又希望并不是为他而发的。

我愿意有几句声明：那篇《感旧》，是并非为施先生而作的，然而可以有施先生在里面。

倘使专对个人而发的话，照现在的摩登文例，应该调查了对手的籍贯，出身，相貌，甚而至于他家乡有什么出产，他老子开过什么铺子，影射他几句才算合式。我的那一篇里可是毫没有这些的。内中所指，是一大队遗少群的风气，并不指定着谁和谁；但也因为所指的是一群，所以被触着的当然也不会少，即使不是整个，也是那里的一肢一节，即使并不永远属于那一队，但有时是属于那一队的。现在施先生自说了劝过青年去读《庄子》与《文选》，"为文学修养之助"，就自然和我所指摘的有点相关，但以为这文为他而作，却诚然是"神经过敏",我实在并没有这意思。

不过这是在施先生没有说明他的意见之前的话,现在却连这"相关"也有些疏远了,因为我所指摘的,倒是比较顽固的遗少群,标准还要高一点。

现在看了施先生自己的解释,(一)才知道他当时的情形,是因为稿纸太小了,"倘再宽阔一点的话",他"是想多写几部书进去的";(二)才知道他先前的履历,是"从国文教员转到编杂志",觉得"青年人的文章太拙直,字汇太少"了,所以推举了这两部古书,使他们去学文法,寻字汇,"虽然其中有许多字是已死了的",然而也只好去寻觅。我想,假如庄子生在今日,则被劈棺之后,恐怕要劝一切有志于结婚的女子,都去看《烈女传》的罢。

还有一点另外的话——

(一)施先生说我用瓶和酒来比"文学修养"是不对的,但我并未这么比方过,我是说有些新青年可以有旧思想,有些旧形式也可以藏新内容。我也以为"新文学"和"旧文学"这中间不能有截然的分界,然而有蜕变,有比较的偏向,而且正因为不能以"何者为分界",所以也没有了"第三种人"的立场。

(二)施先生说写篆字等类,都是个人的事情,只要不去勉强别人也做一样的事情就好,这似乎是很对的。然而中学生和投稿者,是他们自己个人的文章太拙直,字汇太少,却并没有勉强别人都去做字汇少而文法拙直的文章,施先生为什么竟大有所感,因此来劝"有志于文学的青年"该看《庄子》与《文选》了呢?做了考官,以词取士,施先生是不以为然的,但一做教员和编辑,却以《庄子》与《文选》劝青年,我真不懂这中间有怎样的分界。

(三)施先生还举出一个"鲁迅先生"来,好像他承接了庄子的新道统,一切文章,都是读《庄子》与《文选》读出来的一般。"我以为这也有点武断"的。他的文章中,诚然有许多字为《庄子》与《文选》中所有,例如"之乎者也"之类,但这些字眼,想来别的书上也不见得没有罢。再说得露骨一点，则从这样的书里去找活字汇，简直是胡涂虫，恐怕施先生自己也未必。

十月十二日。

原载 1933 年 10 月 15 日《申报·自由谈》。署名丰之余。

初收 1934 年 12 月上海兴中书局（联华）版《准风月谈》。

"感旧"以后（下）

还要写一点。但得声明在先，这是由施蛰存先生的话所引起，却并非为他而作的。对于个人，我原稿上常是举出名字来，然而一到印出，却往往化为"某"字，或是一切阔人姓名，危险字样，生殖机关的俗语的共同符号"××"了。我希望这一篇中的有几个字，没有这样变化，以免误解。

我现在要说的是：说话难，不说亦不易。弄笔的人们，总要写文章，一写文章，就难免惹灾祸，黄河的水向薄弱的堤上攻，于是露臂膊的女人和写错字的青年，就成了嘲笑的对象了，他们也真是无拳无勇，只好忍受，恰如乡下人到上海租界，除了拼出被称为"阿木林"之外，没有办法一样。

然而有些是冤枉的，随手举一个例，就是登在《论语》二十六期上的刘半农先生"自注自批"的《桐花芝豆堂诗集》这打油诗。北京大学招考，他是阅卷官，从国文卷子上发见一个可笑的错字，就来做诗，那些人被挖苦得真是要钻地洞，那些刚毕业的中学生。自然，他是教授，凡所指摘，都不至于不对的，不过我以为有些却还可有磋商的余地。集中有一个"自注"道——

424

"有写'倡明文化'者,余曰:倡即'娼'字,凡文化发达之处,娼妓必多,谓文化由娼妓而明,亦言之成理也。"

娼妓的娼,我们现在是不写作"倡"的,但先前两字通用,大约刘先生引据的是古书。不过要引古书,我记得《诗经》里有一句"倡予和女",好像至今还没有人解作"自己也做了婊子来应和别人"的意思。所以那一个错字,错而已矣,可笑可鄙却不属于它的。还有一句是——

"幸'萌科学思想之芽'。"

"萌"字和"芽"字旁边都加着一个夹圈,大约是指明着可笑之处在这里的罢,但我以为"萌芽","萌蘖",固然是一个名词,而"萌动","萌发",就成了动词,将"萌"字作动词用,似乎也并无错误。

五四运动时候,提倡(刘先生或者会解作"提起婊子"来的罢)白话的人们,写错几个字,用错几个古典,是不以为奇的,但因为有些反对者说提倡白话者都是不知古书,信口胡说的人,所以往往也做几句古文,以塞他们的嘴。但自然,因为从旧垒中来,积习太深,一时不能摆脱,因此带着古文气息的作者,也不能说是没有的。

当时的白话运动是胜利了,有些战士,还因此爬了上去,但也因为爬了上去,就不但不再为白话战斗,并且将它踏在脚下,拿出古字来嘲笑后进的青年了。因为还正在用古书古字来笑人,有些青年便又以看古书为必不可省的工夫,以常用文言的作者为应该模仿的格式,不再从新的道路上去企图发展,打出新的局面来了。

现在有两个人在这里:一个是中学生,文中写"留学生"为"流学生",错了一个字;一个是大学教授,就得意洋洋的做了一首诗,曰:"先生犯了弥天罪,罚往西洋把学流,应是九流加一等,面筋熬尽一锅油。"我们看罢,可笑是在那一面呢?

十月十二日。

原载 1933 年 10 月 16 日《申报·自由谈》。署名丰之余。

初收 1934 年 12 月上海兴中书局(联华)版《准风月谈》。

十三日

日记 晴。上午寄陈铁耕信。得烈文信并还稿一篇。得艾芜信。得增田君信,下午复。微雨。晚得何谷天信,夜复。

世故三昧

人世间真是难处的地方,说一个人"不通世故",固然不是好话,但说他"深于世故"也不是好话。"世故"似乎也像"革命之不可不革,而亦不可太革"一样,不可不通,而亦不可太通的。

然而据我的经验,得到"深于世故"的恶谥者,却还是因为"不通世故"的缘故。

现在我假设以这样的话,来劝导青年人——

"如果你遇见社会上有不平事,万不可挺身而出,讲公道话,否则,事情倒会移到你头上来,甚至于会被指作反动分子的。如果你遇见有人被冤枉,被诬陷的,即使明知道他是好人,也万不可挺身而出,去给他解释或分辩,否则,你就会被人说是他的亲戚,或得了他的贿赂;倘使那是女人,就要被疑为她的情人的;如果他较有名,那便是党羽。例如我自己罢,给一个毫不相干的女士做了一篇信札集的序,人们就说她是我的小姨;介绍一点科学的文艺理论,人们就说得了苏联的卢布。亲戚和金钱,在目下的中国,关系也真是大,事实给与了教训,人们看惯了,以为人人都脱不了这关系,原也无足深怪的。

"然而,有些人其实也并不真相信,只是说着玩玩,有趣有趣的。

426

即使有人为了谣言,弄得凌迟碎剐,像明末的郑鄤那样了,和自己也并不相干,总不如有趣的紧要。这时你如果去辨正,那就是使大家扫兴,结果还是你自己倒楣。我也有一个经验。那是十多年前,我在教育部里做‘官僚’,常听得同事说,某女学校的学生,是可以叫出来嫖的,连机关的地址门牌,也说得明明白白。有一回我偶然走过这条街,一个人对于坏事情,是记性好一点的,我记起来了,便留心着那门牌,但这一号,却是一块小空地,有一口大井,一间很破烂的小屋,是几个山东人住着卖水的地方,决计做不了别用。待到他们又在谈着这事的时候,我便说出我的所见来,而不料大家竟笑容尽敛,不欢而散了,此后不和我谈天者两三月。我事后才悟到打断了他们的兴致,是不应该的。

“所以,你最好是莫问是非曲直,一味附和着大家;但更好是不开口;而在更好之上的是连脸上也不显出心里的是非的模样来……”

这是处世法的精义,只要黄河不流到脚下,炸弹不落在身边,可以保管一世没有挫折的。但我恐怕青年人未必以我的话为然;便是中年,老年人,也许要以为我是在教坏了他们的子弟。呜呼,那么,一片苦心,竟是白费了。

然而倘说中国现在正如唐虞盛世,却又未免是“世故”之谈。耳闻目睹的不算,单是看看报章,也就可以知道社会上有多少不平,人们有多少冤抑。但对于这些事,除了有时或有同业,同乡,同族的人们来说几句呼吁的话之外,利害无关的人的义愤的声音,我们是很少听到的。这很分明,是大家不开口;或者以为和自己不相干;或者连“以为和自己不相干”的意思也全没有。“世故”深到不自觉其“深于世故”,这才真是“深于世故”的了。这是中国处世法的精义中的精义。

而且,对于看了我的劝导青年人的话,心以为非的人物,我还有一下反攻在这里。他是以我为狡猾的。但是,我的话里,一面固然显示着我的狡猾,而且无能,但一面也显示着社会的黑暗。他单责个人，正是最稳妥的办法，倘使兼责社会，可就得站出去战斗了。责人的"深于世故"而避开了"世"不谈，这是更"深于世故"的玩艺，倘若自己不觉得，那就更深更深了，离三昧境盖不远矣。

不过凡事一说，即落言筌，不再能得三昧。说"世故三昧"者，即非"世故三昧"。三昧真谛，在行而不言；我现在一说"行而不言"，却又失了真谛，离三昧境盖益远矣。

一切善知识，心知其意可也，唵！

十月十三日。

　　原载 1933 年 11 月 15 日《申报月刊》第 2 卷第 11 号。
　　署名洛文。
　　初收 1934 年 3 月上海同文书店版《南腔北调集》。

谣言世家

双十佳节，有一位文学家大名汤增敭先生的，在《时事新报》上给我们讲光复时候的杭州的故事。他说那时杭州杀掉许多驻防的旗人，辨别的方法，是因为旗人叫"九"为"钩"的，所以要他说"九百九十九"，一露马脚，刀就砍下去了。

这固然是颇武勇，也颇有趣的。但是，可惜是谣言。

中国人里，杭州人是比较的文弱的人。当钱大王治世的时候，人民被刮得衣裤全无，只用一片瓦掩着下部，然而还要追捐，除被打得麂一般叫之外，并无贰话。不过这出于宋人的笔记，是谣言也说不定的。但宋明的末代皇帝，带着没落的阔人，和暮气一同滔滔的逃到杭州来，却是事实，苟延残喘，要大家有刚决的气魄，难不难。到现在，西子湖边还多是摇摇摆摆的雅人；连流氓也少有浙东似的"白刀子进红刀子出"的打架。自然，倘有军阀做着后盾，那是也会格外的撒泼的，不过当时实在并无敢于杀人的风气，也没有乐于杀人的人们。我们只要看举了老成持重的汤蛰仙先生做都督，就可以知道是不会流血的了。

不过战事是有的。革命军围住旗营，开枪打进去，里面也有时打出来。然而围得并不紧，我有一个熟人，白天在外面逛，晚上却自进旗营睡觉去了。

虽然如此，驻防军也终于被击溃，旗人降服了，房屋被充公是有的，却并没有杀戮。口粮当然取消，各人自寻生计，开初倒还好，后来就遭灾。

怎么会遭灾的呢？就是发生了谣言，

杭州的旗人一向优游于西子湖边，秀气所钟，是聪明的，他们知道没有了粮，只好做生意，于是卖糕的也有，卖小菜的也有。杭州人是客气的，并不歧视，生意也还不坏。然而祖传的谣言起来了，说是旗人所卖的东西，里面都藏着毒药。这一下子就使汉人避之惟恐不远，但倒是怕旗人来毒自己，并不是自己想去害旗人。结果是他们所卖的糕饼小菜，毫无生意，只得在路边出卖那些不能下毒的家具。家具一完，途穷路绝，就一败涂地了。这是杭州驻防旗人的收场。

笑里可以有刀，自称酷爱和平的人民，也会有杀人不见血的武器，那就是造谣言。但一面害人，一面也害己，弄得彼此懵懵懂懂。古时候无须提起了，即在近五十年来，甲午战败，就说是李鸿章害的，因为他儿子是日本的驸马，骂了他小半世；庚子拳变，又说洋鬼子是挖眼睛的，因为造药水，就乱杀了一大通。下毒学说起于辛亥光复之际的杭州，而复活于近来排日的时候。我还记得每有一回谣言，就总有谁被诬为下毒的奸细，给谁平白打死了。

谣言世家的子弟，是以谣言杀人，也以谣言被杀的。

至于用数目来辨别汉满之法，我在杭州倒听说是出于湖北的荆州的，就是要他们数一二三四，数到"六"字，读作上声，便杀却。但杭州离荆州太远了，这还是一种谣言也难说。

我有时也不大能够分清那句是谣言,那句是真话了。

十月十三日。

原载 1933 年 11 月 15 日《申报月刊》第 2 卷第 11 号。
署名洛文。
初收 1934 年 3 月上海同文书店版《南腔北调集》。

《双十怀古》附记

附记:这一篇没有能够刊出,大约是被谁抽去了的,盖双十盛典,"伤今"固难,"怀古"也不易了。

十月十三日。

未另发表。
初收 1934 年 12 月上海兴中书局(联华)版《准风月谈》。

十四日

日记　晴。上午复陈霞信。下午同广平携海婴往木刻展览会。

十五日

日记　星期。晴。上午同广平携海婴往须藤医院诊。下午往木刻展览会。晚蕴如及三弟来,少坐即同往上海大戏院观电影,曰《波罗洲之野女》。托三弟寄申报月刊社稿二篇。夜校《被解放之堂吉诃德》起。

十六日

日记　晴。午后得胡今虚信。陈铁耕赠木刻《法网》插画十三幅。下午同内山君往上海美术专门学校观 MK 木刻研究社第四次展览会,选购六幅。买『レッシング伝説』(第一部)一本,一元五角。得小峰信并版税二百元,《伪自由书》二十本。

十七日

日记 晴。上午内山君赠复刻锦绘一枚并框。午后须藤先生来为海婴诊。得陈光尧片并书四本。寄小峰信。下午得韩起信,夜复。

黄 祸

现在的所谓"黄祸",我们自己是在指黄河决口了,但三十年之前,并不如此。

那时是解作黄色人种将要席卷欧洲的意思的,有些英雄听到了这句话,恰如听得被白人恭维为"睡狮"一样,得意了好几年,准备着去做欧洲的主子。

不过"黄祸"这故事的来源,却又和我们所幻想的不同,是出于德皇威廉的。他还画了一幅图,是一个罗马装束的武士,在抵御着由东方西来的一个人,但那人并不是孔子,倒是佛陀,中国人实在是空欢喜。所以我们一面在做"黄祸"的梦,而有一个人在德国治下的青岛所见的现实,却是一个苦孩子弄脏了电柱,就被白色巡捕提着脚,像中国人的对付鸭子一样,倒提而去了。

现在希特拉的排斥非日耳曼民族思想,方法是和德皇一样的。

德皇的所谓"黄祸",我们现在是不再梦想了,连"睡狮"也不再提起,"地大物博,人口众多",文章上也不很看见。倘是狮子,自夸怎样肥大是不妨事的,但如果是一口猪或一匹羊,肥大倒不是好兆头。我不知道我们自己觉得现在好像是什么了？

我们似乎不再想，也寻不出什么"象征"来，我们正在看海京伯的猛兽戏，赏鉴狮虎吃牛肉，听说每天要吃一只牛。我们佩服国联的制裁日本，我们也看不起国联的不能制裁日本；我们赞成军缩的"保护和平"，我们也佩服希特拉的退出军缩；我们怕别国要以中国作战场，我们也憎恶非战大会。我们似乎依然是"睡狮"。

"黄祸"可以一转而为"福"，醒了的狮子也会做戏的。当欧洲大战时，我们有替人拼命的工人，青岛被占了，我们有可以倒提的孩子。

但倘说，二十世纪的舞台上没有我们的份，是不合理的。

十月十七日。

原载 1933 年 10 月 20 日《申报·自由谈》。署名尤刚。
初收 1934 年 12 月上海兴中书局（联华）版《准风月谈》。

冲

"推"和"踢"只能死伤一两个，倘要多，就非"冲"不可。

十三日的新闻上载着贵阳通信说，九一八纪念，各校学生集合游行，教育厅长谭星阁临事张皇，乃派兵分据街口，另以汽车多辆，向行列冲去，于是发生惨剧，死学生二人，伤四十余，其中以正谊小学学生为最多，年仅十龄上下耳。……

我先前只知道武将大抵通文，当"枕戈待旦"的时候，就会做骈体电报，这回才明白虽是文官，也有深谙韬略的了。田单曾经用过火牛，现在代以汽车，也确是二十世纪。

"冲"是最爽利的战法，一队汽车，横冲直撞，使敌人死伤在车轮

432

下，多么简截；"冲"也是最威武的行为，机关一扳，风驰电掣，使对手想回避也来不及，多么英雄。各国的兵警，喜欢用水龙冲，俄皇曾用哥萨克马队冲，都是快举。各地租界上我们有时会看见外国兵的坦克车在出巡，这就是倘不恭顺，便要来冲的家伙。

汽车虽然并非冲锋的利器，但幸而敌人却是小学生，一匹疲驴，真上战场是万万不行的，不过在嫩草地上飞跑，骑士坐在上面暗呜叱咤，却还很能胜任愉快，虽然有些人见了，难免觉得滑稽。

十龄上下的孩子会造反，本来也难免觉得滑稽的。但我们中国是常出神童的地方，一岁能画，两岁能诗，七龄童做戏，十龄童从军，十几龄童做委员，原是常有的事实；连七八岁的女孩也会被凌辱，从别人看来，是等于"年方花信"的了。

况且"冲"的时候，倘使对面是能够有些抵抗的人，那就汽车会弄得不爽利，冲者也就不英雄，所以敌人总须选得嫩弱。流氓欺乡下老，洋人打中国人，教育厅长冲小学生，都是善于克敌的豪杰。

"身当其冲"，先前好像不过一句空话，现在却应验了，这应验不但在成人，而且到了小孩子。"婴儿杀戮"算是一种罪恶，已经是过去的事，将乳儿抛上空中去，接以枪尖，不过看作一种玩把戏的日子，恐怕也就不远了罢。

十月十七日。

原载 1933 年 10 月 22 日《申报·自由谈》。署名旅隼。

初收 1934 年 12 月上海兴中书局（联华）版《准风月谈》。

十八日

日记 昙。午后得志之信。得陶亢德信。买乄氏『文芸論』一本，一元五角。夜寄陈铁耕信。复陶亢德信。寄《自由谈》稿二篇。

致 陶亢德

亢德先生：

蒙示甚感。其实两者亦无甚冲突，倘有人骂，当一任其骂，或回骂之。

又其实，错与被骂，在中国现在，并不相干。错未必被骂，被骂者未必便错。凡枭首示众者，岂尽"汉奸"也欤哉。

专复并颂

著安。

鲁迅　上　十月十八夜。

十九日

日记　晴。上午得《绥吉仪央小说》及《苏联演剧史》各一本，似萧三寄来。得陈铁耕信。午后得振铎信并笺样一包，《北平图书馆舆图版画展览会目录》三本，下午复。寄《自由谈》稿二篇。须藤先生来为海婴诊。携海婴往购买组合，为买一小火车。晚又寄西谛信，并还笺样及赠《伪自由书》一本。森本君寄赠松蕈，内山君夫妇代为烹饪，邀往其寓夜饭，广平携海婴同去。又收文学书四本，盖亦萧三寄来。

外国也有

凡中国所有的，外国也都有。

外国人说中国多臭虫，但西洋也有臭虫；日本人笑中国人好弄文字，但日本人也一样的弄文字。不抵抗的有甘地；禁打外人的有希特拉;狄昆希吸鸦片;陀思妥夫斯基赌得发昏。斯惠夫德带枷，马克斯反动。林白大佐的儿子，就给绑匪绑去了。而裹脚和高跟鞋，相差也不见得有多么远。

只有外国人说我们不问公益，只知自利，爱金钱，却还是没法辩解。民国以来，有过许多总统和阔官了，下野之后，都是面团团的，或赋诗，或看戏，或念佛，吃着不尽，真也好像给批评者以证据。不料今天却被我发见了：外国也有的！

> "十七日哈伐那电——避居加拿大之古巴前总统麦查度……在古巴之产业，计值八百万美元，凡能对渠担保收回此项财产者，无论何人，渠愿与以援助。又一消息，谓古巴政府已对麦及其旧僚属三十八人下逮捕令，并扣押渠等之财产，其数达二千五百万美元。……"

以三十八人之多，而财产一共只有这区区二千五百万美元，手段虽不能谓之高，但有些近乎发财却总是确凿的，这已足为我们的"上峰"雪耻。不过我还希望他们在外国买有地皮，在外国银行里另有存款，那么，我们和外人折冲樽俎的时候，就更加振振有辞了。

假使世界上只有一家有臭虫，而遭别人指摘的时候，实在也不大舒服的，但捉起来却也真费事。况且北京有一种学说，说臭虫是捉不得的，越捉越多。即使捉尽了，又有什么价值呢，不过是一种消极的办法。最好还是希望别家也有臭虫，而竟发见了就更好。发见，这是积极的事业。哥仑布与爱迪生，也不过有了发见或发明而已。

与其劳心劳力，不如玩跳舞，喝咖啡。外国也有的，巴黎就有许多跳舞场和咖啡店。

即使连中国都不见了，也何必大惊小怪呢，君不闻迦勒底与马基顿乎？——外国也有的！

十月十九日。

原载 1933 年 10 月 23 日《申报·自由谈》。署名符灵。

初收 1934 年 12 月上海兴中书局（联华）版《准风月谈》。

"滑稽"例解

研究世界文学的人告诉我们：法人善于机锋，俄人善于讽刺，英美人善于幽默。这大概是真确的，就都为社会状态所制限。慨自语堂大师振兴"幽默"以来，这名词是很通行了，但一普遍，也就伏着危机，正如军人自称佛子，高官忽挂念珠，而佛法就要涅槃一样。倘若油滑，轻薄，猥亵，都蒙"幽默"之号，则恰如"新戏"之入"×世界"，必已成为"文明戏"也无疑。

这危险，就因为中国向来不大有幽默。只是滑稽是有的，但这和幽默还隔着一大段；日本人曾译"幽默"为"有情滑稽"，所以别于单单的"滑稽"，即为此。那么，在中国，只能寻得滑稽文章了？却又不。中国之自以为滑稽文章者，也还是油滑，轻薄，猥亵之谈，和真的滑稽有别。这"狸猫换太子"的关键，是在历来的自以为正经的言论和事实，大抵滑稽者多，人们看惯，渐渐以为平常，便将油滑之类，误认为滑稽了。

在中国要寻求滑稽，不可看所谓滑稽文，倒要看所谓正经事，但必须想一想。

这些名文是俯拾即是的，譬如报章上正正经经的题目，什么"中日交涉渐入佳境"呀，"中国到那里去"呀，就都是的，咀嚼起来，真如橄榄一样，很有些回味。

见于报章上的广告的，也有的是。我们知道有一种刊物，自说是"舆论界的新权威"，"说出一般人所想说而没有说的话"，而一面又在向别一种刊物"声明误会，表示歉意"，但又说是"按双方均为社会有声誉之刊物，自无互相攻讦之理"。"新权威"而善于"误会"，

436

"误会"了而偏"有声誉","一般人所想说而没有说的话"却是误会和道歉：这要不笑，是必须不会思索的。

见于报章的短评上的，也有的是。例如九月间《自由谈》所载的《登龙术拾遗》上，以做富家女婿为"登龙"之一术，不久就招来了一篇反攻，那开首道："狐狸吃不到葡萄，说葡萄是酸的，自己娶不到富妻子，于是对于一切有富岳家的人发生了妒嫉，妒嫉的结果是攻击。"这也不能想一下。一想"的结果"，便分明是这位作者在表明他知道"富妻子"的味道是甜的了。

诸如此类的妙文，我们也尝见于冠冕堂皇的公文上：而且并非将它漫画化了的，却是它本身原来是漫画。《论语》一年中，我最爱看"古香斋"这一栏，如四川营山县长禁穿长衫令云："须知衣服蔽体已足，何必前拖后曳，消耗布匹？且国势衰弱，……顾念时艰，后患何堪设想？"又如北平社会局禁女人养雄犬文云："查雌女雄犬相处，非仅有碍健康，更易发生无耻秽闻，揆之我国礼义之邦，亦为习俗所不许。谨特通令严禁……凡妇女带养之雄犬，斩之无赦，以为取缔！"这那里是滑稽作家所能凭空写得出来的？

不过"古香斋"里所收的妙文，往往还倾于奇诡，滑稽却不如平淡，惟其平淡，也就更加滑稽，在这一标准上，我推选"甜葡萄"说。

十月十九日。

原载 1933 年 10 月 26 日《申报·自由谈》。署名苇索。

初收 1934 年 12 月上海兴中书局（联华）版《准风月谈》。

致 郑振铎

西谛先生：

惠函，笺纸，版画会目，均收到。

蝴蝶装虽美观,但不牢,翻阅几回,背即凹进,化为不美观,况且价贵,我以为全部作此装,是不值得的。无已,想了三种办法——

一、惟大笺一本,作蝴蝶装,但仍装入于一函内。

二、惟大笺一本,作蝴蝶装。但略变通,仍用线订,与别数本一律,其法如订地图,于叠处粘纸,又衬狭条,令一样厚而订之,则外表全部一样了。

三、大笺仍别印为大册,但另名之曰《北平巨笺谱》,别作序目。

我想,要经久而简便,还不如仍用第三法了。倘欲整齐,则当采第二法,我以为第二法最好。请先生酌之。

笺纸当于夜间择定,明日付邮。

此复即请

道安

迅　顿首　十月十九日

致 郑振铎

西谛先生:

信一封及笺样一包,顷方发出。此刻一想,费如许气力,而板式不能如一,殊为憾事。故我想我所担任之四十部,将纸张放大,其价不妨加倍,倘来得及,希先生为我一嘱纸铺,但书有两种,较费事耳。其实我想先生自存之十部,亦以大本为宜。其廉价之一半,则以预约出售可耳。如何,乞即示及,倘可能,当即以款汇上耳。此致即请

文安。

迅　顿首　十月十九夜

二十日

日记　晴。上午寄黎烈文信并稿一篇。午后同广平携海婴观

438

海京伯兽苑。

扑 空

自从《自由谈》上发表了我的《感旧》和施蛰存先生的《〈庄子〉与〈文选〉》以后，《大晚报》的《火炬》便在征求展开的讨论。首先征到的是施先生的一封信，题目曰《推荐者的立场》，注云"《庄子》与《文选》的论争"。

但施先生又并不愿意"论争"，他以为两个人作战，正如弧光灯下的拳击手，无非给看客好玩。这是很聪明的见解，我赞成这一肢一节。不过更聪明的是施先生其实并非真没有动手，他在未说退场白之前，早已挥了几拳了。挥了之后，飘然远引，倒是最超脱的拳法。现在只剩下一个我了，却还得回一手，但对面没人也不要紧，我算是在打"逍遥游"。

施先生一开首就说我加以"训诲"，而且派他为"遗少的一肢一节"。上一句是诬赖的，我的文章中，并未对于他个人有所劝告。至于指为"遗少的一肢一节"，却诚然有这意思，不过我的意思，是以为"遗少"也并非怎么很坏的人物。新文学和旧文学中间难有截然的分界，施先生是承认的，辛亥革命去今不过二十二年，则民国人中带些遗少气，遗老气，甚而至于封建气，也还不算甚么大怪事，更何况如施先生自己所说，"虽然不敢自认为遗少，但的确已消失了少年的活力"的呢，过去的余气当然要有的。但是，只要自己知道，别人也知道，能少传授一点，那就好了。

我早经声明，先前的文字是并非专为他个人而作的，而且自看了《〈庄子〉与〈文选〉》之后，则连这"一肢一节"也已经疏远。为什么呢，因为在推荐给青年的几部书目上，还题出着别一个极有意味的问题：其中有一种是《颜氏家训》。这《家训》的作者，生当乱世，由齐入隋，一直是胡势大张的时候，他在那书里，也谈古典，论文章，儒士似的，却又归心于佛，而对于子弟，则愿意他们学鲜卑语，弹琵琶，以服事贵人——胡人。这也是庚子义和拳败后的达官，富翁，巨商，士人的思想，自己念佛，子弟却学些"洋务"，使将来可以事人：便是现在，抱这样思想的人恐怕还不少。而这颜氏的渡世法，竟打动了施先生的心了，还推荐于青年，算是"道德修养"。他又举出自己在读的书籍，是 部英文书和一部佛经，正为"鲜卑语"和《归心篇》写照。只是现代变化急速，没有前人的悠闲，新旧之争，又正剧烈，一下子看不出什么头绪，他就也只好将先前两代的"道德"，并萃于一身了。假使青年，中年，老年，有着这颜氏式道德者多，则在中国社会上，实是一个严重的问题，有荡涤的必要。自然，这虽为书目所引起，问题是不专在个人的，这是时代思潮的一部。但因为连带提出，表面上似有太关涉了某一个人之观，我便不敢论及了，可以和他相关的只有"劝人看《庄子》《文选》了"八个字，对于个人，恐怕还不能算是不敬的。但待到看了《〈庄子〉与〈文选〉》，却实在生了一点不敬之心，因为他辩驳的话比我所豫料的还空虚，但仍给以正经的答复，那便是《感旧以后》（上）。

然而施先生的写在看了《感旧以后》（上）之后的那封信，却更加证明了他和我所谓"遗少"的疏远。他虽然口说不来拳击，那第一段却全是对我个人而发的。现在介绍一点在这里，并且加以注解。

施先生说："据我想起来，劝青年看新书自然比劝他们看旧书能够多获得一些群众。"这是说，劝青年看新书的，并非为了青年，倒是为自己要多获些群众。

施先生说："我想借贵报的一角篇幅，将……书目改一下：我想把《庄子》与《文选》改为鲁迅先生的《华盖集》正续编及《伪自由书》。我想，鲁迅先生为当代'文坛老将'，他的著作里是有着很广大的活字汇的，而且据丰之余先生告诉我，鲁迅先生文章里的确也有一些从《庄子》与《文选》里出来的字眼,譬如'之乎者也'之类。这样,我想对于青年人的效果也是一样的。"这一大堆的话,是说,我之反对推荐《庄子》与《文选》,是因为恨他没有推荐《华盖集》正续编与《伪自由书》的缘故。

施先生说:"本来我还想推荐一二部丰之余先生的著作,可惜坊间只有丰子恺先生的书,而没有丰之余先生的书,说不定他是像鲁迅先生印珂罗版木刻图一样的是私人精印本,属于罕见书之列,我很惭愧我的孤陋寡闻,未能推荐矣。"这一段话,有些语无伦次了,好像是说:我之反对推荐《庄子》与《文选》,是因为恨他没有推荐我的书,然而我又并无书,然而恨他不推荐,可笑之至矣。

这是"从国文教师转到编杂志",劝青年去看《庄子》与《文选》,《论语》,《孟子》,《颜氏家训》的施蛰存先生,看了我的《感旧以后》(上)一文后,"不想再写什么"而终于写出来了的文章,辞退做"拳击手",而先行拳击别人的拳法。但他竟毫不提主张看《庄子》与《文选》的较坚实的理由,毫不指出我那《感旧》与《感旧以后》(上)两篇中间的错误,他只有无端的诬赖,自己的猜测,撒娇,装傻。几部古书的名目一撕下,"遗少"的肢节也就跟着渺渺茫茫,到底是现出本相:明明白白的变了"洋场恶少"了。

十月二十日。

原载 1933 年 10 月 23、24 日《申报·自由谈》。署名丰之余。

初收 1934 年 12 月上海兴中书局(联华)版《准风月谈》。

二十一日

日记 晴。上午得西谛信,下午复。须藤先生来为海[婴]诊。得靖华信。得王熙之信。晚往知味观定座。夜复靖华信。复王熙之信。复陈铁耕信。

答"兼示"

前几天写了一篇《扑空》之后，对于什么"《庄子》与《文选》"之类，本也不想再说了。第二天看见了《自由谈》上的施蛰存先生《致黎烈文先生书》，也是"兼示"我的，就再来说几句。因为施先生驳复我的三项，我觉得都不中肯——

（一）施先生说，既然"有些新青年可以有旧思想，有些旧形式也可以藏新内容"，则像他似的"遗少之群中的一肢一节"的旧思想也可以存而不论，而且写《庄子》那样的古文也不妨了。自然，倘要这样写，也可以说"不妨"的，宇宙决不会因此破灭。但我总以为现在的青年，大可以不必舍白话不写，却另去熟读了《庄子》，学了它那样的文法来写文章。至于存而不论，那固然也可以，然而论及又有何妨呢？施先生对于青年之文法拙直，字汇少，和我的《感旧》，不是就不肯"存而不论"么？

（二）施先生以为"以词取士"，和劝青年看《庄子》与《文选》有"强迫"与"贡献"之分，我的比例并不对。但我不知道施先生做国文教员的时候，对于学生的作文，是否以富有《庄子》文法与《文选》字汇者为佳文，转为编辑之后，也以这样的作品为上选？假使如此，则倘作"考官"，我看是要以《庄子》与《文选》取士的。

（三）施先生又举鲁迅的话，说他曾经说过：一，"少看中国书，其结果不过不能作文而已。"可见是承认了要能作文，该多看中国书；二，"……我以为倘要弄旧的呢，倒不如姑且靠着张之洞的《书目答问》去摸门径去。"就知道没有反对青年读古书过。这是施先生忽略了时候和环境。他说一条的那几句的时候，正是许多人大叫要作白话文,也非读古书不可之际,所以那几句是针对他们而发的,犹言即使恰如他们所说,也不过不能作文,而去读古书,却比不能作文之害还大。至于二,则明明指定着研究旧文学的青年,和施先生的主张,涉及一般的大异。倘要弄中国上古文学史,我们不是还得看《易经》与《书经》么?

其实,施先生说当他填写那书目的时候,并不如我所推测那样的严肃,我看这话倒是真实的。我们试想一想,假如真有这样的一个青年后学,奉命惟谨,下过一番苦功之后,用了《庄子》的文法,《文选》的语汇,来写发挥《论语》《孟子》和《颜氏家训》的道德的文章,"这岂不是太滑稽吗"?

然而我的那篇《怀[感]旧》是严肃的。我并非为要"多获群众",也不是因为恨施先生没有推荐《华盖集》正续编及《伪自由书》;更不是别有"动机",例如因为做学生时少得了分数,或投稿时被没收了稿子,现在就借此来报私怨。

十月二十一日。

原载 1933 年 10 月 26 日《申报·自由谈》。署名丰之余。

初收 1934 年 12 月上海兴中书局(联华)版《准风月谈》。

关于妇女解放

孔子曰:"唯女子与小人为难养也,近之则不逊,远之则怨。"女子与小人归在一类里,但不知道是否也包括了他的母亲。后来的道学先生们,对于母亲,表面上总算是敬重的了,然而虽然如此,中国的为母的女性,还受着自己儿子以外的一切男性的轻蔑。

辛亥革命后,为了参政权,有名的沈佩贞女士曾经一脚踢倒过议院门口的守卫。不过我很疑心那是他自己跌倒的,假使我们男人去踢罢,他一定会还踢你几脚。这是做女子便宜的地方。还有,现在有些太太们,可以和阔男人并肩而立,在码头或会场上照一个照相;或者当汽船飞机开始行动之前,到前面去敲碎一个酒瓶(这或者非小姐不可也说不定,我不知道那详细)了,也还是做女子的便宜的地方。此外,又新有了各样的职业,除女工,为的是她们工钱低,又听话,因此为厂主所乐用的不算外,别的就大抵只因为是女子,所以一面虽然被称为"花瓶",一面也常有"一切招待,全用女子"的光荣的广告。男子倘要这么突然的飞黄腾达,单靠原来的男性是不行的,他至少非变狗不可。

这是五四运动后,提倡了妇女解放以来的成绩。不过我们还常常听到职业妇女的痛苦的呻吟,评论家的对于新式女子的讥笑。她们从闺阁走出,到了社会上,其实是又成为给大家开玩笑,发议论的新资料了。

这是因为她们虽然到了社会上,还是靠着别人的"养";要别人"养",就得听人的唠叨,甚而至于侮辱。我们看看孔夫子的唠叨,就知道他是为了要"养"而"难","近之""远之"都不十分妥帖的缘故,这也是现在的男子汉大丈夫的一般的叹息。也是女子的一般的苦痛。在没有消灭"养"和"被养"的界限以前,这叹息和苦痛是永远不会消灭的。

这并未改革的社会里,一切单独的新花样,都不过一块招牌,实际上和先前并无两样。拿一匹小鸟关在笼中,或给站在竿子上,地位好像改变了,其实还只是一样的在给别人做玩意,一饮一啄,都听命于别人。俗语说:"受人一饭,听人使唤",就是这。所以一切女子,倘不得到和男子同等的经济权,我以为所有好名目,就都是空话。自然,在生理和心理上,男女是有差别的;即在同性中,彼此也都不免有些差别,然而地位却应该同等。必须地位同等之后,才会有真的女人和男人,才会消失了叹息和苦痛。

在真的解放之前,是战斗。但我并非说,女人应该和男人一样的拿枪,或者只给自己的孩子吸一只奶,而使男子去负担那一半。我只以为应该不自苟安于目前暂时的位置,而不断的为解放思想,经济等等而战斗。解放了社会,也就解放了自己。但自然,单为了现存的惟妇女所独有的桎梏而斗争,也还是必要的。

我没有研究过妇女问题,倘使必须我说几句,就只有这一点空话。

十月二十一日。

发表报刊不详。

初收 1934 年 3 月上海同文书店版《南腔北调集》。

《北平笺谱》预约

鲁迅　西谛同编

全书六册一函

预约价值十二元

外加邮费五角

中国古法木刻,近来已极凌替。作者寥寥,刻工亦劣。其仅存之一片土,惟在日常应用之"诗笺",而亦不为大雅所注意。三十年来,诗笺之制作大盛,绘画类出名手,刻印复颇精工。民国初元,北平所出者尤多隽品,抒写性情,随笔点染,每入前人未尝涉及之园地。虽小景短笺,意态无穷。刻工印工,也足以副之。惜尚未有人加以谱录。近来用毛笔作画者日少,制笺业意在迎合,辄弃成法,而又无新裁,所作乃至丑恶不可言状。勉维旧业者,全市已不及五七家,更过数载,出品恐将更形荒秽矣。鲁迅西谛二先生因就平日采访所得,选其优佳及足以代表一时者三百数十种(大多数为彩色套印者),托各原店用原刻版片,以上等宣纸,印制成册,即名曰:《北平笺谱》。书幅阔大,彩色绚丽,实为宝重之文籍;而古法就荒,新者代起,然必别有面目,则此又中国木刻史上断代之惟一丰碑也。所印仅百部,除友朋分得外,尚余四十余部,爰以公之同好。每部预约价十二元,可谓甚廉。此数售罄后,续至者只可退款。如定户多至百人以上,亦可设法第二次开印,惟工程浩大(每幅有须印十余套色者),最快须于第一次出书两月后始得将第二次书印毕奉上。预约期二十二年十二月底截止。二十三年正月内可以出书。尚希速定。

发售预约处　北平燕京大学郑振铎

上海霞飞路五九三号生活书店

上海拉都路敦和里十二号文学社

原载 1933 年 12 月 1 日《文学》月刊第 1 卷第 6 号。

初未收集。

致 郑振铎

西谛先生:

十七日信收到。纸张大小,如此解决,真是好极了。信笺已于十九日寄回,并两封信,想已到。

清秘阁一向专走官场,官派十足的,既不愿,去之可也,于《笺谱》并无碍。

第二次应否续印,实是一个问题,因为如此,则容易被同一之事绊住，不能作他事。明年能将旧木刻在上海开一展览会，是极好的事，但我以为倘能将其代表作（图）抽印以成一书，如杨氏《留真谱》之类，一面在会场发卖，就更好（虽然不知道能卖多少）。倘无续印之决心，预告中似应删去数语（稿中以红笔作记），此稿已加入个人之见，另录附奉，乞酌定为荷。

我所藏外国木刻，只四十张，已在十四五开会展览一次，于正月再展览，似可笑。但中国青年新作品，可以收罗一二十张。但是，没有好的，即能平稳的亦尚未有。

《仿[访]笺杂记》是极有趣的故事，可以印入谱中。第二次印《笺谱》，如有人接办，则为纸店开一利源，亦非无益，盖草创不易，一创成，则别人亦可踵行也。

此复即请

著安。

迅　顿首　十月二十一日

现在十月中旬，待登出广告，必在十二月初或中旬了，似不如改为正月十五截止，一面即出书，希酌。　同日又及

致 曹靖华

亚丹兄：

十七日来信收到。早先有人来沪，告诉我（他知道）郑君寄款已收到，但久未得兄来信，颇疑生病，现今知道我所猜的并不错，而在汤山所遇，则殊出意料之外，幸今一切都已平安，甚慰。我们近况都好，身子也好的，只是我不能常常出外。孩子先前颇弱，因为他是朝北的楼上养大的，不大见太阳光，自从今春搬了一所朝南房子后，好

得多了。别特尼诗早收到。它兄多天没有见了，但闻他身子尚好。

《我们怎么写的》这书，我看上海是能有书店出版的，因为颇有些读者需要此等著作。不过这样的书店，很难得，至多也不过一两家，出版时还可得到若干版税。大多数的是不但要"利"，还要无穷之"利"，拿了稿子去，一文不付；较好的是无论多少字（自然十来万以上），可以预支版税五十或百元，此后就自印自卖，对于作者，全不睬理了。

兄未知何时来？我想初到时可来我寓暂歇，再作计较，看能不能住。此地也变化多端，我是连书籍也不放在寓里。最好是启行前数天，给我一信，我当通知书店，兄到时只要将姓告知书店，他们便会带领了。至于房租，上海是很贵的，可容一榻一桌一椅之处，每月亦须十余元。

我现在校印《被解放的唐·吉诃德》，它兄译的。自己无著作，事繁而心粗，静不下。文学史尚未动手，因此地无参考书，很想回北平用一两年功，但恐怕也未必做得到。那些木刻，我很想在上海选印一本，绍介于中国。此复即颂

时绥。

弟豫 顿首 十月二十一夜

令夫人均此致候。

致 王熙之

熙之先生：

九月十六日惠函收到，今天是十月二十一日，一个多月了，我们住得真远。儿歌当代投杂志，别一册俟寄到时，去问北新或别的书局试试看。

《自由谈》并非我所编辑,投稿是有的,诚然是用何家干之名,但现在此名又被压迫,在另用种种假名了。至六月为止的短评,已集成一书,日内当寄奉。

此复,即颂

学安。

鲁迅　启上　十月廿一夜。

致 姚 克

Y. K. 先生:

十月六日的信,早收到了。但有问题要我答复的信,至今没有到。

S君所见的情形,我想来也是一定如此的,不数年,倘无战争,彼土之人,恐当凌驾我们之上。我们这里也腐烂得真可以,依然是血的买卖,现在是常常有人不见了。

《南行》并不是我作的,大概所署的是真姓名,因此此人的作品,后来就不见发表了,听说是受了恐吓。

我们是好的,但我比先前更不常出外。

此复,即颂

时绥。

L.　启上　十月二十一夜

二十二日

日记　星期。昙。上午复姚克信。下午蕴如及三弟携[薬]官来。得许拜言信。得许羡苏信。收《申报月刊》二卷十号稿费十五元。得东方杂志社信。

二十三日

　　日记　晴。午后得母亲信附与三弟笺。得罗清桢信并木刻一帧。得钦文信。得烈文信，即复，附稿一。得金帆信，即复。得陶亢德信，即复。得胡今虚信。得胡民大信。下午须藤先生来为海婴诊。得沉钟社所寄《沉钟》半月刊（十三至二十五）共十三本。得MK木刻研究［社］木刻九幅，共泉一元三角，十六日所选购。晚为海婴买陀罗二个，木工道具一匣，共泉二元五角。在知味观设宴，请福民医院院长及吉田，高桥二君，会计古屋君夜饭，谢其治愈协和次子也，并邀高山，高桥及内山君，共八人。

致 陶亢德

亢德先生：

　　惠函谨悉。我并非全不赞成《论语》的态度，只是其中有一二位作者的作品，我看来有些无聊。而自己的随便涂抹的东西，也不觉得怎样有聊，所以现在很想用一点功，少乱写。《自由谈》的投稿，其实早不是因为"文思泉涌"，倒是成为和攻击者赌气了。现在和《论语》关系尚不深，最好是不再漩进去，因为我其实不能幽默，动辄开罪于人，容易闹出麻烦，彼此都不便也。专此奉复，并颂

著安。

　　　　　　　　　　　　　　　　　鲁迅　上　十月廿三夜。

二十四日

　　日记　昙。午后寄母亲信。收《论语》（二十五期）稿费七元。下午托蕴如买中国书店旧书三种十四本，共泉三元七角。得疑冰信。

二十五日

日记 晴。上午寄烈文信并稿一篇,下午又寄一函并订正稿一。寄费慎祥信。得季市信。内山君赠酱松茸一瓯,报以香肠八枚。

《扑空》正误

前几天写《扑空》的时候,手头没有书,涉及《颜氏家训》之处,仅凭记忆,后来怕有错误,设法觅得原书来查了一查,发见对于颜之推的记述,是我弄错了。其《教子篇》云:"齐朝有一士大夫,尝谓吾曰:我有一儿,年已十七,颇晓书疏,教其鲜卑语,及弹琵琶,稍欲通解,以此伏事公卿,无不宠爱,亦要事也。吾时俛而不答。异哉此人之教子也。若由此业,自致卿相,亦不愿汝曹为之。"

然则齐士的办法,是庚子以后官商士绅的办法,施蛰存先生却是合齐士与颜氏的两种典型为一体的,也是现在一部分的人们的办法,可改称为"北朝式道德",也还是社会上的严重的问题。

对于颜氏,本应该十分抱歉的,但他早经死去了,谢罪与否都不相干,现在只在这里对于施先生和读者订正我的错误。

十月二十五日。

原载 1933 年 10 月 27 日《申报·自由谈》。署名丰之余。

初收 1934 年 12 月上海兴中书局版《准风月谈》。

二十六日

日记 晴。午后复季市信。复罗清桢信并寄照相一枚。下午寄王熙之《伪自由书》一本。寄增田君《伪自由书》一本,《唐宋传奇集》上下二本。赠曲传政君《伪自由书》,《两地书》各一本。夜得小峰信并《伪自由书》五本,版税泉二百。

致 罗清桢

清桢先生:

来函并木刻《法国公园》收到,谢谢。这一枚也好的,但我以为一个工人的脚,不大合于现实,这是因为对于人体的表现,还未纯熟的缘故。

《黄浦滩风景》亦早收到。广东的山水,风俗,动植,知道的人并不多,如取作题材,多表现些地方色采,一定更有意思,先生何妨试作几幅呢。

照相另封寄上,这是今年照的,但太拘束了,所以并不好。日前寄上《一个人的受难》两本,想已收到了罢。

此复即请

文安。

迅 上 十月廿六日

印木刻究以中国纸为佳,因不至于太滑。 又及。

二十七日

日记 晴,风。午后得陶亢德信,即复。得西谛信,即复。夜复胡今虚信。

野兽训练法

最近还有极有益的讲演,是海京伯马戏团的经理施威德在中华学艺社的三楼上给我们讲"如何训练动物?"可惜我没福参加旁听,只在报上看见一点笔记。但在那里面,就已经够多着警辟的话了——

"有人以为野兽可以用武力拳头去对付它,压迫它,那便错了,因为这是从前野蛮人对付野兽的办法,现在训练的方法,便不是这样。"

"现在我们所用的方法,是用爱的力量,获取它们对于人的信任,用爱的力量,温和的心情去感动它们。……"

这一些话,虽然出自日耳曼人之口,但和我们圣贤的古训,也是十分相合的。用武力拳头去对付,就是所谓"霸道"。然而"以力服人者,非心服也",所以文明人就得用"王道",以取得"信任":"民无信不立"。

但是,有了"信任"以后,野兽可要变把戏了——

"教练者在取得它们的信任以后,然后可以从事教练它们了:第一步,可以使它们认清坐的,站的位置;再可以使它们跳浜,站起来……"

训兽之法,通于牧民,所以我们的古之人,也称治民的大人物曰"牧"。然而所"牧"者,牛羊也,比野兽怯弱,因此也就无须乎专靠"信任",不妨兼用着拳头,这就是冠冕堂皇的"威信"。

由"威信"治成的动物,"跳浜,站起来"是不够的,结果非贡献毛角血肉不可,至少是天天挤出奶汁来,——如牛奶,羊奶之流。

然而这是古法,我不觉得也可以包括现代。

施威德讲演之后,听说还有余兴,如"东方大乐"及"踢毽子"等,报上语焉不详,无从知道底细了,否则,我想,恐怕也很有意义。

十月二十七日。

原载 1933 年 10 月 30 日《申报·自由谈》。署名余铭。
初收 1934 年 12 月上海兴中书局（联华）版《准风月谈》。

致 陶亢德

亢德先生：

惠函奉到。我前信的所谓"怕闹出麻烦"，先生误会了意思，我是说怕刊物因为我而别生枝节。其实现在之种种攻击，岂真为了论点不合，倒大抵由于个人，所以我想，假使《自由谈》上没有我们投稿，黎烈文先生是也许不致于这样的被诬陷的。

《从小说看来的支那民族性》，还是在北京时买得，看过就抛在家里，无从查考，所以出版所也不能答复了，恐怕在日本也未必有得买。这种小册子，历来他们出得不少，大抵旋生旋灭，没有较永久的。其中虽然有几点还中肯，然而穿凿附会者多，阅之令人失笑。后藤朝太郎有"支那通"之名，实则肤浅，现在在日本似已失去读者。要之，日本方在发生新的"支那通"，而尚无真"通"者，至于攻击中国弱点，则至今为止，大概以斯密司之《中国人气质》为蓝本，此书在四十年前，他们已有译本，亦较日本人所作者为佳，似尚值得译给中国人一看（虽然错误亦多），但不知英文本尚在通行否耳。专复顺请著安。

迅　启上　十月廿七日

454

致 郑振铎

西谛先生：

十月二十二函奉到。广告两种昨收到，封皮已拆，似经检查，但幸仍发下，当即全交内山，托其分配，因我在此交游极少也。大约《笺谱》之约馨，当无问题，而《清剧》恐较慢。

上海笺曾自搜数十种，皆不及北平；杭州广州，则曾托友人搜过一通，亦不及北平，且劣于上海，有许多则即上海笺也，可笑，但此或因为搜集者外行所致，亦未可定。总之，除上海外，而冀其能俨然成集，盖难矣。北平私人所用信笺，当有佳制，倘能亦作一集，甚所望也。

《文学季刊》一有风声，此间即发生谣言，谓因与文学社意见不合，故别办一种云云。上海所谓"文人"之堕落无赖，他处似乎未见其比，善造谣言者，此地亦称为"文人"；而且自署为"文探"，不觉可耻，真奇。《季刊》中多关于旧文学之论文，亦很好，此种论文，上海是不会有的，因为非读书之地。我居此五年，亦自觉心粗气浮，颇难救药，但于第一期，当勉力投稿耳。致建人信，后日当交去。

在上海开一中国旧木刻展览会，当极有益，惟惜阳历一月，天气太冷耳。前信谓我所有木刻，已曾展览，不宜再陈列，现在一想，似可用外国近代用木刻插画之书籍，一并陈列，以资参考。此种书籍，我约有十五种，倘再假得一二十种，也就可以了。

此复即请

道安。

迅　顿首　十月廿七夜

致 胡今虚

今虚先生：

十八日信收到。

《十月》已将稿售与神州国光社，个人不能说什么。但既系改编，他们大约也不能说是侵害版权的罢。

《第四十一》不知能否找到。近来少看书，别的一时也无从绍介。此外为我所不知者，亦无由作答也。

此复，即颂

时绥。

迅　上　十月廿七日

二十八日

日记　晴。上午得胡今虚信，午后复。寄黎烈文信并稿一篇。往三马路视旧书店，无所得。下午得西谛信并笺样一枚。从丸善书店购来法文原本《P. Gauguin 版画集》一部二本，价四十元，为限定版之第二一六。

《解放了的堂·吉诃德》后记

假如现在有一个人，以黄天霸之流自居，头打英雄结，身穿夜行衣靠，插着马口铁的单刀，向市镇村落横冲直撞，去除恶霸，打不平，是一定被人哗笑的，决定他是一个疯子或昏人，然而还有一些可怕。倘使他非常孱弱，总是反而被打，那就只是一个可笑的疯子或昏人了，人们警戒之心全失，于是倒爱看起来。西班牙的文豪西万提斯

（Miguel de Cervantes Saavedra，1547—1616）所作《堂·吉诃德传》
（*Vida y hechos del ingenioso hidalgo Don Quixote de la Mancha*）中
的主角，就是以那时的人，偏要行古代游侠之道，执迷不悟，终于困
苦而死的资格，赢得许多读者的开心，因而爱读，传布的。

但我们试问：十六十七世纪时的西班牙社会上可有不平存在
呢？我想，恐怕总不能不答道：有。那么，吉诃德的立志去打不平，
是不能说他错误的；不自量力，也并非错误。错误是在他的打法。
因为胡涂的思想，引出了错误的打法。侠客为了自己的"功绩"不能
打尽不平，正如慈善家为了自己的阴功，不能救助社会上的困苦一
样。而且是"非徒无益，而又害之"的。他惩罚了毒打徒弟的师傅，
自以为立过"功绩"，扬长而去了，但他一走，徒弟却更加吃苦，便是
一个好例。

但嘲笑吉诃德的旁观者，有时也嘲笑得未必得当。他们笑他本
非英雄，却以英雄自命，不识时务，终于赢得颠连困苦；由这嘲笑，自
拔于"非英雄"之上，得到优越感；然而对于社会上的不平，却并无更
好的战法，甚至于连不平也未曾觉到。对于慈善者，人道主义者，也
早有人揭穿了他们不过用同情或财力，买得心的平安。这自然是对
的。但倘非战士，而只劫取这一个理由来自掩他的冷酷，那就是用
一毛不拔，买得心的平安了，他是不化本钱的买卖。

这一个剧本，就将吉诃德拉上舞台来，极明白的指出了吉诃德
主义的缺点，甚至于毒害。在第一场上，他用谋略和自己的挨打救
出了革命者，精神上是胜利的；而实际上也得了胜利，革命终于起
来，专制者入了牢狱；可是这位人道主义者，这时忽又认国公们为被
压迫者了，放蛇归壑，使他又能流毒，焚杀淫掠，远过于革命的牺牲。
他虽不为人们所信仰，——连跟班的山嘉也不大相信，——却常常
被奸人所利用，帮着使世界留在黑暗中。

国公，傀儡而已；专制魔王的化身是伯爵谟尔却（Graf Murzio）

和侍医巴坡的帕波(Pappo del Babbo)。谟尔却曾称吉诃德的幻想为
"牛羊式的平等幸福",而说出他们所要实现的"野兽的幸福
来",道——

"O! 堂·吉诃德,你不知道我们野兽。粗暴的野兽,咬着
小鹿儿的脑袋,啃断它的喉咙,慢慢的喝它的热血,感觉到自己
爪牙底下它的小腿儿在抖动,渐渐的死下去,——那真正是非
常之甜蜜。然而人是细腻的野兽。统治着,过着奢华的生活,
强迫人家对着你祷告,对着你恐惧而鞠躬,而卑躬屈节。幸福
就在于感觉到几百万人的力量都集中到你的手里,都无条件的
交给了你,他们像奴隶,而你像上帝。世界上最幸福最舒服的
人就是罗马皇帝,我们的国公能够像复活的尼罗一样,至少也
要和赫里沃哈巴尔一样。可是,我们的宫庭很小,离这个还远
哩。毁坏上帝和人的一切法律,照着自己的意旨的法律,替别
人打出新的锁链来! 权力! 这个字眼里面包含一切:这是个
神妙的使人沉醉的字眼。生活要用权力的程度来量它。谁没
有权力,他就是个死尸。"(第二场)

这个秘密,平常是很不肯明说的,谟尔却诚不愧为"小鬼头",他
说出来了,但也许因为看得吉诃德"老实"的缘故。吉诃德当时虽曾
说牛羊应当自己防御,但当革命之际,他又忘却了,倒说"新的正义
也不过是旧的正义的同胞姊妹",指革命者为魔王,和先前的专制者
同等。于是德里戈(Drigo Pazz)说——

"是的,我们是专制魔王,我们是专政的。你看这把剑——看
见罢? ——它和贵族的剑一样,杀起人来是很准的;不过他们
的剑是为着奴隶制度去杀人,我们的剑是为着自由去杀人。你
的老脑袋要改变是很难的了。你是个好人;好人总喜欢帮助被
压迫者。现在,我们在这个短期间是压迫者。你和我们来斗争
罢。我们也一定要和你斗争,因为我们的压迫,是为着要叫这
个世界上很快就没有人能够压迫。"(第六场)

这是解剖得十分明白的。然而吉诃德还是没有觉悟,终于去掘坟;他掘坟,他也"准备"着自己担负一切的责任。但是,正如巴勒塔萨(Don Balthazar)所说:这种决心有什么用处呢?

而巴勒塔萨始终还爱着吉诃德,愿意给他去担保,硬要做他的朋友,这是因为巴勒塔萨出身知识阶级的缘故。但是终于改变他不得。到这里,就不能不承认德里戈的嘲笑,憎恶,不听废话,是最为正当的了,他是有正确的战法,坚强的意志的战士。

这和一般的旁观者的嘲笑之类是不同的。

不过这里的吉诃德,也并非整个是现实所有的人物。

原书以一九二二年印行,正是十月革命后六年,世界上盛行着反对者的种种谣诼,竭力企图中伤的时候,崇精神的,爱自由的,讲人道的,大抵不平于党人的专横,以为革命不但不能复兴人间,倒是得了地狱。这剧本便是给与这些论者们的总答案。吉诃德即由许多非议十月革命的思想家,文学家所合成的。其中自然有梅垒什珂夫斯基(Merezhkovsky),有托尔斯泰派;也有罗曼罗兰,爱因斯坦因(Einstein)。我还疑心连高尔基也在内,那时他正为种种人们奔走,使他们出国,帮他们安身,听说还至于因此和当局者相冲突。

但这种的辩解和豫测,人们是未必相信的,因为他们以为一党专政的时候,总有为暴政辩解的文章,即使做得怎样巧妙而动人,也不过一种血迹上的掩饰。然而几个为高尔基所救的文人,就证明了这豫测的真实性,他们一出国,便痛骂高尔基,正如复活后的谟尔却伯爵一样了。

而更加证明了这剧本在十年前所豫测的真实的是今年的德国。在中国,虽然已有几本叙述希特拉的生平和勋业的书,国内情形,却介绍得很少,现在抄几段巴黎《时事周报》"Vu"的记载(素琴译,见《大陆杂志》十月号)在下面——

"'请允许我不要说你已经见到过我,请你不要对别人泄露我讲的话。⋯⋯我们都被监视了。⋯⋯老实告诉你罢,这简直是一座地狱。'对我们讲话的这一位是并无政治经历的人,他是一位科学家。……对于人类命运,他达到了几个模糊而大度的概念,这就是他的得罪之由。……"

"'倔强的人是一开始就给铲除了的,'在慕尼锡我们底向导者已经告诉过我们,……但是别的国社党人则将情形更推进了一步。'那种方法是古典的。我们叫他们到军营那边去取东西回来,于是,就打他们一靶。打起官话来,这叫作:图逃格杀。'"

"难道德国公民底生命或者财产对于危险的统治是有敌意的么?……爱因斯坦底财产被没收了没有呢?那些连德国报纸也承认的几乎每天都可在空地或城外森林中发现的胸穿数弹身负伤痕的死尸,到底是怎样一回事呢?难道这些也是共产党底挑激所致么?这种解释似乎太容易一点了吧?……"

但是,十二年前,作者却早借谟尔却的嘴给过解释了。另外,再抄一段法国的《世界》周刊的记事(博心译,见《中外书报新闻》第三号)在这里——

"许多工人政党领袖都受着类似的严刑酷法。在哥伦,社会民主党员沙罗曼所受的真是更其超人想像了!最初,沙罗曼被人轮流殴击了好几个钟头。随后,人家竟用火把烧他的脚。同时又以冷水淋他的身,晕去则停刑,醒来又遭殃。流血的面孔上又受他们许多次数的便溺。最后,人家以为他已死了,把他抛弃在一个地窖里。他的朋友才把他救出偷偷运过法国来,现在还在一个医院里。这个社会民主党右派沙罗曼对于德文《民声报》编辑主任的探问,曾有这样的声明:'三月九日,我了解法西主义比读什么书都透彻。谁以为可以在知识言论上制胜法西主义,那必定是痴人说梦。我们现在已到了英勇的战斗的社会主义时代了。'"

这也就是这部书的极透彻的解释,极确切的实证,比罗曼罗兰和爱因斯坦因的转向，更加晓畅，并且显示了作者的描写反革命的凶残，实在并非夸大，倒是还未淋漓尽致的了。是的，反革命者的野兽性，革命者倒是会很难推想的。

一九二五年的德国，和现在稍不同，这戏剧曾在国民剧场开演，并且印行了戈支(I. Gotz)的译本。不久，日译本也出现了，收在《社会文艺丛书》里；还听说也曾开演于东京。三年前，我曾根据二译本，翻了一幕，载《北斗》杂志中。靖华兄知道我在译这部书，便寄给我一本很美丽的原本。我虽然不能读原文，但对比之后，知道德译本是很有删节的，几句几行的不必说了，第四场上吉诃德吟了这许多工夫诗，也删得毫无踪影。这或者是因为开演，嫌它累坠的缘故罢。日文的也一样，是出于德文本的。这么一来，就使我对于译本怀疑起来，终于放下不译了。

但编者竟另得了从原文直接译出的完全的稿子，由第二场续登下去，那时我的高兴，真是所谓"不可以言语形容"。可惜的是登到第四场，和《北斗》的停刊一同中止了。后来辗转觅得未刊的译稿，则连第一场也已经改译，和我的旧译颇不同，而且注解详明，是一部极可信任的本子。藏在箱子里，已将一年，总没有刊印的机会。现在有联华书局给它出版，使中国又多一部好书，这是极可庆幸的。

原本有毕斯凯莱夫(N. Piskarev)木刻的装饰画，也复制在这里了。剧中人物地方时代表，是据德文本增补的；但《堂·吉诃德传》第一部，出版于一六〇四年，则那时当是十六世纪末，而表作十七世纪，也许是错误的罢，不过这也没什么大关系。

一九三三年十月二十八日，上海。鲁迅。

最初印入 1934 年 4 月联华书局版"文艺连丛"之一《解放了的堂·吉诃德》。

初未收集。

致 胡今虚

今虚先生：

二十三日信收到。前寄之书，皆为手头所有，也常赠友好，倒不必为此介怀。丛书取名，及改编本另换书名，先生以为怎样好都可以，实以能避禁忌为是。

年来所受迫压更甚，但幸未至窒息。先生所揣测的过高。领导决不敢，呐喊助威，则从不辞让。今后也还如此。可以干的，总要干下去。只因精力有限，未能尽如人意，招怨自然不免的了。

此复，即颂

时绥。

迅　上　十月二十八日

二十九日

日记　星期。小雨。晚蕴如及三弟来。

三十日

日记　晴。午后复识之信。复山本夫人信。得烈文信。

《北平笺谱》序

镂象于木，印之素纸，以行远而及众，盖实始于中国。法人伯希和氏从敦煌千佛洞所得佛象印本，论者谓当刊于五代之末，而宋初施以采色，其先于日耳曼最初木刻者，尚几四百年。宋人刻本，则由今所见医书佛典，时有图形；或以辨物，或以起信，图史之体具矣。

降至明代，为用愈宏，小说传奇，每作出相，或拙如画沙，或细于擘髮，亦有画谱，累次套印，文彩绚烂，夺人目睛，是为木刻之盛世。清尚朴学，兼斥纷华，而此道于是凌替。光绪初，吴友如据点石斋，为小说作绣像，以西法印行，全像之书，颇复腾踊，然绣梓遂愈少，仅在新年花纸与日用信笺中，保其残喘而已。及近年，则印绘花纸，且并为西法与俗工所夺，老鼠嫁女与静女拈花之图，皆渺不复见；信笺亦渐失旧型，复无新意，惟日趋于鄙倍。北京夙为文人所聚，颇珍楮墨，遗范未堕，尚存名笺。顾迫于时会，苓落将始，吾侪好事，亦多杞忧。于是搜索市廛，拔其尤异，各就原版，印造成书，名之曰《北平笺谱》。于中可见清光绪时纸铺，尚止取明季画谱，或前人小品之相宜者，镂以制笺，聊图悦目；间亦有画工所作，而乏韵致，固无足观。宣统末，林琴南先生山水笺出，似为当代文人特作画笺之始，然未详。及中华民国立，义宁陈君师曾入北京，初为镌铜者作墨合，镇纸画稿，俾其雕镂；既成拓墨，雅趣盎然。不久复廓其技于笺纸，才华蓬勃，笔简意饶，且又顾及刻工，省其奏刀之困，而诗笺乃开一新境。盖至是而画师梓人，神志暗会，同力合作，遂越前修矣。稍后有齐白石，吴待秋，陈半丁，王梦白诸君，皆画笺高手，而刻工亦足以副之。辛未以后，始见数人分画一题，聚以成帙，格新神涣，异乎嘉祥。意者文翰之术将更，则笺素之道随尽；后有作者，必将别辟涂径，力求新生；其临眺夫旧乡，当远俟于暇日也。则此虽短书，所识者小，而一时一地，绘画刻镂盛衰之事，颇寓于中；纵非中国木刻史之丰碑，庶几小品艺术之旧苑，亦将为后之览古者所偶涉欤。

千九百三十三年十月三十日鲁迅记

最初印入 1933 年 12 月版画丛刊会版《北平笺谱》。

初未收集。

致山本初枝

　拝啓、随分寒くなりまして本当に秋の末の様に感じました。上海ではもう一層さびしいです。私のさがして居た本は仏蘭西人 Paul Gauguin の作：*Noa Noa* で Tahiti 島の紀行、岩波文庫の中にも日本訳があって、頗る面白いものです。併し私の読みたいのは独逸訳ですが増田君が丸善から古本屋までさがして下さったけれども、とうとう見つかれませんでした。そうして仏文一冊送って来たけれども、今度は私は読めません。今にも東京では有るまいでしょうと思ひます。そんなに必要ではないのですから御友達に頼む必要も有りません。今週からは支那では全国の出版物に対する圧迫が始まります。これも必然のことですから別に驚きもしませんが併し私達の経済に影響を及ぼし、よって生活にも影響する事だろうと思ひます。併しこれも別に驚きもしません。　草々頓首

魯迅　上　十月三十日

山本夫人几下

三十一日

　日記　　晴。上午寄西谛信并《北平笺谱》序一篇。得俄文书十本，盖萧参所寄。晚得紫佩信。得靖华信，即复。得增田君信。夜雨。寄三弟信。

致　曹靖华

亚丹兄：

　十月廿八日信收到。你的大女儿的病，我看是很难得好的，不

过只能医一下,以尽人力。

我也以为兄在平,教一点书好,对学生讲义时,你的朋友的话是对的,他们久居北京,比较的知道情形,有经验。青年思想简单,不知道环境之可怕,只要一时听得畅快,说得畅快,而实际上却是大大的得不偿失。这种情形我亲历了好几回了,事前他们不相信,事后信亦来不及。而很激烈的青年,一遭压迫,即一变而为侦探的也有,我在这里就认识几个,常怕被他们碰见。兄还是不要为热情所驱策的好罢。

《安得伦》我这里有,日内当寄上三四本,兄自看外,可以送人。《四十一》的后记曾在《萌芽》上登过,我本来有,但因搬来搬去,找不到了。《铁流》序早收到,暂时无处可以发表。

日内又要查禁左倾书籍,杭州的开明分店被封了,沪书店吓得像小鬼一样,纷纷匿书。这是一种新政策,我会受经济上的压迫也说不定。不过我有准备,半年总可以支持的,到那时再看。现正在出资印《被解放的吉诃德》,这么一来,一定又要折本了。

木刻望即寄下,因为弟亦先睹为快也。可买白纸数张,裁开,将木刻夹入,和报纸及封面之硬纸一同卷实(硬纸当于寄《安得伦》时一并附上,又《两地书》一本,以赠兄),挂号寄书店转弟收,可无虑。关于作者之材料,暇时希译示,因为无论如何,木刻是必当翻印的,中国及日本,皆少见此种木刻也。此复即颂
时绥。

弟豫　顿首　十月卅一夜。

令夫人均此致候。

中国文与中国人

最近出版了一本很好的翻译：高本汉著的《中国语和中国文》。高本汉先生是个瑞典人，他的真姓是珂罗倔伦（Karlgren）。他为什么"贵姓"高呢？那无疑的是因为中国化了。他的确对于中国语文学有很大的供献。

但是，他对于中国人似乎更有研究，因此，他很崇拜文言，崇拜中国字，以为对中国人是不可少的。

他说："近来——按高氏这书是一九二三年在伦敦出版的——某几种报纸，曾经试用白话，可是并没有多大的成功；因此也许还要触怒多数定报人，以为这样，就是讽示著他们不能看懂文言报呢！"

"西洋各国里有许多伶人，在他们表演中，他们几乎随时可以插入许多'打诨'，也有许多作者，滥引文书；但是大家都认这种是劣等的风味。这在中国恰好相反，正认为高妙的文雅而表示绝艺的地方。"

中国文的"含混的地方，中国人不但不因之感受了困难，反而愿意养成它。"

但高先生自己却因此受够了侮辱："本书的著者和亲爱的中国人谈话，所说给他的，很能完全了解；但是，他们彼此谈话的时候，他几乎一句也不懂。"这自然是那些"亲爱的中国人"在"讽示"他不懂上流社会的话，因为"外国人到了中国来，只要注意一点，他就可以觉得：他自己虽然熟悉了普通人的语言，而对于上流社会的谈话，还是莫名其妙的。"

于是他就说："中国文字好像一个美丽可爱的贵妇，西洋文字好像一个有用而不美的贱婢。"

　　美丽可爱而无用的贵妇的"绝艺"，就在于"插诨"的含混。这使得西洋第一等的学者，至多也不过抵得上中国的普通人，休想爬进上流社会里来。这样，我们"精神上胜利了"。为要保持这种胜利，必须有高妙文雅的字汇，而且要丰富！五四白话运动的"没有多大成功"，原因大抵就在上流社会怕人讽示他们不懂文言。

　　虽然，"此亦一是非，彼亦一是非"——我们还是含混些好了。否则，反而要感受困难的。

十月二十五日。

原载 1933 年 10 月 28 日《申报·自由谈》。署名余铭。
初收 1934 年 12 月上海兴中书局 (联华) 版《准风月谈》。
本篇系瞿秋白所作。

十一月

一日

日记 昙。上午寄费慎祥信。午后得陈铁耕信。得『書物趣味』及『版芸術』各一本,共泉壹元。下午寄靖华《安得伦》四本,《两地书》一本。

二日

日记 晴。上午复陈铁耕信。下午得程琪英信。得陶亢德信,即复。

火

普洛美修斯偷火给人类,总算是犯了天条,贬入地狱。但是,钻木取火的燧人氏却似乎没有犯窃盗罪,没有破坏神圣的私有财产——那时候,树木还是无主的公物。然而燧人氏也被忘却了,到如今只见中国人供火神菩萨,不见供燧人氏的。

火神菩萨只管放火,不管点灯。凡是火着就有他的份。因此,大家把他供养起来,希望他少作恶。然而如果他不作恶,他还受得着供养么,你想?

点灯太平凡了。从古至今,没有听到过点灯出名的名人,虽然人类从燧人氏那里学会了点火已经有五六千年的时间。放火就不然。秦始皇放了一把火——烧了书没有烧人;项羽入关又放了一把火——烧的是阿房宫不是民房(? ——待考)。……罗马的一个什么皇帝却放火烧百姓了；中世纪正教的僧侣就会把异教徒当柴火烧，间或还灌上油。这些都是一世之雄。现代的希特拉就是活证人。如何能不供养起来。何况现今是进化时代，火神菩萨也代代跨灶的。

譬如说罢，没有电灯的地方，小百姓不顾什么国货年，人人都要买点洋货的煤油，晚上就点起来：那么幽黯的黄澄澄的光线映在纸窗上，多不大方！不准，不准这么点灯！你们如果要光明的话，非得禁止这样"浪费"煤油不可。煤油应当扛到田地里去，灌进喷筒，呼啦呼啦的喷起来……一场大火，几十里路的延烧过去，稻禾，树木，房舍——尤其是草棚——一会儿都变成飞灰了，还不够，就有燃烧弹，硫磺弹，从飞机上面扔下来，像上海一二八的大火似的，够烧几天几晚。那才是伟大的光明呵。

火神菩萨的威风是这样的。可是说起来，他又不承认：火神菩萨据说原是保佑小民的，至于火灾，却要怪小民自不小心，或是为非作歹，纵火抢掠。

谁知道呢？历代放火的名人总是这样说，却未必总有人信。

我们只看见点灯是平凡的，放火是雄壮的，所以点灯就被禁止，放火就受供养。你不见海京伯马戏团么：宰了耕牛喂老虎，原是这年头的"时代精神"。

十一月二日。

原载 1933 年 12 月 15 日《申报月刊》第 2 卷第 12 号。署名洛文。

初收 1934 年 3 月上海同文书店版《南腔北调集》。

致 陶亢德

亢德先生：

蒙惠函并示《青光》所登文，读之亦不能解，作者或自以为幽默或讽刺欤。日本近来殊不见有如厨川白村者，看近日出版物，有西胁顺三郎之《欧罗巴文学》，但很玄妙；长谷川如是闲正在出全集，此人观察极深刻，而作文晦涩，至最近为止，作品止被禁一次，然而其弊是一般不易看懂，亦极难译也。随笔一类时有出版，阅之大抵寡薄无味，可有可无，总之，是不见有社会与文艺之好的批评家也。此复即请

著安。

迅　上　十一月二日

三日

日记　晴。上午叶洛声来，赠以《伪自由书》一本。午后理发。下午得胡今虚信。得西谛信并笺样一卷，即复。买『社会主義のレアリズムの問題』一本，一元。夜小雨。寄烈文信并稿一篇。

反刍

关于"《庄子》与《文选》"的议论，有些刊物上早不直接提起应否大家研究这问题，却拉到别的事情上去了。他们是在嘲笑那些反对《文选》的人们自己却曾做古文，看古书。

这真利害。大约就是所谓"以子之矛，攻子之盾"罢——对不起，"古书"又来了！

不进过牢狱的那里知道牢狱的真相。跟着阔人，或者自己原是阔人，先打电话，然后再去参观的，他只看见狱卒非常和气，犯人还可以用英语自由的谈话。倘要知道得详细，那他一定是先前的狱卒，或者是释放的犯人。自然，他还有恶习，但他教人不要钻进牢狱

470

去的忠告,却比什么名人说模范监狱的教育卫生,如何完备,比穷人的家里好得多等类的话,更其可信的。

然而自己沾了牢狱气,据说就不能说牢狱坏,狱卒或囚犯,都是坏人,坏人就不能有好话。只有好人说牢狱好,这才是好话。读过《文选》而说它无用,不如不读《文选》而说它有用的可听。反"反《文选》"的诸君子,自然多是读过的了,但未读的也有,举一个例在这里罢——"《庄子》我四年前虽曾读过,但那时还不能完全读懂……《文选》则我完全没有见过。"然而他结末说,"为了浴盘的水糟了,就连小宝宝也要倒掉,这意思是我们不敢赞同的。"(见《火炬》)他要保护水中的"小宝宝",可是没有见过"浴盘的水"。

五四运动的时候,保护文言者是说凡做白话文的都会做文言文,所以古文也得读。现在保护古书者是说反对古书的也在看古书,做文言,——可见主张的可笑。永远反刍,自己却不会呕吐,大约真是读透了《庄子》了。

十一月四日。

原载 1933 年 11 月 7 日《申报·自由谈》。署名元艮。

初收 1934 年 12 月上海兴中书局(联华)版《准风月谈》。

致 郑振铎

西谛先生:

十,卅一函并笺样均收到,此次大抵可用,明日当另封挂号寄还。十二月可成书,尤好,但以先睹为快,或将我的一份,即由运送局送来,如何? 倘以为是,当令内山绍介,写一信,临时并书一同交与,即可矣。

广告因以为未付印,故加入意见,重做了一遍,其实既已印好,大可不必作废而重印，但既已重印，也就无可多说了。

此次《笺谱》成后，倘能通行，甚好，然亦有流弊，即版皆在纸铺，他们可以任意续印多少，虽偷工减料，亦无可制裁。所以第一次我们所监制者，应加以识别。或序跋等等上不刻名，而用墨书，或后附一纸，由我们签名为记（样式另拟附上），此后即不负责。此非意在制造"新古董"，实因鉴于自己看了翻板之《芥子园》而恨及创始之王氏兄弟，不欲自蹈其覆辙也。

序已寄出，想当先此而到。签条托兼士写，甚好。还有第一页（即名"引首"的？）也得觅人写，请先生酌定，但我只不赞成钱玄同，因其议论虽多而高，字却俗媚入骨也。

对于文字的新压迫将开始，闻杭州禁十人作品，连冰心在内，奇极，但系谣言亦难说，茅兄是会在压迫中的，而且连《国木田独步集》也指为反动书籍，你想怪不怪。开明之被封，我以为也许由于营业较佳之故，这回北新就无恙。前日潘公展朱应鹏辈，召书店老版训话，内容未详，大约又是禁左倾书，宣扬民族文学之类，而他们又不做民族文学稿子，在这样的指导下，开书店也真难极了。不过这种情形，我想也不会持久的。

我有苏联原版木刻，东洋颇少见，想用珂罗板绍介于中国，而此地印费贵，每板三元，记得先生言北平一元即可，若然，则四十板可省八十元，未知能拨冗给我代付印否，且即在北平装订成书。倘以为可，他日当将全稿草订成书本样子，奉托。

关于《文学季刊》事，前函已言，兹不赘。此复即请

著安

迅　上　十一月三夜。

　　四日

　　日记　昙，午晴。寄慎祥信并校稿。下午得姚克信并评传

472

译稿。

归　厚

在洋场上，用一瓶强水去洒他所恨的女人，这事早经绝迹了。用些秽物去洒他所恨的律师，这风气只继续了两个月。最长久的是造了谣言去中伤他们所恨的文人，说这事已有了好几年，我想，是只会少不会多的。

洋场上原不少闲人，"吃白相饭"尚且可以过活，更何况有时打几圈马将。小妇人的喊喊喳喳，又何尝不可以消闲。我就是常看造谣专门杂志之一人，但看的并不是谣言，而是谣言作家的手段，看他有怎样出奇的幻想，怎样别致的描写，怎样险恶的构陷，怎样躲闪的原形。造谣，也要才能的，如果他造得妙，即使造的是我自己的谣言，恐怕我也会爱他的本领。

但可惜大抵没有这样的才能，作者在谣言文学上，也还是"滥竽充数"。这并非我个人的私见。讲什么文坛故事的小说不流行，什么外史也不再做下去，可见是人们多已摇头了。讲来讲去总是这几套，纵使记性坏，多听了也会烦厌的。想继续，这时就得要才能；否则，台下走散，应该换一出戏来叫座。

譬如罢，先前演的是《杀子报》罢，这回就须是《三娘教子》，"老东人呀，唉，唉，唉！"

而文场实在也如戏场，果然已经渐渐的"民德归厚"了，有的还至于自行声明，更换办事人，说是先前"揭载作家秘史，虽为文坛佳话，然亦有伤忠厚。以后本刊停登此项稿件。……以前言责，……概不负责。"（见《微言》）为了"忠厚"而牺牲"佳话"，虽可惜，却也可敬的。

尤其可敬的是更换办事人。这并非敬他的"概不负责",而是敬他的彻底。古时候虽有"放下屠刀,立地成佛"的人,但因为也有"放下官印,立地念佛"而终于又"放下念珠,立地做官"的人,这一种玩意儿,实在已不足以昭大信于天下:令人办事有点为难了。

不过,尤其为难的是忠厚文学远不如谣言文学之易于号召读者,所以须有才能更大的作家,如果一时不易搜求,那刊物就要减色。我想,还不如就用先前打诨的二丑挂了长须来唱老生戏,那么,暂时之间倒也特别而有趣的。

十一月四日。

未能发表。
初收 1934 年 12 月上海兴中书局(联华)版《准风月谈》。

五日

日记 星期。雨。午后往内山书店买科学书二本,共泉四元。下午复姚克信。寄《自由谈》稿一篇。晚蕴如同三弟来。夜大风。

致 姚 克

Y. K. 先生:

十月卅日信昨收到,关于来问及评传的意见,另纸录出附呈,希察。

评传的译文,恐无处登载,关于那本书的评论,亦复如此,但如有暇,译给我们看看,却极欢迎。前几天,这里的官和出版家及书店编辑,开了一个宴会,先由官训示应该不出反动书籍,次由施蛰存说出仿检查新闻例，先检杂志稿，次又由赵景深补足可仿日本例，加以删改，或用××代之。他们也知道禁绝左倾刊物，书店只好关门，所以左翼作家的东西，还是要出的，而拔去其骨格，但以渔利。有些官原是书店股东，所以设了这圈套，这方法我看是要实行的，则此后出板物之情形可以推见。大约施、赵诸君，此外还要联合所谓第三种人，发表一种反对检查出版物的宣言，这是欺骗读者，以掩其献策的秘密的。

我和施蛰存的笔墨官司，真是无聊得很，这种辩论，五四运动时候早已闹过的了，而现在又来这一套，非倒退而何。我看施君也未必真研究过《文选》.不过以此取悦当道，假使真有研究，决不会劝青年到那里面去寻新字汇的。此君盖出自商家，偶见古书，遂视为奇宝，正如暴发户之偏喜摆士人架子一样，试看他的文章，何尝有一些"《庄子》与《文选》"气。

译名应该画一，那固然倒是急务。还有新的什物名词，也须从口语里采取。譬如要写装电灯，新文学家就有许多名词——花线，扑落，开关——写不出来，有一回我去理发，就觉得好几种器具不知其名。而施君云倘要描写宫殿之类，《文选》就有用，忽然为描写汉晋宫殿着想，真是"身在江湖，心存魏阙"了。

其实，在古书中找活字，是欺人之谈。例如我们翻开《文选》，何以定其字之死活？所谓"活"者，不外是自己一看就懂的字。但何以一看就懂呢？这一定是原已在别处见过，或听过的，既经先已闻见，就可知此等字别处已有，何必《文选》？

我们如常，《自由谈》上仍投稿，但非屡易笔名不可，要印起来，又可以有一本了，但恐无处出版，倘须删改，自己又不愿意，所以只得搁起来。新作小说则不能，这并非没有工夫，却是没有本领，多年和社会隔绝了，自己不在旋涡的中心，所感觉到的总不免肤泛，写出来也不会好的。

现在新出台的作家中，也很有可以注意的作品，倘使有工夫，我以为选译一本，每人一篇，绍介出去，倒也很有意义的。

　　上海也冷起来了，天常阴雨。文坛上是乌烟瘴气，与"天气"相类。适兄尚存，其夫人曾得一信，但详情则不知。

　　见Ｓ君夫妇，乞代致意。此复即颂

时绥。

豫　顿首　十一月五日

　　　　　对丁《评传》之意见

第一段第二句后，似可添上"九一八后则被诬为将中国之紧要消息
　　卖给日本者"的话。（这是张资平他们造的，我当永世记得他们的
　　卑劣险毒。）

第二段"在孩时"，父死我已十六七岁，恐当说是"少年时"了。

第三段"当教育总长的朋友……"此人是蔡元培先生，他是我的前
　　辈，称为"朋友"，似不可的。

第五段"中国高尔基……"，当时实无此语，这好像是近来不知何人
　　弄出来的。

第六段"《莽原》和《语丝》"，我只编《莽原》；《语丝》是周作人编的，我
　　但投稿而已。

第七段"……交哄的血"，我写那几句的时候，已经清党，而非交
　　哄了。

第八段"他们的贪酷"，似不如改作"一部分反动的青年们的贪
　　酷……"较为明白。

第十段"……突兴并非因为政治上的鼓励，却是对于……"似不如改
　　为"突兴虽然由于大众的需要，但有些作家，却不过对于……"

第十一至十二段　其中有不分明处。突兴之后，革命文学的作家
　　（旧仇创造社，新成立的太阳社）所攻击的却是我，加以旧仇新月
　　社，一同围攻，乃为"众矢之的"，这时所写的文章都在《三闲集》
　　中。到一九三〇年，那些"革命文学家"支持不下去了，创，太二社

的人们始改变战略,找我及其他先前为他们所反对的作家,组织
左联,此后我所写的东西都在《二心集》中。

第十六段成的批评,其实是反话,讥刺我的,因为那时他们所主张的
是"天才",所以所谓"一般人",意即"庸俗之辈",是说我的作品不
过为俗流所赏的庸俗之作。

第十七段 Sato 只译了一篇《故乡》,似不必提。《野草》英译,译者买
[卖]给商务印书馆,恐怕去年已经烧掉了。《杂感选集》系别人所
选,似不必提。

　　答来问

一,《小说全集》,日本有井上红梅(K, Inoue)译这日本姓的腊丁拼法,真
特别,共有四个音,即 I-no-u-e。

《阿 Q 正传》,日本有三种译本:(一)松浦珪三(K. Matsuura)译,
(二)林守仁(S. J. Ling,其实是日人,而托名于中国者)译,(三)增
田涉(W. Masuda,在《中国幽默全集》中)译。

又俄译本有二种,一种无译者名,后出之一种,为王希礼(B. A. Va-
siliev)译。

法文本是敬隐渔译(四川人,不知如何拼法)。

二,说不清楚,恐怕《关于鲁迅及其著作》(台静农编)及《鲁迅论》(李
何林编)中会有一点,此二书学校图书馆也许有的。

三,见过日本人的批评,但我想不必用它了。
　　此信到后,希见复以免念。　　临封又及

　　六日
　　日记　昙。下午寄《自由谈》稿二篇。ナウカ社寄来原文『四十
年』(1)一本,价五元。

古书中寻活字汇

古书中寻活字汇，是说得出，做不到的，他在那古书中，寻不出一个活字汇。

假如有"可看《文选》的青年"在这里，就是高中学生中的几个罢，他翻开《文选》来，一心要寻活字汇，当然明知道那里面有些字是已经死了的。然而他怎样分别那些字的死活呢？大概只能以自己的懂不懂为标准。但是，看了六臣注之后才懂的字不能算，因为这原是死尸，由六臣背进他脑里，这才算是活人的，在他脑里即使复活了，在未"可看《文选》的青年"的眼前却还是死家伙，所以他必须看白文。

诚然，不看注，也有懂得的，这就是活字汇。然而他怎会先就懂得的呢？这一定是曾经在别的书上看见过，或是到现在还在应用的字汇，所以他懂得。那么，从一部《文选》里，又寻到了什么？

然而施先生说，要描写宫殿之类的时候有用处。这很不错，《文选》里有许多赋是讲到宫殿的，并且有什么殿的专赋。倘有青年要做汉晋的历史小说，描写那时的宫殿，找《文选》是极应该的，还非看"四史"《晋书》之类不可。然而所取的僻字也不过将死尸抬出来，说得神秘点便名之曰"复活"。如果要描写的是清故宫，那可和《文选》的瓜葛就极少了。

倘使连清故宫也不想描写，而豫备工夫却用得这么广泛，那实在是徒劳而仍不足。因为还有《易经》和《仪礼》，里面的字汇，在描写周朝的卜课和婚丧大事时候是有用处的，也得作为"文学修养之根基"，这才更像"文学青年"的样子。

十一月六日。

原载 1933 年 11 月 9 日《申报·自由谈》。署名罗怃。

初收 1934 年 12 月上海兴中书局（联华）版《准风月谈》。

难得糊涂

因为有人谈起写篆字，我倒记起郑板桥有一块图章，刻着"难得糊涂"。那四个篆字刻得叉手叉脚的，颇能表现一点名士的牢骚气。足见刻图章写篆字也还反映着一定的风格，正像"玩"木刻之类，未必"只是个人的事情"："谬种"和"妖孽"就是写起篆字来，也带着些"妖谬"的。

然而风格和情绪，倾向之类，不但因人而异，而且因事而异，因时而异。郑板桥说"难得糊涂"，其实他还能够糊涂的。现在，到了"求仕不获无足悲，求隐而不得其地以窜者，毋亦天下之至哀欤"的时代，却实在求糊涂而不可得了。

糊涂主义，唯无是非观等等——本来是中国的高尚道德。你说他是解脱，达观罢，也未必。他其实在固执着，坚持着什么，例如道德上的正统，文学上的正宗之类。这终于说出来了：——道德要孔孟加上"佛家报应之说"（老庄另账登记），而说别人"鄙薄"佛教影响就是"想为儒家争正统"，原来同善社的三教同源论早已是正统了。文学呢？要用生涩字，用词藻，秾纤的作品，而且是新文学的作品，虽则他"否认新文学和旧文学的分界"；而大众文学"固然赞成"，"但那是文学中的一个旁支"。正统和正宗，是明显的。

对于人生的倦怠并不糊涂！活的生活已经那么"穷乏"，要请青年在"佛家报应之说"，在"《文选》，《庄子》，《论语》，《孟子》"里去求得修养。后来，修养又不见了，只剩得字汇。"自然景物，个人情感，宫室建筑，……之类，还不妨从《文选》之类的书中去找来用。"从前严几道从甚么古书里——大概也是《庄子》罢——找着了"么匿"两个字来译 Unit，又古雅，又音义双关的。但是后来通行的却是"单位"。严老先生的这类"字汇"很多，大抵无法复活转来。现在却有人以为"汉以后的词，秦以前的字，西方文化所带来的字和词，可以拼成功我们的光芒的新文学"。这光芒要是只在字和词,那大概像古墓里的贵妇人似的,满身都是珠光宝气了。人生却不在拼凑,而在创造,几千百万的活人在创造。可恨的是人生那么骚扰忙乱,使一些人"不得其地以窜",想要逃进字和词里去,以求"庶免是非",然而又不可得。真要写篆字刻图章了!

十一月六日。

原载 1933 年 11 月 24 日《申报·自由谈》。署名子明。
初收 1934 年 12 月上海兴中书局(联华)版《准风月谈》。

论翻印木刻

　　麦绥莱勒的连环图画四种出版并不久,日报上已有了种种的批评,这是向来的美术书出版后未能遇到的盛况,可见读书界对于这书,是十分注意的。但议论的要点,和去年已不同:去年还是连环图画是否可算美术的问题,现在却已经到了看懂这些图画的难易了。

　　出版界的进行可没有评论界的快。其实,麦绥莱勒的木刻的翻印,是还在证明连环图画确可以成为艺术这一点的。现在的社会上,有种种读者层,出版物自然也就有种种,这四种是供给智识者层的图画。然而为什么有许多地方很难懂得呢?我以为是由于经历之不同。同是中国人,倘使曾经见过飞机救国或"下蛋",则在图上看见这东西,即刻就懂,但若历来未尝躬逢这些盛典的人,恐怕只能看作风筝或蜻蜓罢了。

　　有一种自称"中国文艺年鉴社",而实是匿名者们所编的《中国文艺年鉴》在它的所谓"鸟瞰"中,曾经说我所发表的《连环图画辩护》虽将连环图画的艺术价值告诉了苏汶先生,但"无意中却把要是德国板画那类艺术作品搬到中国来，是否能为一般大众所理解，即是否还成其为大众艺术的问题忽略了过去，而且这种解答是对大众化的正题没有直接意义的"。这真是倘不是能编《中国文艺年鉴》的选家，就不至于说出口来的聪明话，因为我本也"不"在讨论将"德国板画搬到中国来，是否为一般大众所理解"；所辩护的只是连环图画可以成为艺术，使青年艺术学徒不被曲说所迷，敢于创作，并且逐渐产生大众化的作品而已。假使我真如那编者所希望，"有意的"来说德国板画是否就是中国的大众艺术，这可至少也得归入"低能"一类里去了。

但是，假使一定要问："要是德国板画那类艺术作品搬到中国来，是否能为一般大众所理解"呢？那么，我也可以回答：假使不是立方派，未来派等等的古怪作品，大概该能够理解一点。所理解的可以比看一本《中国文艺年鉴》多，也不至于比看一本《西湖十景》少。风俗习惯，彼此不同，有些当然是莫明其妙的，但这是人物，这是屋宇，这是树木，却能够懂得，到过上海的，也就懂得画里的电灯，电车，工厂。尤其合式的是所画的是故事，易于讲通，易于记得。古之雅人，曾谓妇人俗子，看画必问这是什么故事，大可笑。中国的雅俗之分就在此：雅人往往说不出他以为好的画的内容来，俗人却非问内容不可。从这一点看，连环图画是宜于俗人的，但我在《连环图画辩护》中，已经证明了它是艺术，伤害了雅人的高超了。

然而，虽然只对于智识者，我以为绍介了麦绥莱勒的作品也还是不够的。同是木刻，也有刻法之不同，有思想之不同，有加字的，有无字的，总得翻印好几种，才可以窥见现代外国连环图画的大概。而翻印木刻画，也较易近真，有益于观者。我常常想，最不幸的是在中国的青年艺术学徒了，学外国文学可看原书，学西洋画却总看不到原画。自然，翻板是有的，但是，将一大幅壁画缩成明信片那么大，怎能看出真相？大小是很有关系的，假使我们将象缩小如猪，老虎缩小如鼠，怎么还会令人觉得原先那种气魄呢。木刻却小品居多，所以翻刻起来，还不至于大相远。

但这还仅就绍介给一般智识者的读者层而言，倘为艺术学徒设想，锌板的翻印也还不够。太细的线，锌板上是容易消失的，即使是粗线，也能因强水浸蚀的久暂而不同，少浸太粗，久浸就太细，中国还很少制板适得其宜的名工。要认真，就只好来用玻璃板，我翻印的《士敏土之图》二百五十本，在中国便是首先的试验。施蛰存先生在《大晚报》附刊的《火炬》上说："说不定他是像鲁迅先生印珂罗版本木刻图一样的是私人精印本，属于罕见书之列"，就是在讥笑这一件事。我还亲自听到过一位青年在这"罕见书"边说，写着只印二百五十部，是骗人的，一定印的很多，印多报少，不过想抬高那书价。

他们自己没有做过"私人精印本"的可笑事，这些笑骂是都无足怪的。我只因为想供给艺术学徒以较可靠的木刻翻本，就用原画来制玻璃版，但制这版，是每制一回只能印三百幅的，多印即须另制，假如每制一幅则只印一张或多至三百张，制印费都是三元，印三百以上到六百张即需六元，九百张九元，外加纸张费。倘在大书局，大官厅，即使印一万二千本原也容易办，然而我不过一个"私人"；并非繁销书，而竟来"精印"，那当然不免为财力所限，只好单印一板了。但幸而还好，印本已经将完，可知还有人看见；至于为一般的读者，则早已用锌板复制，插在译本《士敏土》里面了，然而编辑兼批评家却不屑道。

人不严肃起来，连指导青年也可以当作开玩笑，但仅印十来幅图，认真地想过几回的人却也有的，不过自己不多说。我这回写了出来，是在向青年艺术学徒说明珂罗板一板只印三百部，是制板上普通的事，并非故意要造"罕见书"，并且希望有更多好事的"私人"，不为不负责任的话所欺，大家都来制造"精印本"。

十一月六日。

原载 1933 年 11 月 25 日《涛声》周刊第 2 卷第 46 期。署名旅隼。

初收 1934 年 3 月上海同文书店版《南腔北调集》。

七日

日记　晴。午前季市来,赠以书三种。晚寄烈文信并稿二篇。收《申报》上月稿费七十九元。收『白と黒』(四十一)一本,价五角。收『仏蘭西文学』(十一月号)一本,价二角。

"商定"文豪

笔头也是尖的,也要钻。言路的窄,现在也正如活路一样,所以(以上十五字,刊出时作"别的地方钻不进,")只好对于文艺杂志广告的夸大,前去刺一下。

一看杂志的广告,作者就个个是文豪,中国文坛也真好像光焰万丈,但一面也招来了鼻孔里的哼哼声。然而,著作一世,藏之名山,以待考古团的掘出的作家,此刻早已没有了,连自作自刻,订成薄薄的一本,分送朋友的诗人,也已经不大遇得到。现在是前周作稿,次周登报,上月剪贴,下月出书,大抵仅仅为稿费。倘说,作者是饿着肚子,专心在为社会服务,恐怕说出来有点要脸红罢。就是笑人需要稿费的高士,他那一篇嘲笑的文章也还是不免要稿费。但自然,另有薪水,或者能靠女人食资养活的文豪,都不属于这一类。

就大体而言,根子是在卖钱,所以上海的各式各样的文豪,由于"商定",是"久已夫,已非一日矣"的了。

商家印好一种稿子后,倘那时封建得势,广告上就说作者是封建文豪,革命行时,便是革命文豪,于是封定了一批文豪们。别家的书也印出来了,另一种广告说那些作者并非真封建或真革命文豪,这边的才是真货色,于是又封定了一批文豪们。别一家又集印了各种广告的论战,一位作者加上些批评,另出了一位新文豪。

还有一法是结合一套脚色,要几个诗人,几个小说家,一个批评家,商量一下,立一个什么社,登起广告来,打倒彼文豪,抬出此文豪,结果也总可以封定一批文豪们,也是一种的"商定"。

就大体而言,根子是在卖钱,所以后来的书价,就不免指出文豪们的真价值,照价二折,五角一堆,也说不定的。不过有一种例外:虽然铺子出盘,作品贱卖,却并不是文豪们走了末路,那是他们已经"爬了上去",进大学,进衙门,不要这踏脚凳了。

十一月七日。

原载 1933 年 11 月 11 日《申报·自由谈》。署名白在宣。

初收 1934 年 12 月上海兴中书局(联华)版《准风月谈》。

青年与老子

听说,"慨自欧风东渐以来",中国的道德就变坏了,尤其是近时的青年,往往看不起老子。这恐怕真是一个大错误,因为我看了几个例子,觉得老子的对于青年,有时确也很有用处,很有益处,不仅足为"文学修养"之助的。

有一篇旧文章——我忘记了出于什么书里的了——告诉我们,曾有一个道士,有长生不老之术,自说已经百余岁了,看去却"美如冠玉",像二十左右一样。有一天,这位活神仙正在大宴阔客,突然来了一个须发都白的老头子,向他要钱用,他把他骂出去了。大家正惊疑间,那活神仙慨然的说道,"那是我的小儿,他不听我的话,不肯修道,现在你们看,不到六十,就老得那么不成样子了。"大家自然是很感动的,但到后来,终于知道了那人其实倒是道士的老子。

还有一篇新文章——杨某的自白——却告诉我们,他是一个有志之士,学说是很正确的,不但讲空话,而且去实行,但待到看见有些地方的老头儿苦得不像样,就想起自己的老子来,即使他的理想实现了,也不能使他的父亲做老太爷,仍旧要吃苦。于是得到了更正确的学说,抛去原有的理想,改做孝子了。假使父母早死,学说那有这么圆满而堂皇呢? 这不也就是老子对于青年的益处么?

那么,早已死了老子的青年不是就没有法子么? 我以为不然,也有法子想。这还是要查旧书。另有一篇文章——我也忘了出在什么书里的了——告诉我们,一个老女人在讨饭,忽然来了一位大阔人,说她是自己的久经失散了的母亲,她也将错就错,做了老太太。后来她的儿子要嫁女儿,和老太太同到首饰店去买金器,将老太太已经看中意的东西自己带去给太太看一看,一面请老太太还在拣,——可是,他从此就不见了。

不过,这还是学那道士似的,必须实物时候的办法,如果单是做做自白之类,那是实在有无老子,倒并没有什么大关系的。先前有人提倡过"虚君共和",现在又何妨有"没亲孝子"? 张宗昌很尊孔,恐怕他府上也未必有"四书""五经"罢。

十一月七日。

原载 1933 年 11 月 17 日《申报·自由谈》。署名敬一尊。
初收 1934 年 12 月上海兴中书局(联华)版《准风月谈》。

八日

日记 晴。午后寄靖华信。寄章雪村信。夜赴楷尔寓饮酒,同席可十人。

致 曹靖华

亚丹兄：

十月卅日寄上一信并书一包，想已到。

《四十一》后记已找到，但我看此书编好后，一时恐怕不易出版。此文还是寄上呢，还是仍留弟处？

看近日情形，对于新文艺，不久当有一种有组织的压迫和摧残，这事情是好像连几个书店也秘密与谋的。其方法大概（这是我的推测）是对于有几个人，加以严重的压迫，而对于有一部分人，则宽一点，但恐怕会有检查制度出现，删去其紧要处而仍卖其书，因为如此，则书店仍可获利也。

我们好的，勿念。此颂

时绥。

弟豫　顿首　十一月八日

九日

日记　晴。午后寄三弟信。下午得母亲信，六日发。得诗荃信。得三弟信。得胡今虚信。得吴渤信并《木刻创作法》稿子一本。

《木刻创作法》序

地不问东西，凡木刻的图版，向来是画管画，刻管刻，印管印的。中国用得最早，而照例也久经衰退；清光绪中，英人傅兰雅氏编印

《格致汇编》，插图就已非中国刻工所能刻，精细的必需由英国运了图版来。那就是所谓"木口木刻"，也即"复制木刻"，和用在编给印度人读的英文书，后来也就移给中国人读的英文书上的插画，是同类的。那时我还是一个儿童，见了这些图，便震惊于它的精工活泼，当作宝贝看。到近几年，才知道西洋还有一种由画家一手造成的版画，也就是原画，倘用木版，便叫作"创作木刻"，是艺术家直接的创作品，毫不假手于刻者和印者的。现在我们所要介绍的，便是这一种。

为什么要介绍呢？据我个人的私见，第一是因为好玩。说到玩，自然好像有些不正经，但我们钞书写字太久了，谁也不免要息息眼，平常是看一会窗外的天。假如有一幅挂在墙壁上的画，那岂不是更其好？倘有得到名画的力量的人物，自然是无须乎此的，否则，一张什么复制缩小的东西，实在远不如原版的木刻，既不失真，又省耗费。自然，也许有人要指为"要以'今雅'立国"的，但比起"古雅"来，不是已有"古""今"之别了么？

第二，是因为简便。现在的金价很贵了，一个青年艺术学徒想画一幅画，画布颜料，就得化一大批钱；画成了，倘使没法展览，就只好请自己看。木刻是无需多化钱的，只用几把刀在木头上划来划去——这也许未免说得太容易了——就如印人的刻印一样，可以成为创作，作者也由此得到创作的欢喜。印了出来，就能将同样的作品，分给别人，使许多人一样的受到创作的欢喜。总之，是比别种作法的作品，普遍性大得远了。

第三，是因为有用。这和"好玩"似乎有些冲突，但其实也不尽然的，要看所玩的是什么。打马将恐怕是终于没有出息的了；用火药做花炮玩，推广起来却就可以造枪炮。大炮，总算是实用不过的罢，而安特莱夫一有钱，却将它装在自己的庭园里当玩艺。木刻原是小富家儿艺术，然而一用在刊物的装饰，文学或科学书的插画上，也就成了大家的东西，是用不着多说的。

这实在是正合于现代中国的一种艺术。

但是至今没有一本讲说木刻的书，这才是第一本。虽然稍简略，却已经给了读者一个大意。由此发展下去，路是广大得很。题材会丰富起来的，技艺也会精炼起来的，采取新法，加以中国旧日之所长，还有开出一条新的路径来的希望。那时作者各将自己的本领和心得，贡献出来，中国的木刻界就会发生光焰。这书虽然因此要成为不过一粒星星之火，但也够有历史上的意义了。

一九三三年十一月九日，鲁迅记。

最初印入 1937 年 1 月上海读书生活出版社版《木刻创作法》。

初收 1934 年 3 月上海同文书店版《南腔北调集》。

致 吴 渤

吴渤先生：

今天收到来信并稿子，夜间看完，虽然简略一点，但大致是过得去的。字句已略加修正。其中的"木目木刻"，发音不便，"木目"又是日本话，不易懂，都改为"木面木刻"了。

插图也只能如此。但我以为《耕织图》索性不要了，添上苏联者两幅，原书附上，以便复制，刻法与已选入者都不同的，便于参考。

应洲的《风景》恐不易制版，木板虽只三块，但用锌板，三块却不够，只好做三色版，制版费就要十五六元，而结果仍当与原画不同。

野夫的两幅都好，但我以为不如用《黎明》，因为构图活泼，光暗分明，而且刻法也可作读者参考。

《午息》构图还不算散漫，只可惜那一匹牛，不见得远而太小，且有些像坐着的人了。但全图还有力，可以用的。

序文写了一点,附上。

《怒吼罢,中国!》上海有无英译本,我不知道。

此复即颂

时绥。

迅　上　十一月九夜。

十日

日记　晴。午后寄曹聚仁信。得章雪村信。得宜宾信并稿二篇。

作文秘诀

现在竟还有人写信来问我作文的秘诀。

我们常常听到:拳师教徒弟是留一手的,怕他学全了就要打死自己,好让他称雄。在实际上,这样的事情也并非全没有,逢蒙杀羿就是一个前例。逢蒙远了,而这种古气是没有消尽的,还加上了后来的"状元瘾",科举虽然久废,至今总还要争"唯一",争"最先"。遇到有"状元瘾"的人们,做教师就危险,拳棒教完,往往免不了被打倒,而这位新拳师来教徒弟时,却以他的先生和自己为前车之鉴,就一定留一手,甚而至于三四手,于是拳术也就"一代不如一代"了。

还有,做医生的有秘方,做厨子的有秘法,开点心铺子的有秘传,为了保全自家的衣食,听说这还只授儿妇,不教女儿,以免流传到别人家里去。"秘"是中国非常普遍的东西,连关于国家大事的会议,也总是"内容非常秘密",大家不知道。但是,作文却好像偏偏并无秘诀,假使有,每个作家一定是传给子孙的了,然而祖传的作家很

489

少见。自然，作家的孩子们，从小看惯书籍纸笔，眼格也许比较的可以大一点罢，不过不见得就会做。目下的刊物上，虽然常见什么"父子作家""夫妇作家"的名称，仿佛真能从遗嘱或情书中，密授一些什么秘诀一样，其实乃是肉麻当有趣，妄将做官的关系，用到作文上去了。

那么，作文真就毫无秘诀么？却也并不。我曾经讲过几句做古文的秘诀，是要通篇都有来历，而非古人的成文；也就是通篇是自己做的，而又全非自己所做，个人其实并没有说什么；也就是"事出有因"，而又"查无实据"。到这样，便"庶几乎免于大过也矣"了。简而言之，实不过要做得"今天天气，哈哈哈……"而已。

这是说内容。至于修辞，也有一点秘诀：一要蒙胧，二要难懂。那方法，是：缩短句子，多用难字。譬如罢，作文论秦朝事，写一句"秦始皇乃始烧书"，是不算好文章的，必须翻译一下，使它不容易一目了然才好。这时就用得着《尔雅》，《文选》了，其实是只要不给别人知道，查查《康熙字典》也不妨的。动手来改，成为"始皇始焚书"，就有些"古"起来，到得改成"政俶燔典"，那就简直有了班马气，虽然跟着也令人不大看得懂。但是这样的做成一篇以至一部，是可以被称为"学者"的，我想了半天，只做得一句，所以只配在杂志上投稿。

我们的古之文学大师，就常常玩着这一手。班固先生的"紫色鼃声，馀分闰位"，就将四句长句，缩成八字的；扬雄先生的"蠢迪检柙"，就将"动由规矩"这四个平常字，翻成难字的。《绿野仙踪》记塾师咏"花"，有句云："媳钗俏矣儿书废，哥罐闻焉嫂棒伤。"自说意思，是儿妇折花为钗，虽然俏丽，但恐儿子因而废读；下联较费解，是他的哥哥折了花来，没有花瓶，就插在瓦罐里，以嗅花香，他嫂嫂为防微杜渐起见，竟用棒子连花和罐一起打坏了。这算是对于冬烘先生的嘲笑。然而他的作法，其实是和扬班并无不合的，错只在他不用古典而用新典。这一个所谓"错"，就使《文选》之类在遗老遗少们的心眼里保住了威灵。

做得蒙胧,这便是所谓"好"么？答曰:也不尽然,其实是不过掩了丑。但是,"知耻近乎勇",掩了丑,也就仿佛近乎好了。摩登女郎披下头发,中年妇人罩上面纱,就都是蒙胧术。人类学家解释衣服的起源有三说:一说是因为男女知道了性的羞耻心,用这来遮羞;一说却以为倒是用这来刺激;还有一种是说因为老弱男女,身体衰瘦,露着不好看,盖上一些东西,借此掩掩丑的。从修辞学的立场上看起来,我赞成后一说。现在还常有骈四俪六,典丽堂皇的祭文,挽联,宣言,通电,我们倘去查字典,翻类书,剥去它外面的装饰,翻成白话文,试看那剩下的是怎样的东西呵!?

不懂当然也好的。好在那里呢？即好在"不懂"中。但所虑的是好到令人不能说好丑,所以还不如做得它"难懂":有一点懂,而下一番苦功之后,所懂的也比较的多起来。我们是向来很有崇拜"难"的脾气的,每餐吃三碗饭,谁也不以为奇,有人每餐要吃十八碗,就郑重其事的写在笔记上;用手穿针没有人看,用脚穿针就可以搭帐篷卖钱;一幅画片,平淡无奇,装在匣子里,挖一个洞,化为西洋镜,人们就张着嘴热心的要看了。况且同是一事,费了苦功而达到的,也比并不费力而达到的的可贵。譬如到什么庙里去烧香罢,到山上的,比到平地上的可贵;三步一拜才到庙里的庙,和坐了轿子一径抬到的庙,即使同是这庙,在到达者的心里的可贵的程度是大有高下的。作文之贵乎难懂,就是要使读者三步一拜,这才能够达到一点目的的妙法。

写到这里,成了所讲的不但只是做古文的秘诀,而且是做骗人的古文的秘诀了。但我想,做白话文也没有什么大两样,因为它也可以夹些僻字,加上蒙胧或难懂,来施展那变戏法的障眼的手巾的。倘要反一调,就是"白描"。

"白描"却并没有秘诀。如果要说有,也不过是和障眼法反一调:有真意,去粉饰,少做作,勿卖弄而已。

十一月十日。

原载 1933 年 12 月 15 日《申报月刊》第 2 卷第 12 号。署名洛文。

初收 1934 年 3 月上海同文书店版《南腔北调集》。

致 曹聚仁

聚仁先生：

我要奉托一件事——

《大业拾遗记》云，"宇文化及将谋乱，因请放官奴，分直上下，诏许之，是有焚草之变。"炀帝遇弑事何以称"焚草之变"？是否有错字？手头无书，一点法子也没有。先生如有《隋书》之类，希一查见示为感。

此上即请

著安。

鲁迅　启上　十一月十日

十一日

日记　晴。上午得西谛信，午后复。夜濯足。

致 郑振铎

西谛先生：

十一月七日信顷收到。最近的笺样，是三日寄出的，卷作一卷，用周乔峰名挂号，又有一信，不知现已到否？倘未到，则请重寄一份,以便挑选。

序文我想还是请建功兄写一写。签条则请兼士。

对于目录,我有一点异议,所以略有小捣乱,寄回希酌。排列的意见,是以无甚意思的"仿古"开端,渐至兴盛,而末册却又见衰颓之象,并且不至于看到末册,即以索然无味的"仿古"终,对于读者,亦较有兴趣也。

尚未收到之一批,倘收到,请先生裁择加入就好。

名印托刘小姐刻,就够好了。居上海久,眼睛也渐渐市侩化,不辨好坏起来,这里的印人,竟用楷书改成篆体,还说什么汉派浙派,我也就随便刻来应用的。至于印在书上的一方,那是西泠印社中人所刻,比较的好。

《灵宝刀图》的复印本,真如原版一样,我希望这书的早日印成,以快先睹。明纸印本,只能算作特别本(西洋版画,也常有一二十部用中国或日本纸的特制本),此外最好仍用宣纸,并另印极便宜纸张之本子若干,以供美术学生之用也。大约新派木刻家,有些人愿意参考的。数目也许并不多,但出版者也只能如此布置。我前印《士敏土之图》,原是供给中国的,不料买者寥寥,大半倒在西洋人日本人手里。

此书一出,《诗余画谱》可以不印了。我的意见,以为刻工粗拙者也可以收入一点,倘亦预约,希将章程见示。

板儿杨,张老西之名,似可记入《访笺杂记》内,借此已可知张□为山西人。大约刻工是不专属于某一纸店的,正如来札所测,不过即使专属,中国也竟可糊涂到不知其真姓名(况且还有绰号)。我用了一个女工,已三年多,知其姓许,或舒,或徐,而不知其确姓,普通但称之为"老阿姐"或"娘姨"而已。

"兴奋"我很赞成,但不要"太","太"即容易疲劳。这种书籍,真非印行不可。新的文化既幼稚,又受压迫,难以发达;旧的又只受着官私两方的漠视,摧残,近来我真觉得文艺界会变成白地,由个人留一点东西给好事者及后人，可喜亦可哀也。

《季刊》稿当做一点。

此复。即请

著安。

迅　上　十一月十一日

十二日

日记　星期。晴。午后买『弁証法』二本，共泉二元六角。下午复吴渤信并还译稿。晚蕴如同三弟来。得杜衡信并《现代》稿费三十三元。

致 吴 渤

吴渤先生：

来稿已看过，并序文及较详的回信，都作一包，放在内山书店，暇时希往一取为幸。

此致即颂

时绥。

迅　上　十一月十二日

致 母 亲

母亲大人膝下敬禀者，十一月六日信已收到。心梅叔地址，系"绍兴城内大路，元泰纸店"，不必写门牌，即可收到。修坟已择定旧历九月廿八日动工,共需洋三十元,又有亩捐,约需洋二十元,大约连太爷之祭田在内,已由男汇去五十元,倘略有不足,俟细账开来后,当补寄,请勿念。上海天气亦已颇冷,但幸而房子朝南,所以白天尚属温暖。男及害马均安好,但男眼已渐花,看书写字,皆戴眼镜矣。海婴很好,脸已晒黑,身体亦较去年强健,且近来似较为听话,不甚无理取闹,当因年纪渐大之故,惟每晚必须听故事,讲狗熊如何生活,萝卜如何长大等等,颇为费去不少工夫耳。余容续禀,专此,恭请

金安。

男树　叩上

广平及海婴随叩　十一月十二日

致 杜 衡

杜衡先生:

十一月六日信,顷已收到,并插画原底五幅,稿费共四十八元,萧君之一部分,当为代寄。本月《现代》已见,内容甚丰满,而颇庞杂,但书店所出,又值环境如此,亦不得不然。至于出版界形势之险,恐怕不只现代,以后也许更甚,只有摧毁而无建设,是一定的。轻性的论文实在比做引经据典的论文难,我于评论素无修养,又因病而被医生禁多看书者已半年,实在怕敢动笔。而且此后似亦以不登我的文字为宜,因为现在之遭忌与否,其实是大抵为了作者,和内容倒无甚关系的。萧君离上海太远,未必能作关于文坛动态的论文,但他如有稿子寄来,当尽先寄与《现代》。

那一本《现实主义文学论》和《高尔基论文集》,不知何时可以出版?高的小说集,却已经出了半个多月了。专此奉复,并颂

时绥。

鲁迅　上　十一月十二日

十三日

日记　昙。上午寄母亲信。寄心梅叔泉五十元，为修坟及升课之用。复杜衡信。午后得山本夫人[信]并全家照相一枚。得曹聚仁信。得陈霞信，即复。得陶亢德信，即复。得林庚白信。晚寄增田君信。

致 陶亢德

亢德先生：

　　那一条新闻，登载与否在我是都可以的，不过我觉得这记事本身，实在也并无什么大意义，所以不如不要它。但倘以暴露杭州情形为目的，那么，登登也好的。

　　我在寓里不见客，此非他，因既见一客，后来势必至于非广见众客不可，将没有工夫偷懒也。此一节，乞谅察为幸。专复即请
著安。

迅　上　十一月十三日

致 曹聚仁

聚仁先生：

　　顷得惠书，并录示《字文化及传》，"焚草"之义已懂，感谢之至。前在《涛声》中，知有《鲁迅翁之笛》，因托友去买《十日谈》，尚未至。

其实如欲讽刺,当画率群鼠而来,不当是率之而去,此画家似亦颇懵懂,见批评而悻悻,也当然的。不过凡有漫画家,思想大抵落后,看欧洲漫画史,分量最多的也是刺妇女,犹太人,乡下人,改革者一切被[被]压者的图画,相反的作者,至近代始出,而人数亦不多,邵公子治下之"艺术家",本不足以语此也。

民权主义文学颇有趣,但恐无甚反应,现在当局之手段,除摧毁一切,不问新旧外,已一无所长,言议皆无益也,但当压迫日甚耳。此上即请

著安。

迅　启　十一月十三夜

致 增田涉

拝啓　十月廿四日の手紙を落掌して『隋書』を持ちませんから「焚草之變」の事はっきり云へないで本を借りて来て調べましたが今日始めて返事を出しました、或は此の手紙と一所に到着するだろーと思ひます。

弄璋の喜に対して大に慶賀します。木実君より三歳小さいでしゃう、して見れば大した人材生産専門家でもない様です。僕は海嬰奴の五月蠅い現状にこりこり、罷工中です、そーしてもう出品しないつもり。

其の上、此頃私の一切作品古いものと新しいものを問はず皆な秘密に禁止されて郵便局で没収されて居ます。僕一家族を餓死させる計画らしい。人口が繁殖すればもう一層危険だ。

併し私共は皆な達者です、うへて来れば別に何か工夫するでしょう、兎角、今には未だ米無の心配ありません。

幽蘭女士から汝に魯漫先生の雅号を上げたいと云ひました。

草々

洛文　上　十一月十三夜

増田兄几下

御家族一同よろしく

十四日

日记　昙。上午又寄增田君信。寄陈铁耕信。复曹聚仁信。寄仁祥君校稿。得『絵入みよ子』一本,为五百部限定版之第二十部,山本夫人寄赠。得姚克信。得何白涛信并木刻四幅,即复。得陈烟桥信并木刻二幅,即复。得靖华信并苏联作家木刻五十六幅,晚复,并附《四十一》后记一篇。季市来。

致 曹靖华

亚丹兄:

十日信上午收到,并作者传;木刻在下午也收到了,原封不动,毫无损坏,请勿念。取了这许多作品,对于作者,不知应否有所报酬,希示知,以便计划。

《四十一》后记今寄上,因为倘要找第二份,现在也不容易。恐寄失,所以挂号的。

此地对于作者,正在大加制裁,闻一切作品被禁者,有叁十余人。电影局及书店,已有被人捣毁,颇有令此辈自己逐渐饿死之意,出版界更形恐慌,大约此现象还将持续。

兄似不如弟前函所说,姑且教书,卖文恐怕此后不易也。

此复即颂

时绥。

弟豫　顿首　十一月十四日

致山本初枝

　拝啓　一昨日御手紙と御写真を拝領しました。正路様は実に大変大きくなり、そうしてあなたは豊満に山本様は若くなりました、して見れば東京も大によい処だと思ひます。上海は不相変さびしく到る処に不景気の有様がありありと見えて私の始めてついた時とは大に違ひました。文壇と出版界に加へる圧迫も段々ひどくなって、なんでも発禁、アミチスの『愛の教育』も国木田独歩の小説選集も没収、笑った方がいいか怒った方がいいかわからない程です。私の作品全部、新古問はず皆な禁止する様で餓死させる仁政を行ふつもりらしい。併し中々死なないだろうと思ひます。絵入『みよ子』も今日到着しました。実に立派な本で有難う存じます。支那にはものずきが殆んどないからこんな本は中々出ません。此頃私と友人一人、『北京詩箋譜』を印刷して居ますが来年一月出版の見込、出来上ったら御覧にかけます。「田鶏」は蛙の事です。菫をば食用に致しません。本によれば「たんぽぽ」を食ふ事が有りますけれども併し飢饉の時に限ります。字は近い内に書いて送ります。蘭を栽培するには頗る面倒な事で私の曾祖はそれを随分栽培しその為めに特に部屋を三つ立てた程です。しかしその部屋は私に売り飛されて仕舞ひました、実に蘭の不幸です。私共は御蔭で皆な達者です。　草々頓首

魯迅　十一月十四夜

山本夫人几下

十五日

日记　晴。上午复山本夫人信。午后昙。得小峰信并版税泉二百。得徐懋庸信并《托尔斯泰传》一本,夜复。

致 徐懋庸

懋庸先生:

今天收到来信并《托尔斯太传》一本,谢谢。关于全部的文字,我不懂法文,一句话也不能说。至于所问的两个名字,Naoshi Kato是加藤整,Teneromo 不像日本语,我在附录中寻了一下也寻不见,但也许太粗心了的缘故,希指明页数,当再看一看上下文。

还有几个日本人名,一并说明于下——

Jokai 这不像日本语,恐有误,日本姓只有 Sakai(堺)

H. S. Tamura(姓田村,H. S. 不可考)

Kenjiro Tokutomi(德富健次郎,即德富芦花,作《不如归》者,印本作 Kenjilro,多一 1.)

专复,顺颂

文安。

迅　上　十一月十五夜

致 姚 克

Y 先生:

九日函收到。《申报》上文章已见过,但也许经过删节的罢。近来报章文字,不宜切实,我的投稿,久不能登了。十二日艺华电影公司被捣毁,次日良友图书公司被毁一玻璃,各书局报馆皆得警告。记得抗日的时候,"锄奸团""灭奸团"之类甚多,近日此风又盛,似有以团治国之概。

先生要作小说,我极赞成,中国的事情,总是中国人做来,才可以见真相,即如布克夫人,上海曾大欢迎,她亦自谓视中国如祖国,然而看她的作品,毕竟是一位生长中国的美国女教士的立场而已,所以她之称许《寄庐》,也无足怪,因为她所觉得的,还不过一点浮面的情形。只有我们做起来,方能留下一个真相。即如我自己,何尝懂什么经济学或看了什么宣传文字,《资本论》不但未尝寓目,连手碰也没有过。然而启示我的是事实,而且并非外国的事实,倒是中国的事实,中国的非"匪区"的事实,这有什么法子呢?

看报,知天津已下雪,北平想必已很冷,上海还好,但夜间略冷而已。我们都好,但我总是终日闲居,做不出什么事来。上月开了一个德俄木刻展览会,下月还要开一个,是法国的书籍插画。校印的有《解放了的 Don Quixote》,系一剧本,下月可成,盖不因什么团而止者也。《伪自由书》已被暗扣,上海不复敢售,北平想必也没有了。此后所作,又盈一册,但目前当不复有书店敢印也。

专此布达,并颂
文安。

豫　顿首　十一月十五夜

十六日

日记 晴。上午复小峰信。复姚克信。午后得吴渤信,即复。寄烈文信。夜三弟来。收申报月刊社稿费十四元。收商务印书馆为从美国购来之 *A Wanderer in Woodcuts* by H. Glintenkamp 一本,十一元一角。

致 吴 渤

吴渤先生：

　　十五日信收到。翻印画册，当看看读者的需要。但倘准备折本，那就可以不管。譬如壁画二十五幅，如制铜版，必须销路多，否则，不如玻璃版。现在以平均一方尺的画而论，制版最廉每方寸七分（其实如此价钱，是一定制得不好的），一块即须七元，二十五块是一百七十五元，外加印费纸张，但可印数千至一万本。珂罗每一块制版连印工三元，二十五幅为七十五元，外加纸费，但每制一版，只能印三百本，再多每幅又须三元，所以倘觉得销路不多，不如用珂罗版。

　　倘用珂罗版，则不如用中国纸，四尺宣纸每张一角（多买可打折扣），开六张，每本作三十张算，纸价五角，印费两角五分，再加装订等等，不到一元，则定价二元，可不至于折本。再便宜一点的是"抄更纸"，这信纸就是，每一张不过一分，则一本三十张，三角就够了。但到中国纸铺买纸，须托"内行"一点的人去，否则容易吃亏。印刷所也须调查研究过，我曾遇过一家，自说能制珂罗版，而后来做得一榻胡涂，原底子又被他弄坏了。

　　还有顶要紧的，是代卖店，他们往往卖去了书，却不付款，我自印了好几回书，都由此倒灶的。

　　《怒吼罢，中国！》能印单行本，是很好的，但恐怕要被压迫，难以公然发卖，近来对于文学界的压迫，是很厉害的。这个剧本的作者，曾在北京大学做过教员，那时他的中文名字，叫铁捷克。

　　我是不会看英文的，所以小说无可介绍。日本因为当局的压迫，也没有什么好小说出来。

　　"刘大师"的那一个展览会，我没有去看，但从报上，知道是由他包办的，包办如何能好呢？听说内容全是"国画"，现在的"国画"，一定是贫乏的，但因为欧洲人没有看惯，莫名其妙，所以这回也许要

"载誉归来"，像徐悲鸿之在法国一样。

此复即颂

时绥。

迅　上　十一月十六日

甲，Etching. 先用蜡涂铜版面，再以刀笔作画，划去其蜡，再加"强水"腐蚀，去蜡印之，则蚀处为线，先前有蜡处为平面。

乙，Dry Point. 不用蜡及强水，只以刀笔在铜版上直接作画，印之。

所以，倘我们译甲为"腐蚀铜版"，则乙可译为"雕刻铜版"。

丙，アクアテト＝Aquatinta. 不留平面，而全使铜版成为粗面，由浓淡来显现形象之版。似可译为"粗面铜版"或"晕染铜版"。

丁，メゾチィント版＝Mezzotinto. 不用线而用细点来表现形象之版。似可译为"点染铜版"。

戊，グラフィク版。凡一切版画，普通都称为 Graphik，这グラフィク版不知何意。或者就译为"真迹版"也可以。因为グラフィク原有"真迹"，"手迹"的意思。

十七日

日记　昙；午后晴。往内山书店买『近代仏蘭西絵画論』一本，一元六角。得烟桥信。得陈因信。得陈铁耕信，即复。下午寄诗荃信。

致 徐懋庸

懋庸先生：

前几天寄上的一封信里，把一个日本人名弄错了，Naoshi Kato

503

不是加藤整,是加藤直士,这一回曾经查过,是不会错的了。(日本对于汉字之"直""整""直士""修"……,读法一样。)

还有Jokai,什九是Sakai＝"堺"之误,此人名利彦,号枯川,先曾崇拜托尔斯泰,而后来反对他的。

此致并颂

文祺。

迅　上　十一月十七日

十八日

日记　晴,风。午前同广平携海婴往须藤医院诊。午后寄徐懋庸信。下午往内山书店买文学书三本,共泉五元。

十九日

日记　星期。晴。下午得母亲信附致三弟笺并泉五元,十六日发。得罗清桢信并木刻二幅。得徐懋庸信,即复。晚三弟来。

致 徐懋庸

懋庸先生:

十六信收到。

Teneromo当非日本人,但即为别国人,此姓亦颇怪。

Jokai非"正介","正介"之日本读法,当为Shoukai或Shōkai,或Tadasuke,与Jokai相差更远,此字只可存疑矣。

九三页的两句话,据日译本,当作"莫斯科的住下(谓定居于莫斯科),什么都安排好了……"看起语气来,似较妥,因托尔斯泰之至莫斯科,其实不过卜居,并非就职的。

此复,即颂

著安

迅　上　十一月十九夜

二十日

日记　晴。下午得西谛信,即复。得黎烈文信并还稿,即复。寄曹聚仁信并稿。寄叶圣陶信。买『ゴーリキイ研究』一本,一元二角。

致 郑振铎

西谛先生:

十六日信收到。所指"样本",当系谓托叶先生转寄者,但我至今并未收到,明天当写信去一问。

荣录之笺只一枚,有无是不成问题的。

故宫博物馆之版虽贵,但印得真好,只能怪自己没有钱。每幅一元者,须看其印品才知道,因为玻璃版也大有巧拙的,例如《师曾遗墨》,就印得很不高明。

这一月来,我的投稿已被封锁,即无聊之文字,亦在禁忌中,时代进步,讳忌亦随而进步,虽"伪自由",亦已不准,但《北平笺谱》序或尚不至"抽毁"如钱谦益之作欤?

此复即颂

著安。

迅　上　十一月廿日

致 曹聚仁

聚仁先生：

　　约二十天以前，曾将关于木刻之一文寄《申报》《自由谈》，久不见登载，知有异，因将原稿索回，始知所测并不虚。其实此文无关宏恉，但因为总算写了一通，弃之可惜，故以投《涛声》，未知可用否？倘觉得过于唠叨，不大相合，便请投之纸篓可也。此上即颂

著安。

迅　启　十一月廿日

二十一日

　　日记　晴。午后得增田君信，即复。得何俊明信，即复。

二十二日

　　日记　晴。下午得论语社信。得钦文小说稿一本。

捣鬼心传

　　中国人又很有些喜欢奇形怪状，鬼鬼祟祟的脾气，爱看古树发光比大麦开花的多，其实大麦开花他向来也没有看见过。于是怪胎畸形，就成为报章的好资料，替代了生物学的常识的位置了。最近在广告上所见的，有像所谓两头蛇似的两头四手的胎儿，还有从小肚上生出一只脚来的三脚汉子。固然，人有怪胎，也有畸形，然而造化的本领是有限的，他无论怎么怪，怎么畸，总有一个限制：孪儿可以连背，连腹，连臀，连胁，或竟骈头，却不会将头生在屁股上；形可

以骈拇，枝指，缺肢，多乳，却不会两脚之外添出一只脚来，好像"买两送一"的买卖。天实在不及人之能捣鬼。

但是，人的捣鬼，虽胜于天，而实际上本领也有限。因为捣鬼精义，在切忌发挥，亦即必须含蓄。盖一加发挥，能使所捣之鬼分明，同时也生限制，故不如含蓄之深远，而影响却又因而模胡了。"有一利必有一弊"，我之所谓"有限"者以此。

清朝人的笔记里，常说罗两峰的《鬼趣图》，真写得鬼气拂拂；后来那图由文明书局印出来了，却不过一个奇瘦，一个矮胖，一个臃肿的模样，并不见得怎样的出奇，还不如只看笔记有趣。小说上的描摹鬼相，虽然竭力，也都不足以惊人，我觉得最可怕的还是晋人所记的脸无五官，浑沦如鸡蛋的山中厉鬼。因为五官不过是五官，纵使苦心经营，要它凶恶，总也逃不出五官的范围，现在使它浑沦得莫名其妙，读者也就怕得莫名其妙了。然而其"弊"也，是印象的模胡。不过较之写些"青面獠牙"，"口鼻流血"的笨伯，自然聪明得远。

中华民国人的宣布罪状大抵是十条，然而结果大抵是无效。古来尽多坏人，十条不过如此，想引人的注意以至活动是决不会的。骆宾王作《讨武曌檄》，那"入宫见嫉，蛾眉不肯让人，掩袖工谗，狐媚偏能惑主"这几句，恐怕是很费点心机的了，但相传武后看到这里，不过微微一笑。是的，如此而已，又怎么样呢？声罪致讨的明文，那力量往往远不如交头接耳的密语，因为一是分明，一是莫测的。我想假使当时骆宾王站在大众之前，只是攒眉摇头，连称"坏极坏极"，却不说出其所谓坏的实例，恐怕那效力会在文章之上的罢。"狂飙文豪"高长虹攻击我时，说道劣迹多端，倘一发表，便即身败名裂，而终于并不发表，是深得捣鬼正脉的；但也竟无大效者，则与广泛俱来的"模胡"之弊为之也。

明白了这两例，便知道治国平天下之法，在告诉大家以有法，而不可明白切实的说出何法来。因为一说出，即有言，一有言，便可与行相对照，所以不如示之以不测。不测的威棱使人萎伤，不测的妙法使人希望——饥荒时生病,打仗时做诗,虽若与治国平天下不相干,但在莫明其妙中,却能令人疑为跟着自有治国平天下的妙法在——然而其"弊"也,却还是照例的也能在模胡中疑心到所谓妙法,其实不过是毫无方法而已。

捣鬼有术,也有效,然而有限,所以以此成大事者,古来无有。

十一月二十二日。

原载 1934 年 1 月 15 日《申报月刊》第 3 卷第 1 号。署名罗怃。

初收 1934 年 3 月上海同文书店版《南腔北调集》。

二十三日

日记 晴。上午得母亲所寄小米,果脯,茯苓糕等一包。晚得曹聚仁信。雨。

二十四日

日记 小雨。午后寄母亲信并火腿一只。寄紫佩信并火腿一只。下午寄小山信并书籍杂志等两包。得靖华信,晚复。

选　本

今年秋天,在上海的日报上有一点可以算是关于文学的小小的辩论,就是为了一般的青年,应否去看《庄子》与《文选》以作文学上的修养之助。不过这类的辩论,照例是不会有结果的,往复几回之后,有一面一定拉出"动机论"来,不是说反对者"别有用心",便是

"哗众取宠";客气一点,也就"彼亦一是非,此亦一是非",而问题于是呜呼哀哉了。

但我因此又想到"选本"的势力。孔子究竟删过《诗》没有,我不能确说,但看它先"风"后"雅"而末"颂",排得这么整齐,恐怕至少总也费过乐师的手脚,是中国现存的最古的诗选。由周至汉,社会情形太不同了,中间又受了《楚辞》的打击,晋宋文人如二陆束晳陶潜之流,虽然也做四言诗以支持场面,其实都不过是每句省去一字的五言诗,"王者之迹熄而诗亡"了,不过选者总是层出不穷的,至今尚存,影响也最广大者,我以为一部是《世说新语》,一部就是《文选》。

《世说新语》并没有说明是选的,好像刘义庆或他的门客所搜集,但检唐宋类书中所存裴启《语林》的遗文,往往和《世说新语》相同,可见它也是一部抄撮故书之作,正和《幽明录》一样。它的被清代学者所宝重,自然因为注中多有现今的逸书,但在一般读者,却还是为了本文,自唐迄今,拟作者不绝.甚至于自己兼加注解。袁宏道在野时要做官,做了官又大叫苦,便是中了这书的毒,误明为晋的缘故。有些清朝人却较为聪明,虽然薙发胡服,厚禄高官,他也一声不响,只在倩人写照的时候,在纸上改作斜领方巾,或芒鞋竹笠,聊过"世说"式瘾罢了。

《文选》的影响却更大。从曹宪至李善加五臣,音训注释书类之多,远非拟《世说新语》可比。那些烦难字面,如草头诸字,水旁山旁诸字,不断的被摘进历代的文章里面去,五四运动时虽受奚落,得"妖孽"之称,现在却又很有复辟的趋势了,而《古文观止》也一同渐渐的露了脸。

以《古文观止》和《文选》并称,初看好像是可笑的,但是,在文学上的影响,两者却一样的不可轻视。凡选本,往往能比所选各家的全集或选家自己的文集更流行,更有作用。册数不多,而包罗诸作,固然也是一种原因,但还在近则由选者的名位,远则凭古人之威灵,读者想从一个有名的选家,窥见许多有名作家的作品。所以自汉至梁的作家的文集,并残本也仅存十余家,《昭明太子集》只剩一点辑本了,而《文选》却在的。读《古文辞类纂》者多,读《惜抱轩全集》的却少。凡是对于文术,自有主张的作家,他所赖以发表和流布自己的主张的手段,倒并不在作文心,文则,诗品,诗话,而在出选本。

选本可以借古人的文章,寓自己的意见。博览群籍,采其合于自己意见的为一集,一法也,如《文选》是。择取一书,删其不合于自己意见的为一新书,又一法也,如《唐人万首绝句选》是。如此,则读者虽读古人书,却得了选者之意,意见也就逐渐和选者接近,终于"就范"了。

读者的读选本.自以为是由此得了古人文笔的精华的,殊不知却被选者缩小了眼界。即以《文选》为例罢,没有嵇康《家诫》,使读者只觉得他是一个愤世嫉俗,好像无端活得不快活的怪人;不收陶潜《闲情赋》,掩去了他也是一个既取民间《子夜歌》意,而又拒以圣道的迂士。选本既经选者所滤过,就总只能吃他所给与的糟或醨。况且有时还加以批评,提醒了他之以为然,而默杀了他之以为不然处。纵使选者非常胡涂,如《儒林外史》所写的马二先生,游西湖漫无准备,须问路人,吃点心又不知选择,要每样都买一点,由此可见其衡文之毫无把握罢,然而他是处州人,一定要吃"处片",又可见虽是马二先生,也自有其"处片"式的标准了。

评选的本子,影响于后来的文章的力量是不小的,恐怕还远在名家的专集之上。我想,这许是研究中国文学史的人们也该留意的罢。

十一月二十四日记。

原载 1934 年 1 月《文学季刊》创刊号。署名唐俟。
初收 1935 年 5 月上海群众图书公司版《集外集》。

致 萧 三

萧兄：

今天寄出杂志及书籍共二包,《现代》和《文学》,都是各派都收的刊物,其中的森堡,端先,沙汀,金丁,天翼,起应,伯奇,何谷天,白薇,东方未明＝茅盾,彭家煌(已病故),是我们这边的。但因为压迫,这刊物此后还要白化,也许我们不能投稿了。

《文艺》几乎都是有希望的青年作家,但其中的尹庚,听说是被捕后白化了。第三期能否出版很难说。

豫　上　十一月二十四日。

二十五日

日记　昙。上午寄西谛信并随笔稿一篇。下午得烈文信。夜雨。

致 曹靖华

亚丹兄：

十九日信收到。寄来的书,我收到过三包,但册数不多,仅精装高氏集四本,演剧史,Pavlenko 小说,Sheginiyan 日记,Serafimovich 评传各一本,及零星小书七八本。这是十月中旬的事,此后就没有收到了。

风暴正不知何时过去,现在是有加无已,那目的在封锁一切刊物,给我们没有投稿的地方。我尤为众矢之的,《申报》上已经不能登载了,而别人的作品,也被疑为我的化名之作,反对者往往对我加以攻击。各杂志是战战兢兢，我看《文学》即使不被伤害，也不会有活气的。

对于木刻家所希望的，我想慢慢收集一点旧书寄去，并中国新作家的木刻（不过他们一定要发笑的），但不能每人一部，只得大家公有了。至于得到的木刻，我日日在想翻印，现在要踌躇一下的，只是经济问题，但即使此后窘迫，则少印几张就是，总之是一定要绍介。所以可否请兄就写信到那边去调查一点，简略的就好，那么，来回约两个月，明年二月便可付印了。关于 Kravtchenko 的，记得兄前寄我的 *Graphika* 里有一点，或者可以摘译。

小三无信来，中文《文学》尚未见，不知已出版否。我在印《被解放的 Don Quixote》，尚未成，但出版之后，当然不会"被解放"。

教书是很吃力的，不过还是以此敷衍一时的好。

它兄们都好。我个人和家族，也都如常，请勿念。

此上，即颂

近好。

弟　豫　启　十一月二十五日

致 曹靖华

亚丹兄：

昨方寄一信，想已收到了。

前回所说的五个木刻作家中，其一是 Pavlinov，而非 Pavlov，恐收集材料时致误，故特寄信更正。

兄未回时，我曾寄杂志等两包，至今未见寄回，想必兄已发信，由那边的友人收阅了罢。如此，则最好。昨我又寄两包与小三，是接续前一回的。

此致即颂

近好。

弟豫　上　十一月廿五日

令夫人及孩子们均此致候。

二十六日

　　日记　星期。晴。上午寄靖华信。下午三弟来。收《新群众》五本。

二十七日

　　日记　晴。上午蕴如持来成先生所送酱肉二筐，茶叶二合，酱鸭一只，豆豉一包。午后得河内信。为土屋文明氏书一笺，云："一枝清采妥湘灵，九畹贞风慰独醒。无奈终输萧艾密，却成迁客播芳馨。"即作书寄山本夫人。买『文学の為めの経済学』一本，二元六角。

无　题

一枝清采妥湘灵，九畹贞风慰独醒。
无奈终输萧艾密，却成迁客播芳馨。

　　未另发表。据手稿编入。

　　初未收集。

二十八日

　　日记　昙。无事。

二十九日

日记 昙,午晴。晚寄三弟信。寄陈铁耕信。寄李雾城信。蕴如之甥女出嫁,送礼十元。夜得小峰信并版税泉二百。假费慎祥泉百。

三十日

日记 晴。午得诗荃信。得胡今虚信,即转寄谷天。得赵家璧信内附黄药眠函。下午昙。得『版芸術』(十二月号)一本,价五角。

十二月

一日

日记 晴。午后得何俊明信。蕴如赠补血祛风酒二瓶。晚浴。

二日

日记 晴。午后得西谛信并《北平笺谱》序稿,即复。得增田君信,即复。得紫佩信。下午往日本基督教青年会观俄法书籍插画展览会。得小峰信,即付《两地书》印证五百,《朝华夕拾》印证二千。晚蕴如偕女客三人,孩子五人来,留之夜饭,并买玩具,糖果赠孩子。夜三弟来。

致 郑振铎

西谛先生:

顷得惠书,谨悉一切。序文甚好,内函掌故不少,今惟将觉得可以商榷者数处,记出寄还,希酌夺。叶先生处样张终无消息,写信去问,亦无回音,不知何故也,因亦不再写信。

"毛样"请不必寄来,因为内容已经看熟,成书后之状况,可以闭目揣摩而见之,不如加上序目,成为一部完书。否则,"毛样"放在寓中,将永远是"毛样",又糟蹋了一部书也。

海上"文摊"之状极奇,我生五十余年矣,如此怪像,实是第一次看见,倘使自己不是中国人,倒也有趣,这真是所谓 Grotesque,眼福不浅也,但现在则颇不舒服,如身穿一件未曾晒干之小衫,说是苦痛，并不然，然［不］说是没有什么，又并不然也。

此复，即请

著安。

迅　上　十二月二日

致　增田涉

　　どうして「幽蘭」はよくないので「幽蕙」の方がよいのか、其の理由はわからないが併し「散漫」居士とはわるくないと思ふ。人才が多くなると愈々散漫に傾くだらう。

　　『大阪朝日新聞』に出た写真はいかにも形容枯槁でしたが併し実物の方はそう枯槁して居ないのです。して見ると写真も真を写さない時が有るに免かれない。恐らく其のカメラが枯槁して居るだらう。

　　東南の方が少し騒いで居ます。骨を争ふ為めです。骨の立場から言へば甲の犬に食はれると乙の犬に食はれると、どちも同じ事で、だから上海では無事です。幸福と云ふべしだ。

　　ファショは大に活動して居ます。僕等は無事で……これも幸福と云ふべしだ。

洛文　上　十二月二日

増田兄几下

三日

　　日记　星期。晴。上午同广平携海婴往须藤医院诊。寄小峰信。午后赵，成二宅结婚，与广平携海婴同往观礼。下午同三弟往来青阁买阮氏本《古列女传》二本，又黄嘉育本八本，石印《历代名人画谱》四本，石印《圆明园图咏》二本，共泉十三元六角。仍回成宅观余兴，至夜归。

四日

日记 晴。午后得姚克信。买『刑法史の或る断層面』一本，二元；『エチュード』一本，三元。下午协和来。得叶圣陶送来之笺样一本，即析其中之三幅，于晚寄还西谛。夜寄铁耕信。寄雾城信。头痛，服阿斯匹林。

致 陈铁耕

铁耕先生：

有一位外国女士，她要收集中国左翼作家的绘画，先往巴黎展览，次至苏联，要我通知上海的作者。但我于绘画界不熟悉，所以转托先生设法，最好将各作家的作品于十五日以前，送内山书店转交我，再由我转交她。

除绘画外，还须选各种木刻二份。

同样的信，我还写了一封给李雾城先生，请你们接洽办理。但如不便，则分头进行亦可。

此上即颂

时绥。

迅　上　十二月四日

五日

日记 晴。上午寄须藤先生信，为海婴取药。午后得罗清桢信并木刻七幅，即复。得陶亢德信，即复。下午海婴与碧珊去照相，随行照料。寄西谛信。夜为大阪《朝日新闻》作文一篇。

上海雑感

　感ずるところがあると、直に書いて置かなければ忘れてしまふ。馴れるからである。小さかつた時には、西洋紙を手に持てば、変な匂が鼻について来るやうに覚えてゐるが、今では何の変な感じもしなかつた。はじめて血を見ると、気持が頗る悪いが、人殺しの名所に久しく生残ると、つるしてゐる首を見ても、さほど驚きもしない。つまり馴れたからである。して見れば人々は——少くとも僕のやうな人は、自由人から奴隷になることも、さうむづかしくないだらう。なんでも馴れて行くからである。

　支那は変化の多いところであるが、しかも変化してゐないやうに感じさせる。変化が余り多いからかへつて忘れさせてしまふ。沢山の変化を覚えなければならないなら、実に記録破りの物覚の力を持たなければならないのである。

　しかし一ケ年半のことについて感ずるところは、薄いながらも覚えることが出来る。なんだか、なんでも皆潜行活動、秘密活動になつてゐるやうだ。

　今まで革命者が圧迫されてゐるから、潜打或は秘密活動などをやると聞いて来たが、一九三三年にはじめて統治者もかういふ風にやつてゐるとを感じた。たとへば甲の巨頭が乙の巨頭のゐるところにやつて来る。たいていの人々は皆政治上の商談のためだらうと推測するが、しかるに新聞にはさうでないので、名勝を遊ぶためとか、或は湯治のためとかに来たのだといふ。外国の外交官が来ても交渉のためではなくて、何とかいふ名人の歯の痛みを慰問するに来たのだと報道する。しかし、しまひには遂にどうもさうではないらしかつた。

筆を使ふ人々の殊によく感ずることは、いはゆる文壇のことである。上海では金持が曲者にさらはれて、人質になることはよくあるが、近ごろは貧乏な作者も時々行方不明になる。一部分の人は政府の方にさらはれたといふけれども、政府側らしい人はさうでないと仄めかす。しかし、どうもやはり政府所属のどこかにゐるらしいので、今度は生きてゐるか、死んでゐるかの疑問を残して終る。

禁止される出版物の目録はないが、郵便で送ると、やはり時々行方不明となる。もしレニンの書いたものなら何の不思議もないが、国木田獨歩の小説も時にいけない。杭州ではアミチスの『愛の教育』もいけない。しかしいかがはしいものを公然と売つてゐるところも大にある。大に売つてゐるが、或る店に限つて、時にどこからか金槌が飛んで来て、大きい窓ガラスを壊してしまふ。損失二百ドル以上である。二枚壊される店もあつて、今度は五百ドル也だ。ビラをまく時もあるが、たいてい得体の解りがたい何々団といふて、おまけに印を押してゐる。

安全な出版物にはムソリーニやヒットラーの伝記や逸話を載

519

せてほめてゐる。さうして支那を救ふものは、こんな英雄に限る
と主張するが、しかし肝腎の支那のムソリーニやヒットラーは誰
であるかといふ重要な結論にいたるとなかなか遠慮していはな
い。それは秘密で、読者自分みづから悟つて、おのく自分で責任
を負はなければならない。論敵に対しては、サウエート同盟と絶
交してゐる時にはルーブルを貰つてゐるといひ抗日の時には支
那の秘密を日本に売つてゐるといふ。しかし、その重大な売国事
件を筆で訴へるものは、変名を使つてゐて、やはりもし有効にな
つて、敵がそのために殺される責任を負ひたくないのである。

　革命者は圧迫されて地下に入るが、今度は圧迫者及びその一派
も蔭へもぐり込む。出鱈目をいひつつ、将来の変化を考へつつ、
ますます蔭へもぐり込んで、一旦情勢が変れば、別な顔をして、別
な旗を持つて、再び生れ変つたやうにする準備をしてゐる。それ
は近い将来のためであるが、遠い将来のためには、歴史上に芳
ばしい姓名を残したいからだ。支那ではインドとちがつて、歴史
を尊重してゐる。然れども尊重するほど信用してはないので、何
かうまい手段をまはせば、よい工合に書いて貰ふことが出来ると
思ふ。しかし自分以外の読者には、信じさせたいのである。

　我々も実に幼い時から意外なこと、変化の激しいことに対し
て、少しも驚かない教育を受けて来たのだ。その教科書は『西遊
記』で、全部化物変化で充たされてゐる。たとへば孫悟空とか牛
魔王とかいふやうなもの。著者の指示によれば、その中やはり正
と邪との区別がありさうだが、しかしとかく両方とも化物だか

ら、我々人間に取つてはさう関心しなくつてもよい。けれども若し本の上のことでなくつて、自分自身も真にその環境の中にゐると、今度はやはり割合に困ることになる。入浴の美人だと思へば、蜘蛛のお化けで、お寺の入口だと思へば、お猿様の口だといふのだから堪らない。とくに『西遊記』の教育を受けたお蔭で喫驚仰天して気絶することもあるまいが、とかく何でも疑ふやうになつてしまふ。

　外交家は疑ひ深いにきまつてゐるが、支那では実に一般に疑ひ深いものだと思ふ。田舎に行つて農民に道を聞き、或はその姓名や農作物の有様を尋ねると、なかく本当のことをいつてくれない。相手を蜘蛛の化物だと認めたからではなからうが、とかく何か禍を持つて来るものだと思つてゐるらしい。それは頗る紳士や学者達を憤慨させるもので、「愚民」といふ尊号を与へた。しかし事実上禍を持ち来たすことも時々あるので、必ずしも愚民達の神経衰弱のせいでもない。この一ケ年の経験によつて、僕も農民以上に疑ひ深くなつて、紳士や学者のなりをしてゐる方を蜘蛛の化物ではないかと感ずることがないでもなかつた。

　「愚民」の発生は愚民政策の効目で、秦の始皇帝が死んでからもう二千余年、歴史によれば再度その政策を繰返したものはなかつたのである。しかしその効目の残ることは、なんて驚くべきほど長いのだらう。

　　　原載 1934 年 1 月 1 日日本大阪《朝日新聞》。译文题作《一九三三年上海所感》。

初未收集。

致 罗清桢

清桢先生：

　　顷收到木刻一卷并来信，感谢之至。各种木刻，我以为是可以印行的，虽然一般读者，对于木刻还不十分注意，但总能供多少人的阅览。至于小引，我是肯做的，但近来对于我的各种迫压，非常厉害，也许因为我的一篇序文，反于木刻本身有害，这是应该小心的。

　　此后印画，我以为应该用中国纸，因为洋纸太滑，能使线条模胡。

　　我的照相，如未著手，希暂停。这一张照得太拘束，我可以另寄一二张，选相宜者为底本也。此复即颂
时绥。

　　　　　　　　　　　　　　　　　　　迅　上　十二月五日

致 陶亢德

亢德先生：

　　惠示谨悉。纪念或新年之类的撰稿，其实即等于赋得“冬至阳生春又来，得阳字五言六韵”，这类试帖，我想从此不做了。自然，假如大有“烟士披离纯”，本可以藉此发挥，而我又没有，况且话要说得吞吞吐吐，很不快活。还是沉默着罢。此复，即颂
著安。

　　　　　　　　　　　　　　　　　　鲁迅　上　十二月五日

致 郑振铎

西谛先生：

　　昨日收到圣陶先生寄来之笺样，因即将其中之三幅，于夜间挂号寄上了。

　　前在上海面谈时，记得先生曾说大村西崖复刻之中国插画书籍，现已易得，后函东京搜求，则不得要领。未知其书之总名为何，北平能购到否？统希便中见示。倘在北平可得，则希代买一部见寄也。此上即请

著安。

迅　顿首　十二月五日

致 姚 克

Ｙ先生：

　　十一月廿九日信收到。谭女士我曾见过一回，上海我们的画家不多，我也极少往来，但已通知了两个相识者，请他们并约别人趁早准备，想来作品未必能多。她不知何时南来，倘能先行告知，使我可以豫先收集，届时一总交给她，就更好。

　　闽变而粤似变非变，恐背后各有强国在，其实即以土酋为傀儡之瓜分。倘此论出，必无碍；然而非闽非粤之处，又岂不如此乎，故不如沉默之为愈也。

　　上海还很和暖，无需火炉。出版界极沉闷，动弹不得。《自由谈》则被迫得恹恹无生气了。

此复即颂

时绥。

L　上　十二月五夜。

二,三两日,借日本基督教青年会开了木刻展览会,一半是那边寄来的,观者中国青年有二百余。

六日

日记　昙。上午复姚克信。午后得雪生信并乔君稿一篇。得靖华信。得雾城信并木刻一幅。得吴渤信,即复。得『白と黒』(十二月分)一本,价五角。晚须藤先生来为海婴诊。小雨。

致 陈铁耕

铁耕先生:

前日寄上一函,想已到。今有复吴先生一信,乞即转寄为感。此颂

文祺。

迅　上　十二月六日

致 吴 渤

吴渤先生:

来信收到。现在开一个展览会颇不容易,第一是地址,须设法商借,又要认为安全的地方;第二是内容,苏联的难以单独展览,就

须请人作陪,这回的法国插画就是陪客。因为这些的牵掣,就发生种种缺点了。我所收集的苏联木刻,一共有八十多张,很想选取五十张,用玻璃版印成小本(大者不多,只能缩小),则于学者可以较展览会更加有益。现已写信到日本去探听印费(因为他们的制版术很好),倘使那价目为我力所能及,大约明年便当去印,于春末可以出版了。

《窗外》和《风景》,我是见过的。

关于稿子,我不能设法。一者我与书店没有直接交涉,二则我先前经手过此等事情不少,结果与先生所遇到的一样,不但不得要领,甚至于还失去稿子,夹在中间,非常为难,所以久不介绍了。

此复,即颂

时绥。

迅　上　十二月六日

再:K. Fedin 的《城市与年》(*City and Year*),大约英文有译本。

七日

日记　小雨。下午得征农信,即复,附致赵家璧函。得罗清桢信,即复。

致 罗清桢

清桢先生:

前收到木刻七幅后,即复一函;顷又得惠函并肖像两幅,甚感。这一幅木刻,我看是好的,前函谓当另觅照相寄上,可以作罢了。我的照相原已公开,况且成为木刻,则主权至少有一大半已在作者,所以贵校同事与学生欲得此画,只要作者肯印,在我个人是可以的。但我的朋友,亦有数人欲得,故附奉宣纸少许,倘能用此纸印四五幅见寄,则幸甚。

其余的纸,拟请先生印《扫叶工人》,《哭儿》,《赌徒》,[《哭儿》],《上海黄浦滩头》五幅见赐。因为我所有的,都是洋纸,滑而返光,不及中国纸印之美观也。

此复即颂

学安。

迅　启上　十二月七日

八日

日记　雨。上午往须藤医院。午后得母亲信,三日发。得山本夫人信并『明日』(六)一本。得林淡秋信,即复。下午须藤先生来为海婴诊。往商务印书馆邀三弟同往来青阁买原刻《晚笑堂竹庄画传》一部四本,价十二元;又《三十三剑客图》及《列仙酒牌》共四本,价四元;次至新雅酒楼应俞颂华,黄幼雄之邀,同席共九人。夜风。

九日

日记　昙。上午得董永舒信。得高植信,午后复。夜得白分信并《文艺》一本。

致 李小峰

小峰兄:

自上海不卖《伪自由书》后,向我来索取者不少,但我已无此书,

故乞即托店友送五十本给我，其价即在版税中扣除可也。此上即颂
时绥。

迅　启　十二月九夜

致 高 植

　　我很抱歉，因为我不见访客已经好几年了。这也并非为了别的，只是那时见访的人多，分不出时间招待，又不好或见或不见，所以只得躲起来，现在还守着这老法子，希谅察为幸。

　　录自 1948 年 12 月 29 日上海《大公报·小公园》志淳《鲁迅一事》。

十日

　　日记　星期。昙。上午寄小峰信。午后诗荃来并赠蜜饯二合。买『資本論の文学的構造』一本，七角。晚三弟来。夜修订旧书三种十本讫。胃痛。

十一日

　　日记　晴。午后得金溟若信。得烈文信并《自由谈》稿费卅。下午诗荃来。胃痛。

十二日

　　日记　晴。上午寄景明信。午后往内山书店买『東西交渉史の研究』一部二本，『英文学風物誌』，『汲古随想』各一本，共泉二十四

元。下午诗荃来。须藤先生来为海婴诊。晚复黎烈文信并稿一篇。胃痛,用怀炉温之。

十三日

日记 晴。午后得陶亢德信。得欧阳山信并稿一篇。得吴渤信,即复。得崔万秋所赠《新路》一本。得西谛所寄《北平笺谱》尾页一百枚,至夜署名讫,即寄还。胃痛,服海尔普,并仍用怀炉温之。

致 吴 渤

吴渤先生:

十一日信顷收到。没有油画水彩,木刻也好。自然,现在的作品,是幼稚的,但他们决不会笑,因为他们不是中国"大师"一流人。我还想要求他们批评,则于此地的作者,非常有益。

学木刻的几位,最好不要到那边去,我看他们的办法,和七八年前的广东一样,他们会忽然变脸,倒拿青年的血来洗自己的手的。

《城市与年》是长篇,但我没有看过。有德译,无日译。作于十月革命后不久,大约是讲那时情形的罢。

《子夜》诚然如来信所说,但现在也无更好的长篇作品,这只是作用于智识阶级的作品而已。能够更永久的东西,我也举不出。

总之,绘画即使没有别的,希望集一点木刻,给我交去为要。

此致即颂

时绥。

迅 上 十二月十三日

十四日

日记 晴。下午得 MK 木刻社信并木刻。晚得李雾城信并木刻二幅，夜复。

十五日

日记　雨。下午得谷天信并《文艺》（三）一本。从内山书店买
『鸟类原色大图说』（一）一本，『面影』一本，共泉十一元五角。夜风。
胃痛，服 Bismag。

十六日

日记　晴。午后得大街社信。得姚克信。得吴渤信并木刻一
卷。下午诗荃来并赠自作自写诗一篇。胃痛，服 Bismag。

家庭为中国之基本

　　中国的自己能酿酒，比自己来种鸦片早，但我们现在只听说许
多人躺着吞云吐雾，却很少见有人像外国水兵似的满街发酒疯。唐
宋的踢球，久已失传，一般的娱乐是躲在家里彻夜叉麻雀。从这两
点看起来，我们在从露天下渐渐的躲进家里去，是无疑的。古之上
海文人，已尝慨乎言之，曾出一联，索人属对，道："三鸟害人鸦雀
鸽"，"鸽"是彩票，雅号奖券，那时却称为"白鸽票"的。但我不知道
后来有人对出了没有。

　　不过我们也并非满足于现状，是身处斗室之中，神驰宇宙之外，
抽鸦片者享乐着幻境，叉麻雀者心仪于好牌。檐下放起爆竹，是在
将月亮从天狗嘴里救出；剑仙坐在书斋里，哼的一声，一道白光，千
万里外的敌人可被杀掉了，不过飞剑还是回家，钻进原先的鼻孔去，
因为下次还要用。这叫做千变万化，不离其宗。所以学校是从家庭
里拉出子弟来，教成社会人才的地方，而一闹到不可开交的时候，还

是"交家长严加管束"云。

"骨肉归于土，命也；若夫魂气，则无不之也，无不之也！"一个人变了鬼，该可以随便一点了罢，而活人仍要烧一所纸房子，请他住进去，阔气的还有打牌桌，鸦片盘。成仙，这变化是很大的，但是刘太太偏舍不得老家，定要运动到"拔宅飞升"，连鸡犬都带了上去而后已，好依然的管家务，饲狗，喂鸡。

我们的古今人，对于现状，实在也愿意有变化，承认其变化的。变鬼无法，成仙更佳，然而对于老家，却总是死也不肯放。我想，火药只做爆竹，指南针只看坟山，恐怕那原因就在此。

现在是火药蜕化为轰炸弹，烧夷弹，装在飞机上面了，我们却只能坐在家里等他落下来。自然，坐飞机的人是颇有了的，但他那里是远征呢，他为的是可以快点回到家里去。

家是我们的生处，也是我们的死所。

十二月十六日。

原载 1934 年 1 月 15 日《申报月刊》第 3 卷第 1 号。署名罗怃。

初收 1934 年 3 月上海同文书店版《南腔北调集》。

十七日

日记 星期。晴。上午诗荃来，邀至 Astor House 观绘画展览会，为 A. Efimov 等五人之作。三弟来。午得黄振球信并赠沙田柚五枚。夜蕴如来。

十八日

日记 晴。上午得金溟若信。得葛琴信，即复。买『蠹鱼無駄話』一本，二元六角。下午寄申报月刊社短文二篇，小说半篇，又欧阳山小说稿一篇。晚内山书店送来东京大学『東方学報』第四册一本,四元二角。夜同广平往融光大戏院观电影,曰《罗宫春色》。

十九日

日记 昙。午后复葛琴信。寄母亲信。复吴渤信。下午得何白涛信并木刻三幅,晚复。夜复姚克信。始装火炉焚火。

致 母 亲

母亲大人膝下,敬禀者,十二月二日的来信,早已收到。心梅叔有信寄老三,云修坟已经动工,细账等完工后再寄。此项经费,已由男预先寄去五十元,大约已所差无几,请大人不必再向八道湾提起,免得因为一点小事,或至于淘气也。海婴仍不读书,专在家里捣乱,拆破玩具,但比上半年懂事得多,且较为听话了。男及害马均安好,并请勿念。上海天气渐冷,可穿棉袍,夜间更冷,寓中已于今日装置火炉矣。余容续禀,专此布达,恭请

金安。

男树　叩上　十二月十九日

致 吴 渤

吴渤先生:

木刻一卷并信,已收到。

某女士系法国期刊 *Vu* 的记者,听说她已在上海,但我未见,大约她找我不到,我也无法找她。倘使终于遇不到,我可以将木刻直

接寄到那边去的。

　　此复，即颂

时绥。

迅　上　十二，十九。

致 何白涛

白涛先生：

　　十六日信并木刻三幅，今天收到了，谢谢。另外的一卷，亦已于前天收到，其中的几幅，我想抽掉，即克白兄的《暖》，《工作》及先生的《望》。

　　《望》的特色，专在表现一个人，只是曲着的一只袖子的刻法稍乱，此外是妥当的；但内容却不过是“等待”而无动作，所以显出沉静之感。我以为无须公开。

　　《牧羊女》和《午息》同类，那脸面却比较的非写实了，我以为这是受了几个德国木刻家的影响的，不知道是不是？但这样的表现法，只可偶一为之，不可常用。

　　《私斗》只有几个人略见夸张，大体是好的。

　　《雪景》的雪点太小了，不写明，则观者想不到在下雪，这一幅我也许不送去。但在原版上，大约还可以修改。

　　《小艇》的构图最好，但艇子的阴影，好像太多一点了。波纹的刻法，也可惜稍杂乱。各种关于波纹的刻法，外国是很多的，我们看得不多，所以只好摸暗路，这是在中国的不幸之处。

　　我以为中国新的木刻，可以采用外国的构图和刻法，但也应该参考中国旧木刻的构图模样，一面并竭力使人物显出中国人的特点来，使观者一看便知道这是中国人和中国事，在现在，艺术上是要地方色彩的。从这一种观点上,所以我以为克白兄的作品中,以《等着爹爹》一幅为最好。

　　此复即颂

时绥。

迅　上　十二月十九日

致　姚　克

Ｙ先生:

　　十二夜的信早收到。谭女士至今没有见,大约她不知道我的住址,而能领她找我的人,现又不在上海,或者终于不能遇见也难说。我在这里,已集得木刻数十幅,虽幼稚,却总也是一点成绩,如果竟不相遇,我当直接寄到那边去。

　　《不是没有笑的》译文,已在《文艺》上登完,是两个人合译的,译者们的英文程度如何,我以为很难说。《生活周刊》已停刊,这就是自缢以免被杀;《文学》遂更加战战兢兢,什么也不敢登,如人之抽去了骨干,怎么站得住。《自由》更被压迫,闻常得恐吓信,萧的作品,我看是不会要的;编者也还偶来索稿,但如做八股然,不得"犯上",又不可"连下",教人如何动笔,所以久不投稿了。

　　台君为人极好,且熟于北平文坛掌故,先生去和他谈谈,是极好的。但是,罗兰的评语,我想将永远找不到。据译者敬隐渔说,那是一封信,他便寄给创造社——他久在法国,不知道这社是很讨厌我的——请他们发表,而从此就永无下落。这事已经太久,无可查考,我以为索性不必搜寻了。

　　那一次开展览会,因借地不易,所以会场不大好,绘画也只有百余幅,中国之观者有二百余人。历来所集木刻,颇有不易得者,开年

533

拟选印五十种,当较开会展览为有益。闻此地青年,又颇有往闽者,其实我看他们的办法,与北伐前之粤不异,将来变脸时,当又是杀掉青年,用其血以洗自己的手而已。惜我不能公开作文,加以阻止。

所作小说,极以先睹为快。我自己是无事忙,并不怎样闲游,而一无成绩,盖"打杂"之害也,此种情境,倘在上海,恐不易改,但又无别处可去。幸寓中均平善;天气虽渐冷,已装起火炉矣。

中国寄挂号信件,收受者须盖印,倘寄先生信件,挂号时用英文名,不知备有印章否? 便中乞示及。

此上,即颂

时绥。

L 启上 十二月十九夜。

二十日

日记 晴。午后得三弟信。得许拜言信,即复。得靖华信,即复。得郑野夫信,即复。得倪风之信,即复。买《古代铭刻汇考》一部三本,『東洋史論叢』一部一本,共泉十二元。得徐懋庸信,夜复。得西谛信,夜复。

致 曹靖华

亚丹兄:

十五日信收到,半月前的信,也收到的。编通俗文学的何君,是我们的熟人,人是好的,但幼稚一点,他能写小说,而这两本书,却编得不算好,因为为字数所限。至于吴,本是姓胡,他和我全不相识,忽然来信,说要重编《毁灭》,问我可以不可以。我非作者,不能禁第二人又编，回说可以的，不料他得此信后，便大施活动，好像和我是老朋友似的，与上海书坊去交涉，似乎他是正宗。我看此人的脾气，实在不大好，现已不和他通信了。

《安得伦》销去还不多，因为代售处不肯陈列，一者自然为了压迫，二者则因为定价廉，他们利益有限，所以不热心了。《出版消息》不知何人所办，其登此种消息，也许别有用意：请当局留心此书。

同样内容的书，或被禁，或不被禁，并非因了是否删去主要部分，内容如何，官僚是不知道的。其主要原因，全在出版者之与官场有无联络，而最稳当则为出版者是流氓，他们总有法子想。

兄所编的书，等目录到时，去问问看，但无论如何，阴历年内，书店是不收稿子的了。不过，现在之压迫，目的专在人名及其所属是那一翼，与书倒是不相干的。被说"犯禁"之后，即无可分辩，因为现在本无一定之"禁"，抗议也可以算作反革命也。

《当吉好特》还在排字，出版大约要在明年了。《母亲》，《我的大学》都是重译的，怕未必好，前一种已被禁。小说集是它兄译的，出版不久，书店即被搜查，书没收，纸版提去，大约有人去说了话。《一周间》译本有两种，一蒋光慈从俄文译，一戴望舒从法文译，我都未看过，但听人说，还是后一本好。

中国文学概论还是日本盐谷温作的《中国文学讲话》清楚些，中国有译本。至于史，则我以为可看（一）谢无量：《中国大文学史》，（二）郑振铎：《插图本中国文学史》（已出四本，未完），（三）陆侃如，冯沅君：《中国诗史》（共三本），（四）王国维：《宋元词曲史》，（五）鲁迅：《中国小说史略》。但这些都不过可看材料，见解却都是不正确的。

我们都还好。文稿很难发表，因压迫和书店卖买坏（买书的都穷了，有钱的不要看书），经济上自然受些影响，但目下还不要紧，勿念。

此复，即颂

时绥。

弟豫　上　十二月二十日

致 郑野夫

野夫先生：

　　木刻作品，我想选取五十种，明年付印是真的，无论如何，此事一定要做。

　　《水灾》能否出版，此刻不容易推测，大约怕未必有书店敢收受罢。但如已刻成，不妨去试问一下。此颂
时绥。

迅　上　十二月廿日

致 徐懋庸

懋庸先生：

　　十八日信收到。侍桁先生的最初的文章，我没有看他，待到留意时，这辩论快要完结了。据我看来，先生的主张是对的。

　　文章的弯弯曲曲，是韩先生的特长，用些"机械的"之类的唯物论者似的话，也是他的本领。但　先生还没有看出他的本心，他是一面想动摇文学上的写实主义，一面在为自己辩护。他说，沙宁在实际上是没有的，其实俄国确曾有，即中国也何尝没有，不过他不叫沙宁。文学与社会之关系，先是它敏感的描写社会，倘有力，便又一转而影响社会，使有变革。这正如芝麻油原从芝麻打出，取以浸芝麻，就使它更油一样。倘如韩先生所说，则小说上的典型人物，本无

其人，乃是作者案照他在社会上有存在之可能，凭空造出，于是而社会上就发生了这种人物。他之不以唯心论者自居，盖在"存在之可能（二字妙极）"句，以为这是他顾及社会条件之处。其实这正是呓语。莫非大作家动笔，一定故意只看社会不看人（不涉及人，社会上又看什么），舍已有之典型而写可有的典型的么？倘其如是，那真是上帝，上帝创造，即如宗教家说，亦有一定的范围，必以有存在之可能为限，故火中无鱼，泥里无鸟也。所以韩先生实是诡辩，我以为可以置之不理，不值得道歉的。

艺术的真实非即历史上的真实，我们是听到过的，因为后者须有其事，而创作则可以缀合，抒写，只要逼真，不必实有其事也。然而他所据以缀合，抒写者，何一非社会上的存在，从这些目前的人，的事，加以推断，使之发展下去，这便好像豫言，因为后来此人，此事，确也正如所写。这大约便是韩先生之所谓大作家所创造的有社会底存在的可能的人物事状罢。

我是不研究理论的，所以应看什么书，不能切要的说。据我的私见，首先是改看历史，日文的《世界史教程》（共六本，已出五本），我看了一点，才知道所谓英国美国，犹如中国之王孝籁而带兵的国度，比年青时明白了。其次是看唯物论，日本最新的有永田广志的《唯物辨证法讲话》（白杨社版，一元三角），《史的唯物论》（ナウカ社版，三本，每本一元或八角）。文学史我说不出什么来，其实是 G. Brandes 的《十九世纪文学的主要潮流》虽是人道主义的立场，却还很可看的，日本的《春秋文库》中有译本，已出六本（每本八角），（一）《移民文学》一本，（二）《独逸の浪漫派》一本，（四）《英国ニ於ヶル自然主义》，（六）《青春独逸派》各二本，第（三）（五）部未出。至于理论，今年有一本《写实主义论》系由编译而成，是很好的，闻已排好，但恐此刻不敢出版了。所见的日文书，新近只有《社会主义のレアリズムの问题》一本，而缺字太多，看起来很吃力。

中国的书，乱骂唯物论之类的固然看不得，自己不懂而乱赞的也看不得,所以我以为最好先看一点基本书,庶不致为不负责任的论客所误。

此复即颂

时绥。

迅 上 十二月二十夜。

致 郑振铎

西谛先生:

十五日信顷收到。《北平笺谱》尾页已于十四日挂号寄上,现在想必已到了。《生活》周刊已停刊,盖如闻将被杀而赶紧自缢;《文学》此地尚可卖,北平之无第六期,当系被暗扣,这类事是常有的。今之文坛,真是一言难尽,有些"文学家",作文不能,禁文则绰有余力,而于是乎文网密矣。现代在"流"字排行中,当然无妨,我且疑其与织网不无关系也。

此上即请

道安。

迅 顿首 十二月二十日

二十一日

日记 晴。上午得赵家璧所赠书二本。午后得紫佩所赠《故宫日历》一帖,干果二种,即复。下午买煤一吨,泉廿四。诗荃来。

二十二日

日记 晴。上午寄俊明信。收靖华所寄图表一卷。下午买﹝異常性慾の分析』一本,藏原惟人『芸術論』一本,共泉三元六角。晚得王熙之信并诗稿一本,儿歌一本。得小峰信并版税泉二百。假费仁祥泉百。得西门书店信。内山夫人赠海婴组木玩具一合。

二十三日

日记 晴。上午得洛扬信。得紫佩信附心梅叔笺。午后同广平邀冯太太及其女儿并携海婴往光陆大戏院观儿童电影《米老鼠》及《神猫艳语》。夜寄孙师毅信。赠阿玉及阿菩泉五,俾明日可看儿童电影。收申报月刊社稿费十六元。

二十四日

日记 星期。晴。午后得罗清桢信并木刻十四幅。得黎烈文信并赠自译《医学的胜利》一本,下午复。杂志部长谷川君赠海婴蛋糕一盒,玩具一种。得葛飞信。晚三弟及蕴如携藁官来,留之夜饭。诗荃来别,留赠烟卷一匣,自写《托尔斯泰致中国人书》德译本一本。

致 黎烈文

烈文先生:

顷奉到惠函并《医学的胜利》一本,谢谢。这类的书籍,其实是中国还是需要的,虽是古典的作品,也还要。我们要保存清故宫,不过不将它当作皇宫,却是作为历史上的古迹看。然而现在的出版界和读者,却不足以语此。

明年的元旦,我看和今年的十二月卅一日也未必有大差别,要做八股,颇难,恐怕不见得能写什么。《自由谈》上的文字,如侍桁蛰存诸公之说,应加以蒲鞭者不少,但为息事宁人计,不如已耳。此后颇想少作杂感文字,自己再用一点功夫,惟倘有所得而又无大碍者,则当奉呈也。

　　此复,即请

著安。

迅　上　十二月廿四日

二十五日

　　日记　晴。午后托广平往中国书店买《赌棋山庄全集》一部卅二本,十六元。下午校《解放了的堂吉诃德》毕。夜作《〈总退却〉序》一篇。

《总退却》序

　　中国久已称小说之类为"闲书",这在五十年前为止,是大概真实的,整日价辛苦做活的人,就没有工夫看小说。所以凡看小说的,他就得有余暇,既有余暇,可见是不必怎样辛苦做活的了,成仿吾先生曾经断之曰:"有闲,即是有钱!"者以此。诚然,用经济学的眼光看起来,在现制度之下,"闲暇"恐怕也确是一种"富"。但是,穷人们也爱小说,他们不识字,就到茶馆里去听"说书",百来回的大部书,也要每天一点一点的听下去。不过比起整天做活的人们来,他们也还是较有闲暇的。要不然,又那有工夫上茶馆,那有闲钱做茶钱呢?

　　小说之在欧美,先前又何尝不这样。后来生活艰难起来了,为了维持,就缺少余暇,不再能那么悠悠忽忽。只是偶然也还想借书来休息一下精神,而又耐不住唠叨不已,破费工夫,于是就使短篇小说交了桃花运。这一种洋文坛上的趋势,也跟着古人之所谓"欧风美雨",冲进中国来,所以"文学革命"以后,所产生的小说,几乎以短篇为限。但作者的才力不能构成巨制,自然也是一个很大的原因。

而且书中的主角也变换了。古之小说,主角是勇将策士,侠盗赃官,妖怪神仙,佳人才子,后来则有妓女嫖客,无赖奴才之流。"五四"以后的短篇里却大抵是新的智识者登了场,因为他们是首先觉到了在"欧风美雨"中的飘摇的,然而总还不脱古之英雄和才子气。现在可又不同了,大家都已感到飘摇,不再要听一个特别的人的运命。某英雄在柏林扪髀着天,某天才在泰山捶胸泣血,还有谁会转过脸去呢? 他们要知道,感觉得更广大,更深邃了。

这一本集子就是这一时代的出产品,显示着分明的蜕变,人物并非英雄,风光也不旖旎,然而将中国的眼睛点出来了。我以为作者的写工厂,不及她的写农村,但也许因为我先前较熟于农村,否则,是作者较熟于农村的缘故罢。

一九三三年十二月二十五夜,鲁迅记。

未另发表。

初收 1934 年 3 月上海同文书店版《南腔北调集》。

二十六日

日记 晴。午后寄小峰信。复王熙之信并还诗稿,且赠《伪自由书》一本。下午复罗清桢信。复倪风之信并寄《珂勒惠支画集》一本。

致 李小峰

小峰兄:

这是一个不相识者寄来的,因为来路远,故为介绍,不知北新刊物上，有发表的地方否？倘发表，就请将刊物给我一本，以便转寄。否则，务乞寄还原稿，因为倘一失少，我就不得了了。

迅　上　十二月廿六日

致　王熙之

熙之先生：

　　惠函收到。儿歌曾绍介给北新书局，但似未发表。此次寄来的较多，也只好仍寄原处，因为我和书店很少往来。

　　大作的诗，有几首是很可诵的，但内容似乎旧一点，此种感兴，在这里是已经过去了。现并我的一本杂感集，一并挂号寄上。

　　《自由谈》的编辑者是黎烈文先生，我只投稿，但自十一月起，投稿也不能登载了。此复即颂

时绥。

迅　上　十二月廿六日

致　罗清桢

清桢先生：

　　十二月十二日信并木刻，均已收到，感谢之至。宣纸印画不如洋纸之清楚，我想是有两种原因：一是墨太干，一是磨得太轻。我看欧洲人的宣纸印画，后面都是磨得很重的。大约如变换着种种方法，试验几回，当可得较好的结果。

　　较有意思的读物，我此刻真也举不出。我想：先生何不取汕头的风景，动植，风俗等，作为题材试试呢。地方色彩，也能增画的美

和力，自己生长其地，看惯了，或者不觉得什么，但在别地方人，看起来是觉得非常开拓眼界，增加知识的。例如"杨桃"这多角的果物，我偶从上海店里觅得，给北方人看，他们就见所未见，好像看见了火星上的果子。而且风俗图画，还于学术上也有益处的。

此复，即颂

时绥。

鲁迅 上 十二月廿六日

二十七日

日记 昙。上午得志之信。得静农信。下午得增田君信，夜复。

致 台静农

静农兄：

下午从书店得所惠书，似有人持来，而来者何人，则不可考。《北平笺谱》竟能卖尽，殊出意外，我所约尚有余，当留下一部，其款亦不必送西三条寓，当于交书时再算账耳。印书小事，而郑君乃作如此风度，似少函养，至于问事不报，则往往有之，盖不独对于靖兄为然也。

写序之事，传说与事实略有不符，郑君来函问托天行或容某（忘其名，能作简字），以谁为宜，我即答以不如托天行，因是相识之故。至于不得托金公执笔，亦诚有其事，但系指书签，盖此公夸而懒，又高自位置，托以小事，能拖延至一年半载不报，而其字实俗媚入骨，无足观，犯不着向悭吝人乞烂铅钱也。关于国家博士，我似未曾提起，因我未能料及此公亦能为人作书，惟平日颇嗤其摆架子，或郑君后来亦有所闻，因不复道耳。

北大堕落至此，殊可叹息，若将标语各增一字，作"五四失精神"，"时代在前面"，则较切矣。兄蛰伏古城，情状自能推度，但我以为此亦不必侘傺，大可以趁此时候，深研一种学问，古学可，新学亦可，既足自慰，将来亦仍有用也。

投稿于《自由谈》，久已不能，他处颇有函索者，但多别有作用，故不应。《申报月刊》上尚能发表，盖当局对于出版者之交情，非对于我之宽典，但执笔之际，避实就虚，顾彼忌此，实在气闷，早欲不作，而与编者是旧相识，情商理喻，遂至今尚必写出少许。现状为我有生以来所未尝见，三十年来，年相若与年少于我一半者，相识之中，真已所存无几，因悲而愤，遂往往自视亦如轻尘，然亦偶自摄卫，以免为亲者所叹而仇者所快。明年颇欲稍屏琐事不作，专事创作或研究文学史，然能否亦殊未可必耳。专此布复，并颂

时绥。

豫　顿首　十二月廿七夜

致 增田涉

不相変ず元気です。

『大阪朝日新聞』の予告中に出された写真は若すぎて私の写真でないかも知らない。しかし他人のものでないと云ふ人もある。何んだかわからない。

近頃、老眼の眼鏡をかけた。本を読んだら字は大変に大く見えるが取て仕舞って見れば頗る小さくなる。では字の本当の大さはどんなものかと疑ひ出した。自分の形容に対しても同様。

迅　上　十二月廿七夜

增田兄几下

二十八日

日记　昙。上午复静农信。午后收大阪朝日新闻社稿费百，即假与葛琴。得语堂所赠《言语学论丛》一本。得天马书店信并《丁玲选集》二本，下午复。托内山书店购得『コーリキイ全集』一部二十五本，值三十二元。

答杨邨人先生公开信的公开信

《文化列车》破格的开到我的书桌上面，是十二月十日开车的第三期，托福使我知道了近来有这样一种杂志，并且使我看见了杨邨人先生给我的公开信，还要求着答复。对于这一种公开信，本没有一定给以答复的必要的，因为它既是公开，那目的其实是在给大家看，对我个人倒还在其次。但是，我如果要回答也可以，不过目的也还是在给大家看，要不然，不是只要直接寄给个人就完了么？因为这缘故，所以我在回答之前，应该先将原信重抄在下面——

鲁迅先生：

读了李儵先生（不知道是不是李又燃先生，抑或曹聚仁先生的笔名）的《读伪自由书》一文，近末一段说：

"读着鲁迅《伪自由书》，便想到鲁迅先生的人。那天，见鲁迅先生吃饭，咀嚼时牵动着筋肉，连胸肋骨也拉拉动的，鲁迅先生是老了！我当时不禁一股酸味上心头。记得从前看到父亲的老态时有过这样的情绪，现在看了鲁迅先生的老态又重温了一次。这都是使司马懿之流，快活的事，何况旁边早变心了魏延。"（这末一句照原文十个字抄，一字无错，确是妙文！）

不禁令人起了两个感想：一个是我们敬爱的鲁迅先生老了，一个是我们敬爱的鲁迅先生为什么是诸葛亮？先生的"旁边"那里来的"早变心了魏延"？无产阶级大众何时变成了阿斗？

　　第一个感想使我惶恐万分！我们敬爱的鲁迅先生老了，这是多么令人惊心动魄的事！记得《呐喊》在北京最初出版的时候（大概总在十年前），我拜读之后，景仰不置，曾为文介绍颂扬，揭登于张东荪先生编的《学灯》，在当时我的敬爱先生甚于敬爱创造社四君子。其后一九二八年《语丝》上先生为文讥诮我们，虽然两方论战绝无感情，可是论战是一回事，私心敬爱依然如昔。一九三〇年秋先生五十寿辰的庆祝会上，我是参加庆祝的一个，而且很亲切地和先生一起谈天，私心很觉荣幸。左联有一次大会在一个日本同志家里开着，我又和先生见面，十分快乐。可是今年我脱离共产党以后，在左右夹攻的当儿，《艺术新闻》与《出版消息》都登载着先生要"嘘"我的消息，说是书名定为：《北平五讲与上海三嘘》，将对我"用嘘的方式加以袭击"，而且将我与梁实秋张若谷同列，这自然是引起我的反感，所以才有《新儒林外史第一回》之作。但在《新儒林外史第一回》里头只说先生出阵交战用的是大刀一词加以反攻的讽刺而已。其中引文的情绪与态度都是敬爱先生的。文中的意义却是以为先生对我加以"嘘"的袭击未免看错了敌人吧了。到了拜读大著《两地书》以后为文介绍，笔下也十分恭敬并没半点谩骂的字句，可是先生于《我的种痘》一文里头却有所误会似地顺笔对我放了两三枝冷箭儿，特别地说是有人攻击先生的老，在我呢，并没有觉得先生老了，而且那篇文章也没有攻击先生的老，先生自己认为是老了吧了。伯纳萧的年纪比先生还大，伯纳萧的鬓毛比先生还白如丝吧，伯纳萧且不是老了，先生怎么

546

这样就以为老了呢？我是从来没感觉到先生老了的，我只感觉到先生有如青年而且希望先生永久年青。然而，读了李儦先生的文章，我惶恐，我惊讶，原来先生真的老了。李儦先生因为看了先生老了而"不禁一股酸味上心头"有如看他的令尊的老态的时候有过的情绪，我虽然也时常想念着我那年老的父亲，但并没有如人家攻击我那样地想做一个"孝子"，不过是天性所在有时未免兴感而想念着吧了，所以我看了李儦先生的文章并没有联想到我的父亲上面去。然而先生老了，我是惶恐与惊讶。我惶恐与惊讶的是，我们敬爱的文坛前辈老了，他将因为生理上的缘故而要停止他的工作了！在这敬爱的心理与观念上，我将今年来对先生的反感打个粉碎，竭诚地请先生训诲。可是希望先生以严肃的态度出之，如"嘘"，如放冷箭儿等却请慎重，以令对方心服。

第二个感想使我⋯⋯因为那是李儦先生的事，这里不愿有扰清听。

假如这信是先生觉得有答复的价值的话，就请寄到这里《文化列车》的编者将它发表，否则希望先生为文给我一个严正的批判也可以。发表的地方我想随处都欢迎的。

专此并竭诚地恭敬地问了一声安好并祝

康健。

　　　　　　　　杨邨人谨启。一九三三，一二，三。

末了附带声明一句，我作这信是出诸至诚，并非因为鬼儿子骂我和先生打笔墨官司变成小鬼以后向先生求和以⋯⋯"大鬼"的意思。邨人又及。

以下算是我的回信。因为是信的形式，所以开头照例是——

邨人先生：

先生给我的信是没有答复的价值的。我并不希望先生"心服"，先生也无须我批判，因为近二年来的文字，已经将自己的形象画得十分分明了。自然，我决不会相信"鬼儿子"们的胡说，但我也不相信先生。

这并非说先生的话是一样的叭儿狗式的猖獗；恐怕先生是自以为永久诚实的罢，不过因为急促的变化，苦心的躲闪，弄得左支右绌，不能自圆其说，终于变成废话了，所以在听者的心中，也就失去了重量。例如先生的这封信，倘使略有自知之明，其实是不必写的。

先生首先问我"为什么是诸葛亮？"这就问得稀奇。李儾先生我曾经见过面，并非曹聚仁先生，至于是否李又燃先生，我无从确说，因为又燃先生我是没有豫先见过的。我"为什么是诸葛亮"呢？别人的议论，我不能，也不必代为答复，要不然，我得整天的做答案了。也有人说我是"人群的蟊贼"的。"为什么？"——我都由它去。但据我所知道，魏延变心，是在诸葛亮死后，我还活着，诸葛亮的头衔是不能加到我这里来的，所以"无产阶级大众何时变成了阿斗？"的问题也就落了空。那些废话，如果还记得《三国志演义》或吴稚晖先生的话，是不至于说出来的，书本子上及别人，并未说过人民是阿斗。现在请放心罢。但先生站在"小资产阶级文学革命"的旗下，还是什么"无产阶级大众"，自己的眼睛看见了这些字，不觉得可羞或可笑么？不要再提这些字，怎么样呢？

其次是先生"惊心动魄"于我的老，可又"惊心动魄"得很稀奇。我没有修炼仙丹，自然的规则，一定要使我老下去，丝毫也不足为奇的，请先生还是镇静一点的好。而且我后来还要死呢，这也是自然的规则，豫先声明，请千万不要"惊心动魄"，否则，逐渐就要神经衰弱，愈加满口废话了。我即使老，即使死，却决不会将地球带进棺材里去，它还年青，它还存在，希望正在将来，目前也还可以插先生的旗子。这一节我敢保证，也请放心工作罢。

于是就要说到"三嘘"问题了。这事情是有的，但和新闻上所载的有些两样。那时是在一个饭店里,大家闲谈,谈到有几个人的文章,我确曾说:这些都只要以一嘘了之,不值得反驳。这几个人们中,先生也在内。我的意思是,先生在那冠冕堂皇的"自白"里,明明的告白了农民的纯厚,小资产阶级的智识者的动摇和自私,却又要来竖起小资产阶级革命文学的旗,就自己打着自己的嘴。不过也并未说出,走散了就算完结了。但不知道是辗转传开去的呢,还是当时就有新闻记者在座,不久就张大其辞的在报上登了出来,并请读者猜测。近五六年来,关于我的记载多极了,无论为毁为誉,是假是真,我都置之不理,因为我没有聘定律师,常登广告的巨款,也没有遍看各种刊物的工夫。况且新闻记者为要哄动读者,会弄些夸张的手段,是大家知道的,甚至于还全盘捏造。例如先生还在做"革命文学家"的时候,用了"小记者"的笔名,在一种报上说我领到了南京中央党部的文学奖金,大开筵宴,祝孩子的周年,不料引起了郁达夫先生对于亡儿的记忆,悲哀了起来。这真说得栩栩如生,连出世不过一年的婴儿,也和我一同被喷满了血污。然而这事实的全出于创作,我知道,达夫先生知道,记者兼作者的您杨邨人先生当然也不会不知道的。

当时我一声不响。为什么呢? 革命者为达目的,可用任何手段的话,我是以为不错的,所以即使因为我罪孽深重,革命文学的第一步,必须拿我来开刀,我也敢于咬着牙关忍受。杀不掉,我就退进野草里,自己舐尽了伤口的血痕,决不烦别人傅药。但是,人非圣人,为了麻烦而激动起来的时候也有的,我诚然讥诮过先生"们",这些文章,后来都收在《三闲集》中,一点也不删去,然而和先生"们"的造谣言和攻击文字的数量来比一比罢,不是不到十分之一么? 不但此也,在讲演里,我有时也曾嘲笑叶灵凤先生或先生,先生们以"前卫"之名,雄赳赳出阵的时候,我是祭旗的牺牲,则战不数合便从火线上爬了开去之际,我以为实在也难以禁绝我的一笑。无论在阶级的立场上,在个人的立场上,我都有一笑的权利的。然而我从未傲然的假借什么"良心"或"无产阶级大众"之名，来凌压敌手，我接着一定声明：这是因为我和他有些个人的私怨的。先生，这还不够退让么？

但为了不能使我负责的新闻记事，竟引起先生的"反感"来了，然而仍蒙破格的优待，在《新儒林外史》里，还赏我拿一柄大刀。在礼仪上，我是应该致谢的，但在实际上，却也如大张筵宴一样，我并无大刀，只有一枝笔，名曰"金不换"。这也并不是在广告不收卢布的意思，是我从小用惯，每枝五分的便宜笔。我确曾用这笔碰着了先生，不过也只如运用古典一样，信手拈来，涉笔成趣而已，并不特别含有报复的恶意。但先生却又给我挂上"三枝冷箭"了。这可不能怪先生的，因为这只是陈源教授的余唾。然而，即使算是我在报复罢，由上面所说的原因，我也还不至于走进"以怨报德"的队伍里面去。

至于所谓《北平五讲与上海三嘘》，其实是至今没有写，听说北平有一本《五讲》出版，那可并不是我做的，我也没有见过那一本书。不过既然闹了风潮，将来索性写一点也难说，如果写起来，我想名为《五讲三嘘集》，但后一半也未必正是报上所说的三位。先生似乎羞与梁实秋张若谷两位先生为伍，我看是排起来倒也并不怎样辱没了先生，只是张若谷先生比较的差一点，浅陋得很，连做一"嘘"的材料也不够，我大概要另换一位的。

对于先生，照我此刻的意见，写起来恐怕也不会怎么坏。我以为先生虽是革命场中的一位小贩，却并不是奸商。我所谓奸商者，一种是国共合作时代的阔人，那时颂苏联，赞共产，无所不至，一到清党时候，就用共产青年，共产嫌疑青年的血来洗自己的手，依然是阔人，时势变了，而不变其阔；一种是革命的骁将，杀土豪，倒劣绅，激烈得很，一有蹉跌，便称为"弃邪归正"，骂"土匪"，杀同人，也激烈得很，主义改了，而仍不失其骁。先生呢，据"自白"，革命与否以亲之苦乐为转移，有些投机气味是无疑的，但并没有反过来做大批的买卖，仅在竭力要化为"第三种人"，来过比革命党较好的生活。既从革命阵线上退回来,为辩护自己,做稳"第三种人"起见,总得有一点零星的忏悔,对于统治者,其实是颇有些益处的,但竟还至于遇到"左右夹攻的当儿"者,恐怕那一方面,还嫌先生门面太小的缘故罢,这和银行雇员的看不起小钱店伙计是一样的。先生虽然觉得抱屈,但不信"第三种人"的存在不独是左翼,却因先生的经验而证明了,这也是一种很大的功德。

平心而论,先生是不算失败的,虽然自己觉得被"夹攻",但现在只要没有马上杀人之权的人,有谁不遭人攻击。生活当然是辛苦的罢,不过比起被杀戮,被囚禁的人们来,真有天渊之别;文章也随处能够发表,较之被封锁,压迫,禁止的作者,也自由自在得远了。和阔人骁将比,那当然还差得很远,这就因为先生并不是奸商的缘故。这是先生的苦处,也是先生的好处。

话已经说得太多了,就此完结。总之,我还是和先前一样,决不肯造谣说谎,特别攻击先生,但从此改变另一种态度,却也不见得,本人的"反感"或"恭敬",我是毫不打算的。请先生也不要因为我的"将因为生理上的缘故而要停止工作"而原谅我,为幸。

专此奉答,并请
著安。

鲁迅 一九三三,一二,二八。

未另发表。
初收 1934 年 3 月上海同文书店版《南腔北调集》。

致 陶亢德

亢德先生:

附上稿子两种,是一个青年托我卖钱的,横览九洲,觉得于《论语》或尚可用，故不揣冒昧，寄上一试，犯忌之处，改亦不妨，但如不要，则务希费 神寄还，因为倘一失去，则文章之价值即增，而我亦将赔不起也。此布即请

著安。

鲁迅　上　十二月廿八夜

致 王志之

志兄：

廿二日信已收到。前月得信后，我是即复一信的，既未收到，那是被遗失或没收了。《落花集》在现代搁置多日，又被送还，据云因曾出版，所以店主反对，争之甚力，而终无效云云，现仍在我处，暂时无法想。这回的稿子，当于明日寄给《论语》，并且声明，许其略改犯禁之处。惟近来之出版界，真是战战兢兢，所以能登与否，亦正难必，总之：且解［听］下回分解罢。

德哥派拉君之事，我未注意，此君盖法国礼拜六派，油头滑脑，其到中国来，大概确是搜集小说材料。我们只要看电影上，已大用菲洲，北极，南美，南洋……之土人作为材料，则"小说家"之来看支那土人，做书卖钱，原无足怪，阔人恭迎，维恐或后。则电影上亦有酋长飨宴等事迹也。

《募修孔庙疏》不必见寄，此种文字，所见已多，真多于"牛溲马勃"，而且批评文字，亦无处发表，盖庙虽未修，而礼教则已早重，故邪说无从盛行也。

上海尚未大冷，我们是好的。

此复，即颂

时绥。

迅　上　十二月廿八夜

二十九日

　　日记　小雨。上午寄陶亢德信并志之来稿二篇。复志之信。得姚克信。季市来。下午映霞及达夫来。夜风。

三十日

　　日记　晴。上午得谷天信。得『白と黒』（明年一月分）一本，五角。午后为映霞书四幅一律，云："钱王登遐仍如在，伍相随波不可寻。平楚日和憎健翮，小山香满蔽高岑。坟坛冷落将军岳，梅鹤凄凉处士林。何似举家游旷远，风沙浩荡足行吟。"又为黄振球书一幅，云："烟水寻常事，荒村一钓徒。深宵沉醉起，无处觅菰蒲。"晚得小峰信并版税泉二百。付《吉诃德》排字费五十。须藤先生来为海婴及碧珊诊。

阻郁达夫移家杭州

钱王登假仍如在，伍相随波不可寻。
平楚日和憎健翮，小山香满蔽高岑。
坟坛冷落将军岳，梅鹤凄凉处士林。
何似举家游旷远，风波浩荡足行吟。

十二月

　　本篇曾见录于 1934 年 7 月 20 日《人间世》半月刊第 8 期高疆《今人诗话》一文。

初收 1935 年 5 月上海群众图书公司版《集外集》。

酉年秋偶成

烟水寻常事，荒村一钓徒。

深宵沉醉起，无处觅菰蒲。

未另发表。据手稿编入。

初未收集。

三十一日

日记 星期。晴。上午内山夫人赠松竹梅一盆。午今关天彭寄赠『五山の詩人』一本。晚须藤先生来为海婴及碧珊诊，即同往其寓取药。治肴分赠内山，镰田，长谷川三家。夜蕴如及三弟来。

《南腔北调集》题记

一两年前，上海有一位文学家，现在是好像不在这里了，那时候，却常常拉别人为材料，来写她的所谓"素描"。我也没有被赦免。据说，我极喜欢演说，但讲话的时候是口吃的，至于用语，则是南腔北调。前两点我很惊奇，后一点可是十分佩服了。真的，我不会说绵软的苏白，不会打响亮的京腔，不入调，不入流，实在是南腔北调。而且近几年来，这缺点还有开拓到文字上去的趋势；《语丝》早经停刊，没有了任意说话的地方，打杂的笔墨，是也得给各个编辑者设身处地地想一想的，于是文章也就不能划一不二，可说之处说一点，不能说之处便罢休。即使在电影上,不也有时看得见黑奴怒形于色的时候,一有同是黑奴而手里拿着皮鞭的走过来,便赶紧低下头去么?我也毫不强横。

一俯一仰,居然又到年底,邻近有几家放鞭爆,原来一过夜,就要"天增岁月人增寿"了,静着没事,有意无意的翻出这两年所作的杂文稿子来,排了一下,看看已经足够印成一本,同时记得了那上面所说的"素描"里的话,便名之曰《南腔北调集》,准备和还未成书的将来的《五讲三嘘集》配对。我在私塾里读书时,对过对,这积习至今没有洗干净,题目上有时就玩些什么《偶成》,《漫与》,《作文秘诀》,《捣鬼心传》,这回却闹到书名上来了。这是不足为训的。

其次,就自己想:今年印过一本《伪自由书》,如果这也付印,那明年就又有一本了。于是自己觉得笑了一笑。这笑,是有些恶意的,因为我这时想到了梁实秋先生,他在北方一面做教授,一面编副刊,一位喽罗儿就在那副刊上说我和美国的门肯(H. L. Mencken)相像,因为每年都要出一本书,每年出一本书就会像每年也出一本书的门肯,那么,吃大菜而做教授,真可以等于美国的白璧德了。低能好像是也可以传授似的。但梁教授极不愿意因他而牵连白璧德,是据说小人的造谣;不过门肯却正是和白璧德相反的人,以我比彼,虽出自徒孙之口,骨子里却还是白老夫子的鬼魂在作怪。指头一拨,君子就翻一个筋斗,我觉得我到底也还有手腕和眼睛。

不过这是小事情。举其大者,则一看去年一月八日所写的《"非所计也"》,就好像着了鬼迷,做了恶梦,胡里胡涂,不久就整两年。怪事随时袭来,我们也随时忘却,倘不重温这些杂感,连我自己做过短评的人,也毫不记得了。一年要出一本书,确也可以使学者们摇头的,然而只有这一本,虽然浅薄,却还借此存留一点遗闻逸事,以中国之大,世变之亟,恐怕也未必就算太多了罢。

两年来所作的杂文,除登在《自由谈》上者外,几乎都在这里面;书的序跋,却只选了自以为还有几句可取的几篇。曾经登载这些的刊物,是《十字街头》,《文学月报》,《北斗》,《现代》,《涛声》,《论语》,《申报月刊》,《文学》等,当时是大抵用了别的笔名投稿的;但有一篇没有发表过。

一九三三年十二月三十一日之夜,于上海寓斋记。

未另发表。

初收 1934 年 3 月上海同文书店版《南腔北调集》。

《〈守常全集〉题记》附识

这一篇,是 T 先生要我做的,因为那集子要在和他有关系的 G 书局出版。我谊不容辞,只得写了这一点,不久,便在《涛声》上登出来。但后来,听说那遗集稿子的有权者另托 C 书局去印了,至今没有出版,也许是暂时不会出版的罢,我虽然很后悔乱作题记的孟浪,但我仍然要在自己的集子里存留,记此一件公案。十二月三十一夜,附识。

未另发表。

初收 1934 年 3 月上海同文书店版《南腔北调集》。

《祝〈涛声〉》补记

十一月二十五日的《涛声》上,果然发出《休刊辞》来,开首道:"十一月二十日下午,本刊奉令缴还登记证,'民亦劳止,汔可小康'。我们准备休息一些时了。……"这真是康有为所说似的"不幸而吾言中",岂不奇而不奇也哉。　　十二月三十一夜,补记。

未另发表。

初收 1934 年 3 月上海同文书店版《南腔北调集》。

书　帐

长恨歌画意一本　　三·二〇　　一月四日

支那古器图考(兵器篇)一函　　九·五〇　　一月七日

支那明器泥象図鑑(五)一帖　　六·五〇

少年画帖一帖八枚　　一·〇〇　　一月十二日

鲁迅全集一本　　二·二〇

景印秦泰山刻石一本　　一·二〇　　一月十五日

及时行乐一本　　一·六〇

中国文学史(一、三)二本　　去年付讫

唐宋诸贤词选三本　　一·〇〇　　一月十六日

今世说四本　　〇·六〇

東洋美術史の研究一本　　八·四〇　　一月二十五日

Der letzte Udehe 一本　　靖华寄来　　一月二十九日

周漢遺宝一本　　一一·六〇　　一月三十一日　　四六·八〇〇

李太白集四本　　二·〇〇　　二月二日

烟屿楼读书志八本　　三·〇〇

中国文学史(一至三)三本　　郑振铎赠　　二月三日

版芸術(十一)一本　　〇·六〇　　二月十二日

プロ文学講座(一、二)二本　　二·四〇　　二月十三日

世界史教程(五)一本　　一·五〇

プロ文学概論一本　　一・七〇　　二月十六日

明治文学展望一本　　木村毅贈　　二月十七日

英和辞典一本　　二・九〇　　二月十九日

袖珍英和辞典一本　　〇・七〇

現代英国文芸印象記一本　　二・〇〇　　二月二十四日

近代劇全集(三九)一本　　一・二〇

ツルゲネフ散文詩一本　　二・〇〇　　二月二十八日　　二〇・〇〇〇

初期白话诗稿五本　　刘半农赠　　三月一日

影宋椠三世相一本　　九・〇〇

The Adventures of the Black Girl

　　　in her search for God 一本　　二・五〇　　三月六日

世界史教程(二)一本　　一・二〇　　三月十一日

CARLÉGLE 一本　　九六・〇〇

版芸術(三月号)一本　　〇・六〇　　三月十三日

国亮抒情画集一本　　二・〇〇　　三月十八日

西域南蛮美術東漸史一本　　五・〇〇　　三月二十一日

プロ文学講座(三)一本　　一・二〇　　三月二十二日

支那ユーモア全集一本　　増田君贈　　三月二十四日

ヴェルレエヌ研究一本　　三・二〇

ミレー大画集(一)一本　　四・〇〇　　三月二十七日

白と黒(十二至十九)八本　　四・六〇

澄江堂遺珠一本　　二・六〇　　三月二十八日

一天的工作二十五本　　一五・七五〇　　　　　　　　一四三・三五〇

版芸術(四月号)一本　　〇・五五〇　　四月一日

漫画坊つちやん一本　　〇・三〇　　四月十七日

漫画吾輩は猫である一本　　〇・三〇

英文学散策一本　　二・四〇

两地书二十本　　一四・〇〇　　四月十九日

一立斎広重一本　六・〇〇　四月二十日

插画本十月一本　靖华寄来　四月二十一日

人生十字路一本　一・六〇　四月二十二日

世界の女性を語る一本　木村毅君贈　四月二十五日

小説研究十二講一本　同上

支那中世医学史一本　九・〇〇

Noa Noa 一本　増田君寄来　四月二十九日

素描新技法講座五本　八・四〇　四月三十日

版芸術(五月分)一本　〇・六〇　　　　　　　　　　　四三・一五〇

漫画サロン集一本　〇・七〇　五月一日

竪琴五本　三・一五〇　五月五日

一天的工作五本　三・一五〇

雨一本　〇・六五〇

一年一本　〇・六五〇

小林论文集一本　〇・八〇

ヴァン・ゴッホ大画集(1)一本　五・五〇　五月八日

ブレイク研究一本　三・七〇　五月九日

卜辞通纂四本　一三・二〇　五月十二日

最新思潮展望一本　一・六〇　五月十九日

版芸術(六月号)一本　〇・六〇　五月二十七日

金瓶梅词话廿本图一本　三〇・〇〇　五月卅一日

白と黒(廿一至卅一)十一本　六・六〇

白と黒(卅三、卅四)二本　一・二〇　　　　　　　　七一・五〇〇

ミレー大画集(2)一本　四・〇〇　六月六日

白と黒(三十五)一本　〇・六〇　六月八日

現代の考察一本　二・二〇　六月九日

木版画(一期之一)一帖十枚　野穂社贈　六月十八日

ショウを語る一本　一・五〇　六月二十二日

輪のある世界一本　一・七〇

支那思想のフランス西漸一本　一〇・〇〇　六月二十四日

師・友・書籍一本　二・二〇

広辞林一本　三・六〇

母亲（署名本）一本　良友公司贈　六月二十七日

现代世界文学研究一本　二・二〇　六月三十日

クオタリイ日本文学一本　壹・四〇　　　　　　　　二九・四〇〇

版芸術（七月号）一本　〇・六〇　七月二日

ヴァレリイ文学一本　一・一〇　七月四日

革命文豪高尔基一本　邹韬奋贈　七月七日

ヴァン・ゴツホ大画集（2）一本　五・五〇　七月八日

アジア的生産方式に就いて一本　二・二〇　七月十一日

星座神話一本　二・二〇　七月十五日

史的唯物論三本　三・〇〇

仏蘭西新作家集一本　二・二〇

支那古明器泥像図鑑（六）一帖　七・七〇　七月十八日

モンパルノ（精装本）一本　四・五〇

ゲーテ批判一本　一・四〇

ハイネ研究一本　一・二〇

白と黒（卅六、七）二本　一・一〇

季刊批評一本　二・〇〇

古代希臘文学総説一本　三・四〇　七月二十五日

ボオドレエル感想私録一本　二・八〇

ノウアーリス日记一本　二・〇〇

生物学講座増補三本　二・〇〇　七月二十六日

版芸術（八月号）一本　〇・六〇　七月二十九日

袁本郡斎读书志八本　二一・六〇　七月三十日

J. C. Orozco 画集一本　二三・〇〇　　　　　　　　九〇・〇〇〇

ジイド以後一本　　一・一〇　　八月三日

ミレー大画集(3)一本　　四・〇〇　　八月七日

移民文学一本　　〇・九〇　　八月十九日

独逸浪漫派一本　　〇・九〇

青春独逸派一本　　〇・九〇

フロイド主義と弁証法的唯物論一本　　〇・七〇

クオタリイ日本文学(二)一本　　一・一〇

白と黒(三十八)一本　　〇・六〇

V. Favorski 木刻六枚　　靖华寄来　　八月二十日

A. Tikov 木刻十一枚　　同上

版芸術(九月份)一本　　〇・六〇　　八月二十五日

憂愁の哲理一本　　〇・九〇　　八月二十七日

虫の社会生活一本　　二・〇〇　　　　一四・七〇〇

白と黒(三十九)一本　　〇・六〇　　九月三日

D. I. Mitrohin 版画集一本　　四・四〇　　九月十一日

列宁格勒风景画集一本　　八・〇〇

儿童的版画一本　　三・〇〇

大自然と霊魂との対話一本　　〇・九〇　　九月十三日

ヴァン・ゴッホ大画集(三)一本　　五・五〇

現代文学一本　　一・七〇　　九月十五日

開かれた処女地一本　　一・三〇

挿画本 Zement 一本　　九・五〇

挿画本 Niedela 一本　　六・〇〇

中国文学史(四)一本　　振铎赠　　九月十七日

猟人日記　(上)一本　　二・八〇　　九月二十一日

青春独逸派(二)一本　　〇・九

影絵の研究一本　　二・八〇　　九月二十六日

1001 Noti(4)一本　　八・〇〇　　九月二十七日

版芸術(十月号)一本　〇・六〇　九月二十九日

一粒の麦もし死なずば(上)一本　二・八〇　九月三十日

詩と体験一本　五・〇〇　　　　　　　　　　　　　六三・八〇〇

离婚一本　良友图书公司赠　十月三日

ノヴアーリス断片一本　三・一〇

ヴァン・ゴッホ大画集(四)一本　三・八〇　十月六日

文芸学概論一本　〇・九〇

エリオット文学論一本　四・八〇

英国に於ける自然主義二本　一・六〇　十月七日

白と黒(四十)一本　〇・五〇

木刻法网插画十三幅　作者赠　十月十六日

レッシング伝説(第一部)一本　一・五〇

メレジコーフスキイ文芸論一本　一・五〇　十月十八日

Dnevniki 一本　似萧参寄来　十月十九日

苏联演剧史一本　同上

诗林正宗六本　一・五〇　十月二十四日

会海対类大全六本　一・二〇

实学文导二本　一・〇〇

P. GAUGUIN 版画集二本　四〇・〇〇　十月二十八日

　　　　　　　　　　　　　　　　　　　　　六一・二〇〇

書物趣味(二巻ノ四)一本　〇・五〇　十一月一日

版芸術(十一月号)一本　〇・五〇

社会主義的レアリズムの問題一本　一・〇〇　十一月三日

有史以前の人類一本　三・二〇　十一月五日

臨床医学ト弁証法的唯物論一本　〇・八〇　十一月五日

四十年(原文第一巻)一本　五・〇〇　十一月六日

白と黒(四十一)一本　〇・五〇　十一月七日

唯物弁証法講話一本　一・五〇　十一月十二日

弁証法読本一本　一・一〇

絵入みよ子一本　山本夫人寄贈　十一月十四日

何白涛木刻四幅　作者寄贈

陈烟桥木刻二幅　同上

苏联作家木刻五十六幅　靖华寄来

A Wanderer in Woodcuts 一本　一〇・一〇　十一月十六日

近代法蘭西絵画論一本　一・六〇　十一月十七日

世界文学と比較文学史一本　〇・九〇　十一月十八日

文芸学史概説一本　〇・九〇

内面への道一本　三・二〇

ゴーリキイ研究一本　一・二〇　十一月二十日

文学の為めの経済学一本　二・六〇　十一月二十七日

版芸術(十二月号)一本　〇・五〇　十一月三十日　三五・〇〇〇

阮刻本古列女传二本　二・四〇　十二月三日

黄嘉育本古列女传八本　七・二〇

历代名人画谱四本　一・六〇

石印圆明园图咏二本　二・四〇

刑法史の或ル断層面一本　二・〇〇　十二月四日

エチュード一本　三・〇〇

白と黒(十二月份)一本　〇・五〇　十二月六日

晩笑堂竹庄画传四本　一二・〇〇　十二月八日

三十三剣客図二本　二・〇〇

列仙酒牌二本　二・〇〇

資本論の文学的構造一本　〇・七〇　十二月十日

東西交渉史の研究(南洋篇)一本　七・〇〇　十二月十一[二]日

東西交渉史の研究(西域篇)一本　八・〇〇

英文学風物誌一本　六・〇〇

汲古随想一本　三・〇〇

鳥類原色大図説(一)一本　八・八〇　十二月十五日

面影一本　二・七〇

蠹魚無駄話一本　二・六〇　十二月十八日

東方学報(东京,四)一本　四・二〇

古代銘刻汇考三本　六・〇〇　十二月二十日

東洋史論叢一本　六・〇〇

異常性慾の分析一本　二・一〇　十二月二十二日

藏原惟人芸術論一本　一・五〇

賭棋山庄全集三十二本　一六・〇〇　十二月二十五日

言语学论丛一本　语堂寄贈　十二月二十八日

ゴーリキイ全集二十五本　三二・〇〇

版芸術白と黒一本　〇・五〇　十二月三十日

五山の詩人一本　今关天彭贈　十二月三十一日　　　　一二〇・五〇〇

　　　总计七百叁十九元四角正,

　　　平均每月用泉六十一元六角也。

本月

致 内山完造

　1.

　　(一)の様な版の大さでコロタイブ三百枚印刷すれば一枚に
つき製版及び印刷料何らですか?

　2.

　　(二)のABの様な紙をコロタイブに使ふれば原図の白い処は
どうなりますか?

564

右、洪洋社に聞いて下さいまし。
鄔其山先生

　　　　　　　　　　　　　　　　　　Ｌ　頓首